詞林風月三千首
學海煙濤九萬重

祝賀

天漢詩詞全集出版

中國商業史學會

二零一六年三月

异　同

2016年3月3日

异同岂可听纷然？
大势近时盈万千。
虎啸讻讻甘自后，
鹿鸣呦呦誓谁先？
梦来碎片后无几，
醒处华章已不全。
榆荚如钱正飞舞
风光转眼又春天。

吴慧手稿

天漢詩詞全集

吴慧◎著

中国商业出版社

图书在版编目（CIP）数据

天汉诗词全集／吴慧著．—北京：中国商业出版社，2015.11
ISBN 978-7-5044-9189-3

Ⅰ.①天…　Ⅱ.①吴…　Ⅲ.①诗词-作品集-中国-当代　Ⅳ.①I227

中国版本图书馆CIP数据核字（2015）第273591号

责任编辑：刘毕林

中国商业出版社出版发行
010-63180647　www.c-cbook.com
（100053　北京广安门内报国寺1号）
新华书店总店北京发行所经销
北京军迪印刷有限责任公司
＊
850×1168毫米　16开　32印张　870千字
2016年5月第1版　2016年5月第1次印刷
定价：98.00元
＊＊＊＊
（如有印装质量问题可更换）

序

吴慧先生是中国商业史学界的前辈专家，编著出版了《中国古代商业史》、《中国商业政策史》、《中国盐法史》等20余本著作。其中历经十年劳作，主编的上起远古、下讫清末350万字《中国商业通史》五卷本，荣获孙冶方经济科学奖。为了推广和普及，供学习和研究之用，我们将《中国商业通史》浓缩成二十万字《中国商业通史简编》。其“简编”聚其焦点、挈其要领，简明扼要撰述中国商业发展千百年的史实，是财经商贸类专业人士不可不读的一本好书。吴慧先生的学术成就，代表了中国商业史的研究水平，为我国商业史学发展奠定了坚实的基础。

“生活不止眼前的苟且，还有诗和远方的田野”。吴慧先生十几岁学诗试词、研精极虑、操觚挥毫，随中国商业史学研究和生活的趣事写下诗篇三千余首。诗文随趣行篇，内容宏富、文采优长，体现一位史学家在勤于著述的精神和独到论事的情怀。

吴慧先生今年九十高龄，是中国商业史学会的创始人，曾担任两届会长。我们怀着对老一辈专家的敬仰之情，学习和弘扬他的治学精神，中国商业史学会和中国商业出版社合作，继出版吴慧先生的《中国商业通史简编》后，再将《天汉诗词全集》奉献给读者，共享老一辈笔下的趣事，领悟九十年坚守的精神境界，赏阅一位史学家飞动的文采，解读人生爱的世界。

中国商业史学会会长

二〇一六年三月

前　言

我十几岁学诗试笔，参加工作后业余写写，各时段成诗多少不等，除已佚难觅、过时不存、特俚未收、太冗勿录者外，计得诗逾三千九百首，及词近二百首，今以《天汉诗词全集》为名，汇成十二卷，公诸同好。

诗之内容为自叙性质，先分体，其下编年，于一生之经历，略示其梗概，若干内容及行年用语，为当时情况，未作更改，录之以存其真，记史实耳。

诗记平生际遇，表达自己的爱心：爱党、爱祖国、爱劳动，爱英模、爱家人、爱友朋。有时虽处逆境而不消沉，力戒“伤痕文学”之陋习，以振积极向上之精神，务求立意之善也。

诗为美文，应予人美感。集中注意格律，求词藻之华美，属对之精切，声韵之和协，力免粗疏浮滑之讥。盖幼承师训，由玉溪入门，而学杜甫，得益于古诗坛大家之教非浅也。

集中近体之作，尤以七律最为工细。严守诗律，不敢自专，力避失律、失粘、孤平、出韵之病。惟于正格之外，亦稍事变通：参用拗律、拗救、拗对之法，盖学李义山所创始、元遗山大为发扬之矫健之一格。

集中古体，亦研究其格律，力求于古人所作中悟出所用之平仄规律。于此同时，于古体（尤以七古）中亦运用了一种较为自由、接近白话的“通俗体”。用语体入诗，写时代新事，一集中出现“二元化”的诗体，此乃试图改革诗风的一种尝试——民歌加古典。是否有成，尚无把握。有诗论数篇，以存所见。

我幼时即开始学词，由婉约转向豪放。惟作词数量不算多，质量难称高，自己也有词不如诗之感。编入集中，以备一格。此外，亦喜撰联，尤喜作长联。集中并纳入之。我笺注李商隐诗，研习樊南四六，骈文一篇，亦附于全集之末，以见学之所自焉。

吴 慧

志于北京安贞里中国社科院宿舍

二〇一五年五月八日

陈雪尘师题词

翼翼星旗起异军，青山白纻早知闻。
从今漫咏吴江冷，千树丹枫尽化云。

帘外青山妒画眉，应知不是女郎诗。
君吟红叶吴江句，我唱烟波绝妙辞。

目　录

第一卷

初学集

1943年至1950年

七绝104首
七言律诗67首
五言律诗34首
五言排律5首
五言绝句5首
七言古体4首
五言古体2首
词8首

共229首，约1.38万字。因系少作，尚多格调不高之作，不忍舍弃，置之以存其真耳。

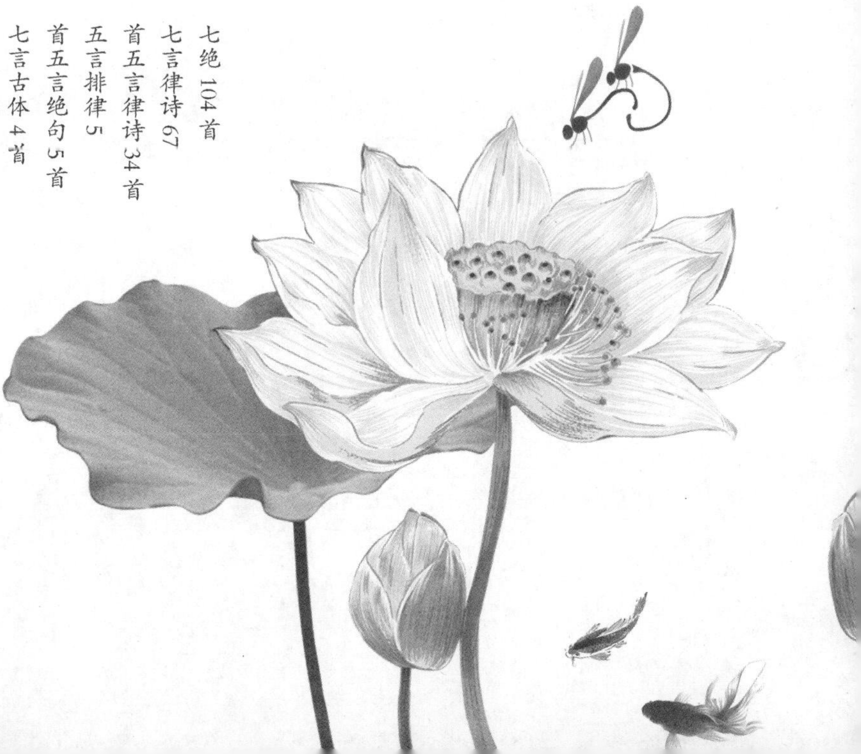

七言绝句 共一百零四首

孙七寄虹兄善书，名闻乡里，为拙诗编删，并蒙手书，定名天汉诗存，自题四首于卷之首。

1945 年秋作于吴江县同里镇之东溪桥畔

灵芬手写江莽集，金石论交心可知。君字必传吾句拙，倩君濡笔定吾诗。

少年学语近樊南，诗法劝吾高处参。写出沧桑家国恨，万千气象变苍岚。

飞来杰句叶横山，墨妙兰闺语似环。为道垂虹秋色好，诗人自古出其间。

百尺云浮天放楼，巢南亚子本同俦。及门犹有三初在，我自瓣香持束修。

灵芬即清初诗人郭麐；叶横山，吾吴诗人叶燮；天放楼，金松岑所居；三初，金门三及门弟子，其一为陈雅初，予入门学诗之业师也。

春草 两首

前首作于 1943 年，后首作于 1947 年

杏花细雨化香尘，芳草依然履迹新。花雨又笼三月路，春泥珍重踏青人。

春草年年绿上阶，春愁如海酒如淮。梦中细雨江南路，展尽红心护锦鞋。

春城 四首

1943 年春间事，1945 年追忆作

春城晓雾浴红楼，花影离迷梦里浮。倚遍栏杆千万曲，水精帘卷对梳头。

簪花小字写春晴，红袖香浮玉案清。吟到关雎同一笑。鸳鸯镜里两书生。

红豆和愁手自栽，东风定许一枝开。如何钿合同心句，来赠温家玉镜台？

别难相忘见难期，肠断江南三月时。只有花间双蛱蝶，春风吹上去年枝。

由来 时间同上题

由来鶗鴂妒芬芳，花落凭谁诉断肠。却羡姮娥偷药去，一生长伴月中香。

苏台 1943 年夏

苏台几日寄萧斋，鸣笛声催动客怀。小鸟依人留不住，朝来行笈已安排。

回家 1943 年夏

波光历乱入篷窗，芦荻中行一小艭。水面浮来雉堞影，榜人闲说到吴江。

莲藕 1943 年夏

冰盘擘破玉丸纤，雪臂持来白更

添。同是芙蕖根上出，莲心何苦藕何甜？

蚕蛾

化蛾朝夕命如昙，产子功成死亦甘。不及缠绵初自缚，柔丝千缕吐春蚕。

蜡烛 是夕停电点烛，因作

蜡烛谁将好句传？床前寸焰照无眠。今宵情味应相似：泪自长流心自煎。

森师馈桃，诗以谢之 1943年夏

蔼蔼仙枝自郁蟠，灵风吹颊胜霞丹。一从独下云台去，不数人间有杏坛。

赠森师，并和森师《街佳百韵诗》 时间同上

今朝花市传深巷，昨夜风声到曲街。一夕吹心香已透，二分开靥色初佳。

一弯隐隐光窥树，万籁沉沉星转街。满月输将新月巧，静时自比动时佳。

采菊兴来吟露圃，看梅归去踏霜街。年时啖蔗谁心会？诗味偏于老处佳。

又赠一首

雪案十年三箧富，云霄万古一毛轻。街佳百韵传千里，学步犹来小学生。

七夕 1943年秋

人间何计破离愁，看取神仙此夜俦。但使填河感灵鹊，无劳隔水忆牵牛。

心逐双轮碾月行，金风玉露一桥横。人间天上原同例，胜似朝朝暮暮情。

客愁 1944年春

客愁乱似风前絮，香梦轻于水上云。莫道此来春事尽，酴醾花发正逢君。

新街拟古 1944年

新街又名风景街，在同里镇，八月初七、八有大集，诗记其民俗也。

羊车一去怅天涯，碧玉深深赍恨埋。游女不知当日事，只将风景说新街。

倭髻轻身赛玉珂，冰香石立望中坡。蓝桥亦与三杯饮，抱渴词臣未觉多。

双凤钗头颈两回，重逢恰似有安排。温郎心逐王孙草，一路绵绵贴锦鞋。

陌上归来趁晚风，沧桑容易到花丛。游丝百尺飘何处，尽在零香断梦中。

自题《咫尺书》 四首 1944年作

却喜天边送好风，自将尺素托飞

鸿。爱河水向毫端注，一寸灵犀咫尺通。

月下瑶台绝世逢，惊鸿来去欠从容。素心输意言难罄，锦字传情墨正浓。

总因世故情难洽，却假天缘意自降。沧海劳人原有泪，蓝田美玉本无双。

此日苦酬相思子，何年喜见合欢枝？桃花无语还成径，流水有心终入池。

定情诗 集龚 四首 1944 年订婚之作

一生孤注掷温柔，红是相思绿是愁。谁分江湖摇落后，美人信有错刀投。

莫抛心力贸才名，整顿全神注定卿。今夕灵飞何甲子，有人花底祝长生。

侧身大地我蹉跎，甘隶妆台伺眼波。绾就同心坚俟汝，天鸡不曙渡银河。

删尽蛾眉惜誓文，胸中灵气欲成云。仙山楼阁寻常事，臣朔家原有细君。

泛舟 同年，时稍后，湖为同里湖

湖烟湖雨恰宜游，棹影歌声漾碧流。白露为霜秋水阔，偕谁同上木兰舟？

喜晴 1944 年仲冬

昨夜小楼听雨声，倾珠碎玉梦魂惊。今朝晴鹊檐前噪，好去长亭百两迎。

催妆词 六首 1944 年冬

年年机上织鸳鸯；日日钗头羡凤凰。乞取玉清宽旧例，天孙如愿嫁牛郎。

帘钩何事响叮当，远客来时壁有光。生恐蓬莱仙侣谑，含情无语下帷床。

伶俜众女护瑶台，别有双成进玉钗。为报宵深人立久，催妆吟遍待伊来。

延伫风廊意欲痴。露侵素手镇双垂。倾来一掬胭脂水，知是天孙妆罢时。

红尘从此玷冰肌，嘱咐仙官与侍儿。小玉云中还远送，殷勤却问几时归？

吹管飘灯降碧霄，七香车下路迢迢。相思销尽颦眉翠，须倩檀郎着意描。

本组六绝句，为游仙体，并次王次回韵，格卑而调靡，本不足观。连同前集龚四首，盖皆少时学诗所尚也。今编诗集，姑录存之。亦聊备一格，以资纪念云尔。

小楼 1944 年冬

小楼日上卷帘迟，帘外青山妒画眉。十月吴江春似海，桃花红入二南诗。

贺顾启贤新婚 两首 1944 年冬

翩翩真个少游才，曾共苏门夺席

来。今夕银屏金屋里，为谁叉手倚妆台？

自是天钟第一流：针神高弟洛神俦。画眉何限京兆趣，不羡卢家传莫愁。

元日 1945年元旦

几声爆竹破人眠，正是更残腊转天。一种沧桑家国恨，少年心绪已中年。

未必今年胜去年，江山大好满腥膻。不成避地聊随俗，也把宜春帖子悬。

生民四海尚如悬，乱世谁能望万全？我亦青衫难忍泪，红窗梦不隔烽烟。

万方鼙鼓黯狼烟，一盏屠苏愁岂蠲？安得瘟神真扫绝，年年乐奏景云篇？

记梦 1945年

昨夜心潮怒不平，梦中仗剑到龙城。檐前风与窗前雨，并作金戈铁马声。

十万沙场接短兵，南冠非复泪如倾。梦回犹觉心飞动，风雨远听鸡一鸣。

题古松图 1945年

千年前自匡庐过，五老峰头一见之。只怪青青曾不改，崚嶒独出岁寒时。

题人《集龚诗》 同年作

定公词调郁琤玐，坠绪微茫不可从。谁拾秦金将汉玉，风云变幻叹“犹龙”。

七夕嘲牛女并代答

四首 1945年秋

不见东方有千骑，光辉先自被骊驹。如何乞与人间巧，驱犊年年笑拙夫？

漫劳灵鹊启前途，梦短情长转郁纡。片刻幽欢终岁望，有郎空自说罗敷。

锄月犁云传谷口，心田忍使日荒芜！念君挂犊无情状，要看天边稼穑图。

良夜风清一水逾，佳期长定足相娱。世间亦自多离别，夜雨西窗烛泪枯。

戏赠张文渊 两首1945年

休问南朝油壁车，莲塘景物剩堪嗟。早梅独向桥头发，此是何郎去后花？

香开世界千花幻，风过池塘万叶喧。底事赤鳞浑不省，损将翠盖恼文鸳！

秦淮 两首

1945年冬初到南京就读临时大学作

烟月河桥画舸横，春灯燕子送南明。秦淮岂必无人在？扇上桃花血写成。

帘外江山帘里箫，落红漂逐去来潮。河东柳独甘憔悴，不向春风斗舞腰。

莫愁湖 时同上

衰草寒烟壅浊流，南朝艇子此常游。无愁天子今何在？枉遣湖名尚莫愁。

夜归 时在南京

衣上都门一日尘，夜归踏月满街银。此身自是无根蒂，落叶何由亦打人？

校中杏花开放

1945 年年末偕内人转至无锡教育学院就学，诗为次年春所咏

满堂弦管故依然，难忘干戈万里迁！一片春风花似锦，杏坛今日几人贤。

雨中杂忆寄孙七寄虹兄

1946 年春于无锡

白袷飘然试快晴，满囊花草载春行。无端一唱渭城曲，独倚楼头听雨声。

夜雨灯前梦入吴，年来归兴系莼鲈。何当买得青蓑笠，好去烟江作钓徒。

风雨联床夜漏迟，烹茶闲话纳兰词。即今病后须珍重，最是轻寒乍暖时。

萼绿华开共赏时，水香榭外雨丝丝。天涯归信浑无定，看到红渠恐亦迟。

题陈雪尘教授《江南杂咏》

四首 1946 年

万里秋风挂剑归，五湖浪打钓鱼矶。青山无语当门立，来侍人间大布衣。

拂衣一笑白云秋，湖海行藏百尺楼。漫说江南山似画，大风又起古徐州。

铁甲风雷出剑门，东南父老望刘琨。如何射日回天手，独向梁溪劚菜根？

樽前萧瑟剩何戡，一曲凭栏酒半酣。三十年来家国事，杏花和泪洒江南。

即席作诗，题张志贤同学为雪尘师画蜀江流寓图 时同上

风云万点蜀山青，天末年年滞客星。画出锦江春一段，新诗为寄草堂灵。

杜陵流寓西川日，谷口鹃啼带雨耕。地老天荒诗卷在，浣花溪畔两先生。

半日 1946 年春

半日还家不当家，小园风雨燕飞斜。池塘自碧春无主，落尽一潭红杏花。

梁溪 1946年内，内人生子休学，予一人独往无锡

白石清溪拟若耶，重来景物已全赊。临波不见花枝影，自向寒潭数落霞。

中秋无月 1946年秋于无锡

红烛光微冷翠屏，湿烟飘恨罨空庭。姮娥也解人离别，不唱霓裳唱雨铃。

凭栏 1946年秋

风前细雨雾中山，有客凭栏迄未还。一样迷离他日事，肠回岂在恋乡关。

轻雷

轻雷惊起楼头客，万树萧萧已带秋。岂到别离愁始满，秋风秋雨总关愁。

答赠兴化王铸 四首 1947年秋于无锡

王郎才调今无匹，斫地高歌动郁雷。我亦江东牢落客，箫心剑气总成灰。

风雪关山吴季子，秋笳拍里怨长征。词华原是吾家物，不敢人前辱姓名。

少年只手掀天地，还我江湖白发身。此日一蓑烟雨里，安排余力作诗人。

低头自读无聊集，梦里依稀早识君。一盏白茶浓似酒，小楼对榻论风云。

秋望 1948年秋

西风大野云千里，落日长河浪万层。一种壮心消未得，对空负手看秋鹰。

家居 四首，叠韵 前三首作于1948年冬，第四首1949年初作

岂爱江湖未老还？青山厌看钓矶闲。请缨亦有男儿意，不及终军早入关。

读书何济嗒然还，诗酒伴吾聊破闲。不逐孟尝门下客，鸡鸣一技度函关。

云龙风虎锦衣还，乱世行藏讵等闲！不羡南阳庾开府，唯从词赋动江关。

雄师何日凯歌还？道是闲心转未闲。不信独夫嗜血久，屠刀撒手即禅关。

赠杨雪门姊丈 1948年

豪气屠龙忆少年，黑头忍老井中天！知君心铁尘频拭，望气东南夜未眠。

湖海归来百感深，独能清浊判黄金。人间自有飞扬路，肯学杨朱泪不禁？

赠谢野萍 1948 年

飘忽云间鸾凤姿，冰宣爱写板桥诗。江南隽事人能说：七品官中寄一痴。

眼底名山兴未疏，十年后约乞闲居。何当身逐堂前燕，风雨一帘窥读书。

回首 1943 年跋忏情诗后

几经曲折谱鸾歌，回首春归惊逝波。我自负人人负我，一生恩怨为情多。

旧家门巷燕来时，玉蕊花开姊妹枝。一自冷香摇落尽，年年烟柳锁春池。

为教璞玉不留痕，负却春风一袖温。牢落万分名士气，低徊几度美人恩。

邵游同学丁母忧，诗以吊之

1946 年

风凄慈竹冷庭帏，菽水奉欢心愿违。何事青禽传讯早？碧桃未熟便西归。

乔木江东蔼暮云，一门可贵总能文。青山不老鹿车在，举目更无桓少君。

庐头悲恸念劳劬，湿尽青青一束刍。不特客从天外至，人间泪亦洒徐孺。

悼剑锋堂兄 四首 1947 年冬

西风古巷冷斜阳，今日迟来奠一觞。百事不成惭后死，何能旧业续青箱？

廿年风义兼师友，何况更关兄弟情！不及鹤从天外至，灵前犹得吊先生。

噩耗传来一纸书，茂陵秋雨殒相如。山川阻隔枫林晚，何处乡关哭素车？

三载沉疴息渐微，天涯慰问信常稀。颇闻枕上时提我，愧对遗容泪满衣。

古巷为所居尚书居。

柳塘

1950 年春，奉派至柳塘乡执教，因赋

小廊独立夕阳迟，白石苍苔冷似诗。落尽梅花人不管，先生去后我来时。

将雏挈妇暂安居，花木亭轩好读书。一曲柳塘桥下水，家家布网捡银鱼。

七言律诗

共六十七首
不分类七律十六首

秋柳 四首

怀旧侣也，次王渔洋秋柳诗原韵 1944 年

望里长亭欲断魂，每听嘶马倚朱门。烟迷灞岸秋无主，月老扬州梦有痕。旅燕北飞空古巷，归鸦南度剩荒

村。垂杨自管人离别，六代兴亡未与论。

一夜西风万瓦霜，柔条无力拂回塘。年年水惯漂金粉，处处砧催检玉箱。情谢曲终司马白，神游画里辋川王。红桥回首成残梦，冷落斜阳第几坊。

司马白系沿用白居易琵琶行中江州司马一词；其后白氏年老归洛，遣放歌妓，见别柳枝诗，情谢曲终事指此。

也曾点染到蓝衣，旧地关情事总非。梁苑楼台金色满；陶家门巷绿阴稀。芳辰走马随堤系，迟暮啼乌绕树飞。看取上林花似雪，乘时相赏莫相违。

陌上风华绝可怜，无端摇落带寒烟。几重秋意销眉黛，一片春魂飐絮绵。郢路客归非少日，玉关音断已多年。回思三月湔裙节，浪折青青向酒边。

中秋待月 1943年作，忆旧侣也

观涛有梦到扬州，香满吴江桂子秋。廿四桥边箫韵歇，三千界外月痕收。银潢路渺槎何借？玉宇宫寒斧孰修？安得清光破云出，照人无缺更无愁。

垂虹桥题壁 1944年作

词人去后箫声绝，华表东南屹尚存。百丈断虹晴倒影，千年古浪绿冲门。青蓑细雨滩前路，银脍秋风江上村。白发未成天地拆，五湖归计不须论。

东溪望月 1944年作

溪桥月色荡柴荆，云叶云花水上明。万里关山同一照，九天风露近三更。倚栏风吹谐前梦，绕树乌啼动远情。望里不知银界内，几家愁溢寐难成！

中秋待月 1944年，盼胜利也。

叆叇江云锁桂丛，姮娥何事怨昭融？烛房凝泪愁难掩，镜匣流尘懒任封。虚寄殷勤金篆里，杳无消息玉箫中。樽空酒尽仍邀月，似海相思总不空。

郊游 次陈师韵，1945年春

绿水平桥野意新，当年歌吹动梁尘。楼头曾历沧桑劫，陌上自归杨柳春。独爱冰香题片石，更怜草色展重茵。笑予久作三冬蛰，大地风苏得欠伸。

戏赠张文渊 1945年春

酒怀萧瑟替嵯峨，忍听渭城三叠歌。壮志不辞风浪远，浮生亦任别离多。沧江日落千家泪，银海光摇一寸波。剩水残山好收拾，英雄儿女竟如何？

读周建鲁《流浪史》 1945年秋

万里关河一笈游，长风自古慕宗

侯。滩声郁勃黄牛晚；兵气苍茫白帝秋。玉垒云烟萦客梦，锦江花絮扑归舟。嗟余八载空株守，憔悴南冠泣楚囚。

夜汛 1945年秋

澄江夜汛浊波扬，鳞介朝来欲底藏？可有赤心济辙鲋？却从赪尾拾河鲂。悬枯羊续辞侯检；献剩渔夫感楚王。堪笑临渊唯竭取，网鱼未识养鱼方。

赠孙七 1946年

欲把江梅寄一枝，春期未分即归期。三秋别绪花曾见，五夜离愁酒不知。涉世真同牛觳觫，临歧难学燕差池。杜陵旅况原寥寂，落月空梁更远思。

赠泰州江行恕 1946年

千里萍逢一畅襟，无端砧杵动归心。江天可使分南北，潭水何堪较浅深？白眼乾坤人独往，青枫关塞梦相寻。与君等是疏狂客，把臂还期共入林。

贺人新婚 两首 各一人 1946年

银河清浅路相通，第一宜酬乌鹊功。当日羊车游卫玠，今朝凤案报梁鸿。素纨规月欢方合，白纻疑云曲已终。为告大罗天上匹，香轮早待渡层空。

环佩声摇入洞房，风光此夕占冬郎。回鸾镜里初描黛，睡鸭炉中几换香。情溯青梅嫌夜短，缘联白璧祝天长。玉台不乏生花笔，金屋春深咏海棠。

以下为分类七律组诗五十一首

河山篇 共十六首

河山 四首，次韵1944年冬

万里河山入梦遥，是谁望气立长宵？星移劫换壶中日，月落魂回枕上潮。风管自吹悲地裂，虎韬何计破天骄？书生不向沙场死，空任朱颜镜里凋。

苦寒春信觉非遥，强忍支离坐冻宵。国破有民皆似溺，陆沈无泪不如潮。风腥深莽豺虎喜，雨血平芜鹰犬骄。最是飘摇白门柳，未经霜露望秋凋。

沉史风高迹未遥，长吟击缶度清宵。无多短景难留日，有限微波不起潮。金谷许拼千夕醉，冰山能恃几时骄？此心应自盟松柏，肯共群芳一例凋？

几人起舞壮心遥，亦是鸡鸣风雨宵。岂有戈挥沧海日？宁无弩射浙江潮。难降须看民同忾，必败未闻兵不骄。绝似槿花红一角，朝荣可免晚来凋？

重阳 1944年

满城风雨正重阳，枫老吴江鸥梦

凉。酿菊延年非我事，佩萸避地更何方。白衣自许心原赤，皂帽应羞发未苍！闻道辽庭今射虎，飞觞分脔一时狂。

春阴 1945 年

春阴十日太无端，剪剪东风送晓寒。堪惜年华随水逝，许分心事到花残。天边烽燧能高枕？雾里江山莫倚栏。纵得阳和亦何喜，嗟予弱冠尚南冠！

述怀 两首 1945 年春

乘风横海但神游，难按雄心冲斗牛。万里烽烟三户恨，廿年涕泪一肩愁。登楼我自思王粲，读史人谁笑魏收。腐鼠功名偏有味，可怜忙煞烂羊头。

纷浊端宜谢世缘，衡门削迹已年年。沽名有客常怀玉，守义何人不拜钱？绣虎文怜士龙少，思鲈归慕季鹰贤。书生意气应非昔，袖手棋枰未敢前。

咏史 三首 1945 年秋

玉楼几会紫霞杯，凤纸相思检未灰。但得香桃能自寿，何曾黄竹解同哀？掌高欲揽三霄露，鼓急疑闻五夜雷。枉就麻姑买东海，茂陵松柏罨新苔。

叱咤风云气若何！几曾回首及颓波？秦关逐鹿先符谶，楚帐伤骓复听歌。事去徒教虞伏剑，力穷难望鲁挥戈。可怜千里金城地，一例铜驼委绿莎。

芜城日暮乱啼鸦，指点寒烟故相家。壁垒纵教傅赪壤，貔貅空遣丧黄沙。生曾萧氏施三尺，死竟商君厄五车。最是南柯初醒候，东门犬兔漫兴嗟。

秋桐 1945 年秋

风来败叶舞秋穹，逝水长归东海东。岂有和鸣栖瑞凤？徒将遗响托哀鸿。愁生别馆荒台在，梦醒阿房旧业空。一样飘零白门伴，不堪回首月明中。

八载 1945 年秋

八载兵戈多难客，今朝闻说九州同。尚疑身在春梦里，不觉眼含欢泪中。一扫愁怀随大白，高歌意气失长虹。低头忽愧黄龙饮，牢落曾无尺寸功。

中原 两首 1945 年秋

中原喜见风尘静，只觉旌旄出击迟。挽得银河湔国耻，传将酋首当金卮。香花万井欢腾日，松草双陵哭拜时。我亦鹔鹴甘典却，春醪载路待王师。

崩腾胡骑乱秋云，报国何人最矢勤？慨以先锋期一战，羞从前箸论三分。八年汗马闻摧敌，此日黄龙看策勋。但使庙堂心匪石，风波怎撼岳家军？

祝厘 1945年秋

结彩飘灯竞祝厘？神京若个定安危？八年水火悬秦法，一夕衣冠复汉仪。即事尝忧中谷句，感时犹忆少陵诗。南薰曲奏知何日？抱璞趋庭恐未宜。

萍踪篇 共十七首

苏台杂记 五首 1943年

狮林名夙冠苏台，负笈经年我始来。屈曲廊回仙境出；玲珑石转洞天开。落英燕蹴衔红碎；流水凫浮漾绿洄。一架紫藤花下路，东风吹拂几低徊。

说法生公石点头，剑池一碧勺寒秋。千寻岩岫云浮塔，七里山塘柳拂舟。近郭栽花权纳课，远尘啜茗且登楼。出门更访五人墓，颇觉胭脂汗虎丘。

平越兴吴霸业荒，灵岩馆主亦何方？东风再到柳藏寺；西子不来云绕廊。百啭林深山鸟丽，千盘路仄涧花香。伶俜巉石愁难下，未敢前扶杜在旁。

题壁亭间兴欲狂，偕谁冲雨问沧浪？枝头烟重蝶衣湿；池上风多鸳梦凉。垂柳依人如侧耳，落花和泪自廻肠。寻春何处非经过，不及斯游久未忘。

千载高风有所师，范公祠与况公祠。忧怀海内宁先乐？泽被吴中有去思。夜雪门深人共立；春风帐暖梦难追。何能举一三隅反，惭愧频年说项斯。予就学崇范中学乃范仲淹祠，后肄业崇实高中乃况钟祠。

金陵咏古 六首

1945年秋，时予就读南京临大

花雨台前景足娱！攀巢吸卵戒全逾。百年身自兼成败，三赎人应见智愚。老蔓藏蛇寒柳秃，坏墙牧豕古城芜。禅房晾菜僧无事，落日鸡鸣山下途。台城。

绮楼金粉蚀雄心，井底胭脂水尚深。玉树千年遗艳曲，铜瓶百丈有哀音。谈空梁氏前车在，宴乐隋家覆辙寻。若辈安能抚宇内，宜辞翠辇入鸡林。胭脂井。

掩映寺门松柏苍，招提左右抱平岗。一从土木侈人主，遂任湖山豪法王。迸地清泉直喷竹，摩穹大殿不飞梁。中原十万虫沙劫，枉与芸生建道场。灵谷寺。

定鼎东南扫虏尘，当初开国仗红巾。一朝华夏冠裳复，百代江山花草新。月殿盘松有龙宿，秋陵兀石尚麟振。更深灵爽何须哭，得失由来似转轮。明孝陵。

紫金山势郁龙蟠，杰构陵园百级坛。先觉揭竿开社稷，后人拾芥晋衣冠。南天绩在高铜柱，北地魂归冷玉棺。闻道当年有遗命：石城形胜即长安。中山陵。

悬岩千尺俯江郊，夜夜墙根打怒潮。几见石城迎北旅，未闻天堑护南朝。笺衔燕子当枢促，钵托龙孙去国遥。第一人谋非地利，楼船直下白幡飘。石头城。

白门 两首 1945 年冬

何处清闲谢市阛？后湖湖上弄潺湲。半湾斜照明朱舫，十里平波写翠鬟。映水柳垂兴废外，看山人介醉醒间。行吟未觉归途晚，送我烟堤月一弯。

夜气流寒上客颜，萧然行李出重关。别离霜月三更后，潦倒风尘两月间。此去何年来白下？一生最爱是青山。明朝回首浪千叠，木落吴江孤棹还。

无锡 三首

1946 年春、秋，时予夫妇就读无锡教院

望太湖

转塔凌空入望舒，鼋头渚畔甩龙珠。水晶宫阙波浪阔，金碧楼台花木腴。烟里山痕迎跃马，风中帆影送飞凫。太湖三万六千顷，一角今吾窥得无？

游梅园

寻梅乘兴访梅园，腊月江南朝日温。楼阁为谁曾扫榻？湖山对此合倾樽。万株春露雪成海，十里风传香有源。一近人间富贵地，便无寒素到花魂。

登惠山

排闼青来久结朋，层峦今日我方登。冷红千树岭前染；寒碧一泉天下称。古贝迹留沧海变，秋鹰翅得好风乘。披襟长啸无余子，独立吴山最上层。

柳塘 1950 年春，时予执教双杨

苍然墨渖古香存，谁对梅花倒百尊？沧海三迁人未老，春风一帐座余温。桥边鱼上柳垂市；滨里蚕忙桑翳村。社日归来唯燕子，营巢犹傍旧衡门。所居为周心梅先生故居，先生当时举家寓沪上。

宜家篇 共十首

游同里湖 1944 年春

十里明湖景足奇，春来游屐几临之。空蒙斜挽远山髻，蓬葆丛生孤渚髭。芳草能文舒锦绣，清风识字写涟漪。溯洄一水同舟济，免为伊人系梦思。

朱家滨看牡丹 1944 年夏

栽来旧观记何年？宫样妆成姿本仙。锦幄微醒朝日晕，彩衣欲舞午风翩。芳菲自殿三春后，富贵人推百卉先。若论忘忧兼解语，花王未必胜婵娟。

小病 1944 年秋

短榻萧然病更酸，孤衾人对烛光寒。愁眠七日身应瘁，幸缔三生梦亦安。枕上不知金气改，窗前渐觉布衣单。惜花恰与花同瘦，闲向霜枝仔

细看。

合卺 1944年冬

一笑兰房乍遇时，妆台从此镇双随。红螺盏底深开靥，朱鸟窗前淡扫眉。敧枕新酬如意梦，挑灯重读定情诗。星桥携手浑无语，不觉宵沉玉漏迟。

新婚次夕

1944年阳历除夕，阴历为望日

午夜迎年又送年，松枝璀璨绮窗前。烟飘残碧销还起，炉晕新红坐未眠。腊酒樽邀无憾月，烛花光引有情天。一家且喜圆鸥梦，门外从渠海与田。

叠前韵 时稍后

傥荡莺花又一年，江湖断梦堕樽前。曾经朔雪犹为蛰，好遇春雷欲起眠。转眼风光抛旧腊，关心消息换新天。安排万卷勤耕获，吾业由来在砚田。

别内

1946年秋，时内人因产休学在家

挥手俄分卅里天，危舷倚立独潸然。曾经艰苦同羁旅，不谓团圞是别筵。云水万重随去棹，江风一路送归船。料知今晚凭栏处：落日苍山冷野烟。

寄内 1946年秋

梦到东溪月上时，依帏双照泪丝丝。梁家自古传贤妇，陈氏于今有好儿。夜雨一窗惊客枕，秋心两处卜归期。情知难遣重阳近，会问霜花醉故篱。

重九 1946年秋

杜陵此节常为客，我亦今年不在家。细雨三秋梦红叶，新霜一径待黄花。已拼白日愁中尽，无那青山郭外斜。极目登高行未得，凭栏且自望天涯。

出处

1949年春，时已于教院毕业

人生岂得无离别？别到穷途更黯然。入洛士衡非习武；归山摩诘不成禅。十年尘土驱疲马，何日烟波钓短编？我有千言并一泪：丈夫出处要卿权。

忏情篇 共八首

拟古 四首 1943年

似闻窥玉在墙东，欲接微波语未通。巫女峡深难觅雨，湘妃帘密不筛风。芭蕉展尽伤心绿，蜡烛销残堕泪红。枉说碧城栏十二，清宵闲倚有谁同？

月明花底伏灵庬，鬓影低徊上绮窗。高女投梭金错缕，宓妃摇佩玉琤玐。倾将沧海波千尺，留得鲛绡泪一双。从此彩云常入梦，梦回孤枕对残釭。

一生注定是相思，忍向河梁折柳枝。强别回身随马勒，浪游弹指误莺期。仙镮何夕贻萧总？禅榻今朝感牧之。直恐留春春不住，梦痕珍重费扶持。

万里风波一燕归，可堪还认旧乌衣？已拚黄耳书先绝；重问蓝桥路更非。镜里空花应自悟，天涯飞絮莫相依。芳时无限樊川恨，赢得狂名百口讥。

落花 两首 1944 年春

无言独自恋斜阳，淡淡春痕出短墙。杜牧不来凭绿满，刘晨一去怅红芳。已悲节物鹃啼苦，忍委花心蝶舞狂。每到东风骀荡日，玉楼人醉总难忘。

三生绮梦付江潮，烟雨楼台送六朝。沟水无情宁解惜？峡云有意莫相邀。坠残金谷魂难复，碎尽珠盘泪不消。罢舞前溪更回首：绿杨依旧拂红桥。

远嫁扬州，遇人不淑，郁郁以终。悲夫！本诗可与下空桑互参。

空桑 两首

1944 年春，用李义山锦瑟诗韵

才抚空桑又改弦，东风吹鬓误华年。三生惹恨披香蝶，万古倾情叫月鹃。烛影画屏心似海，花痕禅榻梦如烟。早知一去轻成诀，当日相怜太遽然。

挂壁枯桐咽断弦，玉楼同醉忆芳年。春风古巷重来燕，夜雨空山独听鹃。寻梦镜飞沉水月，倚人栏冷锁尘烟。回肠深忏轻相负，地老天荒难释然。时人已逝。

五言律诗 共三十四首

柳枝词 四首 效义山体

1943 年春，与秋柳所咏为同一人

紫陌春光早，红墙芳信迟。缠绵无限意，婉转不胜垂。曲且闻桃叶，词宁唱竹枝？休嫌通体弱，此物本相思。

腻雨空添耳，和风肯长荑？溪回行掩映，桥迴望离迷。郢路征衫旧，章台舞袖低。芳华向春好，所恐易沾泥。

宿雾苔封径，微波月满汀。二分怜汝黛，一寸为谁青？无力萦轻骑，有情依短亭。长条好珍惜，归路抚伶俜。

白门昔游客，重拟问卢家。不见黄金缕，知登油壁车。絮轻非恋蝶，条弱但藏鸦。心断灵和殿，秋风独怨嗟。

残月 1943 年秋

残月冷自照，离人愁独看。空余

半徐镜，终分掩齐纨。眉意他时改，吟怀此夜寒。多情漫纡轸，圆缺本无端。

流萤

烟花迷旧苑，风絮乱前汀。十月归何处？三生梦易醒。流辉曾妒月，陨彩忽随星。好去临书幌，无为入画屏。

碧汉

碧汉宁无路？红墙岂有涯？双星终缓渡，八月尚灵槎。湘水游全杳，洛波踪正赊。人间怅离别，何似在仙家！

听蝉

何恨依秋木？长吟送夕阳。相应怜蜀帝，自是怨齐王。玉露冷欲咽，金弦危更张。骚心不忍听，容易即回肠。

别梦 1944年春

去去随庄蝶，依依到谢家。可堪良夜月，仍照别时花。笑语含朱帕，欢情障碧纱。何当果携手，锦瑟伴年华？

呈陈雅初先生 1944年春

书箧飘零客，空怀思古情。百年心未死，千里耳先生。帐下盈桃李，车前录姓名。苏门分一席，意态许纵横。

乡国推君子，骚坛望老成。中年唯学佛，少日亦耽情。障净禅心寂，功深诗思清。愿随归隐去，烟水一帆轻。

呈沈荣龄先生 1945年春

东阳老名士，桐里一诗翁。珠玉投囊富，龙蛇走笔雄。衣传扬马后，学在杜韩中。桃李栽千树，人言《易》正东。

范祠弦诵地，杖履忆追陪。载酒玄亭去，横经绛帐来。尼山原善诱，子我岂长材？孤负春风意，传薪愧此槐。

师门三载隔，我抱几时摅？偶耳高人躅，旋瞻处士庐。穷通行一致，理乱道无殊。倘许玄言授，重停问字车。

自与先生别，频年幽恨多。屡经贫病祟，竟着酒诗魔。岁月双蓬鬓，生涯一钓蓑。长风仍有志，来日敢蹉跎？

赠东柳 1945年春

春不尽九日，从公于习家。襟怀涵古月，眉宇驻晴霞。杯满欢同洽，烛残诗尚赊。谢生已心醉，何用劝榴花。

赠孙七 1945年秋

戎事羁孙楚，秋风尚异方。骅骝原绝足，猿鹤为回肠。征伐乾坤久，游洄道路长。相思注双鲤，何日抵清漳？

赠张文斋姊丈 1945年秋

自与季鹰别，萧然襟满霜。秋风归思早，春树驻情长。共仰东山隐，谁怜南阮狂？平生唯姊丈，休独不倾筐。

九日 1945年秋

病里三秋过，篱边九日来。应思桔叶井，有负菊花杯。作赋诚奇矣，登台亦壮哉！年底堪底说？唯感鬓容摧。

道中作 两首 1945年冬

寒风吹木末，离别意何如？海内休兵未？天涯作客初。烟波双去棹；星月一征车。此际绛帏远，更谁知宰予？

歧路一分襟，云山望已深。八年家国恨，双泪弟兄心。日暮乱鸦定，风高孤雁沉。昨宵灯下乐，唯待梦中寻。

白鹭洲 1945年冬，至南京后作

小有林亭趣，尽多山水看。回舟惊鹭起，开户骇龙蟠。鸟语传红树，鱼罾挂赤栏。他年好卜筑，终老钓江干。

除夕（阳历除夕） 1945年于南京

今夕复何夕，他乡非故乡。空城潮打击，古寺月苍凉。一室青灯梦，谁家绿盏狂？鸡鸣山下路，归去独凌霜。

木落千山瘦，年侵百思加。人间谁免别？兵后我无家。短梦惊风叶，孤灯迷泪花。如何除岁夜，相望抵天涯？两人分处男女宿舍。

锡山 两首 1946年于无锡

梁溪本无锡，怎以锡名山？翠岫游屐到，白云飞鸟还。石雕谁琢句？泥塑佛开颜。人海仍纷扰，何为恋世间？

岩低易攀顶，惠麓合称兄。有塔寺皆古，在山泉便清。花开一堂占，日落两峰争。归路再回首，林梢新月生。

惠山 两首 时同上

岩侧贯华阁，远尘松石闲。词人南下日，良友会其间。樽酒倾心曲，笔花和泪斑。遗馨今不见，落照冷空山。

指梁溪顾贞观与纳兰成德之友谊及纳兰词之哀感顽艳，纳兰像及手书贯华阁匾额已毁于火。

往日埋诗冢，小亭碑石闲。顾生选句罢，残稿瘗斯间。得有千狐腋，堪窥豹一斑。《梁溪诗》未读，愧踏九龙山。顾生指顾晴沙，顾贞观后人。

中秋无月

两首之一，1946年秋于同里

中秋无月色，佳节暂团圞。不奈

五更雨，真教两地看。泪垂银烛冷，愁入玉卮寒。珍重今宵意，明朝独倚栏。

雪夜 1946年冬于无锡

高楼不堪望，风雪晚来深。天地成孤往，年华入苦吟。寒灯耿遥夕，短梦恋重衾。莫道思乡甚，平生万里心。

寄孙七

1946年冬，地同上，怀同里事。

目断枫江路，吟情独黯然。别离已三月，羁泊又经年。白雪宜新咏，红炉隔旧缘。一樽定何日，相对小梅前。

七夕 1947年于无锡

此夕难为客，何人不念家。遥怜掌上子，病起定呼爷。瓜果泥人切，流萤笑自抓。愧予常守拙，憔悴向天涯。

无锡至苏州道中 两首

1949年春

连日归心急，安辞履险艰？只因车路梗，遂取水程还。灯火临吴市，风波过浒关。仍投去岁宿，客店在河湾。

曾作吴门客，春风侍绛帷。五年扫旧迹，一去绕余思。水木清华处，雨花吟咏时。沧浪亭畔路，仓卒再难窥。

五言排律 共五首

咏扇 十韵 1945年夏

青竹宁无节？绿蕉如有思。谁人散云锦，何事偃星旗？帆饱凫飞疾，翎丰鹤舞迟。清怀明月照，皓腕惠风披。枕蝶萦春梦，囊萤伴夜帷。掩羞怜桂魄，挥暑进桐皮。木叶诗情妙，银钩笔势奇。班姬劳自制，秦女爱相持。珍重画蝉后，追随乘马时。休因九秋怨，愿共百年期。五色桐皮扇子，五代时闽贡于晋。

摇落 1945年秋

摇落关山隔，飘零岁月徂。秋宁悲宋玉？路实泣杨朱。旧梦牵红叶，新愁逐野芜。蕉心原宛转，烛泪总模糊。玄圃何轻璞？沧波枉泣珠。多情不自好，一别遂相逾。待凤梧垂死，衔芦雁忍无？支机还远赠，珍重避黄姑。

喜生子 1946年夏

用庾子山有喜致辞韵

当日怀中月，今朝掌上珠。萱花方入珮，蓬荜已悬弧。含笑欢新妇，试啼慰拙夫。来宾誉跨灶，香面出冰厨。风雨全家庆，河山百战图。相期为国用，自叹失时须。王路空千里，谢庭差一株。陶然还复醉，长吟乐将雏。

赋得月中桂 1946年秋

宝镜三霄丽，灵樨万古香。谁人移碧落，几处散黄粱。榆荚晦婺女，桐枝低峄阳。蟾圆若盈手，鹫迥只回肠。烛夜膏常暖，吟秋簟共凉。芳分丹杵药，艳映素娥妆。斧可从吴借，弓宁合羿藏？一枝折何日？长与冠东堂。

赠孙七 1947年初春

正念岁寒友，跫然过草堂。开颜失槁木，握手足沧桑。春到方知梦，秋来渐入狂。苍生仍涕泪，赤县尚蜩螗。玉烛调无术，金盆聚有方。安思苏喘犊？莫计补亡羊。燕宿将倾幕，鱼游欲沸汤。冠猴犹作戏，刍狗恰供禳。暂逐缁尘陌，遄归烟水乡。相违匝月短，似隔几年长。寄恨听瑶瑟，写愁看锦囊。人情忌独醒，天意重孤芳。柳巷千家雨，枫江万树霜。时熙奋飞逸，世浊慎行藏。白日堪回首？青云只断肠。唯应与君子，烂醉共披猖。

五言绝句 共五首

招孙七 1946年夏

小火煨红芋，新香透绿茶。此中有佳趣，不必问陶家。

咏史 四首 1945年，刺双照楼也

颦笑东风里，稽山民未降。委身总奇耻，徒诩色无双。西施。

两代宠穹庐，琵琶甘别抱。不做汉宫人，青冢向残照。昭君。

翻手为云雨，樽前歌未休。芳魂何处宿，月冷白门楼。貂婵。

心早许胡儿，渔阳颦鼓起。坡前马蹄腥，蛾眉宛转死。杨妃。

七言古体诗 共四首

女从军行（拟古） 1944年秋

女儿十八好丰神，不乐将身老衩裙。一朝辍杼擐胄甲，肯数旎婳旧将军？落日征旆风瑟瑟，乍闻悲笳已心折。阵云拥鬟不画眉，腰间弓弯纤纤月。关山戎马身渐惯，纵横列队如鱼贯。长枪大戟娇难胜，正是吴宫初教战。平芜绿尽秋霜后，射雕笑试拈花手。归来香汗湿战袍，扶下锦鞯烦细柳。鸾星却共狼星映，宝刀且代剪刀聘。从兹虎帐满春风，依然罗纨傅红粉。鸣呼！虏骑胡尘蔽通衢，拯民杀贼争斯须。中原健儿投耜起，奋身洒血为前驱。谁言巾帼难用武？横戈抽剑亲桴鼓。兵气能扬到妇人，岂合樽前恣歌舞？君不见多少红颜随黄土，木兰何独擅千古！

洗兵行 1945年秋，重庆谈判时

悲风萧萧阵云黑，虏骑奔腾侵碣石。卢沟桥水咽不流，伤哉记时正七七。挥旗射弩遏狂潮，两江陆沉挽不得。解瓦飞灰红入天，玉座朝来登木屐。是谁奋起请长缨？旗开首捷扬威名。太行子弟掀风雹，民心钢坚屹金城。三户师前传楚谶，兆庶梦里见汉旌。几人事敌身何屈，一旅将兵寇屡惊。健儿南北各驰骋，势如破竹逞利刃。挥尽鲁戈日仍西，跳脱难逃火牛阵。白山黑水杀声高，北门突骑来助顺。巨弹一发千里赤，逆倭气焰随烟烬。沪杭父老笑语哄，受降喜讯争传送。爆竹如雷动都城，飞花似雨撒里弄。越鸟枝稳定夜栖，吴牛喘苏赶秋种。且喜腥臊荡尧封，行看日月光禹贡。卖剑买犊武事偃，南山牧马归缓缓。米脂流白人含饴，银丝霏雪缫冰茧。一洗往日疮痍瘢，江山多丽春光绚。百年耆旧望河清，此境似近却又远！尚闻大军调度频，入辽逼陕卷征尘。八年汗马仗摧敌，此日黄龙宜策勋。国步粗安贵一德，阋墙交争伺强邻。对之难寐起徘徊，望气秋霄月轮困。长夜漫漫天不晓，横空何时欃枪扫？郊原盈耳刁斗声，关山满眼戎马道。壮士首回心常牵，少妇肠断愁仍绕。当年兵革恍重见，乱日何多治日少！杞人忧天天欲堕，大厦复禁风雨簸。栋梁擎天期支柱，补天休遣天再破。中原磷火照啼痕，民不堪更罹战祸。所盼干戈化玉帛，折冲樽俎能有果。呜呼！安得云中挥巨手，斡乾旋坤力量大。一倾太平洋中水，永永消尽天下之兵火。

题雪尘师《胆瓶鸡冠图》

1947年秋

英雄伏剑美人死，血染鸡冠夜凝紫。一枝耸耸立铜瓶，独抱丹心照秋水。先生醉笔开生面，铁胄跳出浣花纸。昂头一啸吴山低，要与西风决彼此。呜呼！纷纷桃李世所重，此花何罪称贱种？君不见风雨沧江刘越石，中宵起舞天地动！

题杜工部诗集后 1945年

男儿不羡黄金屋，但五车书三径竹。丈人贻我子美诗，覆麻沙本古意足。中郎情谊薄云天，工部文章立山岳。时时一编随月披，更因清梦到杜曲。

五言古体诗 共二首

有家别

六十韵，刺乱军也，1945年秋

江城驻兵马，田里蒙践蹂。家姊有书来，命我促回舟。舟行何太缓，归心赛行驺。日暮抵城隅，登岸一放眸。千树丹枫冷，遥山莽已秋。阵云万里黄，野芜满平畴。城头旌旗翻，悲风吹飕飕。入城见空巷，落叶漂城沟。衡宇行在望，欲行更夷犹。反畏瞻吾庐，茫然立道周。适有邻妪过，问我何迟留。恍若回大梦，何暇与应酬。亟问兵来后，我家可完否？答云尚安堵，无劳君子愁。闻言差解颐，放步觉自由。荫巷失乔木，归鸟空啁啾。钓矶没荒草，抱门仍寒流。入门见家人，开醅味正柔。阿咸牵我裾，黄发已髟髟。稍息风尘色，重与话绸缪。姊曰兵来日，惶扰如纵囚。所居皆民舍，夺巢类强鸠。饷皆随地出，供亿困此州。最是暗室中，乃同盗贼侔。东邻新婚子，挈妇事远遊。鸳衾久冷落，此辈登其楼。临去例满载，香奁亦全收。我家有古物，摩挲足冥搜。尔室无长物，布衣与轻裯。一旦鬼瞰室，去矣俱悠悠。几家四壁立，百室白日幽。昨夜虽自退，主将实相雠。残卒下太湖，重来堪百忧。书称输万斛，索需气悍遒。闻言重太息，我欲为之羞。国家需干城，此辈慕封侯。一朝兵在握，得所意自优。倭寇凭陵日，举国赋同仇。报国果有志，何不献良猷？未见举义师，未闻诛敌酋。八年泪眼枯，愿见兵革休。江城弹丸地，底事镇横矛？蔼蔼子弟兵，此辈岂其俦！嗟予为秦赘，生事常不周。三载离故居，萍梗逐水浮。充膳尝采藿，卒岁再补裘。读书破万卷，醉眼看吴钩。遑效拯乱术，尚难为家谋。有家等无家，如洗亦黔娄。环顾四海内，疮痍犹未瘳：薄地难完课，力耕喘羸牛。鹑衣悬百结，彻夜长吁咻。强梁等豺虎，民命类蚁蝼。对此已万幸，我也更何尤？区区身外物，于人原赘疣。重来亦何惧，无物可供求。得失本无定，人生寄一沤。一宿放怀卧，儿时旧梦稠。诘旦登前途，坦然别故邱。鸣柁声渐远，不觉自回头。

桐里司

一〇五韵，刺墨吏也，1945 年秋

民卅四年春，万方尽征鼙。我寻避秦地，来客居东溪。是乡称富土，鱼美米流脂。如何一沦陷，萧条剩歔欷！长街唯冷肆，亭午早掩扉。道路少行人，恶草日以滋。县宰甘作伥，腼腆事东夷。万斛送倭营，军需宁稍违？禾黍半青黄，菜色现黔黎。南村人争出，采藿煮清酏。有业如我家，朝来屡断炊。况自今年夏，相扰更赤眉。白日欻绑架，昏夜悄觑窥。群情犹谈虎，宿鸟无安枝。大户举家走，中户父子离。留者但含愁，株守如伏雌。引领频翘首，所望见王师。王师来无日，国事正羁縻。大旱尚赤日，万里无云霓。入秋金气肃，世运方转移。父老盼霖雨，霖至亦何迟。忽报倭寇降，胜负如弈棋。扬长走胡骑，仓卒见汉仪。万姓迎来后，三月至于兹。曷尝苏喘息，不似补疮痍。依然促输纳，未见事解推。令下限半月，馈饷委山齐。衔令人四出，撇捩扛大旗。凭陵咆哮怒，登堂坐索赀。人或有怨讟，系之于有司。五日送白米，十日解朱提。意欲营金窟，所乐非铢锱。家罕担石储，举乡此物稀。明明有布告，不许取毫厘。彼吏置弗闻，索逋以为词。里正事干隐，鸠集多蔽亏。民斯苦蹙迫，叱咤更假威。其上同鸦黑，吞声免鞭箠。淹淹魴鲋𩽾，施施狐虎肥。诚知暴易暴，我将安所归？西山不可到，从谁采蕨薇？吾生实不辰，堕地逢百罹。廿年秋荼苦，寒门与结褵。自我记事日，国步已阽危。玉烛调何日，金瓯半残隳。神州惊陆沈，呻吟草间啼。八年南冠客，骚心谱入诗。今日呼胜利，更始盼时熙。吁嗟我赤子，尾赪实困疲。白屋如悬磬，嗷嗷待济施。援之水火中，于义讵容辞。安能仍故辙，文武自恬嬉？一隅见其大，滔滔盖如斯。攫弱疾如鹘，泮林悍巢鸱。取之恐不尽，入囊半化私。夫敛亦有法，奚止没了期！临渊思竭泽，细民何以支？我欲叫天阍，为问秉者谁？九重胡不察？太阿似倒持。不见阿阁上，矫矫鸾凤姿？大舜亦人也，能跻复何疑？莱芜有贤宰，甑中流尘缁。埋羹传王琎，投香说隐之。拊循为父母，千载人所知。民溺如身溺，民饥如身饥。洁身不妄取，脱粟甘如饴。果能企万一，去思漫江湄。彼等伊胡底，贪墨人共訾。有客捻髯笑，莞尔道我痴。君真腐儒耳，无乃昧时宜。汉朝良吏风，邈矣今难追。其心固巨壑，实亦一漏卮。朝游金谷苑，暮醉习家池。出入多舆马，居处有傍妻。帘下喧歌吹，席上炫珍奇。辛田接阡陌，甲第换门楣。鸡犬一朝升，宠光及诸姨。青春返故乡，白昼行绣衣。丈夫要横行，煊赫在当时。百年事渺茫，底须堕泪碑？实利竞朝夕，虚名露易晞。生民如刍狗，弃取任我为。所言词益振，所见意原卑。尽举循吏传，亦徒为所嗤。闻言重太息，低头有所思。渠等尚行乐，我民奈瘠羸。民为国之本，民重不可欺。必也戒至公，未能逾常规。衣食生民事，为官务安绥。民安国亦安，磐石乃奠基。上下交征利，民穷国亦衰。抚民如行舟，怒涛间平漪。载舟亦覆舟，长篙能轻挥？噬民如虎狼，民岂尽羊麋？翅虎虽云猛，人还寝其皮。多藏必厚亡，昭昭古训垂。不闻王令尹，去矣巨资随。探丸起草间，所得竟无遗。世事如转毂，祸福本相依。方其得意日，不定飙轮驰。一旦车轴摧，一跌悟全非。是以君子者，知足心长怡。淮阴生戮首，郿坞死燃脐。秋风省季鹰，飘然早脱羁。胡为婴世网，徇物蔽真机？

词 共八首

木兰花·秋夜 1943年

碧天波静秋星耿，索莫谁居广寒境？好风不堕月中香，空对婆娑金粟影。阶前断续寒蛩哽，皓露无声侵袖冷。宵深还做倚楼人，素泪更添银汉永！

点绛唇·新婚 1945年

月转溪桥，金波日出春江晓。隔

窗声闹，打起枝头鸟。　帘外青山，也向人含笑。东风好，庭花开早，蛱蝶双飞小。

凤凰台上忆吹箫·寄内

1946年秋

白袷披寒，红栏扶醉，秋鸿渺渺愁予。正乱山木落，烟冷平芜。遥想溪桥凝伫，蓼汀晓，几处啼雎。长亭路，连天衰草，尚滞狂夫。　当初，未谙别苦，三万缕柔条，难挽羊车。待春风人远，夜雨灯孤。千古吴江绿浪，心飞绕，岂在莼鲈？早归去，鸳湖月圆，一舸琴书。

忆江南　五首　1950年作

江南好，古驿建松陵。百丈虹垂桥畔树；一湾星飐水中菱。乡梦挂鱼罾。

江南好，吴苑旧登临。泉石一湫归虎阜；烟霞万壑入狮林。花落着青衿。

江南好，花月满东溪。晓霁帘开山洗髻；春波桨过水生脐。结垒燕飞低。

江南好，钟阜记曾来。斜照长堤玄武柳；零烟坏堞白门苔。诗格瘦于梅。

江南好，惠麓绕弦歌。花木龙山泉独步；烟帆鼋渚鸟双过。游屐欲全磨。

第二卷

燕台集

起自1950年入京，迄于『文革』初期

七言绝句163首
七言律诗52首
五言律诗44首
七言古体诗5首
五言古体诗2首
词19首
共285首，约1.37万字

七言绝句 共一百六十三首

海棠 1951年春于前细洼厂宿舍

朝霞红上海棠枝，北国春寒花发迟。半日阴晴天欲晚，两三点雨不成丝。

过定县 1951年夏，首次出差

回首黄尘古塔斜，打场收麦几人家。追风十里城关路，代马曳铃驰大车。

过泰安 两首叠韵 1954年秋

巉岩一望路千弯，觉有云生胸臆间。观日攀巅留后约，此行同侣怯登山。

青青岱色扑眉弯，奇绝阴阳昏晓间。笑我纵能攀顶去，也无好句壮云山！

青岛 两首 1954年秋

二年三度来青岛，万顷沧波日对之。笑我何能拟粒粟，乾坤陋绝一书痴！

依山傍海大花园，枕上涛声午夜喧。笑我沙滩初拾贝，何能蠡测妄推原？

赴福州来回道中杂咏 十首 1956年秋

颠簸山中三日程，斯游亦足诩平生。梯田俯视绿如画，车在白云深处行。

山高坡陡路千盘，黑夜行车不怕难。赶到前头居宿地，建阳灯火已阑珊。

暮霭披身抵古田，红军曾此辟新天。夜来济济人围坐，父老犹能说往年。

打尖随处可疗饥，珍味山供世所稀。一事语人人不信，涧螃蟹比海螃肥。

公路萦回近福州，两旁何树绿云稠？停车遍地青青果，橄榄拾来都满兜。

鲜柚香浮干荔酡，浓阴十亩尽栽榕。南天景好来非易，远隔关山一万重。

四野星垂接大荒，夜间江上送归航。一身蜷曲浑无碍，喜听涛声住下舱。

隐隐南平入望中，朝来人顶打头风。船行逆水何嫌慢，贪看闽江橘子红。闽字，平声，十一真，与今读上声异。

克期铺轨尽闽南，先试轻车走翠岚。应比来时欣便捷，一宵载梦莅鹰潭。

得句敢夸新发硎，微吟自适管谁听？莫言诗里多常事，却是前人半未经。

过武夷山下 两首 1956年秋

越岭行车发上饶，武夷山色看今朝。层峦犹染英雄色，夕照烛天红似烧。

红旗如画岫前飘，赤石当年起怒飙。今日我来问遗迹，风云指点谢归樵。

抵厦门 两首 时同上

行尽闽南橘柚村，极天烟水渐黄昏。长堤跨海九千尺，半岛从今称厦门。

昔人曾想横海去，鞭石驾鼋填作桥。今日我行桥背上，万杆烟火照秋潮。

鼓浪屿 四首 时同上

弹丸之地亦多姿，国姓当年练水师。鼓浪屿头今日望，沧波万里伏蛟螭。

犹把衣冠认旧踪，居人喜说郑成功。若非放眼向瀛海，割地区区何足雄？

巨舶漂洋利溥哉！三军曾借此筹财。红毛海盗归何处，盖世奇功是复台。

终期一统好河山，海禁频年苦闭关。虽说主华非汉裔，也应喜早克台湾。

赴郑道中咏古商人事

四首 1957年春

地下犹存古作坊，白陶器好贸殊方。王家工业规模巨，盛极当年大邑商。

开国东来溯郑公，披荆斩棘有谁从？指天却与商人誓：玉帛无侵葆始终。

天下通途置税关，转输万贿赖殷顽。中原奈亦兵争地，难以周旋秦楚间。

奉使劳军原假充，秦师偷袭遇途中。左丘艳说弦高智，又为商人策一功。

西湖杂咏 十四首 1957年夏

昔游饱受北风吹，今日来逢伏暑时。我与西湖总缘薄，春花秋月不容窥。

巍巍岳墓兀其间，三十功名岂等闲？何物一丘苏小冢，千秋也玷好湖山。

孤山岂合再云孤？一幅西湖锦绣图。寒杀当年林处士，月明独伴老梅癯。

共说园池胜迹多，其如多属死人何！写来怀古诗无用，谁与西湖谱壮歌？

夕照雷峰人少过，六如直上气嵯峨。不知几代殚民力，赢得西湖宝塔多。

寺门金碧装灵隐，水木清华石濑喧。应识那时方外地，朘人不啻一庄园！

把臂同行未觉遥，过龙井寺虎溪桥。酌泉品茗无深好，陋巷唯甘水一瓢。

夜来印月说三潭，亭榭临波倒影涵。不似白天人语扰，闲中诗味静中参。

白堤一抹绿杨遮，何意重停问字车。我亦弦歌期老此，湖山深处即为家。

面对晴峦纵目舒，先生不是好楼居。莼鲈久断江乡味，快事西湖食有鱼。

蠢蠢群鼋水底游，放生劝善迹仍留。强吞弱肉人间世，好事宁从此处修？

堂皇到处树丰碑，惟怕文名世不知。无怪归愚矜格律，捉刀善作御题诗。

纵穷雕琢不雄奇，枉说行都盛一时。若比太湖波万顷，此间原只习家池。

香灰底自昔年传，水浅尝忧淤作田。欲使湖心变清彻，夜来辛苦罱泥船。

有赠　1957 年夏

春明喜识刘都庆，今日重逢在武昌。一纸奇文许贻我，归来满袖墨花香。

杨花　1958 年夏

九十韶华瞥眼非，垂杨作絮乱沾衣。一春看尽人离别，自去风尘何处归？

旅燕杂诗　十二首　1958 年

春雨秋风半壁街，一间斗大得盘蜗。由来非易长安住，胜似仙郎隔水涯。

钟鼓楼高德胜门，半年曾此印巢痕。土城人道传辽代，叱咤燕云女后尊。

东风吹鬓醉流霞，北国人归若舜华。住遍前门诸客店，不知何日可安家？

百尺楼高黉舍开，春来时过钓鱼台。金时花石归何处？唯有垂杨蘸水偎。

开遍楼前桃李花，西河席暖即为家。奇香古翠书充栋，可许挑灯读五车？

胡同名喜取姑苏，挈妇将雏得暂居。每日上班路不近，车中勤读马翁书。

陶然亭报近时修，为爱春光往一游。何物赛金花踞此，垂杨低首觉增羞。

一家鸥梦此时圆，老幼南来六口全。护国寺旁刚僦屋，春风乔木又莺迁。

家近西郊二里沟，不曾食粥意常优。雪芹著述应非远，何处犹能觅旧邱？

栖止粗安可慰萱，归来差息簿书烦。例成优待欢儿辈，逢节遨游动物园。

二里沟连三里河，白杨林立绿阴多。道旁花草开园圃，日自迎宾馆外过。

一望氖华千朵开，交光雪月浸楼台。几多清逸诗中句，半自夜归途上来。

许昌杂咏

十三首 1960年干部下放劳动锻炼

征战中原说许都，曹公当日实当枢。一门父子扬风雅，横槊诗成气有余。

旧地犹传挑锦袍，将军徒诩未降曹。伏尸五步堪流血，不试青龙偃月刀？

为农今日许昌来，月兔捣霜供换胎。惭愧十年空弄笔，于苍生未补涓埃。

老圃教人先育苗，阳畦芽露奈犹娇。天寒飞雪深盈尺，抱被来遮守一宵。

突击齐奔试验田，移栽季节莫迟延。当年肄稼皆虚话，今日真来学种烟。

河南大旱接三年，滴水如珠盼雨天。日夜不停井台转，计程应已到幽燕。

桃林满眼正红鲜，巡护披星夜不眠。亦是队中一乐事，家家尝得果儿甜。

烟秆长时须打杈，叶蔫处也待治蚜。归来两手笑难洗，十指相看乌似鸦。

烟叶青青取次收，垄间燠热火云浮。一枝人吸多闲适，哪识农家汗水流。

烤来烟叶似黄金，种麦输他功力深。何日移风并易俗，不教此物耗人心？

十亩沙田结好瓜，农家和菜度生涯。市人食肉挑肥瘦，未解艰难习尚奢。

红薯鲜蒸更晒干，及时入窖事方安。含饴父老相逢笑，天旱年丰得饱餐。

相送乡亲立道周，一年容易自回头。笑予心力原微薄，敢望此来居上游？

风雨

1961年于通县马驹桥
时母南归有疾，闻讯而动乡思

十年桃梗信沉浮，清梦还输水上鸥。绝忆垂虹桥畔柳，满江风雨系扁舟。

晚归

1961年通县

芦荻青青喜晚晴，清波见底濯吾缨。此心恰似长流水，一夜萦回到北京。

文章

两首 1961年秋

文章东阁许传衣，白发江湖事总非。千古无题谁解得，一生轻薄众相讥。

文章亦自忌雷同，翡翠鲸鱼两未工。剩有闲情赋盐铁，苍茫古泪洒秋风。

风格

六首 1961年秋（呈萧帆主任）

奔腾笔底三江水；跳脱胸中万甲兵。笑我秋来成底事，临风巧作断肠声。

江关词赋几低回，萧瑟兰成究可

哀。笑我河东赋未献，清时有味是无材。

髫年学语乱投师，心折樊南幽艳词。从此吴蚕终自缚，一春犹吐未残丝。

洞庭春水迎归棹；玉垒浮云入倚栏。杜老波澜缘阅历，千秋词笔孰追攀？

昆仑劈断成三截，今古算来唯一人。浩气塞天哪学得？龙门欲渡叹无津。

天才学力两难臻，聊写性情存我真。安得昭明操玉尺，不拘一格网斯文？

诗体

诗体也曾窥剑南，未登堂奥觉心惭。即今书帙全尘积，付与儿曹垫枕函。

读加藤繁经济史考证戏题

1962 年

口少户多人所疑，加藤考证独精微。中华亦有男儿在，肯任东瀛擭大旗？

次原韵呈萧帆主任

四首　1962 年春

时代清明合畅言，江山多丽景千般。风雷生气为诗句，肯作寻常花月看？

几年橐笔亲研席，献策论文每未周。后乐先忧襟抱阔，秋来风雨岂关愁？

亿民齐唱太阳升，是处诗人好采风。不洒关山离别泪，铜琶起舞换新声。

长鲸掣海波千尺，惊起沙头熨梦鸥。白首江湖留后约，随公击楫泛中流。

《盐铁论》书后　三十首

1962 年春

博带峨冠聚众儒，高谈仁义总殊途。武功文治因盐铁，旷世才惊桑大夫。

内空府库外忧边，欲罢盐官议愦然。若比苛烦增赋敛，榷酤犹是解民悬。

匈奴桀黠朔方忧，贵德贱兵论未休。别有安邦新策略：卑词厚币且和求。

设衡立准由官府，聚散宜时百物平。防塞利门排大贾，不教耕者困兼并。

物贵民饥谷滞藏，由来贫富两相妨。未闻旱涝伤齐赵，赖有均输实太仓。

莱黄鲐味食常余，邹鲁周韩茹蕨蔬。多寡失调民匮乏，不通商旅待何如？

略师管氏相齐术，貂貉驴驼纷内流。天下皆轻吾独重，通商亦足役诸侯。

治国理民非一方，力耕奚必斥工商？微言侈靡谁能解：末利存而本业昌。

市朝冷落草生衢，后世安能比太初？生事渐蕃商渐起，因时际会出陶朱。

家人宝器尚函藏，权利下移资暴强。威罚难加显逆节，冶山煮海起吴王。

临邛曹宛多鼓铸，鸠聚深山奴细氓。遂使一家成富业，池鱼猵獭失齐民。

坐看邓钱流四海，刀圜无禁大奸滋。通施立币归公上，贵贱有平民不疑。

大夫妙手施针石，百脉调和万贿通。盐铁自关天下计，重商即在抑商中。

严刑明教开封建，国用常余民不知。内法外儒启汉武，商君百代帝王师。

百族骚然谮悼王，伏尸具见智谋长。一身殉道应无憾，吴起先行继卫鞅。

往来浮食孔门徒，羞事耕耘鄙匹夫。俎豆相推矜小节，居然出处比鹓雏。

返朴无求亦妄哉！利通山泽赡民财。井田分土怀周制，历史巨轮安可回？

执准非绳泥一端，夏虫不识雪冰寒。华言寡实非真士，当路宜叹得士难。

参一其言必舜尧，无依论似隔靴搔。诗书枕藉知何用，抱竹守空嗤教条。

诽言岂仅在邀名？背地应由有力撑。抗节由来诩文学，敢将傲骨刺公卿。

布被公孙士所尊，略无殊绩有殊恩。如何又见田丞相，当轴居中口不言？

敝耜钝铫民苦之，弃田远市误农时。纷纭头绪笼盐铁，百利诚难免一疵。

夤缘猾吏亦侵渔，岂乃桑羊法尚疏？厚禄宽刑非上策，害苗莠草合先锄。

利官设处起权家，舆服园池日僭奢。莫怪诸生多口实：不端其表影随斜。

济世何须先自饶？取之贵贱亦民膏。桑公一语违常理：愚者贫窭智富豪。

立身执法不回头，卅载运筹纾国忧。且罢榷酤非得已，政潮起伏欲吞舟。

十三宿卫侍深宫，白首还飞颈血红。专卖列朝终不废，桑公此处是英雄。

均输市易抑豪强，见说荆公法改张。何必引经托泉府，区区技亦袭桑羊。

粲然盛色相苏秦，一卷犹存面目真。幸有次公善属笔，史书无传屈斯人。

弘羊筹策致财蕃，千古沉霾湮本原。安得风雷驱大笔，重论盐铁扫陈言？

读诗偶记 十首 1962年秋

义山学杜近篱樊，沉博深微风骨存。后世不知诗味厚，祗从轻靡步西昆。李商隐。

佳句时时见老成，澄江一道月分明。槎枒钩棘标风格，岂是涪翁百炼精？黄山谷。

蒿目苍生有所悲，百篇乐府足名垂。人言白俗宁无据？近体微嫌气格衰。白居易。

廿八字中涵万奇，云崧曾此费吟思。纵多妙语输余韵，露尽聪明误了诗。赵翼。

诗到坡公已绝巅，和陶追李语天然。弟兄江海情何限，惜少生民清庙篇。苏轼。

终古兼并鸣不平，精严绝句婉风情。律诗未脱宋人习，难与骚坛推主盟。王安石。

寥落乾坤万首诗，放翁亘古一男儿。暮年信笔豪情减，不似南山射虎时。陆游。

沉郁苍凉属大家，遗山七律更无瑕。新声乐府输长庆，唯向芳华托怨嗟。元遗山。

长卿五律比长城，除却杜陵无此声。去国畏讥思贾谊，牢骚太盛若为情。刘长卿。

近时谁是出群雄？无故飞扬梦定公。山诡潮奔家数异，千钧笔力擅偏锋。龚定庵。

宋鉴偶题 二十首 1963年夏

欺他寡妇与孤儿，兵变陈桥讵有词？不信片言终让国，斧声烛影到今疑。

貔貅十万下南唐，又见城前缚降王。礼佛耽文亡国事，仓皇挥泪对宫嫱。

威震三关说六郎，无端讼事构潘杨。阵图处处成牵掣，兵败尤原在宋皇。

燕云未复寇何穷！枉伐檀渊不世功。三十万银犹觉贱，君王本意在和戎。

玄虚故弄现祥符，仙观修成民力痡。悔煞临终王相国：此生错未谏天书。

朋比言官众口腾，洞庭湖阔一楼登。胸兵百万防边易，新政推行却未能。

奇兵一夜下昆仑，讥劾难安枢密尊。不向梁公联谱牒，将军原自出寒门。狄青。

物贱元丰岁入增，唯容吟啸住金陵。商君幸得君全信，尤在朝中绝党朋。王安石。

洛下潜居十五年，入都士女望如仙。废将雇役行差役，此是温公资治篇。司马光。

均输论罢议青苗，转恨熙宁法尽抛。徒有文章传后世，惜无器识立当朝。苏轼。

高氏垂帘擢众顽，辽廷相庆究何端？宋臣不识安危计，敌国情宜反面看。

倾轧已无新旧分，潜移利柄入私门。石碑如在名须补，八十虞姑亦党人。蔡京。

奋身抗敌反遭轻，误国和戎诩老成。留得东南英气在，万全未合责书生。张浚。

缚虎非难纵虎难，南朝君相例偷安。拔钉此举原宸断，秦氏何能一手瞒？

千里赍粮士有饥，无根据地更何依？班师诏下军输断，岂尽愚忠失战机。岳飞。

快战江津功不居，狱成三字戒前车。六桥花月西泠路，老将白头驱蹇驴。韩世忠。

死后头颅竟送金，儒门难饰幸灾心。却悲恢复谋遭沮，塞上秋风万马喑。韩侂胄。

斗来蟋蟀兴方酣，北国强邻虎视眈。末造权奸同结局：东明寺与木棉庵。贾似道。

千古人间正气歌，相公一发系山河。若非声伎勤王散，也只功名冠甲科。文天祥。

降表领衔臣妾名，孤儿寡妇赭衣行。不如贺氏当年怒，金殿凛然闻骂声。

长条　1966年秋于小汤山

门前踠地垂杨柳，恍入江南烟水乡。当日一枝随意插，柔条应亦比人长。

欧阳海赞　四首　1964年

惊驮挡轨飞车至，力挽千钧气撼山！雨过天晴霞万道，欧阳海未弃人间。

含泪坟前植幼松，阳光雨露育青葱。英雄恰似拿云树，挺立衡山第一峰。

懦夫敛足畏山梁，勇士凌空翱八荒。面不改容心不窜，看君“一切”果“如钢”。

光辉千古典型存，今日传枪有弟昆。可贵一门共英烈，山花红满凤凰村。

《青年英雄的故事》书后　十三首

立地顶天黄继光，机枪爆处堵胸膛。松涛一片鸣山谷，永为英雄谱乐章。黄继光。

身支炸药一声雷，堡垒横飞血路开。如此英雄奋杀敌，何坚可不立时摧？董存瑞。

惊呼落水救崔滢，百尺冰渊竟舍生。遗冢犹香彼邦土，中朝友谊血凝成。罗盛教。

少年英武执红缨，怒向刀丛群丑惊。千古胡兰终不朽，生之伟大死光荣。刘胡兰。

誓把红旗插顶峰，万难怎困女英雄？暴风雪里看西绕，独立冰山永向东。西绕。

滚滚瓯江接海疆，尔春日夜守机房。翠微山下红心献，化作人间火凤凰。赵尔春。

盖顶洪峰压谢臣，拯民于溺勇忘身。山风呼叫乡亲唤，难起波心“纯粹人”。谢臣。

私心歪念祛胸中，稳举红旗到大同。一见梦桃诚挚处，冰山也叫涣春风。赵梦桃。

青弋江深水曳蓝，救人舍己话英男。即今犹见花津渡，风卷涛声浩气含。张英男。

烈焰熊熊四处飞，以身滚压护钻机。少云双喜原同伍，一样英雄世所稀。徐双喜。

山摇地撼半天红，扑入浓烟火海中。最是弥留闻呓语，犹呼同志往前冲。苏满基。

烟柱冲天声震空，挺身齐赴两人同。犹如往昔炼钢日，烈火炉前一对红。龙代林韩官学。

念念难忘金属钠，一心向党更无私。赴汤蹈火人相继，秀丽高风实所师。向秀丽。

七言律诗 共五十二首

至安国 1951年夏

中山道上印征鞋，三宿层城小住佳。晴日霞烘杏子市；薰风香动药王街。步牛鞭脆拉新麦；憩马鞍闲蹭古槐。安得更行一万里，江山次第入吟怀。

再到南京 四首 1953年夏

衣满征尘席未温，壮游处处足销魂。朝携海日辞青岛，夜挟天风下白门。八载看山来有约，一江逝水梦无痕。依依玄武湖边柳，似与故人情倍敦。

月明何处响奔涛？滚滚东流浊浪淘。六代江山金粉腻，千秋形胜石城高。龙蟠虎踞掀天地，凤翥麟游崛俊豪。我亦饱歌效文士：嘶风声激欲腾槽。

晚渡长江雨点粗，他年可得再来无？相逢由赐原前侣，共羡机云入上都。照夜人同依北极，蹉时我已失东隅。金陵美酒消千虑，临去登车犹一酤。

暑蒸白下喘吴牛，交臂钟山却未游。临去心常如有失，重来愿半属空留。轮蹄万里乾坤小，笔橐三年岁月遒。出处而今何所似？茫茫人海一诗囚。

济南 两首 1954年秋

趵突珍珠众口传，济南无地不通泉。一湾流水绕秋巷；千树垂杨笼晓烟。世上黄尘奔此日，山中清濑漱何年？输他东海趋庭候，已有惊人望岳篇。

望里沧浪闻棹歌，今来一艇泛澄波。虽然历下此亭古，岂必济南名士多？水阁香风闲品茗，湖亭细雨独看荷。征轮又见匆匆去，千佛山前惜未过。

长沙 1956年秋

乘兴来为半日遊，停车坐爱小亭幽。一篙烟白湘江晚；万树霜红岳麓秋。岁月峥嵘驱鬼蜮，风云挥斥动神州。长沙本是英雄地，哪称芳兰秀竹讴?

西湖岳飞庙 1956年冬

突兀丰碑庙貌新，贺兰誓踏目犹瞋。百身不足赎忠骨，万唾何能惩佞臣？南渡孱君甘折臂，北盟辱国更无人！湖头郁浪风吹起，似惜平生志未伸。

醴陵有红拂墓戏赋 1957年春

春来一棹再游湘，百丈桥浮澧水长。红拂无知谁识我？青山有幸此埋香。风云万里英雄会；日月千秋将相乡。断碣摩挲归去晚，邮亭夜静梦飞扬。

武汉 两首 1957年夏

大江万里直奔吴，黄鹤楼头一望舒。行看长桥跨天堑，更教高峡出平湖。河山应陋三分业，风雨犹存百战图。我自南来叨旧友，武昌鱼好入诗腴。

滔滔逝者似斯夫，今日当知世界殊。万点风灯千舳接，二更星月百灵趋。衣冠我慕雄三楚，天地人呼热一炉。亦是诗家奇绝处，昨朝雨里逛东湖。

十三陵劳动 两首 1958年冬

冲天干劲奋忘躯，誓把崎岖变坦途。顽石低头开道令，巨磐扬臂打夯图。铜砂崩泻输千轂；铁水奔流起万炉。劳动明年再来日，定知难认旧山区。

满堂春色凯歌前，廿日冲寒战并肩。松杏满株迎绿化，身心两健向红专。坚冰冻地气难阻，大雪封山人未还。一览十三陵下路，琼枝玉树似登仙。

续题《忆江南》至十阕，书后 1961年

低头再续江南好，自爱清新十阕词。春水乡思流不尽；秋云别梦散无遗。霜枫路远垂虹断；烟柳池空落月移。总是儿时游钓地，莼鲈归去有心期。时垂虹桥已断。

次韵答赠王纪（佑明） 叠韵 两首 1962年秋

残碑拂拭见奇光，心史闲评到汉唐。烂漫春花吐胸臆，轮囷古月照肝肠。岩前瀑自千寻落，天下才应八斗量。回首匡庐读书处，新松含翠涣冰霜。

彭蠡日出撼金光，诗格年来薄晚唐。壁垒唯君推巨手，风雷为我换柔肠。乱愁易似云山叠，好酒难如海水量。若向东篱问消息：黄花一径傲秋霜。

野梅　1962年冬

几株篱外暗浮香，尽日无人过野塘。蝶魄寒分花洁白，禽声细入月昏黄。自缘处士冰霜骨，岂怪台臣铁石肠？一样世间富贵气，寿阳宫里点新妆。

贺李敏唐生玉新婚

（嵌两人姓名）1962年冬

密云作雨梦高唐，消渴平生愿喜偿。唾玉本惊才敏捷，含葩更助笔芬芳。电波无线心相印，花萼为房蜜共尝。从此一株移上苑，振冠李下亦何妨。

唐为密云人，无线电工人；李为大公报编辑。

再到长沙

1964年春，随吴雪之部长

锦绣河山一瞰收，银车冉冉落云头。朝晖已满芙蓉国，春水犹漫橘子洲。到此当歌无下里；从谁击浪破中流？贾生作赋长沙去，我亦年时惯远游。

韶山　同时作

乾坤整罢故乡还，绿竹清池屋几间。万古闻韶留舜迹，卅年逐鹿破秦关。愿随流水来朝海，岂逐浮云去看山。爱说日从斯地出，东方红满换人寰。

又次韵答赠王纪　1964年秋

数载冥搜学未成，徒书咄咄愧平生。百重丝缚蚕秋殗，三匝枝摇鹊夜惊。换骨尚期还大药，论心曾欲请长缨。江山胜处留诗笔，跌宕难消少日情。

予以于所撰社论中引用“合而为一”四字而挨批，厄运自此难免矣。诗指其事。

燕都记游　三十首

1956年起，迄于六、七十年代

百道晴霞朝日暾，天安门耸接乾坤。红旗叠浪迎风舞，银翼穿云逐电奔。万首仰呼山岳动，众星围拱斗辰尊。巨碑金字谁题笔，不朽千秋铸国魂。天安门。

长养深宫珠翠披，河山大好独家私。金扉悬月雄三殿，铁舰沉波怯四夷。紫禁花新莺啭树；红墙柳老鹊巢枝。春风一日游难遍，城角楼飞夕照迟。故宫。

北海霞飞白塔高，团城齿堞认前朝。亭边人去花沾鬓，堤上风来柳拂桥。百鷁冲波疑触月，九龙绕壁欲腾霄。阖家此夜观烟火，彩焰通明射斗杓。北海。

行尽后湖花石岗，昆明石舫欲浮航。排云万仞高禅阁，漾日千回丽画廊。水月楼船空渤海，烟霞池榭梦沧浪。吾乡亚子虽耆老，乞赐名园毋乃狂。颐和园。

玉泉流水近相通，风月双清秋色

中。一石矗天足愁鬼，群峰拔地合称雄。露华黄满亭前菊，霜叶红逾江上枫。独向碧云寺里去，衣冠肃穆飒英风。香山。

往时读史意生憎，今日亲来问定陵。天下骚然仇税监；宫中燕尔避朝丞。隧门终破能言石，寝殿犹燃不夜灯。随葬金缯万民力，分明血泪上边凝！定陵。

北捍蓟门城郭恢，兴师靖难帝基开。直心应见书生节，方面争羁叔父才？燕啄絮泥巢闷殿；龙吟松籁撼高台。不知两抱香楠柱，曾费轮蹄几许来？长陵。

凿海同时起翠峦，全城中轴此巑岏。山头石古五亭峙，槛外花明千树攒。燕市兵来方易帜，榆关虏在遽弹冠。甲申三百余年事，成败焉能冷眼观？景山。

挂壁烟萝山径斜，远来八大处停车。云遮绿合菩提树；风逗红开芍药花。投饵水亭心自乐，洗尘泉石思无邪。空过一塔庄严地，清兴原非在佛牙。八大处。

载得烟堤暮色归，卢沟桥见即京畿。一弯晓月狮未醒，百丈秋虹龙欲飞。北上咽喉通舳橹，东来寇盗耀旌旗。吾华曾此振民气，如血残阳渗战衣。卢沟桥。

月印寒潭绝点埃，是谁曾此钓鱼来？柳堤随处皆流水，花石当时只劫灰。雨露三春开苑囿，风云四海入楼台。画中重睹迎宾地，欲赋蓬莱叹不材。钓鱼台。

长城如带束青峰，仰首天唯一线通。独鸟冲烟飞脚下，轻车挟电走云中。驼铃万古关山月，牧笛三秋草木风。昔日边墙今内苑，红旗何处不扬空？长城。

万千飞走集篱垣，道是前朝贝勒园。真腊土风朝舞象，峨嵋山色夜吟猿。浮花拍水鸳鸯戏；啄粒唤人鹦鹉言。我亦一丁甘老此，晏然不羡武陵源。动物园。

倚天金碧灿霞光，谁驾飞虹作栋梁？贝阙珠灯龙夺月，琼楼花萼凤朝阳。满堂樽酒同三祝；一代冠裳聚五洋。难忘前宵逢盛会，东方红舞乐无央。人民大会堂。

玉陛游龙尾尚挥，当年太庙少人窥。何能香火传千世？曾亦风雷动四陲。岁月经霜盘古柏，云霞倚日舞新葵。芳园一夜度佳节，电树银花喧管吹。文化宫。

花信风刚过一番，春光早自透东垣。暖房黄紫香盈袖，雪地青红人满园。梅阁微吟禁晓冻，柳廊小坐负朝暄。堂前径静低回处：卡尔中山岂合源？中山公园。

穹殿无梁举世稀，天坛紫气望中巍。祈年果问民休戚？赋岁正扪人瘠肥。社稷重开抛旧腊，江山新霁沐春晖。我来亦逐童心乐，绕壁回音却忘归。天坛。

老柳丝长拂水湾，玲珑石立小廊环。浮名谁记沧桑后，春色人寻天地间。楼阁飞来自南海，坡亭望处是西山。行吟微倦花棚坐，风日陶然午影闲。陶然亭。

雍和宫作梵王宫，嚼火吞刀一代宗。唯是瞰灯坛礼鼠，何来飞锡钵游龙？清风自语晨檐铎，落月无声夜寺钟。怎学空空心不染，弟兄杀尽忌难容！雍和宫。

砖塔凌虚对翠岚，年深难觅旧僧龛。绕亭修竹风摇碧，拂岸垂杨水蘸蓝。云驶心应随去鹄，花飞春已备归骖。何当消夏重来此，击浪回舟兴正酣。紫竹院。

文物琳琅一网罗，高楼直上气嵯峨。鼎彝出土扬威早，丝帛披云驰誉多。银币输夷羞近代，金田逐虏奋先河。史书不记苍生泪，往事如潮咒逝波。历史博物馆。

楼顶红星插夜空，万人涌似水朝东。耀天霜淬农奴戟，响地雷轰敌寇锋。帷幄运筹千里捷，风尘仗剑九州同。山河带砺长城在，永勒吾军不世功。军事博物馆。

刺破青空塔闪金，飞泉如雨落池心。馆前花木仍荣谢，天外风云变古今。巧夺龙工新技展，珍罗鲛市远方临。居家相近真何幸，春色年年先此寻。展览馆。

万瓦琉璃一馆珍，丹青飞动壁间春。楼台得月原如画，人物生风欲乱真。雪岫霜毛凝笔力；龙沙骏骨竦精神。赏心岂是闲花草，写出乾坤雨露新。美术馆。

红蕊千枝拥玉墀，紫金圆顶映晨曦。河横近入窥天镜；山撼遥传动地仪。夜幕秋穹星渐转；日规春昼影方移。飞仙奔月宁奇想？宇宙于今火箭驰。天文馆。

崔巍楼馆立东郊，飘拂晴空树采旄。风送稻香垂九穗；云翻棉熟绽千桃。铁牛吼月荒原醒；钢镐穿山激浪嚣。十载农功超百代，葵花心折日轮高。农展馆。

白玉楼飞翠瓦浮，崇门金彩极雕锼。回疆圆月人婀舞；苗寨朝霞女善讴。毡幕居安秋牧马；刀耕俗改晓驱牛。喜看百族骈阗日，纠缦五云光九州。民族宫。

琼楼新起映青雯，泼地灯光漾水纹。四海宾来为朝日，九衢人赴若屯云。星旋球影台前眩；雷动掌声窗外闻。风格居先珍友谊，非徒技艺自超群。体育馆。

功盖移山五载成，站台先启放人行。千支霓吐银灯挂；百丈龙蜿铁轨横。谁自云中移玉阙？真从地下建金城。尚期百里来回疾，一坐飞车快此生。地铁。

高厦连云意匠宏，氤华照夜绛霞明。人推阔浪凭吞吐；车曳长烟管送迎。四境风和春一色；五洲霆怒夜千声。天边日近心同仰，大路条条通北京。北京站。

五言律诗 共四十四首

寄内 九首

1953 年冬，予于沈阳南湖东北财经学

院编书，内人奉派赴哈尔滨外专学俄语，分处两地，诗以寄之。时家母及子女皆在南方。

入洛书生去，飞扬意未沉。青灯磨剑梦，白发倚闾心。节物同南北，风云荡古今。朱尘连九陌，渐觉素衣深。

江上春潮急，轻车辗梦过。北行仍作客，南下未归吴。一卷偏长嗜，扁舟却暂辜。明时宜戮力，岂早忆莼鲈?

白草三千里，辽天雁度时。关山君去远，湖海我归迟。挥手各黾勉；同心非别离。多情不洒泪，豪语慰临歧。

道远常无信，愁多欲废诗。客灯春雨夜，禅榻落花时。水仄峭石骨，山高纤月眉。思君终岁意，未有别人知。

八岁娇儿字，学书来报安。一封传两地，喜看泪双悬。常说凤城客，几时鸥梦圆？笑予成底事，短褐欲全穿。

抚幼母全老，依人女已孩。音传驻白下，日日盼爷回。争问新来事，为开旧日醅。到家且加饭，莫被去思催。

半年携笔橐，两次出燕都。东海听涛夜，北陵看雪初。夕阳黄叶路，秋水白蘋居。万里行吟处，归来再读书。

见说归期近，连宵频梦君。两年容易别，百载更难分。松草白山月，牛羊青海云。移家随处好，何必五湖渍?

三载金门道，荣枯春草生。东风吹鬓绿，诗味嚼冰清。肝胆能为贽，文章岂猎名？唯应与君子，携手话离情。

南湖赠张柱中师

1953年除夕，时张师于东北财院任教

惠麓弦歌地，春风感煦嘘。俱为异乡客，复诲旧时予。冰雪欲天晚，杯盘同岁除。南湖黉舍大，好着子云居。

旅沪纪事　六首　1954年秋

结侣来沪上，劳劳公务稠。壮游辄悭讯，轻别不知愁。灯火万楼夜，江波千帆秋。何时看东海，浩荡逐沙鸥?

帆字平仄通用。

旧乡原不远，南望阻云霞。已报三临沪，何遑一探家？鹏雏喜渐长，马齿愧徒加！蜜饯珍重寄，慰亲兼哄娃。

昔日黄崇嘏，比君应不如。春风香岛梦，秋月浦江居。胸竹谁操笔？心花自著书。南来收获富，千卷压归车。

黄崇嘏，五代西蜀女状元，以比同来之人民大学讲师黄惠。

海上今何夕？快哉逢谢澄！二年师友旧，几载簿书仍。食货原能手，文章自服膺。笑予犹破褐，未敢梦飞腾。

谢师于无锡教院授我几门课，时在花纱布公司为科长。

曾作南湖客，匆匆岁月骎。风波叹泛梗，桃李望成林。问字舒青眼；论文惬素心。育才原本分，何用馈吾金！

东北财院学生来沪实习，聘予作指导，院方给以酬金，却之。

南通一水隔，夜雨渡江初。濒海棉桃大，漫山鸡距粗。田间行远道，身后搭单车。乡里誉张謇，楼台说故居。

南通盛产优质棉，狼山鸡亦有名。

宝坻秋收 二十首 1961年10月

当年水库底，今日种高粱。万穗红黑熟，三秋收获忙。坚心誓夺垒，纤手奋扬场。献礼迎十一，人人意气昂。

小试开镰式，移时百亩空。杆倾疑倒海，刀落觉旋风。虎步跨冈上，蜗行说水中。纵然条件异，何足困英雄？

漫水无干土，踏莎当坦途。绑鞋防割脚，搽药免皴肤。泥陷力难拔；路迷声迭呼。红军过草地，视此实区区。

积涝三千亩，泥涂十二天。横空惊雁过，把酒祝蟾圆。水渐寒侵骨，人方战并肩。进程要加快，节序不吾延。

两翼频传捷，健儿干劲高。日沉犹忘返，夜值不辞劳。分秒争速度，队人超指标。明朝攻主体，月下细磨刀。

水上怎操作？割禾镰不携。丈竿压杆伏，寸刃掐头齐。捆束如鼋载，枝撑似鸟栖。法门来实践，更有老农提。箩底朝天，浮水面如鼋背，高粱穗捆束置上。

水上收庄稼，应知转运艰。铁牛辟航道，木鹢走泥滩。近路箩浮送，远程绳引还。由来人力大，处处破难关。

孤棚架波起，蚊阵扰无休。几路深巡水，一灯兢护秋。仓场伫满积，颗粒欲全收。不易知来处，扶持倍自周。

风雨兼晨夕，布篷摇欲倾。百流奔一地，万虑涌三更。筹策应劳党，危难自觉轻。朝来看云彩，预报验天晴。

饭菜来前线，雨深行路难。食调众口适，衣湿一身寒。地碱远挑水，人恹忙送丹。后勤工作好，壮士尽加餐。

十万高粱秆，横铺垫作桥。依然见平陆，容易失波涛。挖堑潦同注，井潭盆自舀。西南成泽国，场地幸犹高。

连朝复阴雨，湿穗间生芽。啮粒痛歼鼠；翻堆惊逸蛙。通风巧作垛；苫草密为遮。一意护粮食，逾期宁念家？

一夜寒潮近，北风驱湿云。趁晴速决战；涉水久行军。膝没任裈透；腕翻随穗分。百行才割遍，回首已斜曛。

浩漭南洼水，离离秫映空。一行千步远，七日百夫功。脱粒车旋碌；飏尘车鼓风。大田作业毕，主力转场中。

粒密还先熟，矫矫竹叶青。百挑穗欲大，“八字”种须精。稳送怕沾水，高攀疑摘星。明年二千亩，定卜好收成。竹叶青，高粱良种名，“八字宪法”种为一。

称来二十万，洼地出黄金。夏日衣濡雨，秋风帐积霖。辛勤半年力，欢乐此时心。满载劳动果，驱车回北京。

方今劳动贵，公廨亦屯田。衣食凭双手，红专企两全。稻粱逢岁熟，鱼蟹入时鲜。莫道江南好，江南在眼前。

匝月同甘苦，南泥湾里人。挺身先下水，谈笑顿生春。仍著戎衣旧，常留典式新。古来无此例：农事长官亲。

万古田园兴，躬耕得几人？课僮去刈麦，曳杖自垂绅。才大添狂介；名高托隐沦。平生思出处，浮食愧农民。

地僻不通邮，家书转辗投。几宵徒梦蝶，一水奈牵牛。有妇胜锄耜，生儿喜钓钩。为农计亦得，击壤意常优。

雷锋颂 八首

1963 年初稿，1965 年改定

似海阶级苦，雷锋童日谙。孤儿唯有恨；穷棒奈无权。仇未亲人报，身随天地翻。握枪是关键，亲切记斯言。

何处非前线，无時四海宁！尚流奴隶血，犹送鳄鲸腥。小我陋坐井，壮怀高建瓴。青春献人类，不锈拟螺钉。

山歌歌一曲，胜母党恩情。噙泪思先烈，论心励后生。最羞避艰苦，所乐在牺牲。如此人可贵，傻瓜诚好名。

愧杀蝇营辈，难知君所为。千年风可改，百世格堪垂。冒雨送归夜；潜名邮款时。几多助人举，一语是无私。

投身群众去，努力戒骄矜。友谊送春暖，热情迎夏蒸。一花开不算，万卉景才称。对敌威于虎，分明判爱憎。

秋风扫落叶，私念不容掺。未满三年役，连评五好衔。有涯入无限；伟大出平凡。万里行程阔，心怀方向盘。

梦中闻教诲，醒后记犹新。日月文章在，晨昏诵读频。不乾归大海，常洗去纤尘。举国学毛选，斯人尤认真。

一从题字后，万众学雷锋。遇事能忘我，归原在立公。风涛激时代；天地傲英雄。应抱上游志，如君真透红。

七言古体诗 共五首

过武夷山下，未登山选胜，书以解嘲 1956年秋

秋江月落上饶夜，晓发车入瓯闽界。白道头顶触层云，青山腰际飘长带。向晚忽报抵崇安，天边鸟没烟笼野。停车一览豁尘胸，武夷山立似相迓。万千气象屹巑岏，造化钟秀人难写。山中奇巘应更奇，山下石已恣百怪。未知茶花开何处？欲酌清泉且无暇。名山今日始得望，惠锡如丘岂足话。尝闻此中多仙迹，穿雾时有骑鹤者；儒门讲学大宗师，曾傍层岩结精舍。风云更数近时事，山灵增颜光亦借。一支军行宛游龙，风展红旗明如画。轰雷赤石揭竿时，山石至今长染赭。林涛犹作不平鸣，夕阳如画绛霞挂。黑天须遄至建阳，暮霭披身车又驾。惜未识他真面目，回首岚色意不舍。归来定访武夷君，云中连翩臂同把。岂知改道走南平，千里轨铺功成快。一宵辗梦到鹰潭，后约空留愿成假。约空我亦复何憾，应喜建设大步跨。瓯闽山险成坦途，两日如飞达榕厦。攀岫越岭走轻车，古人见之宜惊诧。生长今世诚多幸，何妨较他诗暂亚。年来载笔万里游，轮蹄匆匆半天下。他时会了游山愿，定与武夷偿诗债。

梨树打药歌 转韵四十四句

1967年春于小汤山

小汤山畔东风和，京郊产梨此处多。我来正值打药日，万树花开白如雪。梨树打药年四次，药沁花枝防虫豸。晨起一车载铁罐，汩汩其中荡药剂。地头分工早妥帖，五人一架喷雾器：一人长竿手中挥，一人唧筒连打气；两人后备轮番上，时移喷雾器易地；路旁有人司灌药，往来一担送树底。五丈胶管似黑蛇，蜿蜒游走欲腾拿。桶中药自管中过，长竿擎起达高杈。气压喷嘴液四射，黄云白雨蔽朝霞。玉梨映日香浮动，一时变作雾中花。左喷右洒如浴出，遍淋不容一枝缺。东头打过转西头，一半未到已日昃。打药须善择风向，风镜遮眼防护密。风旋难免药沾肤，皮始开绽后痂结。皮损衣污亦何害，但得秋来梨味美。辛勤护梨如护孩，风摧花落警梦寐。往时亦读咏梨句，赏其一枝春带雨。雪态冰姿托风雅，惭愧老圃心力注。今日我作打药歌，语虽俚俗根肺腑。歌成振笔亟书纸，古来诗人谁历此？入夜配料：硫磺石灰，以水熬之成药。亦有敌百虫加滴滴涕稀释而成。

七歌 1967年3月

连宵亡故亲人入梦，作诗志哀，并及远别之弟与年时愁状。

我生二十为秦赘，衣食依妇壮心愧。妇翁爱我更爱孙，远归必多饼饵备。梨园生涯五十年，单门俭岁费周

旋。江湖奔走秃双鬓，春来一病遽弃捐。呜呼！一歌兮想以往，欲起老人重奉养！

低头思我岳祖母，两世招婿以续后。出门摘苋供晚餐，白发龙钟人老丑。平生未报菽水欢，日见衰孱下床难。岳殁无何姥亦逝，含敛不及归一看。呜呼！二歌兮增长慨，襟边簌簌难忍泪！

我母出身实寒苦，芳年居孀我孤露。大母难容各西东，无情岁月泪中度。后为我抚两幼孩，十载劬劳心力摧。岂忆江乡传噩耗，终天遗恨顿足哀！呜呼！三歌兮歌声噎，至今思之肠百结！

有弟有弟同母生，少年负笈青海行。俭岁来京正艰食，未能善待惭阿兄。悲风飒飒吹湟水，英雄饮恨血洒地。惊闻吾弟陷牢笼，肢伤不屈有志气。呜呼！四歌兮路漫漫，长天风急鹡鸰寒！

无端故人入梦中，见我堂兄瘦削容。十载桑梓育桃李，我兄善诱弟启蒙。壮岁忽闻重病染，三年卧床家贫贱。无力续命广求医，临终犹思见我面。呜呼！五歌兮难回首，侧身天地辜雕朽！

东风吹鬓忆华年，略拂空桑七条弦。离鸾别凤不耐听，撒手而去殊漠然。月明二十四桥路，累伊惆怅春无主。所天不淑更椎心，落尽冷香随黄土。呜呼！六歌兮愁有魔，细算平生负人多！

我年四十何所成，携来笔橐聊代耕。风雷激荡卷四海，梦里曾欲请长缨。何期一跌再难举，归来敛眉闺房沮。更兼身世遭轻嗤，展步受掣累儿女。呜呼！七歌兮意徬徨，中宵起立月无光！

稻作二谣　1969年于小汤山

育秧　二十四句，是年之春

去年试种小站粳，亩产六百喜秋成。今年扩种一百亩，秧田新辟费经营。清明已过谷雨近，催种处处布谷鸣。夜间开闸戴月看，晓起畦沟春水盈。何来一片黄金雨，立时满畦盖飞霙。撒播已毕勤管水，阴晴冷暖最关情。日盼秧苗穿泥出，嫌迟恨不揠之生。兼旬点绿芽微露，几日如针抽细茎。纤影渐迷堤畔草，嫩色全混水上苹。锦茵特大展十亩，一片生机向日荣。转眼插秧季节近，试手掺掺一捻青。苗壮可望稻长好，怡然作谣记所经。

插秧　二十四句，是年之夏

东风吹拂雨又旸，季节已至赶插秧。干渠引来三尺水，灌入田中绿汪汪。忙煞秧田百双手，俯身拔秧头不昂。大道车行埂上挑，秧把匀抛水中央。捻秧要快插毋深，行距直否左右望。环环扣紧争速度，插者催人快输将。须臾块块田尽插，活水映耀碧玉光。是时忽尔风雨至，人已在水湿不妨。所喜插之皆成活，数日返青秧不黄。秧苗茁壮日夜变，秋来定卜谷满仓。不有田头汗沾雨，安得盘中米吐香？愧予劳动今始进，当日下田惊蚂蟥！

五言古体 共两首

落花诗 口占 1967年春

古来落花诗夥矣，然不外抒愁寓感之作。龚定庵独出心腑，诗云"落红不是无情物，化作春泥更护花"，语斯新矣。然其本意何指、本事何在，颇费人揣测。予借此题聊表己意，以诗言之，亦未必合乎定公所想。纯出口吟，未加修饰。二首各二十韵。

（一）

百花有荣谢，斯乃自然则。人自有哀乐，花落添凄恻。何限落花诗，实写己胸臆。定公倜傥人，出语动奇绝。赋诗曰落红，不是无情物。化泥更护花，花复沾其益。一读扫牢愁，新意溢齿颊。谁道花无言，花魂栩栩活。窃谓花护花，事须经年隔。不然既枝空，护花究何说。此与竹编篱，护竹同一辙。求人输求己，更生力自出。或云所护者，别季花后发。不辞身作尘，增他好颜色。以此评落红，诚亦高风格。言花原拟人，其后有事实。诗语尚含蓄，笺证常各一。本意或非此，所解皆蠡测。何必多纠缠，窠臼笑难脱。万古落花诗，蹊径贵自辟。

（二）

今我谓落花，天壤寻常事。着花为繁殖，草木均同此。芳心婉转开，蜂蝶沾粉腻。往来巧做媒，花蕊孕精气。至此芳菲色，使命完历史。一朝风雨摧，缤纷落满地。成阴绿叶中，青青子犹细。复因多种方，熟果离母体。苗长再抽枝，欣欣饶生意。念此对落花，庸堕伤春泪？花落为花开，代谢新旧替。人虽万物灵，一生亦类似。青春烂漫时，如花开正丽。无何子女多，心力交瘁矣。颜色渐老丑，亦如花落季。生之更养之，劬劳宁挂齿？助人忌德色，抚幼更天理。所以慈母多，儿孝能有几？落红岂无情，花残为结子。道出父母心，我言本平易。

词 共十九首 1957年至1967年

忆江南（续）

十首 1957年作

江南好，蠡泽趁墟归。湖畔桑多收茧大；市梢酒热宰羊肥。买布剪新衣。

江南好，设帐住双杨。鱼跃柳塘春水活；笋炊竹坞午风香。花绕读书堂。

江南好，白下喜重游。仙岭朝霞携彩笔；明湖夜月弄轻舟。诗比往时遒。

江南好，三载别梁溪。细雨独寻山下寺；微波仍绕柳边堤。林际子规啼。

江南好，吴下再停车。草树路环平古堞；园林廊转发新花。清丽至今夸。

江南好，沪上会朋曹。不夜楼明春浦月；无风樯动暮江潮。心逐海天高。

江南好，旋里为移家。昔去初栽桃百树，今来已作满园花。搔首感年华。

江南好，帆疾羡吴船。鸥没烟波桥廿四；雁横关塞路三千。返棹更何年?

江南好，吾土本诗乡。春雨一蓑呼犊健；秋风千网脍鲈香。尘陌尚奔忙。

江南好，枫落冷吴江。千古人曾传杰句，卅年我未续华章。风雨近重阳。

踏莎行 1964 年

思挟山飞；欲浮杯渡。十年磨励沉思处。绛霞花换苑池春，白云树掩江乡暮。 排闼长青；拂衣犹素。吟边添得词无数。水流万派总朝东，几回北往和南去。

念奴娇 两首

——读王杰日记 1965 年作

(一)

震空巨响，凤凰雏腾作一团烈火。奇迹英雄黄董侣，六亿神州传播。雨露滋荣，熔炉铸炼，破浪谁当舵？雷霆日月，宏文百读成课。

活水来自源头，尘埃勤洗，天地胸中大。哪怕台风十二级，重担敢于肩荷。常用螺钉，前驱卒子，处处浑忘我。临危顷刻，挺身奔赴无懦！

(二)

雷锋而后，看今朝又颂英雄王杰。洪水不容侵寸壤，力捍生民利益。百绞绳坚，三和土固，战士心连结。滴油珍视，誓将艰苦班接。

要学冬雪寒冬，昆仑小草，根扎巉岩石，要学车头快与闯，更带车厢数十。火海能冲，刀山敢上，壮语宁虚设？一编日记，读之激动胸臆。

念奴娇 两首

赠川大革命小将 1967 年 3 月

东风送暖，独川中，雾暗云深寒重。只手能遮天下目？复辟难圆佳梦！棒喝声喧，牢房人满，患难长相共。抬头北望，胸间赤日光湧。

最怜年小才高，红心向党，革命存良种。硬骨铮铮谁可侮，百折不移初衷。绝壁千寻，铁梅几树，雪压枝犹耸。锦江春汛，怒潮滚滚雷动。

大院形势 1967 年 4 月

密云作雨，乍雷鸣，世外桃园再乱。二月寒流平地起，未等秋来先算。急演交权，忙筹揪辫：亮相姿难扮。隔山炮响，黄粱一枕惊断。

小将无畏无私，丹心耿耿，岳立谁能撼？大海畅游喝口水，何足频论长短？穷寇应追，霸王莫学，革命途方半。朝阳万里，红旗永向风展。

满江红·寄怀青海舍弟

两首　1967 年 3 月、4 月

青海湖头，何事断春来消息？罡风起。云翻雨覆，虎符潜夺。湟水咽流髦士泪，高原腥染英雄血。最临危，昂首向东方，身难屈。　　传恶耗，睚眦裂；怀亲弟，肝肠热。想真金烈火，百炀犹赤。车辙旋看螳臂碎；长缨忽报鲸牙縶。愿红旗重举遍西宁，迎朝日。

山跃川腾，东风度昆仑南北。千百遍，同声欢唱，心中红日。烈火弥坚钢铁志，严冬未改冰霜节。任屠刀，带血逼胸膛，无自白。　　镣铐碎，罗网决；鼓角动，旌旗拂。正工农奋起，雄师齐发。激浪冲天淘污浊；郁雷振地驱虺蜮。看高原烂漫万花开，暄春色。

定风波·家书

两首　1967 年 4 月

不信人言蜀道难，入川今复着先鞭。一纸檄文谁破胆？如剑！曾经风雨志尤坚。　　压顶乌云城欲黯，时暂，曙光转眼照天边。根扎工农威力展，无限！红旗重舞不周山。

浩荡三军待杀还，运行地火欲冲天。一卒过河须善战，谁遣？满盘棋局紧相关。　　血肉友情终不变，相援，同心共整好河山。苦雾扫除愁雨散，春暖。万花烂漫大西南。

第三卷

辽海集

1969 年 7 月至 1970 年 1 月，第一次在盘锦；1970 年 4 月至 1971 年 3 月，第二次在盘锦，两时段所作诗词均归入辽海集。

七言绝句 109 首
七言律诗 34 首
五言律诗 4 首
七言古体 8 首
五言古体 6 首
词 63 首
诗词共 224 首，约 1.78 万字

七言绝句 共一百零九首

初到干校雨后 四首

1969年秋（以下为同时作）

雨后潺潺碧满渠，儿童张网乐何如。狸奴亦似知人意，夜半衔来一尺鱼。

晴日迟迟出海涯，湿泥雨后重沾鞋。半天工夫谁来去？辛苦先教积潦排。

小桥流水敞柴荆，亲似家人扫榻迎。雨后不辞泥路滑，一挑水满答深情。

昨夜人声村口喧，新来战友到盘山。泥涂卅里终无阻，雨后通过第一关。

村居记事 六首

村外青青水满田，耨秧头遍莫迟延。猫腰尽日身无力，不及儿童走在先。

铡草和泥土作墙，趁晴圬抹满村忙。葵花瓜瓞房前后，白屋家家尽向阳。

遗矢村边自犬豝，肥为庄稼一枝花。问君假日如何过？茅厕修成便大家。

半世村居治病难，呻吟今夕众相看。人言赤脚医生好，风雨泥深送药丸。

泡子年年硷味谙，凿来十井比泉甘。自流日夜喷飞雪，村北村南泽广沾。

满天光益灿群星，一望村村电炬明。从此坑头添笑语，几家夜读到深更。

过陈珊墓

新坟突兀尚花环，舍己风高重泰山。寒日村东残雪路，下车我自吊陈珊。

白鹭 两首

白鹭一行飞水田，江乡景物梦依然。北人不识斯何鸟，却谓鹤归辽海边。

划破莎洲雨后天，夕阳滩畔影双拳。吾身能似渠容与？不管风波自在眠。

雁过

清霜九月陨盘山，归思吟成菩萨蛮。不及塞鸿飞有信，一年一度入榆关。

止酒

往岁曾寻瓮里春，只今寸盏不相亲。酒钱省却余诗债，淡泊生涯淡荡人。

拾粪

乡居不怕粪沾衣，猪矢马通皆好肥。行过大堤勤不辍，朝朝拾得满筐归。

盘山多风，树尽侧倚，因书一首，以志其异

鸣条响叶度关河，无日安流水不波。一样大堤杨柳树，树身偃蹇为风多。

我校农田土多粘重，应学河（辽河）南，改良土壤

一雨便成三尺泥，晴来似石费锄犁。河南高产田更貌，岂是天生地不齐？

此间多蠓，颇苦之，戏书一首

迩来日日苦飞蠓，细似纤尘出草丛。遂识难防属宵小，损人不在有形中。

蠓未去而蚊复之，再戏书一首

飞蚊作阵响雷车，聒耳无人不厌它。绝忆当年明火客，破门入更肆喧哗。

送内子赴息县干校，返盘道中见雁 两首 1969年11月

入关曾羡雁南飞，送别吾今得暂归。到底输他举家走，水乡梦暖稻粱肥。

潇湘游憩足悠哉！明岁将雏始北回。我却比他更忙碌，半年两度出关来。

盘山 叠韵四首

1969年12月10日

耕云谷口吾师郑；勘雪边陲子慕班。人事多乖音问绝，秋风一夜两盘山。

并世才应冠莲幕；毕生名不列鹓班。但期锦瑟音常协，千载吾犹胜义山。

高楼骋目心犹壮，绝塞举烽师未班。万马追风嘶夜月，从谁执戟走关山？

愧无韬略为今用，剩有词华与古班。刻意写诗复治史，云崧当日早归山。

时大儿在蓟县，该县亦有一盘山；义山指李商隐；云崧指赵翼。

读词偶题 1969年12月19日

铜琶铁板大江东，豪放辞推一代工。我亦风情非少日，铅华洗去事坡公。东坡。

郴州客舍暮寒扃，一曲词含今古情。笑我昔年求婉约，新声曾步踏莎行。秦观。

退迹沧江鬓早斑，金戈铁马梦关山。放翁词笔高骧处，不在驿梅宫柳间。陆游。

铁骑南归怒气冲，轻驱书史辟词宗。欲论天下呼公起，灯火阑珊蓦地逢。稼轩。

破碎河山入望中，壮心难屈耻臣戎。当年慷慨陈同甫，忧国词曾领浙东。陈亮。

流落花丛老乐师，屯田和泪写新词。晓风残月杨柳岸，清绝诗人谁与知？柳永。

卷帘人瘦比黄花，巾帼中应尊大家。离乱怜渠身世苦，声声慢不让胡笳。清照。

缕云刻月才非拙，轻燕娇莺词岂传？不及白描诗句好，垂虹秀色满归船。白石。

描花弄笔南歌子，作手文坛仰老成。岂乃当时风气致，故从小令写闲情？欧阳。

白发将军秋未还，长烟落日戒重关。文臣若只老台馆，安有壮词惊世间？仲淹。

枕上口占 两首 1969年12月30日，时住盘山招待所，照顾骨折住院同志

马蹄声碎鞭声脆，远梦依稀被唤回。却念披霜戴月者，不辞辛苦赶车来。

客馆扃寒逢岁尽；朝阳化雪待春回。行囊检点新诗草，曾记盘山鸿迹来。

燕飞口占 1970年4月再到盘锦

水田秧绿燕低飞，秋去夏来期不违。与尔北行同作客，今年可得再南归？

步行赴盘山遇雨 两首 1970年5月9日（再至盘锦后）

奔雷挟雨到盘山，坎坷泥深行路难。自笑劳人成底状：棉衣尽透一身寒。

甘霖降正博农欢，哪惜吾身遂着寒。亦为平生增阅历，雨中卅里走泥丸。

风大 同年5月

大风无日不兴涛，十里长堤柳折腰。亦是平生未曾见，肩头忽地铁锹飘。

雨中挑秧 5月20日

滂沱大雨去挑秧，上下衣淋竟体凉。止酒十年今破戒，与人说是辟寒方。

报载青海自产“青海湖”汽车，因念舍弟，诗以寄之

万里车行青海湖，测山量水尔前驱。冰原踏遍战风雪，一睨人间无畏途。

冒雨看菜地口占 1970年8月2月

新苗经雨将何状？泥滑长堤急切行。谁识一时心转喜，满畦依旧绿如萍。

沧浪亭畔雨中行，挈侣寻诗少日情。不及今朝滢潦水，关心消息在农耕。

菜地杂咏 五首 1970年8月

菜秧日长绿盈盈，旱盼甘霖涝盼

晴。总是辛勤手培育，一株一叶自关情。

苗壮端凭灌粪汤，施肥归去满身香。应知此物来非易，重担肩头压路长。

镇日弯腰细间苗，由来能舍取方饶。青青嫩叶肯轻掷？佐膳均分汤两杓。

垄头雾点落随风，打药乘时莫放松。身在菜园望世界，何时尽扫害人虫？

四亩新栽叶尚蔫，护持能不倍周全？大休半日未闲度，百斛水挑浇菜田。

治虫戏咏

清秋园圃学为农，啮叶青青恼此虫！却笑少时怜蛱蝶，浪抛诗笔到花丛。

观鱼口占

鱼伢列队水中游，活泼天机竞自由。我亦曾为童子日，无邪心赤不知愁。

稗子 两首

一咏稻田中稗子，二咏饲料地稗子

人育野生分劣优，昔年稗稻共源流。田中混杂气难服，强比禾苗高一头。

稗子成行一亩长，弯腰疾进舞镰忙。天生此物宁无用？夜半添槽马口香。

乡思 二首

南飞犹向故巢前，动我乡心二十年。何日五湖烟水阔，一帆秋雨送归船？

凉风吹动白蘋花，秋到辽南曲水涯。何必莼鲈归思起，稻香蟹熟近侬家。

对月戏咏

1970年9月14日，中秋前一日

捣霜换骨羡飞仙，天上犹难尽远愆。不见吴刚谪未满，月中伐桂又经年？

起夜，见月轮疾驰，口占

碧空滚滚一轮驰，风疾云浮见月移。倘许上天揽蟾足，南飞万里岂多时？

乡思（接蕴姊来信）

风雨重阳句未成，廿年载笔客春明。梦中更踏垂虹路，千树江枫秋满城。

秋雨

1970年10月25日于大洼医院

寒风夜半破窗来，梦到清淮又唤回。晓起云深迷远目，一天秋雨湿楼台。

病中作 两首

堤柳风前叶未黄，秋原草白晓凝

霜。病中奈乏平安报，枉过长天雁一行。

天涯荏苒惜流年，月过中秋又一圆。纵使南归身欠健，弄涛难上太湖船。

又一首

衣裳脱着背全酸，身手如斯杀贼难。犹幸屈伸指全活，寄书得与写平安。

无限风光在险峰

——珠穆朗玛峰科学考察影片

1970年10月29日于大洼医院

猎猎红旗舞晓风，进军号角震长空。千山五岳寻常事，要夺寰球第一峰！

沧海成山造化工，谁明去脉复来龙？亿年奥秘从头探，为国争光攀顶峰。

针阔山南树郁葱，北坡牧马草连空。自然赐与原非薄，岂独冰岩与雪峰？

鲮鲤无鳞满网中；沙洲卵大戏飞鸿。分明一幅江乡画，却傍高原万仞峰。

晶树银花冰塔丛，暴风雪卷自从容。陡坡力上抬头看：云海茫茫涌异峰。

万岁声回万谷中，胸怀红日永朝东。测大绘地定高度，真面今才知此峰。

浩气江山助笔雄，也思振翼趁东风。感他抢摄冰川景，送我暂游珠穆峰。

征路崎岖万事同：不登高处目难穷。扪星欲接天呼吸，无限风光在险峰。

将出院，夜雨，漫成

1970年11月3日

闪电穿窗撼夜雷，满途秋潦恐难回。何期雨霁朝阳出，依旧青空万里开。

听史治敏讲用

灯下倾听体会谈，挖渠勇士战方酣。私心恰似黄胶土，不断抡锹不断沾。

早起

疏星未落月如钩，晓角声催好梦收。莫道冬寒君起早，赶车人已过村头。

冬忙

筒锹扦地镐抡空，破冻修渠顶北风。农事忙闲今已改，一年之计在前冬。

寄鉴儿 1970年11月

辗转书投喜报安，南天漠漠暮云端。斜风细雨难行路，九月深山沁骨寒。

志斩荆榛斗石顽，青山以外复青

山。欲寻无限风光处，更向云中绝顶攀。

后年始得探亲还，壮别人间亦等闲。难制梦魂飞两地，临江才去又宜山。

邕桂炎蒸风土殊，老来劝我住姑苏。转思四海为家日，何必归心绕太湖？

再寄鉴儿 四首 1970年12月

新秋作伴赴南宁，踏去层峦万点青。联袂云间看直上，天河迢递笑双星。

风霜莽野路先开，岁暮峰寒收队回。何事春前犹外出，奔忙久未见书来。

除夕今年散五方，宜山客舍梦飞扬。柳枝灵活松坚定，是处生根即故乡。

爱日临窗疾渐瘳，纵横健笔幸天留。都门明岁期相会，为汝半酣书好逑。

寄女 五首 1970年10月

入川金尽岂心安？远去更怜行李单。何事棉衣却回寄？龙门积雪正凝寒！

一纸寥寥句数行，帐前想见事匆忙。纵来两字平安报，也免双亲久挂肠。

僻处深山饥渴如，工余好学忘劳劬。天涯何物堪相寄，月付邮筒一卷书。

凌厉刚新出语奇，能文喜汝自何时？天留老笔将谁授？万里徒缄寄女诗。

蜀山淮水梦常萦，唯待探亲叙别情。三地书传期共约：明年春节会春明。

梦女归，示以手伤已愈

1970年10月30日夜于大洼

手伤示我已无痕，背卸行囊笑入门。梦破枕边清泪落，高楼人呓一灯昏。

寄女 四首 1970年12月

书来闻汝返甘南，腊月坚冰战正酣。割取白龙鳞一片，明珠何日手亲探？

灌孔汛前功必完，归装暂搁笑迎难。人间离合寻常事，一望昆仑天地宽。

锄余散句入诗篇，夏耨冬藏又一年。我亦春前行未得，冻云压海雪飞天。

鲈乡梦断廿年间，却把西山当故山。三月都门花万树，认巢再候燕飞还。

对月 两首 1971年2月

皓魄当空又上元，归期相约信频传。如何今日仍南北？不向都门共月圆。

关山万叠梦魂迷，老树柯寒乌夜啼。起步披衣难再寐，月明如水浸长堤。

雪霁 1971年2月

无风朝雪满丫杈，转眼晴空映日华。却怪两行堤畔柳，一时尽发玉梨花。

咏史 十二首

1971年2月5日于盘山

熊掌思尝急不容，商臣擐甲逼深宫。总因权位争未了，父子遂如仇寇同。

养士争权公子光，筵前利刃匿鱼肠。如何春雨专诸巷，千载犹传侠骨香？

客馆邯郸工笑颦，荡平六合岂嬴秦？专权窃国谋奇特：不用刀兵用妇人。

凉车丧秘杀扶苏，二世禁中声色娱。岂意大权早旁落，鹿呼为马百僚谀。

徒矜拔剑斩长蛇，诸吕当朝权尽抓。不有军中衣左袒，江山未必属刘家。

禅魏平吴廿五年，八王何事又骚然？朔方胡马黄尘动，也入中原效夺权。

北朝废立自权臣，弑父诛兄跨后尘。看罢琼花频照镜：头颅大好属何人？

兵权久握众心归，玄武门前血肉飞。天下本从汝手得，速传帝位是知机。

诸将权随樽酒空，讵甘让国示高风？陈桥作俑能谁怨？有弟天然肖乃兄。

风云政局闹燕京，婶侄觊权殊死争。最是元宫史触目，杀人夜半戛闻声。

权擅强藩麾北军，言清君侧实图君。郑和出使西洋下，密为朝廷索建文。

遗诏偷描一字差，皇权便落四哥家。翦夷手足添新样，猪狗人身恶谥加。

七言律诗 共三十四首

灌畦 1969年9月

灌圃看畦迟未回，夜空蚊阵响如雷。千斤他口收菘薤，川亩当时没草莱。为有源头来活水，应从心底洗陈埃。掺沙粘土苗方茁，大地凭谁费剪裁。

挖渠 1969年11月

卷风万丈巨龙回，众志移山气壮哉！衣上层冰飞雪集，胸中红日冻云开。小车流水高堤起，铁臂挥空硬埵摧。指看明年春灌漫，碧禾千垧趁时栽。埵，小土堆也。

返盘道中 两首 1969年11月10日

敝帽西风出塞行，当年入洛附群

英。总缘身世遭轻哂，未有文章诩老成。晓越长河冰渐合，暮归大野月初生。如何四海为家日，苦学江淹赋别情。

小苑春风借一枝，即今相望各天涯。梦回辽海霜飞夜，书到淮滨木落时。万里应嘉儿女志，廿年曾费室家思。归耕偕老期来日，片语难忘泣路歧。

鉴儿书来将赴广西，诗以寄之

1970 年 8 月 10 日

飞来消息喜何如，极目南天万里余。风涌千林凭虎跃；云生五岭借龙嘘。朝霞京蓟萦前梦；秋月苏杭问故居。山水域中慕阳朔，好收奇景入家书。

一囊情重寄新茶，欲饮杯前思转加。廿载身微累骥子，百年心在梦龙沙。舞锄未许田生草；击壤犹输笔有花。邕桂诗人旧曾到，白头可得去为家？

再出关

1970 年 8 月，诗系调息县干校团聚未成，再到盘锦后作

花落春归再出关，大刀环缺几时还？一年容易又秋色；万事迁延初鬓斑。平野风飘云过雨；长林烟织日沉山。惊雷夜动边烽起，报国无能觉汗颜。

大堤即景口占

二律 1970 年 8 月

马通晓拾人行早，柳罨长堤日几经。出水蒲摇三尺剑；浮波蘋点一溪星。黄金穗秀云封垄，碧玉苗齐露满町。扑眼秋光不暇接，朝霞红醉远山青。

沾得泥香满袖归，风来凉意透重衣。晚晴更觉山容俏，秋雨才添水面肥。紫燕衔虫皆比翼；苍鹰逐兔独低飞。川原景色明如画，新月行空映落晖。

九月十五为旧历中秋，午后雷雨，晚霁，入夜云破月出

9 月 15 日

异乡佳节难为客，枕簟凄清午梦寒。海上惊雷千里转，村前密雨一天悬。山横晚霁笼烟淡，云破秋霄涌月圆。安得层阴心底扫，年年人月共团圞？

女涓自青川来信，诗以寄之 9 月

道远书传半月余，近时会战有闲无？青川声沸千旗舞；白水尘喧万毂输。风急更舒飞隼翮，渊深要探睡龙珠。江山多丽金汤固，何幸亲来绘壮图？

云际工区路万寻，大劳喜汝已能任。钢锹挥日穿山胁；铁钻鸣雷勘地心。绝壁寒梅挺枝秀；巉岩劲柏扎根深。一门兄妹俱英发，南北神驰盼

好音。

在菜地久掌农药，血象有异，赴大洼就医，戏赋二律

10 月 2 日

征车扑面尽风沙，半日奔波到大洼。上药闻难治白血，中年看得几黄花？云雷万里心犹壮，荼火三秋力渐差。且喜更无儿女累，南天北地自为家。

昂藏岂必竟沉疴，休遣疑云心上过。年若假吾再勤读，时难逢此合高歌。千秋史在文谁点？十卷诗存字未磨。犹有隐忧斫不断，晚风桥下水扬波。

再赴大洼，未能确诊，复成一律 10 月 8 日

大洼两下究何为？胸底层云更积疑。堕地宁无不死日，回天可得再生时？丈缨缚敌功谁就？寸管论文病自知。莫把近情露书内，秋风淮上免愁思。

三赴大洼，仍未排除，且以所患风湿症作治标之方 10 月 15 日

且闻风湿袭吾肢，三度寻医未析疑。此去难期如健者，既来随遇便安之。望中漠漠云山隔；病里堂堂日月驰。自笑拘挛似瓯北，非徒下笔学他诗。

李钢同志索句，诗以应之

1970 年 10 月于大洼病院

一笑天涯识李钢，盘山好岂感他乡？春雷大地同挥锸，秋雨高楼恰对床。抱疾未能妨逸足，助人急欲豁刚肠。漫言心力年时弱，胸有朝阳万丈光。以心脏病住院。

长夜惊雷撼海隅，狱中谁为护遗孤？廿年骨肉存高谊，万顷波涛辟坦途。北地书传期虎子，东风力借待鹏雏。红旗永举班堪接，珍重青春七尺躯。李为烈士遗孤，生于狱中；养父为海军大校，养母自哈尔滨寄书来。

赠黄维亭同志

1970 年 10 月于大洼病院

玉门西出为支边，似火青春红欲燃。万里车行穿大漠，半天井竖接长烟。都山家在来何日，辽海图开战一年。愿子疾消早归队，好施身手夺油田。

出院道中作

11 月 4 月于盘山

半月高楼困病床，出门浩荡喜朝阳。沧波桥下青鱼跃，黄草天边白鸟翔。挥锸微嫌碍身手；摛毫尚可沥肝肠。百年鼎鼎休轻过，此去唯应惜寸光。

寄内 1970 年秋

旅况何能尽一翰，半生误我是儒

冠。目穷秋塞风烟阔；梦老春明花月残。赤日汗淋锄下土；清宵心涌枕边澜。年来所得翻行箧，百首怀人泪未干！

鉴儿南归，蕴姊书来，枫江风物，时入梦中

霜板轮过迹尚新，年时亦惯逐征尘。秋风鸦冷长堤柳；春雨鲈肥故国莼。圆缺阴晴千里月；东西南北一家人。枫江已分难归去，何故飞扬入梦频？

寄孙七寄虹兄

望里鲈乡路杳漫，慰人语最是平安。好风我感黄公暖，旧雨谁怜范叔寒。稻海浪腾千顷碧；枫江霜染万层丹。白头会了南返愿，鸥鹭为邻烟水宽。黄叔度令人不绵自暖。

答孙寄虹兄

百丈晴虹江上横，书来令我忆平生。论文谊重兼师友；惜别情深过弟兄。四卷春风人夜读；一簑细雨犊初耕。田园好句非轻写，中有熙和击壤声。

春节休假事沮，书寄淮上，兼示青川女涓

三秋雁过重关隔，一夜蟾圆五地看。聚散人间宁有定？悲欢梦里岂无端？虎蹲山石披深莽；龙卷江风枕急湍。千里探亲难晤面，蓟门南望暮云寒。

去岁予在盘锦，而是日内人亦赴淮西，四时荏苒又一年矣

11 月 15 日

秋逝冬来节序新，飞蓬凝雪凛霜晨。一年淮上成远别，十月关东无小春。木落楚山沉宿雁；冰生辽水伏游鳞。难忘去岁始今日，南北途迁倍怆神。去淮安家曲折，事未果。

寄内 12 月

岁首好音曾一传，迁延谁料又经年。养疴日冷逢三九；飞梦途遥越几千。腊雪盘山缝短褐；春风淮水寄长笺。都门相晤纵如愿，百虑当胸争恝然？

约春节会都门，期未能定，书寄淮上

辽天雪意酿奇寒，荏苒年光好事悭。两地月圆人契阔，八行书滞道间关。春冰北海鱼同跃；暮霭西山鸟共还。会约都门期未定，渡淮依旧梦无闲！

淮上书来，决改期回京，重约三月相晤

期改临行意决然，往来几费短长笺。红心向党进毋后；碧口鏖兵冲在先。剪烛梦中同守岁；敲诗枕上独迎年。春风好待花重发，携手都门对月圆。

淮上来书：再梦送别，读之黯然，仓卒成句以寄之

乾坤寥落欲何之？送我城关嘱路歧。心事难平常入梦；世情无奈遂相离！强风飐水身漂梗；大野飞霜鬓坠丝。千里寄书书达晚，泪痕沾墨不成诗！

春回寄内 1971年春初

春回八九苦寒凝，衣薄朝来已不胜。二尺门前风卷雪；千枝檐底溜垂冰。离情稠叠知唯笔；客梦悠扬见有灯。三月京华能聚首？归期数约总无凭！

少作多删，尚忆断句清露明河联，爱之，足成一律，以寄淮上

微吟帘底倩谁听？断句当年出性灵。清泪疑花涵晓露；明河似水涨秋星。鬓丝经雨难常绿；草色向人犹再青。烟月朦胧桥畔路，近来梦里几同经！

咏唐事 1971年2月6日于盘山

日月当空炫太平，乾陵宿草雨中生。一人专宠先参政；诸侄分封尽统兵。衣白贾成新贵显；瓮红吏待旧公卿。宫闱何事频流血？庶族豪门权互争。

鼻息仰人心不平，语喑无援仗书生。朝家仁政除宫市；阉寺威权握禁兵。五夜屠龙由甲士，八州司马本台卿。掖庭喋血闻谁记？怵目尘寰父子争！

五言律诗 （含排律）共四首

中秋寄内 两首

1970年9月15日夜

今岁中秋夜，月圆人不圆。一天光欲溢，万古镜常悬。碧汉无槎渡，蓝桥尚信传。何时许双照，泪眼对婵娟？

底事耐离恨，寂寥居广寒？世情竟有似！秋思岂无端？关塞梦难越，江湖家未安。去年歌《水调》，犹自强心宽。

锌儿书报连获表扬、评五好，诗以志喜 1970年9月

五地人暌隔，最怜吾衮师。别来应渐长，归去更何期？稚未谙离恨，孤难释梦思。红笺喜频报，赤子誉交驰。力战当三夏，奋身宁一时？心聪学须猛，家累进偏迟！为父惭无教，《骄儿》愧乏辞。开函欢惹泪，仓卒与题诗。

春雪 1971年2月15日

方道来春意，当空晓雪霏。风光开北国，窗日敛南晖。白野横万里，琼枝攒四围。鹤翻银毳落，龙斗玉鳞飞。关外年才过，梦中人屡归。迟眠

能恋枕？早起为添衣。自卜千斤兆，犹嫌六出稀。苗生宜土润，虫死喜禾肥。肃杀正除害，阳和将转机。寒流天际急，暖气地头微。芳信待花发，离思空泪挥。都门三月会，期约更无违！

七言古体诗 共八首

农事四谣

1970年1月至10月于盘锦，是年1月重来此间

育秧谣 3月30日

去年六月才插秧，入秋结实逢早霜。今年育秧大提前，务期早插多打粮。北国天寒秧怎育？保温催长自有方。塑料薄膜供农用，抢季育苗功昭彰。透明日照如暖室，防风更以苇作墙。秧田水凛不觉冷，齐膝软靴各一双。播种廿日秧日长，日下秧田护持忙。六亩秧针二寸余，茸茸新绿映曦光。连朝猫腰水中行，水深裈湿亦何伤？匝月薄膜全揭除，拔稗不容莠混良。南方插秧秧必涮，不留母土成定章。此间偏以泥秧插，一指带土重满筐。农事须因地制宜，强求划一反非当。歌成聊以记风土，为附书中远寄将。

插秧谣 5月31日

红旗猎猎迎风扬，五七战士怀朝阳。大干苦干红五月，坚决不插六月秧。南方秧苗人各插，株行之间略见方。此地株密行距宽，中耕除草尤便当。初见人拉插秧船，上载泥秧可三筐。横木标志示行距，三人俯前插九行。何处学得二人转，不用秧船法也良。木尺支架拉两绳，插之更直依绳量。亦有快手喜单插，补边更见单插长。插秧人各显身手，日插秧达一亩强。插者时时叫秧来，埂上匆匆运秧忙。泥泞小道挑担滑，无人身不滚泥浆。我喜投身大会战，锤炼红心劳俱忘。速记此段新阅历，不因句拙遂掩藏。

耨秧谣 7月5日

渠水粼粼漾波光，风吹簌簌稻叶昂。治虫撒药施肥罢，重头无过快耨秧。耘耥意在除杂草，兼以松土挠根旁。分蘖发颗赖促进，秋来才得获丰穰。圆轴钉齿为滚筒，木竿接轴如长枪。推拉灵活耥行间，杂草压入泥中央。化害为益沤作肥，数日草腐合泥浆。百亩一周耨一遍，七一献礼可指望。垄眼草多如围脖，滚耙不到处宁忘？此际目注以手拔，稗子三棱焉躲藏。以往莫辨稗与稻，近日知之始周详。叶舌叶耳为标识，实践中学添新章。除草匝月心有得：良莠对立本相妨。人之心田亦若是，不耘久则成草荒。

割稻打场谣 10月11日

秋分既过稻已黄，预报或来雨雹霜。寒露前即试开镰，抢时早收避其殃。月下人自细磨镰，银镰飒飒闪寒

光。大把抓来留茬低，快割哪顾指已伤。金色稻把布田中，如葵花开向朝阳。汽车轮飞赶装运，追风长嘶马首昂。铁肩亦挑云千朵，一字行排如雁翔。电棍转动脱谷机，日夜不停忙打场。趁晴翻晒水分干；因风簸荡尘秕飏。寸草上垛高百尺，颗粒归仓满万囊。亩六百斤已加番，五十万斤全入藏。碾来米白流匙滑，亲手种之分外香。惭余往日空弄笔，廿年久食亏心粮。今来亦聊尽绵薄，欣然击壤歌岁康。

四首各十四韵，篇长比原稿删节一半

西胪人赞歌六十四韵，试用通俗体

1970年10月30日，于大洼医院

（原通讯载《人民日报》1970年10月27日）

榕江入海口西岸，滔滔烟水腾海面。十二级风刮不倒，红旗高树潮阳县。壮哉七万西胪人，事可歌泣人可赞。去年七月下旬时，强台风袭史罕见。扑入东南沿海地，西胪恰值登陆点。黑风压顶裹暴雨，百丈浪向海堤漫。山洪猛泻出峡谷，大榕树连根拔断。直将西胪一口吞，风吼潮啸天日暗。台风至前早有备，大军组成为抢险。险情来即是命令，战场前指奔险段。公社主任杨健生，顶风冒雨临火线。百斤沙包固危堤，抱病却看身手健。集体财产救护忙，干部当机足果敢。木船载石沉河底，风吹浪打反避患。守卫粮仓仗民兵，当门拦潮以身捍。寸分不向恶浪让；高低敢与狂飚判。揭瓦急救屋中人，抱木攀树洪涛卷。生之希望别人接；死之威胁自己揽。保住防潮总门户，灾情降至最低限。气壮山河贯日月，六人英勇生命献。灾后西胪尽创伤，恍如天塌更地陷。四十八处大缺口，十七里堤剩米半。多少村庄夷平地，田面坑洼波泛滥。山区果木顿削光，梯田冲毁难再辨。阴沟跳出一小撮，叫嚷外流造混乱。灾害难吓西胪人，胸怀朝阳春意暖。群众眼望火车头，鼓气前进步莫缓。战友牺牲有来者，接过重担挺腰杆。宣誓泥中紧握拳：斗地搏天志不变！省里拟拨救济粮，自洗灾痕却外援。翌晨西胪声喧闹，红旗开路迎风展。“天塌不来我们顶，地陷下去我们填！”粮山台风刮不走，加倍夺回更壮观。不怕苦更不怕死，浩气冲霄山欲撼。八月骄阳红似火，茅棚住吃咸水饭。劳动十六七小时，光辉语录齐声念。排山倒海克困难，众人只具一心眼。思想武器武装人，威力胜过原子弹。堵口断流最艰巨，民兵浪里经锻炼。忍伤流血跳水中，巍如铁塔不打转。老虎嘴也要堵住，激流怎阻钢铁汉？抛石沉沙打木桩，三天打胜突击战。挖平小山填深潭，恐后争先同心干。畚箕捞泥运田间，五天不息早至晚。烂田修整焕一新，表土加厚土更软。三千五百亩稻田，旬后稻秧即插遍。堤围加宽更加高，全区安全此关键。更砌石墙以护堤，海上长城打不烂。此仗烦赖娘子军，横队几路水里站。怀抱石块递百斤，摔倒再起泥涂脸。海砺壳划手脚破，欢笑精神越饱满。匝月七十万工日，垒堤任务提前赶。崭新大堤更雄伟，屹立牛田洋之畔。半年之内大造田，开山围海亩近万。耕地扩大四之一，当造种植即增产。大灾之年不见灾，川原似绣面貌换。晚造丰收超纲要，多售余粮万余石（读担）。全凭一双勤劳手，美好家园重新建。与海争地海让路，向山要粮山听遣。勇敢智慧西胪人，欢呼胜利遂心愿。胜利面前欲何为？更大蓝图心头现。不停步走长征路，不歇脚挑革命担。要学大寨更奋发，共产主义前程远。壮丽凯歌新谱写，光耀时代红烂漫。

南堡书记赞（通俗体）

1970 年 11 月 3 日，据《人民日报》11 月 2 日李金荣同志先进事迹报道编写

江南有大寨，其地在桐庐。南堡溢壮采，光耀掩明珠。战胜大洪水，新村起废墟。带头人为谁？铮铮李支书。李支书，树楷模。“顶风逆浪不回头”，无私无畏人争誉。去年七月山洪发，暴雨倾盆盖山区。洪峰蹴天卷地来，灾情特大昔所无。勇哉李书记！率队身前驱。来回抢险忙，出没浪里凫。危楼岌岌晃水中，内有人困出无途。支书劈浪攀楼上，掀瓦砍椽力有余。飞速举人过肩头，托上屋顶脱险虞。此时惊闻哭声急，幼儿抱腿扑爷呼。回顾老母犹在屋，哀哀难割是妻孥。送谁先上怎抉择？先人后己无踌躇。死之危险留自家，拯救群众争须臾。一排巨浪房倒塌，亲人未出化为鱼。忍泪搏斗狂涛中，木石打头血满肤。洪水能夺亲人去，革命决心终不渝！李支书，立山隅。“泰山压顶不弯腰”，战天斗地意自如。洪水过后田尽毁，荡然难再觅旧闾。半间屋架一破灶，仅存苦楝树一株。壮哉李书记！挥舞红宝书，誓为新南堡，重绘更美图。头顶烈日赤双脚，“双抢”战场与众俱。挖开沙石收早稻，夺秒争分再耕锄。当日良田成“溪滩”，一堆堆滚乱石粗。有人视此为难关，不禁低眉气稍懦。支书笑指石田说：“移山谁言愚公愚？群力大能搬大山，区区顽石能认输？”挑起一担石就走，铁肩纷向石前趋。晚稻种上获丰收，大灾之年仓满糈。防洪巨坝挺然立，旱涝保收建新渠。天目溪畔田如绣，大寨花开艳红蕖。李支书，众望孚。团结村民同甘苦，后乐先忧浑忘吾。生产恢复重盖房，众人陆续进新庐。一家灯下得团聚，更深言笑人欢娱。伟哉李书记！分毫私必祛。百间新楼成，尽让人先居。几块木板搭“阁楼”，局促不嫌身难舒。小阁思考大问题，雄文勤读夜忘劬。队里分配楼一间，勿住教把工具储。却道：“阁楼住更好，集体为家永不孤。雨雪来时知更早，心才不与乡亲疏。”去冬鹅毛大雪飞，反侧难眠思郁纡。深山五保户安否？翌晨越岭白雪铺。扒开屋顶一尺雪，门前雪扫现阶除。老人闻声开户出，暖流涌胸春风嘘。远望背影风雪里，热泪盈眶眼

模糊。巍巍乎！李支书。先锋战士洵不虚。革命烈火经考验，百炼千锤出洪炉。共产党员钢铁汉，制成材料本特殊。毫不利己专利人，公字顶峰直登逾。省里开会为表彰，名播全国美瑾瑜。谦虚谨慎益自励："万里长征"迈步初。"更大贡献"望世界，"决不松套歇征车"。通讯再读震心弦，热血翻腾笔饱濡。"无私无畏"钦斯人，高大形象为细摹。英雄辈出大时代，采风入诗庶无辜。

胡业桃颂

转韵八十韵（通俗体）

获《人民日报》1970年7月6日通讯《一份没有填写的入党志愿书》，读之感甚。爰加改编，而成此篇。1970年12月1日午夜于盘山浴池。

九州磅礴卷风涛，红旗如海歌如潮。青春火热光万丈，英雄人物数今朝。人民海军导航连，先锋战士风格高。危险时刻冲在前，舍己救人胡业桃。业桃生小堕苦海，爹妈要饭挨冻馁。饿死破庙姐尚幼，血泪仇记旧社会。东方红唱太阳升，翻身解放天地改。满怀感激学提笔，恭书"毛主席万岁"。少年爱仿解放军，木棍比画显精神。双手喜接红宝书，小油灯亮诵读勤。导入思想新境界，誓学《老三篇》里人。"公"字装得心窝满，"私"字微渺等轻尘。那年久旱古井涸，百口缺水人焦虑。长绳系身挖井底，歌声传出清泉吐。瓢泼大雨凌晨来，急抱稻草奔水库。闸口冲坏身紧顶，岿然激流屹铁柱！孤身接来孤儿后，推食解人待之厚。阶级情比骨肉重，一根苦藤两瓜秀。小小茅屋办夜校，满屋春色明如昼。新松挺拔迎朝阳，老农含笑赞交口。转眼年满十八岁，指看地图望世界。站岗放哨要拿枪，立志解放全人类。批准入伍消息传，乡亲相送难制泪。地瓜充腹离故乡，稻谷留给生产队。列车奔驰向北国，前进道上足马力。学用从兹倍刻苦，文化有限情无极。专让工作选自己，革命利益摆第一。喂猪切菜兼烧火，副班长任炊事职。电缆沟成再检查，石尖微露手肯罢？十指鲜血和雨流，抠出巨石心放下。路上大车突翻倒，肩顶车板铁钉扎。救出赶车老大爷，肉破衣碎不算啥。学习党的新党章，奋斗目标更亮堂。生我父母育我党，党的恩情胜爹娘。早日加入先锋队，指导员前谈愿望。思想入党看行动，破私立公志益昂。灯火通明工地沸，哪里困难到哪里。深秋河水寒刺骨，为铺电缆钻河底。体小能扛二百斤，奔跑迷漫尘雾际。扶钎巨锤碰伤手，叫人续打莫泄气。三千斤重水泥杆，争抬大头绳拉前。杠子压断还嫌轻，衣服伤口尽粘连。工地急需水泥用，窄堤双轮车过难。跳下斜坡喊声"推"，一轮扛住仗铁肩。手伤能置战斗外？跑回工地任警卫。一站就连几班岗，下岗做饭又挑水。"铁打筋骨闲不住"，模范作用为表率。革命熔炉经百炼，精钢昱昱越纯粹。全部心事一朝抒，递上入党申请书。

"甘洒热血染全球"，一行醒目笔画粗。支部讨论群众评，同意"纳新"异议无。入党志愿书送去，导航台尚隔远途。是日原野盖白雪，大地冰冻坚如石。热火朝天干得欢，业桃挥汗棉衣脱。蓦然惊呼"我触电"，照明电灯忽熄灭。闻电恍如雷轰顶，业桃浑身腾热血。为人民死死无憾，"泰山还重"金字闪。大喊一声"不要动"，一箭步上拉电线。同志得救脱险境，壮士倒地长合眼。"胡业桃啊！胡业桃！"战友悲恸连声唤。天边巍巍立青山，低首衔哀惨容颜。指导员捧志愿书，语音哽咽热泪潸。"业桃业桃好同志，志愿书来睁眼看！你手虽未亲笔写，你生已以红字填。"望着这份志愿书，战友心中暗自呼：做人应像胡业桃，公字占胸私尽驱。真从思想上入党，对党忠诚全忘吾。要以一言和一行，填好入党志愿书。望着这份志愿书，党员心中暗自呼：学习应像胡业桃，奋勇爬坡越崎岖。"改造思想走在前"，先进分子不含糊。要以一言和一行，实践入党志愿书。乡亲闻耗惊奔走，涌入小屋屋如旧。业桃未及亲邮寄，送给大娘虎骨酒。大娘抽泣不成声，双手接酒手颤抖。"业桃一生办好事，老人想你你知否？"业桃业桃气如虹，永永活在贫下中农战友之心中。业桃业桃真英雄，永永激励人们争取胜利往前冲。晴空万里春浩荡，雄鹰乘风翅高翔。伟大领袖伟大党，哺育千万"业桃"迅成长。

长歌行寄孙七寄虹兄

1971年2月11日孙七兄来书盛赞我诗，致有"殿邑中诗坛之局唯第一人而已"之语，何以克当，乃作长歌以答之。

髫岁弄笔学韵语，清新语时得天趣。一襟秋色满东南，落霞归踏垂虹路。江城斗大湖水宽，灼眼霜红枫千树。百尺抱天天放楼，弟子词场亦宿主。弦歌声闻桐花里，千卷初窥入门户。始知水乡钟灵秀，诗人代出名各著。春风熏陶惠后学，我生斯乡欣得所。亦苦前辈早我生，好句尽被他写去。弱冠百首无足观，败兴吟断重阳雨。徜徉诗国随师友，说项空烦屡延誉。士龙入洛正英年，凌云志壮健如虎。傲岸未拟作诗人，铮铮才调颇自许。案头相对唯簿书，睥睨久不亲李杜。十年横行几万里，锦囊冷落蒙尘土。莲幕修史春夜长，长官风雅喜辞赋。间与唱酬重操觚，都门三月添花絮。如何长空翅忽垂？俯仰乾坤惭出处。青山青史梦飞沉，鼎鼎百年恐轻度。经济未谙讵能文？韬略无知争用武？细算平生无他长，唯有雕虫技犹素。收拾余事入中年，子云当日所羞务。少时结习今又深，心血时涌鲠欲吐。暗思时代日廿年，诗家廿年尚跬步。新体迄未趋定型，旧体束缚人不顾。诗歌出路何处寻？搔首茫然空凝伫。脱胎古典加民歌，蓬勃青春或重睹？乃自力变诗风格，九州生气为我助。葵花心倾日轮高，敬颂领袖根肺腑。英雄事迹动心魄，激越风雷歌为谱。方今田园力作贵，千顷碧浪咏禾黍。年时摸索闯新径，荆棘时梗历辛苦。转悔幼傍玉溪行，刻月镂冰小家数。未堪磅礴立山岳，侧为时代擂战鼓。老兄书来仍美我，直令颜赤汗如注。邑中诗坛谁为殿，骀驽低下安足数？寸进倘许期来日，师友鞭策宜如故。高楼对榻话诗源，小火烹芋茶方煮。前梦待温得何年？别意诗情尽倾诉。鸥鹭自与五湖亲，偶向辽海宿苇渚。关山重叠隔春云，极目江东正日暮。

五言古诗 共六首

读陶诗 两首，各十二韵

1969年12月15日

陶潜咏荆轲，千载见英烈。金刚瞠怒目，“刑天舞干戚”。难藏婉娈姿，《闲情》赋白璧。及至归去来，躬耕事稼穑。诗味入淡永，抚琴意恬适。日夕对南山，醉看东篱色。乃知巨匠心，不可以绳墨。信笔咸自如，浑成非剪刻。岂亦经历异，判然变风格？慷慨词遂掩，其名著隐逸。先生竟何逝？桃源地尽辟。万古田园兴，徒为骚人式。

嗟予为文章，其言日以拙。不见磨励功，纸背透笔力。不见波澜势，沉郁呈风骨。年华未迟暮，意境先萧瑟。懿矣今盛世，雷霆正荡激。谱出时代声，实乃诗人职。焉能常怏怏，寸光绕鼻侧？睥睨望八荒，合与牢愁决！南亩春苗绿，浩然天地阔。词笔重安排，江山供驱策。生民赋新篇，庶几无愧色。宁只田园兴，尚寻陶公辙？

赴盘山就医，步行归，见一燕毙于道旁

1970年9月30日

日暮归途中，侧见一燕毙。低空常比翼，何独草旁弃？视无弹丸痕，红颔尚紫尾。得非老衰甚，力瘁弗再起？或者暴撄疾，垂翅竟垂地？嗟尔生南国，辽海踪暂寄。结垒傍白屋，茅檐风雨避。呢喃底商量？哺子青虫细。霜后复同还，云罗剪万里。岁岁忙去来，曾历春秋几？忽作异乡鬼，永断南归计。远飞谁提携？雏稚难为继。斯刻知巢中，失一声凄厉。鸟岂不泪垂？死生离别际！非特鸟鸣哀，我言亦含涕。鸟死我胡悲？人将笑我鄙。

鉴儿寄桂圆干来，作诗寄之

1970年12月

层冰横辽水，雪飞大如席。何缘心底暖？快意破愁寂。一囊珍重寄，春意染南国。凤城送尔行，万里遂为别。寄我黄山茶，清香沁齿颊。今复寄龙眼，凝脂甘于蜜。邕桂炎蒸地，乃饶此珍物。东坡夸荔枝，有诗堪一噱：“长作岭南人，日啖颗三百。”桂圆与之比，实难定甲乙。非特美口

味，亦且补气血。远邮应有意，知我近卧疾。骨肉情谊在，抚育愧往昔。乾坤身未安，肝肠时时热。开拆复包藏，置之且不食。探亲聚都门，约期待春节。分尔母弟妹，甘苦同一室。为道远人安，聊慰离思阔。几时见汝归，雁行不少一。千山隔冻云，引领望天末。

嚶鸣篇——旧作录呈孙七、王纪、荫松三诗友就正

二十八韵 1970 年 12 月

文禽憩枝头，嚶鸣求其匹。平生三诗友，曰孙王与叶。垂虹秋色满，吾乡本诗国。弱岁窥韵府，提携赖孙七。烹茶细论文，联床风雨夕。俚句蒙手书，蔚然初成集。布衣客京华，十载空弄笔。莲幕识王纪，狂歌共浮白。古月照肝肠；春花吐胸臆。修史溯汉唐，苍凉变诗格。冥搜学无成，蹉跌近不惑。握手遇荫松，新词爱其逸。推敲吟未安，一语疑为析。复同滚泥巴，捣霜期换骨。峥嵘二十年，裁诗逾七百。得一知己难，友三意应惬。所憾别离多，晤面三唯一。旧交如参商，云树南天隔。何以报故人？尺书言难竭。芜作录一二，力殚楮自刻：燕都纪游篇，雪泥印鸿迹。迭忆江南好，莼鲈归思结。兼以示叶子，正字求教益。见我年时情，交深敢藏拙？岂拟作诗人？余事聊摭拾。仍欲请长缨，雕虫技陋末。饱食屡腾槽，梦逐关山北。临风一长吟，唾壶为击缺！

论诗 寄孙七

六十韵 1971 年 2 月

白日堂堂过，青川滚滚逝。弹指三十载，回头摭余事。暗中且摸索，踽踽人独自。蹊径未遽获，满眼尚棘刺。愧予才下乘，所幸忝后死。身逢大时代，休明颂盛懿！前人所未经，而我却历此。以此发韵语，新意当能致。故不敢稍惰，勉力仍再试。为觅一出路，来兹愿尚冀。环顾四海内，云雷震荡起。英雄方辈出，中心受激励。光辉树典型，作诗以为记。形象铸毫端，人物现当世。迄无告其成，而徒有其志。文章论得失，知之寸心际。年时躬实践，略尝甘苦味。诚感旧诗词，长短各有异。五七言律绝；小令慢词继。篇限而框多，韵严而格细。概括须高度，凝炼推敲费。适于为小什，寥寥语无几。一事一境胜，情景融一致。难当大题材，开合意横恣。非真大手笔，少见成佳制。江山气磅礴，风电势凌厉。昆仑劈三截，一人而已矣。小家数为之，入手虽觉易，打油与嚼蜡，终将睹其弊。予病正在斯，掩卷自笑止。古体为五言，其盛自汉季。后贤娴辞章，据之谈哲理。心裁更别出，乃以诗论史。此实好传统，无妨袭故智。予亦偶为之，工夫犹未至。然如写人物，尚难臻细腻。捉襟即见肘，削足怎就履？字少而音窄，局促良有以。七言为长篇，转韵歌行体。音节容量大，格律束缚弃。换韵多变化，行文足便利。纳新

扩词汇，胜旧展诗义。由来盖已久，中唐昌白氏。代有其作者，千载未沦替。此体予近学，长歌兴未已。一题自揣摩，数体以相比。灵活此为最，回旋饶余地。新事与新人，描摹许刻意。一编大通讯，浓缩诗千字。布局生波澜，舒畅言娓娓。白描词似浅，青春色正丽。艰难纵时遭，前程宽万里。民歌加古典，出路早明指。应之或在斯，未识然也未？憬然若有悟，私心窃自喜。亟将一孔见，缀句书于纸。极目望江东，尺素托双鲤。我言岂中肯？高明质知已。倘或遇同调，翕然开风气。长庆相唱酬，请再从此始！

词 共六十三首

1969 年 7 月～1970 年 1 月第一次在盘锦，1970 年 4 月～1971 年 3 月第二次在盘锦，两时段所作均列入之。

踏莎行 两首 1969 年 7 月

垦区新貌

渤海风云，盘山雨雪。连营廿里征穷白。红旗麾处展宏图，辽河南注今朝北。　　定要翻身，何妨流血？战天斗地人如铁！誓将泽卤变粮仓，碧禾万顷迎朝日。

荒滩建校

头顶青天，脚蹬草地。荒滩建校声如沸。由来劳动是熔炉，育材百载千年计。　　金字篇三，雄文卷四。明灯指路光无际。浪尖风口见红心，泥巴身满灵魂洗。

西江月·雨后拉车

拍水真堪放鸭；冲波恰似行船。胶轮难转壅泥丸，雨后略无平坦。
俯首千钧任重；抬头万里程宽。驾辕闯道永朝前，尽瘁见吾肝胆。

浪淘沙

活水灌芳田。草色拖烟。绿杨阴里大堤边。向晚摘来瓜正美，濯足清涟。　　香稻醉垂颠。蟹熟鱼鲜。他乡有此好山川。画出村村丰稔乐，富我诗篇。

清平乐

秧针青吐，三耨当炎暑。沐雨梳风朝至暮。粒粒知皆辛苦。　　打场天气阴晴，今来事事关情。往日坐糜仓粟，笔耕哪问秋成？

减字木兰花·基建功成，戏作

怎遮风雨？纷向班门学弄斧。昔日荒原，突兀千椽涌眼前。　　杜陵冻卧，广厦何来空愿大。今换人间，群力从知能拔山！

蝶恋花·泥行戏作

半夜盘山风更雨。晓起推门，百潦千沤注。彳亍泥中须杖助，楼居脚软娇如许！　　闻道当年皆泽卤。不辟荒滩，哪有人烟聚？定使南洼仓满糈，区区能说难行路？

水调歌头　1969年9月，旧历中秋

岁岁中秋夜，今夜在盘山。浓云万里遮月，佳节不团圞。我欲刬除阴翳，凿取清光一片，两地得同看。无力冲霄去，依旧落人间。　　雨沾鬓，风吹袂，吟怀寒。寻常离合，双泪休向别时弹！圆缺自然消长，祸福本相倚伏，何事足悲欢？放眼望寰宇，心与海天宽。

沁园春·读长江大桥通讯后作

1969年10月

万里长江，曾渡雄师，又起大桥。恍钢梁飞跨，彩虹影落；氙灯怒放，银汉光摇。戡破深涡，踏平巨浪，盖世奇工足自豪！闻捷报，望南天神驶，心逐滔滔。　　廿年事涌春潮。方北上，轻车载梦遥。笑士龙犹稚，书生谠论；兰成渐老，词客高标。钟阜云烟，盘山雨雪，壮志乡情两未消。知何日，过中流题柱？敢学风骚。

金缕曲　两首

之一：作于1969年9月旧历中秋节前

一宿西风紧，莽关河，萧萧木叶，平沙烟冷。遍地红旗人荷锸，归去踏歌声竞。忘佳节，蟾圆将近。应说盘山今夜客，想更深，梦破难安寝。倚虚幌，月生晕。　　远离久别吾无恨。甚比来枕边泪满，意如丝紊？出塞昔闻吴季子，绝世秋笳神韵。非成德，谁怜才隽？犹有凌云赋堪献，算年华未换青青鬓。心万里，逐飞隼。予先人吴汉槎戍宁古塔，著有秋笳集；纳兰成德以其隽才，说其父相国明珠力赎以还而馆之。

之二：作于1969年11月10日

白草三千里。又临歧，风尘征袖，关山行李。小聚翻然增离索，一夜乡心五地。得何日，鹿车同徙？雨霁淮西鸣布谷，比江南，水秀饶鱼米。为农乐，长已矣。　　读残青史青春费。愧平生未成换骨，几经垂翅。四海喷腾弥战火，多少黔奴血泪！亿万众，枕戈常备。壮志尝闻捐马革，可抽身早作田园计？销蚀尽，丰城气！

菩萨蛮　四首

之一：作于1969年9月

长堤烟冷风吹叶，横空雁字惊时节。夜雨落盘山，梦醒归思漫。
曰归期未得，分道殊南北。晤面在书函，来书藏复看。

之二：作于1969年11月中

盲风吹雨连吹雪，霰漂打面坚如砾。战士气弥增，层冰衣上凝。
不眠当此夕，窗外寒声急。新句写离怀，寄书缄复开。

之三：作于1969年11月中

晚来风啸人难立，门封积雪寻盈尺。诉苦记恩仇，更深烛泪流。

不眠当此夕，低首思畴昔：饱暖岂关情，穷黎呼冻声？

之四：同时作

天边滚滚银涛激，雪飞迎得春消息。何日尽东风，山花随处红？
不眠当此夕，万里心飘越。四海遍悬鹑，轻裘惭此身。

浣溪纱 1969年11月中作

雪拥盘山车未通，寄书何日启邮筒？别时转悔太匆匆！　纸短意长难尽诉，晤言只在梦魂中。关河不隔路千重。

鹧鸪天 三首

1969年12月9日，呈夏如爱同志

髫岁耽书苦下帷，惊人谩有句清奇。八年涕泪南冠草；万里风云北地词。　抛笔墨，把锄犁。文章零落不时宜。却看片纸涂鸦字，难忘陶潜责子诗。片纸指锌儿来信。

穷乃工诗谚有之，如何出句渐平疲？项生英乂人曾说；杜老波澜我所师。　能沥胆，未舒眉。无多阅历少闲时。别中絮语愁边事，哪得风雷激荡辞？

韵府当年初探时，不经意处见天机。纵非掷地闻金石，也自登门窥玉溪。　提笔涩，构思迟。聪明压缩阻灵犀。定公一语堪长叹：“诗渐平庸人可知！”龚定庵句意。

桂枝香·读金训华日记

1969年12月8日

红旗麾指，应号令进军，广阔天地。革命熔炉淬炼，真金无滓。惊涛狂掠双河岸，战洪波奋身三起。安危遑顾？泰山还重，死生分际。　道：长夜“灯芯再细，有百读雄文，光亮心底”。犹见当年小将，凛然英气。力攀公字高峰顶，树仪型一代谁媲？锦言堪录，奇姿横逸，卅篇日记！

如梦令 两首

1969年12月13日

湖雨湖烟湖水，莼滑鲈香芹美。乡味忆儿时，归思秋来如海。难遂！难遂！心断夕阳山外。

乱辙晨霜牛尾；斜日晚风鸦背。诗味变年时，寒瘦自嗤人怪。无奈！无奈！愁满犹嫌天隘。

忆秦娥 两首叠韵

1969年12月14日

春无迹，梦中犹见东溪月。东溪月，倚栏双照，庭花如雪。　风吹绿鬓调清瑟，年华水逝天涯隔。天涯隔，五湖归棹，烟波空阔。

霜蹄迹，长街踏碎盘山月。盘山月，冲寒人起，晓窗凝雪。　日来风紧添萧瑟，客中愁永音尘隔。音尘隔，栖鸦未定，暮云天阔。

晓起，赴医院照看住院同志

渔家傲 1969年12月20日

读李清照渔家傲，其词逸，无钗粉气。爰步原韵，以成一阕，亦反其意而咏之也。

日冷三山迷苦雾，沧溟月黑群鼍舞。欲泊蓬舟宁得所？凭谁语：乘风今复望何处？ 镜里朱颜年未暮，叩舷时作龙吟句。岁岁花前迎案举，春同住。不如且返人间去。

附易安原词

天接云涛连晓雾，星河欲转千帆舞。彷佛梦魂归帝所。闻天语，殷勤问我归何处。 我报路长嗟日暮，学诗漫有惊人句。九万里风鹏正举。风休住，蓬舟吹取三山去。

水龙吟 1969年12月22日

长空震荡风雷，谁挥裁断昆仑手？天翻地覆，舜尧六亿，神州非旧。心史千秋，胸兵百路，文垂宇宙。渺沧溟一粟，秦皇汉武，今如在，供驱走。 晴夜群星拱斗。喜东方，日融春昼。绿原舒锦，红旗展画，年丰物茂。四海波通，八荒泽被，人齐翘首。听葵花处处歌声唱彻，祝无疆寿。

石州慢 1969年12月23日

班史秋芬，欧书春秀，长夜闲读。兴亡触眼如潮，几辈中原追鹿。龙堆万里，汉苑天马西来，北庭更舞唐家纛。风雪冷戎衣，宛烽烟犹昨。

纷若：桑羊专利，牛李争权，是非谁烛？卓尔《陔余》，当世看谁堪续？编年断代，英华尚待含咀，铅刀傥试心常跃！白发许他时，老兰台芸阁？咀，平声

桃源忆故人 1969年12月25日

百篇弱冠诗名震。何事一朝孤愤。炊下烟飞灰烬。焦尾传余韵。

而今才退文难进。转爱少时清品。断句追思非整。月淡花迷影。

望海潮 1970年1月

龙蛇斗野，鲲鹏击水，书生入洛英髦。三峡倒流，词源迸泻，文成自爱标高。云路忽回飙。有倚天异想，半逐虹销！九陌东风，缁尘带酒涴青袍。 十年梦老西郊。恰秋笳家世；锦瑟僚曹。辽海吟霜，盘山卧雪，岁寒春信非遥。暄日待来朝。看梅花万点，杨柳千条。活活冰澌，壮心飞动卷江潮。

雨霖铃·赠友人

1970年1月离盘锦前与叶荫松话别

盘山风雪，与君同认，倦鸿踪迹。平生聚散曾惯，堪忧满处，河梁言诀！？一例蛾眉供妬，奈知己难得！爱敏捷千首新诗，步月凌虚思俱逸。

谁云才命真相悖？偶明珠薏苡人增惑。扁舟慢作归计，心未已，鬓犹非白。不信明时，长使英年书剑轻掷！待旦夕大地春回，日暖层冰坼。

剪湘云 两首 1970年

4月24、25日，离京，第二次至盘锦

桥柳摇金，栏花飞雪。恼泠眼，觑人窗外圆月。楚雨燕云天各一，此去无家可别。数平生，如意事非多，恐添愁，休说！　梦醒依旧空帏，都门百日。谁作伴，病中弹尽长铗。回首意犹多恋栈，挥手关山行役。莽乾坤，出处我何安？觉肝肠时热。

电掣飞车，风扬鸣笛。载旅梦，百轮奔驶东北。半岁匆匆频送别，我亦天涯为客。遣长宵，千里伴人行，望窗前，明月。　征路重踏盘山，柳方舒碧。关内外，如何异此凉热？未必一家常五处，终盼团圆有日。待从头，验取旧啼痕，把而今愁说。

菩萨蛮

1970年5月7日于盘锦

大堤柳绽青青色，柳梢初上如钩月。旅况又盘山，袷衣朝晚寒。
北飞归雁急，南望人相隔。道远寄书迟，农忙书更稀。

踏莎行 两首 别意

1970年9月

柳老长堤，莎平远渚。风光转眼秋如许！寒山一抹晚烟横，三千里路云遮树。　吟砌怜蛩，咬床恼鼠。半宵反侧天将曙。两情难待尺书通，近来书少知何故？

待月还阴，占晴却雨。年时气候浑无据。一春曾拟好花开，未开即被狂风妒。　苇荡鸿眠，茅檐燕语。天涯相遇皆愁侣。羡渠霜后尚南飞，楚云目断难同去。

菩萨蛮 1970年10月

灌畦归去天全黑，泼瓢终日无停歇。淮上有书来，忘劳颜顿开。
千言掬不尽，仓促先回信。明早即开镰，大忙将少闲。

又两首，作于赴盘就医途中

10月8日

西风一夜霜初冻，前溪萍飐回波涌。八月已披棉，寒来北国先。
故乡无限好，晴浦生春草。花落月沉烟，南归知哪年？

晓钟惊破家山梦，梦中犹约人相共。日暖水拖蓝，江南二月二。
有情天亦老，雨泪悬林杪。晚雾隐千峦，鸟归飞哪边？

采桑子 1970年12月

开门扑眼银光耀，六出初飘，冻雀拳巢。秃树身肥着絮袍。　雪花益大风加峭，不息昏朝，莫辨低高。归梦难踰路万条！

东风齐着力·除夕得淮上来书，感赋 1971年1月

守岁京华，候门孺子，尚盼人还。书传四地，春节约团圞。依旧行期无定，分手易，良会何难？输天

上，双星例聚，银汉能填。　　检点泪痕斑，清词百首，低回“不敢重看”。道吾病发，“远别实相关”。正是客中除夕，闻斯语，胸卷层澜。知怎度：五更风冷，一室灯寒？

南乡子·闻锌儿野营归来

千里踏层冰。“拉练”隆冬去野营。白草牛羊开远目，长城。为打山柴日日登。　　挑水上坡行，再到平原自觉轻。匝月风霜身更健，归程，万朵红花夹道迎。

满庭芳　1971年春节于盘山

虹跃飞桥，烟拖竖井，红旗朝映盘山。翻身仗硬，振臂撼川原。谁道风尘塞外，秋笳动，白草连天？我来却：碧禾千垧，水秀近江南。　　频年，应暗诧：严冬似短，早报春还。岂人间既换，遂等暄寒。祖国花明万里，长城在，不为防边。新图展，波腾渤海，更夺大油田！

齐天乐　1971年立春，于盘山

盘山今岁春来早，晴窗日华流煦。冻土冰融，暖房苗育，风帐几排初树。绸缪未雨：有送粪车忙，清晨先赴。“大寨”花开，“长江”力跨志难阻！　　一年又新节物，待人欢马跃，麾旗擂鼓。岸柳眉舒，原莎心展，万木伫看青吐。银锄惯舞。愿时转身痊，束装归伍。轭挽千钧，气豪犹似虎。

瑞鹤仙·生辰感赋

阳历1971年1月17日

脱帽高歌起。望天末搔头，事业成几？年华逝随水！忆江乡烟暖，东溪花丽。月明双倚。上林春，一枝同寄。乐将雏，廿载辛勤，稚燕分飞万里。　　拉泪。秋风两地。辽雁淮鳞，芳笺苦费。烛剪西窗期枉约，归无计！岂吾生唯是，写愁赋别？百尺长缨未弃。梦龙沙，戛荡金戈，壮心难已！

湘灵鼓瑟·寄内　1971年1月

朝日晓，庭树绿，几声啼鸟。细雨东溪桥外路，千里江南芳草。甚心上纷如潮来，廿载梦痕萦绕？自惜流光，兼伤离绪，便回味往时春好。只当初，未必全谙：珍爱风华年少。

若不是，愁牵肝肠，怎白发催人先老？久别方知重见贵，归计长悬怀抱。有待诉深情，纵倾辽海，也难相较。再订行期，凤城三月，花正俏。倚帏双照。泪丝干，满袖清辉，尽把而今愁扫！

金菊对芙蓉

上元　1971年阴历正月半

金镜飞天，冰轮湧海，东风吹度盘山。忆去年此节，身在“长安”。“打灯”符谚璇花舞，卧楼头一枕高寒。重来如客，病中弹铗，送尽春残。　　依旧梦阻榆关。问明月今宵，光为谁圆？待甚时双照，绡帕痕干？唯余嫁作诗人妇，有新词常读无难。多情伤别，自摅心血，未忍全删！谚曰八月十五云遮月，正月十五雪打灯。

琵琶仙·雪 1971年2月21日

淮上书来，特问我当前，所为何事？正是压海彤云，怀人况天气。今朝又，枝头香冷，落絮因风飘起。南北同望，茫茫一片，路迷千里。
能忘却，去岁京华，深雪夜，红楼自孤倚？谁料璇花再白，尚清词遥寄！纵盼得，阳和春返，锁离颜，也难开霁。更奈檐溜垂时，声声皆泪！

满江红 三首

寄王纪（佑明）1970年6月

蓟北辽南，千里共，今宵明月。闻传语：故人问我，年来消息。夏耨盘山迎雨雹；冬耕辽海鏖风雪。滚泥巴，浪口炼红心，争朝夕。 文字侣，相蹉切；书生气，同挥斥。聚都门六载，胜事堪忆。句读《停云》撩别绪；歌成《击埌》振诗笔。得何时，把臂续联吟，重浮白？

别意，即用王纪韵 1970年9月

木落盘山，鸿雁过，又惊季节。算年内，出关再度，飘萧行箧。湖海簸舟身卷浪；乾坤挥锸头沾雪。总难忘，花树满都门，春三月。 宵梦破，胸腾血；秋塞阻，心争越？误平生自笑，儒冠何物！酒属人间增病剂；诗成别里忘忧法。许甚时，把臂对蟾圆，光无缺。

和王纪国庆原韵 1970年11月5日

彩焰明空，凤城夜，年年佳节。南北驶，指途《四卷》，华光腾箧。泥土滚身衣漉雨；江山照眼花浮雪，屡梦回，星转过三更，空梁月。
奔辽蓟，濡汗血；壮歌谱，声激越。敢风云睥睨，千秋人物？白屋才完收稼事；青门待学栽瓜法。枉几番，肱折欲成医，功犹缺！指途句指王赴各地作商业调查；泥土句指王曾在文安干校劳动。

忆江南 六首 1970年冬至71年春

江南好，稚燕近归飞。新阁云开迷旧宇；故滩浪打没空矶。物异更人非。

江南好，乡信近时繁：彩帛千廛饶梓里；绛霞万树灿桃园。辽海剧春寒。

江南好，送戏下乡行。苦雨梨园遭薄俗，和风梅里奏新声。文艺一珠明。

江南好，讲座喜重开。一卷教材乡土誉；廿年人物浪潮推。桃李尽新栽。

江南好，丝里少闲人。箱别四时添服美；窗迎五色起楼新。绣毂达江村。

江南好，香稻越千斤。日朗长天年屡熟；花明大地岁常春。新史创人民。

以下各词均为1970年4月后第二次来盘锦后作，以类相从，另编一组如下。

满江红 三首

第一颗人造卫星上天

万里重霄，频传送，东方红曲。看人造卫星飞过，亿民腾跃。杨柳风苏更日月；蘑菇云爆振河岳。未多时，火箭又环球，何神速！　帝修反，齐惊愕；亚非拉，同庆祝。甚空间奥秘？任吾探索。四卷金光辰斗指；九州生气雷霆作。待来朝，彩帜遍尘寰，山花灼。

欢呼毛主席庄严声明发表

九译欢声，齐传诵，庄严文告，壮革命人民志气，精神核爆。怒火千林竿共揭；狂飙五月波齐啸。划长空，雾海不迷航，明灯照。　胜能获，国虽小；理如得，助非少。逞强梁必败，世间正道。赤旆朝飐霞映日；白宫夜警风吹草。定全球，唱彻大同歌，时迟早。

欢庆七一

六亿神州，卿云丽，红旗飘拂。寻常语何能表我，胸怀奋激？世纪新开摧腐恶；河山再造征穷白。五大洋，革命起风雷，望中国。　葵心转，总朝日；梅枝俏，原喜雪。历惊涛狂飓，航程谁辟？跨海缚鲲缨万丈；倚天抽剑峰三截。愿年年春色满环球，同凉热！

永遇乐·国庆 1970年10月1日

寥廓秋光，霜林如画，江山娇处。九派茫茫，奔流中国，朝海终东去。大旗高树。可怜螳臂，当道欲拦车住。世披靡，擎天巨手，一挥尽斥罴虎。　难明长夜，燎原星火，岁月峥嵘回顾。二十一年，图强走我，自力更生路。三河地动，千峰石破，万里风雷振鼓。惊涛激，苍茫六合，沉浮谁主？

六州歌头

江山多丽，鱼跃破春冰。红旗拂，东风劲，柳芽萌。凯歌声。廿载重回首：开新宇，攀绝顶；宏图展，功盖世，鬼神惊。四海威扬，樽俎干戈际，捭阖纵横。任昊天欲堕，赤手独能擎。指顾榛荆，坦途平。　振千秋笔，九州铎；光无极，夜长明。沾雨露，迎朝旭，共葵倾。望燕京。万国方骚屑，仍烽燧，未休兵。人八亿，同敌忾，胜金城！留得长缨在握，待何日缚住鲲鹏？亦中宵不寐，起舞气填膺。时听鸡鸣。

第四卷

悬旌集

1970年1月至4月，获准回京联系往外贸部息县干校安家事，迁延时日，未果，复返盘锦。在此期间，心神无宁日，真『羁旅无定心，翩翩如悬旌』（张协诗）也。所作诗词因以『悬旌』名集云。

七言绝句65首
七言律诗26首
五言律诗5首
七言古体1首
五言古体1首
词15首
诗词共113首，约0.79余万字。

七言绝句 共六十五首

离盘返京暂居西郊旧舍

1970年1月

短榻萧然四壁空，当时人已各西东。今来门户虽依旧，弹铗吾如在客中。

盘山夜雨梦宁续？淮水春风音尚赊。燕市重来如过客，不知何处始为家？

寄内 四首 时同上

身世真堪吊汨罗，十年湖海足风波。不知忧思经何数？白发累君秋后多。

虎豹诃兮猿鹤嗤，教君哪得不低眉？别离岂若相逢好？却怕相逢甘别离！

花落花开又一年，清宵闲步独潸然。多情唯有中天月，一样光华向我圆。

齐物曾观庄叟文，未能荣辱等浮云。梦中人逐君思我，病里春回我忆君。

又一首 2月26日

今夜清光月似弧，倚帏君亦忆吾无？可知连日人寒卧，风雪长安客梦孤。

再寄内 六首 1970年2月

好风吹我返征车，何事天涯尚隔居？株守寒斋无一事，盼君来字复君书。

何处能逢皋伯通，不教赁庑困梁鸿。输他春日双飞燕，掠雨衔泥结垒工。

何物函中远寄将？加餐频劝注情长。笑予忌口甘藜藿，肉食奢心渐淡忘。

年夜君时泣梦回；中宵我亦眼常开。年来此语添枨触：贫贱夫妻百事哀。

铩羽惊弓半不禁，敢占晴日仅占阴。何当一扫愁云散，唱彻枝头最好音？

不信人间有泪泉，春前此亦暂寒天。相期留得身强健，耕读堪偕四十年。予在盘锦罹银屑病，回京亦以治病。

寄女 1970年3月15日

躬耕自食非无力，万里何须远汇金。知是报劬儿女意，家寒亏汝愧余心。

天涯初去远庭闱，踏遍青山何日归？闻道临江犹积雪，风高怜尔少寒衣。

滚滚江流日夜鸣，劈山豪气许纵横。何当报我春风信：十万人中道女英。

松涛撼帐碧岩寒，千古曾传蜀道难。莫使故巢忧乳燕，风波险处慎飞翰。

一函书寄历千程，不尽人间父母情。明岁探亲望南返，伏龙听汝话遐征。

寄内 四首叠韵 1970年3月16日

准拟相逢仍远离，尺函费尽万千辞。感君因爱翻忘丑，美我年时寄内诗。

岂是寻常赋别离？直摅心泪写新辞！天公似亦成人美，特遣途穷富我诗。

为试多情设久离，当年相守反无辞。樊南哀怨今同感，千古巴山夜雨诗。

人生何处不相离？故揽风云入壮辞。怪底近来心稍定？避愁方却是吟诗。

又二首 3月18日

关山迢递滞书函，世事风波君未谙。犹嘱近时注冷暖，望吾身健抵河南。

宵来好梦付朝昙，翻复何堪至再三！犹盼下回信中告：能随春色到河南。

年来诗多而未工，题四首，志感慨 3月18日

磅礴风雷任突驰，青春得意却悭诗。即今心痒频挥笔，半是怀人半亮私。

当年未屑作诗人，万里壮游过眼尘。今日如能重阅历，定教腕底郁生春。

惊蹶奔蹄无意中，几曾词溢与今同？想因未断飞扬梦，人不穷时诗不工。

虽未云工应已多，作诗能总说愁么？笔花尚灿非无用，要写当今击壤歌。

日晴飞雪口占 3月19日

风前点点糁春衣，枝未回春絮怎飞？只怪今年天气异，日晴却看雪花肥。

道中口占 两首 3月20日

人生努力爱春华，大地东风孕百花。冻解冰河应不远，白杨近日已萌芽。

欠伸出土芽初露，践踏从人根自深。待得东风几嘘拂，绿原一片展红心。

记梦 21日

梦中喜获春风信，何日方教梦变真？早料觉来仍怅望，不如长做梦中人。

紫竹院 六首 1970年3月22日

芳园咫尺反无奇，十二年中未细窥。今日特来应有意：半寻春色半相辞。

旧院犹存塔几层，当年稚子赛猱登。鹏抟将更看儿辈，老我飞扬已未能。

槛内修篁护一丛，绛亭相映画难工。几时重踏江南路？万竹萧萧攒梦中。

后湖冰泮水生波，欲豁尘襟发浩歌。犹说当初逢俭岁，此间脍炙活鱼多。

红板桥头取景新，柳丝垂处即成春。临波纵得同留影，尚比团圞少两人。

春风紫竹院前路，不易同游父子三。来日云飞各千里，一家东北又西南！

读赵翼诗 3月26日

岂对性灵偏好之？手头剩此一家诗。杜陵邱壑难重觅，近水楼台看亦奇。

检理旧稿，戏作大言以自解嘲

4月1日

子美壮游句留少；放翁健笔稿存迟。百无一就摭余事，自选曩年分体诗。

老去香山乐在诗，云崧句亦晚逾奇。若能阅历他时富，追步前贤或可期？

大楼院中桃花开矣，口占二绝

4月6日

入都岂意久淹留，天外风来雪打头。今日春光已过半，桃花红白映高楼。

冰澌溶泄水浮鳞，日作楼头盼信人。难使心随季候转，桃花虽好不知春！

花落 4月12日

花落何轻开却难，一年春事已阑珊。诗成恐易撩人泪，不敢书中寄与看。

重游动物园口占

十四首 4月14日

家近西郊动物园，独游聊以解心烦。出门一片春阳暖，便觉袷衣难再穿。

风吹馆外影萧萧，雪竹高山故里遥。一派娇憨态可掬，世间珍罕大熊猫。

波中倒插唼鱼凫，黑白天鹅呷呷呼。一枕东风游客梦，落花轻漾水禽湖。

潜游仰泳乐何如，碧水粼粼狮豹居。童子往时曾未见，惊呼好个大鲵鱼！

万木扶疎映绿洄，双麒麟峙起楼台。一亭坡上堪望远，我向无人行处来。

逐媒求侣唤春风，五色文章亦已工。饮啄人供颇自得，不知身却在笼中。

水栗蜿蜒身绕枝，似醒还醉眼迷离。空囊一尺垂垂落，来巧亲逢蛇蜕時。

啮草相偎甚有情，怪渠面貌不分明。得非因被权臣指，遂使千年以马名？

木立蠢然栏内扃，皮如厚甲远犹腥。如何几寸犀牛角，辟暑驱寒人道灵？

山中吼啸霸当时，伏卧崖阴懒不支。到底推吾人力大，能囚猛虎囿雄狮。

雪衣抱木戏波中，北极素闻多此熊。若使无人勇能格，怎教攀槛进深宫？

端坐搔腮身略躬，学人举止总难同。沐猴冠引吾一噱，然比项王犹未公。

羽毛自诩冠瑶台，长尾应知是祸胎。积重于禽也难返，傲人时把彩屏开。

归来路过天文馆，日晷影移方四时。飞走满园关不住，一齐奔跃入侬诗。

再游紫竹院口占 四首

4月15日

莲蕊当时绿似簪，即今水退藕深含。青红百十齐挥锸，半日工夫挖几篮。

白石桥头柳万株，何来活水满平湖？少年不问波凉暖，出没悠然赛浴凫。

花自浮波舟自横，微风吹过縠纹平。堤边久坐心如水，泼刺游鱼跳一声。

高亭望处尽楼台，云里飞鸢自往回。目远乃知天地大，一身忧乐抵轻埃。

盘锦书来嘱还，行有日矣，感赋 4月18日

长铗空教和泪弹，一家何日得团圞？都门百首诗再续，宁作寻常鸿迹看？

闻女在白龙江工地伤指甚重

4月19日

劈山须遣五丁扛，铁石声喧日击撞。再嘱风波慎险处，夜来梦绕白龙江。

与鉴儿饯别，夜儿扶醉归校，念之 4月19日

惜别樽前话几何！风吹凉意醉颜酡。扶车摸黑踉跄去，累我一宵清梦多。

七言律诗 共二十六首

燕都飞雪 1970年2月24日

连朝飞雪锁城闉，九陌琼都绝点尘。天地看来不知夜，江山妆罢别成春。炉前能遣樽浮蚁？海内尚多衣结鹑！安得真开银世界？万方歌舞乐常均。

雪止 2月25日（正月二十）

散尽瑶花殚化工，琼林淡淡湿烟笼。风吹积霰再飞白，日破层云微露

红。何处寻梅迎晓冻？几时拆柳喜春融？征轮明岁重来否？踪迹空留雪后鸿。

踪迹 两首 2月26日

廿载摛文笔饱濡，征尘今又满青襦。冬耕辽海冰方壮，春卧燕山雪正粗。雄剑夜飞应入楚，扁舟秋泛未归吴。淮西闻道多烟水，是处移家即五湖。

北去南来眼不辜，天教阅历启征途。云霞渤海心朝阙，风雪盘山梦击胡。冰盖桦林宵伏守，霰飞葱岭夜巡逾。男儿未遂沙场志，莫更人前说五湖。

闻传统丝路重开，喜赋

1969年11月初稿，1970年2月改毕

屯田西去到轮台，都护营前岁月催。鹫岭雪飞晓吹角；龙沙风卷夜衔枚。千年几见毡乡隔，今日再闻丝路开。万橐明驼商队入，倾城雷动舞缠回。

睦邻通好系遐方，商路年深溯汉唐。西域客曾满京洛；北庭驿更远伊凉。金瓯暂作天边缺，珠舶方从海外航。一径貂丝见隆替，风云绝徼梦飞扬。

余意未尽，复成两律

于阗乐奏舞朝阳，一睨河山陋汉唐。奉使隆名夸虎穴；兴师大漠失龙骧。旃裘今辟乌孙地，玉玺谁称狮子王？八极九边车共轨，东风赤帜遍回疆。

碎叶河边李白居，伊犁久见入坤舆。将军令出振千嶂；名宦谪来开百渠。怕鬼君曾甘割让，格熊人岂任侵渔？汉廷当日烽烟起，不逐匈奴愤不纾。

过学院路漫成 两首 1970年3月

白石楼高隔世阛，当时声沸院无闲。揽将东北关前月；踏去西南峡里山。万里风云空叱咤，百年月旦费裁删。书生挟策成何济？只在昙花一现间。

任是无名功不刊，青春初涉世间难。冲天奋作红旗舞；洒地惊成碧血团。抱我丹心贯朝日，从谁赤手战狂澜？江山浩荡留英气，肯共昙花一例看？

又一首

曾以昙花略示讪，谁知年少竟藏奸！蛾眉直欲飞天去，马角徒思卷土还。吐雾林中难蔽日，倚冰身后忽倾山。书生立足能无慎？遗臭流芳反掌间。

赴淮事多反复，心实不宁，叠韵二首，以志困境 3月7日

燕北淮西梦未安，别何容易见何难？心随风飐摇悬铎；事比舟行陷逆滩。填海痴禽尚衔石，入关征雁几惊翰！最怜稚子知人意，劝我无愁且

放宽。

三匝将何枝可安？那堪进退两俱难？鬓鏖辽海风雪路；梦绕淮河烟雨滩。去国一身怜贾谊；思乡万里滞张翰。几时始得宜春讯？汉诏于人本尚宽。

读瓯北诗题两律 3月26日

挥橄淋漓借箸初，犹移健笔入陔余。横行万里诗宜冠；直上千秋史待梳。出处自期归艺苑，英雄人惜老蓬庐。黑头身退差相近，敢与先生赌著书。

杀敌思凭赤手擒，何回征旆早投簪？几多水火忧民泪；不尽江湖恋阙心。冀北名曾天下噪；日南春复梦中寻。嗟余扬历输公远，饭颗山头枉苦吟。

瓯北有“寸管论人固不难”语，诗以慨之 4月2日

史家笔底擅波澜，毁异誉同各一端。纲鉴于刘推正统；志书奉魏抑偏安。百年出处断非易；千古兴亡论更难。堪笑龙门司马氏，李陵不作叛徒看。

鉴儿将赴铜陵听候毕业分配，诗以送之 4月2日

风城春雨酿轻寒，壮志宁知离别难？玉垒云横青嶂路；铜陵浪打白沙滩。十年北国柳成树，万里东风鹏试翰。送尔此行频嘱咐：书来早与报平安！

手割苍岩出蓟门，春风回首帐犹温。家贫未许饶行色，亲健无劳挂梦痕。脚底踩霞千岭小，胸中抱日万花暄。高山此去盟松柏，冰雪同经谊久敦。

盼盘锦书，不至 4月3日

盼断盘山青鸟翰，戴盆我觉望天难！夜潮枕上五更悄；春雨楼头三月寒。万字策文何地进？百年出处几人完？等闲日月兼旬过，唯有新诗沥肺肝。

春游漫兴 4月5日、6日

人民英雄纪念碑

直上晴空披彩霞，雄飞金字走龙蛇。清明道畔补栽树，红领碑前交献花。卅载风雷振大地，百年血泪黯中华。石雕栩栩人如活，犹见过江第一槎。

北海公园

白塔拏云似旧时，花犹含蕊柳抽丝。亭间诗句谁题者？烟外楼台我望之。倚壁人随龙欲舞；划波舟似鸭相嬉。琼华岛本藏香地，今日春光已不私。

北海望景山

突兀五亭望景山，风云往日荡其间。长饥难遏民心变，旰食徒忧国步

艰。北指燕都谁问鼎？东来辽海敌临关。坡前一树投缳处，留与后人嗤拙顽。

楼前红白桃花落矣，率成一律

4 月 16 日

重来谁识旧刘郎？开费相思落惹狂。息国军前驱缟素；项王帐下舞红妆。因风肯逐波翻雨？堆雪犹闻地堕香。未免春光容易老，几回头处对斜阳。

将离京漫成 两律叠韵

春明廿载梦痕寻，万树东风拂上林。北海冰融迎日近；西山雪压阻云深。缚鲲事业空搔首，祭獭文章自呕心。安得跃江看化去，彤庭舞作老龙吟。

故枝难再月中寻，午夜星寒鹊绕林。恋阙未妨尚身贱，出都能忘已恩深？十年风雨销诗骨；四塞烟尘动壮心。市骏燕台更何日？未应长击玉壶吟。

盘锦书来嘱还，行有日矣，悬旌集诗至止 4 月 18 日

辽海书来决返盘，出关此次觉形单。虚窗月转夜方永，小院花飞春欲残。伏枥步期千里远，投林栖憾一枝难！半生功过从谁定？俯仰乾坤身未安。

五言律诗 共五首

春雪 四首

1970 年，阴历正月十八、阳历 2 月 23 日作

久作幽燕客，难逢大雪飞。腊残吹絮薄；春到散花稀。万古山川旧，千年气候非。筑城闻往日，堕指怯寒威。

正说少逢雪，璇花迎上元。玉龙宵战野；蜡象晓驰原。得句赋丰兆，打灯符俚言。中秋忆去岁，不见月临轩。谚曰：八月中秋云遮月，正月十五雪打灯。

雪飞竟连日，盈尺没阶墀。似妒梅开靥，仍教柳锁眉。唯应思麦润，何必虑花迟？春事终非远，阳和会有期。

青山头亦白，风雪正怀人。万里难寻路，千枝尽挂银。清吟追谢逸；高卧守袁贫。何日振词笔，琼瑰压汉臣？

又雪 3 月 2 日

此二题为第一次回京时作

彼苍诚莫测，六出又婆娑。二月春犹未，一宵愁几何！长空封黯淡，大地勒阳和。檐下冰箸挂；阶前泥水拖。迟应忧麦冻，近更觉身疴。淮海嗟难去；盘山愧再过。霰漂飞泪点，风激涌心波。天气至人事，非如意者多！

七言古体 共一首

杨水才之歌（通俗体长句）

小车不倒只管推 一百三十韵

1970年2月5日阴历除夕

晴空万里东风吹，水道杨里画图开。岗上片片庄稼绿，桃林挂果正累累。白杨梧桐叶成阴，满寨花椒更柿槐。田园欣欣丰穰景，家家喜气盈门楣。高岗哪得水浇灌？村南坑塘见绿洄。坑塘流水多清彻，喷雪飞珠吼春雷。自力更生功何巧！凿塘灌岗创者谁？甘棠遗爱比水深，居人共说杨水才。水才生长苦海里，九口七亩冻馁挨。父病偏派壮丁款，久税娘押遭鞭箠。卖田赎母弟已死；年荒妹走久断炊。薄田卖尽又卖屋，要饭无地可立锥。随父十二当牛马，日夜力作人尚孩。恶声夺去手中馍，冤不能吐空长“唉”！霹雳一声动天地，大军南下扫阴霾。水才挺身参军去，阶级仇无坚不摧。立功膺获功臣号，两年光荣复员回。受压深知印把重，贫农心连伏虎豺。糖弹失灵奸计破，胸有青霜剑斩虺。虺，音灰，毒蛇。党号召奔合作化，水才跨步不迟徊。复员金不留治病，买刍唯念牲口羸。风吹草动心不变，指路红旗向前麾。共产党员英雄汉，真“铁柱子”顶天岿。英雄发誓征穷白，建设家乡宏图恢。水道杨本缺水地，岗高地赤迭成灾。水才勘岗复察沟，咋挖穷根有主裁：沟嘴深挖五亩塘，三级提水上层厓。厓，山边。种地不靠天赐福，龙王不驯叫它乖。抬筐扛锨齐上阵，哪管冰封雪尚埋。水才报告学愚公，活虎生龙振群威。活愚公即在人中，抱病抡镐力如骓。深挖无水不泄气，挖到石层动铁椎。泉如水龙突突出，工地沸腾震塘隈。万岁万岁连声动，远近咸集人欢咍。欢笑也。“水才就是有心劲”，引水高流破常规。不信人言“准不中”，定教浮萍生通逵。天旱高岗水不愁，禾苗油油绿于苔。“人老几辈未见此”，饮水思源党安排。水利绿化两战线，水才奔走踏破鞋。秃岭誓变花果园，十年树木苗先栽。东方欲晓君行早，水才取经步如飞。学会嫁接过晌午，乌云翻滚归思催。苦留不住顶风行，大雨倾盆潦如淮。一程泥泞一程水，咯血支撑脚难抬。深夜赶回水道杨，教会同志愿方谐。伏天接苗易成活，良机水才肯相违？苗圃苗密风不透，烈日暴晒如火煨。水才嚼蒜压阵痛，汗流如雨不暇揩。眼前影晃刀难使，昏倒在地非一回。人劝歇息但莞尔：晒日于我病有裨。几万树苗嫁接完，带班不顾心力衰。老母对此深焦虑，水才慰娘请宽怀：“昔吐苦水今吐血，为党劳累儿应该。”水才育苗兼育人，首创农中主讲台。艰苦奋斗建学校，盖房开荒脱土坯。育人深知须育心，思想先行铸人才。劳动最能治心病，第一先将粪篮背。秀才推磨难圣人，初起脸红尽低眉。水才心长复语重：干脸红活莫自卑。脸不红时心变红，他日接班在尔侪。背篮拾粪开风气，由小路渐上大街。学堂校徽佩胸前，农中背上背校徽。桃李不言自成径，农中美名满口碑。一日省里来大员，下车伊始话一堆：农中突出一农字，多种桑药利大哉！水才深思不盲从：斯人位高言何庳？庳，下也。坚定走我抗大路，十级风浪不打回。心中有镜双眼明，能判毒草抑芳菲。水才高风格何仰？一轮红日照九垓。大队学习总辅导，全县讲用人中魁。风雪交加寒冬夜；盛暑蚊阵声喧豗。豗，声喧也。每日一盏油灯下，孜孜不懈静下帷。雄文四卷期百读，惓惓衷如倾阳葵。座右铭有金字篇，祛私立公旨精微。睡前日省言和行，光辉榜样欲追陪。开会缩食啃干馍，省下补助钱何为？双手捧来红宝书，宝书赠人礼最佳。速生核桃浸种日，骨碌井中堕一枚。下井踩摸终捞得，一分也惜公共财。敝帽九冬袄百补，串家问寒白雪皑。五尺布票送上门，急人所急扶人危。水才红心如火热，灵魂坦荡许人窥。毫不利己专利人，完全彻底处处皆。难忘那年十二月，水才晓出披晨晖。朝作辅导学《移山》，意自生动言自赅。劈山引水传经验，林县红旗众所随。带头学用新部署，百尺高台进一阶。学想写比用五狠，夜谈体会多发挥。归来已过十二点，强顶剧痛忘形骸。列车隆隆向北驰，灿灿北斗群星围。水才想着毛主席，小屋灯明月如圭。翌晨不见水才起，推门视之人尽呆。主席语录置桌上，油灯光尚映窗帏。一纸规划墨犹新，披衣兀坐倚床台。生命一刻至最后，日省其身课未隳。生命一刻至最后，犹为故乡画未来。生命一刻至最后，正似浴血更登陴。千呼万呼呼不应，抢天号地放声哀！水才水才不会死，噩耗传出尚惊猜。贫下中农主心骨，哲人怎会一朝萎？及至见状齐恸哭，全村乡亲为墨缞。及失水才深悲痛，为有水才觉光辉。并肩作战如昨日，仪型长存言笑睽。犹忆寒冬扶墙出，提篮定坑布石灰。大队全面造林日，水才能不手亲培？犹忆病倒拒住院，避人忍痛又忍咳。倦意全消气抖擞，起床工作烧退才。犹忆卧床去探望，水才豪迈言永垂：不富穷乡不瞑目，病何足怕死何悲！十数年来如一日，力战病魔气不颓。“只要还有一口气，小车不倒只管推。”水才滴水献沧溟，浩瀚无垠岂有涯？水才肝胆盟松柏，风雪岁寒挺古梅。水才堪比焦裕禄，两人“纯粹”出处偕。水才堪比张思德，“重于泰山”死无亏。水才长活人心中，高大形象屹崔嵬。水才精神永不朽，日月同光耀斗奎。水才永为水道杨，阔步前进树路牌。水才岂属水道杨，六亿神州学共追。战斗不息志如钢，鞠躬尽瘁心无埃。小车不倒只管推，壮语不胫走四陲。一篇通讯见遗风，清夜再读泪满腮。我于生民竟奚补？低头恧然暗自揆。我厕天壤何碌碌？水才德业何丕丕！除旧更新始今夕，学用奋身期换胎。千年不遇逢明时，片善未闻弃草莱。谫陋安能做诗人？敢望新辞出琼瑰？中心激荡诚难已，不吐胸如有物絯。絯音该，缠挂也。振笔为写水才歌，长吟击节动萧斋。先忧后乐数当世，非水才我谁与归？

五言古体 共一首

读词有记 四十韵

1970年3月5日

读纳兰成德满江红三首，未尝不为其缠绵悱恻之词，击节称赏。若“小立乍惊秋露湿，孤眠最惜浓香腻”、“青海不来如意梦，红笺暂写违心字”皆一读而不能久忘之名句也。论者辄云：满江红宜抒慷慨激越之意，且以用入声韵为常。此岂足以绳千秋之作者哉！词调仅为形式，风格决于内容。豪放之音，婉约之言，尽在作者自为之，出诸高手，便成妙语。生面贵在别开，风华可各管领，初不必妄自束缚也。爰作韵语，以申此意。

岳家军难撼，巍然岳峙嵩。武穆为其帅，瞋目怒发冲。誓雪民族耻，非仅出愚忠。提剑清河洛，直欲捣黄龙。虎帐挥大笔，浩气贯长虹。雍容儒将度，慷慨猛士风。壮哉词两首，宜传后无穷。世遂以为式，翕然纷景从。悲凉激越辞，半属满江红。此阕职亦专，调亢声必洪。入声押有意，郁勃发心胸。词家论既定，学者是所宗。有清纳兰氏，贵胄来辽东。年少神俊朗，宿卫侍禁宫。短衣匹马士，偏于倚声工。《饮水》《侧帽》集，名葩露光融。奉使赴青海，伏羌树首功。心系“东堂桂”，月明千里同。慢词写秋意，曲折抒深衷。小立惊露湿；孤眠惜香浓。如意梦不来，相思札暂封。读之为回肠，灵气绕词锋。词调名虽一，独辟新径通。迥然风格异，未逊岳氏雄。我味纳兰词，豁然顿发蒙。乃知名作手，火青善冶镕。生面常别开，清新脱凡庸。风华各管领，千秋万岁中。形式实其次，第一在内容。壮婉均可达，格律工具充。词苑色忌单，造物姿本丰。红紫同斗妍，春在百花丛。岂可一概论，与人定樊笼？不见十六字，小令玉玲珑？主席以咏山，拔地压崆峒。磅礴塞宇宙，可仰不可踪。作词贵创新，突兀起奇峰。安能自束缚，俯首事雕虫？予亦喜高吟，学步羞蹈重。韵语书此理，一扫陈言空。

词 共十五首

生查子·送小女宋涓赴白龙江工地 四首 1970年1月17日

白龙江水鸣，此去风波险。壮志不攒眉，劈石凌霜栈。　微涓献北溟，有限成无限。何日好音传：幽谷惊飞电？

广元钟地灵，武氏真人杰。飒爽女儿姿，亦创奇男业。　铁梅开断崖，岂是争春色！风雪更精神，肝胆盟松柏。

剑门千古传，锁钥雄关固。今复起宏图，山裂工程巨。　　喧腾白水间，碧口红旗舞。三线建金汤，何惧强梁侮？

共工怒触天，大勇旋群曜。振臂撼青川，山鬼潜岩岙。　　廿年功始完，禹绩相形小。快晤在斯时，犹见青春好。

岙，山深奥处。

卜算子·咏梅　三首

几日熨东风，芳信南枝露。烂漫群花尽后开，举世真香祖。　　霜雪岁寒时，弥见冰心固。非此悬崖一段春，天地谁为主？

国士隽无双；臣节高谁伍？浪说斯花骨相寒，驴背诗思苦。　　金鼎待和羹，铁石曾裁赋。迎得乾坤春满时，不在人知处。

宋广平作梅花赋，人称铁石宰相。

铁干攫云头，银甲飞无数。风雪罗霄百战经，花魄英而武。　　失道想泉时，越岭屯兵处。肯向深宫佐异妆？羞杀巡檐句！

杜诗：巡檐索共梅花笑。

忆桃源慢·有赠

1970年3月16日

稚羽初飞，天宽地阔，正要经风雨。劈开逆浪，直向上游驰去。今夕何缘逢虎子，颇喜能劳能武。更难年少，能文好学，雄奇时见惊人句。近来事，北溟战响，极目豪情远注。　　廿年旅食京华，缚蛟龙事期儿女，凌云健笔，他日知谁堪付？转笑雕虫矜末技，斯实壮夫羞务！大锤千锻，洪炉百炼，青春终待呈材巨。沐朝阳，扶摇万里，电疾长空鹏举！

摸鱼儿

折寒梅一枝谁与？陌头春色微露。殷勤盼得春回信，又怕偕春同住。担心处，却道是三春好景难长驻。夜来风雨，便一派萧疏，池塘烟柳，冷蕊落何数！　　春无主，尽日游丝飞絮。佳期容易耽误。高枝纵有黄鹂唤，百啭莫留春去。君记取：应早共春光流转花前舞。相思良苦。休梦里寻春，年年目断，芳草夕阳路。

采桑子

琼楼百尺如银汉，欲问佳期，怕问佳期。夜望星桥路转迷。　　人生岂合关山老，未了相思，定了相思。看到酴醿已恨迟。

潇湘雨　两首

哪来愁似许？夜常醒枕边常湿。甚嚼句回肠？非缘花谢，岂因月缺？亦是等闲离别事，贵同心朝暮宁相合？壮游足快平生，安辞万里，关山风笛？　　凄绝终怀身世恨，人间味，斯难消得！纵笔落惊神，诗成泣鬼，才多何益！十载都门遭冷眼，又击镵苦续《秋笳》拍。百年真恐轻过，销沉腐草，谁怜骏骨？

悠悠身世恨，事何起好凭谁说？能抱怨东风？游丝堕溷，去非自择。不怪旁人施冷眼，亦芳苗莠草常难识。包容已感天公，未拘红紫，遍滋春色。　低愧我生多烙印，千种恨，恨原归一。实旧日当雠，逝川可咒，叛离须决！霹雳万钧新宇展，看江山朗荡心飞越。百年肯使轻过？犹堪绝足，龙沙南北。

金缕曲　三首

1970 年 3 月 20 至 22 日

挥手辞盘锦。赴淮西几经波折，终成泡影。日月山川皆变色，风笛声添凄哽。春已至，底迟花信？半载入关成两度，比雁飞踪迹尤无定。今安往，凭谁问？　白衣荷锸余生分。愿从兹，躬耕偕老，意何堪哂？亦见双星天上渡；独铸人间离恨！银潢浅，鸿沟难泯。岂到百年长只尔，约他时重见完如镜。千万语，书不尽。

回首望盘锦，料知将趣吾命驾，遄归田畛。离别已非牵情切，身世事才堪闵。期逸足，坎坷先定。三度出关更三季，看河桥弱柳眠难醒。冰未坼，晓寒甚。　转思四海风雷震。底攒眉，逢人气短，以愁加病？一己荣枯何足道，放眼江山心奋！战天地，众皆尧舜。岂必青衫长拭泪，盼东君速报芳菲信。笔仍健，力扛鼎！

苏诗：虎儿笔力能扛鼎。

去矣回盘锦，毋人催，整装已毕，行期将近。百日都门弹长铗，风雪布衾梦冷。竟何得？满囊诗隽。极目江东归计拙，纵还乡无处留萍梗。重出塞，片云迥。　春耕辽海奔雷殷。撼山河，夺粮志决，翻身仗硬。我亦频年甘挥锸，每至汗淋衣渗。千斤轭，力犹堪黾！烈火洪炉丹九转，愿来朝换骨容飞骋。愁万斛，一时罄。

第五卷 都门集

1971年3月回京医病，至1972年5月审干结束前为止，所作均列入本集之中。

七言绝句182首
七言律诗176首
五言律诗（含排律）15首
七言古体（含通俗体）6首
五言古体8首
词46首
诗词合计433首
共约3.07万字

七言绝句 共一百八十二首

西苑医院口占 两首 1971年4月

紫藤花压药连畦，白板桥横柳拂溪。半月就医并娱目，朝来不枉出郊西。

白杨道外麦苗齐，廿里花飞贴马蹄。咫尺名园无暇过，西山朝霭望中迷。赴西苑道中。

紫竹院漫步口占 1971年4月

丁香花颤柳丝斜，一径风馨静不哗。更看夕阳湖里坠：波光万道舞金蛇。

寄内 四首 1971年4月4日

数约归期期又违，今来不是探亲归。凤城两载春光老，独倚红楼吟落晖。

三月都门空自还，相望仍隔百重关。故人唯有西山在，犹送青青破我闲。

曾卜今春驻哪方？入关二度解归装。桃花无语诗情黯；柳线依人别绪长。

岂是春来爱漫游？求医为抱采薪忧。闻君近亦身非健，日夜心香祷白头。

寄内 又四首 6月5日

淮上书来动远思，送行送女又值整装时。天公亦为人挥泪，未必沾襟尽雨丝。

廿里长街走电车，马缨夹道烂如霞。人生聚散常无定，开合有时输此花。

寄言劝我进肥甘，总是糟糠情意覃。难忘曩时共餐藿，避秦无地泣江南。

疑疾近知治有方，百年岂可负昂藏？但期身健终相见，白发同归日正长。

寄女 四首

有女自惭非左思，未能卓立敢传诗？省亲匝月期何促，送别都门暮雨时。

夜窗勤读惜工余，宝藏无穷马列书。好与北溟增滴水，青春奋发百花舒。

山寒添被远分金，应识世间慈母心。我亦避人几酸鼻，老来舐犊自情深。

加餐早卜疾全瘳，再嘱安全临事周。果若分吾去西北，移家近汝乞兰州。

寄鉴儿 四首

转战深山僻壤中，炊烟曳帐晚来风。如钢志定多寻铁，百炼炉前火正红。

心飞岭北欲归难，闻语令吾泪不干！天上修文偏拒召，人间笔尚挟风湍。

都因心事近年稠，汝母惊看半白头。重茧关山自珍摄，倚闾毋更动亲忧。

山花灼灼月娟娟，甘苦同尝互勉旃。春节明年再留约，一家六口庆团圆。

示锌儿 四首

小时南返暂依刘，转眼风云十五秋。我念亲劳更怜汝，也唯汝尚眼前留。

红笺五好喜连评，万里征途才启程。一语毋忘母函嘱：虚心未可恃聪明。

光辉经典学须勤，兄姊时时属望殷。我羡眉山贤子女，一门难得尽能文。

行军背被到农家，夏麦收成岁有加。风雨常经习劳武，暖房难茁拒霜花。

再赴西苑道中作 两首

1971 年 6 月 11 日

出郊犹记就医初，麦叶青青五寸余。今日连云黄待割，一年已半度时虚。

曾见平田水满塘，返青苗喜沐朝阳。如能速健旋盘锦，犹及伏中同耨秧。

读秦纪 四首 6 月 13 日

秘阁琳琅六籍储，去来博士睹焚余。项王一炬逾秦火，几十年间不见书。

宫阙开时万骨枯，泥途待毙悯刑徒。求仙贪赐非真士，数百人坑亦小巫。

博浪飞椎中副车，谁知草莽有人狙！网张四面难无漏，能说秦时法尚疏？

圯桥叟自授阴符，实学从知难扫除。秦火冲霄亦何碍，得天下不用诗书。

过廓如亭 6 月 21 日

柳堤日永午风斜，打桨平湖梦已赊。输与贴波双燕子，廓如亭好即为家。

马缨花 四首 1971 年 6 月

晨空依旧湿云遮，却看道旁红吐霞。开久不因风雨败，世间无似马缨花。

叶如凤尾翠飘羽；花若马缨红漾丝。白昼自开昏自合，由来此物惹相思。又名合欢花。

长竿撼树见群孩，千朵红绒地上堆。何事人催此花落？近时知可入方来。

云烘日下托根深，何载岭南辞故林？自爱夏来花烂漫，非思先占急狂吟。

雨中赴西苑医院 6 月 25 日

轻烟漠漠湿楼台，十里长街净不埃。何事诗人起偏早，一襟细雨出郊来？

晓起

晓来有梦到淮西，蓦地惊回意尚迷。恼杀楼前声唤早："卖螺蛳"与"卖田鸡"。

调罗抱一 四首

百金不重重佳期，二十年来尚恁痴！闻道罗生新韵事：探亲赶路坐飞机。

颠倒风流错铸成，糟糠嫌弃负平生。徒名抱一思迁异，未是多情是薄情。

甘违法纪愿休官，唯解镜中窥紫鸾。心力若能注事业，九霄云路早鹏抟。

几年贬去在基层，风雨时经能自兢。或是人因同患难，两心相许至情增？

捎书寄内 两首 7月

都门别况两年谙，药笈诗筒自一庵。难把此心托捎带，有人今晚去河南。时住朝阳庵。

万千语壅句争裁？泪墨未浓时已催。未若江南逢驿使，口吟即寄一枝梅。

听蝉戏作

高枝露咽身原洁；密叶风摇韵亦清。我似鸣蝉最易饱，少餐终日费吟声。

口占二绝寄孙七

红芋小火擘吟笺，"玳瑁"牙牙依膝前。莫怪相望等垂老，当时稚子过丁年。

卅年前住妇翁家，一水相连室未遐。归去桐华里何日？新香再共品春茶。

三棱

耨秧最恨三棱草，药圃盎然盆里栽。安得天公齐万物，尽除其害展其材。

赴同仁医院经东单公园小坐口占二绝

胡同往昔住"苏州"，新辟公园绿渐稠。今日重过权小坐，阴阴夏木一亭幽。

林下猴拳臂缓挐，槛前燕剪翅轻斜。松针鼠尾垂轻粉，亦是平生未见花。

食西瓜

连朝买得落藤瓜，去暑尝新未敢奢。愧彼锄禾汗濡土，火云压顶热难遮。

见除草戏赋

园中最贵青青色，草近红楼却被除。始识托生若非地，芳兰当户也遭锄。

马缨渐落，予亦将离都门，书此留念 7月27日

两月红英近已稀，马缨结子荚儿肥。风光占尽长安道，不似杨花无处归！

读《故宫简介》书后 十二首

千亩连云建筑林，层檐耀彩瓦飞金。沧桑五百余年事，不废人间巧匠心。

十万能工百万夫，伐来楠梓几围粗。入山千数归才半，瘴岭泥涂白骨枯。

巨石重常逾万钧，房山运此剧艰辛。保和殿后云龙陛，血泪斑斑铺紫宸。

三殿重修采木赀，近千万两白银支。骚然税监动民愤，深处宫中佯不知。

垂帘听政媚沙俄，罪大应遭百世呵。割地二千余万顷，北边从此足风波。

赏赐装修宴禁中，一千万两又成空。颐和园费更三倍，谁问强邻窥自东？

亿民髓涸为输捐，圈占皇田尽绿原。每日宫廷花万两，国中第一大庄园。

一饭须挥廿两银，犹难下箸责庖臣。却闻秦晋年饥馑，倒地无声百万人！

暖阁朝阳设洞房，大婚着意摆排场。皇家喜庆民间哭，百廿万人三载粮。

宫成起义百余回，郊外农军曾杀来。今日隆宗门额上，箭头犹见挟风雷。

大箱装走近三千，文物偷连卖国兼。房塌草生浑不管，红墙雨冷碧苔粘。

故宫一旦属人民，文化灿然遗产珍。廿五万方陈土净，千秋亭畔百花新。

行李先发，予亦早晚将行，书此记事 立秋后一日

先期行李发盘山，早晚人将再出关。不似白云离翠岫，无心去住意安闲。后又以病情反复，须继续留京诊治，人未成行，行李留盘锦。

半月

高楼圆月今余半，深夜窥人若有情。我亦在京期渐少，一分光减一心惊。后未成行。

天文馆观星空表演

银汉微如一粟同，茫茫宇宙本无穷。出门休怪秋空黑，已闭群星入馆中。

编旧时论文集，定名《指数论》，书二首记其事

1971年10月26日，时予餐磷治疗之前夕也。

旧稿重摩笔未荒，碧空夜净耿星

光。呕心岂得如长吉，唯解寻诗富锦囊？

茂陵《封禅》有遗篇，经济文章亦自怜。梦里昨宵逢故友，一编托付待他年。

偶成

佳句三年始得来，何如千字立时裁？随园一语吾难解：诗到能迟才见才。

重阳已过，闲步紫竹院公园，口吟四首，以记其景

堤柳依依含翠仍，丹枫绿竹漫相矜。望秋尽笑先零落，始觉人言未足凭。

驱车远出看花时，近有荷塘却未知。桥下水枯余秃梗，平生临事悔常迟。

风叶萧疏着树杈，善调油色岂涂鸦。秋光淡处偏同赏，我是诗家他画家。

何事园蜂来去忙，冷香一径过重阳。今来亦有桑榆得，晚节黄花正傲霜。

和孙七兄秋牧口占 五首

1971年12月12日

食少功多推老牛，几人设喻引同俦。朝来牵向荡边转，水国蓼花红映秋。

隔岸烟笼远树齐，江南芳草尚萋萋。牯牛俯嚼身肥健，一路唔然到大西。

稻浪千重百顷田，牧鞭手执即吟鞭。秋来莫道多闲适，荷轭拉犁处处先。

缓踏牛蹄过绿野；低飞鸦背带朱阳。一天放牧归去晚，村里新炊风送香。

迎日高歌喜可知，一灯如豆写新词。两年我亦亲农事，爱读田园即兴诗。

寄内 六首

1971年12月15夜

欲寄迟迟正吟哦，一封千里历风波。应嗔半月书未获，不及南飞鸿雁多。

梦返家中路转迷，眼前不觉到东溪。微波脉脉难奔海，仍绕春江旧日堤。

千卷曾披喜粲如，一朝破旧共兰锄。如何再得书可读？腹笥枵然今已虚。

不经烈火质争坚？月夜红星乱紫烟。杜老侈言可广厦，输君辛苦战窑前。

中专外贸课重开，执教有人回讲台。入学能否容幼子？安排听党待将来。

曾虑餐磷抑俊思，近时体渐转安绥。接君书即以诗复，日课外犹多预支。

得盘锦干校将迁文安讯

12 月 20 日

有人先遣已离盘，部、社校分今并摊。明岁身强重荷锸，广宽天地战文安。

《柳文指要》发行，以价昂，望洋生叹，感赋 12 月 22 日

柳文千古字如金，指要毕生探亦深。十五元终叹力绌，柜前几趺买书心。

章碣刺秦政诗书后四首

12 月 22 日

闾左亦征人夜吁，无休赋敛更严诛。祖龙死后山东乱，何与坑儒焚竹书？

侈丽宫成得永居？王侯无种郁佣奴。当时人读心能振，崛起黄巢亦丈夫。

项刘自比欲何图？秦代固同今日殊。出口狂吟目横视，手中自恃握兵符。指黄永胜。

寄托深微语岂虚，义山咏史恐难逾。谁知诗历千年后，却被斯人取所需。

余意未尽再书两首，以咏秦亡事

12 月 23 日

马上得之安用书？揭竿戍卒亦非儒。亡秦本自农民起，大咎焚坑论失疏。

读史应由己剔梳，论人岂合漫誉诬！切肤难释焚坑恨，偏见相传孔氏徒。

予古体及试写歌行不拘平仄，韵亦宽押，漫占四绝，以志所见

翕然习岂一朝成？近体曾矜格律精。老马嘶风思撇捩，长歌初见破空行。

不拘平仄笔头宽，意到风生挟激湍。规矩再加于古体，荆天棘地步难安。

词家宋代有先驱，通押方言能说疏？我亦吴侬音未改，不分韵部省查书。

歌行叙事创何人？可但伶仃步后尘？古典民歌善镕冶，诗风一代要翻新。

上海制一百五十吨大平板车先进事迹五咏 1971 年 12 月 31 日

车龙十丈岭头攀，路窄阪斜 S 字弯。胸有朝阳闯虎口，欢声震彻六盘山。

满途积潦雨凄迷，奋拔轮胎众力齐。挖土机加钢轨路，两天半始脱淤泥。

冻融基石见微摇，果断通行争夕朝。最后一排轮过乍，轰隆巨响塌冰桥。

绞盘前曳后车推，百米陡坡高似

台。半小时看轮十转，志坚何路不能开？

车宽桥窄阻长河，足勘浅滩知可过。草石垫铺水下路，硬拉百吨出清波。

新岁试笔 1972年1月2日

读书有得除非韧，马列吾犹待叩门。一语至今思鲁迅：仍当学习倘生存。

行李自盘锦运回，戏占六首 1月19日~20日

新秋先发至盘山，时及穷冬又送还。行李也应叹劳顿，一年三度越榆关。

曾思归队比飞翰，岂料至今身愈难。何日方堪重荷锸，笑携行李到文安？

辽天风雪凛昏晨，数月寒衣久等人。此去路程转南向，累侬枉置短裘新。

雇车无着暮烟沉，堆置已拚霜露侵。晨起却看遍地湿，知它一夜已挨淋。

借车今日始蹬回，倍觉漫长五里街。辛苦半天忙父子，物多屋小怎安排？

两载田间荷锸身，踏歌归去柳堤春。旧鞋捡出堪穿用，犹带辽南陌上尘。

工人赞

——读《文汇报》专页随题 1月24日

焊成整体破缰韁，万吨轻型水压机。此是造船工所创，作为未见大权威。

弄堂小厂敢言超，偏不领他洋教条。高压电桥一万伏，层楼更上在今朝。

最聪明却属凡夫，实践中生设计图。巨大电机双水冷，奇功首创世间无。

工人骨硬铁能钻，一脱唯心旧史观。谁说金刚石难造？砂轮厂里克尖端。

玻璃工岂有师承，失败千回试验仍。白日移来清夜里，争光送出碘钨灯。

夜雪 1月25日

远梦惊回难再成，布衾未耐峭寒生。不知门外雪多少，夜半东窗天欲明。

重读项羽本纪 两首 1月30日

扛鼎初兴势孰当？倒行裂土封去声。诸王。八年争霸留片纪，未抵灯前冬夜长。

卷土重来想亦空，何颜匹马返江东？易安诗句吾难服：生作人豪死鬼雄。

重读始皇本纪 两首 1月30日

万里疆开翦六王，力驱胡马扩边墙。何能低估亡秦业，唯与汉文夸岁康?

新开郡县走轺车，不屑群儒乱噪蛙。此处祖龙人弗及，厚今薄古是专家。

读《铁人与诗人》文后

偶发心声壮绝伦，英雄本色朴而真。何须花更添锦上，定把诗人呼铁人?

银针治盲成功 2月10日

自刺眸旁二寸深，万难无阻济人心。禁区终为罗兰破，重见光明仗一针。

内人归言：息县草木尽攒冰柱，盖冬雨凝冰所致也 2月8日

裹草攒枝玉有棱，冬来细雨尽成冰。琉璃世界人间有，不在瑶台十二层。

春耕

犁插春泥套上牛，东风旗早拂南畴。今朝布谷声才报，反被人催落后头。

颐和园 十首

1972年2月20日

楼前画舫锁春冰，湖上人行一镜澄。底事老龙恁贪睡？任敲珠阙宥无譬。

珊瑚翡翠列琳琅，深闭华堂觑隔窗。独爱薇垣吴士鉴，壁间诗写笔如杠。

木函锦匣室中储，未必当时真读书。安得此间容我住？奇文朝夕恣爬梳。

太湖石上字题镌，满志乾隆诩十全。未造唯知耽逸乐，不修战舰备游船。

长堤如带塔如簪，高处更知天地宽。今日犹能胜脚力，佛香阁畔一凭栏。

长春艺术忆先民，塑出琉璃千佛身。半壁帽飞头不见，杀风景究是何人?

长廊采画绚晴霞，剩见翎毛与草花。行处斑斑涂垩粉，诗人驴背亦齐遮。

假山洞巧觉风飕，怪石为梯楼上楼。亦是迎春一快事，移家暂入“画中游”。

园中更喜有名园，绿竹坡前石濑喧。却怪出山泉不冻，迂回何处是其源?

乞园当日笑亚庐，家近常来等属吾。相约暖风冰泮后，昆明池绿好观鱼。

奉和严赓雪教授四绝句

2月24日

二严杰句作龙吟，流水高山曲里心。笑我漫同子期比，清波洗耳许

听音。

纵横胸际塞榛荆，岂有惊人伫一鸣。春日遥看光五色，唯歌击壤答休明。

少时捉笔乍题诗，袁赵风流亦所师。卅载何缘遇同好，聪明再睹性灵词。

浅深曾自画双蛾，风皱春川感逝波。粉黛至今抛欲尽，成诗渐看白描多。

读传抄陈毅外长遗诗，即和四首 2月27日

旌旗十万剑横磨，旧部重招起浩歌。尽发泉台不平事，落花流水捣森罗！

当年百战整河山，四海风云斗敌顽。此去好将国贼缚，飞来捷报快人间。

马恩扫榻笑相迎，天上知犹多斗争。正气凛然仗护法，群魔近日尽心惊。

仰望巍比泰山高，欲往从之路尚遥。他日倘容为记室，檄文待改看挥毫。

观《出土文物》影片

十首 3月2日

中山万室有啼痕，凿破苍岩闭墓门。煊赫侯王成粪土，良工不朽玉衣存。

外戚妆奁分外丰，女奴跽捧一灯红。若非文物矜工巧，谁记汉家长信宫？

陶踊多姿塑造精，俯身腾起手支撑。如何死后犹威福，偏遣茔中百戏呈？

窖处长安旧里坊，金银器皿放奇光。劳他深锁千余载，留与后人观盛唐。

悬球藏碗碗熏香，百转平衡总守常。恰似罗盘行后世，不关风浪海中航。

五层叠嶂势嵚岖，缭绕云烟入画图。自笑往从诗里读，今朝始识博山炉。

郑注书存岁月遐，手抄论语自童娃。中原文化流传远，西域唐时已一家。

残缣片绢出新疆，商路迢迢溯汉唐。当日大秦使诣阙，东方丝国艳名扬。

地下储粮格局宏，千年粟尚实仓中。珍稀史料碑上记，漕运隋唐章待充。

荆楚文明迹可寻，墓中又报出爰金。能言实物资考正，治史应知功未深。

试用新药“二溴甘露醇”

3月3日

今日始餐甘露醇，枯杨可得竟回春？济民免费试新药，不效也深沾党恩。

干谒 六首 1972年3月27日

廿载都门事笔耕，未曾怀刺效祢

衡。如何近反忙趋走，七步诗因干谒成。

经济文章曾自矜，年来梦已断飞腾。余龄剩愿兰台读，标点群书力尚能。

诗笔亚庐老更遒，当时交臂失从游。即今纵得逾千首，袖里深藏何处投？

试将古典合民歌，甘苦亲尝曲折多。新样自缄问郭老：涂来墨色可调和？

变迁音韵不分明，琢句徒言格律精。问字欲寻王了一王力，层楼再上看云生。

借来指要读忘疲，硕学高文仰大师。可得流年待华发，一编试释柳州诗？伯祥师借与。

初至文安干校漫笔

十首　1972年4月3日—12日

春风双剪燕飞斜，掠水衔泥更蹴花。输与呢喃梁上客，汝安家我反离家。

两行新柳碧毵毵，大路无尘驶去骖。闻道尽头千里外，关河无阻到河南。

清明无客不思乡，日月愁中倍觉长。漫说东风苏万物，晓来依旧满庭霜。

细雨长堤湿柳丝，晚晴闲诵义山诗。炊烟四起黄昏近，大好夕阳能几时？

几多诗句待评量，咫尺今唯余怅望。云树三年千嶂隔，不相见动似参商。

自是年时多别情，梦中亦复送人行。怜君未若关山月，一路随侬照夜明。

天时原料日将暄，故带轻装衾被单。几夜和衣拳曲卧，惊回短梦五更寒。

机井声隆碧水潺，午间照例去轮班。旁人岂尽知余疾，有道先生特地闲。

曲阪飞扬满绛尘，装砖暂此息征轮。一门日产已逾万，我过大窑思远人。坐运砖车回京治病。砖窑有门四十，一门日产万砖，内人在息县亦从事制砖。

白屋墙头出小桃，匆匆车又过平皋。离家十日归五日，候鸟去来无此劳。回京检查诊治，拟住五日，再还文安。如此来去，以候审干结论。

读《容易读错的字》，叠韵两首，书以自嘲　4月14日

少小读书原未多，不求甚解一翻过。即今病后添昏聩，几见篇中亥豕讹。

半生识字敢云多？知义昧音含混过。近日一编自对照，始惊累累读全讹！

踏青　两首　4月16日

白石桥边柳色新，东风醉杀踏青人。不知明岁清和节，载笔更吟何处春？

槛内修篁卷翠涛，青山可接一亭

高。长堤闲坐心如水，诗在轻鳞跃处遭。

咏楼前红桃 4月17日

含笑红桃灼眼明，楼前近日几回行。何须更问天台路，是处霞飞即赤城。

上海水文队以冬季回灌地下水法控制陆地下沉，戏题一首

回灌陆升停下沦，朝阳长照浦江春。麻姑难见沧桑变，为有人间管地人。

读韦江歌先进事迹报道，题八首以示宜山鉴儿

4月25日

复员十载住江村，守护仓粮日夜勤。不是济南连电请，家人也未识功臣。

劈山开路铸由钢，汗水当年洒二郎。绝壁系身撬危石，英雄脚下鹘回翔。

北角山前云雾开，康庄大道走无回。安家费悉花何处？“哥代”牵牛入社来。

阴湿肢酸知变天，几家屋漏怎安眠？土墙盖好身淋透，浑忘自家关节炎。

语重心长劝友朋，胸怀广阔戒骄矜。大同万里前程远，为石铺途贵不楞。

场边烈焰燃眉处；坝底深波堵漏时。一已安危置脑后，无情水火证无私。

引水穿山稻满畦，蓝图亲绘笔挥霓。大锤百下硝烟漫，好马崖前头不低。

宜山事我倍关情，八首诗成寄远程。猫尾山头尔如过，分明脚印认先行。

杨花 5月7日

昔人有“杨花不是全轻薄，总被东风逼着飞”之句，适足为轻薄者辩解耳。因反其意而咏之。

去去无愁识所归，天涯辛苦总相依。旁人错解杨花意，道被东风逼着飞。

七言律诗 共一百七十六首

抱疾回京 1971年3月22日~24日

医者复疑予血液有病，须还京津诊治，遂即起程，戏赋四首。

盘山晓起戴春星，大邑求医千里程。我自悬心疑未析；人谁国手死能生？纵横四海风涛激；俯仰一身尘土轻。独向天津桥上望，海河浪涌月轮明。先找天津血液研究所检查。

病因髓起旧时闻，嫌及吾身百虑纷。日月行空年正茂；斗星照夜学方勤。风雷曾自裁新句；坛坫凭谁张异军？犹有金门赋待献，未应天上去修文！

已拼鹏鸟谶成真。横笔吾原慕《过秦》。今古无方挽奇疾，乾坤何地著诗人？雨霏苍洱农春插；雪压昆仑士夜巡。岂可从兹身待废？腾腔热血正轮囷！

都门衰疾挟书眠，谁识英髦入洛年？三峡奔烟思浩荡；万川印月句澄鲜。试寻上药凭加减；敢问长鞭着后先。一事但愁生活隔，更无诗笔造峰巅。

回京记踪就医路便，重游天坛，率赋一首，以咏史事

辇路东风万柏苍，天坛有殿各无梁。禳刍原冀钳民智；餐藿徒闻报岁康。歌舞江山矜木土；沸螗水火挺刀枪。圜丘白石从人践，五百年来迹未荒。刍，刍狗也。

地铁来回

贝阙无波迤逦开，华灯百样泻平台。御风不羡飞天去，遁土真同缩地回。人溢轻车奔疾电；声喧长隧走惊雷。冷然五月凉生袖，半日逍遥游快哉！

重游动物园

安步徐行意晏如，一泓流水百禽居。绕栏时炫屏开处，掛木半醒囊蜕初。日浃麒麟香径静；絮沾燕雀野亭虚。畅观楼好堪驰目，未合斯间纂谤书。

颐和园　四首

绿岸铜牛卧乍醒，长虹俯饮拱桥形。波光上砌湖环镜；岚色入帘山列屏。疑雪花笼堂外路；知春柳抱水边亭。得诗未敢高声唱，恐有鱼龙出浪听。4月初独自游。

春色名园无尽藏，兹游自觉兴非常。家移湖上荡双桨；人在画中穿一廊。杏院风清莺舌巧；药栏日暖蝶衣香。柳堤取景流连久，林际炊烟袅夕阳。5月内人小女回京同游。

风物江南万里移，深廊无暑一襟披。清奇花石园谐趣；宛转桥亭径觅诗。蝉唱槐枝笼曲槛；鱼游菱叶贴平池。区区在藻思何隘，哀乐生民知不知？6月21日作。

飞绕烟霞小苑中，坞篁滴翠沼莲红。跳珠千叶初过雨；戛玉百竿时引风。石藓侵阶门独闭；山花倚坂径相通。恰逢横渡昆明日，劈浪挥旗气自雄！7月作。

过耶律楚材祠　题两首　4月作

耶律坟高骨久灰，当年相业动风雷。亡辽身岂哀金祚？用晋心真尽楚材。税亩虽同渔罟布，力田应胜牧场开。雄祠树老碑犹立，湖上春深我又来。

板荡中原劫掠余，独收药物及遗书。俘奴释处编户实；扑买谏时声泪俱。制器尚知赖良匠；开科更请任明儒。黑头颇惜人逝早，曾苦阴霾笼上都。

养疴杂咏 十首 4月~9月

九州春满五云垂，病里韶华去莫追。厚禄今犹具鸡黍；奇方近始得龙葵。百年敢借文章进？一榻常令纸笔随。点史芸窗倘遣我，献身应不计安危。龙葵指龙葵所制药膏。

不枉求医遍觅方，近来喜稍觉身强。观书饭后困随放；得句梦中醒即忘。夜月半帷东屋静；午风一枕北窗凉。转惭诗趣多闲适，三夏人人正大忙。

两地书传月几回，侧身天壤敢言才？未归人屡因梦遇；不速句时如客来。苍耳入方吟药圃；白头有约读兰台。茂陵一稿灯前改，何处潜龙吼夜雷？

信有人间续命汤，回春秘本出青囊。得时如岁逢三白，到处依方觅六黄。小火晕红乳瓯暖；轻烟浮翠药炉香。涓埃低愧了无补，济世输他医者良。三白，指雪；六黄，指当归六黄汤。

奔尘万里已难期，卓荦当年颇不羁。青眼敢因诗自负；黑头苦被病相欺。高楼日逼如蒸火；平沼风过顿皱漪。何事身烧连半月，拟将休咎问灵蓍。

倚榻神清书一翻，未妨走笔尚龙蜿。正思身驶关塞远，岂意头旋天地喧。蒸郁热风溢皮表；崩腾浊浪壅心源。近时始动真忧戚，病树春前难再蕃？

髓积尘污设喻精，岂知患果此中生！百回血验殊常态；几度骨穿符病情。月里徒望捣霜兔；笔端已失跃波鲸。旁人犹说容光好，不借酒红颜自赪。确诊真性红细胞增生症。

一镜光调像显微，良医耳目此凭依。数看红白更消长，颇觉苍黄惑是非。綦岁常悬难释虑，半年始断即知几。昔人岂必无斯疾，应叹当时识者稀。此为罕见病，尚属良性。

上药珍稀放射磷，医方才定又逡巡。施如过早翻为厉，用得其宜竟若神。何处我能抛赤血？百年谁免委黄尘！平生惯窃文章髓，或恐由斯种病因？放射磷，指同位素磷32。

父子情亲互护持，开门几事日筹之。疾兼锦里相如渴；感失金门曼倩饥。一卷窗前清有味；三餐炉畔乱为炊。豆丝遽下长盈尺，痴绝先生正构思。时唯锌儿一人相依。

消暑小吟 四首

西瓜五季入中原，夹带装来籽遂蕃。年久犹推天下最；暑蒸正上市前喧。香凝马乳行弥远；漆点龙睛结更繁。四海一家通百贿，泽深饮水合思源。

红尘扬处蹶奔骣，改籍竟思居岭南。昔日但供妃子笑；今朝惯见市人含。翼翔火凤自遗羽；珠吐渊龙谁探颔？倍觉生涯如啜荔，齿香回味有余甘。

百物常平价不高，如无病扰福真叨。脆皮翠沁方中药；肥实红熏市上桃。乡味难忘夸水蜜；暑风尽去压冰醪。寄金劝我瓜多食，念子窑前日夜劳。六句指冰镇啤酒。

沉李浮瓜入伏中，凉生海上报台风。满阶细雨滋新绿；夹道明霞驻久红。花淡龙葵初结子；叶浓虎仗已成丛。眼前景物饶生意，瘦句难穷造化工。四句指马缨花；龙葵、虎仗二者均中草药。

养疴续咏 十首

1971 年 9 月 ~1972 年 1 月

燕云淮雨障山川，病况唯凭片纸宣。药效再观以身试；行期难定待医权。露枝声咽愁如此；风簟梦残思渺然。笑与楼头钩月说：对君又得一回圆。

仆仆风尘涴布冠，分明容貌泪中看。远分母妹人犹缺；暂会弟兄家未安。淮上火云千石砾；甘南雷雨万山攒。莫言梦里存遗憾，真欲团圞比梦难！梦鉴儿归来。

电盼人归却未回，杯盘空洗肘空煨。征途难遣行止定；老境半因离别催。倦鸟有心绕庭树；凉蟾无语觑楼台。女牛犹得逢秋闰，一岁相逢两度来。

一叶曾传始脱桐，今朝夏尽暑犹烘。楼台树挂盈亏月；关塞草披"离合风"。药石瀹黄眠蓟北；稻田摇绿梦辽东。尚期速健镰重把，会战三秋咏岁丰。离合风用列子典，贴立秋事。

当初巢破各分飞，病返都门借一枝。容榻期留久安地，有家好备再来时。投身三宿犹多恋；讬足半年能不思？明月复圆人已去，空楼帷闭更窥谁？

已发衣囊待起程，病情反复暂难行。渐迁节序凉驱暑；忽变天容雨代晴。肘后方搜身未复，箧中稿积句犹清。故人书报近多恙，南北迢遥乡梦萦。

力竭龙葵已不支，餐磷再定更何疑？大丹换骨古虚说；上药回春今可期。壮士许身酬吐哺；老人鼓腹乐含饴。余年果若能加倍，要写升平万首诗。医言比他法能加倍延寿。

停药待磷来底时？江山多丽日敲诗。半年长病心相惦；四地远分身各羁。朝雨罨迷南浦草；秋风吹老上林枝。都门又得居三月，春节团圞好约期。餐磷疗程三个月。

莫讶戋戋数十金，仙家才得此浆斟。一吞丹药思移骨；更酌清泉欲洗心。跋海长鲸犹待缚；捣霜老兔已成擒。能令万物回生意，总是三春雨露深。

餐磷未见效如神，健笔知能奋几春？撒手仍期伍才鬼；关心岂愿作闲人？唯从蓟北煎黄柏，难向江东采紫莼。重比泰山首空仰，乾坤我独愧轻尘！后用二溴甘露醇始见效。

咏菊 1971 年 10 月 1 日

淡白浓黄看总宜，年年蛩语雁来时。曾因人许标更洁；不与众争开故迟。秋梦痕留霜染圃；夜吟影伴月窥篱。心枯肯向尘埃落？犹带残香抱本枝。

吟边偶记 十二首

1971 年 6 月~9 月

笔底何时得自由？年来格调喜方遒。新葵心重倾朝旭；老树气森盘晚秋。江月载舟慨横槊；风云擂鼓快登楼。平生我下杜公拜，独辟诗坛综百流。

飘荡红旗大地春，中心奋激写诗频。欲争朝夕呈新貌；仍觉平疲愧故人。诗畹岁曾茂兰菊；词园路尚没荆榛。少陵此境何时逮？磅礴风雷笔有神。

词海迷茫昔问津，个中略识味甘辛。千秋敢望衣传世？一卷难当筏渡人。在藻乐深真得水；采风兴好似寻春。来兹倘见再精进，试手犹思扶雅轮。

处处山花烂漫红，战旗飘拂趁东风。春朝寰海望初日；秋夜卫星遨太空。雪月蹴蹄齐跃马；雷霆出手即蹈熊。国家昌盛诗家幸，岂必沧桑句始工？蹈，读平声。

词场廿载笔纵横，新体久抛今觉生。千里命题书急就；片时完稿句催成。拈来口号无深意，唱出心声有激情。诗好原非在形式，民歌板报万珠明。

朝起添衣夜闭窗，出郊举目变风光。迁延半载身未复，容易一年天又凉。雨后秧针初透绿，霜前稻穗正摇黄。春华秋实自荣谢，诗句近时趋老苍。三、四句“半载身未复”与“一年天又凉”系拗律相对，义山晚年常用，予亦喜用之，健句也，非违格律。

病情别意入毫尖，小小题材亦自嫌。渐远唐音气沉博；半流宋调格浮纤。晓原汗赤霜骨峭；秋岭毛苍风翮铦。何日身强容逸足，铜钟鞺鞳韵重拈。

不蠹还应看户枢，日支新意墨常濡。微波潋滟难为海，活水澎洋自现渠。句出性灵原诳世；文存面目且随吾。少时粉黛行洗尽，翻爱乱头衣服粗。

少作诗家例勘磨，一编中岁始张罗。蹉跎稿乱本无几，局促年残将奈何？岂若渔洋徒爱好？渐如竹垞坐贪多。英雄辈出追难及，犹未按人题壮歌。

诗贵创新翻巨澜，焉能接手托全盘？缠绵情话胥江暖；慷慨悲歌易水寒。度曲巴歈凄苦竹；入骚楚些怨芳兰。风谣何限须搜剔，万事原宜两面看。

排比何能臻大观？竟闻宠作史诗看。美芹身忘平生贱；摘藻心输一寸丹。小草怎酬原上日？微沤或点海中澜。民歌古典双流合，指路前驰不下鞍。

诗国鲈乡遗墨馨，分湖曾灿少微星。高名楼峙仰天放；杰句山横标地灵。闾里春风双鬓绿；都门夜雨一灯青。他时拟辑《松陵集》，声绕秋河动帝听。二句指柳亚子；三句指天放楼主金松岑；四句叶横山，即叶燮；五句指少日住同里镇，从陈雅初先生学诗，陈，金门弟子也。清代顾晴沙曾辑无锡诗人所作，名之曰《梁溪集》；予亦有愿辑《松陵集》，循陆龟蒙之故辙，以示吴江派诗人之风貌焉。

读书随题　读三部报告文学书后

四首　1971年9月~10月

滔滔天堑起长桥，目送南云诗思飘。匝地虹垂迎晓日；满江星落映秋潮。高空飞燕弧光闪；深水潜龙漩浪摽。万紫千红画不尽，风流人物数今朝。《南京长江大桥》。摽，击也。

黄浦江边号角鸣，伟哉一二五工程！电流亿瓦巨轮转；烟突百寻高塔擎。铁虎毒喷身敢入；火龙焰窜力能征。赞歌写自劳动手，谱出忠贞心底声。《一二五赞歌》。五句指油漆工人。

移山腾地展宏图，铁水奔流万众呼。层岭火红灯影乱；深岩烟白炮声粗。惊涛拍石滩沉井；暴雨盖天焦出炉。读罢不禁觉技痒，也思采访到工区。《铁水奔腾》。

半载都门闭养疴，一编新事自吟摩。生于盛代补何少？壮做诗人惭已多！海外扬眉声慑美；域中争气步超俄。大江东去风涛急，能遣年光空电过？一二五发电机名争气机。

读朝鲜通讯通告选并观《南江村的妇女》影片　题五首

硝钢万吨落南江，水底成桥巨木扛。矢死阵前心不二；奋身敌后勇无双。扶犁戴月头倾汗；送弹冲烟火突腔。能顶半天钦妇女，风云激荡望邻邦。五、六句蹉对。

纷飞血火忆当年，唇齿相依山水连。军号过江振大地；战旗麾日耀长天。刀尖光闪项缩后；枪口声喑胸扑前。多少援朝英勇事，流芳宜永著诗篇。

凌厉更无坚不摧，铸由钢铁岂他材？孤云百战黑云吐；巨坝再修清水洄。耳背对空高射火；眼明穿地准排雷。重伤人亦传奇迹：匍匐艰难十日回。

烈火烧身伏草丛，计时出击炮声隆。团如虎视我能袭；坑若龙奔人莫攻。岭上孱兵横偃草；空中优势倒栽葱。板门店畔告停战，南北江山犹未同！

雪夜会师欢泪噙，并肩壕外万松吟。机冲担架自遮护；血染征衫谁洗纴？百尺冰渊援溺手；几重火海救孤心。滔滔鸭绿江中水，不及弟兄情谊深。

读《大庆人的故事》

钻塔如林晨照殷，起家两论十年间。壮怀克日拿油田；活力冲天迸火山。冰窟水端初打井；岩层尺进再攻关。铁人故事今犹说，不朽高名永仰攀。打第一口井时自冰湖中端水数十万吨；已破年进尺十万米大关。曾作《王铁人之歌》，篇长过俚，未录入存集。

观影片《乒坛盛开友谊花》

点点流星绕桌飞，乒坛红紫盛芳菲。友情久远环瀛满；技艺精尖举世稀。空巷人看赛球去；浴波女演采珠归。风光异国展银幕，觉有樱花沾素衣。

检理《商业史略》旧稿，并见方贻谋润色遗墨，感赋二首

文物新传出土多，关心消息动吟哦。玉衣金缕谁联缀？陶俑铜壶足抚摩。编史曾殚三载力；盛时又骇十年过。翻怜旧作缘才尽，难挽飙轮滑下坡。

一编商略共晨昏，行际犹留旧墨痕。曾讶其才千字捷，忽逢斯疾几人存！燕山夏雨风雷卷；闽海秋潮日月奔。我亦年时频伏枕，文成迄未荐金门。方，厦门人，以癌症卒。

检编旧时论文，并续新章，感赋二首

蜃楼北起眩迷宫，风急回舟歌未终。高贵由来最愚蠢；卑微岂必不英雄？险关夜蹴崖前石；坦路朝迎霁后虹。莫道养疴竟无得，一编再续旧时功。

马恩著述自千秋，吓鼠名难几日留。敌手人宁畏大国？盟心谁共击中流？能探虎穴生能捉；不入骊渊死不休！草罢新章一抬眼，月华如水浸高楼。

书柬往来

家书 四首 7月6日

鸣笛烟长夜发车，匆匆淡墨倩传书。稍安便拟商行止；久病频烦问起居。得句随心聊有托；寄金感意且为储。今晨三夏人方返，略改前时斗室虚。锌儿三夏拉练归来。

书来问我病何如？亲子情深廿载余。曾喜汝归见容焕；更欣药到觉身舒。壮心一片石开处；险路千盘人履初。复为北溟增远念，高楼风雨正愁予。北溟指女涓在川北。

喜读平安一纸书，日来正屡忆方诸。红旗找矿人翻岭；青笠扬歌女趁墟。七字诗成意相励，千金方验虑宜纾。龙葵新药知者少，莫更他求犹有余。方诸，鉴儿小名。五句指寄钻井诗。

凉风送爽月临除，惬意高歌食具鱼。有梦寻诗元亮径；何人问字子云居？老来岂敢矜词律？病后方知重药书。昔若学医机不失，也应济世术非疏？

确诊后代柬寄内 10月

何事梦中频涕歔？非全身病更身微。一编问世谈何易，百首干人解已稀。山海枕关孤鸟没；江湖泛宅片帆飞。秋笳岂是真穷极，绝塞犹看未老归。

耳畔风传议去留，何须中夜梦沉浮。累君肘掣才难举；如我身微病合休！花月凤城双倚幌；蘋波鱼埔一归

舟。但祈垂老长为伴，笑对无愁水上鸥。

寄女 两首

有女何输生子贤，奇材尝见属婵娟：缇萦西上刑为废；蔡琰南归书赖传。入水擒龙矜此日；冲霄翙凤胜当年。远行终惹双亲虑，霜栈危岩梦里悬。

万里传看一束书，家人以外少人知。高文绣虎将安用？薄技雕虫未足师。崩石惊心窥壮举；飞云沾发飒英姿。斗争火热饶生活，好写风雷激荡词。

复张鸿德甥 六首

7月4日夜

吴下人曾笑阿蒙，囊萤愤费十年功。气豪徒诩千言敏；身惫唯求七律工。“重整词坛”资敢及？倘开史局数期充。书来问我句成未？一稿难安权付鸿。

野老礼虔新献芹，积薪渐上意含欣。惊看心海文翻浪；愧比眉山笔起云。小市鲈香湖畔卖；高枝蝉唱月中闻。未应灵气诗乡绝，留待贤郎殿后军。首句指近成美芹篇。五、六句均来诗中题。

复问龙葵效若何，新方或可起沉疴。莫非天赦题桥笔，好为时赓击壤歌。山斗文场两司马；风沙学海一征驼。老来未免差心力，始恨蹉跎去日多！

莫讶诗囊病后撑，车中枕上有吟声。居安蜗角心常静；字惯蝇头眼尚明。千首如吾本言志，几人于世必传名？“性灵”说已深知误，了了儿时壮未成！

“四旧”当年一荡然，论斤书售更争先。池鱼殃及城前火；江鸟惊连塞上弦。无事堪嗤心自扰；过时方悟见多偏。只愁空箧对王粲，诗律仅能凭口传。

零落文章赠所知，抄来辛苦寄来迟。好将韵语代书柬；屡出狂言谈史诗。读快数篇如睹友；吟安一字即逢师。胸花燦处怡然赏，消受平生在此时。

再复鸿德 两首 9月5日

笑貌犹呈学步初，云雷变幻廿年余。文章此日称张籍；事业他时望魏舒。花木灵岩春啭鸟；月波笠泽夜跳鱼。何当乞假归南国，与汝谈诗认故庐。四句，魏为宁氏甥。五、六句乃诗中意。跳字诗韵入萧韵，读平声。

敢说声如地掷金？东风鼓角助长吟。《论诗》岂作人规鉴？去病还由自砭针。晚树难遮望海目；朝葵终抱向阳心。迩来喜有听音者，流水洋洋时弄琴。三句指近作五言一首。

寄怀银川黄惠同志

寸笺嘱我体宜珍，甘橘兼贻事若新。异论曾遭多士忌；高情犹记故人真。雁沉紫塞十年别；鱼跃银川三月春。学海同舟更无望，风波满眼独迷津。

顶峰万仞白云浮，真理须于险处求。嗜卷身唯存半魄；挥刀目已失全牛。闲人指背惊非孔；烈士横头触不周。今日嗟同强弩末，文章零落力难修。

南北酬答

柬孙七寄虹兄，即次前寄八庚韵

两首　1971年7月

地辟桃源阡陌横，渊明今日趣时生。五株柳老为良友；九穗禾高似长兄。月箔蚕姑添夜叶；烟林鸠妇唤春耕。田园好句期常写，不止江流日夜声。

朝雨湖头一艇横，微风吹逗白蘋生。携儿垂老居田里；呼弟回童忆姊兄。羁客于今同惜别；诗人自古几亲耕？新篇骨肉情真切，天地何能少此声？

再寄孙七兄，三叠庚韵一首

梅落江城玉笛横，樽前未忘话苍生。书林早入堪推主；诗国先行合事兄。盐铁市廛销岁月；桑麻乡土费耘耕。何时再听苏门啸，天际飞来鸾凤声。听读仄。

寄虹兄来书言贫血症复发，殊念，诗以慰之　8月

匝月江乡滞尺书，岂知二竖缠君躯！自关休戚增远念；稍复康宁无过劬！绿水正看映蕖柳；青阳未许逼桑榆。秋郊阡陌徜徉处，一牯相随入画图。

复孙七兄　两首　9月4日

驱疾宁当七发词？闻君康复慰吾思。盛时相勉倾肝胆；中岁同看变发髭。牯角书悬秋野静；兔毫墨洒晓云奇。太平景象供诗笔，句就无忘亟报知。首句指枚乘七发

岂有凌云出世姿？交深美我实偏私。献猷难比荀文若；延誉枉劳杨敬之。吞虎气豪风过疾；祭鱼思涩月来迟。篇章零落君休问，枨触心潮感昔时。二句指杨敬之逢人说项斯。

复孙七寄虹兄两首，仍叠前韵　9月28日

塞北近闻驰羽书，相期珍重百年躯。风云坐看应思动；天地行吟且忘劬。秋日田原浮稻菽；春烟里社梦枌榆。感君画意随笺寄，展出江乡耕牧图。

等是悬头苦嗜书，相交放浪脱形躯。倾心明月三弹妙；胝手晴窗百练劬。不语蹊成有桃李；待时事补在桑榆。荡边早起人高唱，祖国河山锦绣图。兄娴音律、精书法。

孙七兄赠诗，溢美之词难当，敬步原韵，勉成两律　9月30日

青春曾亦见眉伸，论驳气豪唯索

真。马腹徒嗟鞭莫及；鸿毛难誉笔无伦。千秋梦醒恒沙劫；廿载魂惊沧海身。心力再移注余事，此生或可做诗人？

轻雷惊蛰始求伸，百卷能传想岂真？愧我才疏输李白；感君意重过汪伦。史坛旗帜森千卒；学海波澜眇一身。英彦乡邦方辈出，风华原不属斯人。

寄虹兄以阆仙推敲受知韩公事相勉，诗以答之 10月2日

谁与推敲许放歌？郊西地僻结吟窝。高楼四面月迟上；秃树一行风骤过。辙底沫濡犹语海；井中水止莫兴波。苦思亦下阆仙泪，寒瘦诗今略似他。

读寄虹兄《偶感》，即成一首以寄 10月13日

床下秋虫入夜“瞿”，豳乡正绘最新图。立公篇在室岂暗？知己书来人不孤。三峡烟涛泻文海；五洲风雨荡心湖。吴钩光粹自珍爱，摩厉以留他日须。

读旧时诸诗，成一首寄孙七兄 11月

少年骨似石崚嶒，岁岁秋潮渐失棱。贫贱应惭邦有道；斯文最感士无能。满囊断句春双屐；半箧残书夜一灯。闻说人营南返计，烟波飞梦逐鱼鹰。

复孙七寄虹兄

1972年12月3日

朝霞万里载书游，晚卧茂陵风雨秋。抱疾但求换吾骨；舞文敢谓出人头？小楼日月闲中掷；绝塞烟尘梦里浮。剩有田园兴未了，新诗郑重和歌牛。

赠答严一士教授，即步原作国庆廿二周年韵 1971年10月

挥毫忙煞老诗人，一片葵心倾至诚。桃李廿年盈白下；松梅百岁焕青春。图开旭日旌旗色；律合东风鼓角声。曲折奔流终到海，济清不共浊河浑。严为孙七兄大姊丈。

寥落乾坤一拙人，心肝百折总输诚。学沾杜李源前水；恩沐舜尧阶下春。辽海云霞壮行色；燕山风雨激吟声。自知难作长鲸掣，漫逐江鼍鼓浪浑。三句李指李义山。

奉和一士教授敬颂党的五十周年诗，即原步韵

乾坤为幄月为俦，八亿苍生夙夜谋。白手图强凭自力；赤心援弱寄同仇。九霄电掣银星射；三峡雷奔水库修。桂阙今宵杯共庆：人间五十岁初周。

自述两首，步严赓雪教授六十自述韵，录之以呈求正 11月

年少书生喜立论，讲坛肯屈布衣

尊？看桃几度犹为客，种竹一枝将有孙。生意皆因沾雨露；至忱敢比献晴暄。眉痕曾亦入时巧，忍忆严妆初缔婚。赓雪为一士之弟。

当年人奉“小权威”，沧海波深一粟微。紫塞云横未投笔；绛帷风拂待传衣。卷前仍作春蚕啮；窗外不闻鸿鹄飞。已悟“先知”说原妄，月非日映哪成晖？

再呈严一士教授

1972年2月24日

金柳诗堪凌百家，二严手亦散明霞。唯循觉路寻先辙；敢殿名场押后车？铁板壮歌思跃马；铅华少作耻鸣蛙。苍茫谁与灵槎度？学海从知未有涯。

怀严一士教授，再次见赠原韵　4月24日

旧物羊裘处士家，携来杖履驻栖霞。百年人物纷过鲫；六代文章乱噪蛙。陌上兴歌方击壤；门前问字屡停车。定知清恙难为累，秋水芳兰长被涯。

一士教授读予餐磷无效戏作寄诗以慰，再叠前韵答之　1972年2月

曾慕风雷笔有神，一枝栖老凤城春。人因病废忌长句；句为时需充健人。荣瘁廿年原上草；溯洄千里水中莼。想应未遣雄心断，梦里犹扬紫塞尘。

怀严赓雪教授，即步见赠原韵　1972年2月24日

开函倍觉雪窗明，诗国先行乡国英。百岁景犹当日午；数篇文竟忘年庚。彩销合浦珠离粤；光夺和田璞出荆。难洗渴尘盈万斛，清词勉步待敲评。

叠韵答严赓雪教授

1972年7月4日

诗派方欣窥大家，高台雁过带飞霞。狂谈我自扪饥虱；敢死人谁式怒蛙？七里滩空阻归棹；九回阪陡叱征车。订交插翅神能往，何碍云深隔海涯！新疆内陆湖古多称海。

诸将　五首

1971年，作于9·13事发后

镇南赫赫气飞扬，参座一朝权属黄。急上庐山思发“炮”；决夷燕市本持枪。纸难包火机先泄；手欲遮天梦正香。今日噬脐知莫及，满身枉负旧时伤。

电话音谁尽录私？青禽更遣数衔诗。入关将侈非当日；“摄政王”封待异时。犹劝乐观传密示；尚思割据借余资。机中片纸刚宣读，瘫坐如泥顿不支。

司令头衔晋“草包”，露将马脚怒相嘲。全军“作战”听调遣；下代当权预结交。北去何人机折翼？南

巡有客鞘腾刀。坠空得免成焦额，转幸身难与共跑。

眇然一己有何能？方略英明遂跃腾。宗派至高终反叛；兵家最忌在骄矜。丘中暂许藏同貉；海上今看缚及鹏。若使前年身早死，此生真伪便无凭。

白璧连污仗势优，“何伤小节”爱风流。任由众斗仍高位；为有人扶在上头。辎重三军心莫顾；门深一室计同筹。笑他窃国偷香手，小大债今如数酬。

我代表团抵达纽约联大，喜赋

斗争二十二年间，落叶西风扫蒋顽。朋侣欢声腾四海；氓奴怒气撼千山。岂当大国争雄长？敢御强权济困艰。映日红旗无不往，定看早晚复台湾。

斗室漫咏 四首 1971 年 12 月

将雏十载住西郊，楼外青山日见招。万里分飞窝遽拆；九霄高翥梦全消。紫泥共啄再营垒；绛汉难填权作桥。春到上林花似海，一枝意易足鷦鹩。

欲以所居斗室为安家计。

黑白纷纭观弈棋，近来有梦逐飞驰。西窗共话夜嫌短；东阁再窥时料迟。皓首唯望俱老健，青云何似不长离？却愁才自餐磷减，十日才成一首诗。干部有轮换讯以告内子。

近郭村村正涤场，一年容易又冬藏。寒江水落芦漂白；野岸风来柳飐黄。窗下摊书犹祭獭；炉边酌酒自烹羊。如何卒岁无完褐，四海哀鸿意未忘！已入冬。

秃树撼风庭雀飞，今朝始稍见寒威。室常送暖逾重幄；居不披棉但夹衣。既换人间多燠岁；更期海内尽春晖。筑城堕指书当日，千百年来气候非。五代时幽州筑城，气候严寒，至有冻堕手指者。

读杜诗随题 六首

请正于廖仲安教授 1971 年 12 月 9 日

杜陵濩落感平生，诗卷遥收身后名。披拣宁无沙委地？摩挲自有璧连城。频加冠冕誉非分；仅识碟砆论不平。宜返斯人真面目，千秋得失慎持衡！

雷雨滂沱压海滨，由来“盗贼本王臣”。察眉虽痛疮痍满；尝胆唯求赋敛均。率子芟菅喻除恶，从人扑枣示行仁。君恩每饭难忘报，怎解推原直批鳞？批字平仄两读，仄声为入声，九屑，亦训击。见《诗韵》。

肥马扬尘逐富儿，残杯冷炙色潜悲。防身剑欲冰山倚；传业诗犹鼎阀持。白野殍横霜被草；朱门肉臭酒盈卮。奉先道上衷肠热，干谒能羞应未迟。

破碎河山战伐仍，写来《三别》见胸膺。沧桑史在光难掩；涕泪歌成气欲腾。果圃露桃劳小竖；草堂风竹款中丞。入川渐喜饶生事，闲适篇存亦上乘。

除却歌行高插穹，偏于五、七律求工。文心六代胎能脱；作手千家目尽空。风电奔抟苍隼健；波澜跳掷碧鲸雄。始知骨力深沉处，不在洋洋百韵中。

学杜纷纷有出群，悲凉豪宕各拏云。阁营瓯北联三友；格炼樊南张一军。今日论心冰镜彻；当年耗目月窗勤。森严阶级时代限，糟魄菁华须再分。糟粕亦作糟魄，见《庄子·天道》。

庆《柳文指要》《李白与杜甫》出版 1971年12月

仓皇书卖荡无存，何处风来水搅浑。艺苑终须凤巢阁；词垣未许雀罗门。精华汲取益时用；文化激扬增自尊。今日百花欣渐放，柳韩李杜有人论。

章士钊在指要中于二王八司马评价甚高，予见亦同，赋一首

弊政蠲除记永贞，风云百日亦峥嵘。父喑得佐布棋局；子逆抢班传斧声。专擅致衰尤宦竖；流迁到死惜书生。千秋我读河东集，犹觉行间气不平！

闻布托就任巴总统，成诗一首 22日

动魄惊雷疾电驱，时危正要此人扶。复仇自警甘尝胆；斥恶同钦敢捋须。邦国万几筹善策，河山百战绘新图。中巴友谊应更进，松柏岁寒终不枯。

毛主席寿辰恭赋

1971年12月26日

四海人齐仰导师，大同境指践无私。曾回日月扶天柱；再造河山整地维。雨露春先知小草；雪霜腊后见高枝。风流文彩谁能及？独立昆仑自赋诗。

起义红旗拂翠岚，当年统帅出湘潭。沉思帷幄宵迎曙；鏖战关山北转南。千里冰封步常练；一朝天塌力能担。雄词唱彻军容壮，纪律长传手定三。

金字声明永不磨，韶山人谒道连轲。同心万水不知远；结侣五洲方喜多。海外使臣叱罴虎；日南壮士斫蛟鼍。第三世界期望切，鼓角音振国际歌。

手握真诠得自由，泰然当舵稳操舟。庐山又见云乱渡；汉水能容波倒流？戟折三叉快殄恶；笔挥万众愤批修。葵花只向朝阳倒，任尔风摇不掉头。

悼陈毅外长

两首 1972年1月11日

揭竿分地震江西，杰句流传笔吐霓。绝岭风餐嘶战马；大江浪踏斩奔鲵。摩天崮险扬旌帜；弥海雪深鏖鼓鼙。自是功高推老师，英名永与泰山齐。

樽俎折冲谈笑间，白头渐减旧朱

颜。穷民奋起联非亚；大国纷争鄙触蛮。及见使星临纽约：终望国土复台湾。此身可夺光难掩，论定盖棺分直奸！

读报有感，爰题数律，旧体新事，试备一格 1月12、13、14日

声喧南口舞红旗，力辟爬行别昨非。硬骨终由蚂蚁啃；敝巢难阻凤凰飞。无穷智觉天地小；不苟精求毫发微。今日奔驰京广道，六千马力内燃机。二七机车厂首先制成。

插天塔顶满朝墩，千仞雄关志欲吞。过细从严丝扣净；搏分捉秒钻杆奔。凝冰身捍当地漏；飞石头迎压井喷。进尺年超十二万，功成终践铁人言。

1205队进尺12.7万米。

江南谁说少煤成？卓识须从实践生。磅礴云山人蹴蹋；深沉地海钻轰鸣。八层廿米储真富；七矿三年探已明。碎碴亦堪供冶炼，翻身功首策尖兵。909队探明梓山煤系储量。

亿年奥秘揭祁连，千里冰山励志坚。坡陡牦牛难驻足；钻沉战士但凭肩。狂风衣踩高塔缚；深雪图攀崇岭填。更找水源为牧社，羊群冬亦饮清泉。甘肃地质队找矿事。衣指塔衣。

新医赞 四首 1972年1月7日

养疴之余，关心医事。新风可赞，新法可纪。爰成四首，试以律体收入集中。

熏醋防治感冒新法推广

蒸熏香醋气氤氲，感冒防治法最新。桑菊比来应见绌；羚翘从此不言珍。车间访处瘟能辟；连队施之效果真。天下烦难事多少，伏降只怕有心人。

电兴奋机治神经衰弱有效

不凭药石敢攻坚，疾疗神经喜讯传。白日电冲增奋跃；清宵脑抑转安眠。主从由此再调整，矛盾笑前何倒颠。扁鹊有知应悦服，能通哲学术无边。

截除病段再植远端，治上肢肿瘤成功

瘤生软骨已侵肱，手术精尖前未曾。近处尽除癌去早；远端再植臂连仍。操刀正喜功全奏；举物犹看力颇能。知把断肢"一分二"，照人思想有明灯。

救活心跳停止二十二分钟之触电工人

电流击倒止心跳，"直接按摩"胸剖刀。呼吸才通多反复；功能再获费昏朝。头安冰帽使温降；身进氧舱承压高。救死扶伤甘掉肉，专挑重担不辞劳。

庆龙镇解放 1972年1月15日

旱季军民奋怒飙，杀声日夜海山摇。昔嫌谍报聚龙镇；今喜捷书掀虎巢。倒地葱栽机折美；落荒叶扫匪歼苗。"老挝化"亦成何事？攻势难当上下寮。

时事 1972年2月23日

昆仑水下急鸣湍，滚滚潮流讵可拦？宿敌登门求握手；良朋倾盖愿披肝。椰林烈火犹燃越；松岭怒飙曾卷韩。世界如今有三极，北庭炮伺梦难安！

悼斯诺 两首 1972年2月

当年漫记读《西行》，帐里偷光神注倾。高塔插天开远瞩；雄关拔地历长征。风雷郁勃知民忾：岁月峥嵘证友情。多少人曾蒙启迪，胸中点起一灯明。

大河彼岸续新章，直上城楼傍太阳。异国廿年横壁垒；重洋万里起桥梁。名崇岂料身多病；笔健犹看字有光。八亿同哀忆风貌：高山长耸劲松苍。

瓯北诗云“由来慧业关天授，待有人教已钝根”，诗以商之

诗主性灵宜再论，不多阅历不雄浑。何来天授原灵种？岂是人教即钝根？谈哲思深沧海浸；歌时笔健大江奔。云崧学富家非小，倘蕴聪明格更尊。

四十五岁生日 十首

1972年1月29日夜（阳历）

士龙入洛正英华，未觉流光暗里迁。八载轮蹄半天下；万言纸墨一灯前。胆粗不怕南山虎；羽满初翻北地鸢。最是钓鱼台畔路，词垣高处竟招延。

焉知蹭蹬只奔腾，剑气峥嵘失自矜。东海秋来听夜雨；北陵腊尽踏晨冰。初栽桃李花千树；更拾楼台级几层。木未秀林风已嫉，污人白璧恼青蝇。

纷纷人竞附门墙，独立论台自主张。敢以一军标异帜；勉成数卷辟新章。险峰勇蹑丹心苦；狭路惊逢碧眼狂。唯有黄崇嘏知我，雾迷学海愿同航。

柳花无主逐风飘，和墨沾毫意被撩。岂有清姿遗世立？亦从新样入时描。裁成衣丽金线压；照得人明银烛销。两载案头校文字，手编丛稿费昏朝。

一生几得长官亲？许我年时眉再伸。并世才谁称八斗；斯人笔自够千钧。锦珠散处诗蒙答；盐铁翻来事备询。卅万史成记商业，龙门学始略知津。

日持筹算析秋毫，平准权由大吏操。经济专行研欲细；文章余事格须高。体望通亮蚕眠箔；蹄待穿空马跃槽。一得供求论草就，寒灯指茧不辞劳。

御风极目楚天舒，载笔南来更带书。文采略呈管中豹；武昌难忘席间鱼。云开岳麓降轻翼；日出韶山朝故居。旧侣重逢劳问讯，青衫依旧四年余。

二年吾自笑吾孱，失计谈玄四字间。鹊警人应烧赤壁；鸡鸣谁得度函

关？堕车虽已肱三折；换骨无成丹九还。电掣潮奔复五载，层阴心底快晴悭。

许昌曾去把烟栽，又向盘山荷锸来。建校荒滩鏖雨雪；辟田大卤撼风雷。挑秧途滑肩未歇；薅草行长头不抬。惭愧当年空学稼，稗禾近始解分开。

无端忽抱采薪忧，心系田畴疾未瘳。縻药既经一冬夏；弄文再许几春秋？樊南骖去谁青眼？瓯北舟归正黑头。枨触生辰书往事，寒蟾无语下西楼。

家事 六首 1972年3月9日

候鉴儿不返

春节曾期速到来，团圞五口共衔杯。眼穿南国书俱绝；灯炧上元人未回。日月门间频怅望；风云关塞几疑猜。何堪更咏义山句，思子台高砧送哀。

女涓自甘归来省亲

奉母连朝食具鸡，归来未改旧巾袿。娇生往日心无滓；苦战近年身有泥。浑忘自看行老迈；竟期长视似孩提。送行何事掉头疾，知尔避人强忍啼。

内人自息县归来休假

立春过后喜君还，半载愁销半月间。别意有痕添白发；病容无畏尚朱颜。雪泥堑底力应瘁；儿女灯前心暂闲。独憾南天人未返，一家再聚遇何悭。

制新被拟为儿筹婚事，书来推至明年

絮被新缝厚薄宜，空劳卜吉盼佳期。齿增自愧事成少；子早反忧孙得迟。加膝当时爱文若；娱怀何日慰羲之？待完嫁娶身如健，五岳闲游好采诗。

论女涓婚事

女大论婚事本常，何因犹豫费评商？星期已遣三年误；云路徒望万里长。嬴氏女聪能引凤；王家礼特但牵羊。笑予也学痴聋叟，且付儿曹自主张。牵羊成礼典出南史：孔滔之与王敬弘为外方之游，又申以婚姻。敬弘以女适滔之子，遂以乌羊系所乘车辕，提壶为礼，至则尽欢共饮，迄暮而归。或怪其如此。答曰固非农夫田父之礼也。

锌儿初中将卒业，今后去向传说纷纭，诗以解之

少子眼前犹伴予，戋戋学仅九年余。读书岂遂真无用？就业也应随所需。塞北屯田枪待握；山西插队耒堪扶。欲求绕指钢精粹，能不先经大冶炉？

读郭老新著《李白与杜甫》

四首 1972年3月

“君山划却”逐臣回，李杜诗成数往来。王命是奔构“三别”；世人欲杀纵千杯。桂冠岂合加殊号？莲幕安能用大才！欲洗陈言清耳目，一

编扬抑出新裁。

权宦深嫌为脱靴，放归泽畔奈愁何！临流牵袂公无渡；跨海借鞭人有歌。难谢世间驾鸾鹤；终思垄上牧鸡鹅。《石门》诗句蒙笺释，六十二年瑜未磨。

霜原饿殍夜来横，胡马奔腾遍哭声。民怨但尤贪吏黠；臣忠敢议圣皇明？鲱鱼官小时矜贵；丹桔园宽尚诉贫。更诋苍生为盗贼，诛心论直责斯人。

突过黄初变律诗，雷霆滚滚迸才思。湘江舟里朗吟处；庾岭阵前酣战时。高木巢悬疾蜂恶；空林筐倒急蚕饥。近闻一票投苏涣，千古论人有出奇。

读日人井上清钓鱼岛是中国领土文，书后

琉球尚氏本明臣，奉使封王录记陈。《使琉球录》，明册封使陈侃所著。屿赤、黄分中外界；逆风、水阻往来人。书中云：黄、赤屿以西为中国领土，与琉球分界。琉球至黄赤尾屿逆风逆水，自古罕有往来者。海东云雾瞀方蔽：井上文章聋可振。《筹海图编》光亦炯，明嘉靖时胡宗宪主持编纂。吾华岂乏席间珍？

呈王伯祥教授 四首

1972年3月23日

曲巷都门谢市尘，茶香幽室好迎宾。藏来东壁图书富；传得西庄衣钵真。腊雪姿高苍岫柏；秋风梦远碧溪莼。介眉我祝筹添屋，啸傲乾坤八百春。

史籍迷茫涉已穷，更谁得似此淹通？盱衡巨眼千秋上；褒贬深心一字中。书馆夜凉江月白；讲帷春暖苑花红。龙门欲渡津曾问，恨晚今朝始谒公。

诗律源流说宋唐，史家照例擅辞章。不轻今士肯推掖；自爱古人宁抑扬？贮海胸怀见帆稳；遏潮臂力识弓强。数篇何足劳誉项？翘首班门斧合藏。

金柳余风乡国存，廿年拓落愧师门。良朋有几偏长别；老辈无多倍足尊。岑地丘冈踵曾蹑；嵌天星斗手难扪。樊南诗意新笺就，急报先生待细论。

楼前桃花半放，养疴回京一年，心潮难平，爰赋一首 3月26日

楼外夭桃正半开，去年今日燕归来。看花诗漫成三度；对酒歌能历几回？南国清明春雨落；西山苍霭夕阳催。天涯长隔自荣谢，上苑输他相倚栽！

读鉴儿四月二十二日书感赋 四首 1972年5月6日

曰归期盼自三冬，今日始来书一封。市上近传惊有虎；褓中曾抚望成龙。两川蹈火劘坚垒；五岭摩云踏险峰。销骨清时吾不信，独怜瘦却少

年容。

铮铮铁干郁盘空，羞学夭桃几日红。绿野心驰迷细雨；沧溟翅击待长风。眼前得失争无益；天下是非论有公。薏苡明珠议多少，何曾出自汉廷中。

桂北春归挽莫留，夏衣有客尚须谋。读诗知汝近时事；惹梦添吾连日愁。忽报炉翻猴未伏；应思器在鼠难投。江歌八首何由达，靡定行踪道阻修。

曾与佳期订上元，乃闻咫尺禁通言！不随石转甘逢怒；欲上镜行知负冤。患难经多情更笃；风波历尽景长暄。今年望汝归来早，渌水双游看彩鸳。旧诗：诉冤人在镜上行。

读李白诗 5月7日

楼船招致别悤悤，师败身难脱狱中、大吏倾心荐唐室，多君携泪请曹公。谪来酒客门犹满，赦后诗人笔尚雄。幸未真随李太尉，提兵去踏浙西东。李诗：多君同蔡琰，流泪请曹公。拟参李光弼军，半道病还。李光弼“秦兵百万出征东南”，镇压农民起义也。

五言律诗 共十五首（含排律一首）

鸿德甥来书寄诗，即赠四首 1971年4月

负笈苏台日，时时过姊家。闻啼初识凤；抓笔始涂鸦。海诡迁人事；川奔送岁华。书来惊老眼，好句灿流霞。

弱岁依吾姊，护持应亦劳。河山音遂隔，事业首空搔！里社荣新梓，墓门滋野蒿。平生愧无报，风冷夜乌号。

年仿犹昆仲，牵情念汝兄。秋眠凉共被；夜读黯同檠。词若倾三峡；人曾奋一鸣。因书烦致意：珍重慎前程。

空谷足音绝，诗坛叹式微。清才年尚少；高格世原稀。千首宜追杜；五言差近韦。非徒甥舅谊，所喜有传衣。

复鸿德甥 三首 10月

书来悉抱疾，令我一伤神。难得文字契，况关甥舅亲。年华风展锦；天地露濡茵。道远唯寄语：昂藏宜自珍。

病中应辍笔，何必叹频频？深吸先养肺；苦吟将斲身！霞飞一川练；月泻满湖银。拭目俟他日，力遒诗更新。

兄姊同闾里，过从近若邻。犹劳忆容貌，久与断音尘。春雨染碧草；秋波浮紫莼。几时得归去，再见故乡人？

赠徐文泉声 两首 10月

当日桐华里，东溪我僦居。论心仰前辈；识面谒高庐。紫塞忙飞雁；沧波稳钓鱼。难忘挥健笔，婚册与

题书。

鹤发身弥健，灵椿寿正长。百年领诗国；一老啸江乡。露沼莲房满；烟村秔米香。岁丰时得句，可许再窥囊？

晨起口占 10月

一夜西风劲，朝来叶满街。江山秋亦好，诗句老难佳。快读频惊目；清游且放怀。丰城剑犹在，壮气未沉埋！

五云篇——国庆廿二周年恭赋百韵

1971年9月29日

岁月风雷激；乾坤雨露鲜。青阳龄廿二；紫气景三千。狮睡嗟当日；龙飞忆往年。豺狼唊饕餮；魔鬼舞翩跹。黑水惊横决；苍生苦倒悬。将倾厦梁蠹；如沸釜汤煎。海上明灯照，域中真理传。金瓯誓收拾，铁鼎敢回旋。因奋农奴戟，才摧霸主鞭。牺牲多壮志，开辟换新天。光耀东方起，声威上国宣。亿民重挺立，万里复安便。赤手驱穷白；清波涤腐膻。一朝封建废，百代地租蠲。岭际炮声动，江边烽火燃。援朝志士去，抗美凯歌还。鬼蜮难身隐，黠奸俱胆穿。窥庖争染指？隔岸枉垂涎。吏治欣整肃，世风歌变迁。唯应盥洁井，不许酌贪泉。合作成新社，群耕铲旧阡。沃原舒锦绣，大路缀芳妍。几载暂肥鼠，九秋将噎蝉。乞降资本伏，赎买利源捐。私刈根初挖，公培蘖始绵。斗争殊未极，回合紧相连。剑迫意在沛，图穷谋出燕。推涛筹阃室，唤雨闹街廛。反击消微沫，长流卷巨川。奔腾齐跃马，浩荡共飞鸢。劈岭银河绕，转炉钢水溅。图强肯居后？发愤务超前。分道判泾渭，指航知正偏。红旗头顶举，黑手肘旁牵。任遣雾霾重，不渝金石坚。困难竟安渡，胜利更高骞。耳畔时擂鼓，心间紧绷弦。无形定宏略，有力握真诠。烈焰冲霄射，狂飙掠地漩。一翻狡兔窟，再破野狐禅。揪叛惩非类；知尤拉可悛。浪淘沙尽汰，云散月弥圆。革命勇挑担，工农牢掌权。江山春朗丽；灯火夜喧阗。岁岁丰收乐；村村节日筵。穗多香润麦；桃大色凝棉。乌角归盈栅；金鳞出满船。米匀溪飐芡；房饱荡擎莲。峒寨晨裹饭；穹庐宵拥毡。岂都遂轻易？曾亦历胝胼。南堡灾重建；西胪折不卷。花开媲大寨，峰蹑迈高巅。荒谷人破寂，深岩盐起眠。钻机勘煤脉；炼塔树油田。紫电汽轮转；红霞焦筛填。大桥横彩虹；巨舰接沧烟。石壁惊神女，银星会散仙。云鹰多护界；火箭足防边。生命源新探，聋喑疾顿痊。精尖冠世界，博大展科研。洋土看双举，快多求两全。勤劳为匙钥，政治实关键。主宰本群众，史书何倒颠？聪明由实践，智慧岂天然？两数胸怀大；五洲朋侣贤。拒修仇刻骨；反帝任扛肩。何碍山海隔？况如唇齿联。真诚支翼左；凌历振锋先。突骑门边伺，妖风口外扇。无时不磨刃，是处即张弮。小岛尸曾弃，英雄名永镌。觊觎敢伸足，嚎叫请尝拳。反动心难死，倒行身已专。赴台罗党羽；访日缔因缘。有备堪无患，深谋庶远愆。何能安枕席？直欲办鞍鞯！惕变警巡夜；思危兢涉渊。长城应畚土；广厦合输砖。知识厕多士，司曹充一员。砚前荷磨炙；炉里感陶甄。徒觅书撑笥，难望笔峙椽。千锤炼仍铁；一割试原铅。傥论笑曾发；清词哦自编。得心转治史；敛手谢谈玄。夙夜尚勤只；春秋宜勉旃。安知梦跳踔；急被病羁缠。晏起无劳作，端居有俸钱。颇惭等毫粒，乃乏报埃涓。休戚亲人念；塞通良友怜。往来烦远札，唱答费长笺。只觉阵潮涌，哪容频涕涟？盛时造民福，上药使春延。颜色犹沃若，生机方勃焉。大江帆片片；阔野草芊芊。缚虎音闻鉴；擒龙讯报铝。朝花吐烂漫；晴岫立婵娟。马列文继读，大同途好沿。璞怀期鉴别；镜在待衡铨。芹献礼常薄，葵倾心总虔。高歌迎国庆，跌宕五云篇。凯歌还之还读旋；焦筛机之筛一般作平声，但又属纸韵，此处即读上声；虹字平声仄声两用，此处去声读降。小女名涓，涓本作铝，从金字旁。长律不避重字；诗中若干用语系当时情况，依旧未改，以存其真。

观影片题 四首 1971年12月

脚印重寻处，崎岖历万程。曾安天地小；徒诩技能精。亲友规箴意，人民哺育情。为公始高贵，蜗角耻争名。

脚肢重站起，阔步向前行。深雪危穿谷；寒宵稳接生。忘身群口赞；眦目敌魂惊。岗位后纷继，心涛吾亦鸣。阿尔巴尼亚影片《脚印》

抗美望前哨，巍然屹永灵。民心固钢铁，敌胆破雷霆。寸土万弹集，几年千战经。飘扬仍赤帜，朝日映金星。

铜墙长隧里，激越出歌声。机毁烟拖柱；炮盲尘卷坑。描空多少女；堕地有初婴。生命永不息，带枪忙晓耕。越南影片《铜墙铁壁的永灵》

七言古体（含通俗体歌行）共六首

因病放归，遂起完我集注李商隐诗素愿，口占三十韵

1971年3月23日，于天津旅店

沙头拾贝纵目盼，学海混茫无涯岸。千秋作手传几人？卅年心力沉万卷。难忘少时学义山，爱其格奇而词婉。人间绝唱无题诗，低回荡气肠九转。纡郁深情吐还吞，迷离幽旨明又暗。美人香草祖离骚，月晴江上湘灵怨。排宕奇恣兀韩碑，巨斧扬空山为撼。行次西郊追北征，在人非天究理乱。诗咏甘露刺凶阉，苍黄恨血彤庭漫。沉博精纯凝风骨，轻靡不数温与段。浪漫现实综一身，学杜自立脱羁绊。我爱其诗怜其遇，命蹇文徒海内冠。秦楼初窥吴苑花，走马兰台类蓬飐。淡墨飞处书骈俪；远梦醒时春婉

晚。归来不见镜中人，锦瑟倚墙冰弦断。牛李之间难周旋，门户见深冰炭战。郎君官贵隔蓬山，东阁长扃任尘满。儿女依人万里游，鬓丝青灯独为掾。秋风秋雨病相如，茂陵星落遗文散。其年才历四十七，诗国未容步尽展。笑我耽诗亦成癖，吴蚕丝长吐不倦。为觅善本广求人，圈点烧残烛无算。曾拟坠绪理从头，诗派源流遥相贯。獭祭差能肖皮毛，欲望项背苦身短。余年天若再假我，好诗百读香浮案。集注诸家作郑笺，出匣奇光人惊眩。侧闻主席喜三李，诗仙诗鬼许相伴。今古一人与品题，玉溪何幸可无憾！流水高山知音稀，年来亦抱知遇感。词臣长抱临邛渴，献赋金门尚有愿。

钻井塔上红旗飘

——读《人民日报》6月22日通讯《不卷刃的尖刀，不褪色的红旗》而作，八十一韵，通俗体转韵诗

1971年6月24日

茫茫头上顶青天，脚踏旷原少人烟。一二零二钻井队，征途又上新油田。刚到油田指挥部，不问吃也不问住。先问任务是什么，井位将设在何处？“钻机未到”劝休息，心跃出腔已远骛。“夺秒争分不能延，可整场地先修路。”夜幕轻笼月初上，破屋铺草扫尘土。大庆带来半截烛，围坐烛旁学毛著。智慧力量有源泉，“完全”“彻底”是尺度。《两论》本乃传家宝，战斗里程再回顾。往日戈壁搏风沙，玉门关外走征车。年钻万米始“跃进”，艰苦艰业乐无涯。初住牛棚喝咸水，大庆平地顿起家。九月进尺三万三，革命更以拼命加。紧握刹把猛挥笔，凛然正气“不信邪”。左右干扰并粉碎，进军地层龙腾拏。美国“王牌队”甩后，年十万米举世夸。大庆精神继发扬，“誓师会”上鼓紧挝。翌晨东方天刚亮，“下定决心”高声唱。三十里地到井场，卸下重负汗犹淌。各就各位亟上阵，抡镐舞锹仗打响。圆井挖就场地平，路成保车通之畅。钻机运到一鼓气，安装校正急如抢。白天部件全装毕，黑夜立架破框框。“井架再高定要攀，用肩也把它顶上。”一天安好十三台，即时开钻地心荡。完钻须即下套管，灌浆装置未及焊。青年钻工挺身出，不等焊工自己干。黑玻璃权作面罩，弧光直刺面泪满。一连操作几小时，眼肿皮焦全无怨。口号不怕苦和死，“小老虎”样真好汉。副指导员老工人，胳膊受伤痛难转。依然走在最前列，井边忙碌同开钻。群众赞为“老黄牛”，俯首自甘流大汗。第一井成保优质，离大庆未二十日。第二口井打非易，遇“鬼地层”阻砾石。为免卡钻井壁塌，高标水泥袋投百。惜哉成本费不赀，更扯后腿滞“进尺”。试用“清水钻井法”，指导员敢首提出。再学《两论》找矛盾，细作调查剖得失。新措施订付实践，砾石虽坚终攻克。一井节约万余元，速度加快如电掣。英雄队专打深井，

转战各点荷重任。此地低洼土松软，阴雨泥潦行无径。第三口井井场低，旧是池沼水没顶。拉来井架差廿米，陷入淤泥再难进。雨来一片尽汪洋，井架倾侧身孤另。闯南战北老钻工，有谁曾历此困境？“宁可雨季争、抢、干”，“决不犹豫坐、看、等！”“车辆不通有人在，人拉肩挑也要运。”决定搬石填井场，基墩打在水中央。水泥黄沙和石料，远隔七里外河旁。支部委员赤双脚，一二百斤担独当。脚破血流挑仍走；小病人亦气昂昂。“只要早日能开钻，肩头压碎也何妨！”扁担折断四十根，沙石运来百千筐。围堤排水清污泥，七天七夜战泥塘。井架终见巍然立，井口油喷喜欲狂。一年打井二十几，复闻刷新纪录四。大庆会战一标杆，新油田中又树起。人道“红旗今更红，尖刀不卷刃更利”。油田、省里评先进，以为鞭策益自励：“荣誉应归于人民；继续革命属诸己。”组织学习戒骄躁，以身作则好书记。井场吃睡一身泥，哪里困难冲哪里。战斗堡垒作用强，领导班子如一体。成果岂止出油哉！熔炉火热铸人材。老人调出三之二，新生力量勤育培。艰苦奋斗课补上，政治工作做入微。井场扔掉破手套，党小组长尽捡回。洗净夜间边缝补；批评浪费会边开。手套磨孔弃不补，思想孔大事可危。成员虽变作风接，红色传统永光辉。战场可换条件异，革命路线永不违。壮哉英雄钻井队，工人阶级大无畏。揭开钻井史新页，气撼河山志豪迈。十七年中总进尺，煌煌业绩傲时代：四十二年旧中国，拿来相比超五倍。一编报道极感人，倚枕疾书写诗新。诗成便以寄南北，榜样可学在认真！予子女均从事有关钻井工作，寄诗以勉之也。

神针曲 通俗体 1971 年 10 月

铁树历千载，今朝始发花。庄严东方红，声竟出哑巴。银针虽小小，治病却靠他。发聋通哑建奇功，神乎其技举世夸。辽源育哑校，烟雨锁冷芽。迎来医疗队，雨霁披朝霞。访病问疾何亲切，贫苦出身同藤瓜。当年医院判不治，以手麾去门更遮。是谁所控卫生部，面向城市为老爷。誓愈宿疾清流毒，控诉听罢恨咬牙。灯下四读红宝书，实践中来知无涯。专门利人白求恩，愿学榜样随后车。以身先刺几百针，取得经验与人扎。听力大都先恢复，耳后能闻掌三挝。耳听不见心不烦，能听想说望岂奢？治聋有得哑未治，继续进军路尚赊。旧载哑门穴，浅扎毋稍差。二分至五分，怕险缩如蜗。战士睆框框，心偏不信邪。解人疾苦以身试，一己牺牲何足嗟。满怀感情针深扎，赤子心热无点瑕。针进寸半始“得气”，银针难捻双手麻。再进深达二寸五，颈胀如电全身爬。理想针感亲尝得，深入虎穴虎子拿。施之病人顿见效，再次三次效更加。一声万岁泪满面，非复往常徒咿呀。歌儿相听喜难按，满堂轰然笑语哗。福音惊动聋哑人，登门求治来迩遐。懿矣哉！各方捷报近频传，奇迹不断出中华。医界奇迹创何人？小卫生员非专家。由来卑贱最聪明，中西结合灿奇葩。无声世界今有声，宣传队来演群娃。时人尽说赵普羽，力破禁区事可嘉。

观《打破聋哑禁区》而作。

钢花朵朵映天红

炼钢工人赞，通俗体，转韵二首

1972 年 1 月 2 日

耐低温钢前未有，试验小组忙战斗。细巧仪器捏不牢，锹钎惯拿粗粗手。铁匠难打绣花针，心急沉思侧其首。毅然捡起小钢刀，嚓嚓掌心层层剖。人见心痛说："师傅这是肉?"师傅摇摇头，坦然神自若："往日为了干革命，手中茧老有劲握。今日革命又需要，身上肉亦何惜削?"工人阶级之心声，语言感人多诚朴。战鼓紧擂红旗飘，车间火热龙虎跃！

钢液沸腾喊"取样"，老炉蓦地温回降。必须操纵贴炉膛，炉门开小保热量。艰巨任务争先赴，铁塔巍立顶炽浪。工作服上冒青烟，豆大泡起汗直淌。炉顶突剥孔，火舌往外涌。时间就是钢，疾步"火泥"捧。冲前对准火口掷，弹落再投人接踵。一声大吼猛力扑，连人压堵显神勇。生命早置之度外，一心抢救新钢种。钢花朵朵映天红，捷报频伴春色送。

纤歌 通俗体，按语体诗改写

1972 年 2 月 25 日

往读王建水夫谣，乃知纤工之苦；今读书记拉纤事，则喜时代之变。爰作纤歌，以示对比。

白龙江水响潺潺，水泥船满载粮棉。书记摇橹我撑篙，顺风顺水心犹嫌。蓦见书记跳上岸，大步流星背拉纤。脚下步子数不清，岸上歌声一路传。昔日情景恍重现，展翼浮想飞翩跹。同一河岸深秋日，纤夫弯腰步步艰。催租船重拉稍慢，密于雨点落皮鞭。转身挣断肩上绳，猛摔在地怒火燃。当年长工背纤苦，今朝书记喜拉船。土改合作公社化，航道新辟赴港湾。顶风穿雾你带领，绕过急流与险滩。革命路线永不离，仰望红日直向前。

五言古体诗 共八首

读秦纪 两首（各五十韵）

1971 年 5 月

秦政吞六国，握剑睨八方。率土开郡县，收兵兵器。聚咸阳。东巡之碣石；封禅威自扬。南系百越君，略地取陆梁。西北逐匈奴，筑城万里长。大药求长生，遽发海外航。奏章衡石计，日理万几忙。自谓传万代，绵绵国祚昌。岂知才二世，天下沸如汤。戍卒起大泽，狐鸣："陈胜王"。

楚人纵一炬，三月尚火光。今古颇有人，推原究秦亡。或谓“建长城，大役民力伤。白骨填城窟，妇号秋云黄。怨讟声迭起，卒以种祸殃”。或曰“长城在，区夏巩周防。作者虽大愚，贻休实无疆。未宜千载下，徒知詈骄荒”。吾观筑城事，未致四海疮。秦亡盖多因，贾生论之详。暴虐尚严诛，专制至异常。俗多忌讳禁，法网四面张。赋敛更无度，赪尾困河鲂，胡亥重无道，穷侈作阿房。征发到闾左，刑戮道相望。人怀自危心，复久厌糟糠。民危遂易动，一呼万臂攘。斩木以为兵，景从纷裹粮。农民大起义，历史新篇章。安能取一点，咎在筑边墙？筑城利久远，易代效弥彰。然此万夫力，功岂在秦皇？巍巍长城立，起自阴山旁。东走赴辽海，婉如巨龙翔。劳动血汗成，壮观极辉煌。銮舆未携锸，端坐垂冕裳。何况兴斯举，私心难掩藏。“亡秦者胡也”，图谶语荒唐。欲安万世基，击胡先发强。因以筑长城，烽燧列亭障。非尽为民族，自卫御虎狼。安能妄推功，辩之且不遑？论史良非易，人物待否臧。千秋定功过，细心费考量。史观宗唯物，临事每易忘。作用夸个人，于理岂应当？前时论开河，誉竟归隋炀。以此比筑城，论据似堂堂。心窃有异议，欲起与之商。拈来韵半百，权以实诗囊。

秦政制六合，满志方踌躇。置酒咸阳宫，祝寿士前趋。仆射美郡县，云：人尽安舒。博士来齐地，名越氏淳于。进言复封建，师古论何迂！却抨人非忠，重过事面谀。始皇下其议，丞相恶腐儒。奏言：“今古事，时势变有殊。诸生不师今，以古訾当枢。入则诽腹心，出则议巷闾。如此而弗禁，黑白界模糊。在上降主势；在下结党徒。禁之乃为便，私学务请除。史官唯秦记，兼留农医巫。”焚书事遂起，秦火冲天衢。千载儒者恨，其痛若切肤。过秦必咎此，交口詈独夫：敢毁古圣言，恶极实可诛！亦有立异者，论创前所无。谓“计出李斯，阴谋蓄深图。心知先王道，其高不可逾。欲尽灭其迹，妒心与私俱。自作万代师，天下皆宗吾”。窃闻始皇专，事必己决诸。焚书非例外，原发自宸谟。李斯阿所好，奏乃与上符。咎尽归李斯，祖龙反无辜。主从位倒颠，滑稽堪轩渠。其实焚书事，归恶亦近诬。郡县定新制，百代始权舆。天下告统一，政教贵一途。士人肄法令，由吏与灌输。岂可容杂说，惑乱滋觊觎？统一及思想，自然时所须。焚书并同文，寻常事区区。仁义谈孔孟，利己标杨朱。学之宁有益？焚之何足吁？世人胡不察，成见深囿拘！或谓“书启智，毁之等兰锄。民智为所钳，蠢蠢永为奴”。直将焚书事，愚民政策呼。其言似动听，细校意亦疏。诗、书士人业，小民供侵渔。辛苦为隶农，几人得读书？不论书焚否，把铫仍耕畬。所苦赋役重，不得安田庐。苛政盖在斯，朘削空无余。如彼焚书事，何加黔首愚？读史心有惑，谁人能起予？夜深犹濡笔，且将所见抒。

再读秦纪书后 七十二韵

1972年4月15日

秦王邑西陲，执棰振长策。御宇无多年，王、蒙师屡出。二周卒为吞；六王缚至阙。南取百越地，匈奴惊遁北。据关临深谿；列兵树大戟。六合以为家，殽函以为室。文字书始同；衡石量始一。分封废旧制，郡县开新页。集权于中央，功业创显赫。"薄古"而"厚今"，"专家"无愧色。自谓过五帝，羞与为仲伯。将以传子孙，千万岁不绝。岂知盈虚理，日中则渐昃。祸福暗倚伏，利害通两极。盖秦政尚严，商君为立则。其盛天下振，余威人犹慑。然而民亦劳，引领望稍歇。弛张文武道，张过弓欲折。借使传得人，略为改弦辙。轻赋而少事，以佐百姓急；约法而省刑，被之以恩德。发廪散财币，孤独蒙收恤。劳民易为仁，寒者利裋褐。四海定驩然，安居各乐业。何至身死后，山东无宁日？乃自沙丘崩，胡亥以诈立。暴虐以重祸，事与赵高决。意谓为天子，贵矣宜自适。极欲肆所求，子女与玉帛。刑徒数百万，焦面而黔额。驱以作阿房，渭流腻涨溢。材士屯咸阳，弯弧令教射。郡县为输粟，狗马厩充斥。咸阳三百里，谷熟禁自食。隶农望秋成，泰半为攘夺。饥者长吁啼，糟糠亦难获。四海戍转忙，无时休徭役。八九不生还，沟壑填白骨。忌讳禁益深，舌动身即殁。倾耳而重足，其过谁敢拂？繁刑随严诛，吏治弥苛刻。囹圄顿成市，赭衣道为塞。人怀自危心，亲处穷苦实。咸不安其位，易动思改易。是以一夫呼，作难首陈涉。不借公侯尊，崛起自伯什。身率罢疲众，奋臂誓大泽。为兵枯木斩，为旗长竿揭。天下齐响应，水流更云合。横行千百里，破竹势莫遏。直攻亿丈城，秦人为褫魄。压迫导反抗，岂容长宰割？蕴力一旦爆，风雷长空激。烈火扬沸羹，义师日深入。险阻已不守，关梁已不阖。长戟已不刺，强弩已不发。七庙遂为墟，一炬连三月。徒令千载下，腾笑于豪杰。呜呼嬴秦事，兴亡诚仓卒。何以致其然？纷纭后生说。贾生论秦亡，未必皆卓识。独抉二世过，盱衡只眼特。予数读秦纪，亦唯胡亥责。功过究始皇，大小不相埒。岂可同日语？父子殊黑白。儒者仇焚坑，众口铄金石。始皇遭恶名，人物箭垛式。存亡机全昧，是非倒本末。更有借诅今，含沙类鬼蜮。读史思贵细，持平忌偏侧。宜返直面目，慎哉论得失。无令蜚语行，世人受其惑！

论诗五题

性灵诗说质疑

五十四韵，1971年6月29日

有清袁子才，诗派开性灵。其诗蹈浮滑，其人炫聪明。曾云昔越女，何以剑术精？盖非受于人，自有乃夙成。作诗亦唯此，妙手本天生。格调空间架，钝根人所凭。乾坤万里路，世人有屡经。卒无加于诗，如故仍营营。端因天分低，冲飞难一鸣。其意无掩饰，其言颇典型。万事重天赋，嗤鼻余皆轻。斯即先验论，自古已横行。多方拓市场，非徒诗派争。即以观作诗，论谬已足评。好诗岂天就，生活所结晶。必也多阅历，乃得豁双睛。古来大诗人，靡不履远程。索居处空谷，笔势难纵横。天地孳万物，纷然百态呈。戎马江山气，生民哀乐情。感深怦然动，不吐心不平。刻意为文章，写实发精诚。气格斯见壮，挥如掣海鲸。且抒以诗趣，语妙令人惊。今更欲思高，博大胸怀宏。五洲怒云水；四海激雷霆。放眼望天下，征途步不停。先忧乐置后，拳拳葵藿倾。以此发为诗，一代句峥嵘。焉能囿小我，得失梦时萦？或者弄风月，宿酒未解酲。起步学为诗，心暗目亦盲。偶然触灵机，其味亦下乘。阅历开诗境，思想主文衡。两者源实践，非来自无形。前人所实践，经验著异能。学之亦甚要，批判并继承。他山石可攻，玉琢光始莹。天资虽有助，学厚才始称。岂可恃颖悟，气骄心自盈？不学将弗进，戋戋水半罂。勤学复勤作，不辞三折肱。创作实践富，百尺楼渐登。技巧生于熟，磨厉如发硎。白氏识之无，闻之在乳龄。如不手胼胝，兼以面百城，安得开新体，庞然诗笑撑？小时殊了了，大时未必名。多缘欠实践，蹉跎岁月更。少壮须努力，聪明莫自矜。龙腾与虎跃，盛世出群英。勿以三分姿，便拟做明星。诗中有悖论，宜亟与廓清。区区门户见，坐井陋蛙声。

议论入诗，大有可为

五十韵，1972 年 1 月 17 日

诗中出议论，盖自宋代始。荆公主坛坫，好以之说理。古体诗五言，露颖锋犀利。终古鸣不平，兼并予痛诋。作诗非小道，自抱经济器。向惯于抒情，短小形式里。巨手能突破，生面开别异。新诗风以成，一代影响被。如缕道不绝，作家后迭起。有清赵瓯北，亦最擅此技。五古逾一卷，史哲谈高旨。不乏新见解，颇多好文字。静观为诗题，一篇尝论气。敢谓气在先，基早为理备。有气心斯知，有知理方致。卓哉唯物论，见诸昔世纪。然而此等诗，往往遭俗訾。温柔与敦厚，诗教将人蔽。或尚意蕴藉，青果耐回味。或主气雄浑，苍然海岳峙。或贵境清脱，凉月露华洗。或求词幽婉，秋水芙蓉丽。写景珍名作，状物推佳制。梧桐滴夜雨，愁字书满纸。南浦魂欲销，黯然别而已。说理体裁新，乃不以诗视。谓议论太多，大掉书袋子；过分散文化，音律疏欠细。生硬梗齿牙，枯燥见其弊。艺术魅力消，情调惜降替。迂哉此何言！偏颇堪笑只！执准以非衡，一隅目囿咫。谁与定规格，赋此诗定义？思维唯形象，逻辑语应忌。议论可为文，何独与诗牴？岂此词堂正，逊彼语旖旎？岂此大题材，不及离别泪？百花开三春，红紫满园地。天公为文章，原不薄彼此。求美岂唯一？求善借释义。议论施韵语，诗坛树一帜。粲然好传统，可共糟粕弃？正以见学识，浅者望莫企。如是我观之，决然持主意。既崇唐时音，兼重宋时体。年时病得暇，许重摭吟事。心得并兴到，时时亦一试。唯自惭绠短，成就苦尚未。窃慕前人迹，此心终不死。黾勉步勿停，有志为后继。

吴江诗派昔今谈，复孙七兄

五十韵，1972 年 1 月 5 日

松陵古诗国，百代作手稠。枫落吴江冷，杰句今尚留。潘子吟重阳，满城风雨秋。有唐陆龟蒙，笔耜携南畴。祠以配范张，三高凌公侯。莼鲈天下称，晴江碧于油。天末动游子，归兮心悠悠。垂虹东南美，词客屡停舟。白石泛桥前，韵娇箫声柔。诗人踵相接，天故拔其尤。神俊郭频伽，百卷大名收。手写江莽集，笔妙墨花浮。横山崛叶燮，雄飞力方遒。余风被乡里，斐然多善讴。兰闺有名媛，明慧才兼优。鸾纨语如环，咏絮堪同俦。吾家吴季子，冰雪出塞愁。秋笳声悲壮，入关谁与谋？近除巢南外，金柳今曹刘。亚子少年日，南社忿楚囚。学龚词倜傥，醉眼看吴钩。反清唱革命，豪气赋同仇。后与主席交，肝胆愿始酬。老欲效严光，分湖着羊裘。昆明池水好，观鱼宁归休？客星殒蓟门，交臂失从游。齐名仰同时，巍巍天放楼。诡思泣鬼神；奇光冲斗牛。月中有清影，扬斧手拟修。鹏摩千仞冈，龙隐百丈湫。及门推三初，商赐偃侍丘。立初我姻旧，绝丽诗格幽。雅初我夫子，瓣香奉束修。弱岁蒙启迪，一见予青眸。琳琅家满藏，得以恣冥搜。低吟睡俱忘；苦读光曾偷。拜李冠先脱；攀杜衣再抠。胸竹于是茁；心芽自此抽。隔世虽愧苏，平生实感欧。孙七我良友，词苑骋骐骝。予于学步时，亦承提携周。荏苒二十载，诗筒频烦邮。雪夜有书来，喜如睹子猷。何事誉我诗？溢美反增羞。敢于邑诗坛，继武居上游？小子何足云？大贤坐前头。诗律强与比，尚输一百筹。况有二严在，吾乡赡与由。甘居第三人，瓯北不奢求。来兹再精进，或可与此侔？

谈诗之题材与时代，复鸿德甥

五十韵，1971 年 12 月 31 日

诗国数千年，缤纷各竞秀。灵均写幽怨，骚坛实启首。蔡琰胡笳拍，读之神伤久。七歌想杜老，击镵饥容瘦。乔木号秋风，悲凉遗山叟。沧桑句必工，人无出其右。若夫咏升平，捉襟辄见肘。陈词与华藻，木然徒雕镂。日月颂天章，山海祝圣寿。干谒应酬作，格卑耻趋走。歌舞行乐什，脂痕不掩丑。似于言愁外，难臻大成就。今我发吟咏，颂祷心偏呕。婉词洗渐空；壮歌谱频奏。拳拳美芹篇，向日朝花茂。铮铮钻井诗，涛激奔雷吼。一篇字未安，梦里再探究。盖皆出至虔，下笔应无苟。阿德有书来，

倾倒誉乃舅。谓我近时作，堪推第一手。熙明畅歌颂，古今罕匹偶。此言乌克当？自忖本谫陋。今人不敢比，诗体我半旧。夜郎国自小，天地更广袤。古人不敢薄，学步曾尚友。非我迈前人，我时前未有。古者属何世？帝王等强寇。德业安足歌？宜其悭佳构。而今大时代，火箭穿宇宙。新纪元谁开？八亿神州九。五云丽青雯，河山舒锦绣。政权掌工农，春风拂杨柳。岩松已青遍，山花更红透。雨露滋万物，浩荡无私覆。亚非望中国，众星拱北斗。拔剑劈昆仑，凉热人同受。真铨发深微，矛盾理析剖。千里马正策，奔跃追风骤。舜尧今辈出，麟凤游郊薮。公字重泰岱，纯粹竟无垢。可歌并可泣，人物原不朽。题材与古比，古人自瞠后。新事随寓目，新语随上口。自觉叨便宜，得天幸独厚。唯惭功夫差，欲达力未够。蹊径无新辟，门户但固守。难尽时代责，气息乏战斗。难立英雄传，形象殊辜负。勉之在来兹，未甘珍弊帚。得失寸心知，溢美毋乃谬！私覆之覆，去声，宥韵。

诗中以多咏农事农民为贵

——读《唐诗一百首》《宋诗一百首》书后，一百韵，1972年1月18日

古诗千万首，选家亦辈出。如何缤纷中，罕见言稼穑？田园诗成派，意趣主闲适。南亩春光好，景物句中摄。农家有疾苦，漠然如无识。躬耕得几人？不劳心终隔。观刈发浩吟，巨手人数白。悯妇拾遗穗，暗自增惭恧。文酒宴赏余，即此已难得。陶令归去来，荷锸累筋骨。但其人生观，遁世趋消极。抚琴味淡永；采菊姿高洁。影响被后世，其名著隐逸。农为国之本，诗人笔何啬？茫茫数千年，此道宁真缺？我曾思其故，其故原可说：当时重劳心，人耻着短褐。朱门珠缀履，歌舞弄清瑟。农夫不知书，有苦难描述。诗家感肺腑，好句有间或。然不合时宜，世俗每多忽。选家嫌非雅，不顾遂掩没。千古一憾事，豳风殆将失！世运有转移，工农开新国。往轻今却重，量诗非旧尺。中华新选诗，袖珍精华撷。揭橥民主性，为农诗尽纳。唐宋各百首，此类占篇什。吉光留片羽，钩沉绠费汲。有唐推王建，能语望夫石。禾黍他人属，妻子何处掷？短短农父吟，张碧意沉郁。锄禾日当午，禾下土汗浥。粒粒皆辛苦，李绅语深刻。仓鼠大如斗，见人不辟易。卒馁百姓饥，微意讽曹邺。皮子参农军，有诗泪沾臆：伛伛黄发媪，诳肠借橡实。二月卖新丝，新谷粜五月。夷中喻田家，医疮将肉割。野菜煮和羹，生柴烧带叶。深山更深处，征徭也难脱。生民血染成，达官加朱绂。现实赖反映，荀鹤屹唐末。及宋有倩桃，为妾侍人侧。诗敢刺大僚：一歌赐匹帛；寒女萤窗下，几夜抛梭织？尧臣诋西昆，朴素诗风革。田家语痛诉，我粟为蝗夺。村豪滥饮酒，里胥持鞭责。何为复叨禄，刈新甘自食。张愈咏蚕妇，城市入昨

日。绮罗满披身，养蚕人无涉。贾丝添上轴，得钱襦袴质。当须了租赋，体寒亦遑恤？与可诗亦好，不独画称绝。邠州张舜民，彭彭歌打麦。辛苦无休时，插禾日又迫。精好输公上，田家唇未入。大雨秋苗苏，曾几纸飞墨。欣舞望岁心，不愁屋漏湿。南宋杨万里，诗不假修饰。莳秧亦作歌，雨脚挂蓑笠。筑堤圩丁词，高唱力齐协。范氏自蜀归，石湖卧静室。却赋催租行，篇短善勾勒。村居四时情，七绝成六十。劳作与苦难，风俗至人物。一一入于诗，足见知生活。今喜选其六，文豹斑窥一。旧咏采菱女，菱歌柔互答。美化非其真，真人正相悖：流丹鬼质枯，菱刺指满血。无田聊种水，湖面收租亦。所选诸家诗，卓尔自挺立。大都写农苦，日夕受煎逼。亦有丰年庆，一饮非轻获。村酒白如饧，股裸而肘掣。其奈暂时饮，难掩愁思溢！封建社会里，漫漫长夜黑。如无大胆气，阴暗何敢揭？如无苍生念，肝胆哪由热？作者多蹭蹬，终身遭困厄。中亦有仕宦，只眼与众特。其作量虽少，宝矿实主脉。与旧田园诗，初非同一辙。即言诗技巧，上乘应可及。何况意堂正，更高其诗格。陶诗诚亦佳，倾倒几词客。然而与此比，未必能超越。词苑百花艳，此应推正色。流落已难寻，珍贵弥足惜。选家张铁网，珊瑚枝挺赤。诗国有功臣，勤哉勋应策。此书十年前，发行四万册。我方研经济，交臂失相接。高邻旧曾读，近检自尘笈。险当四旧破，亟裱已残帙。不觉饭烧糊，借来一气阅。将以授吾儿，此中可受益。

悖，此处读入声，“月”韵。高邻，王磊然同志也，已故。

词 共四十六首

摊破浣纱溪·桃花 四首

1971年4月6日

桃花怒放，恍见江南三月春色；逝水长流，自忆蓟北廿年游踪。心潮稠叠，难尽万言；小令旖旎，聊成四首。实以抒情，非在咏物也。

千里江南啭晓莺，桃花红白映新晴。踏遍鲈香亭畔路，袷衣轻。
手折一枝城里去，教人知道快清明。得句恰如春色秀，结诗盟。

灼灼其华灿欲燃，绛帷共读二南篇。日暖东溪春涨绿，鳜鱼鲜。
百树无言成径后，一枝含笑覆阴前。任是天台明月好，不求仙。

十丈朱尘卷陌头，玄都观里记前刘。风熨春光浓似酒，岂知愁。
北国廿年花自发，西山几处屐同游。流水飞红浮片片，去难留。

一夜桃花绣上林，万丝垂柳亦摇金。诗意难传生意活，费沉吟。
高阁晨风人独倚，遥峰暮雨梦相寻。纵使此番归有信，已春深！

鹧鸪天 二首 1971年4月5日

女涓来书：风雷激电站于三月十八日

截流功成，喜赋小令两首，以示。

风展红旗近午天，巴黎公社百周年。闷雷震野山俱裂；巨石飞空浪为填。　　争执锐，敢攻坚。汛前克日截长川。今朝碧口人欢跃，会战功开第一篇。

炸药装来三万斤，洞深廿米石嶙峋。一声谁发冲天炮；百里人迷蔽日尘。　　河志旧，水图新。烟涛滚滚改途奔。白龙漫说鳞难犯，笑看英雄手自驯。

菩萨蛮·柳絮

二首　1971年5月10日

东风岁岁杨花落，未如今岁牵离索。万点糁春衣，凤城晴雪飞。
化萍宁有据？珍重天涯去。得地水边生，十年阴又成。

来时堤畔鹅黄染，高枝初听莺儿啭。几日致缠绵？絮飞寻满川！
一年春事谢，相见何难也？才见便忧离，长条风乱吹。

神京路·送别

1971年6月1日

长烟轻曳天际，恋巢群燕，归急环高阁。载送别人行，车飞何速！渐升星月，顿明灯火，站台宛似河梁，相看眉蹙。百轮转，霎时隔南北。
风城暂暖鸥梦，辽海冰消，楚山尘沐。割片甲，白龙闻说亲缚。家移湖上，桥开画里，逾年始得佳期，胜游嫌促。又春去，柳花满溪落。　　往日厮守，只道寻常，妇携雏育。分手久，者番乃知福。渺秋云，五地再聚难留约。枉抽刃，流水波仍续。世间离恨无方却！

神京路·寄内　6月3日

东溪迷蒙烟月，门前垂柳，春水凝新绿。旋作客龙山，弦歌绕麓。双杨桥峙，千枫路转，云雷激荡乾坤，轻车驰北。惊回首：合围旧栽木。　　长安廿载居易，九陌同游，一窗共读。谁料又，分飞莫接鸣啄。榆关梦越，兰洲目伫，江湖万叠风波，地遥难缩。托征雁，归期四番约。　　何日重返，青草池边，浣花书屋？偕白发，百年意宁足？感高情，朝夕举案虔相祝。银汉涸，岳或为深谷，两心永好无翻覆。

满江红　1971年6月22日

——孙七寄虹兄邀予南归一聚，
此议苦难实现，因作词以答之

紫燕呢喃，应迷却，旧时庭院。二十载，松陵古邑，骧腾龙变。朝日迎来窗五色；好风送去帆千片。动诗人，岂止玉鲈肥，江如练？　　询归否？知相念。苦病也，难相见。待身痊又逐关河征雁。纸上何妨亲友侣；梦中不阻还乡县。倚楼头夜雨正潇潇，惊飞电！

菩萨蛮·寄内

按来信中语意谱词 6月23日晨

风城卅日非虚度，夜来也有堪回处。依约小楼东，月明人再同。心知因梦返，梦也何其短。醒后转凄迷，庭柯乌夜啼。

浪淘沙·寄内

按来信中语意谱词 7月28日

雨过午风凉，身在何方？风城恍逐少年场。容易相逢今便去，莫待时长。　将晤意如狂，梦里眉扬。醒来才识见难偿。眼底烟芜他日事，一样迷茫。

念奴娇·中秋月 10月3日

长空波漾，照山河，端正中秋明月。我欲乘风天外去，桂酒夜光杯溢。珠阙同欢，姮娥起舞，未按霓裳拍。人间伏虎，乐声翻出新阕。捣霜杵畔年年，此来可许，乞药更凡骨？四海知犹多涕泪，哪得全圆无缺？有意香飘，不私辉送，或被云偷蚀。应劳巨棒，一挥环宇澄彻！

采桑子·接内人信将于10月中旬归来 10月5日

都门两度人来候，来是春深，来是秋深。有限光阴胜似金。　独怜儿女分南北，山远难寻，水远难寻。梦破参横风满林。

满江红·送别 11月

十里红缨，人远去，此情犹忆。一年内，骊歌堪再，更惊季节！世上既悬离别泪，天边枉挂团圞月。已冬来落叶下长安，风吹骨。　营巢垒，刚暖席；筹柴米，才黔突。觉者番相聚，日飞倍疾！为惜片时诗亦止；纵倾万语情难竭。待今宵独自乃填词，孤灯白。

金缕曲·复孙七寄虹兄

1971年12月3日

一样东溪月，照桥前三更风露，清凉明彻。梁孟当初曾赁庑，后港春波皱碧。二十载，缁尘京国。爱听故乡更面貌，凤归来，难认桐千尺。犹在否？"冰香"石。　平生知己无多得。况少时，交深文字，契投胶漆。稚子成人行万里，哪许长年头黑？承相念，飘零词客。小火烹茶同煮芋，旧泥炉，重引将何日？梦飞绕，枫林赤。

水调歌头·和郭老《水调歌头·牛渚太白楼》 12月10日

牛渚雄今古，太白有高楼。晴江夜拍银浪，散发弄轻舟。天际石门寄处，不改青青山色，杰句合长留。犹见乘风至，一啸剑虹浮。　丹携袖，杯持手，月当头。沉香亭下挥笔，谈笑傲公侯。欲杀纷纭百口，难撼轮囷万尺，我愿与同遊。逐客应无憾：三李许千秋。

凤凰台上忆吹箫·书事寄内

12 月 29 日

絮舞萍漂，蜂迷蝶乱，一番春色轻过。本楼头闲坐，白日吟哦。习习东风吹拂，方塘水，顿皱微波。乘兴起，回廊尽处，落比开多。　无他，自因去晚，干燕妒莺谗，雨折烟磨？尚秋光堪待，莫更蹉跎！容淡霜篱丛菊，芳甘后，不逐阳和。宜相伴，疏槁月斜，清影婆娑。

念奴娇·英雄赞　四首

仿乔木体 1972 年 1 月、2 月

王铁人

枕边摸出，纸包藏，未动分文存久。请党用于需要处，断续语音最后。战友常思，油田时念，病不提诸口。多望再起，海南山北驰骤。
井场刹把操持，一声吼震，大地连三抖。愿为国家担压力，冰雪荒原苦斗。三老风高，四严心细。当代红旗手。铁人仍在，精神日月同寿。

煤矿工人李二银（河南省委委员）

巍然铁柱，手牢扶，大板千钧肩顶。矸石打头声震地，永峙擎天身影。是日轮休，昨宵勤读，情匿新来病。虽居高位，依然煤巷爬滚。
宪法勇举鞍钢，金钱力却，不堕迷魂阵。罕坐罐笼攀陡壁，早下最迟离井。寒水排障，废坑收旧，活半寻非份。一生尽瘁，绵绵脚印循认。

共产党员话务员栾凤珍

支身强坐，汗涔涔，手指机台单纸：村里乡亲教代办，未了犹余二事。抱病瞒人，顶班替友，电报灯前记。蓦然昏倒，铃声响又挣起。
夏夜劈顶惊雷，及时传话，上下悬泥水。转赠大娘丸两盒，药愿掏由己嘴。一鉴冰清，满盆火热，谁不夸栾子？金川途湿，丝丝非雨皆泪。

英雄战士张长海

哨声起处，黑烟滚，急向火场深扑。烧断架空高压线，意外险情人愕。路上挑开，垛旁闪过，双手如钳握。由来罕见，电流不避甘触。
秋雨偷蚀长堤，波心屹立，缺口身遮独。岗位聚神风雪夜，帽耳未曾放落。两月军中，廿年村里，公字奇光烁。顶峰直造，冲锋无此飞速。

声声慢·记陈岱山火场抢救漆桶事

激光破夜，炽浪冲霄，飞步直赴谁先？眼见室旁堆漆，火势方延。连搬铁桶呼快，似全忘，衣角腾烟。猛怀裹，呼然声响，烈焰成团。　莫道火柴小小，倏烬销灰灭，却把人燃。壮志平生，为公何惜身捐！青春尽献今日，点一根果践斯言。火种播，看长明万炬导前。火柴之喻系陈生前壮语。

虞美人·电焊女工双枪将

按唱词改作 1972 年 1 月

声声冲杀蛟龙舞，束带姿英武。钢枪五尺演兵忙，挑破重重迷雾见朝阳。　　云飘肩上高翔燕，脚下江拖练。焊枪为笔抒心怀，画出银花万朵满天开。

西江月·采茶曲　三首

据黄山茶场报道改写 1972 年 4 月

天际彩霞片片；眼前苍岫重重。足登巉石劲无穷，百里茶香飘送。软玉嫩芽色润；明珠湛露光融。晓来人影满园中，巧指万千飞动。

笑语冲开宿雾；歌声荡起和风。广宽天地立新功，胸底豪情潮涌。凿破荒岩成路；迎来丽日当空。茶山远与北京通，献礼名茶手捧。

坡上云屯树绿；岭前浪叠旗红。新茶采制著毛峰，珍品由来人重。两腋清风尘净；一壶春雪香浓。篓篓运往海西东，好与友情播种。

大酺·将至文安　4 月 1 日

剩半栏红，满阶白，零落残香如许！俗缘难解脱，总拖泥带水，欲归何处？铩羽音沉，惊鳞影匿，几夜共经寒雨。抱衾和愁卧，恐三春断送，一年虚度。忍杏院莺啼，薇垣凤憩，梦中回顾。　　安知，敛宿雾，豁天眼，丽日朝来吐。却道是：绿原尘洗，翠岫虹飞，倩安排游骖登路。芳事非迟暮，绚上苑东风千树。看方及，休耽误。锦囊犹在，此去准寻好句，跌荡江山气助。

虞美人·柳絮　4 月 29 日

凤城又遇杨花落，点点牵离索。去年此际远人回，春谢花残未甚感心怀。　　天涯水国随风去，敢问飘谁处？何时始得托根深，喜看门前五柳绿成阴？

菩萨蛮·柳絮　5 月 7 日

当时漫借东风力，飘摇直上青云逼。依旧堕无声，茫难知去程。
飞花沾水面，犹作文章艳。何独与离人，丝丝添泪痕？

西江月·观剧题咏，三组

1972 年 2、3、4 月

海港　五首

塞北江南紧接；椰林莽野遥连。援非任务要提前，抢运报将天变。
黑夜灯明航道，长空风送行船。繁荣港口码头喧，寸步不离路线。

激浪胸中翻卷；警钟耳畔长鸣。妖魔何地可潜形？胜利时能清醒。
海燕穿云翅健；岩松戴雪枝擎。斗争处处伏征程，全恃红旗指引。

右手举钢万吨；左肩扛麦千包。任它海阔与山高，管把友情送到。
雨猛楼头雷吼；宵深江上风号。是谁蹈火敢蹚刀？立地顶天光耀！

身退志何曾减；肠牵别未能忘。

浦江两岸尽朝阳，泪热心花怒放。后辈气人摔证；老兵请战翻仓。望殷恨铁不成钢，往事痛陈杠棒！

忽见车前包散；应知脑际弦松。当年短小铲煤工，在手印须牢捧。入水奋身追敌；跳墙拔刃行凶。清波一道血流红，教训毕生深重。

龙江颂　五首

山后禾枯井涸；山前麦秀波翻。自家三顷地甘淹，要救良田九万。坝立驱江改道；闸开送水穿山。胸怀全局不辞难，“巴掌”何能障眼！

烈日一天汗泻；长堤十里旗扬。合龙口已近相望，忽报塌方坝上！停火废砖意决；献柴抢险人忙。立时真欲举清江，遍洒旱区焦壤。

拍岸轰鸣流急；卷空呼啸风高。木桩难打坝身摇，水里毅然先跳。挽臂结成坚垒；挺胸挡住狂涛。为人舍己赤心掏，气壮山河歌浩！

咫尺“私”迷膜隔；天涯“公”树心连。后山正凿虎头岩，突击队来支援。　　盖地忍侵草屋；漫堤拼没秧田。但教水快到山湾，最大牺牲承担。

逆浪自须征服，暗礁尤得提防。人皮难饰黑心狼，看有几多伎俩。低首怎分曲直？抬头好注前方。风云四海紧持枪，定把霸权埋葬！

红色娘子军（京剧）　五首

雨水伤痕难洗，电花怒火同燃。夺过霸主手中鞭，奴隶一身是胆。黑夜林深路仄；红云海阔天连。大山五指握成拳，要把铁牢砸烂。

刀刃跳腾光闪；枪缨冲刺声哗。英雄树挺发繁花，十级强台不怕。苦恨尽倾心底；死生共战天涯。春风嘘暖喜还家，脸贴红旗泪下。

墙角龙潜虎伏；筵前酒绿灯红。仇人相见气填胸，子弹再飞未中。一己勇应有限，千军力遂无穷。好根苗待育培功，立地期成梁栋。

敌众堵遮山口，仇深凝注刀尖。岿然阵地似钢坚，烈火中经考验。珍重一囊交党；从容双手擎天。指途谊永记心间，帽上星犹光艳。

飞降天兵迅猛；窜逃恶贼仓皇。千家孽债命难偿，革命滔天巨浪。碧血洒来踵继；红旗接过肩扛。英姿不爱女儿装，前进军歌高唱。

第六卷

金鸡集

1972年6月，审干始获结论，此身遂告『解放』。自兹而后之诗，名之曰『金鸡集』（自原都门集中分出）。李白诗：我愁远谪夜郎去，何日金鸡放赦回？予得金鸡之赦，亦不禁有喜也。

七绝65首
七律127首
五律21首
七古3首
五古7首
词7首
总计230首
1.45万字

七绝 共六十五首

琉璃厂买书记

时审干已获结论，
自干校还京 1972 年 6 月 8 日

芸香万卷萃琼瑰，厂肆琉璃近又开。清婉唐贤才调集，得书如见故人来。

东西载笔代耕耘，绝妙樊南骈俪文。欲为斯人立新传，一编购得读先勤。

纷纷作手诩雕龙，刘氏论探利病穷。归授吾儿期异日，文心莹彻窍全通。

归纳千家书始成，杀青身后仗门生。语辞汇释诗词曲，伴我长宵对短檠。

病后萧然羞阮囊，郎当未改旧时狂。稍痊辍乳城南去，买得书来润涩肠。

更有缃函满架储，菁华犹待细爬梳。再来我亦持凭证，好览琅嬛内室书。

修改《供求论》旧稿，自觉殊少文采，感赋二首 6 月 21 日

马翁当日论资本，妙语横生辄拟人。自是导师善文学，思如泉迸笔如神。

一编自写《供求论》，十载重修力已穷。枉说能为诗句丽，却无文采入文中！

买书续记 1972 年 6 月 22 日

读音千载远相差，古辙怎绳今作家？《曲韵易通》符口语，谱诗我亦欲依他。

强记勤查理未谙，卅年诗味枉深耽。今朝《导论》从头学，清浊阴阳仔细参。

近时词格喜苏辛，合集持来意倍珍。自笑成家望难及，金针枉待度他人。

诗集樊南亦未留，失书憾似失荆州。殷殷相托恐虚愿，纵置重金何处求？

自题咏史诗后 7 月 7 日

热血轮囷入史诗，寄将南北共敲之。故人道我境方进，一扫春花秋月词。

购得李义山诗集，喜赋 8 月 6 日

十年湖海怅相思，今日重逢喜可知。从此偕君到头白，吟声朝夕出书帷。

向晚偕内人漫步至紫竹院，戏咏四首 8 月 11 日

飞来孤塔傍澄潭，横跨双虹倒影

涵。竹叶青难逢蓟北，柳丝长亦似江南。

绿云叠处凝眸久；碧玉擎来结子多。我与芙蕖情略似，满池花好已开过。

紫燕衔花掠暮烟，双双遊屐步如仙。老夫近喜身趋健，挈妇同来学少年。

亭亭一树马缨红，夜幕轻笼翠叶封。莫道"合欢花"睡去，草间人语正情浓。

读梅村《清凉山赞佛诗》书后 8月18日

江山打本由皇叔，家国抛全为玉妃。此日空空真撒手，当初何苦夺人妻？

阅长沙汉墓发掘简报

四首 9月4日

长沙墓出马王堆，轰动扶桑人欲来。闻道棕中有红水，何时防腐秘能开？

飞马游龙帛画鲜，人间岁月二千年。匠心毕竟难埋没，出土今朝重见天。

十二音阶律管齐，锦衣木瑟葬仍携。莫言古乐沦亡久，地下原多史可稽。

封泥字记轪侯家，朱漆层棺彩绘加。犹是区区七百户，汉初崇俭相长沙。

岑仲勉否定李商隐南游江乡之说，诗以辩之 9月5日

江乡欢泣遇刘蕡，参悟应标冯氏勋。定说此时在陕虢，"高歌楚路"岂身分？

风云难料变匆匆，遂使秋来改去踪。若道移家当日意，固缘从调到关中。

尉职弘农解去骖，洛川烟月酒方酣。书中自合称"东下"，岂必商於路向南？

春雪黄陵送别时，"义兼师友"代人词。新正华陕迎归骑，贺表连成原未迟。

商隐桂管罢后荆湘巴蜀之行，诸说纷纭，诗抒我见

9月15日

长沙代笔共怀忧，座主交深难久留。三月离川五月达，何劳远候至荆州？

黄鹤沙边望夏云，破帆西更别荆门。杨朱泣路犹平陆，未有风波惊客魂。

为恋巴江暖可栖，寒芜一片剩凄迷。徘徊客路望谁援？欲起重泉问玉溪。

拟朝杜宇到西川，转惧云间遭鹘拳。寒素况闻几姻戚，高门千仞上无缘。

白帝城头洒泪丝，夔州有旧慰孤羁。巴山夜雨秋池涨，千古情长寄

内诗。

秋风方急燕飞高，一派涛声出下牢。岂是水程上巴峡，已更时序转归舠。

襄州留札献尚书，途出商南舟换车。邓橘半黄芝遍紫，先教归梦到吾庐。

夏初辞桂仲秋还，百日销磨道路间。若未迂回赴巴蜀，计程已早抵家山。

冯浩谓商隐诗“恶草谁当路”乃刺李德裕，大谬，诗以辩之

当途恶草刺黄门，非指崖州贬谪臣。独恨孟亭浑不省，遂教轻薄属斯人。

杀降灭族更无遗，报怨寺人心有私。此事杜悰与相忤，马蹄即向剑门驰。

欲求内召便飞黄，也说当时恼赞皇。贿结太医毕学士，此人语本待思量。

翻云覆雨信应难，通塞同求出处完。岂有义山恁诡薄，故将叛骨供人看？

张采田释燕台诗柳枝词多误，诗以正之

双珰尺素寄相思，秋冷湘川寻觅时。不信裁诗为人谪，情深一往竟如痴。

张释燕台诗乃政治诗，为杨嗣复贬湘而作。可噱。

“谁能为此”赏诗篇，洛下惊逢正少年。若系会昌过而立，何能遽得柳枝怜？

张系柳枝词于会昌五年，非是，盖是年商隐已三十四岁矣。予考商隐于开成元年遇柳枝，时年二十有六耳。

张采田系商隐妻王氏，卒于大中五年秋，亦误，诗以辩之

徐州返尚共春光，渭水秋风赋悼亡。张氏之说。怎释归来已不见，唯余锦瑟比人长？

消息瞒人自去年，王氏大中四年卒。灵前归哭泪倾泉。爱河从此水全涸，谢却东川张懿仙。

五年秋至七年秋，屈指便知星几周。三载丧家竟何着？行文疏略笑前修。

杜鹃啼血喻深悲，岂必入川方有诗。一样低回感锦瑟，房中曲作或同时？

消息二则

9月15日（田中来华后）

礼失尝闻访诸野；书亡今见返由邻。宋刊周易诚可贵，绝学东瀛研有人。

东行鹳鹤刷玄翎，为播友情辞故汀。园里万牲待迎客：黑天鹅与黑猩猩。

读司马相如传 9月11日

茂陵风雨长卿居，谁忆当年赋子虚？未任生前骋健笔，却从身后问遗书。

中秋 9月22日

佳节楼前思渺然，调归消息近时传。倚帏将共团圞月，岂必中秋算最圆？

重订李商隐年谱，两月无诗，写此自嘲 12月3日

今年误了菊花期，秋尽都门漠不知。自入小楼成一统，锦囊两月已无诗。

绝句咏李商隐
1974年11月17日

作赋论兵慕贾生，巍巍周孔意多轻。党争牛李身何托？去就分明判浊清。

新居纳凉
1975年7月20日

凤城廿载始安居，延爽当门风过徐。楼外无声人定候，一灯有味夜窗书。

花鸟五咏

蓟北秋风心似水；江南春雨梦如烟。花眠鸟宿人音静，还我诗情四十年。

山塘有鸟远难移，燕市携回翠羽披。且看和鸣笼内住，得安饮啄免相离。

谁能本意解黄鹂，曾就晓枝高处啼。怪底近时声渐少，隔笼欢跃羡双栖。

养花失计负天工，骤起寒摧一品红。唯愿盆中根未死，来春枝发再蟠空。

燠凉燥湿护周全，迎岁亭亭绽水仙。始觉此花最高洁，一窗灯影抱香眠。

秋游两首 卧佛寺问答
1975年9月12日

桂香菊艳寺门开，丈二金身梦未回。世事警心戈合枕，何能高卧掩灵台！

众生苦乐总相牵，高卧偷闲恐未然。病榻旁环诸弟子，沙门护法究谁传？

周总理八十诞辰 两首

群星拱北百川东，五纪同心驱白穷。刻遍青山岩万丈，大功难尽记英雄。

千秋人物荡风雲，商管李王安足云！最是谦躬力尊一，大醇德尚恐人闻。

周总理逝世周年敬赋 四首

风云变幻一周年，目失昆仑万仞巅。此日神州悲转喜：层阴破后见高天。

凛然正气折天骄，中外争夸一代豪。几夜诗心骤何处，大江鼓怒立狂潮。

寒梅绝壁报春回，不欲人知雪屡摧。犹自去年枝上发，白花和泪恸成雷。

有人后继赴治平，粤曲吴歌尽颂声。定看宏图绘就早，百樽再与荐英灵。

七律 共一百二十七首

闻喜讯有作 1972年6月4日

五色云间祥鹊鸣，山腾川跃共欢情。汉廷此日原季布；宣室何时征贾生？绿意方苏看草茁；丹心难竭见葵倾。词臣病渴思无减，倚马兰台赋可成。喜讯指审干已获结论，此身遂告"解放"。

呈萧帆主任 四首

1972年6月11日

投笔持缨气若虹，长鲸定缚转胶东。功成戎马雄麾下；名出文麟秘阁中。烟浪人惊诗卷海；羽毛谁假字飞空。经纶外偶摭余事，岂合辞章频誉公？

枢要重参力更遒，纷纭盐铁理从头。心游刃底看挥笔；机运掌中闻借筹。此日弹冠方庆贡；当时振袂固依刘。平生经济希世用，壮作诗人应自羞。

杨柳春风拂席温，非因私义谒公门。花明莲幕诗初献；草暗芸窗史待论。吐凤欬曾接萧统；听鸡舞亦起刘琨。十年磨砺仍顽铁，低愧争酬大冶恩？

卧疾茂陵时序更，素餐无以答升平。风云敢纵谈天辩？金石还期掷地声。迹等匏悬闲士况；身随药试达人情。寂寥铅椠扬雄宅，中有赋成追长卿。

《供求论》一稿，请姚依林同志审阅，呈二首 1972年7月12日

经国文章巨匠称，入参大计屡挥肱。长才转粟推刘晏；多士登门仰李膺。戎马燕山迎晓日；犁牛辽海踏春冰。知公卅载心如镜，旷望西江水更澄。

曾傍雷门喑效声，十年布鼓迄难鸣。随身唯笔知功欠；越位而言恐罪成。敢乞三都冠佳序；肯垂一字定公评？樊南词藻虽粗立，点窜方看气格撑！

近代史咏一百首

1972年6月22日~7月30日

近时有闲，得通读范老大著《中国近代史》，攻之既勤，感之益深，中心郁勃，

坐卧难宁。爰援黄公度咏史例，成七律百首，录之分寄南北，以待敲评。

鸦片战争　二十二首

古国东方震百蛮，充盈万贿出其间。紫髯特使初朝阙；碧眼豪商数叩关。但许泊舟傍琼海；岂容裂地借珠山？十三行外青青柳，深掩重楼远市阛。

准拟东来息大蕃，羝羊角枉触篱樊。丝茶有利行远国；菽帛无求安故园。本折市前抛布匹；入超舱底载银元。涎垂眉皱周思计：劣势何能一手翻？

天竺先沦为附庸，强令广植阿芙蓉。飞鸦潜入乌烟漫；"快蟹"横行白浪冲。九倍利生库常实；几人财聚爵新封。中华从此卮遂漏，五百万元同岁供。

赃吏无言眼半睁，如林窑口布千城。青灯鬼市征烟客；白骨神坛贡祭牲。一榻神怡三省宰；双枪瘾急八旗兵。朝中弛禁章方奏，拍手夷商赞迭声。

陛见疆臣请禁烟，言逢痛处意才坚：一朝国乏能用卒；十载饷无堪措钱。蝎刺有人伺北地；蜺旌受命指南天。心知此举浑非易，敢挽狂澜涉大川。

力斥番奴目尽瞋，下车正见众威伸。烟患已誓灭朝食；奸犯难望逃夜巡。可用民心乡勇募；相迎炮口水师屯。夷情搜集编洲志，放眼寰瀛第一人。患，平声，删韵。

守法者来违法诛，风行雷厉捕城狐。靴刀共侍尊府帅；舰炮难凭惊贾胡。楼外途遮洋馆困；舱中土缴趸船驱。虎门烟柱腾霄起，欢跃滩头万众呼。

蓄意轩然扩事端，船来具结竟加拦。九龙窜处人流血；双鹢飞时弹卷澜。穿鼻洋深真额烂；掉头影远尚心寒。通商俱绝由宸断："夷狄无能"颇小看。

失败连遭心岂甘，彭亨资本性原贪。议通上下策方决；迹涉东南情早探。有备汤池人夕惕；无防定海梦朝酣。英军登岸村如洗，犬叫鸡飞碎罐坛。

舰队扬帆继北侵，折冲大计岂堪任？嗜烟好赂亲夷首；"利炮坚船"怯敌心。自古流言归马援；又来捷报得孙歆。君王亦是墙头草，肇事翻然咎邓林。

频送秋波媚敌酋，所开条款照单收。未还定海占香港；直扑虎门窥广州。一诏令宣期扫寇；交章罪揭待拿囚。惜钱最痛赔烟价，不战争湔大国羞？

云压夷船先袭来，撤防早遣大门开。乞师辕下无增援；饷士营前尽散财。创重挺身鏖日夜；军孤却敌撼风雷。壮哉数百人皆殉，如血残阳浸炮台。

艳舞娱心旨酒醇，此来要务在防民。出兵夜报船烧尽；制险朝闻炮击频。阃帅竖旗甘卸甲；行商牵线愿输银，无多计较宽夷狄，胜利方书纸上新。

崛起田间韦绍光，平英团建义旗扬。漫山蔽野人挥锸；泻雨奔雷寇缴枪。息鼓清兵城外撤；惊弓洋鬼舰中藏。三元里大增志气，难侮乡民依武装。

功狗犹嫌获未多，增兵易帅再兴波。闽沦一岛初醒梦；浙陷三城难听歌。气贯白虹谁搏刃；党联黑水自横戈。英军困扰锋焉避，甚奈朝廷不用何！

乐在天堂花月间，梦中敌走爵将颁。兵分三路动全妄；死送千夫神转孱。局戏战和同博弈；祸忧内外似连环。由来偾事因纨绔，后有奕经前奕山。

乍浦才屠扑更凶，银髯老将守吴淞。全军溃乱缘官遁；总督招摇召炮轰。血迸心胸拚一死；敌围腹背困三重。赎城费又轮上海，僦柜尽搜仓亦空。

牛酒相贻任弋航，沿江西犯失屏障。地称铁瓮军何薄；士出钢炉气独昂。势去投身焚府廨；力穷扭敌跳城墙。尽情报复逢人杀，兽眼俱红十倍狂。

弗屈人民誓抗英，教他胆落警风声。烧红江上夜飞筏；摸黑阵前宵斫营。远道军需将不继；暑天时疫正流行。若非妥协昧形势，敌舰安能临石城？

恫吓攻城内实虚，全权使至递降书。登船画押期永好；辟岸通商随久居。忍献银山真蹙蹜；任沦香岛未踟蹰。涌来洋药兼洋货，可叹神州成尾闾！

趁火旁来打劫人，茶丝帮运虎狐亲。星条旗炫权先攫；十字堂开势益伸。税改海关僭夺主；舶来口岸责迎宾。更苛条约签望厦，一体同沾利益均。

十里洋场银外流，街弹赤棒辄巡游。分羹买办撑囊喜；咽菜耕农辍耔愁。白日绑人抛黑狱；清宵侑酒闹朱楼。升平学社投袂起，血火斗争连未休。

太平天国　三十首

赔款浩繁思取偿，贪官如虎吏如蝗。白银价贵粮难纳；赭服冤多口莫张。唯有突奔从铤鹿；岂能葸缩待刲羊？"惊醒作用"起鸦片，切齿人呼"偕汝亡"！

屡蹶科场一塾师，满怀悲愤有谁知？拯民水火书先写；斩魃风雷剑欲持。孔圣位抛闭童馆；甘王仗击捣淫祠。教开上帝宣平等，"天子"人同哪得私？

身先受洗到山中，挖土挑泥当苦工。烧炭千夫纷入会；荷锄万众尽随洪。奉天立诫牢初坐；代帝传言职遂充。领袖二元犹一体，反清歃血气豪雄。

金田起义旭东升，天国图宏号太

平。手挺戈矛连殪敌；身撄炮火迭攻城。蒙山围突刀凝血；湘水兵鏖鼓沸声。忠勇二王偏早死，洞庭波溢泪新倾！

虏获如山克岳州，兼程水陆进无留。疾趋大邑卷三镇；直下长江飞万舟。横逆顿摧威虒虎；倒悬才解喘苏牛。沿途踊跃民参战，浩荡军容势正优。

中原日月待重光，却取金陵称帝王。制度天朝布田亩；规模圣库置银粮。兵农帅合贤公举；男女科开才各张。非孔毁祠原气壮，缘何神独拜西方？

得地寻离空即填，满官复舞鞑民鞭。两营角犄分南北；一旅尾随来后先。苏浙囷仓供转毂；江湖盗贼募张弦。孝陵卫畔眈眈视，严守城池肘受牵。

北上偏师破凤阳，清兵沿路急遮防。裹创浴血行千里；决口冲波战四乡。援绝粮空困日月；肢皲衣薄冱冰霜。两年七万人俱死，不朽铮铮铁骨香。

湘乡团练起豪绅，出境军唯服一人。势蹶受惩几投水；师熸得助复燃薪。掠民似剃敲髓吸；斩馘如芟剜肉吞。爱看船焚风正劲，水温岸赭余红巾。

上游必夺檄传忙，力救江州复武昌。涂地先教步卒衄；截波未许水师狂。惊雷飞瓦威扬石达开；突骑追风勇溃湘。中夜洪都有人泣：蜡丸书写出无方。

兵力遭拦难向东，"小刀会"蹙转来攻。师援铁瓮驰诸相李秀成等四相；势逼金陵围几重。击楫江横坚垒毁；挥戈电扫大营空。榻旁才逐人窥伺，祸伏萧墙酿内讧。

深宫肯作蛰龙藏？密诏方传使取杨。千室血痕人有泪；满城杀气日无光。返戈复见夷韦党；解钺竟闻疑翼王。擢用唯亲宠安、福，嬖臣窃柄乱朝纲。

纛旗别树自成军，君侧难留心若焚。去国战曾经九省；入川业欲创三分。中流柱失惊浪恶；大渡河横愁日曛。皖赣义民原可恃，未应远骛遽离群！

迭失名城将奈何？勤王急诏逐妖魔。誓师慷慨旗重整；定策英明剑正磨。夹击满营歼万敌；合攻罗部覆三河。军中后起有才俊，复喜天兵传捷多。指陈玉成、李秀成。

湘楚军来恶斗时，变生肘腋患方滋。要冲力破功先献；饷道横遮计更施。荒野旧朋屯白骨；华堂新主赏朱提。叛徒为虎添双翼，安庆城孤势转危。韦俊叛变。

和、张败死满兵残，难饰曾胡眉际欢。四路兵来截密报；两江权得擢高官。桶围皖北严宁撤？甑堕苏南碎未看。正是老奸巨猾处；上游地位冠全盘。

追奔拓地至苏常，万姓迎来颂远扬：轻税丝茶繁镇市；平租鱼米满城乡。国中烟禁英损利；沪上阵严夷设防。青浦交锋遁华尔，仓皇四野弃洋枪。

血战征袍色尽殷，祁门攻急困曾顽。袭来悍敌围遂弛；收得新兵师即班。楚北旗望隔一水；浙东目注越群山。纵横赣鄂人卅万，安庆垂危援却悭。李不援陈。

爱民凛不犯秋毫，破竹声威捣老巢。入鄂武昌期必得；扶清英贼敢多挠。回兵援疾风雨骤；守将战酣天地摇。安庆沦亡转庐寿，一朝殉国惜英豪。

再克杭城奄浙苏，一时曾贼亦惊呼。按兵皖北终无动；募勇湖南欲有图。但得洋人资讨逆；何妨婢膝便随奴。目标唯向天京逼，“如海金银”励武夫。

洋兵淮勇闹狺狺，会剿思收不世勋。出战唯矜船、铳、炮；入城最善掠、屠、焚。娄塘土污抛夷首；嘉定云开扫寇氛。若道阵前果常胜，英名应数太平军。

速救金陵连诏催，湘军营扎雨花台。东来未把围冲破；北进难将敌引开。手下已由人乱遣；宫中更有主深猜。孤军数月战江皖，伤病饥寒无半回！

守将东南势已孤，援京浙地更空虚。劫财洋鬼先临甬；收地左军初出衢。炮火轰城人屡仆；血痕浸甲马全瘏。富阳陷落杭州破，功赏夷酋餍所需。

“内涵劲气”统淮兵，烟漫昆常万炮鸣。告急自求赴苏援；李秀成助银始准出京行。亲军谋叛难守地；苏州番寇肆狂连陷城。随后杀人“辅弗逮”，私囊无不尽充盈。

“让城别走”斥言谰，困坐宫中进退难。兵少民饥濒瓦解；隧深炮猛报墙坍。开樽鸩毒天王死；避矢鸿惊幼主单。回首当时形胜地，雷霆令出敌心寒。

力拒分肥面独当，两年围久重伤亡。破城戮首连三日；赴火焚身无一降。却道库空意未料；总看赃发账难搪。繁华百载方能复，急盖兵营与考场。

藏匿民间终就擒，槛车锥刺血淋涔。兴亡传史勤挥腕；生死存身苦用心。甚畏机谋刀遽下；欲施智略罅空寻。惜哉未葆冰霜节，白石难湔汙迹深！

湖州失为贼投清，犹有江西嫡系兵。官毙张林挫湘闽；师驰汪李驻漳汀。两人惜未同心干，一木何能独力撑？梅县合围主将死，四山缴械喊连声。

文光统捻汉中还，计戮僧王声震寰。湘勇就歼魂尽夺；淮军接战气先孱。下齐东旅曾朝岳；出豫西师复入关。寡众势殊虽莫挽，英雄故事播民间。

革命揭开新史章，转轮成败岂无常？任人唯察心同异；封爵须看发短长。渐失均平炫繁礼；惯耽安乐侈诸王。风云十四年间事，留与吾曹细考量。

第二次鸦片战争 六首

霸权海上肆横行，得陇望川酿战争。借护商船先启衅；英为仇神甫继称兵。法烛天郊外庐腾火；撼地河南炮发声。社学已摧团练散，联军无阻入羊城。

疆臣抱负著番禺，咳吐风雷睨众胡。叶名琛非战声虚素知彼；不和计蹙必求吾。敌真进犯犹无守；将既迎降遂被俘。镇海楼头作书画，平生气节最宗苏。自称海上苏武。

寇陷津沽始一惊，转圜失效杀耆英。盟修城下埠增辟；货运域中关免征。深恐异端教乱国，何堪平礼使来京？密令海口严防备；换约明年待以兵。

炮台接仗挫联军，后路抄来蚁散纷。胡骑津门市上见；夷歌通县帐前闻。龙游塞北冒秋露；鸱叫都中笼夜氛。富丽圆明园绝世，百年精萃一朝焚。

双手兢兢捧约书，沙俄旁护大功居。通商人尚开租界；吞地他唯扩版图。吴越共舟国非敌；中西交盏贼同锄。同锄太平军。纷纷满汉筹洋务，船炮夷精急步趋。

官乞夷怜民不降，义旗又见百村飏。天津传信城攻急；香港罢工潮吼狂。席上心惊毒常置；途中首落击难防。清廷何故多指责？攘外忾深原正当！

第二次鸦片战争后之割地狂潮 六首

琉球封国始前明，二岛相攻衅遂生。内政本非干日事；新船自足拒倭兵。弹丸地小争无谓；李鸿章语。川谷胸宽劝有声。从此冲绳县他属，居人尽改汉簪缨。

滇缅丛林路探频，土民群起扫胡尘。好题借便侵藩属；大狱兴由杀舌人。司里疏防俱受斥；乘槎谢罪尚遭嗔。烟台谈谳经时日，和局欣成仗重臣。

新疆回叛趁时艰，盘踞伊犁十载间。遣使索城翻割地；调兵应战速防关。偿银羞见瓯仍缺；改约虚称璧已还。直北鄂罗斯鼾卧，梦中伸脚触巫山。

得手唯凭一炮鸣，溯江更欲到昆明。黑旗有志捍南土；赤旆无心攻法营。马尾波翻沉铁舰；龙州氛压失金城。合肥力阻人主战，战胜恐妨和议成。合肥指李鸿章。

镇南关下法兵来，跃起将军冯子材。大炮震山士无退；长矛挥日阵全摧。扬眉快战吾方振；蹶足惊奔敌已颓。忽报和戎约新订，北宁在望电追回。

四夷环伺日无宁，东学党兴振怒霆。韩乱代平人已进；俄援有恃梦难醒。"良谋"守待我毋动，"公例"战开谁复听？坐看从容掳王去，驱华令逼出藩廷。

甲午战争 八首

淮军初战弃牙山，平壤端居宠近颁。闪烁刀光兵掠市，轰隆炮火敌攻关。千夫争道龙旗乱，一将捐躯马革还。地坼天翻回首处：空江水绿夕阳殷。

西南滚滚黑烟昏，万弹来如雨泻盆。重甲洞穿钢亦铄，群鳞窟伏海全掀。鼓轮怒目冲倭阵；扬纛惊心捍国门。英烈首推邓管带，舰沉拒不欲身存！

仓皇谁可主戎机？一旅难支士有饥。鸟散又看飘白帜；虎蹲徒望屹"红衣"。敌来蹈背足非捷，官去垂头腰尽肥。叹息吾民惨遭劫，屠城四日耀军威。

大风欲起海天黄，列舰无声港内藏。出战愿虚成自困，调兵计恶任人忙。欢筵未散排云殿，和议方筹偃月堂。依狄制夷岂全算？由来夷狄等豺狼！偃月堂，李林甫堂名。

冻海雪深龙缩拳，两帮台众陷相连。曾持炮利终资敌，尚有船坚能怪天？司鼓令挠沮斗志；拔刀名借署降笺。北洋精锐成何用，虚费民财十六年！

汉印悬腰镌度辽，将军跃马本人豪。七擒檄壮濡墨写；一败营空挥汗逃。地失牛庄原未战；魂游鸡塞更难招。湘兵尽覆震朝野，玉帛求和声又嚣。

老手惯寻城下盟，乘槎应召马关行。长蛇吞象敌方吓，小雀生鹯人共惊。有泪岂因忧国洒？无言敢为敝民争？但能刮地便偿债，旋割台湾落发轻。小雀典出《战国策》。

屈膝为奴我岂堪！黑旗军勇守台南。忌贤总统人逃逸；助虐奸伥路暗探。铁国坪前踣强敌；云林山上挺奇男。几年艰苦坚持久，浩气如虹挂翠岚。

戊戌政变 八首

慷慨公车共上书，拒和变法议迁都。马关人可增一恸；雉鼎谁曾当万枢？蹙国敢言成巨害；纵民频梦现宏图。工商转化新阶级，乞畀利权方疾呼。

撤帘政未返孱王，帝位原如傀儡场。守旧尸居安积弱，维新潮起欲图强。权能再固缘俄助；法不更张宁国亡。学会尽封客卿去，莫教英美暗操航。

改制遥推孔氏尊，试官斥反大名喧。草堂徒聚论"三世"；薇省书呈析万言。黔首奉君难自主；黄人捧日本同源。主张联日本。底须革命局才变，明诏下时天地翻。康有为。

沛然朝气蔚三湘，一夙时人惊楚狂。"仁学"书成靡南国；民权说立慕西洋。高瞻日月帝仍拜；密晤华倭盟共商。力主斗争最难得，分明泾渭异康梁。谭嗣同。

泰西史览运聪明，亲覆金瓯擢四

卿。百日风雷声易作；八方荆棘步难行。遣归旨逼令休傅；劫制谋传借阅兵。泣涕藏来衣带诏，更何力可挽将倾？

长枪军召入京来，岂料推袁种祸胎。飞燕啄人栖汉殿；蛰龙伏地望瀛台。代僵苦李怜弟死；并刈芳兰伤士灾。变法他洲必流血，“今从吾始”语雄哉！

星夜匆匆脱险途，追踪缇骑索头颅。英轮迎未蹈东海；骆檄书犹传北都。游日自矜长舌在；旅加人许重金输。保皇党立拉会众，“合作”声言心不渝。康有为。

反满勤王思两全，武装起事暗相联。联兴中会。领头仍拥康长素；削发难留毕永年。衔石恨空填大海；引刀快共赴黄泉。改良路仄堪谁倚？为待军需期再愆。康私吞军费。

义和团运动 二十首

一割台湾各效尤，教徒两命偿胶州。德占胶州湾联交悄以卢龙卖；俄侵东北追逐竞将嬴鹿求。朝士瓜分祸谁省？党人蔓掣狱无休。冲天难遏民心愤，欲炬洋楼手刃仇。

黑夜神州灯耀红，义和拳奋起山东。白莲聚众香方盛；朱红灯起于曹州。朱果诳人运已终。清始起神话。尽灭赃官皮寝虎；痛夷番鬼胆丸熊。平原一战三河动，剿抚徒嗤计两空。

影壁花翎伏大鼋，此行棘手正愁袁。袁世凯教堂烟涌铜版踏；耶苏铜版。车站火腾钢轨掀。日色晓霜森剑戟；星光宵月凛旗幡。涿州城下新传捷，主力从容逼帝垣。

废立惊翻少海波，内斶新法外依俄。掉头不贺诸公使；眦目难安大阿哥。民勇授拳刀可借；王骄受钺仗方过。岂真国耻期湔雪，一己权才算计多。端王掌权统义和团。

刚、赵请来燕市欢，公卿阿上竞亲团。入宫演术抡金棒；夹路司仪护玉銮。束带人仍擐以甲，焚香事固决诸坛。“扶清”口号因何改？失计未能谙巨奸！

总督中门揭轿迎，张、曹昂首入津城。红巾随处横戈士；白刃连宵打铁声。袄庙薪堆烈焰竖；焚教堂。海关门破怒潮倾。同仇敌忾齐排外，渐见在“团”多弁兵。

使馆重围迭破防，最前冲杀冒洋枪。拼将赤血长流处，信有黄天不死方。云压鸱鸣城一角，汤扬鱼掉釜中央。地雷火箭皆土制，更率千人攻北堂。西什库教堂。

媚外当时有二毛，许袁同气恶声嚣：乱民勿纵宜加钺；与国贵和休动刀。言漏多鱼友曾卖，多鱼出《左传》，袁昶出卖康梁。遣加功狗命难逃。城头抉眼临刑语：要看联军入奏铙。

托护侨商得入沽，如何一着竟先输！滚烟舰至衅方起；震地炮轰师并趋。雾暗妖氛天似墨；波飞战血水成朱。北仓失守应长叹：风雨偷营主将疏。

漫说联盟便可亲，入侵疾更胜他人。兵来津市骸成莽；骑过塘沽墟满榛。黑水尸浮江竟塞；白山涕洒土俱堙。海东青反遭鹅击，俄谐音。哪见“支持二十春”？李鸿章语。

举步难逾百里长，相持半月战廊房。龙骧电闪师安降？鹤唳风声寇底藏？砍马快刀断颈脰；夺旗冷弹透胸膛。吾华浩气分明在，青史千秋吊国殇！

租界津门紫竹林，洋人盘踞诩根深。触雷破阵牛先闯；扫穴焚山虎待擒。卫国执戈童亦起；从戎挥刃女能任。壮歌一曲红灯照，父老流传说到今。

提督虬髯酒半醺，仇拳悍将早知闻。敌前正接枪云乱；身后何来弹雨纷。聂士成从背后杀害拳民。母妇泥行人促迫；甲兵星散势崩分。媚洋宋庆心尤毒，尽毁神坛戮义军。

突骑花门先入京，仍指俄兵。拳民巷战死无生。热灰炙骨连秦火；腥血凝尸遍赵坑。教士胁肩虎添助；洋兵啮齿犬交争。骆驼数月盈西苑，文物飘然域外行。

入卫思征劲卒来，竹符羽檄枉连催。仇团密奏怀顽质；联外潜商显干材。吴楚地盘堪自保；李鸿章张之洞与外国协议。李牛门户本相猜。若能协力汤同赴，未必江头遽赋哀。

秋草牛车霜露寒，惊魂未定抵长安。一盂豆麦今朝饭，满席熊鱼当日餐。曾转金轮宗老佛；剩携玉玺扈诸官。播迁哪及生民苦，蔽眼胡尘泪不干。

剿乱公然下诏时，城头示众杀无遗。攘夷已够愚黔首；怯敌转而诬“赤眉”。四野又闻吹觱篥；千军复合打旌旗。灭洋自必扫清室，经验血书坚不移。

戎首依然窃位尊，牵羊替罪事非冤。后西太后呼肱股难轻舍；敌索头颅能幸存？逼父自裁心可见；徐桐之子。谄夷相迓手重翻。群公误国无方略，一死鸿毛未足论。

几度折冲烦重臣，李鸿章奴才再使性全驯。金瓯暗喜弥仍旧；玉殿遥传饰更新。跸路候宁如望雨？排场闹不似蒙尘。开封人卖儿完赋，西母蟠桃庆寿辰。开封设寿筵。

和约谈成十二条，赔银计口债台高。赔款四亿五千万两。撤防港口我除炮；屯守关头人舞刀。万室难医满疮痏；九州怎洗尽腥臊？当年旧事诗重写，犹觉胸间激怒涛。

读政治报告形势部分

两首 1973 年

大雨欲来江涌波，人民正起奋提戈。兵骄祸水漫东引；国歉春风肯北过？俎上脔分思昔梦；车前盐覆鉴前坡！有心争霸频碰额，花落低呼将奈何！

核弹威仍胁战争。忍令国界到长城？金堆谷粟千盘洞；铁打江山万里营。怒火开罗拼逐客；嚣氛捷克敢回兵？檄文读罢振衣起，北望秋穹气不平！

读史两首 叠韵 1973年10月

学标仁义语堂皇，仓吏当年善料量。冠带士唯矜俎豆；镣鞭奴久厌糟糠。断韦读易求调合；抱竹守空期表章。车马纷然徒党盛，往来簧鼓法先王。

六合为家号始皇，奏书日理石难量。尽驱浮说归尘土；一扫陋儒随秕糠。万邑封疆销旧辙，千年郡县揭新章。荀门高足来相佐，度势因时法后王。

里中朱君据汪师韩说谓锦瑟诗非悼亡之作，戏答之 11月

漫云古瑟不时宜，五十弦原未足奇。自叹蓝田无玉在；岂悲沧海有珠遗？朱栊日暖新知好，瑶柱冰寒往事思。万里归来成一恸，泪痕红湿悼亡诗。

呈孙七寄虹兄，即次与朱君唱酬原韵，叠两首 12月19日

江乡力学老随年，墨妙诗新并我先。梦里枫痕霜绕堞；望中葭影水浮天。浪仙默默呕心句；子美凄凄求友篇。可喜近时逢旧雨，文窗茗话续前缘。

东溪风月忆当年，学语性宁生笔先？渡绝滩前仍面壁；居临日下未朝天。千言倚马难成草，五字听蝉且命篇。可喜一书介南北，诗论锦瑟亦良缘。

长儿成婚戏赋
1974年1月26日

誓同甘苦百年中，曾盼佳期自去冬。险路风波坂九折；雄关铁石岭千重。影联双蒂朝阳暖；喜溢单门腊酒酞。我比云崧胜一事：不须五十便称翁。

寄女 1月27日

航空缄寄数枝花，南岭云深道路赊。在中山医学院学医。守岁灯前人少一；论文梦里序联仨。热肠济世学方笃；冷眼观心思不哗。堂上近时身稍健，辛勤赖汝觅天麻。

读一号文件 2月4日

条幅连书计暗筹，旗标“复礼”道从“丘”。行空未见腾天马；堕地先闻炸火牛。匣里韬光机枉伺；伞边庇雨意何投？读经教子期传世，梦短王朝一夕休。

读报 2月4日

逆浪滔滔浊水深，扬舟肯与共浮沉？潜蛟直欲天能上；退鹢曾思路再寻。劲节知由风雨撼；芳苞傲过雪霜侵。污泥涤尽乾坤赤，十载祸宁唯在林？

读《封建论》 2月4日

郡邑为宜势所趋，公由秦始辩前诬。周封列国末难掉；汉立诸王伤急扶。当世骄兵严笔伐；旧时圣像隐铁诛。柳州尊法识空古，不独文章瞠小儒。

哭王伯祥师

两首 1976年元日

凤城欢溢岁初时，一纸书来热泪滋。曾祝添筹充海屋；长期问字侍朝帷。人间鹄化穿云去；天上鹏抟挟电驰。独憾文星陨何速，不留老眼览雄词。毛主席新词。

拱璧摩挲旧墨痕，千秋盐铁忆同论。忘年交订师弟契；名世文推乡国尊。心重河汾阶始陟，气豪湖海笔常奔。杀青他日功能遂，挂剑终来哭墓门！

悼念毛主席 四首

地撼天旋噩耗来，青松环处乐声哀。安危谁控沧海倒？凉热未均昆岳摧！仰首北辰光不没；惊心东逝水难回。自开世纪创新史，万代刚能逢此才。

马列高文续者谁？征途永指奋前驰。斗争火热见多创；实践海深知不遗。八极土皆能结果；九州石未足题碑。两分法自聆真谛，思路方欣略中规。

金字光鲜不朽文，开函再读泪纷纷。工农开国千秋业；韬略通神百战勋。喷薄正迎日离海；凄祁忽看月埋云。含悲还自颂声作，野老由来知美芹。

北国琼装雪满岑，经纶外亦事长吟。雄词五色光天地；高格一家空古今。振世风雷鸣石鼓；传人锦绣示金针。樊南新释虽粗就，未献尧门憾总深！毛主席喜“三李”诗。

再读陈毅诗词选集题 两首

马翁扫榻笑相迎，天上也犹多斗争。振臂麾旗招旧部；引吭弹剑谱新声。遍搜泉壤擒元恶；直捣森罗锄不平。喜当纸钱收捷报：人间虎跃又龙鸣。

手理遗编惜寸阴，词坛女杰誓同心。霸才更佐江山气；高下长雄著作林。格律怎拘家自大；英华再咀味逾深。帐前笔札如延我，倩改诗成听醉吟。

五言律诗 共二十一首

读《柳文指要》，书永贞史事后 四首 1972年6月26日

夜半升云处，血痕污紫宸。问阉始晋主；弑父继商臣。平蔡功颇伐；乱唐权已沦。恶瓜手自种，他日味尝亲。

千古数英杰，叔文诚出伦。东宫读侍久；北阙政施新。尾大难除患，心纯反殒身。如何编史者，唯解弄讥唇！

文字追骚雅，长才郁未伸。悲风兰渚暮；时雨柳州春。年短宁论命？天高何预人？《闵生赋》诵罢，掩卷一伤神！

徒以笔鸣世，昌黎疵未醇。共、驩罥贞直，共工、驩兜、三苗、鲧，尧之四大臣，并称四凶。舜、禹颂顽嚚。读银，愚顽也。铁钺操持固，帘帷废立频。及身均目击，可悔附文珍？

马缨再发，病来才退，难再歌咏不已，书一律志慨

6月12日

楼外红一片，马缨枝半斜。交杯邀夜月；开镜对朝霞。岁岁花重发；年年病转加。锦囊更无句，绝丽称芳华。

书事　十首

1972年9月14日～15日

蓬瀛涌海上，有国号扶桑。印授初朝汉；槎通屡遣唐。流波千载碧，捧日二人黄。唇齿应相辅，何能祸阋墙？黄人守日，喻天下太平。《太平御览》：日二黄人守者，外国人方自来降也。

甲午风云变，匈匈五十年。百城漫碧血，万落断青烟。水火民苦役，干戈谁弄权？负荆在今日，思赎旧时愆。

更张亦非易，道路几纡弯。随美视常敌，亲台心共顽。声威扬国际，贸易重民间。廿载观形势，怒潮安可还？

难以周旋处，东西两霸争。挠头商战剧，越顶外交惊。四岛归犹拒；重洋控已成。奋然思独立，上计是连衡。

田中组内阁，七月讯传闻。晤美礼初抗，访华情更殷。舞裳招丽日，机翼掠晴云。仅此衣带水，参商休再分！

当代论大敌，北门骁骑屯。自看中日近，难任美苏尊。围破环弧折，妒生犄角援。始知方略远，高瞩倚昆仑。

黩武惕军国，今当歧路悲。步斜便旁掣，习重好前推。玉帛盟堪立，金戈斗不为。睦邻同御侮，此事系安危。推，亦入支韵。

确认三原则，一朝条约休。登坛唯我敬，隔岸有人愁。逝水难续梦；闷雷方打头。近来台独论，市仄越无售。售，亦入尤韵。

裙屐连翩至，秋空飏彩旗。先行既有例，继步复何疑？菲岛使争早；暹罗人恐迟。东南亚一片，局势缓能期。

八亿同尧舜，泱泱大国风。图强宜合力，捐忿易和衷。奉使马关辱，礼宾燕市隆。吾华重挺立，今昔显非同。

庆中日建交 两首

1972 年 9 月 30 日

月照中南海，谈深初见时。倾心亲可感，握手健能知。胸次展和画，席间披楚辞。纷纭同战国，坚劲正相期。

祝酒庄严告，两邦新建交。寒冰冱往日，朗旭暖今朝。所向民心遂，未来神手描。友情贯世代，跨海有长桥。

念鸿德步来诗原韵以寄

1973 年 11 月 3 日

回辙途暂阻，杜门音久违。高吟脱忧乐，快读究宏微。天地知相念？江湖识所依。几人谢衣褐，名遂叹危机。

蝉 次鸿德原韵 11 月 3 日

近知心未平，更惧地非宁。形蜕分清浊；声流接晓暝。一枝沾露白；万叶翳天青。不借好风力，上林人怎听？

孙七兄来书问南归之期，诗以志感 1974 年 1 月 11 日

廿载暌南北，风华回首非。江乡新白袷，尘陌旧缁衣。椽笔龙光退；扁舟鹤发违。萧然愧出处，梦里断虹飞。

怀刺 1 月 11 日

怀刺迄无遇，营巢差稍安。明窗怜日短，暖室远风寒。岁月老人易，文章传世难。书城堪久隐，长铗莫轻弹。

七言古体 共三首

李商隐诗集注草成，口吟俚词三十韵，志喜

1973 年 8 月 14 日

去岁黄菊未暇看，蟾飞乌走寒暑换。问我何事迄无诗，为续郑笺首埋案。曾拟集注玉溪诗，弹指廿年空许愿。哪知病来始发奋，日字四千迅操管。古来才士呕心肝，语不惊人死亦憾。我为他人何忽忙，拼将命赴不知倦？承前启后事需人，自加重担无待劝。亦以旧时曲说多，夜泣泉下诗魂怨。斯人面目宜返真，肯令来者再迷乱？而今初获发言权，全集笺罢意能贯。吾观义山实党李，择木禽知惜羽翰。吓鼠任猜志未降；牵牛从妒心不惮。能“用草莱”服卫公，“心如石”欲回天转。灞桥“青袍送玉珂”，孤寒八百襟泪满。云台不议将军勋，古柏雨凋风拆干。此日琼崖山海遥；当年“玉垒经纶远”。“恶草当路”斥寺人，岂“诋名臣”呈骨叛？难逾“乱石”且陈情，望之恨

之固参半。未至乞怜羞干谒，名虽微玷事可惋。谋身拙常安蛇足，巧宦乘时原不善。至谓“浪子好艳词”，识殊皮相评何悍！无题诗中寄托深，故假闺襜语婉娈。寄内悼亡特情长，读之增人伉俪眷。燕台、柳枝事伤心，满纸幽、忆又怨、断。呜呼！士生衰世何不幸，婚宦两厄况龄短！唯今明时各尽材，自庆多幸生也晚。居诸有限知无涯，袖手悠闲我何敢？附彼骥尾诗千秋，荐我豹皮笺几卷。春蚕丝自织云章，秋雁叫怎上星汉？书成四顾心茫茫，听曲何人歌自按。

后记：1971 年 3 月诗写后即广搜书册，细为笺注，日字四千，历时二年，草成《李商隐诗编注集成》百万余字，前辈伯祥先生暨王子学泰颇有以教之。旋以重操公务，身不由己，吟事遂辍，初稿束诸高阁几三十载。近者专业书成，身退已久，感年命之无常，慨天地之难拓。旧稿如任此弗顾，则将湮没无闻，为可惜也。乃复兴整理之想，起问世之图。会院内有老干部研究项目之设，不揣愚妄，提出申请，得蒙批准。窃唯曩时笺注，求全责备，有见必录，引据故实，未免冗杂，篇帙过巨，杀青良难；今转思严加澄汰，删其枝蔓，虽名人新说，亦去瑕取瑜，毋使过繁，务令豁然醒目，便于披读，利于初学。拟名之曰《李商隐诗集要注新笺》，期于三年，竣工蒇事。上列二诗，具见梗概，可明缘起焉。2001 年 1 月 10 日。

柳文指要读毕，口占一首，即次章行老原韵 1972 年 6 月 29 日

柳文百代其传必，马班而后应数一。矫首只觉岑楼高，只手接天星欲摘。陋儒乃目为党人，啧有烦言意匪怿。伊昔永贞划“二瘿”，功虽未遂事堪忆。天不预人民为本，奇思光滟沧海碧。涵泳骚赋工骈散，“峻”“洁”字莹墨自惜。行严先生纂指要，汲深引甘世沾益。杀青固已盼多年，连城璧早蒙鉴识。吁嗟乎！耄年笔力仍豪雄，大河长川流不息。继往奚必不开来，低回有傍门墙立。闻公故为留余地：柳诗待人窥胸臆。倘容蹑踵试攀登，振衣欲上千仞壁。

大旱 1972 年 7 月 2 日

金乌当空气正怒，烈焰炙云无点雨。今年春夏北至南，旱情如此亦罕遇。南亩龟裂土冒烟，渴叶焦卷神萎树。插秧时节来文安，心忧缺水农事误。岂知毵毵映朝辉，一泓绿绕将田护。机井穿地深百丈，垄头红墙如棋布。轰隆飞轮日夜转，叱起睡龙鳞甲舞。战天斗地鼓紧擂，旱魃丧胆逃何处？君不见昔日吃饭全靠天，豪门朘削猛于虎。水源为截河半枯，肠鸣足踏奩难戽。人祸更比天灾重，干啼湿哭绝生路。赤地即今能莳苗，秋来定卜仓满稰。人间既换奇迹多，文章不尽天公做。大旱年我亦何忧？作霖手在膏泽溥。独惭伏枕消长昼，素餐竟乏涓滴补。何以对彼夏畦之热客，晌午归迟毛发欲燎汗如澍！

五言古体诗 共七首

读苏轼《刑赏忠厚之至论》书后

二十五韵 1972年6月10日

皋陶为卿士，众畏执法坚。或以罪当罚，曰杀之至三。唯尧慈而断，恻然心悯怜。三杀三宥之，顿首民情欢，何其爱民深，责人不尚严？盖持长者道，忠厚仁为先。有善从而赏，歌咏复嗟叹。所以乐其始，其终亦勉旃。不善从而罚，哀矜弗憎嫌。所以弃其旧，其新再开端。赏疑宁与之，施恩广而覃。罚疑宁去之，用刑慎且宽。功疑赏唯重，岂合求之全？罪疑罚则轻，庶免失之偏。可赏可无赏，赏之意无悭。无非过乎仁，仍与君子班。可罚可无罚，罚之等草菅。斯则过乎义，忍人相随难。与其杀不辜，失刑责宁担。呜呼尽之矣，长公固善言。千载一展读，犹觉字光鲜。即今人民内，尚宽能容涵。教育重团结，政策本昭宣。生涯应可料：优诏早晚传。余龄唯歌尧，击壤意欣然。林语堂云东坡此段故事实是杜撰古典，后亦自坦认。予谓纵系"想当然耳"，但其意自佳。确是"其可爱处" "才气过人处"。（林之赞语）

《李固遗黄琼书》学习有得

四首，各十八韵 1972年8月~9月

逆耳疑吹求，顺耳悦誉美。比比人皆然，矫矫谁独外？颂声方大作，懔然思之再：高者峣虑折；洁者皦怕秽。雅调音寡和；盛名实难配。两极能转化，亢龙例有悔。是以大智者，抱虚满常戒。最具自知明，日进斯不退。闻过则有喜，纤细勿惮改。揄扬反恶闻，若感芒刺背。其语何娓娓？应知有故在。宾客美邹忌，投好希沾惠。门首悬钟馗，盖借以驱鬼。岂爱出诸诚，或真敬而拜？将取必先与，有求心挟诡。甘之入彀中，早晚蒙其害。人事多驳杂，可不慎相待？谀词勿为动，始足辨真伪。

鲁迅作后记，呜呼语咽哽：世上无英雄，竖子遂名震。于己于文坛，俱足表悲愤。此典何出处？盖远来自晋。阮籍行放荡，好作长夜饮。对人青白眼，傲岸气常盛。尝游过成皋，直上广武顶。近眺古战场，刘项此交刃。乃发感慨声，叹时少才俊。沛公碌碌辈，居然窃令闻。狂态露一斑，自大适堪哂。鲁迅用斯语，谦虚见谨慎。廿载主文坛，投抢冲杀猛。自视尚竖子，英雄谢不敏。对己严解剖，急进无止境。是以更伟大，一代模可敬。人欠自知明，英雄动自命。应中阮籍讥，也愧对鲁迅。

李固谓黄琼：柳下惠不恭。语本出孟子，未饰寓讥讽：不羞事污君，诩不玷厥躬。不卑任小官，得仕常融融。如此随和者，君子所难从。孔氏语更贬，刻露锐词锋：降志而辱身，吾非与之同。虽然儒者言，处事尚中庸。不夷亦不惠，适可求折衷。亦足见斯人，似非真英雄。何来亘千古，亮节与高风？少时闻展禽，不乱坐怀中。乃以为洁士，肃然曾推崇。后读赵翼诗，兹事疑云浓。今细翻孟论，益觉其名空。人而不读书，寡陋易受蒙。读书而不记，枉劳亦乏功。何日破万卷，闻见真淹通？

事物含矛盾，转化通两极。儒者窥其理，孔氏演周易。韦编绝已三，犹欲余年乞。李固饱学士，素亦好谈哲。皦皦者易汙，峣峣者易缺。月圆即转亏，日中即转昃。穷高则见危，大满则见溢。福谦而忌盛，天地心可测。人不知自损，惊呼必颠蹶。辩证法因素，言简言深刻。当时人具此，已堪增不惑。然尚有局限，窠臼未尽脱。矛盾重调和，立身以为则。唯求折其中；或企合而一。依违可否间，中庸颇自得。是以难高估，精华杂糟粕。哲学主斗争，妙理始通彻。大哉圣者道，还须视今日！

步严氏昆仲代柬诗原韵，勉谈哲理 三首选二 1972年10月15日

茫茫覆载间，吾人实主宰。因素人第一，思想为其帅。洪荒没草莱，劳动创世界。不待自然赐，要将自然改。喝道我来了！当路山避退。顽石比钢坚，双手劈长隧。大旱田禾绿，高岭穿流水。天上无龙王，龙王即侪辈。更看小月亮，飞天行人轨。乐曲东方红，昼夜响云外。空间誓征服，遍游将无碍。嫦娥思人寰，窃药应自悔。斗地复斗天，无穷乐在内。热气正腾腾，戮力各岗位。何能将人世，比拟作苦海？佛氏无我论，谈空理殊昧！出发自大我，胸怀全人类。所宜弃舍者，小我目光隘。鸡虫争得失，蝇蜗辨利害。私字尘日蔽；公字道日背。是以集体中，忘我最可贵。为私轻鸿毛；为公重泰岱。对人应无我，弗餍事将殆。对物应有我，弗止志永锐。无我与有我，其言本相对。

老氏喜谈玄，辩证思初备。言赅而意深，笺注各分派。然其社会观，返朴与时悖。尝论知止足，斯不辱不殆。作用或消极，倘无善体会：安故顺横逆，守常不思改。夷险惜身躯，宠辱惊梦寐。依此行今时，不容同凿枘。我谓老氏语，否定难一概。正谬视条件，逾限则泾渭。盖人处世间，敌我异内外。人民内部事，团结同阵垒。克己是所尚，躁进必转退！个人小利益，知足心常泰。自觉遵路线，知止步勿背。考验能经受，百炼钢弥粹。毕生唯谨慎，远愆乃远害。若夫对敌斗，判然即殊态。可杀不可辱，决死奋作忾。跃起仍冲锋，一息如尚在。树撼风飘萧，途长云叆叇。欲止亦难静，宜往肯遂废？止足反召危，憬然须懔戒！斗争构哲学，不止原绝对。进止如是观，微言可得采？

词 共七首

汉宫春·再至文安干校

6月9日

柳拂花含，忆清明前后，初至文安。半襟细雨，白屋归燕呢喃。毶毶针捻，架尼龙巧护寒暄。守机井，清波汩汩，一泓绿绕平田。　今日重游夏半，正插秧战激，热火朝天。黄云垄头麦熟，颗粒须还。如钩月挂，照夜深几处磨镰。英雄志，全凭双手，换来美好人间。

汉宫春·赠王宏远（王为文安人）

6月9日

赵北燕南，闻当初赤帜，首举文安。喑雷深隧，作战全恃平原。滹沱河畔，剑横磨夕照拖殷。睨日寇，败如叶扫，将军未下征鞍。　三月东风骀荡，奋倚天巨笔，重画田园。能容逆龙为害？治水年年。坝崩海啸，有人墙拦住狂澜。英雄地，应多奇气，看君时露眉间。

湘月·戏复内子

8月27日

疑和泪写，道银婚过了，情深似海。光被骊驹浑不羡，宁换百年长对。吴苑春风，燕都秋雨，日月潜更代。近时消息，直教心欲撕碎。闻予病又增之讯。　笑我病比相如，狂随白也，处处添君累。修短同归何足恸？万物难逃荣悴。召去修文，谪来吮墨，结习初无改。应烦收拾：遗篇封禅犹在。

满江红·读《稼轩长短句》书后

8月17日

读罢雄词，浩然气，胸间犹绕。恍北固楼头凭处，金焦山小。谢屐云生闲踏去；吴钩尘拭愁看了。问何因方面骋其才，时偏少？　飞笔墨，江海倒；脱今古，町畦扫。发乾坤底蕴，天应嗔恼。狂态笑予公未见；豪情歌世谁同调？望千秋学步觉登难，苍崖峭。

满江红·为外贸部同志作

9月24日

挟电飞轮，乘风去，红旗映日。舱满载，四方频送，天涯咫尺。为播友情输稻种；曾通商路称丝国。廿三年，回首万千程，云涛阔。　重洋渡，桥初设；衣带水，更难隔。愿戈干抛却，见持玉帛。求市货来舟可贯；入都宾至车如织。复吾华挺立兀中流，蛟龙慴！黄公度诗：相见借玉帛。

永遇乐·廿六周年国庆

1975年10月

翘首齐望：天安门上，朝日红处。欲截昆仑，以均凉热，革命才初步。世犹多虎！曾燃烈火，生气九州风怒。

笑两霸，安能倒转，百川滚滚东注。

禾遮秃岭，油喷深海，轨道银星飞舞。二十六年，是谁辟此万丈金光路？指示三条，典型双学，七亿工农劲鼓。同心干，长城永在，江山更固。

满江红·沉痛哀悼毛主席

地裂天崩，惊雷起，亿民齐恸。六十载，征途回首：风旋潮涌。缚虎手兼驱笔健；格熊身岂依戈勇？有寒梅冰岫报春来，千花拥。　昆仑截，凉热共；沧海倒，安危控。仰北辰不落，众星长拱。铁马早屯营垒固；泥牛枉撼丘山重！看神州，滚滚万川东，旌旗动。

第七卷

翰苑集

『文化大革命』结束，调中国社会科学院前后作，止2005年6月，时间跨度25年。

七言律诗169首
七言绝句361首
五言律诗34首
五言排律1首
五言古体4首
七言古诗2首
词9首
总计580首
约3.51万字

七言律诗 共一百六十九首

春天 1977年3月

长征再发奋长鞭，万里神州号令传。攀顶曾羞蹑人后，攻关何敢率群先？雨滋桃李争千艳，风蔚红专企两全。难忘黑云压城日，欢歌宜倍惜春天。

紫竹院牡丹 1977年5月

一株移得自瑶台，心血和来费溉培。几历阴晴依故圃，偏施雨露洗流埃。风华叉手困诗笔，天壤侧身销霸才。唯愿年年春有信，低回常对好花开。

健笔 1977年10月9日

健笔何能拟子虚？高论经济实才疏。谋身拙悔安蛇足，试手危惊捋虎须。草木倾心依暖日，江山照眼展宏图。嘶风老骥思千里，无限豪情入著书。

自广州返京途中 1978年11月19日

朝霞染袖别羊城，顷刻高飞千里程。脚底云深疑雪积；耳边风急恍潮生。百川舞带缤纷见；万室鏖棋错落呈。科技何时能直上，九天捉月事真行？

长春古史分期讨论会上，次陈克明先生原韵 1978年11月

南湖秋尽却如春，布褐漫劳解榻迎。岂有真才金赤足？自多硕学火青纯。潜心究史穷三代，学步求经涉几程。判定是非待他日，立言无忌尚身轻。

秋毫欲析昧舆薪，盐铁曩年筹算频。承启需材转嗜古；切嗟有侣但求真。长空风劲抟双翼；大海水深潜一鳞。老去约君共樽酒，安排余力作诗人。

秦皇岛记游 1981年7月

登山海关城楼

玄黄百战扼榆关，今古情兴天地间。巨浪蹴空腾渤海，长风卷雨洗燕山。悲笳出塞心原壮，健笔登楼鬓未斑。胡马窥墙思往事，成城志在讵能闲？

余先人吴汉槎戍宁古塔，著《秋笳集》，悲笳句指此。

北戴河

七月人来暑亦秋，潮平沙软水中游。危亭飞动擒鹰爪；怪石奔驰抚虎头。千注细流烟浪阔，百盘曲磴月林幽。滩前拾贝初漫步，万里乘槎我尚求。

莲花石公园

古刹晨钟梦也清，森严楼馆是谁营？亭高望海顶风立，径曲盘山冲雨

行。帆影水天浑一色，松涛岩壑汇千声。莲蓬山好终难锢，早见沉沙折戟横。

姜女祠

白玉像雕祠再修，海天难贮望夫愁。秦皇已逝长城在，姜女无征片石留。后世利翻咎当日，两情好足证千秋。动人故事民间说，何必追根论未休。

因讲学之便再游北戴河

1984 年 7 月

楼馆堂皇容小休，无边奇景望中收。朝霞浴日明鸥背，暮雨奔潮没马头。北破乌桓势方盛，东观沧海气弥遒。风流人物今殊昔，击水冲波羡畅游。

沧乌借对。

呈段云主任 两首 1989 年 2 月

登岳归来诗满车，澄怀屏虑远尘哗。雪前青保三冬树，霜后红逾二月花。跃马川原披晓日；飞龙笔墨散春霞。古今作手知多少，难得书家综百家。

年时问字许停车，可意名园绚晚霞。馆阁风和迎彩凤，河山日黯斗玄蛇。云烟笔底无穷趣，霜雪枝头不落花。欲抢分阴宁服老？诗家自古即书家。

段公住帽儿胡同可园。不落花，见《咏蒙西草原铁花》诗：铁丛兀自傲霜雪，干在枝头不落花。云烟，公善书，有乘暇且弄墨，挥洒在云烟句。分阴，有老笔争飞动，幽窗抢分阴句。

悼亡 两首 1989 年 4 月作

贫贱夫妻苦亦甘，避秦曩共泣江南。入都奋笔居非易，过野惊弓味自谙。药裹诗囊淹日月时予抱疾，辽东淮上赖书函。居朝阳庵尚期留得身强健，白首同归守一庵。

出国无端罹此殃，竟看劳瘁胆肝伤。眼前苦乏忘忧法，身后知无不死方。所喜成材有子女，总怜无福免糟糠！几多寄内诗重读，花落春残夜未央。

遣怀 两首 1990 年作

年少江东谬逞才，风云几变滞燕台。著书昼永蓬户闭，载笔春深莲幕开。学邃自窥商管法；时艰谁理范刘财？尚耽余事情难已，一剪香传驿使梅。

有女苏门谐楚材，沧波万里望吴台。软沙帐外芳蹊辟，爱日村头寿域开。乐在无争坦处世，仁因不苟淡临财。上林过眼花千树，独赏孤山雪后梅。

又一首，赠明明

1990 年作

欲续经纶丝暗缫，新愁如水枉抽刀。铅华少作痕将净，铁板长歌气转豪。万壑泉奔汇流大，孤峰云绕立身高。昨宵梦采芙蓉去，绿水一篙舟共操。

流光 1996年4月作

流光冉冉尚流连，北国今春水暖先。香酝杏花编酒典，梦扬柳絮散诗篇。卅年治史经困学，四海论文迎大贤。何日悠然诸事了，再操锦瑟定新笺？

偕祥毅、开颂访澳门陈永盛先生，次韵成一首 1998年7月5日于澳门

静倚元龙百尺楼，天河列宿目全收。羊城挟策鸣彩凤；蚝海忘机盟白鸥。胜地咏歌诗共茂；盛时赞画笔谁遒？何当燕市迎远客，破戒为君拼一瓯。

因驼峰航线事，诗赠姻伯卢公

卢为驼峰老战士 2005年7月作

驼峰航线划长空，转运艰难滇印通。壮士先行振飞虎；崇山横断骇游龙。百千英烈碑长树，六十华年国渐隆。制敌当时忆联手，岂容种祸与前同？

晋游偶题 1979年6月

晋祠

有弟桐封始启疆，境幽“对越”度“飞梁”。一川水逝祠传晋，永日情凝髻挽唐。劲柏风霜铭日月，戎衣社稷铸文章。西来胜景盈人意，得句迟权实锦囊。

云岗

云岗巨窟久犹存，雨里来游消客魂。佛像如生衣有褶，神工入化斫无痕。名僧勒面肖人主，壮士敛心依世尊。几十年间竭民力，庄园原亦出沙门。

上寺

护法诸王身欲倾，缤纷壁画葺由清。石幢纪岁寺原古，檀室诵经灯辄明。三界尘飞叹多劫，五方佛坐唱无争。只余殿角风过处，尚作金戈铁马声。

木塔

辽时木塔冠招提，挈侣同登百尺梯。东望目能临日近；西来手敢接云低？沧桑千卷幸经在，风雨四时容燕栖。最是多姿诸力士，莲台共荷仗心齐。

蜀游吟草 1983年10月

杜甫草堂

九月晴江穿锦城，草堂初谒快平生。溪亭花自更荣谢，竹石泉终判浊清。疮痏涕挥窥史笔，风雷酒涌辨诗情。髻年学语壮无进，尚欲云峰高处行。

武侯祠

古柏崇碑祀汉臣，是谁和泪写遗文？攻心峒自消反侧，执法道曾无醉醺。原上秋风空六出，隆中春日定三分。何遑审势酬知己，尽瘁未宜成

败论。

望江楼

望江楼尚枕江滨，曲径萧森蔽绿云。一井浣花笺绝代，两川扫黛艺超群。校书偏具兰蕙质，闭户难辞车马氛。大著文名应幸甚，几人牖下老无闻。

都江堰

蜀秦开凿久同文，父子尤须策异勋。禾稻香飘千里沃，堰堆束水两江分。架涛索固人展步，沉石波深蛟伏鳞。大隐立言何足比，归来我亦梦神君。

陆游有神君诗，咏李冰。

蜀游吟草续 1984年4月

峨眉

秀色峨眉扑眼来，轻车送我上崔嵬。高岩悬瀑千条落，幽峡望天一线开。万古寺中销夜月，四时阁下响春雷。此行虽未凌金顶，稍涉名山亦快哉。

桂湖

桂湖香动满园花，贴水桥平竹径斜。阙下文章冠风月，梦中池馆老烟霞。一封疏上流万里，六诏书存淹百家。更有清词出深阁，心随大雁抵天涯。

三苏祠

三苏祠古蜀中闻，水榭清幽远市氛。洗砚功深小池在，筑亭迹妙旧碑存。才名未见消逝水，世事曾传鏖乱云。不及眉山贤父子，一门风雅总能文。

乐山大佛寺

齐山大佛世无俦，岂是神工鬼斧修？寺立千秋阅尘劫，亭飞万仞俯江流。林花路转通诗阁，灯火经藏上客楼。好与诸公斗奇句，一麾也欲乞嘉州。

三峡游草 1983年10月

江轮发重庆

满襟秋雨别山城，廿丈楼船履地平。两岸鹿奔峦失翠，一江龙跃浪非清。路行万里谈何易，书读百家功未成。渐老惜时转思静，当年曾不计归程。

抵忠县

忠州城古筑依岩，玉印山旁一靠船。峭壁楼盘层十二，荒巅人谪路三千。将军捍土头颅断，巾帼兴兵胆略全。江上晚来升紫气，临风我自想前贤。

四句指刘晏谪死忠州，五、六句分指巴曼子与秦良玉。

瞿塘峡

夔门船入闯惊湍，滟滪堆沉路始安。地窟恍穿深峡峙，天关疑接乱峰攒。石红挂甲晴晖暖，岗白屯盐曙色寒。高站风光收两岸，从知揽胜在宏观。

巫峡

叠嶂重岩转曲环，幽深巫峡又巫山。一峰神女霞犹望，千古诗人魂独还。挟雨才笼云叆叇，飞虹旋映水潺谖。楚臣浪作高唐赋，佐禹功原传世间。

西陵峡

一脉香溪透底澄，滩稠流急过西陵。鬼门险已除礁石，禹庙静方垂橘橙。秋水黄牛舟疾驶。夕阳白马瀑飞腾。南津关外江开阔，战伐宜州历废兴。

五句黄牛峡，六句灯影峡，白马指山石如唐僧取经之白马像。

夜过葛洲坝

过闸轮如一叶轻，葛洲坝夜记行程。银潢直挽天边落，珠珞纷抛水上明。绘就半湖出高峡，劈开巨浪立长城。重来大禹应忘返，迈古神功心亦倾。

南归篇 八首 1991年5月

上世纪90年代初，喜得明明继主中馈，乃作南归之计，成诗七律八首，录存志念。

赴宁车中口吟

京华历历过云烟，春到江东万木鲜。人在旅途惜今夕，车过险坂怵当年。遗文世有金瓯记，健笔谁令锦瑟传。仕贾两艰思范蠡，南归聊放五湖船。

白门春雨

鸡鸣寺里几低回，玄武湖中共溯洄。白下重寻联旧雨，清明才过听惊雷。世途行渐青山近，陵阙望犹紫气来。霁后长街芳草湿，樱花半落雪成堆。

扬州史公祠

冰心铁骨肃祠门，南渡冕裳何足论！四海波平留史迹，五洲雷动恃民魂。风暄柳叶春前韵，月冷梅花劫后痕。漫说扬州金粉地，曾扶正气立乾坤。

无锡惠泉山

帝都园自此间传，春雨梁溪润杜鹃。三凤楼中人似月，九龙山下梦如烟。朋来声气连四海，笔落诗思倾二泉。不尽湖光待领略，还将后约定他年。

杭州西子湖

轻舟舣岸柳条斜，雨散西施褪面纱。东海岛浮春正闹，南屏钟定晚无哗。二堤风月诗人会，一径烟霞处士家。岂惜琼楼珠翠绕，湖山美助笔生花。

同里退思园

谁锁云烟入院中？亭台贴水阁生风。联诗到合再浮白，飞梦归常寻闹红。露槛临波鱼啖月，天桥倚岫鸟盘空。草堂我亦曾题壁，未早退思随此翁。

同里古称桐花里。“闹红一舸”为园

中景。

吴江松陵镇

全家拍浪喜归吴，霜冷江枫记画图。虹跃惊开新馆厦，燕飞迷却旧庭衢。曾追蠡翰为前侣，枉慕机云入上都。从此秋风每起候，乡思不独在莼鲈。

苏州灵岩、洞庭山

顽石犹存说虎丘，少时花草梦苏州。一规寒碧吴王井，数抹空青席氏楼。烟水安能随去棹，风云谁得借前筹？锦囊渐满南归什，老做诗人肯自休？

松陵故里 1994年1月22日

祠奉三高忆故丘，鲈肥莼滑绿汀浮。踏波舟过垂虹路，飞梦人归明月楼。雷鼓登坛声破夜；霜笳出塞气扬秋。我吴素负诗乡誉，集结松陵愿或酬？

首句，三高祠奉祀范蠡、张翰、陆龟蒙，抗战时毁于日机。二句，张翰仕洛，秋风起，思故乡莼鲈而归。三句，松陵旧有长桥名垂虹，诗云垂虹秋色满东南。四句，今有明月楼大酒店。五句，柳亚子创立南社，以诗鼓吹革命。六句，予先人吴汉槎戍宁古塔，著《秋笳集》。末句拟编《松陵集》。

近游篇

近廿年来于近处亦颇多游赏。以下诗十七首为自1990年至本世纪初之作。

香山 两首 1990年、1991年秋

郊原何处无幽景，共说此间秋色多。栌叶霞明烧半岭，菊花露重拥前坡。堤环晴翠柳仍舞，槛映霜黄枫不酡。总与江南风物异，青山红树梦难过。

西郊秋色浓于酒，乘兴寻幽自在行。拂水柳条千浪碎；照天栌叶半山明。三春别梦谢朝露，万古诗情钟晚晴。岁岁但期人更健，远游五岳壮平生。

假怀柔雁栖湖畔云岫山庄开海外华商史会 1996年11月

物候长城内外殊，红螺寺古冠京都。瑞云客至山前路，灵岫景开庄畔湖。四海寻根聚中土；百年创业接先驱。武夷秋色再留约，把臂同披新画图。

地坛看牡丹，闲话入诗
1999年5月1日

仪态果然推牡丹，双全香色托金盘。曾经水旱怀天壤，却系阴晴入地坛。有健可期贮诗富，少闲未报写书完。不先争艳甘居后，芍药无言依晓栏。

景山公园牡丹 5月3日

辇下牡丹何处多？景山风日正晴和。园中锦簇高成树，亭外露凝香满坡。未睹青莲翻雅乐，犹闻白傅发新

歌。老槐冷眼人间事，富贵纷然逐逝波。

景山牡丹 2001年4月29日

不枉名传百两金，牡丹园里已成林。树高未睹峨眉最，道远曾临菏泽寻。绛幄飞霞朝晕浅；缟衣映月夜思深。广栽虽自前明始，洛下可追当数今。

密云桃源仙谷 2001年4月20日

叠翠潭前细瀑流，铁梁山后绛云稠。热尘来处几迷路；沃野往时纷起楼。烟浪渐低今水库，风雷曾激古檀州。桃源一旦开仙谷，便引都人半日游。

颐和园 两首

初过颐和园西堤 1996年8月31日

岸边苇叶尚青青，湖上舟移水气腥。古道净尘秋飒爽，长桥印月夜空灵。轻烟梦蕴朦胧意，奇石魂凝磈磊形。十里先过亭七八，外堤可望几时经？

夏日至颐和园 2000年7月18日

层阴欲雨未成丝，酷暑喜逢凉爽时。兵火河山开峻殿；风云碑碣闭崇祠。六桥柳古听蝉唱；一沼荷香看鸟嬉。心念西堤约重到，不辞早起为寻诗。三、四句指排云殿、耶律楚材祠。

北大校园 8月12日

雨后园林荷正迎，弦歌当日辟燕京。钟声松月亭半掩；塔影柳风波独明。梅石剩移碑旧勒；沧桑曾警国将倾。北加大学今相埒，岂必童蒙海外行？

北加大学指美国北加州之伯克莱大学。

土城漫咏 四首 2001年1月23日

上世纪90年代初，予徙居安贞里，元大都土城遗址在焉，思拾史事，诗以咏之，事冗未果。今年稍暇，乃漫成四律，以偿诗债，特录呈良霄方家求正。

北门紫气肃迎銮，归自上都随众官。崇阙高城元齿堞；风巾尘服汉衣冠。千车日进丝飘雪；百市时开人涌澜。剩有旭芳园一角，海棠花发引吾看。

一统汉唐功足齐，大兴工贸重耕犁。奔雷欧亚翊鹏翼；逐日宋金乘马蹄。粟转长河控南北；瓷赍巨舶贯东西。缘何百载运难久，淮上秋风鼙鼓鼙？

理乱兴衰在得人，心明老渐见凝尘。几家肥室财攒急；一代虚钞值贬频。榷酒挫豪旨旋易；笼盐抑贵法难循。卢丞身磔饲禽獭，争及汉廷扶计臣？

叔侄弟兄都欲当，八皇四纪位争忙！几行汉法终翻覆；宁抱蒙文守故常。墨吏厚颜漆灯黑；劲军乏力挽弓强。昭然史册留殷鉴，漠北流亡自取殃！

1. 土城遗址今建有旭芳园公园，海棠花溪为此处一景。2. 长河指大运河；元瓷乃大宗出口物资；淮上指朱元璋起义军。3. 几家指阿合马、桑哥、铁木迭儿、伯颜等人；虚钞指滥发纸币而致贬值；笼盐指立常平盐；榷酒即酒专卖；卢丞指卢世荣；汉廷计臣为汉武帝重用之理财家桑弘羊。4. 元末官贪吏污，问人要钱，各有名目，时有“黑漆皮灯笼”之诮；军队已腐化，至不能挽弓骑，元之亡必矣。

随处观花，作草木篇数十绝，今以一律跋之 2000年5月

家本吴江烟水村，凤城四纪布衣温。位卑难免亏儿女，身老何堪抚子孙。未以长才赞邦国，岂因盛德立宗门？年时有兴吟花草，诗语虽工不足论！

中山公园郁金香展

2005年4月22日

景自天成风自来，郁金香好满园开。夜凝紫黑偏倾国；日漾红黄共举杯。白雪猫咪毛正理；绿云鹦鹉醒方催。异形繁色看未尽，名种远邦中土栽。

景自天成公园题匾；黑郁金香最贵重，称夜皇后；红黄色最多，花半张如举杯形；亦有粉白色花瓣纷披，边如锯齿状，异形花也；绿鹦鹉最少，晚开，时犹含苞待放。此次观赏之异形花，为新引进者。

景山牡丹 2005年4月29日

粉紫枝繁各百盘，有含苞亦有开残。散丛坡上天然态，高树栏中烂漫观。隐约甜香闻未足，迷离精魄画应难。此间若与论颜色，纯洁吾怜白牡丹。

壮游篇 三十六首

1995年~2002年

近十余年，以学会及同学会事，奔忙南北，稍事远游，行踪所至，辄有诗记。老去渐于诗律细，窃慕少陵七律，颇思有以学之：挹沉郁顿挫之气，洗轻丽侧艳之姿。盖亦由玉溪入门，进窥浣花之前辙也。

绍兴记会

1995年11月初，赴绍兴举行学会之常务理事会，有诗四首以记其事。

越王殿

七策筹时起霸图，君臣曾此转泥涂。秋霜寝殿绕黄菊，春水归舟依紫蒲。千首荒村频纵笔，八年陈酿一倾壶。风行海外遵商训，犹想功成出太湖。

依蒲，贺知章诗中语；千首指陆游诗；商训指后人所托之陶朱公商训。

书范蠡与西施事

溪暖浣纱花映红，吴宫秋暗落梧桐。身随鸥没烟波上，目送蹄忙尘陌中。戮力父男共艰日，分金弟友相仁风。陶朱事业因贤内，何必有无论未穷？

读《史记》书范蠡事

涝资车毂旱资舟，文子南游谁与

俦？农末利兼市不乏，饥穰岁迭备先修。物腾无积同粪出，财阜宜行如水流。独憾史公犹惜墨，微言大义未多留。

计然，即辛文子，晋人，南游越，范蠡师事之。或疑文种、计然为一人。首句及中两联隐括货殖列传中语。

与朱顺佐论编范蠡书事

寂寞斜阳对石碑，去留生死两嵚崎。学凌诸子真商祖，智究三才乃帝师。城邑彩披新集锦，林亭翠掩旧临池。龙山胜迹宜增立，遗事先搜报世知。

《史记·越王句践世家》有范蠡说越王：持满者与天，定倾者与人，节事者以地之语。石碑指文种墓碑；林亭，指兰亭。

浙游记胜 1996年9月

为商业博物馆选址赴杭，并出席校友会，旅游记胜，口吟四首。

萧山头蓬镇观潮

一线银光万马惊，蹴空旋看雪山崩。万夫弩发曾开国，百里塘成永护城。月桂影移潮有信，沧桑尘静道何名。种胥得失论应定，终古底须犹不平？

传说文种、伍子胥英灵不泯，化作怒潮。同游者为上世纪40年代老校友。

杭州植物园赏桂

交柯翳日又横垂，浓淡馨传千万枝。北上当年期折桂，南来今岁适逢时。园中客引殊方至，海内花输此处奇。总是吾华风物好，重洋易越莫归迟。

园中有丹、金、银桂三千株，假日沪上来此看花者不少。

白堤咏古

临安歌舞若无忧，灯火楼台夜未休。毕竟湖山属英烈，由来风月擅名流。竞舟别寓赈民意，斗蟀岂怀强国谋？人物浮云纷过眼，政行一善便千秋。

范仲淹出知杭州，岁饥，大兴竞渡、修造佛寺，泄富人之余财，济贫民之困乏，盖善用《管子·侈靡》之遗意焉。六句指贾似道，七、八句隐指商业博物馆祈杭州市批准立项。

北雁荡三日

仙山溅落海东头，月里移花丹桂稠。三折瀑飞开雁荡，二灵岩立泻龙湫。鹰蹲夜岫星光动，燕剪秋潭波影浮。我亦擎天思柱石，风尘社稷仗伊周。

灵岩、灵峰、大龙湫，为雁荡三绝。五句指灵岩夜景，峰石望如雄鹰展翅高蹲；六句指燕尾瀑；伊周指伊尹周公；风尘社稷括用杜诗。

鲁行记事 六首

1997年4月20日～25日

将赴泰安，并转曲阜，戏作

轻车载笔自年年，飞雪肯令潜上颠？百代留诗堪作圣；几人封禅不成仙。山青未了临齐鲁；河碧曾通转越燕。岂遂旷然小天下，得闻道大更无边。

泰安岱庙

门楼城堞气豪雄，五岳光华此最崇。龙逝残碑秦日月；虬旋老柏汉雷风。殿中瑞现天书妄；道上神巡壁画工，三绝堪称并海内，翼然亭峙铸由铜。

缆车上下泰山

拔地昂然欲刺天，山桃几处正红燃。荡胸排突云成海；决眦飞回鸟入烟。雨蚀藓痕岩上刻；涛生松籁壑中传。缆车往返惊神速，不敢轻题登岳篇。

初谒孔庙

苍然古桧历冰霜，龙柱檐前峻殿堂。简壁井栏石能响；弦歌坛杏岁犹芳。凄惶未免穷途厄，显赫何缘世泽长？义利本非难解事，善沽岂久椟中藏？栏音同兰，借对。

为在聊城开“运河经济与商业文化研讨会”而作

春满凤城人物殷，风吹湖水皱龙纹。层楼光岳升华日；多士昌邦起庆云。北上清河曾著史；东来紫气共扬文。鲁商诚朴联山陕，会馆岿然以义闻。

由聊城经濮阳至菏泽访古兼看牡丹

牡丹天下孰高低？百色万头蜂蝶迷。千里看花奔晓夕；三州问古贯东西。南华故邑怀刘晏；北国新猷话范蠡。我过鬻财曹鲁地，纷然兴废待深稽。

1. 留诗堪圣指杜甫望岳诗：河碧曾通指京杭运河。2. 岱庙有秦碑、汉柏、宋壁画，其铜亭为天下三大铜亭之一。3. 泰山桃花系实景。4. 孔庙有孔子手植桧、大成殿、鲁壁（中藏简书）汲水井、杏坛等迹，末句用论语孔子与子贡对话。5. 聊城又称凤凰城，有环城湖（东昌湖）、光岳楼、山陕会馆诸胜。6. 刘晏，菏泽东明（古称南华）人，范蠡于定陶经商，其地亦属菏泽（旧称曹州），今菏泽博物馆有刘、范画像；子贡“鬻财于曹鲁间”见《史记》，此地商业之盛早有所闻，后黄河为患，几经兴衰焉。范蠡之蠡字，平声上声两读，此处权读平声。

胶东记行　三首

赴烟台开会，顺便作蓬莱之游。诗三首，1999年5月8日至12日。

未到荣成天尽头，芝罘岛上得淹留。山南松茂栖云阁；庭北槐香观海楼。绿野草肥曾养马，沧溟烟静不惊鸥。秦皇东狩非无意，六国人存有隐忧。

高阁蓬莱拱斗辰，石桥过午尚鱼新。楼台海市人见少；邸馆夷商船至频。凿栈危岩劳死士，还丹幽洞住真身。低回我独思良将，戚岳由来可作邻。栈指田横栈道。

浩荡吾华万里疆，长城北海许通商。极天一碧龙正跃；终古三山仙自藏。岛上春回花有信，波中舰没日无光。庙堂人鄙兵多勇，民气百年今更扬！

岛指刘公岛。

常镇始咏

2001年11月1日至7日，赴常州参加古代管理思想理事会，得揽常州、镇江之胜，诗以志之。予江南人，常、镇二地却是初到。

初到常州有作

急穿暮色出京畿，车指延陵亦当归。岂有学随今世彦，徒称年过古来稀。文章素挹湖山气；殿宇重披日月辉。更爱云崧诗句好，性灵露处即天机。

常州自古文风极盛，阳湖派称雄清世；天宁寺为邑中名刹；赵翼为大诗人，其诗集我所爱读；吴氏出自延陵，故二句言“当归”。当字读去声。

东坡公园　有舣舟亭、洗砚池

树木葱笼桥架通，衣冠飘逸认仪容。舣舟亭下川无息；洗砚池中墨尚浓。几地惠风留宦绩；千秋豪气仰词宗。缠绵一阕江城子；何处朝云问旧踪？

末联两句分指二人，前句为其亡妻王氏卒后十年而写，后句则属其妾朝云。朝云亦王姓，卒后葬于惠州栖禅寺之松林中，有悼诗及墓志可考。

红梅公园

有红梅阁，中列历史名人像

羽衣带月独吹笙，高阁晨风铎语轻。一塔玲珑文笔秀；千丝宛转镜池明。英雄几遂回天业？才士频传拔萃名。秋老红梅未相值，菊花满苑重龙城。

常州有龙城之称。

镇江北固山怀古

11月1日

一亭俯视大江流，杰构谁开多景楼。铁塔惊雷来李相；金戈麾日驻辛侯。南朝人物起京口，北固风云连石头。凄绝矶边遥祭处，纷纭和战溯孙刘。

李相指唐李德裕；辛侯指南宋辛弃疾；末联指孙夫人祭江。

晋游续题

应邀赴任晋商文化研究中心名誉主任，省委宣传部同志陪同作大同之游。2003年7月。

过雁门关

叠嶂连绵势若奔，雄关扼险守朝昏。奇兵掩甲潜马邑；烈士断弓鏖雁门。农牧长城分内外，干戈酷冷搏生存。江陵通市边墙靖，塞上秋风牛马屯。

应县木塔

四塔寰球各有源，此间灵气贯霄元。擎天柱立佛香播，拔地池开莲叶翻。万木神功谁策建？九重峻极孰攀援？风云英杰怀萧绰，毓秀人文光故园。

云岗石窟

石窟云岗举世称，分明几代帝王

陵。心原营葬难延福，灾为坑僧亦示惩。佛坐露天存像久，民缘洞壁起龛兢。耕农困乏期安集，歧说纷然大小乘。

九龙壁

三百年前落大同，祥鳞飞绕代王宫。清波照影龙嬉水；密帐悬灯马摆风。磐石建藩兵出塞；旌旗开镇剑横空。如何一炬成焦土，直贯燕云国遂终。

1. 马邑，今山西朔州。江陵，指张居正。2. 四塔：意大利比萨斜塔、法国埃菲尔铁塔、埃及金字塔、中国应县木塔。“在天为元”，霄元犹言霄天。“气贯霄元”语出“云笈七签”。神功峻极为永乐题字。萧太后应县人，建此木塔。此地人文积淀，乡间子弟多才俊。3. 石窟乃拓跋诸帝陵墓，此佛葬新论可采。露天佛像因通风，风化转缓，反能久存。四句坑僧，指魏太武帝灭佛，“沙门无少长悉坑之”。六句指民间所凿小龛。4. 大同九龙壁，全国最大，年代早于清九龙壁三百年，为明代王宫之照壁，壁上尚有小龙九百。五句指代王朱桂始封，六句指徐达建大同镇防边，为九镇之一。代王宫殿为李自成焚毁，李由此直捣燕京，明遂亡。马摆风，用马之长尾生风典。汉《天马歌》：尾萧梢兮朔风起。盖良马尾之长者，萧梢然摇动可起朔风。

扬州三下

1993年10月，学会在扬州举行换届会议，予主其事；1994年1月赴江浙考察，先经扬州；2002年11月，参加扬州八怪艺术国际研讨会。前后三次来扬，均有诗。兹汇集一起，以充诗稿。

赠扬州商业局　1993年10月

名城处处见名园，烟雨隋堤柳尚繁。绕舸琴声风浃座；入帘花影月明轩。酒盟八怪诗成派，盐策三贤史有源。重建华旗应有待，当年扬一震雄藩。

三贤，指刘晏、袁世振、陶澍；唐时有扬一益二之称，扬州为全国第一商业城市；月明轩，饭店名，开会场所。

扬州续咏　两首　1994年1月

籍籍淮南幕府开，平山堂起亦雄哉！二分明月高轩过，十里春风仙客来。锦瑟笺探唐律蕴；墨兰画写楚吟哀。总因盛极盐漕地，遂汇江东不世才。

明月当头樽不空，年时得再过江东。十朝妙舞梦难久，八怪奇文声益隆。竹石园池清耳目，风云祠墓郁心胸。也应新意人支尽，击缶吟成气未雄。

前诗五句指程午桥注李商隐诗；六句指郑板桥画兰。

八怪会议上成诗四首赠扬州政协

次卢雅雨、郑板桥红桥修禊诗原韵，2002年11月作

淮海重来好放舟，十年风月梦谁留？露桃花艳明双岸，烟柳丝长飐一州。清影亭从桥下过，灵光诗向酒边酬。雄藩复振看今日，艺苑缤纷居上头。

金农诗：夕阳斜照桃花渡；沈括云扬

州宜杨，荆州宜荆。

红桥修禊记当年，胜会名城倍盛前。盐荚诸贤析毫末，诗囊几辈造峰巅。秋风笛韵行吟路，暮雨钟声载画船。敢以清词荐瑶席，一时人月庆双圆。

秋风句指卢雅雨出塞之行；暮雨句指郑板桥赴杭之游。

赏心审美古今通，百派迂回总向东。雨过隋堤濡史笔，云蒸淮市蔚文风。竹兰高格真成绝，简板豪情亦发蒙。莫道疏狂徒骇俗，风流不在俗流中。

竹兰指板桥画，简板指板桥唱道情所用。

河畔轩开灯正明，书声喜暂压歌声。尽裁宫锦江山丽，竞辟名园水木清。莲叶波平无滓地，梅花月冷不降城。九天应见姮娥笑：何限人间景物更。

一、二句指1993年学会在扬开会；三句用“春风举国裁宫锦，半作障泥半作帆”句意，商隐诗亦史笔也；五句指古莲子发新花；六句指史公祠。

桂林再到　2002年4月13日

桂林为唐诗人李商隐宦游之地。予于二十四年前曾以文会莅此，并赴龙胜探儿。今来重游，爰作韵语两律，以咏胜地风光，并以怀诗人踪迹焉。

奇景天成恣再探，洒然携笔赋征南。划江水绕青罗带；拔地山抽碧玉簪。芦笛象驯泉滴洞；茶铛龙胜竹藏庵。义山踪迹犹可问，佳句晚晴曾细参。

漾日粼粼印碧峦，清奇巧变费吟翰。由来山水天下最，得返江湖胸次宽。百里绣廊供放棹，万年画壁任驰鞍。低回黎辟滩头别，郁勃涛声五月寒。

簪，押覃韵。龙胜，与象驯借对。天意怜幽草，人间重晚晴，义山在桂林作，传世名句。末句孤平拗救。次首四句，江湖，用义山永忆江湖归白发句意。末联用送郑畋南覲于平乐江中黎壁滩头事。

沁阳初会

李商隐诗国际研讨会上作，呈立仁、宏礼、清千、青云诸同志。2001年10月18日于沁阳。诗怀前贤并及商隐之情爱事。

溪过覃怀梅坼华，野王曾考迹叹赊。史传子贡儒兼贾，赋记河阳县满花。温婉里中人似玉；缠绵诗内思无邪。何当更许窥奇景，直上紫金坛嚼霞。

耶律楚材诗：行吟想象覃怀景，多少梅花坼玉溪。予曾于书中考证野王与秦、卫之关系。子贡卫人，为亦儒亦商者。庾信赋“河阳一县花”之语，故河阳有花县之称。里中人，指李商隐所恋怀州同里之女子——燕台；下句之“诗”指商隐为燕台女所写的燕台诗、河阳诗、河内诗及集中其他各诗。思，读仄。嚼霞，语出商隐河内诗之“一口红霞夜深嚼”。紫金坛三字为孤平拗救。

谒朱载堉纪念馆

皇皇世子自前明，胸纳沧波笔掣鲸。十二律中成乐圣；九峰山下号狂生。萧疏独往谁人会，邃密群科旷代惊。我亦黄钟曾探索，登堂今始谒先行。

旅美篇 二十三首

1995年2月至8月

成田机场宾馆 在日本千叶县

披星溅落成田港，一水茫茫云外航。千叶夜来人渐定，繁花朝对梦犹香。衣冠正看竞留日，帆舶曾传纷遣唐。安得中华重抖擞，不教礼失问殊方。

出旧金山机场

中宵竟喜见朝霞，飞越大洋时有差。万里亲情悬异国，百年乡谊重吾华。海湾波叠屯千艇，天末虹垂走万车。初过旧金山畔路，小楼深处好为家。

三藩市

有孙中山书“天下为公”牌楼

蓝缕风尘岁月稠，雄飞墨宝起牌楼。长街狮跃音仍粤，平沼凫嬉境似欧。园秀一方问茶道，径高九曲下花丘。近闻结好联西贡，机遇无忘竞上游。

夜宿洛杉矶

水退羊蕃绿草萌，全家肃肃备南征。风生电掣过百坂，日落星明喧一城。小院倚花凝晓晕，遥峰戴雪沐新晴。重洋虽许从容越，五岳知犹候向平。

拉斯维加斯 宿撒哈拉旅馆

苍岭银沙路远通，何来风物似中东？人间真有销金窟，天上恍移奔月宫。海盗扬帆商战剧，英豪跃马霸图空。赌城枉到情殊昔，更与谁论一世雄！

柏克莱大学 有东亚图书馆

直上钟楼近午时，双桥飞跨望迷离。林园穿径迎松鼠，芸馆藏书卫石狮。四海莘莘人负笈，百年鼎鼎孰开基？由来教育关气运，风雨神州期大师。

奥克兰 屋仑市

富室迁乡冷市廛，风情港口尚堪怜。影投窗见蜃楼动，浪破舟知贝阙旋。入座客齐夸片鸭，当空俗共放轻鸢。屋仑重振应非远，结伴同行约大连。

圣荷西硅谷 随家人赴国际半导体公司公园，参加清华校友聚会

煜煜群星百里开，闻名久始得亲来。水边人聚雀同啄，天外云飞鹏各回。生命究微恃高技，智能入化竞新裁。清华英彦留无半，十载辛勤育楚才！

十七里处海滩

景观二十一环行，当日来船礁底横。海上风潮交起落，谷中气候间阴晴。岛栖鸟集超尘事，岩立松孤阅世情。岂惜买山钱巨万，养身之外复何争？

红木城

深入云间红木乡，颠连险路转回肠。冲霄郁郁藏中谷，拍浪滔滔傍大洋。炼骨九还拒虫蚁，立身千劫镂风霜。青山亦是储材地，广厦方兴待栋梁。

海湾诸桥

烟涛十里返眸惊，望去金门正并行。分月半规悬大海，披霞双索系长城。雨迷津渡当窗黯，日照楼台隔岸明。我愿神工桥广设，普登彼岸济苍生。

加州拿帕山谷葡萄园

有酒窖二百多处

紫谷垂珠垄万行，鹰冠何处觅山庄？百年窖底藏珍酿，九味台前品异香。春色筵开韵追法，夜光杯溢誉传凉。悠悠文化探中外，酒史还应续一章。

金门公园

有玫瑰园、亚洲艺术博物馆等

潮生风起雁行高，池馆园迤十里遥。白橡树稀矜色贵，红玫瑰老惜香消。金门人物联东土，石佛沧桑自北朝。一角初窥待他日，续寻诗意赴相招。

史丹福大学校园

西班牙修道院式建筑

六里清香远市氛，玉兰精舍款师勤。森严堂殿神犹奉，高峻门墙学共闻。路转闲庭现花木，廊回深院纳风云。廿年声气联硅谷，旗帜惊看突一军。

旧金山动物园

偕凡凡同游

百千飞走汇芳园，撷影传神乐稚孙。象齿戕身避林莽，雀翎炫尾困篱樊。睡狮爪利慵将废，饥鹿身高适乃存。但得垂髫速成长，不辞时渐近黄昏。

太浩湖

有"小瑞士"之称

危石冰松路骤安，风光瑞士涌奇观。滩平燕掠眠沙暖，坡陡人翩滑雪欢。巨浸凝蓝千顷皱，群峦映白万年寒。文章幸得湖山助，载笔西行兴未阑。

所居即景

在艾尔雪莱多铁路边

春雨楼头日月催，早樱渐落晚樱开。林间夹道绿新剪，园内穿篱红满栽。高墅倚岩隐朝雾，长车排闼送轻雷。棕榈顶茁身枯瘁，恰似前贤拥后才。

优山美地国家公园

优山美地意指美洲黑熊，公园为保护黑熊与杉树而设，予闻名而心向往之。

水冷山幽野趣淳，冰川遗迹最知闻。亿年岩劈屏半列，千丈瀑飞潭二分。涧畔熊来鱼避影，村中族聚雉扬文。巨杉穿洞容车过，万树青苍尽化云。

布瑞伍德樱桃园

此间樱桃紫而扁大，中土则红而圆小，种不同也。免费入园，任摘许尝，出门计价，人无私藏焉。

雨洗樱桃味正甜，应时佳果价尤廉。紫累千把惊颗大，红满一盘怜个纤。文鸟喜含诗永在，芳林恣摘迹新添。彼邦亦见民情厚，不以瓜田李下嫌。

加大植物园

有欧亚、非、南北美诸区

仙掌林高花正秾，睡蓬漾白杜鹃红。割霞黄散千枝树，望海青连几簇峰。石立晴坡谁植药，水飞露圃自挥虹。五洲诸色宁难合？草木同春一苑中。

湾区夏夜

旅美五月，成明代商业史二十万言

银河飞洒烁林丘，灯缀车流夜未休。兴废一朝销日月，纵横万国谱春秋。星光潜没关山动，江水横流庐井浮。亦自壮心时郁勃，岂安避暑在加州？

留别吴锌凡凡机中作

八月十九日

湾区灯火正黄昏，北陆余霞日忽吞。休戚一家叹洋隔，驰驱几辈竞雷奔。暖波多引过江鲫，罡气频挠击水鲲。最念临歧小儿语：驾机来岁去寻根。

旧金山赠华商张济民

宁波人，日月湖即在宁波

重贾由来动海隅，漂洋踵继步陶朱。七旬远志风云际，万里乡情日月湖。货汇东方推上选，矿探西部振前趋。电波长夜华声播，十亿神州忧乐俱。

书香篇 四十五首

再读《史记》 两首 1986年3月

耕牧龙门才足矜，天官史笔代相承。独能具眼推项籍；岂值毁身因李陵！经传千秋恣驱策；风谣万里博搜征。一编复得从头读，夜半红楼紫气腾。

无愧空前良史誉，日长翻过百年余。沉舟疾电鏖秦楚；拔剑大风歌沛徐。人物鹰扬犹目击，词华骥骋益胸储。健闲今后天如予，再读平生未读书。

读《李德裕集》 两首 1989年3月

赵翼有咏李德裕诗，其论未允，和韵商之。

乌白秦中吝赐环，发毛洒淅恚龙颜。谁思遣将逾乌岭？俱忘飞兵破黑山！大海烟涛愁处坐，平泉花石梦时还。未能朋党并牛李，相业荆公差可攀。

草莱能拔授熊环，天下寒人得破颜。曾谏吴绫停巧织，尽驱释寺撤名山。书传镇魏提师进，功勒幽燕俘敌还。我读会昌一品集，词宗千载觉难攀。

为三部商业史著作题词

1996 年

为葛贤慧《商路漫漫五百年》作序兼题词

沉箱重担旧随肩，啜粥灯前例送年。北去茶砖风撼帐，南来盐席浪颠船。域中人共信联号，天下谁先分两权？义利并行仁至上，一编史鉴合旌贤。

联号指票号，分两权指财产权与经营权之分离，始于山西商号、票号。

读张正明《晋商兴衰史》

创业维艰事足传，风沙割面万驼蜷。直穿瀚海三千里，横厉江湖五百年。乔木几家曾服贾，名都何处不通廛？能行诚信兼勤俭，籍甚当时非偶然。

读张海鹏《徽商研究》

盐策扬州酒正酣，无徽不镇尽东南。篓茶露浥坡染绿；排木波漂江涨蓝。纸墨并驱名久擅，布粮交贸术深谙。商帮史迹从头记，何让风华汪太函。

再为三部史著题词　1998 年

题刘建生《山西近代经济史》

保矿谁当外侮侵，商帮余韵未消沉．南薰盐阜民无愠；西辇煤饶地有金。经济文章三晋史；风云人物百年心。一编在手如揽镜，功力兰窗知浅深。

张正明著《平遥票号商》，奉题一首，请正

镖客曾伤矢石间，票庄谁创破难关。汇通天下疾如水；信著寰中安若山。扬桂廉风分号远，竹兰清气旧堂闲。银行先导人谋拙，蹉失良机追莫还！

日升昌票号旧址堂屋有联：竹兰天地清气；山水古今大观。扬桂指扬州、桂林两分号所在地，与竹兰系借对。

张正明著《晋商与经营文化》读后

何事任公常自夸？学优则贾振吾华。鱼盐大隐古今业，驼茗长征昏晓笳。进止贤亲著三晋；衰兴奢俭证诸家。灯笼杆挂居无妄，故院来寻秋日斜。

张正明兄赠我《明清山西碑刻资料选》，选其三题，诗以彰之

重修平遥县市楼记碑

翠碧玲珑几葺修，三檐四柱历春秋。史传周礼制初备；神奉关公名永留。一邑壮观看人涌，四方奇货想钱流。平遥城古誉遐迩，应识城中有市楼。

重修周逸民猗顿氏墓记碑

异代重修逸士坟，佳城树木郁生春。曾求五牸三园术；遂致千金百倍

身。蒲上列畦盐始获，猗南满谷畜能驯。史公立传但言富，不及乡闾情更亲。

忻州元遗山野史亭碑

大定明昌恍眼前，论功难尽牍三千。裁辞工阅沧桑变，修史痴期碧海填。独坐一亭勤考索，远行四处苦搜编。中州文献赖公集，岂特诗才光万年。

李商隐诗研讨会上梁玉芳赠诗集，拜读题一首　2001年10月

幽兰芳菊对移时，风雨漓江未展眉。巾帼裁诗应恨少，冠裳组会不妨痴。低吟锦瑟清和句，起舞铜琶激越词。转益多师家乃大，义山学杜格方奇。

百十诞辰怀郭老　四首

2001年11月

峨嵋钟秀郁峥嵘，跋浪长鲸笔势横。虎帐英姿参北伐；龙门硕学靡东瀛。八年飙涌洪波曲；五夜雷振大地声。行早迎来天下白，海山日出万鸡鸣。

星槎奉使历重洋，半臂犹劳佐一匡。海内词宗文字贵；国中耆老姓名香。西江秋净心如水；东观宵深鬓有霜。最是乱云飞度日，葵花恋恋总朝阳。

甲骨遗文欲尽搜，青铜时代记春秋。斫轮自足追司马；游刃真堪服解牛。山水桂林朝载笔，星灯椰岸夜登舟。史家不改诗人习，宇宙须多好句留。

桃李春暄上苑天，林宗谒刺满车前。纵横再聘桑公辩；轻重新探管氏篇。几辈景从瞠在后；万人爰睹快争先。澄空观烂占文运，一夕星沦长惘然。

老学长秦公柳方赠我大著《柳风拂晓》，恭读之后，勉成一律以呈　2002年3月

柳风拂晓扫层阴，春满梁溪梦共寻。触眼浊波陋西化，抚膺清议重东林。寒窗曾寄青云志，闲局犹拳赤子心。自是楷模追弗及，称觞百岁待豪吟。

存宽兄《望山书屋诗词》问世，敬呈二律以贺　2005年4月24日

一卷文存襟抱宽，清新俊逸语如环。锦囊中外徧观海；书屋春秋恒望山。巴蜀灵风曾拂拭，京华神韵自安闲。羡君诗笔兼史笔，千仞龙门应许攀。

生面开因阅历增，自然语况发于膺。讲台北国春风暖；僮寨南天秋水澄。德法城望经马赛；夏冬宫驻想龙腾。近时唯有黄公度，不惮沧溟浪万层。前首神韵用存宽“诗话”中诗词贵在神韵语。后首第二句用佳作出于真诚自然语。三、四句指讲学吉林大学、土改广西柳城事。五句括用集中“莱因拍岸远，德法望中收”及“马赛车东去”等语意。冬、夏宫指游俄旧京事。黄公度即黄遵宪，

游宦外洋，著有《人境庐诗集》。

编撰《中国商业通史》

（五卷，三百五十余万言）

书后十首

贸易由来溯太初，扁舟逐利转江湖。千秋盐铁理专卖；万里貂缣探远输。灯下中西书味咀；行间新旧墨痕涂。追思启笔年犹壮，不觉堂堂岁月徂。

徧獭池鱼民失均，暴强坐大乱萌频。无为几辈上黄老；言利同门殊孟荀。业立未妨起贾竖；法更虽自许儒臣。谤书岂合长流布，聚敛加人尚远闻。

治国烹鲜扰最防，为调轻重运奇方。图强平籴先行李；抑富均输继试王。仁术白圭兼祖法；儒风端木亦营商。尘编收拾殷勤补，敢起一军旗自张。

二水分流判浊清，几人挟策系苍生。腹心雄主功曾佐；喉舌豪民势迭争。通贾化稽使针石；扶农固本执权衡。春回大地冰涣早，百啭高枝先一鸣。

排宕层澜竞上游，著书非为稻粱谋。文章命世传商管；经济用时怀范刘。诚贾贵能辨义利；明君宝在慎予求。拟穷其变通今古，更集群贤史共修。

芸馆过如问故知，万方百代泽同施。黑衣东渐初传纸；彩帽西归乃育丝。史炳宏文辟唐汉；基恢圣武统华夷。未应近世翻萧瑟，静日沉吟有所思。

龙战元明浅梦惊，披裳晓坐面书城。纲烦花石陋孱宋；箧远瓷茶骄盛清。海运自拘终不竞；国门无守数要盟。刍言岂止记商业？欲听峰头狮吼声。

红紫邻园悄自开，西山爽气入帘来。温公潜洛仍驰笔；范子游陶复骋才。素慕典章出翰苑；或留箴鉴入兰台。半生乐此疲忘息，绫锦盈箱费剪裁。

纸贵未奢望洛阳，升平效力欠他长。投栏绠短犹深汲；发窖杯香肯浅尝？磅礴气虽山可负；浩茫学究海难量。何由稍具从容感，幽隧筛风始漏光。

春风莲幕长官亲，裕国匡时史备询：转粟如神实京庾；榷盐有术静边尘。编年资治谁通读；序事求真我试陈。今日杀青何处献，墓门挂剑感前因！

读十六大文件 两首

应社科院秋韵诗社“与党同心”诗会作 2003年3月15日

列宿悬天拱紫薇，峥嵘八二岁增辉。风和楼阁联三省，月朗江山决万机。龙跃空来香岛舞，凤还巢自澳门归。沧波怎遣人长隔？遥望台澎心欲飞。

艰苦传承由井冈，俱时而进续新章。扬槌十六春迎鼓；挽弩三千晓发航。油气双输辟西部，齿唇相赖贯东方。同心与党敢伤暮？彩笔尚能歌小康！三省，唐时实行三省制：中书省、门下省、尚书省，为中枢最高机构。此处三省，喻今之党中央、人大、政府。香岛，指香港。扬槌十六，律书乐图云：羽葆鼓曲十八：……十六服遐荒，十七龙池，十八破阵乐．十六，隐含十六大之召开。挽弩，用钱镠射潮事。敢伤暮，有烈士暮年壮心未已之意。

美芹篇 十二首

1921 年～1949 年，建党建国史颂

1976 年初稿，2000 年为纪念建党八十周年时改定，选十二首。

东方长夜近黎明，海上初闻党诞生。辟地开天惊巨变；忘身谋国慨先行。烟云舟外浪频急，星火原前风渐勍。四座何人抒卓见，湘江响彻郁雷声。

鱼翔鹰击立寒秋，四亿工农要自由。文字激扬判敌友；江山指点蔑公侯。红缨挥日事宜赞；黑手障天心可忧。党内早看殊路线，两川清浊已分流。

并世竞夸麟凤新，一朝书记职归陈。身非亲虎甘资暴，口亦好龙宁当真？生聚徒劳三五载，杀场枉死万千人！江边酹酒心湖涌，黄鹤楼空夜雨沦。

三句言非陈本意；四句指共产国际瞎指挥。

国贼须除睨蒋汪，秋收起义震浏阳。三湾烈焰长竿揭；五井狂飙大纛扬。分地同心编赤卫；成城众志捍黄洋。农村割据围都市，经验血书依武装。

突豕奔狼嚣卷埃，天兵怒气隘林隈。龙冈雾暗千声唤；龟堡烟浓一鼓摧。令肃从来山莫撼；志坚所至石皆开。出奇制胜操全算，再睹孙吴韬略才。

俨若君临务“左倾”，夺权拉派肆王明。高呼万臂倾城出；并击双拳举国迎。赤帜遂教万里转；白区能得凡人生？重思舵手指航道，拨正船头冲雾行。

雨霁雾消遵义城，雄关跨越帅长征。雪山氧薄鸟难度；草地泥深人罕行。峰过六盘云正淡；河横九曲水非清。何时好把鲲鹏缚，在手犹存百丈缨。

辟根据地仗英谟，国系存亡肯做奴？掘隧平原民奋跃；埋雷山径敌惊呼。厉兵炯目防庆父；草檄诛心惊独夫。抗日中枢望陕北，延安塔影万人趋。

金光两论耀长空，唯物文开一代宗。矫世良针砭八股；鉴人明镜整三风。早春莽野雪飞白；深夜枣园灯映红。七大举旗迎胜利，亿民立志学愚公。

奔腾士马欲翻江，乱命频来阻受降。恶浪千层心不转；大山三座力能扛。行看入海泥牛没；岂怕兴风纸虎庞。高屋建瓴势谁拒？回天有术定安邦。

风云大野战玄黄，百万军原胸际

藏。烽火夜连辽海月；旌旗晓带蓟门霜。兵麾淮水尽摧敌；师渡长江空设防。闻道有人代筹策：一时南北定分疆。

怒涛淘尽旧王朝，革命更悬新路标。晨旭齐倾葵万簇；春风方醒柳千条。船桅高矗疾驰海；灯塔远招明射霄。不有党兴国哪建，此身真幸得闻韶。

醒，又读上声。

七言绝句 共三百六十一首

感怀 两首 1979 年、1981 年

笔到苍时鬓未苍，年来南北底奔忙？吴蚕作茧应天性，思续经纶一尺长。

风云世路三千里，月旦文场二十年。华发渐生人未老，青山青史两难全。

应人写篆刻诗 四首 1982 年

咏杏柳菊梅四物，嵌南西东北四字

玉楼人倚酒初酣，浪掷年华随去骖。禅榻鬓丝情未已，杏花春雨梦江南。

柳阴夏日转桥西，门巷人闲鸟倦啼。不似往时忙送别，泪痕和絮糁轻泥。

冷圃移来色一丛，秋霜菊影立篱东。高人标格诗家味，拙笔千回写未工。

开先百卉曲池滨，有伴调羹鼎鼐身。冬雪梅香传岭北，于无人处见精神。

示吴锌、蒲潇 四首

1987 年冬作

江东旧梦绕菰蒲，长记英年共入都。何日向平心事了，举家拍浪咏归吴。

瑞雪京华绝点埃，一门有庆数倾杯。分明移得瑶池种，手护芳莲并蒂开。

人生所贵在同心，大海难量情谊深。盼到红楼春好候，芸窗偕读惜分阴。

二南卷里思无邪，紫竹潇潇引凤家。犹是同城非远别，不须惆怅看黄花。

蒲潇，名庆红，诗中嵌其姓名。王安石女，贤，有才，适吴氏。尝作诗寄荆公：西风吹入小窗纱，秋气应怜我忆家。极目江山千里远，依然和泪看黄花。

二葵自美回国完婚，书藏头诗两首志贺

嵌凌先达、杜文伟二人姓名于句首

杜鹃花好惜芳时，文定亲迎大雅诗。伟丽终看成事业，远洋只暂隔相思。

二葵先回美国。

凌厉星驰正妙年，先忧后乐广心田。达权不易冰贞节，故国他邦月共圆。

柳絮

上世纪90年代作

京城四月落杨花，不就芳茵傍水涯。生性由来惯飘泊，非因风逼任为家。

景山崇祯自缢处

上世纪90年代作

君不甚愚天厌之，覆舟何故费凝思。老槐果是当时物？四百年犹绿满枝。

重阳

上世纪90年代作

风雨初过气未凉，凤城柳老遇重阳。秋光何事今年好，满地黄花竞晚香。

立春后再见飞雪

上世纪90年代作

西山一夜几头白，东郭何人曾眼青？三十年来心力异，袁门高卧梦常醒。

咏梅

上世纪90年代作

上国丛林掩一枝，三冬未改雪霜姿。多将生意留天地，看到花秾桃李时。

郭齐文书。

七十

上世纪90年代作

七十骎骎笔尚耕，不逾矩又放情行。两全孔氏语谁解？唯义是从非附声。

赠榆次郭齐文同志

1993年8月

三绝平生爱板桥，更谁当世领风骚？吟香书屋幽兰茁，诗到佳时近白描。

挥墨东瀛誉半痴，傅山艺理启灵思。苍茫云海层峰立，书到随心气始奇。

观歌舞剧“黄河通四海”

1993年8月

并州儿女多才俊，刚健清新见晋风。壮我中华民族志，河通四海再称雄。

青年湖水上世界

1998年10月20日

两桥影落盼双睛，人在湖心尽倒行。柳绕胜蓝轩外坐，暂时心共绿波平。

江阴鹅鼻山公园

2002年10月

玄黄战火溯前明，要塞几回闻炮声。鹅鼻洞深出空阔，一桥飞处大江横。

以上不分类，以下为七绝分类组诗

山水篇 二百零二首

至桂林游阳朔，随题四首

1978 年 7 月 7 日

滩浅黄牛舵转时，群峦笏立斗雄奇。教看漓水风光好，百里船行故遣迟。

岩壁丹黄画幅称，轻舟过处目同凝。理财枉见钱流地，不见山头天马腾。

螺蛳山与鲤鱼山，胜处兴坪数此间。看景不如听景好：美人照镜出尘寰。

望江亭子倚莲峰，阳朔来游访古榕。三姐当年对歌处，老柯犹覆绿阴浓。

桂林再吟，七绝八首

2002 年 4 月

花桥望去七星垂，古树春云覆万枝。不枉青青称桂海，九秋香惜未逢时。

七星公园。

将军一箭透三山，薏苡明珠载谤还。仰止得从马前立，依然正气凛人间。

伏波山马援铜像。

撰记名传叠彩山，傍岩级陡几回环。从知欲揽风光尽，作气还须绝顶攀。

叠彩山以唐桂管观察使元晦作记得名，山顶能俯瞰桂林全城。

苌弘血又化长虹，冷雨青山愍二忠。末造皇明驻何地？江陵孙亦叹途穷！

瞿张二公成仁纪念处。

有操大斧有精工，万象千姿各不同。看到桂林岩洞异，始信人力胜神功。

七星岩与芦笛岩，其洞穴风格不同。

三角梅开映夕阳，是谁八卦布山庄？饭芋荔埔追阳朔，歌舞来之醉壮乡。

八卦山庄。

天下溶岩不再看，丰鱼岩下塔林攒。巨龙卷水暗河出，一洞窈深穿九峦。

丰鱼岩，荔埔胜案，有亚洲第一溶洞之称，三、四句孤平拗救。

为恋桂林辞普贤，象山水月石桥边。渴来独向漓江饮，长鼻低垂始哪年？

象鼻山为桂林城徽。

西湖续咏 十首

1978 年 11 月 10 日

西湖灯彩斗奇观，日久都人习燕安。恢复更谁戈尚枕？凭栏怒发枉冲冠！

怀友构亭临翠微，当年征战本相依。岳王祠葺启有日，抽剑倚天鹏再飞。

妙绝诗传挂壁题，白苏异代大名齐。黄堂太守声威暂，遗爱千秋在二堤。

穿波登岸港非初：竹石清幽花木

腴。谁识御碑曾立处？游人纷至只观鱼。

菊影映波波底藏，玉泉鱼乐饵浮香。若教多扰渊清甚，怎得银鳞五尺长？

侈丽招提坐佛迎，千金群像始装成。泄财能使民就业，强似兼并奴众生。

深井千寻地脉通，黄龙失水石湫空。湖山擅占人共指，此在无形潜夺中。

皱石缀庭花圃开，多姿盆景费心栽。人工应胜天工巧，何必为文诋病梅？

东汉文章片石存，西泠重认印泥痕。琳琅古篆皆新句，一技精时世便尊。

廿载旧游冬夏时，今来犹及菊花期。数篇杂咏书胸臆，不是寻常选胜诗。

台山杂咏 八首

1979 年 6 月

龙舆数至拥千夫，剃度台山事有无？我亦年时困尘网，清凉欲去问文殊。

突兀台山塔映空，佛轮转处石阶通。微观向限窥真面，气势奇含远望中。

古松如伞曲廊回，狮立台山过客偎。一事罗睺寺堪说，莲中佛现报花开。

不笼利禄不驱鞭，信士何缘辄万千？今日台山香火盛，蒲团礼佛有婵娟。

空谷松风恍听歌，塔高镇海一经过。他山或各擅灵秀，不及台山僧寺多。

牌楼玉琢出埃霞，十载台山工足夸。一塔悯忠坡上立，龙泉寺本属杨家。

台山叠嶂半阴晴，天外飞来六角亭。一滴甘泉人竟睹，心诚苦乞洞仙灵。

灵峰圣境冠台山，贾勇犹能一气攀。岚色云光无限好，浮生能得几回闲？

呼和浩特王昭君墓

1985 年 8 月

村溪香彻御河清，青冢犹传女杰名。何必畦畛起农牧，两和贵自胜连城。

畛，平仄两用，此处用平声。

叩关通市洽胡华，驼马年年入汉家。携得春风被塞外，不须哀怨托琵琶。

黄山吟 1986 年 8 月

秃岩斫始可攀跻，飞鸟过犹不敢栖。欲上青冥无捷径，人间险路步云梯。

一线天开侧足行，山间无处不泉鸣。玉屏楼下江南客，应谢乔松远送迎。

摩云新道尚难逾，绝壁当年谁卜居？回首金鸡报晓处，高山仰止望天都。

松林淅沥湿衣寒，云海浑茫失万峦。好与诗家壮行色，雨中拄杖下黄山。

扬州杂咏

初赴扬州途中 1991年4月

大江烟锁过轻车，六合于今尽一家。正是淮南春二月，绿原舒锦绣金花。

船场当日起仪征，擘划规垂后莫更。此去维扬佳丽地，米囊盐策一官清。

会上赠扬州东道主

1993年10月

月明轩启客临阶，花石池亭境独佳。不羡文星高会处：平山堂上酒如淮。

月明轩外晓波涵，四海朋来兴正酣。岂止园林动天下，古今人物重淮南。

扬州漫记 十二绝

春风十里半亭台，明月二分帘未开。莫道流连只名士，金山也悄过江来。

堂前平眺数峰青，戴月坐花人独醒。一自欧公主坛坫，江山代代聚文星。

长堤春柳瘦西湖，绰约依人拟小姑。二十四桥涵月影，玉箫声里荡轻凫。

一事功成便可传，大明寺外记登船。山花带雨西园路，芳洌东南第五泉。

舟过群狮注目迎，五亭桥峙瓣莲擎。巨商邀宠倾财力，一夜堆盐白塔成。

红板桥横漾绿波，衣香人影足吟哦。总缘座主幕风雅，笔底烟生兰竹多。

石级通波舟发徐，却临水绘阁停车。劳生能得闲多少，村趣茶香味有余。

古刹天宁殿宇高，玉衣铜缕认前朝。何须市舶推泉粤，早记广陵观海潮。

石塔檐飞古木笼，新楼起处憩游踪。三春暖意无私送，不遣人听饭后钟。

奇石通幽修竹深，四时景好冠园林。留将胜迹光淮左，不枉当年斗富心。

石径盘旋花木稠，水云深处数鱼游。如何一夜潇潇雨，来宿春风待月楼。

大江直下海东头，不慎风波易覆舟。心事牧之谁会得，十年梦暂恋扬州。

甪直、昆山行

至甪直，谒陆龟蒙祠

二首 1987年11月

轻舟偎岸挈家居，百步一桥姿各

殊。休怪季鹰归思早，水乡美食虎头鲈。

绿蓑细雨课耕田，甫里祠修礼昔贤。皮陆唱酬诗句富，不如耒耜一经传。

昆山游亭林公园 两首

1987 年

飞来笔柱境超凡，佳处园林谁结庵？亭阁依山桥贴水，一生风味爱江南。

风尘戎马走鸿儒，郡国山川入著书。欲起先生论天下，兴亡有责匹夫趋。

再到甪直 两首

1991 年 5 月

白石无尘小寺幽，如生唐塑历千秋。民风最是村中妇，盘髻高犹帕裹头。

甪直唐塑。

斗鸭池边芳草新，高风相继遂为邻。吾吴才士虽辈出，永祀乡中能几人？

叶圣陶故居。

故里 四首

1991 年 5 月

绿野依然城郭非，河亭纤路草方肥。长流宝带桥前水，几送吴船戴雨归。

后港春波赁庑居，绿萍洲渚戏鸣雎。清凉唯有东溪月，曾照兰窗夜读书。

江城日暮雨霏微，流水小桥人掩扉。欲觅故林迷处所，非关倦鸟不知归。

北上几寻银杏树，南来遍看杜鹃花。长安岁岁居非易，转悔少时轻去家。

金陵之秋 四首

1991 年 9 月

洪水崩腾撼石头，依然暖日熨平流。金秋灯会倾城动，始信湖名宜莫愁。

一楼向月欲飞奔，佳木葱茏秋满园。稚燕春风今已去，独来为认旧巢痕。

河桥画舫市声喧，曾记春时共倚栏。节过中秋偏作客，秦淮明月不须看。

白下匆匆五日留，江城秋色梦归舟。随心狎浪轻鸥乐，未免人生不自由。

无锡吟草

前二首 1994 年 4 月

赠朝阳饭店

翩翩孔雀舞朝阳，春到梁溪百卉芳。水暖鱼肥人共恋，不知此处是他乡。

赠古竹山庄

马山望处隐烟螺，庄内亭池古竹多。割取太湖波一角，鱼龙潜集听吟哦。

后十二首续游

同明明参加西工大校友会，作太湖之游，勉成绝句十二，以复命。2002 年 10 月 24 日夜于返京车中。

铸成银箭破蓝天，英发雄姿各少年。如此深情一相聚，太湖烟水阔无边。

秋雨满园洋杜鹃，惠山景物故依然。谁烹天上小团月，来酌人间第二泉。

锡惠公园，予旧游之地。

中庭古木与云参，秦氏归来泉石耽。何必都门诩谐趣，宛然稿本自江南。

寄畅园，园为明户部尚书秦金所建，秦氏为官尚正。

园花堤柳足流连，装点湖山礼昔贤。独念鸱夷亡命急，放舟哪得乐如仙？

范蠡造齐，更名鸱夷子皮，其隐姓埋名，仓皇出奔，安得与西施偕隐于此？

谁于乡土送春暄？千树梅花香有源。岂止亭池可娱目，斯人长在共名园。

梅园为荣德生所建，其人宜与名园长存。

潭开日月瀑飞空，统一嘉园造意工。人自乐山吾乐水，满湖烟雨曲廊中。

统一嘉园为迎台湾统一而建，规制甚宏，其傍湖长廊尤胜。

山庄古竹旧曾谙，何处可寻情不堪。幸有灵山起大佛，金光高射镇东南。

古竹山庄昔我文会之地，闻已改为哈佛女中。

过江妙计在联吴，浓缩风云入太湖。最是今朝攒首处，泥中驰马杀声呼。

三国城观三雄战吕布。

洞里身长卧佛陈，峰头道观彩涂新。湖山应是人文地，岂在多求怪力神？

三山岛上诸景点将释道糅合一气，神道设教气味过浓。

卓尔岩前灯塔铭，滨湖浪碧远山青。应知包孕吴越地，亦自千年征伐经。

鼋头渚灯塔铭文笔绝佳。

枫桥粮石盛明清，曾掩寒山古刹名。米市自从转无锡，居人每饭有新粳。

枫桥米市，所贸为湖广之籼，无锡之米为白粳，质优，今枫桥米市已不闻。

如磐风雨晓来寒，倍觉秋阳天地宽。进校来年庆五十，秦中望气蔼长安。

二〇〇五年将为西工大校友进校五十周之庆。

湘西吟草

七绝十首，呈同行诸子，兼赠张家界青旅
1999 年 9 月 1 ~ 3 日于途中

大笔扬文辞冀北，长车载梦指湘西。此行可慰平生愿，山水清幽任品题。

夕照红墙映普光，坡前当日没神羊。如何佛道联关圣，一寺人来同捻香？

茅岩河上共漂流，飞瀑滩前浪打头。绿树青芦眠白鹭，画廊百里一回眸。

靓服持壶亦似花，围听夜话品虫茶。武陵源里寻民俗，始识风情属土家。

亿年洞府住黄龙，大冠寰球乃有容。倘许清心谢尘事，珠宫便欲觅仙纵。

雨过云闲驯马还，三神笔拄万峦间。向王百仗陡崖血，留得岿然天子山！

赤石青松烟雾蒙，异峰十里态无穷。风光明媚晴虽好，未若今朝细雨中。

溪声日夜响金鞭，万木参天不计年。休羡彼邦大峡谷，雄奇秀野此中全。

木石根雕艺出群，博求典物走村勤。秀华馆主真奇士，不二楼宜海内闻。

黔中郡设始开疆，改土归流破旧章。生晚未参文武业，无端几夜梦飞扬。

海南吟草　七绝二十首

2000 年 3 月 28 日～4 月 1 日作于道中

义陈大学怀邱子；刚立中朝说海公。我到琼山人杰地，弥天犹觉气成虹。

邱浚明大学士，著《大学衍义补》，讲治平方略，琼山人；海瑞，字刚峰，亦琼山人。

名祠碑立字生光，初踏前贤谪宦乡。李相去留关社稷；苏公长短见文章。

李德裕为唐名相；苏东坡长于文才而短于器识。

宋家故宅在文昌，国母高风百世芳。闻道侧门登孔庙，成才未出状元郎。

胎生红树立长城，湾泊椰林艇子横。沙软潮平亭阁秀，不教太浩独驰名。

北美太浩湖风景略似。

朝霞红映万泉河，巾帼声振杀敌歌。仕女方今减肥切，细腰弱种隐忧多。

扼腕当枢竟厌兵，东山岭下吼潮声。西湖迭诏流南海，慷慨何人尚北征。

李纲、胡铨先后贬海南。

棕榈椰子伴槟榔，一族齐荣萃此场。更有咖啡亩六百，他邦怎比自家香。

兴隆农场植物园。

九星冠上衬龙颜，养殖多时转等闲。欲辨贪廉观吏治：海中珠去又珠还。

用合浦珠还事。

亚龙湾里满阳光，一馆幽深万贝藏。当日通施充货币，四方行贾盛哉商。

馆中贝藏甚富，唯货贝少见。

南海遥输玳瑁来，灵龟饰佩借消灾。最无情事看人类，象齿戕身一例哀！

云路恍呈龙掉尾；海崖惊见鹿回

头。千奔百逐丹心苦，甘堕人间觅自由。

三角梅开红紫燃，市花得识亦诗缘。异乡几簇穿篱出，不及此间成大全。

异乡指北加州寓所。

榆林港外浪花平，水色浅深层次清。得丧海权系隆替，重洋列舰壮前明。

搭船过海暂栖身，欢舞黎村民俗淳。四十余年归故里，传来棉织赞功臣。

黄道婆传棉织至松江。

中原礼待冼夫人，百峒春和万里亲。草径石阶瞻玉貌，横刀跃马凛天神。

灞上孤寒涕泪滋，送公百口困流离。夕阳虽好黄昏近，寂寞南天一柱遗。

李德裕贬崖州，送别人众，有“八百孤寒齐下泪，一时南望李崖州”之语，黄昏指大中政局，李商隐“夕阳无限好，只是近黄昏”，喻此。

海疆浩荡抵南沙，大省堪夸冠我华。未遂壮游穷国境，也临海角与天涯。

扑面清新极目蓝，丛林近起海之南。聊依不老松祈寿，树下难随佛法参。

富铁水晶人旧探，菠萝正熟啜椰甘。腾飞应自何途进？他日重来问海南。

湖海归来未白头，椰乡访古越千秋。近时闲健差兼得，一路寻诗乐不休。

冀中吟草

冀中咏古　2001年6月22日

宋辽以泽作边防，岁币何来赖榷场。岂必江南风物美，白洋淀上好浮航。

曲荡无边芦叶青，飞舟出没若流星。长城岂必依山立，杀敌神威震雁翎。

威加燕赵肃官仪，丰字省衔今独遗。岂必满朝尽贪黩，孙方勤政有人思。

春阳四野万桑柔，绫绢千年盛定州。岂必苏杭丝绝妙，向时织妇北来求。

三首孙、方指孙嘉淦、方观承两直隶总督。

冀中记游　2001年7月1日

曲沼漾红千百枝，园开书院古莲池。龙飞破壁谁题笔，正是人文初盛时。

古柏如磬枭止深，中宵触耳岂祥音？空庭近岁飞来少，自有和鸣凤在林。

鸬鹚舟侧立舒愉，戏水柳阴群鸭腴。万顷苇田金进斗，果然华北一明珠。

艇子如梭穿绿波，香开世界映红荷。此来大得江湖趣，长慕鱼歌雨一蓑。

一首莲花池，二首督署庭中古柏，三、四首白洋淀。

大连吟草 五首

2001年9月3日~6日

华表广场、星海公园

望中华表指天擎，百载卷开书建城。不独西来草遍绿，花园绕海听潮声。

棒槌岛公园

拾贝沙滩迷旧踪，棒棰岛石字镌红。风云楼馆当年事，尽在扶疏花木中。

楼馆指当年毛主席、周总理所居处。

人民广场夜景

五丈喷泉舞彩波，槐花灯放广场多。休闲夜市今风尚，喜见大连人气和。

槐花为大连市花，槐花状明灯怒放实街头美景。

金石滩一瞥

神力雕经六亿年，青红精舍布山前。屋仑虽是湾区秀，金石滩光我大连。

屋伦，美旧金山湾区商业城市，即奥克兰，与我大连通好。

旅顺口日俄战争旧炮台

电岩炮战震辽南，憔悴吾民最不堪。国土庄严谁敢踏？秋阳黄海水皴蓝。

日俄鏖战，屠我生灵，永湔奇耻，捍我国门。

赣游吟草 三十二首

2002年5月14日~20日

夜过聊城

万家灯火过聊城，文会花期向日情。我愿长江快调北，重疏运道见河清。

九江琵琶亭

十里钢梁江上横，一亭江畔突诗名。铜琶铁板宜今世，不唱歌筵离别声。

登庐山口占 十首

四百旋途多曲折，五千年事不模糊。庐山岂只风景地，净土宗开称夏都。

锦峦绣谷绿云浮。湿气氤氲雨打头。行过险峰凭指点：御碑亭侧一松囚。

天生石洞境清幽，吕子仙居迹尚留。尘世本来足烦虑；何如脱屣去双修。

鄱阳湖雾失滔滔，望远亭登枉自高。成败何因究吴汉，烟飞船没两军鏖。

壑底水杉谁种先？杜鹃犹及满园嫣。庐山难得分抔土，硕学丰功礼大贤。

芦林别墅问遗踪，花木扶疏人境中。往事风雷随逝水，工农开国是英雄。

庐山忽地变云烟，铁骨铮铮敢吁天。若比朱明犹未薄，更张幸得早弛弦。

天下名山僧占多，入门一例笑弥陀。未经马尾观飞瀑，且向龙潭对叠波。

美庐风水固山河，奉化移来竹满坡。慷慨同仇誓师日，无多才略骤销磨。

陶令耕云避秦谷；李生揽月读书台。千年籍籍题词客，几个纵横不世才？

夏都，蒋氏夏日居此；一松指江青所摄之松；吴汉指朱元璋、陈友谅鄱阳湖大战事；大贤指植物学家胡先骕；芦林一号，毛主席旧居；弛弦指甄别，弛字今读平声；美庐系蒋氏为宋美龄所建。

登井冈山口占　十首

雨后青青方竹林，井冈初上待长吟。燎原正自星星火，万古同倾朝圣心。

大井风烟黄白庐，会师双树象毛朱。昂头挺立望天下，坐石读书融万枢。

十九牺牲仅一还，丰碑金闪映心丹。陵园撷影依双杰，贺子珍邻伍若兰。

此去同垂百战功，彭陈二帅飒英风。人生晚节如难保，不入凌烟画阁中！

血火斗争难自全，井冈当日揭竿先。雄姿跃马仰王佐，有女夸犹名宝莲。

松涛云海扼黄洋，一炮隆时敌遁忙。最是崎岖开险道，身先挑米自宁冈。

红军第一女中骄，艰险长征任重挑。风雨神枪转战日，英名早自播罗霄。

逾百伤员倒地亡，稻田竟作杀人场。青山有幸埋忠骨，小井泉清土亦香。

深山剩得几人家，凭吊今来犹久嗟。半岭枝头如雪白，井冈似少见红花。

破敌奇谋兴武装，珍稀文物馆中藏。我华革命摇篮地，第一名山属井冈。

上井冈寓方竹宾馆；大井白屋黄屋分别为毛朱所居，双树同干，象征会师；凌烟画阁借用，指林彪；烈士陵园有王佐像；黄洋界有贺子珍事迹展馆，感人颇深；井冈山博物馆系朱德题名。

宿吉安（上井冈道中作）

红土辛劳可改观，果茶稻鸭治生宽。晚来风片雨丝里，一洗征尘临吉安。

庐山茶艺馆挂一联词未工，代改数字，并足成一绝

松楼烹雪醒诗梦；竹几浮香荡俗思。自是庐山云雾好，江州茶市始唐时。

过市集唯购一梳

淡泊年时少所需，不随众久市中趋。凉生竹枕仍难带，唯赠夫人一角梳。

过文天祥纪念馆

勤王家散飐萍根，相国身捐燕市

昏。留得乾坤正气在，崇祠乡里为招魂！

过药都樟树市区

熙攘车驰过市区，良材南北此通输。由来四镇名江右，炮制精犹誉药都。

樟树原为镇，江西有四大名镇，樟树外余为景德、河口、吴城镇。

薄暮抵达南昌

千里蜿蜒赣水长，已过樟树指南昌。物华天宝开新府，曾出黄金古豫章。

南昌汉称豫章，唐称洪州，《史记》云："豫章出黄金。"

登滕王阁记二首

落霞孤鹜水天清，一序书来四座惊。王勃潇然方十四，舟中宿构半先成。

丹青声伎远猜疑，高阁临江帝子悲。今我登临头欲白，一灯读序忆儿时。

南昌起义纪念馆

密议宵深旅社中，铁军誓再建奇功。如何畏缩居高位，不及纠纠一贺龙！

纠读平声，第三句指张国焘。

八一广场，告别南昌

军旗始自此飘扬，八一碑高屹广场。我祝腾飞同展翼：大连近日访南昌。

闽游吟草 十二首

武夷山行吟 2004年4月2日

不特茶香共品题，武夷仙境古今迷。千奇百秀从兹始，晴好来游九曲溪。

一曲望中上下蓝，大王峰屹镇东南。桃源安足言寻胜，俯仰乾坤笔正酣。

二曲多姿玉女峰，镜台晓对若为容？水光如雪松垂影，无限深情隔断虹。

三曲藏棺万仞巅，至今谁可破其玄？洞中不朽船犹在，海水桑田几变迁。

四曲名茶出御园，丹崖翠竹水潺湲。湛卢挥处顽石裂，唤起蛰龙潭底翻。

五曲飞来接笋峰，紫阳精舍掩狐踪。云窝观景留霞客，迥隔仙凡造化功。

六曲斑斓晒布岩，回音谷石泪珠沾。碧溪才喜披锦缎，赤壁更奇飘水帘。

七曲岩堪笔架充，碧滩渐阔刻崖工。世人自爱乌纱好，不有磨盘食怎丰？

八曲艳称双乳峰，灵龟相戏碧波中。青蛙高唱鸣牛牯，细看盎然来不空。

九曲舍排登岸行，白云岩上注云生。繁花茂树桑麻盛，岁岁庆余桥自横。

浩荡天游第一峰，不临溪目九溪

穷。危崖怯上亭前眺，辜负相思豆正红。

八载登山践约迟，幔亭仙聚许题诗。年来胸次输灵气，难吐清新俊逸辞。

皖南吟草

留赠胡雪岩纪念馆

大贾辛劳起浙东，皖南何处觅初踪？湖丝尽纳银山积，一挫洋商气自雄！

绩溪行 四首

2004 年 11 月 13 日

佳气齐云众岫低，绿篁红树石桥西。龙川景色秋逾胜，一路寻诗来绩溪。

毓秀山灵光里闾，牌楼拔地两尚书。前明仕路非全窒，文武腾驰固有余。

百代人文此奠基，堂名题匾大贤遗。木雕集粹推徽艺，我到江南第一祠。

幕府携才靖海疆，梅林笔势若龙骧。皖南几许论宗系，不及胡家姓氏香。

尚书之尚读平声，三首胡氏宗祠，题匾者为文征明，四首胡宗宪故居，梅林为其别号。

宣城行，赠欧阳先生

11 月 17 日

送暖秋阳睡眼醒，高台争上绿波腥。中华一绝扬子鳄，好为宣州添地灵。

玉真伫立锁愁颜，碑碣秋风绿竹环。李白何缘看不厌？随云来去敬亭山。

标格南朝谢朓亭，宣城山比往时青。澄江如练诗如画，妙句思赓谁与听？

风雨南陵寓使时，当年方物例相资。义山踪迹分明记，喜诵玄晖清发辞。

唐诗人李商隐曾奉使宣城，交流方物，故集中言及谢玄晖谢朓诗。李白云：蓬莱文章建安骨，中间小谢又清发。清发二字本此。

京畿吟草

游龙庆峡，车中口占四绝

1996 年 6 月

长城内外紫光融，消暑赏冰年两逢。当日戚家军饬备，从容哪得出居庸？

难分塞北抑夔东，三峡谁携来袖中？萧后耀兵开庆典，山灵低首礼双龙。

轻舟来去惜匆匆，背药人归指旧踪。却比漓江水清澈，冷泉深浸碧山重。

烟岚云树境相同，车辙多由曲坂通。漫说彼邦风景好，故乡在处有奇峰。

龙庆峡有小三峡、小漓江之称，景为塞外一绝。

仲夏至北海绕半周，成诗四首 1987年7月15日

万绿丛中偶露红，此来兴减步匆匆。从知主辅如无序，笔力虽酣亦欠工。

沁泉廊对枕峦亭，高厦连云失性灵。鱼乐凫闲远尘境，风来水面睡莲醒。

慈云法雨小西天，功业曾矜臻十全。痛惜万尊金像劫，兴亡何骤究当年！

燕都北望又平城，鳞爪飞扬动吟声。破壁哪时龙十八，作霖四海泽苍生？

颐和园口吟 四首

1989年10月28日

如梭艇走又龙舟，光闪银鳞水似油。岂必明湖春更好，重阳到此正宜秋。

沼荷未及见花稠，廊榭名联喜再修。自是江南清趣近，每来园定为鱼留。

人趋买卖拥街头，望子盐茶接酒楼。宫市遗风今复起，木桥隔岸指苏州。

祠扃耶律究何由？名号知春柳尚柔。岁获不居筋骨健，绕堤无倦问铜牛。

游怀柔峡谷天池

2001年5月28日

细流难与濯尘缨，峡谷天池半日程。何必盛名招客至，自多野趣促诗成。

郊原所贵在尘清，石径新开若履平。最是山花岩际出，扎根枝茂不知名。

漫步柳荫公园

2001年4月8日

分阴亦惜忆儿时，老去看花常恐迟。春至姗姗回却快，雨晴风日拟先知。

岸边尚未见芦青，自在凫浮半睡醒。人爱登山吾乐水，知鱼廊接柳荫亭。

兴亡何必入诗题，垂柳年年绿上堤。造物无私花有信，正看次第满芳蹊。

早樱间白玉兰开，一夜东风雪作堆。欲觅梨花何处是？枝头未觉冷香来。

颐和园七绝四首

2001年10月15日

适逢时忆到余杭，赏桂倾城人若狂。北地今来过重九，攀枝花谢不浮香。

佛香高阁沐晨光，潋滟明湖任一航。五十年间舟二弄，未应轻易去江乡。

几多如意福期长，珍物文昌院启藏。深诧风雷开国盛，中天何骤蹙龙翔？

荷枯鱼隐已秋凉，碑立寻诗转曲廊。每次惠山园必至，年时归梦屡悠扬。

颐和园口吟四绝

2003年8月23日

蝉噪湖边暑未消，午风吹乱柳千条。浮生几得偷闲处，踏过西堤第六桥。

曲沼荷开秋后红，澄明楼立碧波中。巴陵空阔登临处，后乐先忧景范公。

迭奏丰功震八方，名园题笔占风光。人间历尽沧桑劫，留与今朝咏岁康。

春回亭畔柳先知，相业风云记昔时。归路南湖惜未过，崇祠廿载数题诗。

草木篇 五十八首

看花 四首 1992年4月于北京

梨花怒放送香来，更有桃花次第开。但得人花岁岁好，春城何处不相陪。

天设应非人力加，繁红间白一枝斜。惜花未敢自攀折，却拾道周人折花。

晚樱待发早樱残，闻辟芳园蔚大观。磋失良时事多少，不须惆怅且追欢。

午前万点扑人衣，花未尽看春欲归。出处淡然输柳絮，沾茵坠溷各随机。

香山植物园看牡丹

外两首 1992年4月

槛竹盆梅格近纤，性求舒放忌拘箝。牡丹得地兼天赐，雨露阳光各尽沾。

花好能容绿叶扶，群芳阁下锦成图。风华洛下难专领，国色今看移首都。

弱姿含笑气虽甜，百结丁香愁欲添。转觉松芽无限好，欣欣生意在尖尖。

郁金香绽似牙雕，罂粟东方色亦娇。独爱紫藤棚下坐，一襟芳染久难消。

地坛牡丹为风雨所败，芍药继开，稍快心情 1998年4月

层阴漂雨夜凄其，富贵娇柔难护持。落尽牡丹来已晚，人生几事适逢时？

凝妆喜见醉颜酡，芍药由来投赠多。漫说位卑开却晚，风骚得领趁阳和。

来学斋先生惠赠洛阳牡丹志，喜读牡丹文学章，书后

大块文章重物华，花繁黄紫散明霞。作威女主今安在，不朽东都强项花。

满城冠盖竞如狂，无力多情含醉妆。何必减她牡丹色，爱花忧稼两难忘。

宋臣逐艳走纷纷，格称人花乃逸群。欧子踏青归未倦；酴醾架下见微醺。

利嘴伤芽意露嗔，韩公着句究其因。无私造物容最大，不有凡花非是春。

文长感念洛阳春，富贵胭脂未及身。日暮青藤书屋里，一株濡墨以传神。

芳丛百岁失通侯，枉赋牡丹难解忧。不见平泉花木记，风云相业自千秋。

引来名种辟名园，四海同寻洛土根。我过曹州念刘晏，牡丹犹似驻忠魂。

甲天下自宋时闻，岁岁倾城客似云。岂只多姿花叶好，流长河洛毓人文。

怀加州花木

1998 年 4 月

玉兰花大树披银，日过长街触眼频。不似潜思下帷久，三年辜负上林春。

亩园一角罨重阴，百尺龙鳞霜雾侵。在处乔松能挺立，青青无改岁寒心。

撒籽驱禽绿渐生，几回春雨渥墒情。芳茵勤整容童憩，美式庭园重草坪。

惯将月季叫玫瑰，有色无香亦广栽。风倒南墙且不补，阳光多借利花开。

矮柏移栽费暮晨，高松压顶几经春。均沾雨露斯无碍，已见葱茏势得伸。

葡萄叶小不禁风，珠贯犹须两载功。若是攀缘奥援少，安能荫覆半庭中？

两三破土盼何迟，下种今春奈误期。何日郁金香似锦，昼开暮合最相思。

亭亭檐外立山茶，丹白盘擎类我华。难忘中庭花绝艳，故园岁久已无家。

沉眠乍醒目微睁，晓察枝头生意萌。结实成材注心力，遥望海外祝长荣。

赋得加州草木篇，此中意可向谁传？空桑三宿犹生恋，况乃安居近半年。

回京咏花

1998 年 4 月

一番细雨静车尘，淡出文场作散人。红紫争妍纷过眼，大洋来去两逢春。

传来芳信访名园，鸟唤蜂撩风日暄。看罢郁金香万朵，唐花坞里杜鹃繁。

清晨缓步顺河堤，飞雪堆云望欲迷。堪为土城添一景，海棠千树满花溪。

梨花而后独芬芳，百结谁知神最伤？壮岁兴高遥采折，胆瓶春即插丁香。

待吐新苞后约赓，牡丹是处擅风情。地坛且喜无多路，老去看花惮远行。

玉渊潭畔几停车，四月樱开烘素霞。今日鉴真院中过，看花时亦看医家。

人面如花相映红，碧桃原不笑春风。翻嫌柔缛缘重瓣，明净为文始见工。

嫣红洁白向阳开，更有甜香欲夺魁。月季蔷薇均作婢，京城亦少见玫瑰。

归来犹及见连翘，小小瓣黄抽细条。未合遂轻盈道侧，迎春首赖此花娇。

烂漫春光绿满枝，开先百卉不求知。年来重迭寻梅句，只在岁寒冰雪时。

连翘花四瓣，另有迎春花同时开，但花六瓣，更矮小披离，两者实有别，予于近年始辨之。

梦回松陵故里作

1997年7月

群楼难觅旧池台，春雨仓桥两度来。只有手栽株二百，桃花犹向梦中开。

海棠花溪

1999年4月18日~24日

偷闲今岁探春先，三里花溪红半燃。寄语海棠开稍久，去来容我几留连。

红霞片片落清流，隔岸笼悬鸟语稠。我自静中闻仔细，不知香在哪枝头？

燕都夜雨润如酥，满树云堆地雪铺。非独以花逞春色，轻红自爱绿相扶。

文章濯锦势豪雄，岂是女儿妆扮工？未领芳溪真气象，多因身堕万花丛。

春阴乞借绿章裁，重叠吟哦费大才。我道海棠应释憾，坡翁去后放翁来。

化泥相护有情思，开落潇然两任之。何必临风多感触：泪痕红上海棠枝。

东风吹拂柳花飞，乍暖天时未换衣。落尽海棠春纵逝，秋来可待果儿肥。

爱花心昔亦如狂，北国南天咏海棠。老去风华应已减，不持红烛照红妆。

再游海棠花溪

2000年3月31日

玉梨英渐逐风扬，叶茂花团接海棠。不遣满蹊尽施粉，几株开处洁于霜。

嫩红蕾放粉盈枝，绚烂总归平淡时。谁识海棠色三变，剑南而后我赓诗。

植物园咏花 两首

2000年6月3日

殷盈士女谑河滨，芍药相贻诗意真。一自牡丹称国色，谦光居后不争春。

甜香未觉袭人来，粉白枝头次第开。中外只缘以形似，错将月季唤玫瑰。

奉和刘存宽咏花

三首　2001年5月

华宴纷陈五色觞，阳春大块焕文章。拿来速与光中土，不独名花压众芳。郁金香。

鸟啭人悠绿岸长，朝霞红上合欢妆。土城可数花溪胜，相约明春看海棠。海棠。

锦绣京华斗牡丹，景山近岁几回看。洛阳花好何须问，已觉风情写不完。牡丹。

旭芳园看花口吟　四首

2003年3月下旬~4月初

旭芳园里信风熏，一路清香暗地闻。数点海棠红未坼，玉梨已放半天云。梨花。

绛霞似火满坡栽，花发仲春呼作梅。枝上若非长榆叶，碧桃错认此间开。榆叶梅。

亦见坡前灿晓霞，纷然重瓣只开花。肥桃实大盈绯碧，方朔偷来不是他。碧桃花。

嫣红变粉绣成堆，三过溪边始尽开。莫憾盛时无几日，有缘岁岁看花来。海棠花。

文史篇　七十七首

购得苏辛合刻，书后四绝

1978年

琼楼玉宇挟天风，腕底山移力固雄。独惜立朝端两执，未能坛坫属坡公。

高歌击节看吴钩，醉倚东南百尺楼。十论美芹足谋略，岂徒词格著辛侯？

海立苏辛豪放词，两家合集亦相宜。何人更与书增色，字字行间笔势奇。

学词弱岁被嫌粗，二十年间句遂无。今日风云合擂鼓，一编借径喜辛苏。

读《丝路访古》，赠宁可教授

1982年

河西设郡始开疆，雪水祁连蜿走廊。丝路汉唐寻旧梦，一襟花雨过敦煌。

读经君健文，有赠　1983年

经天纬地君真健，伐鼓撞钟我独吟。有兴海东看日出？众山皆小共登临。

大连清史国际学术讨论会上呈与会同志　1984年

入地摊丁野有歌，前朝未可尽讥诃。若非百载生民乐，安得人增三亿多？

一朝粟帛关治乱，四海云雷论弟兄。更上高台穷远目，天风吹袂喜同行。

《货殖列传》人物咏

十首 1984年10月

合贾南阳屈异才，相齐立见霸图开。史言管氏官山海，煮水能收天下财。

谋家且用计然书，能与君王安乐俱？千古知几范少伯，去随鸥鸟狎江湖。

结驷飞尘载帛行，国君抗礼下阶迎。多财善贾如非赐，当世争彰孔氏名？

鸷鸟盘空疾攫鸡，宅心岂厚向蒸黎？能明取予斯难得，百代商人祖白圭。

乌氏多牛以谷量，怀清女亦客咸阳。不韦当政尊同类，岂是秦王自主张？

以末求财本守之，囤粮吞地胜凭奇。纷纷金玉归任氏，正是人填沟壑时！

剜肉医疮怪命穷，列侯低首况黔农！子钱家数无盐氏，十倍息生期岁中。

经商冶铁辟陂池，权势通时利亦随。善结王孙宛孔氏，计赢应过所投资。

邴氏治生纤近苛，一钱在手几摩挲。节衣薄食能云俭，子母相权攒更多。

赵亡迁虏独推轮，鼓铸临邛复役贫。何事史公尚黄老，不争犹自纵豪民？

读《晁错传》 1984年

绿原渐见布边城，贵粟排商促力耕。七国乱平先建策，论功应悔杀晁卿。

读蒋大椿《朱纨评传》题词

八首 1984年4月1日赴成都车中

贪吏闻风解印逃，民情能恤事均徭。几回身窜名难抑，浊世清才一凤毛。

海禁今来判寇商，早平寇患督师忙。阁潮起伏权奸进，千里金城竟撤防。

舟列倭葡海气昏，谋私窝主在豪门。时论稍惜公非遇，极目东南劫后村。

高压高官两漠然，宦途原不善周旋。丈夫真性森棱角，玉碎也应逾瓦全。

怀药时时备自裁，一身许国憾功亏。家人徒唤公无渡，生死以之头不回。

势家似蠹厕朝中，大厦将倾柱半空。不独朱纨含恨死，江陵亦未善其终。

死去家无担石储，清官可许岂屠夫？千秋业绩宜流布，英烈先贤光我吴。

孤身奋战好男儿，青史丹心只自

知。挥笔喜君扫层翳，枕边和泪我题词。

咏拙著中之六大经济改革家

六首 1984年9月

相地衰征宽隶农，千秋盐铁始谁笼？民心能顺推管氏，荣辱知由衣食丰。管仲。

变法尊农破井田，强秦无敌六王孱。常余国用民无苦，此意商君最可传。商鞅。

万里烽烟动北陲，弘羊筹策处忧危。身亡法在名难废，得佐君方大有为。桑弘羊。

富国知先在养民，转漕通粟捷如神。理财夙夜劳刘晏，家有车书即未贫。刘晏。

志抑兼并戚宦憎，敢三不足骨崚嶒。荆公新法能匡世，不独文宗一代称。王安石。

条鞭法立启摊丁，力挫权豪奖罚明。千古江陵人不及，朝来令下夕能行。张居正。

读《平准》学刊所载《裕谦》书后

十二首 1989年2月

源流久远溯天骄，大吏封疆拥节旄。先我中华民族史，海门捍敌气吞潮。

少年孤露学弥勤，壮历诸州誉早闻。敢向屠沽觅奇士，人才岂必出斯文。

弊事能除困济之，坐论正谊未相宜。一官州县怀天下，兴利贵求长远时。

不通算数草交盘，欲杜他人贪墨难。急务赈灾报部缓，理财要做恤民官。

为先足食重安民，代赈以工筹画频。最是粜储实仓廪，常平法又得传薪。

豪强匿税肆兼并，州县贤能政可清。殷富不宽贫弱免，催征有则见公平。

纲窝垄断制当更，票法招商自在行。严斥走私去苛敛，江乡盐价一时轻。

水陆通衢杂五方，几回微服下城乡。俱为正业应专业，只禁奸牙不抑商。

山材水利广开源，洪涝关心防与宣。若问为官乐何事，讲求生计致民蕃。

鲜衣华服戒家人，欲使苏城俗返淳。富者得安贫者富，励勤崇俭两须遵。

宵深犹续活民书，不是沙场一武夫。知己平生林少穆，伊犁远去厄穷途。

时英入幕枉从戎，懦将权臣上下同。月黑泮池叹毅魄，唯追糜饷不言功！

读刘晏《奏禁隔断练湖状》书后

四首 1989年

练湖四十里周回，吞吐浪浮扬去桅。膏润数州田似绣，好风时送稻香来。

湖身变窄布新畴，私筑横堤障北流。秋雨南望成泽国，一家得利百家愁。

官河水注复通漕，淹旱免忧功可褒。伉直若非贤刺史，毁堤谁挫邑中豪？

刘公拥传察民情，奏禁思防患再生。争地拦湖权利弊，一篇千古启先声。

“汉黄金一斤实重一两”说质疑一文附记并书后　四首　1982年2月

上世纪80年代初，我当孙毓棠先生助手，助编大百科全书秦汉史卷经济部分词条。于此同时，孙老倡议编纂《平准学刊》，期与台湾之《食货》学刊相切蹉。不才承乏，充执行编委，曾写了几篇考证性文章，蒙加赞许，嘱登学刊。除区田产量小议得先发表外，因经济拮据，出版困难。上列黄金一文，数年后始获问世。而孙老已作古人，不及见此。缅怀师尊奖掖后学、创办学刊之功，不禁泫然。爰成四绝，以志纪念。

抗戈结集亦留诗，硕学高风是我师。秋夜茂陵星遽落，析疑问字复求谁？

平准文编荐席珍，学林新发一枝春。冻消两岸同欢日，当告艰难缔业人。

论究黄金蒙认同，史探秦汉许随公。古方试释希时用，岂独区区考据功？

博物金陵言可依，因谗销骨足嗟唏。事迁宜作来者戒，盛世未能无是非！

指拙文引用姚迁文中史料，及某报污词迫使姚氏愤而自杀事。

明臣题咏　四首　1993年4月

为《中国历史进程中的人物》一书有关人物而作。

一担囊轻两袖风，三留三去治吴中。除奸苏困平冤狱，未必包公胜况公。况钟。

治安疏上敢批鳞，退地江南最较真。百里闻风贪暴遁，独能卵翼及穷民。海瑞。

商农之势若权衡，关市宜轻嫉重征。欲以厚商代抑末，洪钟叩处听新声。张居正。

东林议政气纵横，叶相平和推老成。直抉乱源浑不省，江陵去后孰扶倾？叶向高。

读心远《范蠡曾经隐居吴江吗?》一文　2000年6月12日

蠡泽村头思范桥，钓台岁久仰高标。轻舟初载逃人至，一望太湖烟水遥。

养鱼术授惠人多，再出轻舟避网罗。三月蠡园花满径，鼋头渚外记经过。

齐相宁辞隐市阛，千金三致号陶朱。肥城人指牛眠地，终老无由复入吴。

三高祠礼比乡贤，亭毁鲈香痛昔年。宜使人文荟萃地，重扬范蠡五湖船。

痛昔年指日机轰炸。

为《中国商业通史》近代人物题咏 七首 2000年7月5日

湖湘子弟出阳关，万里输将历险艰。功过左公细评说，何人相佐定天山？胡雪岩。

旗昌不敌缩资回，矿凿开平拒日煤。屈节未甘终买办，人亡难补是奇才。唐廷枢。

景纶擘画自徐翁，金爵行销誉渐隆。过尽一波三折地，旷原喜见夕阳红。徐润。

火轮电报此开端，商务大资功不刊。卖国挽权分寸际，知人论世古今难。盛宣怀。

道台印逊一封函，沪上路名朱葆三。纵说老难尽谐世，也曾商海挺奇男。朱葆三。

荒滩垦牧浪潮翻，卓绝前朝一状元。棉铁为先兴实业，大生起处看鹏謇。张謇。

票庄巨力誓同心，保矿波掀敌忾深。子弟晋中多俊杰，云峰突起望千寻。渠本翘。

挽安徽师大张海鹏校长

2000年12月8日

黄山绝顶直攀跻，光耀儒商笔吐霓。硕学东南足名世，灿然桃李自成蹊。

尺幅淋漓墨尚新，莼鲈乡里共昏晨。十年文会成追忆，哭到先生第五人。

与项青兄谈诗 四首

2002年10月15日于无锡

今秋十月，参加无锡教院同学会，得晤项青奂若兄于太湖之滨，已阔别五十三年矣。蒙赠以绝句：十月江南暖似春，五湖水碧惠山青。人生快事君须记，借得湖山聚故人。因忆少时友情，相与谈诗，甚欢。恭赋四首，奉呈求政。

细雨溪桥共水滨，花明惠麓草无尘。同门云树隔南北，诗笔纵横能几人？

湖边草长叫雎鸠，白袷飘然叠唱酬。老去应犹怜少作：“乱头粗服亦风流。”

诗赋机云昔并驱，“冰香”旧梦未模糊。皇都陆海自无数，不及秋风江上鲈。

桂子香浮晤项青，丹山沧海各曾经。玉溪深婉惭功欠，诗派初同喜性灵。

为《路边小草集》题词

——老同学倪德谦新撰散文集

2003年9月

淋漓大笔继昏晨，云里时时露一鳞。小草路边看马过，昂头向日自精神！

近检旧稿，见伯祥先生于拙著《桑弘羊》奖誉有加，对此遗墨，不禁泫然，括取评语，成两首

崇法兴邦政灿然，沉霾尽散雪奇

冤。蚕丛一线康庄辟，青眼美吾功力完。

荆国商君媲后先，“小人言利”识何偏！开函再动知遇感，硕学千秋惭未传。

五言律诗 共三十四首 外排律一首

结集 1996年6月

少小耽吟地，江东邈暮烟。功恒见七律；名偶著长联。墨谷词新读，玉溪诗旧笺。天如赋闲健，结集俟他年。

风格虽各见，古今综两途：松涛听激越，花影对模糊。绿野穿溪直；黑山飞雪粗。作词以诗笔，妙句细寻无。

思才学与境，四到始纯青。书史静时读；山川奇处经。讽喻高立意；刻镂巧追形。投老聪明减，翻然爱性灵。

玉溪夙心折，学杜此津梁。登岸宁愁远，攀巅敢逞强？敲诗渐盈箧，辞酒任空觞。继者将安得？搔头望八荒！

厦门黄潜墨谷前辈著《谷音集》（词）赠予；以诗笔作词，乃予自谓。末句有继者无人之叹。

庆童师润之九十华诞

四首 1986年

九秩世间少，回童才起程。新知随日进，直道必身行。迎岁松筠茂，成蹊桃李荣。秋风蓟门远，尚滞老门生。

去国三千里，奔雷四十年。梁溪春雨润，青浦德星悬。南北同筹庆，古今谁铸贤？庶民须振发，风气早开先。

庶民句指成人教育。

淹贯中西学，山高徒仰之。云烟淡富贵，冰雪朗须眉。芝室来诗友，莼江问钓师。近闻频借箸，未忘补明时。

孔氏难为稼，师门独重农。八方勤播种，一代肃开宗。金范锋多试，石函光或封。瑚琏誉曾许，学贾岂从容？

金范一联指同学的不同际遇，学贾指本人近方从事商务。

锡惠公园 1992年作

贝介岩前见，沧桑弹指间。梁溪弦诵处，日夕对青山。岁月东林志，风尘北地还。雨余问芳桂，花落步廊闲。

登鼋渚望太湖 1992年秋

层阁登高望，太湖波接空。鼋头秋渚丽，鹿顶暮山雄。漾月金沤碎，拖烟黛髻蒙。何当峰七二，尽数纳胸中。

黄山吟 五律两首

1986年8月

闻说黄山好，年时方快游。飞车

挽地缩，振袂挟云浮。雾谷迷西海，霞峰竞上头。修龄羡松柏，尘外自春秋。

更信黄山好，登峰襟抱宽。高天任狮吼，大海引猴观。叠翠奇松列，拖烟怪石攒。生花何待梦，笔底已波澜。

黄山续咏 五律四首

2004年11月10日至17日

参加2004国际徽商论坛，赠省企联

共慕黄山好，屯溪许暂留。千年睦宗谊，四海运商谋。书院桂枝早，民居兰竹幽。一襟沐朝雨，再识古徽州。

雨中登山，留赠王汇川会长

细数黄山好，古松奇且多。虎蹲伺阴洞，麟趾卧高坡。根固龙爪怒，枝连鸾吟和。最惊团结树，五十六支柯。

三句黑虎松，四句麒麟松，五句龙爪松，六句连理松，吟字读去声，七句团结松。

雨里黄山好，空濛望欲迷。一峰时隐现，双鸟忽东西。雾隔猴观海，云开笔吐霓。笑予小八十，随后蹑层梯。

小八十，谓年近八十。

再到黄山，怀海鹏校长，诗赠琳琦及师大同仁

曾慕黄山好，景穿云海收。扶摇期万里，涕泪怅千秋。会友闻莺哢，尊师叹凤游。东南星正燦，望气指徽州。

三句隐一鹏字，四句六句谓海鹏作古，五句指花溪徽商研讨会，七、八句谓师大徽学研究后继有人。

京华吟 五律六首

房山十渡 1998年9月

晓起觉秋气，燕山深处行。峡云藏十渡，泉石喜双清。一座佛何住？三峰宾此迎。当年瘗钱地，犹胜媢辽名。

刘仁恭埋钱于孤山寨，媢辽指石敬瑭。

怀柔云蒙山森林公园

1998年10月23日

白道几旋萦，云蒙山里行。繁林杂黄赤，层岫半阴晴。木秀存千品，草零虚一生。遗踪寻鬼谷，憾未学论兵。

香山公园

1998年11月4日

西山秋色好，翘首望奇峰。烟柳翠湖静，霜栌丹岫重。亭幽韵谐竹，寺古劫知松。别墅双清美，鹿奔谁发踪？

地坛公园

1998年11月11日

几处寻红叶，此间林满金。鱼应愁水浅，鸟亦怯秋深。方泽神盛祭，

曲池人暗吟。芳菲忆春日，忙杀看花心。

方泽坛祭神处。

柳荫公园

2000年6月20日

今年物候早，池角见红蕖。圆盖潜过鸭；长竿静伺鱼。柳浓蝉自在；花乱鸟相于。家近难常到，老犹时少余。

雪后至香山饭店

2001年1月26日

吴苑寻乡味，夜来飞雪曾。路通半岭白，亭对一湖冰。大地见尘净，小楼容梦腾。香山四季景，唯此最清澄。

吴苑指姑苏苑，亭指晴翠湖之对瀑亭。

三门峡三咏组诗

自1961～2005年，前后历四十五年

一咏三门峡　1961年1月

三门峡电站兴建，内子预其事焉。予治唐史，悉当日河道梗阻，漕运艰难；今伫看河治电送，固非因漕事也。望河清之有日，尚华发之未生，不禁心喜。爰赋小诗，以抒壮怀。

鏖战三门峡，频年捷报多。神工惊赤县，水性伏黄河。巨坝雷声动，平波帆影过。何当看送电，兆瓦出飞涡？

穿峡风涛激，排空电站高。山崩曾撼虢，岳立直吞崤。百击浮沤灭，万年基石牢。何当问遗迹，绝处怎通漕？

想象开元际，挽漕危栈行。壮夫催发白，百代梦河清。隽士今尧众，殊功昔禹轻。何当挹奇气，峷地赋随成。

砥柱成形象，伊谁赋尚新？中流巍兀石，细流缓生鳞。曾作三军气，宁纾百战身？何当斩蛟尽，四海晏同春。

二咏三门峡

1974年11月22日

十三年前曾咏三门峡诗，后因淤沙问题，工程可虑，诗遂藏箧。近时改建初成，效益渐显，事见诸报端。爰次前韵，再成四章，以志心喜。

曾寄三门峡，吟边豪语多。却闻停蓄水，未见遂驯河。磐石坝空峙，淤沙关怎过？几年劳恐废，心浪逐崩涡。

失计依洋拐，泄流求孔高。河床渐升渭，库底欲追崤。获虎须探穴，亡羊亟补牢。壮图宁比昔，凿险但因漕？

绝壁开长隧，排沙途可行。移高俱就下，去浊独留清。顶闸千钧重，穿涛一叶轻。履危进无退，改建喜初成。

水利功方著，今朝报道新。溉田散银甲，跃水出金鳞。电送机输力，凌拦堤护身。东风吹浩荡，峡里万花春。

三咏三门峡

2005年3月28日、29日

2003年，渭河大水，灾起三门。予曾颂其站立，盼其改成，然至今迄未能奏其功而毕其役。反思再三，弥觉往日识见，亦已陋哉！近又读黄万里先生文并诗，前贤见微，早有所虑，先知独行，迟纳其议。予悯其遇而钦其为人，乃作三门峡三咏四首，以补前之不足，并将前后三咏，编入诗稿之内，以存其真，而留其史焉。

五十年一遇，潼关灾怎成？苍生唯有泪，碧眼等无睛！食肉谋原鄙，为鱼鉴足惊。惭曾腾热血，歌颂费精诚。

跷尾淤沙积，上游殃弃城。黄河性全昧，赤地罚非轻。四纪遗长患，三年求速成。高昂支学费，可得变聪明。

少负拯农志，水文研最精。奔沙制河怒，触浪顶雷轰！辩在三门峡，才由万里行。今看大禹作，岂但以诗名？

安得雄才移治水，奔沙千里整河身，乃黄万吟草中句。

治水留吟草，人清诗亦清。花丛小语爆，棘地谏言争。刚以无私立，悲何老更生？艰难期报国，卓尔恃忠贞。

吟草中有“平生积学曾何用，愧对苍生老更悲”之句。

对雪书怀 五言排律，改定稿

2001年1月8日

曾次红楼梦芦雪庵联句诗三十五韵，另加一韵以足之。今年一月六日起又喜瑞雪，盖三十年来所罕见。乃检前稿，改定数联，以付诗社，聊备一体。

寒流几番报，今喜雪初飘。天地绝尘滓，楼台俱瑾瑶。瑞堪胜芝草，惠本及禾苗。鏖白犹战激，返青应产饶。阳随灰动管，春待斗移杓。远塞迷沙碛，长河失浪潮。枝肥堤畔柳，痕淡画中蕉。依栋懒眠雀，穿林顽戏貂。庆年腾炮竹，祝寿晋觞椒。幽室每独坐，狂言无共聊。周廷思奏雅，韶麓忆闻箫。虬蜕甲频落，鲛潸珠未销。双峰窗拱璧，匹练岸飞桥。民悦盈仓庾，时康薄赋徭。定谋门晚叩，乘兴棹轻摇。郊薮纷振趾，江山竞折腰。卧袁唯自守，平蔡孰相要？闲适羡吟策，苦辛知斧樵。瘦形栖鹤老，浅迹去鸿遥。弱筱竿终直，贞松叶不雕。翔庭原哕凤，抱木岂鸣枭。正见因风起，翻愁着溷漂。浓云笼竟日，冷月满清宵。膝没忘身冻，指弹怜尾焦。郢城歌寡和，梁苑梦空招。广庇多盼絮，深居潜织绡。履完袍乐缊，箪满饮甘瓢。卷墨胸间贮，瓣香心底烧。朝行三径合，夜读一灯挑。欢跃村咙犬，亲偎榻鼾猫。癯仙方逸态，骚客亦高标。全把金瓯补，常令玉烛调。九州手重绘，四海首同翘。任尔苍蝇死，何来粉蝶娇？檐前扬细细，衣上洒潇潇。六出成新颂，持将献舜尧。

1. 白战，古诗中指下雪；返青，现代语。2. 定谋，宋太祖雪夜访赵普，共商平江南策；乘兴，王子猷雪夜访戴逵。3. 古诗：辛苦谁知雪里樵。4. 郢歌，指阳春白雪，曲高和寡。

五言古体 共四首

读《瓯北诗集》，戏题其后

四首 2000年改正稿

一

瓯北实大家，脱手诗烂锦。同时共袁蒋，三人如峙鼎。性灵诗派开，聪明时露颖。不拘宋或唐，格调宁有定？雄浑波接天，纵逸云飞岭。奇舞霍霍光，正排堂堂阵。数典斗华靡，扣虚好淡永。谈笑趣生风，论驳理游刃。公诗洵多姿，当时声籍甚。少负不羁才，名臣与指引。自期古作者，沉思兼旁讯。胸有万斛泉，不择地自进。三十三卷成，海内走不胫。想见吟哦时，拈髯挥麈柄。把卷恍对人，眸如岩电炯。展读宛昨日，文武一代盛。多娇江山图，心目犹现影。我时胜公时，亿民尽尧舜。诗史有同嗜，稼穑曾亲任。晴霞灿满空，击壤歌瑞庆。

二

作诗有四要：曰思学才境。所思在生民，文章关世运。万卷供驱使，日进学须猛。才若得天厚，粲然语自俊。境即所阅历，颇助气格劲。唯公能四到，词笔卓然挺。胸臆有苍生，忧乐思相近。其学更过人，骚赋为婢媵。其才如不竭，伏地千言敏。而我谓公诗，尤借阅历进。布衣客京师，早岁登华省。木兰秋出塞，从猎健飞隼。及至出一麾，黔桂涌奇景。帷幄更借筹，出匣剑华晕。浩荡江山气，倥匆戎马兴。岂同措大孔，军国事所稔。未老归田园，烟月伴啸吟。凡此数境变，其谁领略尽？天遣作诗人，万里容驰骋。才于境相遭，下笔思即奋。

三

作诗贵创新，模拟斯末等。古有三百篇，尼山手定本。入唐诗道昌，李杜双峰竝。宋人矫西昆，盘空瘦语硬。神韵与格调，清初门墙峻。性灵亦挺立，三派互排摈。其实昔贤诗，各家各有胜。面目不相袭，一一见个性。先生综百流，江海渺巨浸。虽据前人资，不就前人纼。论诗有绝句，其言发深省：生机转化钧，风骚亦日竞。江山人辈出，百年许管领。新意纵预支，隔代味又逊。所以自为诗，崭新语务警。乘轺问俗吟，停鞭览古咏。百灵纷奔趋，落笔皆殊品。今我亦喜诗，仰之高千仞。有成期来时，创新敢自命？登岸宁舍筏？攀山未跻顶。

四

云崧古五言，墨妙极圆润。古诗十九首，穹汉灵光炳。长剑穿月胁，直透天心迥。一格生面开，哲理出以韵。绝无头巾气，恢奇压天问。静观与杂题，欲究天人蕴。宇宙有此文，发泄了无剩。闲居读书作，性灵旗号振。亦戒矜聪明，雕绘安足训？名篇推偶得，深心切时病。至言珍可铭，故事朗可镜。更有读史什，是非不缪圣。偶于古贤人，大德憾微眚。市心功名辈，追念意含哂。公诗自精当，一字难益损。岂乃立身高，耳顺笔亦顺。昆吾刀切玉，落处判利钝。大雅轮赖扶，千载名不泯。诚愿从公游，轻车出奇径。诗国天地宽，翱翔随所逞。

七言古体诗 共二首

云璈曲

读吴梅村诗集，见有董小宛之记述多处，虽词故闪烁，然迹尚依希；尤以《清凉山赞佛诗》参之，足证董白固未尝葬于影梅庵旁，盖已身入掖庭，当事人特讳言之耳。予不忍此段史实之遂归湮投，爰作长歌以彰之，即效梅村体。

长洲明月照寒沙，白堤尽处有人家。轻舟荡过桐桥去，暗香一路透梅花。仙乎应降自天上，云璈亲击闻低唱。谪来名尚记双成，清影伴宜供纸帐。纸帐风流喜定情，金钗钿合表深盟。樽前却话当年事，一见众中心早倾。相逢初在白门畔，豆蔻梢头春未半。河楼遍卷水精帘，都道总不如小宛。寒树幽丛画扇时，绣余春蚓写乌丝。卖珠女弟身何托，青溪水逝柳花飞。柳花去去糁青襟，马上长随侧帽人。金屋妆成楼“艳月”，玉奁开处鬓飞云。飘飘缟袂风吹起，踏遍江南好山水。归来锦笈担仙霞，挥去彩毫挟奇气。花月佳时天亦妒，北都人据纷南渡。酒酣使气阮家儿，燕子春灯献歌舞。旧阉余孽立朝廷，复社诸君填牢户。累侬夫婿堕愁城，雨打莲摧心更苦。乱帅芜城地固争，风波才起且难停。仓皇尽室干戈际，抱疾唯携药裹行。零落钿钗人憔悴，蓬松鬓发步伶仃。安知更见黄龙旗，入主中原降表迎。灼地熏天何者势？登堂强索名亲指。犊车载去敢迟留？哪许绿珠坠楼死！君家苟免毋相顾，全碎寸心长已矣。可怜南国一枝花，移入上阳深院闭。射雉山前风雨天，冷烟寒食泣啼鹃。绵绵千里相思草，枉自年年绿上原。颦笑三千二百日，影梅庵里梦魂牵。向人故示庵旁土：埋玉棠梨花下边。一笑倾城非易博，玉人泪向心头落。上林从猎怯霜蹄，扶上雕鞍马不觉。诏下金鸡由玉人，为妃若是亦贤淑。新歌自和慎夫人，妒女津头风正恶。携手蓦然语转悲：如埃妾命难同乐。深秋黄叶陨宫槐，近野新看陵邑开。寂寂墓门深似海，中庭白露零苍苔。龙肝凤脑不能食，失国亡家无此哀！世上色空已悟彻，觉王圣主本同归。脱屣从兹任来去，菩提树下礼莲台。西北望中云掩日，清凉山事费惊猜。呜呼！自昔爱河浪不静，乐昌长揣难圆镜。挈来护置琉璃屏，身重宠多岂薄命。君不见胡兵瓜步耀威过，宛转蛾眉细马驮。水绘园中论恨事，犹输千室泪痕多！

后记：诗始作于1972年，孟森以董白长于福临为由，力主小宛入宫、顺治出家为乌有。予请教伯祥先生，师云“在貌不在年（年差八岁，非十七岁），可信其有”。近年来董小宛题材之影剧迭出，可见传统说法影响深广，孟氏考证予再次细阅，实未中的也。爰将旧作增补定稿，作为歌行之一体（转韵，律句，长篇叙事诗）提出。按：王力称此种诗体为新式古风，趋于格律化，较难写。此处仅为试作，未必成功。2001年2月10日

西湖岳飞庙放歌

西湖何得比西子，湖上风卷激浪起。似诉平生愿未酬，千载不泯英雄气。我来岳庙庙貌新，金碧重装飞檐丽。昂藏七尺倚长剑，冲冠发竖怒裂眦。松柏交翠柯如铜，丰碑突兀残阳紫。楹联琳琅题者谁，游人瞻谒踵相继。祠旁宰木向南拱，改葬嵯峨墓长峙。忠骨埋处青山幸，佞臣铸来白铁耻。百身莫赎腕空扼，万唾无知膝永跽。当年权相诚可恶，长舌东窗共秘计。十二金牌急召回，纵虎难而缚虎易。奇冤乃沉风波亭，莫须有狱成三字。人思至此犹含恨，遗臭由来归秦氏。分尸桧植世称快，墓前丑像谁不詈？其词闻之颇振振，知一无乃昧其二。只手安能尽遮天？横祸袭来盖有自。元恶我意本思陵，秦氏辩色承风旨。南朝君相同羔懦，泥马渡江有余悸。江山半壁足寻欢，苟且哪具恢复志？称臣称侄亦何惜，玉帛以求干戈弭。会之主降肆蛊惑，挞赖遣来充代理。唯筹保住小朝廷，君相亟欲成和议。此时正患人梗阻，庙算既定更何济！岳飞奋起自行伍，直捣河洛破竹势。长车誓踏贺兰山，痛饮黄龙日可指。慷慨声声迎二圣，口号出此诚不智。徽钦蒙尘等草芥，真还今上将何置？赵家天下得人手，防范最对武臣忌。曾以杯酒释兵权，文人带兵著为例。岂能容得岳家军？人称难撼山可拟。甚恐尾大将不掉，非特和战冰炭异。何况中更有隐情，思陵受惊迄无嗣。朝臣浪抱杞人忧，“资宗”议立太祖裔。鹏举率直亦献言，重兵在握不知避。此议如成同移祚，思陵未甘遂脱屣。由疑生忌忌生恨，非书精忠时堪倚。眼中钉成能不拔？枢密使罢死无地。杀岳飞谋自赵构，逢君之恶桧助臂。天大疑案应可解，读史有心眼勿蔽。旧时皇家倡愚忠，天王圣明无不是。唯斥其臣不涉君，隔代投鼠犹忌器。独具巨眼二三人，诛心论向高宗刺。我来怀古意苍茫，思抉其故以诗志。当时南北方拼杀，华夷有别非今比。武穆帅兵御外侮，民族精英贯百世。长城自坏鉴戒垂，同心无敌理须记。放歌一曲满江红，清泪新添西湖水。

本诗为予早年游西湖岳庙时作。今整理存稿，觉其尚可，以议论为诗，亦一格也。乃增益内容，修饰词句，改订如上，得非敝帚自珍乎？2003年志。

词 共九首

菩萨蛮·车中寄内

1978年7月

窥人圆月当窗白，中宵掣电车过邺。簸梦恍舟行，枕边潮乱生。
昔游曾载笔，岁月销轮铁。老反别离难，背人频泪弹。

满江红 六首

党的八十岁生日献词 2001年3月

两弹升空，蟾宫启，嫦娥惊愕。更来去，神舟天外，任吾求索。万吨钢飞犹日进；千斤稻硕方年足。八十秋，力整旧山河，辞贫弱。 基因谱，谜解确；互联网，音传速。破寒冰南极，红旗新矗。船泊风涛喧海港；车流灯火烘城郭。比灵椿大寿始成丁，丰姿酷。

浩荡春风，向西部，千军鼓急。宏图起，大江东去，水将调北。曾抱乾旋坤转志；再掀海倒山移力。凭指途，抟聚五方民，心如一？ 克隆技，纳米术；炎黄裔，麟风质。纵天工奥秘，妙思堪得。岂止长城坚壁垒；更临高屋振邦国。待何时酌酒把金瓯，完无缺。

塞上明珠，西夏地，顿成热土。看东送，似金油气，回疆民庶。凿石出川深峡水；穿云入藏高原路。正繁花，争绽靓昆明，涵朝露。 伊犁市，丝茶具；多伦会，车马聚。数风雷盛事，今应逾古。富寿万方人共祝；骈阗百族春同舞。但弟兄并力一家亲，谁轻侮！

华夏文明，三千载，国何由立？治乱际，重农固本，古今同辙。衣食丰时明礼义；仓困实处扬威德。奔小康，四纪步如飞，无人及。 曾施惠，平粜籴；更纾困，轻征役。有贤能近选，满村欢悦。又绿丘山江转净；渐兴城镇民新集。悉艰难稼穑乐功成，诚心折。

志士仁人，峥嵘岁，前驱后续。宣宏誓，大同世界，为之拼搏。易代终澌折足恨；连朝齐唱翻身乐。见天青，万象企更新，贪风肃。 硬道理，筹帷幄；操平准，软着陆。察金融浪险，计穷潜鳄。经济有才皆国器；忠勤得佐真公仆。最豪言：尽瘁不回头，庄然诺。

折，今可读平声。折足典出《易·鼎》："鼎折足，覆公餗。"后以此指帝王公卿不能胜任而致败事。

治道云何，王霸异，久安谁获？纷鸣世：孔唯宽缓，嬴偏峻急。挟法文儒虚饰外；贱功贵谊浑流末。算古来，从政几成真，行仁德？ 千头绪，事求实；三代表，论不易。揭马恩哲理，两分有合。刑慑耨锄除秽恶；教敷雨露扶贞直。只今朝赤忱为人民，治尊德。

神舟颂

调寄满江红 2003年10月17日

火箭升空，群星讶：谁穿鸿洞？人丛里，心俱去远，奇功默颂。百载永怀强国志，千秋始遂飞天梦。壮我华，加固益抟凝，趋一统。 长城舞，大河踊；赤霞起，黄云拥。庆年丰物茂，神舟方送。俯睨重霄嗤唳鹤；高歌并世联鸣凤。鼓未休，后岁再轰雷，寰球动。

鸿洞，虚空混沌貌。赤霞，喻钢花；黄云，喻稻麦。

莺啼序

毛泽东同志诞辰110周年将临，回思昔年曾填词二百四十字（莺啼序）为主席祝寿，今词已成往，而情尚长存。谨改数字，再录如下，以表永远怀念之热忱。

东方曙光一线，自韶山日出。正年少，击水湘江，豪气八极挥斥。治平略，舟中早定，绿波荡漾明湖月。倚楼头，鹤去烟深，心潮千叠。

烈焰三湾，狂飙五井，起工农竿揭。过宁化，入画红旗，金瓯急待收拾。战龙冈，呼声震岳；破围剿，人嗟何及！惜朝阳暂被云遮，长空又黑。

乌蒙岭阻，大渡桥横，跨雄关似铁。二万里，昆仑直上，剑拔虹飞，缨举霞萦，余情咏雪。 石峰塔影，土窑灯蕊，雷霆咳吐惊倭冠，有奇兵百路胸间设。乾回坤转，秣陵风雨苍黄，天堑怎限南北？ 列星辉耀，薄海欢腾，满春城柳色。仅廿载，钢锄斗地，火箭冲霄，尽扫污泥，顿辞穷白。曾歌舵手，更钦师表，格熊驱虎真英健，主沉浮，十亿望霓渴。无疆寿比银河，翘首同迎，神州归一。

第八卷

余霞集

近编翰苑集既竟，复时有新作，不忍舍弃，辄录存之。因另开一卷，名之曰余霞集。『余霞成绮』，或愿得偿欤？『到死丝尽』，诚性难易也。自 2005 年 7 月以后至翌年 12 月底之抒怀纪事之诗均汇入本卷。

七言律诗 22 首
七言绝句 64
五言律诗 17 首
七言古诗 3 首
五言古诗 2 首
词 10 首
共计 118 首
约 1.1 万字

雷风同志题词

吴慧同志八十华诞，恰值其诗集出版，赋诗致贺

吴公敏捷诗千首，下笔能驱神鬼走。纫蕙纕兰缀雅词，弹璈吟曲佐清酒。陶朱身后有新知，商隐前生应故友。电脑时敲意兴豪，文坛不老射雕手。

七言律诗 共二十二首

纪念朱总司令

2005 年 7 月

读彭建冬《撰联作对高手——朱德》，括用联中用词或语意，并及《八路军》电视剧，恭赋四律致敬。

过四川古蔺县雪山关

南天第一雪山关，并马联吟气度闲。月小将军乘夜渡；云低壮士许生还。千年巴蜀坚屏障；几日黔滇便往还。必胜讨袁无反顾，功成绝顶直登攀。

驻守四川泸州

雄师一旅驻泸州，身负兴亡夙夜忧。四面云山收眼底；万家灯火系心头。龙争虎斗伤二弟，碧血黄花光九州。护国艰辛功遂日，慰忠亭立足千秋。

自井冈山至陕北

扁担挑粮上下同，井冈先据战旗红。泸关强渡师向北，边塞严防倭自东。回汉四方聚豪杰，母儿二代颂英雄。称觞六十冯公寿，磊落心倾国士风。

二代指联挽马本斋母子，祝冯玉祥寿联，系与彭德怀联名。

观《八路军》电视剧

帷幄沉思筹划勤，太行立马对妖氛。鏖兵山地初传捷；亮剑平原屡策勋。晋北草黄风尚急，冀中槿落日将曛。荧屏火热缘何事？亿众同看八路军。

八十自述 2005 年 12 月

子女为予祝寿，作八十自述诗十首以示之

少年意气欲拏云，弹指光阴学欠勤。风雨燕山劳笔札；冰霜辽海奋耕耘。秋笳身世翻为累；锦瑟僚曹敢出群？细算此生堪自慰：一门子女尽能文。

燕台市骏骨疑仙，正拟奔驰足忽颠。裹药居然臻大寿，抛书率尔度中年。东风杏柳巢春燕，西日桑榆庇暮蝉。只憾南归千里隔，梦飞枉上五湖船。

江东才士许同游，老作诗人应已羞。为免痴呆思不辍；尚余火热语难休。茹涵廿部书连出；驰骋千年史主修。何事近来添快意？闲听心武说

红楼。

高楼冬暖不须裘，甘苦低吟六十秋。结侣曾容联骥尾；观书犹可辨蝇头。例由绚丽归平淡，未遣萧疏掩劲遒。虽说知途宜避道，怎能临事再牵头？

踪迹年时不倦身，东西南北转风尘。才因文会来三晋；复慕武夷临八闽。雁荡瀑飞争溅玉；钱塘潮涌急翻银。如何近反愁行远，一榻怡然淡定神。

高格非凭藻饰加，自然渐悟去铅华。最关世上苍生事，肯数天边绿萼花？进取为文远风月，退思销日乐烟霞。不知健笔将谁授？学术方今重世家。

生岂无涯宜倍珍，诸家集读冀知新。渭南老去诗逾进；瓯北归来学更醇。衣白何妨长著我，杀青难遂且随人。期颐若果能天赐，携手云崧愿结邻。

岁在丙寅门降婴，当初乳虎露峥嵘。飞扬路杳应知命，消渴病深方养生。句引天惊谁破石？书求人注自投琼。阖家此夕欢同祝，窗外霜清圆月明。

二老“空巢”时下名，分飞健翮各云程。城中喜得因年聚，海外惜难同月明。多丽江山期富国，无常风雨仗坚城。有为盛世看儿辈，独梦沙场夜点兵。

书城日坐挹芬芳，俯仰平生拙合藏。前重老成轻贾谊，后怜少俊退冯唐。词坛清美曾推毂，文囿从容暂掉鞅。终负二公哀莫遏，低回当日傍门墙。

掉鞅，语出《左传》，谓驾御从容，后世亦喻从容执笔。掉鞅于文囿，见柳宗元文。二公句意，见予《二哀诗》所记始末。

近况　2006年7月24日

枉负诗名追八叉，平生情结系秋笳。惊心近况人三矢，闭目前尘鬼一车。休咎先知思学易，雨晴预悉为寻花。查公有语吾常记：“子弟多才必世家。”

予先人吴汉槎著有《秋笳集》；三矢，用廉颇典；查公指查初白，鬼一车语出《易经》睽卦，近日予方学易。

读吴承洛《中国度量衡史》，题一首　2006年3月18日

万千头绪惑心灵，棘路初开功可铭。汉尺度推思独到；明贤黍累步同经。率先定制劳主局，殿后搜文烦客星。历历前修行迹在，森然大树岁常青。

汉尺，指吴氏单独考出汉尺之长度；明贤，指吴氏推重明度量衡大家朱载堉；率先句指吴氏为民国时首任度量衡局局长；殿后句指吴氏于解放后任中财委度量衡处处长，受理留在重庆的度量衡卷宗和器具设备事。

老境　两首

2006年8月17日

老境逼来安若忘，流连薇苑岂颓

唐？一杯律已止浮白，双鬓傲人初变苍。胜地已收千里想，名山能许几家藏？锦囊未免随身带，贪看余霞绚夕阳。

跄踉征途几十霜，暮年始喜上康庄。作诗身历初中晚，读史神游周汉唐。结集怱忙过夏暑，抛书散懒待秋凉。云菘九秩心生羡，欲觅人间益寿方。首句踉字读 ǘ

辛苦 2006年8月24日

辛苦张罗甘“却酬”，积年心力费勤搜。文章誉美曾思进，干济途迂便告休。老眼未花望四海；及身有草待千秋。浮名何用看应破：纵起微澜亦一沤。

读瓯北集中于诸名士之挽辞 2006年8月28日

朝野慕才名早驰，暮年稠叠见哀辞。漂风哭蒋先倾鼎，落日伤袁复折旗！扬历无多容我老；交游有几谬相知。近时况未闻存殁，悲喜无烦频入诗。

放翁致仕后复召入都修史，读全集始悉其事，书一首

2006年10月25日

半馁躬耕劳父男，京尘复踏老何堪！年近八十。文场素主才无二，史局新开任至三。第三次领史局。春到西湖人异旧，恩来北阙境回甘。领秘书监，归后复叨祠禄。惊心四十余年事，三遭黜斥。频梦山南与剑南。

观电视剧《夜深沉》

2006年11月16日

张恨水原著，“恨水”为笔名，二字取自李煜词《乌夜啼》“自是人生长恨水长东”句中意。

春明一曲夜深沉，逝水长东恨不禁。今日再瞠千室目，当年曾摄万家心。风波何处非伤别？花月谁人真赏音？用尽机谋争未了，洋场遍地拜黄金。

七言绝句 六十四首

贺松鹤精佐二老金婚

遐龄松鹤见精神，得佐琴声敬若宾。五十年来风雨过，登临相伴沐阳春。

青年宫钢琴城成立十年志庆

琴童虽老谊长新，圆梦钢琴志足珍。十载风和劳广育，百株日茁喜同春。

明明弹《白毛女》

隔墙忽报《北风吹》，悦耳妙音来自谁？却是琴童小七十，有恒乃得径初窥。

明明唱《渔光曲》

云飘仰望俯潜鱼，节拍悠扬已自

如。一阕渔光曲传世，西洋声乐学来初。

感怀四首 2006年1月

予少作秋柳诗、柳枝词皆为怀旧侣而赋者。诗集既成，寄去一册。获回音，知近况，不禁感慨久之。得非来日渐少，去思倍多乎？成诗四首，补于集末。渔洋秋柳诗中有“不见瑯玡大道王”之句，予亦用之，盖隐其姓也。

南北差池六十年，今朝音续惜尘缘。久悭一面岂全憾，绿鬓依然浮眼前。

少年诗枉说扬州，真到红桥梦已休。一样堤边千万缕，仍依人处绾离愁。

新作先教八妹知，沧浪亭外雨丝丝。两难终致成两负，曲巷深深分手时。

楼空烟柳锁池塘，曾记瑯玡大道王。留得昔年诗句在，任他地老与天荒。

又续成四首 2006年9月

落笔成篇署每文，秋星窈窕望疑君。吴宫阅尽闲花草，飒爽姿谁可领军？

折用尔敏之敏字。

旖旎风华曾一时，无端摇落剩堪悲。还将热土留方寸，却是旁人所不知。

少小情深倍惜之，感君日日录吾诗。天涯相望空惆怅，未抵当年泣路歧。

粗茶淡饭报平安，井底无波复起澜。自是盛时好颐养，百年未足罄余欢。

方留聚先生邀撰嵌名联，先呈嵌名诗一首，并寄旧作三门峡组诗请正

一方山水秘追寻，诗客留连动醉吟。闻欲聚珍成巨制，阖门风雅最知音。

悼吴梦瑶 清华大学数学教师

我家小妹女中英，几辈清华材育成。正待春回重聚首，传来消息泪如倾。

读诗十二首

君致舜尧歌美俗；臣追伊吕颂高风。此生难蹑公遗躅，翡翠鲸鱼两未工。杜甫。

灵石破开逗秋雨；锦囊投入贮春风。高名三李谁评点，妙句奇思出鬼工。李贺。

朱弦挥手共三叹；绿蚁开樽时一中。杰句天风吹海立，坡公信笔自然工。苏东坡。

报国梦常来塞上；烹茶味久在书中。放翁一语须深会：诗到无人爱处工。陆游。

自是追风高骨马，岂同失水浅池龙？遗山律拗诗弥健，话到沧桑语便工。元好问。

仙子月明降林下；高人雪满卧山

中。难全盛世缘何事？清丽枉称诗最工。高青邱。

高文锦绣樽前泪；故国河山笛里风。不以全身伤骨气，梅村岂独以辞工？吴梅村。

独坐心超天地外，相思人入梦魂中。当年学步吟秋柳，神韵飘然愧欠工。王渔洋。

篙穿春水添新绿，舟曳垂虹唱小红。此老今来风雅甚，作诗哪比作词工？姜白石。

月浸江分秋练白；灯悬帐闪剑花红。入清第一诗谁属？倜傥非徒属对工。查初白。

本以诗情注瓯北，复因史笔靡江东。阔如家数难拘束，说理玄宁让化工？赵翼。

扬文大幕观堪止，张乐名园听未终。若以聪明开一派，入门容易继难工。袁枚，其四六绝佳。

记梦 两首

2006年4月7日、6月24日

上林苑启尚春寒，容易东风花事阑。毕竟文心痴刻骨，梦中自请再编刊。

梦在商业部，议编刊物事。

妙句何曾落笔迟，近来日感滞文思。苦吟一字难安处，梦里居然为改之。

思静 两首

2006年4月30日

壮游万里不思旋，犹恨风光揽未全。生晚我翻多幸事：能从屏幕逛山川。

载笔轮蹄气正遒，欲将南北景全收。同城已怯路弥远，从此先生辞出游。

再到海棠花溪 两首

2006年4月13日

栏护红桥绿柳长，去来两岸趁春光。看花不识花何别？西府金星两海棠。

碧桃待发此先开，烂漫红霞蔚作堆。近岁有缘始相识：并添榆叶更称梅。榆叶梅。

再到柳荫公园 两首

2006年4月15日

堤畔长条絮正扬，两三小鸭浴波光。樱花点点何纤啬，大地泱泱有海棠。

出波一角见蒲青，石碾村居过客停。何日移根来上苑，紫薇犹睡紫荆醒。

鸣真与大力于悉尼完婚，诗以志庆，用嵌字格

2006年6月23日

张乐欢歌四海春，和鸣最足鉴情真。闻鸡行早攀岭去，大力同寻稀世珍。

雨后至北海 两首

2006年7月10日

难画涵香千百姿，新荷依岸近清池。贴波珠滚银泻处，想见中宵豪雨时。

清池：清池塘栽新荷。

云海波腾气势伸，玲珑双壁域中珍。九龙稍息人翘首，行雨宵来尚湿鳞。

北海九龙壁独为双壁。

校书 2006年7月27日

都云无错不成书，书出疵多校悔疏。却为人书闲究误，迭开“谜底”喜何如！

读纪晓岚《阅微草堂笔记》

2007年8月1日

子所罕言疑怪神，憧憧狐鬼信成真。聊斋味永岂“窠臼”？喻世从中都见人。

读纪晓岚评李商隐诗

2007年8月1日

所作分明判后先，玉溪岂合妄评诠？学人却爱将人损，不避针锋张采田。

张氏专驳纪说。

雨后至地坛公园 两首

2006年8月2日

脱净纤尘拥道周，成林银杏绿云稠。总因燠热躲三夏，急趁稍凉来一游。

古柏露沾新茁芽，亭亭几处绽莲花。却从方泽坛边过，出得南门吃早茶。

到院部联系度量衡史结项与出书事 2006年8月7日

桑拿天里入秋初，坐立无方遣吟余。半日奔波归已晚，多望项结早成书！

吟，去声。

天气 两首

2006年8月10日、21日

肆威金虎入秋初，南国超台惨劫余。气象非常人助虐，“京都议定”不成“书”。

异常天气灼骄阳，向背因时趋避忙。早晚已秋午犹夏，更如世态变炎凉？

读秋韵丛书《时代履痕》散文选 2006年8月11日

灿烂晴空列宿尊，春来翰苑喜文存。风云时代俱英发，历历征程认履痕。

读瓯北晚年七言绝句

2006年8月13日

老去看人诗若何，晋陵塔畔再经过。想因不尽聪明用，九秩翁还佳句多。

闲适 2006年8月13日

得句犹嫌七步迟，挑灯对酒览雄词。风云半让风花替，羞自多为闲适诗。

梦醒 2006年8月13日

梦中富贵逼人来，醒后依然慨不才。狗盗鸡鸣何足数，不如回守故书堆。

反用瓯北诗意。

秋分 2006年9月23日

高楼缺处月未上，短梦回时宵半分。烦恼近时难了事，飞扬一世枉能文！

中秋偶题 2006年10月6日

曾诩江东卓荦才，立言立业两徘徊。但求回首无遗阙，不枉翛然自去来。

读放翁诗集

2006年10月16日

诗法近时参剑南，佳联咀嚼味余甘。若论律拗诗弥健，亦数山阴老学庵。

往日以为七律好用拗句（拗律、拗救、拗对），义山启之，遗山继之，今乃知放翁亦为遗山先导也。

《度量衡通史》得老干局资助出版

2006年10月17日

寒来暑往十年中，度亩量衡关迭攻。窒碍扫除今古贯，史成自许得言“通”。

盼《李商隐诗笺注》书稿能早日出版 2006年10月19日

百万言成问世艰，甚期多助破愁颜。国家昌盛诗家幸，泽及千秋李义山。

拙稿《经济史计量研究》，得陈支平院长资助由福建出版社刊行，诗以志谢

编集琳琅文赖存，冬来情谊胜春温。东南望气今何夕，璨灿群星在厦门。

赠支平。

嫁衣裳作卅年中，亦费芸窗日夜功。光洁仪容今妙手，几多苦乐本相通。

赠出版社同仁。

香山看红叶 2006年11月3日

红满山头霜后栌，清音亭下望晴湖。颇思明岁登高处，不用筇支且免扶。

放翁诗集读毕 2006年11月6日

倚杖三山一叟癯，壮心郁勃未平胡。放翁百代诗如炬，泥首龟堂陋小巫。龟堂，放翁所居。

诗退 两首

2006年11月7日

老去闲多聊自娱，思趋枯涩失丰腴。年来枉动莼鲈兴，好句再难光我吴。

少日张狂好大言，近归平淡去枝繁。悲凉壮丽审诗格，有愧先人吴兆骞。吴汉槎也。

予不工书，终生为憾，自嘲两首 2006年11月8日

放翁屡说不工书，应是自谦输米苏。诗就我真羞捏笔，儿时悔欠下工夫。

玉溪诗与字俱工，学步惭予跛足同。好句纵然喜时得，不娴书也气难雄！

出书有望，诸事尚多，感赋

2006年11月8日

破茧身疲已不支，几多头绪紊如丝。想因未遣名心断，脱屣犹难去若遗。

于地坛冬季书市购得欧苏柳三家全集 2006年11月14日

趁晴风未觉晨寒，书市冬开哄地坛。携彼三家全集去，贻吾九秩好书看。

五言律诗 共十七首

柳荫公园观荷花，时已迟后 2006年7月24日

岸柳伸龙爪，池莲引鸭雏。两三红蕴玉，千百绿涵珠。聚散曾云变，离披已日晡。明年须趁早，出水睐新芙。

柳名龙爪柳。

恭王府和珅故居

2006年8月5日

今日恭王府，当年和相居。万家空杼轴，四海竭苞苴。花木春如旧，风云岁已徂。缘何容窃柄？此段史难书！

恭王府和珅故居邻前海西河沿。

宋庆龄故居 2006年8月6日

后院清幽处，曾迎国母居。几家名欲掩，一代业堪书。佳木容倦鸟，澄波知乐鱼。行经什刹海，每至总非虚。

在什刹海后海。

明珠相国故居

2006年9月

什刹海深处，人云明相家。一亭临渌水，万顷想浮槎。北地迎归客，西山望落霞。楼台频易手，胜迹著京华。

渌水亭在明珠家之西园，纳兰成德有诗词记之，或云今宋庆龄故居内依旧址所修之恩波亭即渌水亭。予先人吴汉槎戍宁古塔，赖纳兰父子之力赎还，即馆于明珠家任教，北地句指此。汉槎殁，查初白继任，后查氏有重过相国明公园亭诗，中有句云：钩帘落日在西山，予诗第六句即用其意。明珠故居在什刹海后海北岸，位于前海、后海分界处之银淀桥，“为城中望西山第一佳胜处”。明相第后为成亲王、醇亲王府，盖亦沧桑几变矣。

怀帽儿胡同段公旧居

2006年8月6日

银锭桥东去，可园公所居。云烟生大笔，花木隐精庐。高位蒙下士，拙诗劳妙书。廊亭究谁主？怅望泪涟如。

白露 2006年9月8日

闰七月十六，是夜月圆

白露今交节，楼前树有声。缺圆例更迭，秋夏界分明。烈士狂难已，暮年慵易生。未应遂萧瑟，吟榻竟时横！

生命 2006年9月12日

生命赖能量，岂宜频“透支”？蹉跎怜壮岁，浪荡忏芳时。花木怡情咏，云雷感遇诗。仍矜强弩末，乐此久忘疲。

乐此，指耽诗也。

望月 2006年10月6日

万古晶莹月，千家窈窕诗。中秋每年过，盛世亿民期。圆梦无灵药，飞天有睿思。嫦娥一、二号，指日待奔驰。

秋日重访紫竹院

2006年10月13日

万竹园中路，睽违十六年。残荷曾过雨，老柳尚含烟。凉气秋正冽，澄波晴更鲜。登船约明岁，一望碧田田。

是日阴。登船，穿荷塘也。

丙戌重阳

2006年10月30日上午

投老身期健，迎暄风转柔。悠闲入重九，容易过三秋。咏菊诗原隽，题糕笔尚遒。登高却愁远，习静坐书楼。

香山归来 2006年11月3日

一寺登临处，素因红叶名。河山悲百劫，风月喜双清。今古免谁老？江湖容我行。高楼自俯仰，应不愧平生。

是日随女儿、女婿驱车上香山。

寒流初至 2006年11月5日

一夜寒流急，阵风旋地昏。严威感冬杀，淑气想春温。无职仍厚禄，有为非素飧。放翁输我幸，贫病老江村！

立冬 2006年11月7日

今日冬初立，当迎节候新。寒流翻辟易，暖气正逡巡。凉燠惊无序，歉穰忧失伦。不知陷胡底？我欲问苍旻！

诗境 2006年11月8日

老去多闲日，兴来随赋诗。功勤欠圆熟，笔拙剩平疲。与世无争处，到人难爱时。放翁言此境，力学更何疑！

放翁诗曰：诗到令人不爱时，又曰：诗到无人爱处工。此境予不知何日方能臻之？

止酒 两首

2006年11月11日、20日

往日亦能饮，因肝而远觞。脂肪肝。何能诩贤圣？酒清者为圣人，浊者为贤人。见徐邈传。未免笑猖狂！刘伶裸饮。耽湎生儿钝，陶潜有责子诗。沉酣召国殃。桀纣酗酒亡国。放翁嗜此物，于病恐相妨！

病起忙开酌，怡然得破颜。无诗酒不在，有市酤方还。耄岁身难健，长年习近顽。我今倍知儆，挥手谢龙山。六句皆言放翁。古越龙山，绍兴名酒，我家只作烹饪用。

冬至

2006年12月22日（农历十一月初三）

此节遣宵永，来朝迎岁寒。一阳喜萌发，初月盼团圞。循俗家称庆，越洋人讯安。空巢难入寐，得句动飞澜！京俗全家欢聚，吃汤圆、饺子。

七言古诗 共三首

红旗渠赞 转韵 一〇四韵（通俗体）

原稿据《人民日报》1970年9月7日通讯改写于盘锦，今拣出，存稿。

巍巍太行山东麓，林县岭光山头秃。重山相迭沟套沟，山石层厚土瘠薄。三百七十余山村，水源奇缺比沙漠。解放之前打此过，山穷水穷景萧索。滴水珍贵贵于油，穷人日夜眉双蹙。大半劳力外找水，几十里挑冒暑溽。总计全县水浇地，二万市亩尚不足。亩产从未过二百，逼租逼债豪门恶。翻身解放人间换，自掌命运动手干。修起水库和水渠，六万余亩得浇灌。那知五八五九年，冬春连续逢大旱。水库蓄水已全空，渠道底干硬如板。八字宪法水其一，山区建设最关键。誓把河山重安排，引漳入林大渠建。三万七千好儿女，浩浩荡荡赴火线。风餐露宿气越壮，渠不修成家不返！此际有人偏扫兴，阴霾布空吹风冷。林县人民决心坚，天塌下来也敢顶。书记、县长当靠山，跨马上阵带前进。就地取材靠土法，解放思想破迷信。脸盆权当水平仪，心明眼亮测之准。分层煅烧炼石灰，不起大窑开新径。岌岌可危风化石，砸人时向山下滚。长绳系身荡秋千，凌空撬石奋铁棍。悬崖峭壁高千丈，漳河将此腾细浪。劈山穿岭凭爆破，千斤炸药一孔放。石坚炮眼力难凿，每进一寸钎换两。亦有石松大坍方，潜流涌地险万状。共产党员王师存，身先众人险中闯。艰苦奋斗举红旗，伟大方针指方向。英雄鏖战曙光洞，洞长八里贯青嶂。第三干渠此咽喉，大型隧洞真硬仗。专家昂然来这里，折腾半月频叹气。地形复杂工程大，书上找不到先例。悄然而去不告别，师存对之本歪腻。他们不干我们来，群众智慧高无比。铁山也要戳窟窿，哪能见难就回避？休教智叟笑掉牙，要立愚公移山志。组织三结合小组，芦寨岭上自设计。钻通三十四竖井，两头打洞好主意。深洞施工需光明，师存家中取马灯。添足油拎到工地，洞外昏晓日月更。鸡蛋柴草都卖了，买手电照除险情。油灯手电哪里来？指挥部发随口赝。洞里放炮难排烟，挥衣进洞险处行。硝烟翻滚来回扇，白烟出井人不醒。救出稍凉又战斗，改地换天分秒争。苦战一年又四月，曙光洞流渠水清。河水渠水交叉处，大胆设计推独步。拱砌双洞空心坝，五十丈长功艰巨。滚滚河水坝心过，脉脉渠水坝中注。不靠钢筋与水泥，劈山取石资源富。脱下棉衣和鞋袜，英雄炮手常根虎。下临绝涧手攀崖，炮声响时石飞舞。更有路银老石匠，巧手拈石天能补。省工省料新设计，每块料石心血付。涉艰履险已寻常，六年未觉岁月长。修成总渠三干渠，人造天河闪奇光。几代夙愿终得遂，纵情高唱喜欲狂。脚踢太行让开路，手牵漳河到我乡。红旗渠岂一渠水，体现精神奋图强。驱走一穷与二白，千红万紫迎朝阳。万里长征第一步，学大寨更斗志昂。支渠配套工程多，不下马鞍鞭再扬。曙光渡槽架山隅，高近五丈长里余。公社把底交群众，备料筹款众乐输。不仰外援不求人，自己施工绘蓝图。山撼地动铁臂摇，五千男女阵前趋。五十六天创奇迹，渡槽建成人欢呼。招军脑登虎头山，南北水流辟通途。旧名应弃砚花水，清流汩汩已区区。由来群力能拔山，愚公应笑智叟愚。愚公形象立先辈，茁壮成长新一代。青年代表韩用水，事迹传诵八角队。此地虽有水渠经，二十小时才来水。一寸水只剩二分，现状怎改亟须改。早日摘掉干旱帽，八角岭上凿长隧。隧洞引水商议定，大伙踊跃行动快。用水二十刚出头，串连几个小姐妹。争先恐后打洞去，妇女不怕重活累。提灯照明心不甘，也要打锤与扶钎。大锤打肿用水嘴，三人两伤第一天。毫不气馁接着干，苦学苦练手不闲。一气能打二百锤，平眼斜眼样样全。姑娘志高学更勤，一心再破放炮关。装炮点炮终掌握，英武十一女青年。井下炮声震山谷，铁姑娘队名四传。十四个月隧洞成，险峰直上风光妍。一颗红心两只手，同山相搏同水斗。斗出堂堂红旗渠，支渠配合功亦就。三百余里总干渠，白龙奔腾声声吼。国家投资只十二，自力更生功居首。支渠一千九百里，密如蛛网四处走。社队自己筹资金，将占百之九十九。长藤结瓜水常蓄，座座水库灿星斗。水浇地再增十倍，灌溉六十余万亩。手足胼胝磨又脱，肯流大汗更流血。山区实现水利化，抓住农业之命脉。生产落后转先进，稳产高产大寨式。今日再从林县过，扑眼绚丽满春色。渠道弯弯绕山头，禾叶青青浪千叠。旱涝由它都无忧，年年丰收仓廪实。英雄人民不停步，改土造田高潮热。科学种田为革命，胸间五洲风雷激！

后记：此诗原作于1970年，因属试手之作，过长且俚，未收入集中。近见重访红旗渠电视，且红旗渠市里来人到我所访问，觉予诗尚能约略反映当时史实，爰补录于此，编入余霞集。

圆明园遗址公园之歌 转韵诗，四十韵 2006年8月14日、15日

西山爽气风满袖，一汪秋水被吹皱。双凫浴波芦苇长，风平满湖绿于酒。上有流莺自在啼，柔条飘拂堤边柳。红荷映日叶田田，鱼戏其间趣互逗。人间一幅秋兴图，轻笼烟雨岁时久。当年此是圆明园，花木楼台称杰构。清游密议自春秋，张乐摆筵颂圣寿。八方经营三代继，欲往求之无不有。宝贿万箱贮海山，奇书四库存园囿。西洋使节朝东方，巨舶连樯乞通贸。翕然谁不夸盛清，翘首齐瞻天下首。鸦片潜输毒计成，千城窑口隐灯青。南来大帅为禁烟，人跃虎门烟柱腾。岂意战酣反怯敌，甘迎夷舰莅江宁。洋货洋药潮涌至，攫权未已数要盟。尚恃炮台能挫敌，寇扰津沽待以兵。猖狂联军由英法，后路抄来势莫撄。津门市上犬争食，通县帐前鸥乱鸣。塞北秋霜遁千仗，都中夜火哭万声。绝丽圆明园一炬，灰飞烬冷剩腺腥。珍奇光闪眼俱亮，捆载哄然海外行。可怜一炬成焦土，秦火视之祸尚轻。否极泰来天地转，昌隆国运时代变。如磐风雨百年间，奇耻终湔以血荐。残垣断壁颓石拱，蔓草埋处辨行殿。玲珑楼阁法西欧，稿本依稀画中见。遗址特辟为公园，广搜文献供评点。巨万资投心力注，去芜除秽层冰涣。带露初栽竹千章，拏云新植树百干，曲沼开时水清澄，幽蹊通处花烂熳。可令坡上放羔羊，更许堂前巢乳燕。教育基地告建成，自尊自信豪情唤。复兴民族光我华，外侮若来手定断！规模初具引游人，流水车驰不动尘。从游亦欲出郊去，击节高吟发兴新。京华多少名胜处，此间岂止休闲闻？苍茫不尽怀古意，历史未冷须再温。旧梦每寻圆明园，胸中但觉气轮囷。神州处处掀热浪，激荡风雷万骏奔。知古鉴今方不殆，日月千秋振国魂。

养生歌

——读袁枚养生四要有作，连头二十四韵，即效其体。

2006年8月20日、21日

子才有清以诗鸣，门户标榜曰性灵。大幕挥毫工骈骊，非徒诗卷压时英。不羁身早挂冠去，随园笑傲自怡情。年高八二诗同富，一代文星兼寿星。何以致此盖有自，天心人力两相并。立言四要在延年，文士岂尽昧养

生？一要作文忌久坐，伤血伤目久坐成。善学放翁“扫地法”，“闲扫萧斋静扫蝇”。一帚在手“平血气”，“修行何必定如僧？”二要出门常登山，强筋健骨增体能。上山从“不嫌山高”，“跳跃如獐”六四龄。“老行万里全凭胆”，对面千嶂劳远迎。三要观花更种花，赏心悦目神越清。爱花“八十不知老”，破土急栽趁雨晴。“幽兰花里熏三日，只觉身轻欲上升。”四要吟咏多乐观，诗多寄志贵抱贞。老来自笑何遣之？未残丝吐仍缠萦。桑榆晚景休嫌少，日落红霞半天明。我读“四要”神亦会，学欲有成须有恒。如此大寿非浪得，更喜大才驰纵横。朋侣互谑脱形骸，索挽几番竟不行。花月平生羡散吏，江山隔世慕高名。潇洒人间走一回，此老果然野狐精。

五言古诗 共两首

二哀诗

予平生景仰，有陈云、姚依林二同志。回思溉沔之惠、知遇之恩，于二公之逝，深感哀悼。昔杜甫有八哀诗，赵翼有六哀诗，予诚不可望其项背。然人各有际遇，各自感触不同，虽有工拙高下之分，亦不可无记焉。近稍得暇，回首前尘，作二哀诗以存。

江溢庐井浮，山动星光没。恍觉国本摇，痛哉栋梁折！我时滞异邦，闻讯泪沾臆。其哀盖有自，岂常感存殁？维公不世才，文武俱英特。风雪战辽南，禾菽垦陕北。工农开国初，兴废争朝夕。百物价跃腾，通胀赖公抑。淮海大决战，奇功正与埒。生民得安绥，隔江资抗敌。筹划五年事，千里已一日。何堪更冒进，中枢肘屡掣。三年困难重，略悟前有缺。能者复多劳，解困计迭出。先求情况明，计数析毫末。予时在莲幕，奉命笔暂辍，辛勤操算盘，一得期参择。谁知境稍安，消息又沉阒。及至“文革”中，评弹亦遭责。悾惚几年间，壮夫欲头白。世运再转移，老成倩谋国。昔在延安时，公曾掌组织。新职主纪检，党风期整饬。贪佞无处藏，眼明面如铁。劳瘁不肯休，忍痛肠百结。哲人虽遽萎，典型谨勿失。我仰公在位，不啻云泥隔。何以特志哀？非仅供使役。平生树理念，溯源来本一。卓尔理财手，持衡慎有则。不讳景仰心，揣摩费岁月。布鼓傍雷门，点乱律难协。况今成隔世，学步路越仄。中心何所依，四顾茫空阔。

高歌庆解放，沪上传佳讯。是谁主商部，南来揽才俊。联袂遂北上，中式一何幸！二陆意风发，暂违莼鲈兴。未几识公面，会上聆宏论。挥手綮必中，缕析发利刃。而立过几载，部务烦引领。亲见才器高，非特声名震。十年居莲幕，謦欬得相近。机要数许参，故事时垂问。往昔理财家，佐君膺大任。困难时或遇，何术始纾困？乃搜盐铁事，桑刘传立並。自兹心嗜史，执卷忘食寝。公亦阅史籍，资治欲为镜。一鉴复一鉴，经我依次进。贸易几千年，曲折头绪紊。一编通今古，修史旨实秉。忽焉世事变，天旋日色瞑。怒吼一二九，京华掀学运。戎马晋察冀，转战破倭阵。竟然尽反状，颠倒是非泯。盘锦开干校，辽海冰晨凛。相逢皆难友，袯重徂田畛。扛锹学老圃，知公心力兢。得失处泰然，云狗果转瞬。迎得公归来，养疴方安枕。我时成一书，求序蒙肯定。公复登台阁，我不窥门径。但祝经纶手，快意日调鼎。官大心益小，荆楚颂令尹。何天不假年，遽惊巨星陨！悔不多谒公，清高过自命。终负知遇恩，泪垂哀思永。

词　共十首

满江红·闻登月工程消息

2006年7月1日

碧海青天，重霄外，依稀宫阙。广寒境，素娥竟去，羿弓犹惜。玉兔捣霜谁与服？吴刚伐桂何因谪？扫层霾，我欲问从头，茫难及。　新时代，纷英特；高科技，精毫发。展宏图直上，空间秘揭。已驾神舟欣起步，待飞火箭惊超越！事非遥：翘首万人呼：真登月！

满江红·探月奥秘科普谈

2006年8月23日

亿万年前，小行星，偶然来击。茫大地，撞飞一块，旋凝成月。波静海边岩壤古；山环洞内沟坑密。最难明，金字塔奇高，由谁设？　超凡俗，天外客；“巨舟”驻，开“蜂室”。觅迷踪隐现，果为何物？潮汐因时频起伏，身心致病随圆缺。等他年，“林奈”许亲登，疑全释。

巨舟，指飞碟；林奈，一座环形山名。

百字令·闰七夕

2006年8月30日

寻常七夕，却因他秋闰，一年两遇。银汉水深兼浪恶，望里迢迢心苦。桂嫩传芳，榆高送影，月白风清处。七香车动，双星此日终渡。
应感乌鹊通灵，宵来三匝，飞绕青青树。不惮其劳齐奋翼，填河桥架二度。鸾扇斜分，凤帏初启，倍自怜朝暮。尽欢天上，人间也沾雨露。

括用李商隐壬申七夕及壬申闰秋题赠乌鹊诗中句，本诗略有寓意：盖予近为结项、立项两事奔忙，盼有所成，需有关部门之一再大力相助也。

满庭芳·赠上海昆剧团蔡团长，为青春昆剧《桃花一片红》作

2006年12月2日

绿水绦萦，青山屏立，风嚣十丈黄尘。桃花源里，留不住清醇。最是女儿妩媚，冰样质，玉样精神。红一片，知兵娴武，烂漫性情真。　好音来沪上，梨园盛事，菊部殊勋。溯流光，齐宣征伐纷纭。赖有宫中贤德，无盐后，力佐明君。善镕铸：

诗、歌、乐、舞，古曲焕青春。

战国时，无盐邑有女钟离春，丑，自谒齐宣王，陈四殆之义，宣王纳为后。见《列女传》六。

江城子·东坡《江城子》词读后作 2006年12月10日

东坡《江城子》为亡妻王氏作，题下注：乙卯正月二十日夜记梦。计时为神宗熙宁八年（1075），距王氏之卒于英宗治平二年五月（1065）正十年，故云十年生死两茫茫也。集中亡妻王氏墓志铭一文记其妇之为人颇详，爰括取文中语成下列《江城子》一首，以记坡公之伉俪情重焉。东坡原作《江城子》，与后来侍妾朝云无关。朝云亦王姓，哲宗绍圣三年七月（1096）病故于惠州，已为坡公作《江城子》之二十一年后事；再五年至徽宗建中靖国元年（1101），公北还，即病卒于常州矣。

少年结发不寻常。出兰房，转他方。共赴艰难，戒慎处官场。静立屏间知外事，言可采，思周详。 相随十载两情长。忽摧伤，讵能忘！梦里重逢，醒后泪沾眶。岁岁松岗心系处，泉路寂，伴姑嫜。

王氏葬于眉州。

千秋岁 2006年12月25日

七旬矜少，八十欣能到。居日下，望云表。潜心求著述，开口容谈笑。春无限，清时宁叹冯唐老？

世事方纷扰，如我何其小！公等在，舒怀抱。乾坤整顿毕，众庶同凉燠。千百岁，拂天不老霜松娇。

千秋岁·毛主席诞辰纪念

2006年12月26日

一轮红日，喷薄东方出。冰霜厉，风雷激。层霾挥手扫，大树昂头崛。来不易，泉甘由井凭谁掘？

应苦光阴迫，正待争朝夕。宜众志，抟如铁！域中亲共念，海外人仍赤。今宵我，瓣香缕缕心逾热。

海外，指法国某些人士之毛泽东热。

金缕曲·怀加州亲人

2006年12月28日

近动空巢叹。拟探询，飘零异域，何时能返？曾庆衰门骥千里，真见天涯去远。云水阔，年年望断！多少楚才成晋用，许放洋，英彦留难半。论得失，倩谁判？ 稚孙好学初忘倦，喜寻根：高风三让，秋笳诗冠。祖国图强方崛起，挺立人尊容焕。炎黄子，勤劳誉满。怎割情缘连骨肉，乐忧俱，健寿期从愿。春五色，花气漫。

金缕曲·初见雪

2006年12月30、31日

晨起掀帘白。预报符：寒侵五夜，花飞六出。虽已来迟终盼至，丰歉于斯可测。千百载，咏之未辍。五代筑城曾堕指，究何因，气候殊今昔？冰融速，沧波溢。 当年立马诗情激。莽风光，长城内外，大河南北。抽剑倚天萌异想：欲断昆仑三截，愿寰宇，堪同凉热！我岂再随文士后，撷妍华，空愧柔无骨？高吭转，声裂石。

苏东坡诗：一声吹裂阶前石。

金缕曲·除夕抒怀

2006年12月31日

荏苒流光逝。又京华，萧萧木落，一年容易。气象曾干持彩笔，半白头垂斗起！吟望处，足饶余味。南北壮游当日快，泛明湖，登岳山桃丽。身久退，事难继。　耽书结习宁捐弃？且相随，放翁诗卷，东坡奏议。琢句雕文安足数，俯仰云泥不啻。名山业，痴情妄意！尚愿多闲兼多寿，笑吾生，未免贪无止。随人乐，除夕至。

杜甫秋兴诗中句：彩笔昔游干气象，白头吟望苦低垂。

第九卷

补景集

本拟写诗止于2006年，2007年以来下笔复不能自休，乃再开一卷，任其所至，春蚕之丝至死方尽耳。夫写真画以面目为主，其衣饰即谓之补景。爰以补景名卷，亦聊补不足而事拾遗之意也。结集时间止于2009年4月。

七言绝句172首
七言律诗71首
五言律诗32首
七言古诗8首
词10首
总计293首
1.69万字

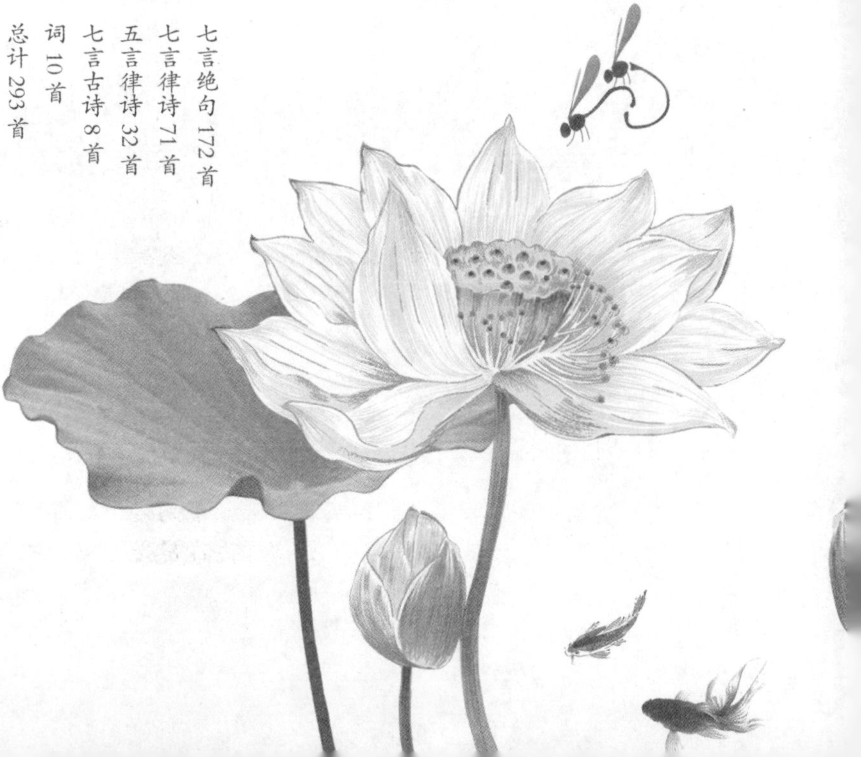

七言绝句 共一百七十二首

观历史剧《贞观之治》

2007年1月14日

风情名物宛然同，正面书来刻画工。独怪笔锋未到处：亲征大旆指辽东。

书《贞观之治》中之长孙无忌事

2007年1月14日

雄才类已喜吴王，欲以传之无不当。总是长孙予力阻，遂教武氏暗移唐。

吴王恪母为炀帝女，太宗欲立为太子，长孙力阻，后坐房遗爱案，吴王被迫自裁。

书法居然肖二王，稚奴得立岂他长？舅爷智术非今始，真迹兰亭一夕攘。

攘，平声。

尽鞫家人助魏王，惊心病榻溘然亡。一人权固居高位，谋国从兹不数房。

房玄龄卒。

黔州安置永辞乡，威福尽时全族殃。黄雀悄然蹑其后，捕蝉曾自诩螳螂。

为武后所害。

往时史鉴本昭彰，终见豪门倾霍光。贤后长孙足传世：不容外戚擅朝纲。

鸟巢水立方

2007年1月14日

火热施工日夜忙，笑迎奥运五环扬。京城胜事人能说：百鸟成巢水立方。

由荧屏见北美异常天气

2007年1月20日

白宫花草讶春临，同日加州风雪侵。东部暖和西部冷，大洋彼岸亦惊心！

读《瓯北诗话》所辑放翁七律，兼及东坡 2007年1月25日

律句放翁精髓多，云菘诗话大收罗。近来动我寻春兴，万卉园中时一过。

七律东坡亦不磨，尽其工巧耐吟哦。目难暇接山阴道，始觉诗佳尤在多。

谈以人为本之思想来源

2007年1月26日

广施仁爱人为本；深扎工农党有根。管理学何祖美日？嗤嗤自笑错投门！

葛贤慧论和谐

1月26日

和谐社会构须坚，劳子万言加细诠。我却因“和”曾受抑，不时宜处在超先。

焦点访谈推介话剧《立秋》

2007年1月28日

一剧居然靡九州，晋商诚信断私谋。前年首演随先睹，荡气回肠爱立秋。

立春赴大葵处聚会

2007年2月4日

未寒先暖报春来，野店湖边聚一回。冰上游人新凿窟，持竿各坐“钓鱼台”。

蜡梅正开，欲观未果

2007年2月24日

月浮金屑蜡梅开，恍觉甜香时袭来。恨不出郊舒远足，一株摄取院中栽。

出郊

4月2日　是日车行近三百里。

大觉寺原辽代遗，中庭突兀立明碑。远来枉慕玉兰好，山里气寒开却迟。

两峰断处指京西，山路萦回路不迷。穿插门头沟市过，夕阳影里鸟归栖。树多鸟巢多。

远郊物贱住非艰，身退欣能健且闲。何必乡间营别墅，有人租屋便登山。便，方便之意。

窗明村店赞鱼鲜，归路华灯银线连。自是郊区空气净，举头皓月大而圆。

读《史记·吴泰伯世家》

吾吴三让美名隆，季札彬彬贤士风。末造阖闾俩父子，张皇哪得善其终！

思减　3月26日

江山吟啸历春秋，横厉曾期跻上游。人渐平庸思渐减，将何处下钓诗钩？

访纳兰成德史料陈列馆

2007年3月27日

春到上庄在海淀同下车，仿来小院纳兰家。词人满族应推冠，不谢千秋笔底花。

才士江东多往来，先人吴兆骞得赎庆生回。授徒两载充西席，渌水亭中屡举杯。

明府花园足自怡自怡园，沧桑陈迹了无遗。莲花池尚标图上，初白当年曾赋诗。查慎行。

曾拟茔前奠一觞，唯余残碣列空堂。回望皂荚屯前路，终古苍凉吊夕阳。

书纳兰之婚恋及病死事

3月31日

婚前所眷判云泥，已成康熙之惠妃。目阻深宫心未迷。临履怀忧身自谨，丝连不断说无稽。临履，临深渊履薄冰也。

骤来寒疾痛难医，寒疾指恶性疟

疾。诀别临丧记乃师。徐乾学记之甚详。器重生前身后惜，疑云未合指康熙。

缔姻两好伺妆台，卢氏夫人。况有善吟才女来。妾沈宛，女词人，着有《选梦词》。自是悼亡成抑郁，非关往事结难开。

可能几许欠深思，纠葛无休振有词。我已年时厌戏说，不尊史实但称奇。

文化现象十二咏

打油体　3月30日

几篇诗入耗多金，一日名标著作林。高手敬辞甘寂寞，词坛环顾惜知音。

国学何能搞快餐？几家容易上论坛。畅销书卖酬丰厚，内外风闻共尽欢。

桥上容挑倒版书，豕亥何碍喜寒儒。前时武侠行南北，善意扶贫果有无？

痞子美名谁畀之？居然老少暂风靡。首都首善宜珍惜，岂合骂声无歇时？

魂回雷雨迹能寻，择角裁衣费苦心。零蛋捧回非坏事，得名岂必在黄金！

打假人曾滥罚钱，今朝四恶聚台前。伪科学棍狂挥舞，誓与中医不共天。

华殿长歌播未完，近来题好取贞观。当时席地无高椅，一事相违不续看。

赛事纷然唱不休，出名欲仗一歌喉。时光大好能空白？搬上荧屏引眼球。

婚姻离合数家珍，哗众亲来揭秘闻。自昔艺人矜格调，不教美丑混难分！

稍息何妨且养神，山珍日饫不鲜新。炎凉非是人情薄，自爱时蔬厌老根。

名品名人相得彰，瞬间立见鼓私囊。恼他“报复”己无悔，三一五来惊爆光。

名剧翻新拭目迎，美人海选聚京城。个中迭有奇招出，后效无论世已惊。

经济现象十二咏

打油体　2007年5月2日

频传牛气上冲天，谁记名言出敬琏？涌动全民求暴富，须防泡沫近深渊！吴曰吾不炒股。

朝来充电午奔钱，书市今年事出鲜。攒首市民伸手处，股神要压易中天。

投资道正异投机，几辈近时身斗肥。学子市人究何别，世风日变是耶非？

孤岛危楼爆异闻，一钉难拔众人喧。城中土地岂私有？相附皮毛能久存？

圈地何由自主张，拆迁有法合相偿。归来片瓦惊难觅，如此张狂开发商！

房价窜升难抑平，小民不爽忍吞

声。如何数据翻回落，调控看来已有成？

贪腐生成非偶然，高官几见跌峰巅。基金社保凭移用，此是穷人活命钱！

一元每月出人人，私募基金招数新，身是明星钱岂少，拔毛至众竟何因？

黄金周里万人稠，节后仍然纷出游。价格趋低费调节，未凉反热削潮头。

胡同里塞小妖精，衔尾长街走且停。日产已高如未足，将何处可任车行？外销？下乡？

南海沉船近打捞，青瓷水路去迢遥。民窑什器“超千亿”美元，笑柄贻人怎解嘲？

金瓶梅亦辟公园，一再耗资千万元。屈指寥寥数游客，西门故里枉回原。

社会现象十二咏

5月4日

陋习年陈随地痰，空悬罚则自斑斑。将临奥运迎宾日，此事还同国体关。

桥栏新漆即涂鸦，小纸粘来术又加。都市牛皮癣顽疾，游移痒发不胜抓。

穿梭童子尾车行，生命如花落遽轻！指示发踪谁主者？犁庭扫穴秽宜清！

遛狗悠然遗矢脏，恶声聒耳各汪汪。自娱岂可成公害，蹿出伤人冷不防！

灰飘蒂落自高窗，吐雾喷云气自庞。不特染人以二手，更将楼下作烟缸。

乞讨雇童行四方，老妪捧罐坐桥旁。千元月汇全村动，蜂拥而来新丐帮。

公厕良宵早闭门，惊看尿迹满墙根。景区欲觅方便处，绿地潜来灯月昏。

案头资料读难完，减负负增成怪圈。小学生今忙叫苦，“黄宗羲律”版新翻。教育版。

白领谁知饱苦辛，青春体力赌高薪。“过劳模”致“过劳死”，血汗包身事出新。

多乘长假做人流，越显低龄事可忧。自昔端庄怜淑女，而今禁果早知偷。

公路两旁砖砌墙，一墙遮尽百千创。和谐社会争营造？考察车过视且障。遮羞墙。

当众烧钱摆阔风，轿车嫁女接长龙。奢华年代多浮躁，拥有暂时安虑终？

语言现象十二咏

7月9日~28日

应劳媒体出新奇，几字寥寥耐再思。发展曾宣“硬道理”，又将“软实力”频提。

“追星族”近更趋时，雅号因何称“粉丝”？老眼自惊风景异：“酷”男“靓”女尽如痴！

细察钱流料似神，“操盘手”运掌中珍。得防风险御“通胀”，宁作“基民”辞“股民”。

招因“选战”出非常，波诡风癫隔岸望。媚俗未宜甘“绿化”，迷途“小马”向何方？

南部深耕二十年，“草根”民躁见多偏。“纵然阿扁真猴子”，投票齐争“本土”先。两首台湾事。

马路高危怵“小巴”，留英“海选”困贫家。纷纷“偶像”凭投票，“作秀”八门生五花。印度事。

香港新闻“话你知”，“专才”招奈少民移。“码头填海”曾拒处，“扎铁”掀波工潮无已时。香港事。

“双开”今日悔应迟，“交易钱权”“钱色”糜。廉政威严如永树，贪风整肃岂无期？上海陈良宇事。

除却球星更艳姝，“金牌”光灿万人趋。只知得意春风日，岂虑前方“滑铁卢”？美国金牌女主播事。

有约山川豁倦眸，相逢“驴友”即良俦。如何近却翻新样：优惠免费全虚“啃老游”。驴友，旅游谐音。

惜售囤房故“捂盘”，群租“拼客”几辛酸。街头“跑酷”“奔奔族”，包子南京“抱抱团”。部颁新词，成其业绩。

超市久销娃哈哈，荧屏近见“爽歪歪”。不伦词怎提“人气”？无怪阮公深皱眉。阮次山评广告词事。

世界杰青大会

海外风云万里经；有挨岁月步伶仃。悲欢故事知多少，听罢“杰青”听“愤青”。

观秘境追踪 十首

4月8~25日，8月21日、22日

南溟辽廓碧波腾，科考群英船共登。深海何时获火种，能源宝库“可燃冰”。深海火种。

二亿年前霸海洋，鱼龙化石费端详。地漂板块震烈种俱灭，关岭疑团今曝光。龙冢疑云。

狮子山头葬楚王，乱平七国掩苍皇。岂容地下统兵马？陶俑纷然遗道旁。狮子山下兵马俑。

有凤来栖何处安？疾薨贵主汞藏棺。墓门开处勤追索，一段遗闻说契丹。何凤来栖。

烟冷绵山一望中，高墙暗道去无踪。李世民刘武周鏖战风尘定，乡里犹思“可汗”功。介休暗道。

高坟坚石巨碑遗，镐锤无能力不支。末造权阉竟何止？开棺唯首与身离。发掘李莲英墓。

草草封埋济北陵，乱伦诅上有司绳。当时美玉喻君子，不碎如何别爱憎？双乳山刘宽墓玉碎之谜。

山脚古城成史前，惊人稻种六千年。水田后向平原扩，城弃部民随远迁。澧县古城种稻世界最早。

九嵕山上置昭陵，石刻依然六骏腾。五季乱旋嗟鹿失，廿年治枉庆龙兴。唐太宗昭陵，五代时被盗。

日月乾坤并辇尊，碑高无字任人论。何时寝殿喜重启？旷世兰亭惊果存！乾陵未被盗，传藏《兰亭》真迹。

清明——读新闻有作

四首 4月5日

有荐轩辕赤血凝，如磐风雨折抟鹏。即今四海扬眉日，同祭神州第一陵。

大槐树下召寻根，唤起乡情与国恩。远隔重洋归哪日？有人垂老倚闾门！

必分尺土迄无休，碑立成林鬼亦愁。沪上近闻行海葬，不争地乃好开头。

墓地不够。

纸箔焚烧易致灾，车行拥堵苦成堆。清明宜与时俱进：祭扫随心网路开。

月光族·啃老族·月老族

——读报有感 9月3日

不菲月入耗全光，啃老无忧有保障。此是今时"月老族"，浮华岂值恁张扬？

王家大院楹联集独此一联脱俗，录之备忘

"闲云无事绕高屋，雁阵序时惊小亭"。亦欲随之遗世去，天边直上一扬翎。

读《求实集》敬题 4月6日

皖师大前校长张海鹏先生，予之故人，同办学会有年，欢洽平生；其诲人有方，弟子盈门。不幸遘疾谢世，已六载余。今由王世华教授汇编遗文，蔚然成帙，名之曰《求实集》，经邮惠寄一册，读之不禁悲从中来，恭赋四首，以志怀念。

桐城故里孕文心，迹向徽商皖学寻。明史深探从阔步，朱升进退最知音。

东南佳气聚文星，捧读遗篇涕泪零。毅魄已归岩上柏，冰霜不败岁常青。

人格堪尊谨学风，大才一代肃开宗。哀思我久难按捺，欲再逢唯于梦中。

学而弗倦历秋春，语必惊人笔有神。多少及门佳弟子，绵绵一派喜传薪。

香山植物园 四首

4月7日

不惜黄金满路堆，游人取景爱相偎。连翘素稔年年见，迎得春光最早开。

碧桃未发发山桃，白满枝头红已凋。似雪远难别秾李，渔人溪外不停桡。

天边一抹落红霞，试罢春妆褪面纱。只道癯仙寒彻骨，不知此亦号梅花。

怒茁檐前高处攒，低身银亦荐盈盘。玉兰片大香甜美，今日庭中得饱看。

再读查初白诗集 两首

4月11日

五七言评古体诗，精严律句逊雄奇。遗山顿挫能追蹑，或恐龟堂未过之。放翁于此不甚留意。

父子追陪两世缘，自怡园里足流连。纳兰馆若增文献，诗里堪供几十篇。

海棠花溪 两首 4月16日

云霞朵朵挂枝梢，如约年年访故交，同是海棠分两岸，朝南花炽北含苞。

枝叶离披灌木丛，小花贴梗缀朱红。园中各自争春色，底与海棠名取同？贴梗海棠。

琳琦年年寄来黄山新茶，故人情重，感何如之 5月15日

名山灵气蕴其中，迎客风鸣不老松。岁岁雨前陟崖上，拨开云雾撷毛峰。

玲玲赠我镇纸，刻有启功诗联，置案头日夕对之 6月6日

“名画要如诗句读，古琴兼作水声听”。启功墨妙思俱逸，才气无非出性灵。

闲中随笔 6月14日

神闲气定事无催，日对灯前报一堆。晨起安贞桥上过，绿云扑眼好风来。

夏至后一日赴柳荫公园

6月23日

绿杨深处见红蕖，千叶田田自卷舒。高洁从来誉不染：亭亭玉立出泥污。新加坡反贪局以荷花利剑为徽记。

青青芦荻欲侵坡，亭外无风水不波。此景年年看不厌：轻凫自在喜双过。

高式熊书联：大寿在德，至言无文。予甚赏之，题一首

2007年11月5日

大寿巍巍唯在德，至言讷讷竟无文。妙书心注浓留墨，睿思神飞高入云。

读《秋韵诗萃》

或嫌失律或伤痕，盛世诗宜风骨存。老圃幽香秋夜静，一灯有味卷中温。

柬吴锌兼示吴凡

11月26日

佳气朝来乐且康，红梅正发满庭芳。廿年立业经风雨，携手同心家永昌。

十里丹山桐蕊香，凌空雏凤舞朝阳。京华有约迎归客，展翅期同越大洋。

专家发话 2008年1月22日

几多土地惜撩荒，老弱留村苦种粮。处处打工潮涌急，恍能一夜泯城乡！

格律 1月25日

放眼江山新事稠，敲诗协律历春秋。力求工细趋无憾，不自由时得自由。

观十六省电视台联播春晚节目

2月6日

千秋华宴北联南，各就乡音乐所谙。七彩缤纷风味足，能开生面赞何戡。何为唐时著名艺人。

听邱震海谈中央台春节晚会

2月7日

健舞高歌点击稠，亿家喜气溢神州。平常心态看春晚，“依赖”过翻不自由。

春节 2月7日

一岁劳图一夕筵，高跷锣鼓舞翩跹。城中团拜迎春节，不及农村过大年。

说鼠 2月7日

硕鼠千年打过街，开门今岁却相谐。炒翻生肖缘生意，媚俗成风未必佳。

赴美术馆观敦煌艺术展

两首 2月13日

凝神佛坐阅沧桑，飘拂飞天去哪方？仙术劳谁施缩地，京华瞬息见敦煌。

巾带斑斓摹绘工，毕生心力注书鸿。盛时显学光华夏，海外何年返楚弓？常书鸿。

国人过情人节 2月14日

情人节里忘形骸，男女相邀花做媒。中外“罗司”名实背，同将月季叫“玫瑰”。

江西唐虞揭农村电网中的豆腐渣工程问题，愤而有作 15日

水泥杆折太离奇，不见钢筋见铁丝。岂止雪灾更人祸，来龙去脉要寻思！

戴旭《特大雪灾带来战时警示》一文读后 15日

战时电网属高危，轴折前车足可悲。应自雪灾寻警示，烦君忧患预相规。

南联盟电网为美石墨炸弹所毁。

《闯关东》一剧现正热播

16日

秋笳拍里毓家风，挥锸盘山冰雪中。不及阖门史同创，山东朱开山一家。塞天豪气闯关东。

因物价上涨引起的……
18日

难平百物困吾民，筹策周全召反唇。粮票并非真复活，酌分食物以疗贫。

藏羚羊与华南虎
2月26日

羚羊车过火车正凝神，坦露原来假作真。一样风波掀虎照，权威敛手究何因？

后记：查明作伪。

戊子清明 4月4日

清明零雨望天涯，北国春秾桃杏花。三百余年怀祖德，焚香我再读秋笳。

颓龄已惮陡坡行，落日西山冷旧茔。贫贱相依睽廿载，怀人无寐过清明。

重到旭芳园海棠花溪
4月10日

提前花信究何端？速与名花问早安。两岸嫣红开烂漫，我生有幸每年看。天气转暖。

佳构芳园十载中，花迎客共沐春风。成行门外青何在？归鸟也惊迷故丛！修成马路。

《狄三》言扬州盐事于史有失，记一首 4月12日

免税畅行隋至唐，北边盐岂转维扬？狄公断狱虽无数，冤案惊终制一场！

偶成

世间事理最分明：有度方能免失衡。多吃从知滋味少，为文亦贵少而精。

晋中行记十二首呈郭齐文兄
4月22日～26日

桥头高树灿如霞，兰考当年振我华。恰似贾行无不利，西来一路泡桐花。

石门过顿别开天，山色太行含赭烟。曾读矿权争斗史，百年风雨记阳泉。

西贾名传南北东，犹遗青主往时风。非因大布誉榆次，此日文星聚晋中。

风标三绝诗书画，文化一帮来、去、今。嘉会年时莅扬晋，隐然南北两中心。

三晋源流翰墨香，仰山近迭辟新章。段门更笃师生契，感子拳拳故意长。

桃李盈门绍晋风，今来快意晤林宗。夜光长见明书屋，何幸得之东海宫。予寓所悬齐文题字。

乔松不改色青青，文会频年喜共

经。光岳楼前挥大笔，龙飞墨雨洒兰亭。代学会书四百文长联赠绍兴。

如生彩塑冠当今，净土清音荡俗心。天下异思汇诸绝，域中宝刹重双林。平遥双林寺，有数绝为他处所无。

古堞登临已十年，老街风物宛如前。平遥新事人能说：火炬擎传不夜天。七月八日圣火将来此传递。

飞龙现处挟祥雨，双鹤憩时披落霞。奔走千灵驱万石，神功独与铸王家。灵石县王家大院，双鹤指王氏兄弟。

铁山遥与傅山通，人物千秋道不穷。自感笔添奇倔气，晋中五日助诗功。

绕道登车上太原，北都留守有前缘。晋游续出雄豪句，未及诗囊开待诠。北都留守喻太原市委书记。前缘指其主政太原前与予有文字缘。诠，详诠也，诠次也。

时事随咏 5月

一水悠长再溯源，暖春共贺辟新元。过犹不及岂中道，“以日为师”宜慎言。邱震海语意。

道厄乘槎海外行，五洲果见受尊荣。向师马列今扬孔，转尚中和求至平。指所设孔子学院。

亲亲相隐易行私，大义灭亲能置疑？何事“新儒”辞淡泊，抗颜偏自好为师？世纪大讲堂所闻。

圣火珠峰燃赶前，攀冰踏雪护周全。环球第一登顶处，脚底众山徒仰天。原定6月登顶，今提前。

5·12四川大地震

地裂汶川并雨倾，万人得救庆余生。浅层巨震恍“核爆”，不带硝烟犹战争。八级特大地震。

噙泪高呼俯废墟，兵民听令奋前驱。突来剧变扬军力，应对深符挑战须。全国大营救。挑战须出杜诗。

亿众同心吊国殇，半旗长笛寄哀伤！难摧众志成城处：浴火重生候凤凰。全民哀悼三日。

白龙江怒卷狂潮，碧口青川地亦摇。昔建金汤凭大勇，震灾岂遂压功超？小女为当年建设者。

多难兴邦古所言，肯令赤手建家园？八方来助人同奋，再倩春风绣绿原。

“加油中国”要坚强！款物纷来自外洋。因震翻教心贴近，人间有爱本无疆。

赠《诗刊》江岚同志

5月18日

江上晴岚幻百奇，苑中春色透千枝。未容风雅遂萧瑟，要为我华留好诗。

山村摘杏 6月19日

绿掩层坡石径斜，压枝红杏属山家。归囊装得霞千点，一路清香送枣花。

代明明赠琴友

用杜甫韵　6月28日

抚琴踏板正纷纷，有拂和风有遏云。此曲亦应天上有，人间何幸得亲闻！

青年宫里琴童老，温婉清扬依次闻。同说夕阳无限好，晚芳雅洁伴诸君。

读报两题　7月7日

承尘忽落静如岳，余震曾传安若山。港事安排犹小试，他时定报稳交班。

两岛江心勘界迟，一归银龙岛一切黑瞎子岛分半报权移。“吃亏从不”令心痛，不记东侵千里时。因病8月辍作，至10月复动笔。

童趣　2008年10月30日

文集编成始释然，少时诗爱检灯前。老来乐反添童趣，枕畔堆书拥虎眠。玩具。予属虎。

随意　10月30日

时样蛾眉入上流，有矜针巧苦难售。世情自古原如此，随意何多刻意求！

连翘花开　11月29日

十月农历迎春花早开，嫩黄点点脱尘埃。暖冬天气何频异？将见连翘发两回。

季羡林谈养生　12月5日

岂唯锻炼去愁容，食不挑精味自浓。长寿诀原闻季氏：“养生无术”术罗胸。

季曰三不：不锻炼、不嘀咕、不挑食，“养生无术是有术”也。

步韵柬苏仲湘贺岁

2009年1月9日

骇浪翻腾五大洋，神州独得庆丰穰。感君迎岁来相贺，如意愿同呼吉祥。

代明明赠萧衍芳

1月28日

琴声飏处水云翻，春到凤城迎午暄。谁与东皇添秀色，成蹊桃李本无言。

春来出游不得

2009年4月10日

野钓曾歆洽静思，踏青今我只神驰。清凉谷内珍珠瀑在密云，正是山花烂漫时。

旭芳园海棠怒放

4月11日

香雪含丹映水滨，百看粉态喜长新。却缘冬暖天气异，开落提前几一旬。几，平声。

景山公园看牡丹

4月26日

红紫万千风日清，牡丹名种动京城。园中人涌喧歌舞，我向无声静处行。

七律 共七十一首

生日感赋 十二首

2007年2月1日（农历12月14日）写毕

衰门伤逝剧凄惶，岂乃司刑后不昌？吴氏明代出父子刑部尚书。幼岁三岁父丧难记面，凶年母故复摧肠。何期耄耋寿方永，尚冀逍遥时正长。总是当今科技进，遂教医者显其良。

年少都门一士寒，秋来频梦万枫丹。枫落吴江冷，昔人名句。曾期词苑进身易，岂意宦途临事难。沾土自怜随小草，当门人惜任芳兰。平生际遇真多幸：得近亲和两长官。指姚依林、萧帆同志。

搏天击地乐无穷，十亿神州顶烈风。人重两“分”励“斗”志，两分法，一分为二也。我增一“合”说“和”衷。我于一篇社论中加“合二而一”字样。露枝凄冷蝉噤夜，云路迷茫鹏铩空。今日看来平易事，当时大火竟烧红。

攻诗打小已痴迷，亦有师承与友携。千卷罗胸容出入，百家照眼识高低。岂闻掷地同金石，枉说登门步玉溪。李商隐号。知己未能托后进，羡他桃李各成蹊。

全集诸家来地坛，秋冬相伴夜将阑。情怀旷放披苏陆，朝事纷纭抑柳韩。传世高名虽尚易，忧时大寿却尤难。颓龄自问争精进？晚岁人诗倍细看。

廿载安居愧俸钱，闲吟风月赛登仙。夜醒得句来天外，昼困抛书落枕边。小釜日常应忌肉，高楼岁暮总披棉。近时甚盼添曾辈，曾，曾孙也。倘许再留三数年？

学术今闻推世家，能文子女自堪夸。壮行已憾烟涛隔，吴锌居美。远嫁更愁云水遮。鸣真适澳。缘树蠖行先屈曲，在渊龙出欲腾拏。都门归省称觞夜，寿我同欢望岂奢。

反赖闺人学理财。首句衬韵。本研经济肯头埋。总关军国茶盐酒，却远庖厨油米柴。商管术曾使君足，桑刘言岂与时乖？老来已乏攀跻力，敢涉尧台百尺阶？

一卷飞来破我颜，北大郑学益寄来《信用中国》。再温旧梦廿年间。商业史学会事。会文扬越非观海，论学徽并岂访山？黄山、五台山。已见有人先拔帜，更闻几辈迭攻关。大张诚信光中国，脊柱昂然不可弯。郑氏观点：信用也是民族脊梁。

踪迹回循雪上鸿，几行深浅转成空。看花自慕江东秀，相马谁怜冀北雄。史局权安归日课，编史。文场差见用时功。写书。如何高处寒犹上，高处不胜寒。老学虽勤仅得中！

身在江湖道未尊，西山佳气旦临门。初寻燕国风云事，细认元都岁月痕。与元大都城垣公园相邻。俯仰一生存大节，安排几卷托深根。近出度量衡史一书。难除结习评长短，不审人将怎我论？

向时好逞不羁才，胸际波澜自合开。亦奉六韬携笔砚，岂安七宝饰楼台？言如不朽生无憾，事既俱完死莫哀。天上白云山下土，晴空万里赋归来。

诗格 两首 2007年元日

诗格低因句不鲜，亦如逆水勉行船。暂为泉石烟霞主，得占风花雪月权。稍改旧联。锦瑟华年惊已过，秋笳身世幸犹全。放翁老去心何壮，梦踏关河马跃前。

诗格高由风骨存，笔端庶不辱家门。折回棘路行九坂，掩映花溪过一村。人立飞楼云洒落，浪翻孤月雪溅奔。放翁句：人立飞楼今已矣，浪翻孤月故依然。龟堂万首诗思涌，指点江山道益尊。

再读查初白诗，括用其词，成二律 2007年1月22日

未必词垣是坦途，俳优蓄许御前趋。瓦全几辈甘罗网，玉碎何人轻首颅？见蝎移灯宁免螫，成蝇误笔易同污。决然告退时非晚，放下重帘书自娱。

初白诗丰近细参，吟边辛苦最相谙。紫姜丝老尝真辣，绿蔗头顸粗也。读汗，平声。嚼愈甘。难遂入时画巧样，犹堪作气戏高谈。五、六自指。笑他眼暗兼聋甚，其实年才六十三。

放歌两律

2007年1月30日

双鬓堪夸尚不皤，黄尘曾涉一征驼。乾坤终见成过客，江汉未闻回逝波。风格人相矜八怪，扬州八怪。生涯我自笑三多。言多，睡多，餐多（少吃）。出门奈已愁行远，日制新诗且放歌。

击节楼头自放歌。胸怀顿觉气嵯峨。作诗乐忌成拼命，用脑勤期能却疴。老年痴呆。云际龙飞传挂剑，用吴季札挂剑事。雨中鸥没负披蓑。他年撒手为才鬼，仙圣外容添一魔？诗魔也。

诗社命作辞庆建院三十周年

2007年1月27日

无数英才择最优，群科邃密恣冥搜。人文名世推高手，经济用时居上头。卅载呕心归智库，几人纵目倚崇楼。敢矜格调传秋韵，来献灵椿不老讴。

为明明偕诸男女同窗赠西工大同学会 2007年6月14日

曾倾心力注蓝天，日月双驰五十年。别远风霜情更厚，岁寒松柏节同坚。逊清屈辱千村破，大汉声威四海

连。强国梦圆史新写，春来花满曲江边。

赴金鼎轩经地坛戏以纤句记所见 7月7日小暑

银杏阴浓夹道攒，草坪新剪水珠干。紫薇霞染花烂熳，翠柏霜雕枝屈蟠。几处人来闹晨炼，两丛鸽聚乐朝餐。穿行便出南门去，偷眼稍窥方泽坛。

得句 8月14日、16日

暑气蒸人惮出游，小楼躲夏始迎秋。近时梦少书依枕，往日诗多酒注瓯。今已止酒。老态果真先软脚，衰颜未必不昂头。无须检韵犹谙律，得句随心觉自由。

得句居然成一章，总难舍且入诗囊。三千首在初知味，七十天过未转凉。日暮岂安随骥伏？秋高应起逐鹰扬。何妨几夜亲屏幕，目送英雄上井冈。

欢度国庆、喜迎十七大有作 四首 10月1日、2日、6日、7日

风华五十八周年，境入康庄快步前。一日万机务人本，四方多难必身先。都门爽气秋花丽，乡里欢声夜月妍。最是晨曦齐仰首，国旗高飏倍红鲜。飏，去声。

气豪今夕枉抽豪，难写时伦俱俊髦。心系三农嘘暖日，情连两岸阻狂涛。森严众志方为固，郁崛群山不让高。瞩目黄金周外出，小楼独坐憩吾劳。

不同何碍得和谐和而不同，厚惠薄威民所怀。洪水初平湔禹域，清音频落绕尧阶。夕阳晴处景偏好，秋色雨余时正佳。沧海但期尘莫起，江山娇任巧安排。

“民生盛宴”奏新章，世纪图开臻小康。贞士胸襟原荡荡，雄风邦国自泱泱。安危易转思忧患，贫富难调定主张。中外迎来十七大，巨人谁撼屹东方！民生盛宴系外电语。

鲜艳党旗 10月15日

高擎旗帜凛如神，特色中华主义真。血沃莽原仆志士，手披棘路继仁人。廉泉可酌身常洁，圣火能传代又新。事业何由永光大？非唯勤政更亲民。

重阳节至柳荫公园 10月19日

轻凫独去划波光，荷盖空擎尚有香。百丈长堤柳摇碧，几丛老圃菊披黄。节过寒露添萧瑟，气挟清霜见老苍。四季园中无不到，今来首度值重阳。

放翁集中有咏茶诗三百二十首，见其于茶亦有深嗜，书一首以补其事 20日

寒夜铛温雪旋花，晴窗又见戏分茶。闲情思涌三碗水，壮志神驰千里

沙。风片雨丝返田里，斜行矮纸客京华。一经谁授原推圣，陆羽著茶经称茶圣。自认江南桑苎家。陆羽自号桑苎翁。

玲玲书来：近产麟儿，取名锦添。甚喜，诗以贺之。 10月31日

锦缎光鲜花又添，王家喜气透重帘。初生已觉头角异，他日定看才德兼。千载飞天叩蟾梦，百年强国起龙潜。浦江老寿人长健，四世含饴心越甜。

校对拙稿《经济史中的计量研究》，成二首 12月9日、22日冬至

欲分毫末斗精严，目不窥园昼下帘。花落樽前春去早，霜侵鬓际病来潜。留名盛世求非切，饮水长河取本廉。人物大家风范在，低回何敢望山尖？

书城着我岁时淹，困学何能才识兼。秋雨灯前愁易满，春潮枕上梦难占。姿容昔久趋浓艳，格调今方避巧纤。仍欲攀跻敢惜力？群峦皆小向峰尖。

忧雪

2008年1月21日大寒之夜有作

节届大寒寒始侵，胸间不散几重阴。絮飞燕北沾庭薄，竹压淮南没径深。虬甲蔽空犹恶斗，南方暴雪。鸿毛堕野正哀吟。灾民成万。何时天气回常态，六出花迎兆瑞音。

《1950：黄炎培上书毛泽东》读后 1月23日

“窑洞对”传相见初，灯前再上犯颜书。直心洞抉言无剩，婉笔敷陈“取有余”。“诤友”定评铭党史，“好人”题字怆仙居。陈云为黄炎培故居书匾额，并题字赠以“好人”二字。经修缮后，开放之故居在浦东川沙“内史第”第三进内宅楼。所欣少子饶文彩，黄方毅先生。秋雨春风共一庐。与予同处安贞宿舍，楼上楼下。

为酬知遇剖心丹，万语原望万姓安。国泰先求衣食足，时平乃见吏人宽。张说诗：除苛图圄息，伐枳吏人宽。人为民字之讳。清香篱角矜秋老，劲节坡前耐岁寒。有幸几家善终始，纳言如一古今难。

雪灾 1月30日

南国殃罹百万家，更闻生死搏长沙。满天雪压横摧屋，千里冰封遍堵车。血洒雾凇悲欲绝，电力抢修致有牺牲。汽凝冻雨祸连加。大灾骤至仍无畏，世界人惊说我华。

救灾 2月3日

水电近时多缺供，郴州尤报计俱穷。一方有难援应急，四处连心爱本通。开路寒冰冻雨里，陟冈暴雪疾风中。遭灾反致增凝聚，举国人劳气更雄！

读马元文颂马叙老

2月10日

报国非唯为感恩，东风着意送春温。铎振教育人能化，鼎峙文章世所尊。披胆肝真贯日月，同呼吸共整乾坤。当年见证创民进，应识大师钟稚孙。马元为马叙伦仲孙。

读《东溪老人诗词选》呈袁春涛兄 2月12日

当年赁庑印鸿泥，沙渚雎鸠自在啼。晓霁帘开山洗髻，春波桨过水生脐。永期情好盟金石，却慕才奇步玉溪。出手江乡赏佳句，退思园内壁间题。1944年予住岳家，赁屋东溪桥头，从雅初夫子学诗。

同出东溪应拜兄，都门识晚发毛更。梁园人动风雅兴，杜曲声传家国情。广拓题材俱尽美，新诠格律益求精。近为老年学校讲授诗词格律。倩谁为辑《松陵集》？诗派吴江扬众英。

鸣真生女喜赋 20日

同堂四世报添曾，涉自重洋灵气凝。美秀长成应罕匹，聪明生小已多征。征兆。灯红正盼都城庆，元宵节前二日。兰茂更迎门户兴。宁忘此时来不易，苦寒尝共履晨冰。

诗两首寄慨 5月3日、4日

文字身荣拟翰林，亦知清浊辨黄金。抚膺几下浅深泪，抱膝仍为长短吟。语不惊人空换骨，诗难骇世纵呕心。呕字诗韵收入平声尤韵。非叹寂寞同高手，容易百年谁嗣音？

诗律兢求精且深，高年未合遂低沉。袖中敛却雕龙手，天外飞来唠凤音。搜宝有方凭铁网，度人无吝示金针。盛时肯自降标格：脱口率成风月吟？

地坛牡丹为雨所败，过而赋之

5月4日

芳信宵来厄牡丹，坡前红紫八成残。花心婉转揉将碎，泪眼离迷擦未干。乱打鹍弦惊锦瑟，徐开鲛室献珠盘。回中两律应称绝，李商隐《回中牡丹为雨所败》诗。不敢题诗在地坛。本诗诗中故藏雨字。

闻噩耗痛悼陶国君同志

（西工大同学会会长）6月9日

梁溪雨润杜鹃嫣，秦树江云思渺然。鼋渚暑消人击水，凤城寒尽梦飞天。飞机设计专业。繁星自灿烟霄外，爝火争明日月前？岂料今宵难制泪，不堪存殁感英年！

再书四川地震事

6月11日、12日

唐家山近梦魂牵，高峡悬湖利剑悬。飞将威从云外降，巨灵力向石中穿。岂容决口成大泽？终遣安澜驯骇川！脱困绵阳民共庆，功由人定不由天。唐家山堰塞湖泄流功成。

英模事迹撼心灵，台下人攒含泪听。天地坼前矜乐土，死生分际涌群星。风狂不倒旌旗赤，春暖重迎草木青。绝忆都江堰边路，架涛索固我曾经。二十五年前事。

读明人咏耶律楚材墓诗，补题一首　2008年12月7日

瓮山佳处着陵园，人物应关治乱源。劫后衣冠怜左衽，春回田野泽中原。亭前柳暗凫鸟憩，湖畔花秾儿女喧。我过崇祠总留句，如烟往事绕蒙元。

地坛书市购元好问词不得　12月8日

诗风峭健足沧桑，少学难攀仰老苍。更慕雄词推独步，欲追高格许同翔？沉吟慨重声原壮，词主豪放。顾盼姿多气亦扬。不乏婉约之作。书市冲寒怅无获，何时快读并珍藏？

燕都续咏　2008年12月21日～26日，2009年1月6日、9日

近重读明人所著《帝京景物略》。中有诗甚夥，于咏人物、记胜迹、述古事、叙习俗不乏佳作。心窃好之。不禁技痒。爰亦步其后尘，成诗二十一。以补前缺，入集，富我诗篇。

黄金台

招贤岂必借黄金，总是图强雪耻心。千里风驰容骥试，九霄云涌待龙吟。英才羁络奔科举，烈士销磨老蠹蟫。入侵韵，音淫。夕照寒鸦聚衰柳，高台何处费追寻。黄金台遗址在何处，有易县、固安县、都城朝阳门外东南三说。三黄金台明人云“岿然皆土阜”。

文丞相祠

柴市沙尘白日昏，浩然正气塞乾坤。自关军国成仁分，岂属朝家养士恩？零雨藓苔侵墓道，寒霜松柏拥祠门。英灵终看胡元覆，不朽纯臣万古魂。

徐中山将台

将坛高筑自前明，北捍幽燕肇帝京。宵遁电摧元社稷，朝迎日映汉旗旌。殊勋震处难终始，强敌挡时共死生。靖难师过曾驻跸，中山灵爽若为情？

于少保祠

玩兵土木竟尘蒙，扼守居庸虏计穷。复辟众能兴大狱，杀身谁解表奇功！千秋泪涌仪型在，万里魂归事业空。清白一词真写照，犹闻庙食在城东。崇文门内。

李文正公祠

茶陵神秀擅文章，百卷书存怀麓堂。李东阳撰。细事亦争举祖制，大忠端赖立朝纲。揭谋果决夷刘瑾，救正迂回比狄梁。狄仁杰。祠古不知何处是，长天半紫绚斜阳。

狄梁公祠

碧山西望已严冬，劲柏苍松路几重。贤令通神驯恶虎，狄公为昌平令时

之事。能臣有术遏雌龙。白云飞处望亲舍，红日扶时过险峰。若使古祠今尚在，昌平定去拜仪容。

刘司户祠

义山诗里识刘蕡，一策旻天浩气存。唐室谁知先酿祸，楚途人惜未归魂。竟称“风汉”悭科第，忍使孤臣叫帝阍。闻道昌平多旧迹，客来同拜布衣尊。

贾岛墓

故事推敲传至今，长安落叶正秋深。佳章喜得经三载，双泪潸流伴独吟。石峭千岩诗骨瘦，灯昏一室呗音沉。茶陵犹至披榛祭，旧墓房山哪处寻？

李贽墓

狂与才俱李卓吾，著书“老苦”却非儒。晚自名“老苦”。鸿冥纵欲身离矢，龙亢何能颔护珠？静院风馨芝尚茁，筑芝佛院以居。荒村月冷草全枯！通州望去愁云重，迎福寺西茔在无？

东华门灯市

放灯十日始前明，去闹元宵踏月行。街巷绮罗千影动，楼台笙管百杯倾。鳌山赛作销金地，鱼钥闲成不夜城。漫以中原矜物力，岂知国运有亏盈。

城隍庙庙市

昧爽人喧趋市门，庑墀三里似烽屯。古论重鼎商周贵，近识名瓷宣永尊。泉客海隅售珠珞，商胡域外炫瑶琨。几人重叠铜炉曲，宣德铜炉在市上出售，气运熙朝感帝恩。

白云观燕九节

正月十九，时十日灯市已半。

随师“恶杀”自西归，教创全真沐帝威。能使千灯长照市？难容一观遂忘机。击毬驰射朝连夕，曰耍燕九。丐袋绅衿是或非。相传丘处机实未死，是日或化乞丐，或化冠绅，杂游人中。好与燕都添故实，宴丘燕九大会动京畿。

东直门外春场

春亭万历时建月月有春场，风俗相沿士女忙。驱鬼烧香家吉泰，鞭牛披彩岁丰穰。迎来重午榴蒲插，盼到中秋饼果尝。冬至画梅瓣九九，凤城寒尽又春阳。

八里庄慈寿寺塔

辇尽黄金铸梵宫，神宗母建慈寿寺，云梦佛授九莲经。层檐铃铎响云中。塔高十三层，仿天宁寺塔也。九莲经果梦神授？六谷穗难望岁丰！一塔原铭“永安寿”，永安寿塔。诸臣齐颂太平风。“太平五十载”，明臣诗中句。苍黄五十年间事，虚费谆谆元辅功。指张居正万历初辅政十年。

西山碧云寺

百级崔巍兢共攀，碧云寺丽冠西山。勘开色界烟云散，入得空门花石闲。碑立元时纪年远，史传近世赴时艰。松风竹影寻常见，何事低回却忘还？

卧佛寺

七叶娑罗阴覆浓，来参卧佛悟虚空。河山百劫双眸外，桑海三迁一息中。凉月照扉寺边宿，清泉泻石阁前通。依稀松影传钟响，追记前游句岂工？二十年前以文会夜宿寺外客舍。

戒坛寺

选佛场开中设坛，二松阶下骇龙盘。真同火热游人满，难遣清凉圣地安。高蹬宜随探神秀，清泉可与洗儒酸。如何极乐峰未上，枉逐戒期辜翠峦。

潭柘寺

寺先“潭柘”后幽州，独览群峰无并俦。石塔鹤栖林际落，瓦亭龙蛰水中泅。青山行尽人伤暮，白道犹通时惜秋。总是一家留影处，不堪零落忆前游。

香山寺

丛木森森缠薜萝，五重梵宇郁嵯峨。行过香径唯红满，望尽春山独翠多。轩外来青枉留墨，楼前陨绿忽惊波。飘然自诩全盛日，其奈萧条民力何！香山寺始金大定，拓于明。嘉靖云西山一带香山独有翠色；万历题轩曰来青。香山之香由广植杏花而来。

香山公园

兵火河山寺殿空，毁于1900年。唯余遗址委园公。今为香山公园。运筹别墅迎霞赤，双清别墅事。选胜都门候叶红。雪后梦飞尘界外，曾宿香山饭店，有句：大地见尘净，小楼容梦腾。春来家入画图中。前年全家来游香山。年时今昔频生感，诗到人嫌兴未穷。

西堤

千层白浪戏游龙指万历帝，闻说“帆樯上接空”。明人句。岩壑已销王气净，湖山更喜瑞光融。跳珠雨涨芙蓉水，扫黛烟开杨柳风。十里曾过亭七八，西堤犹未出园中。颐和园。

五　律　（含排律）共三十二首

小寒

2007年1月6日（农历11月18日）

天即入三九，节方逢小寒。不容“冰上走”，未见“冷成团”。皆俗谚。华府岁偏暖，桃花冬共看。奇闻竟如是，怎遣杞人安？

金鱼　2007年1月17日

红黑鱼四尾，悠悠潜又升。惊看形变大曲缸侧视，谨记水常澄。局促嗤蜗伏，昂扬羡鲤腾。近来兴方至，生气斗然增。

明明赴大葵处度岁

2007年2月18日

车驰京顺路，别墅起芳园。迎岁新气溢，回春生意蕃。弄孙自多乐，学语未成言。自古亲情重，劬劳应慰萱。

书明明二孙

2月19日

在美生归国，元方与季方。初婴福俱到，既大苦须尝。已觉同含秀，终看各展长。年高怎久待？唯祝乐而康。

丁亥元日　2月18日

爆竹中宵闹，朝来晴日暾。悬灯新岁象，扫榻旧巢痕。祈福俗难免，拜年情尚敦。赏心独乐处：跌宕大旗门。古龙小说改编。

初二聚会　19日

有女归宁日，美林阁里来。京华居岂易，岁月去仍催。风味此时品，乡心何处回？世家期汝辈，立业各多才。

春雨　3月3日

杜公有佳句：润物细无声。今岁来嫌晚，连年变可惊。异常天气。楼前洒旋歇，窗上打何轻。仍觉如油贵，稍舒忧岁情。

春雪　3月4日

近岁悭飞白，今春六出飘。城中仅盈寸，郊外却封条。未至伤梅蕊，犹能护麦苗。昔年频见雪，得句隽风标。

惊蛰　3月6日

惊蛰难俱动，春风枉顾予。罾争纵鱼跃？天莫接龙嘘。梦里健操笔，枕边高叠书。只愁视逾隘，诗意渐空虚！

雨后地坛观牡丹

十二韵　2007年5月1日

五一休闲日，西门进地坛。昨宵惊雨大，此处虑花残。槛内光犹艳，枝头湿未干。总因游兴晚，未见醉颜欢。曾得宫妃爱，连挥学士翰。天香沾锦袖，宝气烁珠盘。富贵矜方极，风华占易完。春归心落寞，客去意阑珊。万古同弹指，四时空倚栏。人情原若是，世事岂无端？当日经营久，今朝创意难。“丹馨”名近改，觅径再来看。牡丹园名已不存。

溽暑偶吟

叠韵三首　8月5日、6日

结集岂不朽，罢吟犹未能。晨昏几搔首，忧乐再填膺。淮甸波光烁，燕都暑气蒸。清时诚有味，力薄自难胜。

本以笔耕进，此生唯此能。利名暂过眼，道义永铭膺。声激金石裂，味和兰蕙蒸。故家郁文采，继步任谁胜？

为民尽忠敬，取士务廉能。四海同翘首，千秋最服膺。鹏抟将水击，龙跃作霖蒸。向背人心在，一筹应可胜。

预报月全食不见

8月28日，农历七月十六，昨夜乃中元节

昨夜升明月，清光鸾镜寒。今宵候全蚀，迷霭凤城漫。香岛千家守，闽江万目看。余龄犹有待：喜睹此奇观。下次月全食须待2011年。予将八十有五，能及见乎？

宁淥书来悉宾荻仙逝，诗志哀悼　9月9日

千里驰书至，露零芳骤萎。前日白露。蓟门伤赵处，吴苑识荆时。天上重宾荻，人间珍瑞芝。感君哭兄意，我亦泪痕滋。

中秋望月　9月25日

寂寂中秋夜，楼东望已升。惊呼云掩月，恐兆雪摧灯。万户见离散，千年观废兴。飞天待圆梦，何日喜先登？

从俄罗斯红军歌舞团来京演出说起　9月28日

挥指动弦管，旋身飞袖巾。雄师向无敌，威力尚如神。冷日战云布，热风和气伸。但期经岁月，敦睦好为邻。

悼念张志贤同学　11月15日

噩耗江乡至，凄其冷雨零。真同倾恨海，何啻落惊霆！同学存犹几？吾生劫屡经。唯将不尽泪，飞洒满苍冥。

六十年前事，惠山朝入棂。明眸察黑白，妙手擅丹青。烽火岭头月，曙光天上星。一方多建树，才德说双馨。

岁月东林志，烟波西子灵。象高依北阙，钟晚送南屏。雁荡初寻桂，鼋洲再聚萍。相看应觉老，子女各成丁。

人孰能免死，如君诚足铭。身归本齐物，名在纵无形。百岁松间鹤，三秋草上萤。既然同一例，岂必羡遐龄？

小雪有作　11月23日

节序无雪下，中宵犹月圆。蟾宫期显影，鹏翅恣飞天。绕月卫星如大鹏展翅。协力劳多士，庆功欣大贤。笑予亦振笔，岂敢守冬眠。

迟见雪有感

12月10日，7日节交“大雪”

节报三天过，空翻六出花。撒盐不盈粒，漫雾却妨车。诗兴将无续，忧思未有涯。暖寒已失序，暴雪望洋嗟！美国数州暴雪。

观电视片《千年雷峰塔》

2008年2月29日

高峻雷峰塔，沧桑千载更。宏图起钱氏，杰构立杭城。法雨梵音拜，

金戈铁券盟。未能免兵燹，夕照对颓倾。

盛世兴百废，雷峰天再擎。地宫闷初入，佛髻貌方呈。槛外春秋月，檐间晨夕声。指铃铎。何当登顶眺？许我以诗鸣。

二月二日戏成 3月9日

农历二月二，玉龙头始抬。蛰虫惊地出，3月5日惊蛰。舒甲破天来。民俗旧常袭，国威今再恢。迎春花正发，“两会”爆传媒。

台湾选举蓝营大捷，当晚亟书，成两首 3月22日，20日为春分

两日春分后，民心紧上弦。狐涎沾绿地，马首望蓝天。未见逆转胜，频闻声夺先。来兹果堪盼？台海静风烟。

内外相期切，变中求再生。政情善治紊，天道慎居盈。谐族坚冰坼，迎宾宝岛行。来兹果堪盼？经济向春荣。

又书后一首 3月23日

水火纾前憾，烟尘靖去途。高年笔仍在，大事记宁无？拾古视将隘，拓新思不枯。近时频试手，格律未能拘。

二十二日记事 两首

2008年12月22日

游子重洋返，欢筵病暂忘。一家难聚首，四世得同堂。浩荡天风劲，仓皇海啸狂。独怜稚孙远，闻比阿爷长。

灵秀罕俦匹，明珠安雅张。人间容结爰，海外任分疆。盈室芝兰馥，传家翰墨香。长成难及见，能不惜年光！

书市归来 2009年4月30日

适归自书市，精要汲文章。梦去犹捉笔，醒来常恋床。吟诗怜若癖，探史笑成狂。校稿窗前叠，近时将大忙。

七言古体 共八首

观《卧薪尝胆》电视剧，书一首，转韵一百二十句 2007年1月24日

阖闾城头天地昏，吴主淫暴老不尊。逼死和亲婉娈女，伐越兵更破石门。两国交恶战难止，勾践迎击于槜李。呼而自刭声震天，三行成阵出死士三百人。吴方观之方骇惊，长矛飞向阖闾营。适伤其趾病且死，溃走七里道互争。阖闾死而夫差立，毋忘图越声声激。其时种蠡佐勾践，主期一战臣难逆。三万军发自指挥，空城入反遭困围。椒山之下折主将，浪战至此定是非。欲往依楚范蠡劝，且臣于吴免涂炭。含垢忍辱遂为奴，披枷戴锁如鱼贯。厚赂伯嚭肆巧佞，夫差有

诏留其命。监仓囚禁达三载，佯狂叩服表悔恨。子胥忍人心忒黑，杀勾践计全他设。行险更致怨毒深，君王大度赦归越。归来自责广求贤，赋税劳役免三年。粗衣恶食身耕作，卧薪尝胆夜少眠。伯嚭竟以邻为壑，越国受淹田无谷。范蠡借粮再入吴，为质差胜住牢狱。还粮仍不放人走，抱负莫展争袖手？不杀则必为其用，未卜何时脱虎口。座上代筹凿邗沟，指北浩荡可行舟。岂真佐吴争盟主，暗耗国力蓄深谋。文种受命掌国柄，安辑流亡抚百姓。土地垦辟力农桑，稽山渐见实仓廪。昔藏童男今可兵，甲坚剑利匿无形。生聚教养二十年，戮力致之事将成。谁向二鸟击一石？间越君臣计自得。索取西施亟至吴，馆娃宫中惊丽色。捧心颦眉少欢颜，夫差爱之舍更难。可称千秋第一人，献身报国光宇寰。一岁羁押归范蠡，君臣彻夜长谈秘。书揭子胥使齐时，家小未归存异志。夫差一怒猜疑生，属镂剑赐促登程。“必取吾眼置东门，观越兵入”愤不平。导谀人众言如一，北上争霸不延日。黄池大会诸侯时，精兵相随已空国。两败齐师势方盛，正争雄长力胁晋。盟约拟定推霸主，讵料变已起俄顷。勾践本应助出征，借机复仇气填膺。拊背伐吴军五千，甘言赚入姑苏城。国破子殉归无地，居外日久士罢敝。乃使厚币乞越和，主客位易顿至此！四年之后越益强，败吴笠泽不可当。连番兴师复伐吴，围吴迭克吴遂亡。不忠伯嚭末日到，头颅送回贪有报。相国太宰吴二臣，败事有余辄误导。面对西施心如沸，空有勇力愿难遂。诀前再请舞一支，英雄气短深有愧。勾践封以三百家，置之甬东望海霞。夫差辞谢伏剑死，知耻以帛面自遮。故示矜怜予厚葬，渡淮北上谁与抗？俨然致贡于周室，诸侯毕贺妄自王。王，仄声。周王封之为伯，王，僭称也。飞鸟既尽良弓藏，文种接剑悲下场。知机唯有范少伯，五湖烟水自徜徉。吴越争雄史有记，斯民憔悴谁得利？江山千里吊国殇，庙堂一代汇奇器。功过成败细考量，能行仁德运庶昌。禹裔如彼何足贤？其后不振怎“无疆”？《史记》谓勾践贤，未必；无疆，勾践之后，亡于楚。

外两首：咏雅鱼、西施

伍员计毒雅鱼辱，灭吴事了求死速。不以妒生杀西施另一版本，越中葆此人如玉。

西施尊前双眉蹙，夫差独怜看未足。我吴佳丽知多少，何必越中苦求索？

书东林党事

五十二韵，2007 年 3 月 8 日

风声雨声读书声，家事国事天下事。东林书院此楹联，事事关心声入耳。万历中晚百事怠，税监横行民怨沸。是谁讲学并结社，朝政人物敢讽议。熹宗践位局初定，颙颙苍生欣望治。东林诸公入主政，麟凤咸集位各置。内阁首辅叶向高，三朝元老识大体。未几魏、客渐弄权，冲龄主暗好嬉戏。杨涟疏劾魏忠贤，黑白对决大狱始。瓜蔓株连广罗织，向高党魁名首指。此际哪得再救人？黯然罢去旋长逝。杨、左糜烂无人形，投狱决杀六君子。方其肆虐捕人时，豕突狼奔发缇骑。来捕吴中周顺昌，万众齐集山崩势。市民颜周等被害，五人之墓至今峙。东林书院毁一旦，党人三百名榜示。思宗诛魏逐阉党，余孽暂隐埋根柢。春灯燕子送南明，遗阉复社斗未已。东林之基在东南，兴非偶然盖有自。富商大贾齐供奉，走集罢官与废吏。初抨矿税反征商，（李）三才慷慨揭其弊。继疾权阉反暴政，如病如狂怒火炽。卫护新兴工商业，东林党人怀大义。千古绝唱响悲歌，赤心一片期救世。东林之败非无因，实力大小判差异。掌控漕运与京仓，东厂只手遮天地。更以爪牙揽盐政，分赃自肥侵盐利。权阉如此财势兼，为所欲为再无忌。当时叶相在中枢，平和老成费调剂。犹冀挽回无大祸，深知浊重涤非易。魏阉提督东厂日，时为三年纪天启。此前魏阉尚惮众，叶相屡争祸能弭。四年杨涟劾遽上，恐致决裂未谓是。阉党遍布正伺隙，杨左等戮挨次第。善类为之近一空，正人自是无依倚。或谓阁臣无方略，才智耗于斗派系。息事宁人务姑息，养奸成害弛惕厉。“笼络阉党”以为策，与虎谋皮实麻痹。窃难苟同此断言，愚陋未见史有记。向高屡言抉乱源，岂真懵然恁浅视。奏请忠贤解事权，促其克日归私第。如属有心施笼络，群阉何噪围其邸？诸公临事似过激，书生傥论足锐气。浙齐楚宣昆各党，未图协同力排挤。尽推若辈附权阉，画策代文虎且翅。导使魏阉“意遂决”，廷杖迭下狱连起。徐图计本叶相衷，戒激免祸未合诋。悲剧酿成自多因，能不深析片言蔽？少时负笈梁溪滨，书院曾往寻遗址。三百余年怀前人，临风我亦含泪祭。自古清议擅清流，遑论成败轻生死。浩荡乾坤英士风，苍凉岁月东林志。

新四时读书乐

2007 年 3 月 4 日

元人翁森有《四时读书乐》，长期以来脍炙人口，其中名句如：好鸟枝头亦朋友，落花水面皆文章；读书之乐何处寻，数点梅花天地心。更至今传诵不辍。近日报端推介此诗，予重读之，犹觉盎然兴来。唯原作系古体，不便吟咏，且有声律未协（出韵）、属对欠工及不谐于今世名物之处，爰按律体（含拗律），依韵另作四章以续之。非以代之，期有以补之焉。

晨起披衣风满廊，回扃静室对书香。下帘任啭黄鹂语，击缶正歌清庙章。悠闲易放年华老，万卷沉潜成所好。读书终日自怡如，月浮花影漾庭除。

槐影葵心黄四围，晴窗净几纳朝晖。和吟日转蝉鸣树，伴读月临萤映帏。北窗高卧渊明侣，得句自然多雅趣。读书励志路何穷，长空振翅趁南风。

欧公兴到赋秋声，五夜幽蛩砌下鸣。黛失柳堤金色满，红添蓼岸水光清。已凉天气人何在，此际埋头功可倍。读书有悟易陶陶，霜天明月一轮高。

寥落关山草木枯，相亲如侣总陪吾。抱衾只觉春漫室，开户方惊雪拥庐。千秋尚待传薪火，四海放眸能舍我？读书乐岂独追寻，窗前梅月最知心。

词 共十首

金缕曲·忆就学无锡情事

2007 年 3 月 9 日

书罢东林事。趁南风，云山万迭，梁溪春水。同学莘莘俱英发，挥斥书生言志。观天下，绸缪先计。五夜响雷惊骤作，双龙战，四海无宁地。将何处，得容几？几，上声。

秋来感更因谁起？暂分襟，校园独往，暌妻舍子。内人因产休学一年。千万相思言难尽，都付鱼书雁字。借梦归，桐花故里。同里镇。醒后凭栏朝夕望，洗愁眸，惠麓多佳气。四年久，喜身寄。

百字令·与老学长秦柳方先生告别 2007 年 3 月 10 日

满天阴翳，破难明长夜，柳风拂晓。春到梁溪朝日丽，名动江南才调。议重东林，波拦西化，苦斗能输老？寒窗灯下，拳拳赤子怀抱。

后学廿载随公，工农教育，披棘开新校。万里流迁烽火急，旗帜高擎不倒。八桂林边，九龙山下，弦诵声仍绕。椿龄方永，星沦一夕何早！2 月 20 日逝世，享年 102 岁。

台城路·读寄来《选集》，怀赵宁渌兄 2007 年 3 月 11 日

丁家桥巷登门处，同窗少时存几。白下山川，吴中花月，载酒江南胜地。青春水逝。正湖海推尊，成书盈笥。更出名言：人生七十从零始。

高风大师曾慕，誓淹通中外，经哲文史。毫底端庄，吟边清雅，随手犹称余事。巨编承赐。对异彩奇光，心迷神褫。老健如公，哪堪追步履？

沁园春·读《阮波文集》，赠张薇青同志 2007 年 3 月 14 日

浩浩烟波，人世悠悠，薇叶青青。骤燕北风云，从戎年小；浙东烽火，杀敌身轻。森竹茅山，繁花茶海，巾帼宜推旷代英。长江畔，遏狂澜同梦，细说凄清。　　百年鼎鼎门荣。毓神秀，神来笔有灵。遂匣闭屠龙，闲归书屋；橐携倚马，力代田耕。一唱群呼，再鸣世瞩，三峡词源百丈倾。蒙贻集，拼中宵不寐，谛听心声。听，平仄通用，此处读仄。

满江红·嫦娥一号升空

10月24日

华夏欢腾，观今晚，嫦娥奔月。立壮志，非求外助，全凭自力。十载青霜磨“一剑”，万钧赤焰驰三级。会西昌，彩带耀边城，郊原塞。
绕行始，登有日；来而返，期无失。入深空许我，蟾宫安宅。破寂先当探矿使，联欢后至宇航客。到那时，世界更谁家，轻中国？

水调歌头 2008年9月

双奥高扬帜，神七疾飞舟。梦圆强国长盼，一洗百年羞。处处轻歌妙舞，放眼江山多丽，浩荡太空游。我亦心难按，意气欲吞牛。　　今岁异，连报捷，喜金秋。人间天外，夙夜非懈集良猷。壮志中华儿女，百口悠悠何恤，自与凤鸾俦。前路宽无限，更上几层楼。

添字浣溪纱 2008年10月

尺素征文献冠军，嵌名题赠亦求新。动魄惊心多少事，怎传神？
跳水溅珠歆落燕；击球旋月骇腾麟。面面金牌留靓影，彩缤纷。

千秋岁·喜迎国庆六十周年，恭赋 2009年2月18日

美芹惓惓，曾献葵倾句。指旧作：美芹篇十二首——1921～1949建党建国史颂。周甲子，惊飞步！方呼沧海啸，屹立中流柱。十三亿，百年耻雪谁能侮？　　吉日迎朝露，欢笑花秾处。扬军力，威而武。风雷欣际会，宇内多朋侣。千万折，滔滔难遏川东注。

鹧鸪天·贺新居，有寄

3月10日

极目南天千里尘，迁乔且喜讯传新。星稀鹊老宵多警，露重蟾凉月有人。　　红板柳，碧溪莼。相逢未胜长相忆，梦里寻犹藏六亲。

法曲献仙音

2009年3月16日

老学长徐为裳女史自东林中学邮来《百年长河》画册，恭赏之下，不胜景仰。爰填词一阕，寄表谢忱。

北地寒凝，东林春动，天外彩云飞落。霜柏盘龙，石�栖鸟，红梅化由冰玉。有傲骨丹心在，闲花任凡目。满桃李，喜梁溪绿波晴暖，迎百岁遐龄，合门祈福。　　三绝半生趋，仰高标指日登岳。似画其人，见情真，艳色都脱。亦行过幽径，香染一襟吟独。

第十卷

有学集

予所写诗词中不乏读书治学论文谈诗之作，近年尤夥。此类作品迴与抒怀纪事写景状物之篇不同，两者不宜混而杂之，致失『学问诗』之特色。爰特自原金鸡、翰苑、余霞、补景四集中抽出有关部分，另辟一卷，置于其末，名之曰《有学集》，以类相从，庶清眉目，并与全书开头之《初学集》相对应。时间止于2008年7月。原第九卷《补景集》后所附之对联、骈文则一并移于本卷之后。

七言绝句 179
七言律诗 54 首
五言律诗 3 首
七言古诗 4 首
五言古诗 4 首
词 5 首
对联 23 副
骈文 1 篇
2.63 万字

七绝 共一百七十九首

玉溪行吟——赠李商隐研究会四首，倩董乃斌会长挥毫

2001 年 10 月 15 日

飞越黄河路转西，由来三李大名齐。遗风学杜开诗派，何处梅香问玉溪？

千里追寻夏及秋，燕台生小住怀州。故乡合念婵娟子，何让贞娘占虎丘。

濡沫江湖多别时，新春阿阁凤雏嬉。云孙四十四代在，兰泽绵绵由衮师。

除却芬芳艳语工，漫成篇出见初衷。何能朋党并牛李？我亦瓣香歆卫公。

《李商隐年谱》书后

予草商隐年谱既毕，亦不禁一洒怅望千秋之泪。商隐生于朋党相争之世，涉足良难，谋身常拙。其去牛就李，原“涣丘之公，择木之智”，乌可厚非？惜其才命相仿，宣宗立而卫公黜，善妒牵牛，不荐司马，八郎秉政十年，商隐遂不能振。偃蹇幕府，蹭蹬仕途，位卑年促，郁郁而殁，斯足伤已！而论者辄曰放利偷合，诡薄无行，不亦诬乎？今既详论其世，或可略知其人。心力交瘁，注于一编，余意未尽，复成廿绝，附于谱尾，聊当书后。盖欲以概括行迹、探究心曲，亦稍示商略訾议、澄汰浮论之意焉。（1972 年 12 月初稿，2002 年 1 月增订。）

短襟初见在河阳，被夺南行闭后房。岂属风怀闲笔墨，寻春亦学牧之狂？

愿将冤魄锁天牢，始免背飞愁浪高。漫说四章辞隐僻，分明点点泪濡毫。

十载重来梦未残，依依芳草对吟鞍。低楼小径城南道，衣薄帘轻忍夜寒。

丫妆抱扇立风前，洛下相逢惊堕仙。不是燕台诗卓绝，哪能遽得柳枝怜。

雾夕芙蕖喜缔缘，鸿儒被抹赴泾原。春风雪絮曾联句，廿载难忘住李园。

濡沫江湖多别时，新春阿阁凤雏嬉。秋风摇曳西窗烛，夜雨巴山寄内诗。

婚宦平生系李牛，是非渐晓更何尤。重逢二月期相约，徐海东行岂漫游？

星争替月愧劳神？展画重阳又忌辰。忍见秋眸肠寸割，王夫人即李夫人。

水火私门斗正忙，漩涡卷入脱无方。向时敢便论长短，只道同名作夜光。

从一原宜奉赞皇，冬来何事去浮湘？旧交犹恋难轻绝，中路因循是所长。

择木良禽难锁笼，上林春去太匆匆。丁忧三载郊园坐，不及扬文佐武功。

桂北川东洽主宾，远游岂尽为疗贫？漫成隐附卫公后，心迹千秋原未湮。

使府沉沦十载中，长扃东阁梦难通。郎君别具牵牛妒，抑尽才人已独雄。

乱石纵横碍莫逾，逡巡恸哭惑穷途。嵩阳松柏青无改，何必陈情乞令狐！

花落方来辄抱愁，拙犹蛇足为身谋。如何躁进又偷合，轻薄为文嗤未休？

幕府春风恩遇殊，能云一误落歧途？义高梁孟情如海，岂悔何郎得意初？

窥人爱宠语违真，恶草何干老大臣？总是前修疏失处，偏于品节损诗人！

无奈望之实恨之，如迷如醉此何词？樊南心事谁能会，续作郑笺应毋辞。

哀怨音知锦瑟篇，无题谜解足功传。乾隆朝士飞梦断，寂寞人间三百年。

不是艳情非自伤，低回掩卷几回肠。何当一扫层霾尽，诗派千秋现异光。

红楼百咏

红学今已成显学，予涉猎红学，略有所悟，以诗咏之，前后共得七绝组诗百首，重之，以“红楼百咏”为名，入我集中。

樱桃沟寻曹雪芹墓不得

1975 年 9 月

空斋烟冷著书辰，竹影泉声远市尘。秋草樱桃沟外路，不知何地葬诗人。

曹雪芹故居

1998 年 10 月

门外双槐岁月更，灵芝顽石酿诗情。质刀赌酒归来晚，星落西山健锐营。

故居当日住芳卿，粥薄灯寒书半成。醒世文章身后誉，京华吾亦举家清。

再访曹雪芹故居，于旗下老屋徘徊久之，成二首记所见

2006 年 3 月 29 日

班孃苏女有才思，箱背潸然泪染诗。典却嫁衣为郎殓，风寒岁尽夜凄其。见芳卿诗。

赫然在目数题名，不尽重逢劫后情。红袖添香冀终老，飘零新妇李芳卿。见雪芹字。

愚按：芳卿之卿字向系爱称、昵称，似非新妇之名。予揣：新妇名中应有一云字，与湘云关联，湘江楚水，其出生之地欤？名中另一字则应为芳字，其全名似为李云芳，故平居即以芳卿呼之。黄松书箱上曹公题字“清香沁诗脾花国第一芳”，第一芳，则见重之之意也。据周汝昌先生所考，大观园主楼西面之斜楼，曰“含芳”；在书中五用芳字：诸芳、群芳、沁

芳、会芳、秋芳（人名）；十二官中之芳官，“身上有湘云的影子”。“芳，几乎是《红楼》全书的气味，也包括环境、人物、品格、德性”。周老之看重芳字，一至于此！周老于论脂砚与畸笏时，更引吴梦窗之《江南春》词：“风动牙籤，云寒古砚，芳铭犹在棠笏”。云、芳二字，前后赫然相映，目为之夺，如此巧合，莫非天设？又，周老于“香在红楼”中云：香、湘是同音同义。由此，湘云与湘与香相关联。而香即芳也。湘云二字倒读之云湘即云芳也。芳卿之名为云芳，不亦弥见可采乎？

又一首 2006年8月21日

疫染天花独子殇，沉酣无度促身亡。曹家新妇书遗箧：“不怨糟糠怨杜康！”

因刘心武谈秦可卿身世之谜事，题四首，兼及自况之说

2005年7月

天香庭院蕴奇情，哀乐红楼梦易醒。岂止寻常儿女事，政潮欲起慎扬舲！

朗月高悬仰太清，朝来花落听无声。却从红学生“秦学”，身世谜开喜一鸣。

废立东宫旧侍臣，烟霞黼黻字雕银。月中桂落藏深阁，真事隐来云姓秦。

三朝家世几升沉，血泪书成愤莫喑。总是辽东旧谊重，才人邺下赏知音。

天香楼系秦可卿所居，政潮指废太子之子弘皙所酿之宫廷斗争，即所谓日月双悬事。

周汝昌以脂砚斋为史湘云，可从，因书四首

射圃身捐佚侠文，李曹姻戚共沉沦。宫灯蓦自桥头见，击柝原来是“那人”。

食粥拥毡劳育麟，几年佣丐历艰屯。既亏气血称畸叟，湘云原喜男装。当日风姿最出尘。

麒麟白首伏双星，少小相怜梦亦馨。乐见宝湘重会日，可堪新妇又飘零！

湘云的是女中英，红袖添香书共营。亦会芹脂“二人”意，辛酸一把泪同倾。

周老考定：脂砚之原型即湘云，与畸笏、畸笏叟为一人。除个别批注系旧注混入或转引他家之注外，余均为女子声口，逗露湘云消息。按：畸笏之名，自壬午春始启用，是为雪芹去世之上年，雪芹既逝，批书者即用此名号，脂砚二字不复见。周老云：笏，是砚形的代称变词；畸是脂的音转，畸笏还是脂砚，名变人未变。我赞同两名一人之说，仔细斟酌，并认为持“脂砚斋不是史湘云”断语之理由并不充分。然于称叟原由，窃有所揣。颇疑患难迭经，生活又窘，新近产儿，抚育辛勤。气血两亏，年未四十而已见早衰。甚至天癸暂绝，与男无别，戏以叟自嘲，于幽默中饱含苦涩焉。然乎？否乎？予近窥红学，浅尝即止，不敢更上“红楼十二层”矣。又，于小红其人，脂砚初亦不以为然，批曰：“奸邪婢岂是怡红应答者”，时在己卯

冬夜；后，丁亥夏署名“畸笏”批曰：“此系未见抄没后狱神庙诸事，故有是批”。心武云：两条批语明显的前后呼应、更正的话语关系，说明脂砚斋和畸笏叟就是同一个人。刘氏此见甚确，亟为补之。

因周汝昌、刘心武言贾元春事，再题六首 2005年7月

曲折宫闱足是非，缘何多语泄玄机？鲜花着锦方称庆，瞬息繁华大梦归。

抽身须早劝天伦，爆竹成灰谶竟真。五月榴花红正火，侯门骤覆究何因？

株连欲脱更无方，虎兕相逢恶斗忙。弓不再悬橼堕地，弓、橼谐音宫、元。三春易尽恨无常！

道观清虚打醮晨，福祈生者及亡人。诞辰巧合非无意，曲笔隐情知雪芹。

凤藻宫中记受封，无虚年月始乾隆。同悲先姊仙逝早，岂与诸姑论辈同？

薨逝元妃心欲摧，立春次日去难回。四三享寿因痰疾，高鹗风从空穴来。

周汝昌云贾元春因宫廷政变，死于非命。刘心武言贾元春泄秦可卿身世之秘而受封赏。秦氏乃废太子骨血，隐于贾家，其兄弘皙等愤其告密，逼宫，缢死元春。弘皙一党，后于乾隆四年，谋逆，行刺乾隆未成，遂遭清算。向属太子党之贾（曹）家亦受株连，被抄家没籍。刘氏又考出清虚观打醮之日为废太子诞辰，由贾元春发起，元春原在旧东宫供职，设醮念其旧主也。读书甚细，说可从。

刘心武揭秘妙玉，见殊独到，大受启发，然尚有所补，戏题四首

女儿生小住苏州，冰雪聪明诗最优。带发缁衣更北上，一庵求静傍红楼。

抗脏风尘折不摧，品高身洁世嫌猜。心仪枉有痴公子，来乞霜娥槛外梅。

南下瓜州故现身，劝惩事。已沉泥淖为援人。若非侠义堪推重，安得湘云作比邻？

红颜皓首怎相容？换得宝湘离丐佣。何必出奇更他索，后先所指本隋公？

予揣唯继任织造隋赫德有此能为。按：《红楼梦》十七回记妙玉初入园时才十八岁，是年为乾隆元年（1736），逆推，妙玉当生于康熙之末（1718）。雍正继位，打击前朝旧人。雍正四年（1726），苏州织造胡凤翚获罪抄家，胡与妻妾自缢；五年李煦下狱；六年曹頫抄家。颇疑妙玉为胡氏遗孤，家破时年才八岁。为避继任织造隋赫德之追索，隐姓埋名，遁入佛门。先居玄墓蟠香寺，后曹家复起，妙玉乃随师入京依傍有通家之好之“贾府”，师卒，依遗言未回乡。可知妙玉实长于宝玉六岁，其心另有所属。此处，心武所测近之。然心武谓皓首系指“悍王”——忠顺王，于瓜州渡胁迫妙玉，欲占其身，卒为妙玉所算，同归于尽。言之凿凿，不知证据何在？查《清史稿·皇子世系表》：康熙之子至雍正时已诛夷几遍、凋零殆尽，其尚存者

亦不够格（王），无足称述。近似者唯雍正第五子弘昼，此人封和亲王，预议政，薨后谥曰恭。和、恭，忠顺或隐射此人欤？列传虽言弘昼“少骄抗，性奢侈”，雍邸旧赀悉归之，故富于他王。然尚难找出刘氏所构悍王事迹之更多线索。何况弘昼于雍正薨时（五十八岁）年正三十余，乾隆五年曹家破败时亦不过四十，以“皓首枯骨”拟之，决不相当也。

又，扬州靖氏所藏《石头记》抄本有一条脂批云：“它日瓜州渡口，各示劝惩”，“红颜固不能不屈从枯骨，岂不哀哉！”心武既信此条批语非假，则所指之人明属老迈年高者（枯骨），固不能归之于正当中年之所谓“悍王”也。必欲归之，岂非矛盾自持！2008年2日补记

恭邸有因联大观

——大观园与恭王府关系纵横谈十五首

2006年9月30日

遗痕古迹未全堙，千片明瓷出土陈。鼎食钟鸣当日第，恭王府岂自和珅？

豪客园池压众僚，大阉惑政溯前朝。想因震毁慈恩寺，坐使名标李广桥。

弘治三四年京师地震频发，位于前海西岸之慈恩寺殆因此而毁，寺之遗址成为明内监掌管之供应厂，入清归内务府；寺后之地则由当时大宦官李广起第，位于后海南岸，今恭王府北不远处即有李广桥。但恭王府应建于慈恩寺遗址之上，而非李广之故宅，前海后海地不相符也。今恭王府之藤萝苑因施工挖沟，出土明瓷碎片近千；另，恭府家庙东山墙之砌砖造自万历十年。足见恭邸地基之上应有始建于前明之建筑。可说后之和珅建第以至庆王府、恭王府之形成，与前之慈恩寺遗址都有关联，其间一以贯之，言之似可成理。

贝子初封宠胤禵，得归翅折判云泥。御书福字碑潜奉，感悟余生在府西。

康熙四十八年三月封十四子胤禵为贝子，有宅，即今恭王府之“西府”。雍正即位，胤禵被出“守陵”“思过”，后得释放，归其宅，已感叹“余生”矣。今恭王府秘云洞中所供奉之康熙手书之福字碑，即表达了胤禵对其父之怀念而不敢明示之情。见周汝昌说。或谓胤禵被释后住西直门外半壁街，直至去世，与后之恭王府无关。按：此为乾隆年间事。十二年允禵晋贝勒、十三年封恂郡王，由原居所迁往半壁街，乾隆十五年之地图上恂府即标在半壁街，宜也。但由此否定其先前曾有暂住西府之事，则非是。

曹家准住府之东，新帝恩加凤藻宫。迎驾省亲园盛饰，一时桃李笑东风。

恭王府之东府为康熙第十子敦郡王府。雍正即位，因府主曾参与夺位，夺爵拘禁。撤府，曾用来拘禁年羹尧，一直空闲，乾隆十五年地图上自不予标注。雍正六年，经怡亲王允祥之请，准将此屋安置曹家百口居住；乾隆即位，曹家有女选为妃，府内盛葺，以备接驾省亲，红楼梦中之大观园即以此为背景。然则大观园在原敦郡王府，即后来之恭王府内，周老之说，可从。

怡红快绿月临轩，莺啭凤仪风日暄。借得山川明秀气，帝城西起大观园。

宝钗诗芳园筑向帝城西。

北城树石漾清波，夹道垂杨绕岸

荷。欲问芳园筑何处，文人有记巷谈多。

《燕市贞明录》、《清稗类钞》、《旧京闲话》等书中均记大观园在什刹海，闾巷传闻则更多矣。

赁屋墙东托比邻，西边荣国是前身。柳阴独立看垂钓，满腹见闻刘大绅。

刘鹗子，西边即恭王府。

曲折奔流抱复回，蟠龙岛上现蓬莱。会芳溪自西墙外，曾见源头活水来。

俯瞰恭王府恍若建在蹯龙水抱成之岛上，而大观园亦桥通外河之闸、身处溪水环抱之中。

亭台望去稻香村，野客江南乡梦温。此际沄沄千亩绿，玉泉水引备移根。

由恭王府亭台望去，“柴门临水稻花香”，《红楼梦》中稻香村之景宛在眼底。

迎面飞来独乐峰，石头记岂尽虚空。大观园与恭王府，景物分明彼此通。

巨大太湖石——独乐峰在恭王府花园内通道正北中央。《红楼梦》中来自青埂峰下之石头，或是雪芹少日居此所见，而据以取景乎？

匾额王书挂正中，天香庭院锁梧桐。画梁自缢魂飘忽，隐事红楼竟恁同！

天香庭院为康熙二十一子慎郡王胤禧所书，决非题赠和珅或由和珅购入者。恭邸有妃子自缢传说，正可与《红楼梦》中秦可卿命丧天香楼之事参看。

康熙封爵宅随分，具见当年御制文。府主后来多变故，不标图上自无闻。

康熙御制文集载，“四十八年三月封胤䄉为敦郡王”。自亲王、郡王至贝勒、贝子，例分府。敦郡王分到“恭王府”的“东府”的前身，即其后曹家之赐宅。敦郡王败，府撤，乾隆十五年绘地图时，“自不会对这个前允䄉府做什么标注”。（杨乃济先生语）

诚然第与府悬殊，不注乾隆舆地图。此处受封早分府，何须和“府”作先驱？

或谓据乾隆京城全图所示，和珅建第前，这块地段是空地及杂乱民房，并无王府，如有王府则必在地图上标出，和珅第之前身，绝非府，更非王府。大型宅第之建，应自和珅始。按：图上不清，此说可商。据上诗所引康熙封爵分宅事，铁证表明此处已先由禵贝子府与敦郡王府东西分占，岂待和珅方起大型宅第？况随后之和第亦不足以称府也。

帝恤赐居原特恩，何须划界限侯门？曹家正白旗虽属，家岂城东一处存？

或谓八旗驻地，分别地界，曹家属正白旗，应在东直门内，不应阑入北城居住。依予诗所析，其说似隘，亦可商。

“华日祥云笼罩奇”，宝钗诗句。百年鼎鼎易陵夷。曹家恭邸俱如梦，自写苍凉怀古诗。

刘心武近解《林黛玉之谜》六题，作六首以应之

2007年8月8日立秋

巡盐御史岂多藏？异于运司、知

府。规费来唯仰巨商。弱息“一无所有”语，非因琏二饱私囊。

螟蛉贾政生子偏珍爱宝玉，骨肉贾敏遗孤黛玉倍悯怜。两小血缘原不近，姻联木石用心坚。贾母。

见“含露眼、胃烟眉”，心动应从首会时。凤尾森森帘搭地，悄无声处底情思？

霜严风急利如刀，暗地姨娘频使招。欲置颦卿于死地，有人宝玉难活好承祧。

将倾大厦突头昏，庇护人亡恸外孙。遂自沉湖明洁白，一汪冷月葬诗魂！

黛钗言笑释猜嫌，趋向虽殊美并兼。薄命司中同在册，奇情幻笔擅曹霑。

刘心武近于论坛作薛宝钗六讲，心窃是之，亦题六首以和

11月上旬

雍容大雅拟花王，近日何由态失常？金锁岂甘联俗玉？九重霄外更高翔。选秀失利。

节礼双颁意指婚，八风不动太君尊。羞笼红麝串思忖：堂奥深深何处门？指婚无应。

理念虽殊情暗生，鸳鸯绞绣院无声。温柔愿得人真爱，曲折途长且不平。示爱宝玉。

盟坚木石梦中呼，为博欢颜费巧趋。素净冷香反成拙，竟移“雪洞”置蘅芜。失欢贾母。

暗伏心中甘下风，黛钗渐见积冰融。新来小妹恩何厚？情障多难一扫空。障多难解。

于归守孝等无家，“十独吟”成夜自嗟。枉说姻缘遂金玉，秋来化蝶抱寒花！命薄堪悯。

第六首参用刘心武揭秘《红楼梦》第三部书中材料，十独吟据“脂批”。金簪雪里埋，雪，薛之谐音，非必死于雪夜。

刘心武近于论坛以五题论史湘云，予益以他书咏诗六首以应

11月29日、30日

李家表妹笑声来，同榻同衣小不猜。长忆枕霞阁前路，竹桥菱藕满船回。

憨卧园中芍药裀，诗思灵动笔来神。风流自是真名士，特立红楼第一人。

两玉盟坚明眼观，春波风皱岂相干！仙郎才貌原无憾，何事孀娥泣广寒？

金麒麟后劫多经，风月繁华梦已醒。执手相看期白首，天河此日会双星。

绮罗丛失“乐中悲”，遇合凭何脱困危？瓜步现身逢妙玉，旨深一曲“枉凝眉”。

脂砚斋中书共编，飘萧黄叶落村前。雪芹先逝犹和泪，濡墨含辛十二年。

刘心武论贾宝玉之多重性格，和六首 2008年1月11日

赤瑕宫里住神瑛，日溉绛珠仙草

荣。心既相同偏惹泪，通灵木石有前盟。

人间飘落自年年，叛逆性成穷益坚。如此画堂贵公子，“主流甘避向边缘。”心武语。

警幻撩人滋爱心，知音何处梦相寻。护持体贴情非滥，冰雪无尘止意淫。脂批：意淫，体贴也，无贬义。

不轻亵最用情真，亦啜胭脂调笑频。摄取乾坤清浊气，一身多面造型新。

寒深雪夜破围毡，冬日酸齑忍下咽。一片茫茫干净地，悬崖撒手再逃禅。两次出家。

竟然兰桂得齐芳，僧道相携返大荒。高鹗续书扬禄蠹，居心何意设迷障？

书后三首 12月12日

苦心新证溯曹家，栽出红楼夺目花。我欠性灵伍顽石，枉将家世说秋笳。指吴汉槎《秋笳集》。

大观园里亦曾游，独爱诗词属一流。解味年时欣有得，更多新意可依刘。

各辟宗门纷弄翰，求真慕美立言难。卑之未敢随高论，红海或能添一澜？

读刘心武《红楼心语》择其四题咏之 2008年1月13日

弱息无忧愿不奢，侯门艳质噬狼牙。浮生一刻怜凄美，独执针穿茉莉花。迎春。

勘破三春景不长，沉思懒画减容光。缁衣托钵归何处，独卧青灯古佛旁。惜春。

五月柔条梦正酣，怡红院盼太痴憨。如何惊后身随逝，独惜尘寰一现昙。柳五儿。

得玉益多沾玉名，小红心大眼偏明。狱神庙里来相慰，独见人间冷暖情。林红玉。

薛小妹怀古诗释

1月29日、30日

薛宝琴怀古诗十首各猜一物，诸家之说大致不谬，毋庸细说。但个中别有寓意，尚不明朗。周老于《红楼夺目红》一书中，谓小妹怀古诗实是一组有内在联续、次第的“诗传”，而不是各不相干的分散题咏，而这“诗传”，是暗寓雪芹的家世和重要经历。的确，薛宝琴以外姓人身份，从旁观者角度，道出曹家的兴衰，其深意殊堪引人注目。兹郑重推介周氏笺说，并以愚意于各首系以题咏，庶为读红楼者解此难题提供一助焉。

其一 赤壁怀古

赤壁沉埋水不流，徒留名姓载空舟。喧阗一炬悲风冷，无限英魂在内游。

周曰：寓指汉魏始祖是曹操。愚之题词曰：

魏武能文一世雄，提师横槊指江东。何能赤壁论成败？不减先人英迈风。

其二　交趾怀古

铜铸金镛振纪纲，声传海外播戎羌。马援自是功劳大，铁笛无烦说子房。

周曰：暗寓北宋始祖曹彬、曹玮。彬曾平蜀，玮则为彬之第三子，能继父志，军威远震，是御羌名将，谥武穆。愚之题词曰：

声威平蜀继平羌，父子曾劳资一匡。恰似伏波功自大，明珠薏苡谤何伤。

其三　钟山怀古

名利何曾伴汝身，无端被诏出凡尘。牵连大抵难休绝，莫怨他人嘲笑频。

周曰：显指雪芹曾、祖、伯、父四代到南京任织造，非由自愿，是无端被召，且牵连难以断休。愚之题词曰：

无端被召到金陵，为织天家龙凤绫。奕世东南察民意，家奴人哂自兢兢。

其四　淮阴怀古

壮士须防恶犬欺，三齐位定盖棺时。寄言世俗休轻鄙，一饭之恩死也知。

周曰：暗寓困境中曾得一女子的救助，绝处逢生，幸脱大难。愚按：似指狱神庙中得林红玉之助事。题词曰：

落魄思求一饭难，炎凉世态觉心酸。谁能脱俗忘轻鄙，暖意传来不患寒。

其五　广陵怀古

蝉噪鸦栖转眼过，隋堤风景近如何。只缘占得风流号，惹得纷纷口舌多。

周曰：暗寓扬州是祖父曹寅晚期居地，身为诗人学者，却兼了巡盐的差使，成为“肥差”、“巨富”的假外状，受到很多讥讽和罪累。愚按：予亦有同感。题词曰：

巡盐忽漫到扬州，“肥缺”纷然惹众尤。鸦噪隋堤天欲晚，风流枉说占曹侯。

其六　桃叶渡怀古

衰草闲花映浅池，桃枝桃叶总分离。六朝梁栋多如许，小照空悬壁上题。

周曰：暗寓雪芹本人重到金陵时，曾有与一“秦淮旧梦人难犹在”者被迫分离失散者，时时怀念不忘，绘像供之。愚按：据诗，分离不忘绘像供之者，其为湘云乎？桃叶渡暗指瓜州渡。于此处妙玉施以援手，使宝、湘二人重会。湘云、妙玉固同为“枉凝眉”一曲中之人物，故以桃根桃叶双姊喻之，其他亲友空多，皆不可恃也。题词曰：

桃叶桃根古渡头，亲于姊妹结良俦。秦淮旧梦寻犹在，得免人离许共舟。

其七　青冢怀古

黑水茫茫咽不流，冰弦拨尽曲中愁。汉家制度诚堪叹，樗栎应惭万古羞。

周曰：暗寓雪芹上辈或平辈女亲有远嫁外藩（蒙古王子）的事情。愚按：远嫁者探春是也。岂必和亲蒙古？题词曰：

奉嫁他邦不惮劳，其才原大气尤豪。黄沙碧海途同远，试与明妃一比高。

其八　马嵬怀古

寂寞脂痕渍汗光，温柔一旦付东洋。只因遗得风流迹，此日衣衾尚有香。

周曰：暗寓曹家也有一女入宫为妃，后于出行时遇政变被迫自尽，如书中之元春。愚按：元春事确相契合。题词曰：

出浴华清沐宠光，风云突变恨无常。亦逢虎兕相争日，今古难逃劫一场。

其九　蒲东寺怀古

小红骨贱最身轻，私掖偷携强撮成。虽被夫人时吊起，已经勾引彼同行。

周曰：暗喻雪芹本人曾有类似情事，以及累及了一名丫环。愚按：似指与可卿成事，丫环者袭人也。题词曰：

花影迷离隔短墙，目成心许正良宵。何须使女来勾引，拷问冤她不告饶。

其十　梅花观怀古

不在梅边在柳边，个中谁拾画婵娟。团圆莫忆春香到，一别西风又一年。

周曰：暗寓雪芹本人的姻缘有过一个大转变：先议者（梅边）后来无成，而后议者（柳边）却终成连理，其中间又曾有“西风”相隔的曲折。愚按：似指薛宝琴本人婚姻事，与雪芹无干。梅，媒也；柳，柳湘莲也。予之题词曰：

栊翠庵中曾乞梅，婵娟可画乏良媒。一年离散重逢处，好与柳郎桃共栽。

红楼二尤　2008 年 2 月 4 日

浑水珠投已自羞，无端又赚入红楼。悲凉故事今犹说，尤物一双原姓尤。

二房偷娶落坑深，笑语潜藏妒妇心。自赎何能易新我，了无生趣惨吞金。

剑合鸳鸯表定情，耻闻反悔竟轻生。郎君冷面心重热，再得人难泪枉倾。

诡谲人生命若何！女儿谁免折磨多？雪芹冷挟风霜笔，绘出豪门乱舞魔。

含屈袭人

2008 年 2 月 4 日

最温柔处敢娇嗔，湘黛过从是所箴。自得主家明许后，房中更不杂他人。

真爱倾原不忍离，优伶指配若拈棋。琪官。除非王府严催逼，怎遣桃花发别枝？

刚烈蛾眉事可怜，古来金谷绿珠

传。一言“好歹留麝月”，公子但期能保全。

事败王侯得放还，周曰：忠顺王不久同归事败。旧时相伴总相关。夫妻“供奉”劳周恤，蒋玉菡夫妇。情义应知重似山。

抱憾晴雯 2月4日

相亲几载侍衣衾，冰雪聪明兰蕙心。娇惯容她再撕扇，难求一笑抵千金。

烦难须为主分忧，两眼星飞帕裹头。纤指巧穿针线细，深宵勇补雀金裘。

寻来僻巷境凄清，病榻支离难久撑。悔不真将身子许，至情挚爱早心倾。

眉黛烟青昨我描，芳魂倩影没蓬蒿。冰绡一幅芙蓉诔，含泪书来风怒号。

红楼诗词 2月6日

律绝歌行各体齐，海棠社接菊花题。诗家闺阁知多少，若比红楼格尚低。

芦雪庵中辨险夷，严寒正未有穷期。一门兴替谁能解，不是寻常即景诗。

柳絮词填人各分，谁挥健笔领三军？聚分欲借东风力，送我飘摇直上云。

神迷目眩美争收？信是吟坛最上流。我与曹公霄壤别，缺诗不敢补《中秋》。乾隆二十一年五月初七，脂批：“缺中秋诗，俟雪芹。”

高程续书 2月6日

日照乾坤月堕西，曹家故宅剩凄迷。红楼书里呈全貌，有损天威宁再提？

不禁如何妥处之？宜令真相隐无遗。哀伤结局成欢喜，家事明珠亲托辞。

或补或修操斧斤，人原隔代岂知闻。得成进士从兹始，捆载书商笑口欣。

修书开库有遭焚，百廿回存庶雅驯。终向大观园里住，主其事者实和珅。

以上为“红楼百咏”，予涉猎红学至此止步矣。

《小仓山房诗集》书后 三十五首

近日通读袁子才诗集，见其中轶事趣闻颇多，亦睹其治学论诗之见地，前所未知也。随读随记，存我集中，以供同好共观焉。2007年2月11日写毕。

风上春衣试踏青，东皇宠忽感飘零。语虽烂熟仍清脱，诗派未闻标性灵。

织造隋家花月轩，一朝得手贺声喧。若非制府垂青眼，安得将官易此园。

不能饮酒宴常开，置驿南阳客自来。此夜随园花未睡，一池朗月浸楼台。

纷繁食指举成林，豪兴何能惬众心。十顷水田生计足，况闻谀墓例多金。

大江南北擅诗名，风气开非一日成。定是金针传诀窍，登门才女拜先生。

大好年华早挂冠，一湾春水竹千竿。岂真奉母书再读，宦海知元多险滩。

一脉清泉再出山，诸陵风雨黯秦关。江山气助诗风变，何事匆匆便告还。丁父忧也。

六朝春梦隔晶帘，水阁秦淮新月纤。十二年来兼吏隐，自矜诗老律精严。

暮年竹垞不删诗，耻伍程朱特托词。彼此想来本同调，风怀篇在证情痴。

异代诗豪襟抱同，清时明月宋时风。兴来神驶山阴道，得见梅花似放翁。

消息虚传老泪涟，传子才仙逝。邗江相遇倍相怜。九州虽大才人少，三绝倾心礼郑虔。板桥。

雅雨儒风名久闻，红桥修禊客如云。盐漕自古繁华地，明月扬州岂二分？

西江才子蒋苕生，僧壁题诗始识名。诗派开时如鼎峙，清严翰院向储英。

探花管领晋陵春，扬历多时笔更神。偏说性情天所与，屈他长作第三人。

自道诗如白乐天，平平无异意绵绵。不知其病正伤俗，醇厚远离难久传！

用典稍多非砌填，义山官小大名传。因同游幕工骈俪，不薄前人赓后贤。

因韵成文迭唱和，儿童斗草示讥诃。高论犹记来《诗话》，却见累累此病多。集中迭现。

缘何好句改而删，总以心浮不自安。诗以改多机反窒，改诗应比作诗难。

诗到能迟转是才，岂能倚马立时来。随园一语同金石："修炼多从苦处来。"

兰蕙风过传素馨，袁家有弟号香亭。能为廉吏非无谓，且当治家坐讼庭。

先将嗣立气雄雄，汤饼筵开名阿通。毕竟弟兄肯相让，恼他妻妾迄无功。

伶俜众女出诸姬，六十子真来阿迟。从此宁馨儿得二，举家喜溢再吟诗。

病来只觉已非初，偿债应知体渐虚。大吏寄诗心系处：近时消渴困相如。

夕阳西下自心知，岂合浪游无尽期。红杏太娇春色好，白家挥泪遣杨枝。

漓江一碧水清澄，又向罗浮高处登。七十餐霞翁未老，逢迎到处有中丞。

望溪文集阮亭诗，才力薄由他点嗤。却忆云崧五绝句赵翼，如环妙语善论诗。

考据琐烦嘲鲁儒，辞章徒诩奈空疏。应知朴学清方盛，义理分明遂著书。

不成振笔走龙蛇，端正书来倩别家。八十虚名足诳世，居然人请任飞鸦。

翩翩今日各丰姿，二十年前二小儿。好与乃翁补两阕：阿迟以画阿通词。

除却游山即应酬，不嫌繁缛集中收。怎如作吏奔趋日，笔底时萦水旱忧。

润邻焚券亦仁人，知己平生涕泪频。五十年前施政德，至今村市唱词新。

鼎鼎百年何所之？达人淡视死生期。想因手滑成诗易，竟使挽词先预支。

八旬颐养苦求诗，不老犹存笔一枝。旷世聪明难自掩，湖蚕未死总抽丝。

八二高龄始抱孙，齐眉最解体寒温。送翁重赴琼林宴，身沐乾嘉两代恩。

四方投赠起诗城，高峻龙门客至迎。难觅小仓山下路，千秋著述久峥嵘。

重读纳兰性德词

3 月 31 日

连日心神向往之，慕才但恨不同时。人间别有真情在，再读缠绵饮水词。

通志堂中百籍纷，探源经史发为文。诗余性喜偏难止，宁做词人舍学人。

小令精纯二主遗，花间未必胜灵奇。独长此体时称绝，不读他家轻倩词。

慢词岂便背其长，偶学苏辛亦老苍。金缕曲含情谊重，都门传写唱茶坊。

纤尘不染洗雕虫，出自深心语便工。写景抒情俱恳切，自然超逸气清空。

自将愁味酿多情，凄美俨然风格成。佚乐不如忧患作，几多甘苦道分明。

非止闺情与友情。题材开阔气恢宏。风声雷动鸣金铁，代马萧萧出塞行。

数篇短制近欧柳，清雅涵容名各尊。境界晚唐若相比，浅于李义山却阔于温飞卿。

与雷风兄谈李义山为集拗律之大成者，诗以表之 4 月 4 日

拗律源流说义山，大家笔法本精娴。后期诗更开生面，岂止无题著世间。

句中有拗，拗而有救，商隐后期诗中多用之，此为其创格，俱用于出句为平起之场合，如下四例。

“烧畬晓映远山色，伐树暝传深谷声”。不独孤平得拗救，双重拗救对中成。

见于商隐《赠田叟》诗，对句中之暝，夕也，仄声，拗；深字平声以救之，是谓孤平拗救。出句中远山色之远字亦拗，以深谷声之深字平声救之，于对仗中双重拗救，可称拗律之甲式。

“卷帘飞燕还拂水，开户暗虫犹打窗”。脚节虽然声稍异，对中拗救

亦成双。

见于商隐《水斋》诗，出句脚节中之还拂水为平仄仄式，与前首之远山色仄平仄式稍异；对句（开户暗虫犹打窗）中亦孤平拗救，犹打窗与出句中之还拂水相对，亦为双重拗救，可称为拗律之乙式。

“抚躬道直诚感激，在野无贤心自惊”。出句仄多即成拗，对中相救以平声。

见于商隐《赠田叟》诗之末联，出句中诚感激之感字该平而仄，成拗，对句中以心字平声救之。可称为拗律之丙式。

“求之流辈岂易得，行矣关山方独吟”。三仄相连句弥拗，平声相救力能任。

见于商隐《至裴明府所居》诗，出句脚节岂易得，三仄连用，拗之更甚者，以对句中之方字平声相救，此“方”字为十分着力处。可称为拗律之丁式。杜牧“南朝四百八十寺，多少楼台烟雨中”，亦属此式。

瘦硬格呈揩眼看，挺然健句倒波澜。玉溪聪颖家数大，学杜更令诗路宽。

商隐于学杜之雄浑阔大一面外，又学杜之瘦硬劲峭一路，此等诗弥见老健，亦见其家数之大诗路之宽也。

格律森严束缚多，难谐平仄碍吟哦。转兴拗救来相济，飞鸟快然离网罗。

拗律可谓经典格律诗之穷则生变，变则复通也。

裕之诗格幼曾探，近礼山阴老学庵。峭拔句多足称道，岂知径本借樊南。

元好问，字裕之，号遗山，其诗善用拗律之丙式；老学庵，放翁所居书斋名，其诗多用拗律之甲式；樊南指李商隐之曾居长安樊南，其文集即以樊南甲乙集为名。

编集既成自题四首

2009 年 3 月 25 日、28 日、29 日

忧国支离泪雨潸，伤时羁泊笔花斑。心仪杜杜甫李李商隐追高躅，俯仰无亏天壤间。

陆子放翁编年诗不遗，龚生辑稿句多奇。定公自珍我亦欣成集，甘苦平生再味时。

粒粟漂摇海水流，丛山崩堕壑云浮。乾坤转瞬容过客，一集何堪道未休？

搏虎雄风起巨雷，雕虫薄技落轻埃。春来仍自抛心力，留取吴绫费剪裁。

七律 共五十四首

读查初白诗集

2006 年 8 月 18 日、9 月 11 日

清代诗人第一家，惊窥腹笥灿明霞。大潮秋至奔马急，旧巷春归飞燕斜。风月词林天上草，弓刀幕府日南花。近时爱读《余生集》，老去情真味转加。初白读书多，学最博，《余生集》为其晚年所作，集中有“情兼臭味真”之句。

南北驰驱健笔随，乾坤灵气泄无遗。高歌风雨神来候，低瞰星河月转时。一夕灯花红自喜，三年春水绿相思。直庐细究非真幸：遂少飘然卓立

辞。原句：相思春水绿三年。此处三年春水绿相思、一夕灯花红自喜，均为上五下二句。《直庐集》为奉诏之作。

《中国商业通史》一、二、三卷出版自题 两首 12月22日、24日

庄严受命遂如痴，未觉楼前日月驰。有几真知能卓尔？无多高论且卑之。风沙胡汉通丝駱，烟海元明输茗瓷。半部书成已名世，贯通今古岂难期？四、五卷待刊。书为社科基金项目。

门墙隐附卅年前，盛世馆开褒众贤。不动乱云高岳峙，长明良夜大星悬。文心谁绎千丝茧？笔势人倾万斛泉。老我应难有寸进，微茫史海本无边。书蒙郭老纪念馆提名颁奖诗以致谢。

李商隐诗要注新笺蒙院部巨额资助由方志出版社印行喜赋

两首 2008年1月18日

怎将文采续吾家？独出玉溪望浣花。由义山入手学杜。既忝僚曹慕锦瑟，不须身世溯秋笳。先人吴汉槎著《秋笳集》。《无题》岂自闺房发？《有感》端由社稷嗟。得作郑笺欣盛世，转怜愁损促年华！

辽海归来住一庵，西郊朝阳庵。吐丝不尽殗春蚕。扬风立派诗深嗜，论世知人史细探。载笔气豪游桂北，携家身馁滞樊南。三年力疾寒更暑，百万言成苦亦甘。

呈周汝昌前辈

2月15日、16日、21日 四首，用尤韵

中西学贯轶同俦，早见京津名重周。唐室时艰怀白傅，有白居易诗选本。曹家梦冷解红楼。一蹊桃李容驻足，百首榛芜蒙点头。拙诗红楼百咏九秩于今未云老，尚期健笔续春秋。

战国纷纭峙列侯，楚钳亦渐习齐咻。探源公已知三昧，揭秘人难胜一筹。有幸赐函逾赵璧，何缘谋面接荆州。平生力学无精进，投老敲诗合自羞！习齐咻三字出东坡句。

为芹辛苦迄无休，鹤发萧然才德优。劲节苍松当雪立，虚怀绿竹挺风遒。差池短翼群难及，浩荡长风愿怎酬？学舌深惭音尚涩，一枝何敢应嘤求？应，去声。五、六句自谓。

南湖困坐雪如毬，《新证》持来豁我眸。1952年在沈阳。岁月易迁近周甲，指甲子又将六十年一周。年光难驻已交酉。高墙目短曹刘垒，胜侣心仪李郭舟。亲炙方知家数大，众流奔汇接天浮。先生除红学外，诗学、文字学无不专精，实为一位综合性学者、诗人、书法家。

鄂生自沪上为我购得《秋笳前后集》，喜赋十首 2008年3月25日

卓荦才人历变迁，故家乔木总难全。文心怦动川翻浪，梦境惊回月堕烟。花发吴中春放棹，冰凝塞上夜围毡。秋笳集至盈门喜，手泽重亲反泫然。

谪戍为防古有之，大清宇广面洋夷。胡笳动处戈先抗，戎幕开时笔复持。几日风梳舒柳叶，满天雪压裹松枝。高岑杰句扬西北，不及关东边塞诗。

流人役重苦饥寒，伐木开荒自给难。马入黄尘迷逸足，鸿飞紫塞折惊翰。功名已沮谁青睐？心力曾抛岂素餐？峰立牡丹古渤海，按图今可见宁安。黑龙江宁古塔，老城遗址在今海林市西。

罗刹沙俄窥边扰太平，雪原林海屡交兵。丁宁军中所用之钲。号令千夫应，辛楚遭逢廿载更。终盼赐环归日信，初伤《书壁》五律，初出塞念亲之作。去时情。吴江枫冷迟乡梦，权为酬恩留帝京。

江左并驰三凤誉，梁汾高义学包胥。冰霜痛惜人摧老，涕泪惊看词代书。纳兰见顾梁汾寄吴汉槎代柬两首《金缕曲》而泣下数行。风雨任侵怜翠竹，泥汙自拔赏红蕖。会循渌水亭边路，细认前踪两载居。

行成归来稿急翻，一编料理忌空言。摩挲六代供辞藻，文善骈俪。含咀千家脱式藩。才丽诗堪矜气壮，律工辞不炫声繁。姚崇语：声繁则淫。今朝得返连城璧，好与论心细探源。

词华自昔属吾家，梦里谁传笔灿花。云路暂遮秦世月，星潢曾泛汉时槎。不从险坂惊前辙，敢向文场殿后车。海晏河清更人寿，茶烟飏处读秋笳。

兵拒太湖嗤梗顽，指吴日生。科场案起岂无关？世家几代能延泽？令子鸣时且破颜。塞北遥难望中见，江南哀只梦时还。长流未必全无谓，留得秋笳炳宇寰。

稿佚先因罹老羌沙俄，天津舟覆溺诗囊扶柩回乡时事。刻书巨子徐健庵甘推毂，作序名流乐掉鞅。盛世已拼睽事业，頽颜复忍厄文章。秋笳八卷掇零落，片羽应弥珍吉光。

挥斥篇成记甲申，秋怀秋感气轮囷。髫年辞竞三唐秀，十三岁作此诗。壮岁言除八代陈。黑水白山丰地志，龙堆雁塞困诗人。二分倘许窥家学，便足声华迈等伦。

读山西碑刻资料选（续）之乔致庸墓表　4月5日

冠裳质朴老儒生，却掩斯人善贾名。卷轴广求常案伏，乡闾急告必囊倾。特持忠实言无妄，力戒骄奢室更盈。近日荧屏歌事迹，早经镵石有公评。

读碑刻（续）之许鸿宇墓志铭　4月10日

地狭民稠贾以资，取予术效解趋时。行白圭之仁术。蛮烟朔雨艰无阻，蜗角蝇头利不遗。焚券宽人素慷慨，抚孤责己倍温慈。良商去后思难已，冻雨河津和泪丝。

读碑刻（续）之历次重修盐池神庙记　4月11日

熏风夏日适时来，池水盐凝得阜财。大舜定都辟商道，中唐建庙置神台。庙为唐代宗时韩滉始建。“山川德色”光常及，“草木余荣”春不回。万历修庙记中用词。回为归去之意。明末苦饥何盛葺？云期弭盗复消灾。谓用管氏侈靡篇中意。见崇祯九年重修池神庙记。

读《濯足三谈》呈吴老

6月8日

一编濯足已三谈，九秩如公兴正酣。巫峡云飞立山峤，湘波涕溢蹈江潭。吟边佳句珍瓯北，赵翼著《瓯北诗话》，胜于随园。诗外奇功尊剑南。陆游云：诗在功夫外。亦是平生师友契，升堂问字许深探？

赴地坛书市，数求始得李易安词，喜赋 2008年10月13日

旷代宗开漱玉词，吟成无一不工时。兰房金石昵花好，棘地铜驼伤黍离。雨滴桐愁窗外点，雪飞梅冷鬓边丝。中州往日思兴替，岂止黄花瘦损辞？

经济史论文结集有记

两首 2008年10月21日

四纪为文不自休，近思结集费征搜。典章变欲通今古，人物生如共喜忧。枕上潮来频破梦，楼前风起正惊秋。余龄敢再怀天下，前席曾参一得谋。

有手能推世运移“看得见的手”，厥功宜亟报人知。兼并势抑调贫富，干济才施化险夷。上下广求例难外，东西遥隔道原歧。西方新自由主义昧于调控，疏于监管。华池溢滥掀海啸金融海啸，直是巫师非大师。

听某教授讲李商隐诗

2008年10月23日

诗既无题解便繁，况于身后厄西昆。碧城恋起宫嫔怨，青女借指衣青之使女情违府主恩。直使彩毫花失色，未容锦瑟泪添痕。众禽声聒原常事，岂任丹山凤独尊？

因新版《鸦片战争》而作

气孱炮利复船坚，成败多因析贵全。偾事后先输博弈，指奕经、奕山。亲夷内外有勾连。蹉对银锄田里挥横目，铁瓮城池捍并肩。新意盛名堪震世，未知经久果能传？

读胡汉生《明十三陵大观》，咏其史事如数 2009年4月

成祖长陵

朱棣，年号永乐，享年65岁，在位22年。

《大典》广收书不焚，《永乐大典》易天手自揽风云。政勤得佐怀贤后，徐氏早逝更不立后。国治有为歆圣君。万贿西行泽四海，九边北守凛三军。艨艟巨舰涛山立，岂为朝家索建文？

仁宗献陵

朱高炽，年号洪熙，享年48岁，在位1年。

坚守城池孰可摧？功成父子亦贤哉！父朱棣，子高炽。独怜幼虎臣善谏，解缙题画诗：虎为百兽尊，谁敢撄其怒？唯有父子情，一步一回顾。以感成祖，再亲其子。早逝飞龙人费猜。道路流离忧水火，陵园寥落锁烟煤。洪熙政善虽堪说，“仁孝”究犹非上材。

宣宗景陵

朱瞻基，年号宣德，享年37岁，在位10年。

“太平天子”力能任，立嗣因孙爱特深。尽展善书工画技，未收走马斗鸡心。采珠特使行虽阻，抱璞老臣光渐沉。何事宝船朽港内，海权遂失寇东侵。葡、荷、英。

英宗裕陵

朱祁镇，年号前正统、后天顺，享年37岁，在位22年

冲龄嗣位挟由人，干政牌除任内臣。不跪祸来戍李铎，横行福至谄王振。亲征土木君为虏，复辟刀兵谁戮身？于谦被杀。百恶尚闻存一善：临终生殉免宫嫔。

宪宗茂陵

朱见深，年号成化，享年41岁，在位23年。

景泰旧臣蒙洗冤，首句衬韵遽更初政碍名完。皇庄始遣收租使，宫宦纷除“传奉官”。厂、卫西厂、锦衣卫诇人驰缇骑，道、僧授秘设神坛。专房万氏心如蝎，别圃苗滋暗翦残。嫔妃怀孕，万贵妃必用药堕之。万氏比成化帝长17岁。

孝宗泰陵

朱祐樘，年号弘治，享年36岁，在位18年。

漏网偷生胎发长，一朝继位变炎凉。兼听内外知民瘼，连见晨昏定国章。归路灯红勤护送，恤臣下也。后宫衣素俭梳妆。尚节俭也。先皇弊政虽厘革，掣肘后家犹在旁。指皇后张氏。

武宗康陵

朱厚照，年号正德，享年31岁，在位16年。

贪欢图逸自东宫，歌舞丹墀乐未穷。极谏人争除恶虎？刘瑾为八虎之首。浪游谁敢笑痴龙？山摇燕北宸居动，农民起义。水秀江南藩业空。借口平宁王之叛，畅游江南。惊溺舟翻病不起，尚寻绮梦豹房中。

世宗永陵

朱厚熜，年号嘉靖，享年59岁，在位45年。

安陆迎来大位登，南倭北俺俺答费连增。挞缘小过宫婢变，醮冀长生方士兴。笔善青词遂专柄，幕盈墨吏岂多能？严嵩及其党徒。“家家干净”非虚语，不屈刚峰海瑞硬骨稜。

穆宗昭陵

朱载垕，年号隆庆，享年36岁，在位6年。

停斋平狱气才伸，声色旋寻艳舞新。中使远征猫眼石，太仓频进马蹄银。取太仓银数十万两，充内府用。马蹄银用汉时方形马文银币故事。六年端拱享庸主，四海安居赖阁臣。张居正等。北地喜迎通贡市，田畴日辟静烟尘。

神宗定陵

朱翊钧，年号万历，享年58岁，在位48年。

世事汹汹五十年，兴亡万历实关键。平声。殚精元辅遵臣节，蓄势时豪僭主权。矿税使来急星火，鲁临清吴民起决江川。定陵珠玉藏无数，朽骨示人知嗜烟。鸦片。

光宗庆陵

朱常洛，年号泰昌，享年39岁，在位不满1个月。

幼时坎坷眼谁青，幸有慈云护少星。祖母李太后挫败郑贵妃夺嫡之谋。就傅龄超十三岁偏少暖，第一天天寒未先供暖。守门人寡若无扃。狂飞白梃魂先夺，梃击案。病服红丸睡不醒。红丸案。太息登基未匝月，已闻恩诏布王庭。犒边，罢矿、税监。

熹宗德陵

朱由校，年号天启，享年23岁，在位7年。

性巧能多工斧斤，首句衬韵雕文刻缕必躬亲。乘时奏入皆云“可”，失地报来宁当真？魏、客猖狂干日月，左、杨跌蹶委沙尘。后先正德、天启落水病难起，一样世间低俗身！

毅宗思陵

朱由检，年号崇祯，享年34岁，在位17年。

可奈西山日已倾，权阉力扫企澄清。辽东强敌连窥镇，陕北雄师已入京。臂折师心唯自用，杀袁崇焕。颈悬矢志有同行。指王承恩。“君非亡国臣亡国”？苛察为明终不明！

再读《史记·吴太伯世家》寄常州，兼示吴凡　4月26日

弟兄让国辟东吴首句衬韵，季札高风位不居。北上舞箫方过鲁，舜乐大韶，韶箫二字体变耳。南来挂剑独伤徐。徐君墓。归公纳邑全平仲，说晏子纳政与邑，以全身。哀死事生容阖闾。公子光刺杀王僚而立为吴王阖闾。自此季札遂入常州，不更入吴。为谢延陵尊始祖，常州以吴季札为人文始祖。龙城花发赋归欤？

再读《秋笳集》，余意未尽，续赋六章　4月26日、27日

宁古塔后期新貌

岁月推移境胜前，老羌逐去庆安边。生传满汉启经馆，货备参貂兴市廛。放马穿原容揽辔，驱牛破冻学挥鞭。新城濡笔事堪记，此是流人开拓篇。

上京

完颜霸业卷风雷，落日秋崖废础回。赭马江横闻角动，黄龙城矗见旗开。荒碑年索留文字，数十字，有天会年号。古塔基寻傍殿台。亦是才人心力注，补书地志识从来。于宁古塔西考得上京宫殿遗址。

顾贞观等四君子于先人恩义深重，诗以志之

早岁披襟意气倾，偕行连璧动春城。廿年往事星霜转，万里新愁关塞萦。呜咽素心言谪戍，飘萧华发托平生。岂知果借东风力，垂老尚能归汉京。赠顾贞观诗：如蒙子公力，终到汉西京。

渌水亭前叠唱酬，一时欢聚凤鸾俦。笔随帷幕词惊座，人去关山雨打楼。读曲怜才冰塞夜，传书仗义洞庭秋。两年未合诗唯六，散落遗文将哪求？纳兰赎先人入关。四句为“登楼有怀容若”诗中意；五句读顾贞观所写两首金缕曲；六句于纳兰斋中为柳毅传书图赋诗。

索稿刊书烦故人，文场举目可谁亲？吴中花木融荣日，塞上冰霜凛冽晨。江泛鸦青曾渡客，波浮鸭绿且留宾。脱骖喜得胥靡赎，一代师生情最真。刻书指徐健庵，徐为纳兰之师。五句指和健翁见怀之作诗中句：“酒半却嗟行戍日，鸦青江畔度潺湲”；六句指渌水亭。

患难相交徒慨慷，齐名当日各登场。征歌选句吴门月，倚笛衔杯辽海霜。雁过明河愁夜永，乌啼危堞怨途长。如何流落滞关外，无命呼天空断肠！悼陈子长之作。五句为“酬陈子长七夕见怀”诗中意；六句为“夜宿阴沟关有怀子长”诗中意。

诗词存稿一再增补重印在即，成五首以记我学之所自

2009 年 4 月 30 日

直披胸臆务求真，久作超然自在人。髫岁诗曾师杜李商隐，中年词转学苏辛。灯前身影晤良友，架上心声聆近邻。编集三番存又补，岂全无益费精神？

万首淋漓慕放翁，山阴道过兴冲冲。秋风关塞劳疲马，春水廊桥惊落鸿。岁月回头殢燕北，云烟极目阻江东。无多阅历诗难进，八百篇唯七律工。

派立性灵曾亦耽，聪明渐掩转容含。能传诗法要归四赵翼诗以思学才境为四要，不耻文场名列三。亲炙原期近乎赤，揣摩未许胜于蓝。羡公九秩力无懈，万缕丝长犹吐蚕。

晚岁欣登敬业堂查初白集，有清几辈各施长。诗坛宿主名宜重，词苑新知句亦芳。韵府佩文供检索，帐房载笔备揄扬。帐房为词臣所居，在行宫南。两朝宠辱升沉事，遇赦返乡传雅章。

老来所爱自儿时，侧帽词存携不离。噙泪两吟金缕曲顾梁汾寄吴汉槎词，赏心百读纳兰词。总缘格雅高于古，非为恩深重以私。欲觅裔孙何处是？亭前绿水动清漪。

五律 共三首

读柳宗元诗书后 八韵

2006 年 12 月 5 日

柳文最惜墨，诗亦洁为宗。钓雪人堙径，燃波烟湿空。雄姿匹韩子，韩愈。淡味近陶公。能得江山助，更令辞采工。施为曾佐主，迁谪益收功。八桂宜栽柳，百年慳挺松。公年四十七卒。怀朋望驿北，结集定河东。长律虽千字，菁华岂在中？集中有五言排律三首：二十、五十、八十韵。

杏花 次义山原韵

2007 年 2 月 8 日

查初白集用有次义山韵杏花诗，觉其纯属咏花写景，并无更多寓意，且首两联亦不合义山隔句对法。为补其不足，另赋一首，与义山诗同韵同格，不仅写花，且以书怀，义山咏物，语不虚设，亦师其遗教也。

高陛迎风日，曾聆孔氏言。上林沾雨露，长荷汉皇恩。作态矜文彩，含啼腻粉痕。一株能许秀？千树已成繁。范子方安宅，马家旋献园。奉诚园。暖香穿翠幕，疎影伴黄昏。轻剪冰绡冷，潜凝绛蜡温。卜年观大实，得地伏灵根。笔底输品韵司空图，吟边堪悦魂。笑予近辞酒，不问杏花村。

周老赐诗敬步原韵以呈

2008 年 3 月 4 日聚焦两会之际

举步迷中路，寻源得上流。格虽标白雪，梦实系红楼。许我金石契，负公琼璧酬。永怀天下计，进退总先忧。

原诗：岁晚得诗老，时光欲倒流。才情标大业，风雨立高楼。青眼来慷慨，红缘引唱酬。衰残笔无力，知我为文忧。

七古 共四首

读放翁逸稿南园记阅古泉记，括用集中诗句书五十六韵

2006 年 11 月 23 日

放翁晚岁记南园，继又阅古记名泉。二记原应韩氏请韩侂胄，为文奇倔字光鲜。南园地在武林东，西湖水汇开洞天。清流秀石若顾揖，奇葩异木效于前。飞观杰阁广堂厅，御翰榜书曰许闲。寒碧名台门藏春，庄名归耕列稻田。游观之美难尽挹，上方倚之济大川。荣华富贵岂无人，韩氏功独被管弦。忠献韩琦相业德泽覃，百四十载瓜瓞绵。谦恭抑畏勤王事，欲嗣先人志拳拳。阅古泉在韩府西，翠麓缭浮万树烟。飞来溜玉亭在东，海日望月泉得先。其袤三尺深难测，久旱不涸霖不淹。明静鉴发摒纤尘，冰雪其寒饴其甜。小亭置瓢可饮濯，可

茗可酿恣留连。泉壁八分书题处，诸葛道士名旧镌。湮伏弗耀重拂拭，开成至兹四百年。阅古堂创自忠献，泉名以彰荣唐贤。是时放翁既致仕，退居稽山镜湖边。两次奉书作两记，千钧笔力劳回旋。代述其志不获辞，再尽一瓢聊随缘。旦暮得复返故里，幅巾短褐自飘然。自问无谀无侈言，忠献事业唯勉旃。更云视泉有愧色，微言盖以喻贪廉。未尝屈辱伤骨气，风格老成文可圈。何以见讥于清议？啧啧在旁烦其言：能高迹近受牵挽，先见晚节不得全。吾观其人（朱熹）非正士，空谈仁义慕利权。为禁道学素仇韩，更沮恢复书乱编。放翁遭诋乃迁怒，厥言殊诞见实偏。二记之后又二年，韩氏北伐诏新宣。声气相应何须通，恢复有望志愈坚。身老犹自勉子孙，征胡从我属橐鞬。一闻战鼓意气生，老马嘶风不待鞭。学士将谁颂平蔡，将军正自谋取燕。横戈何难殪封豕，蜀盗已平嫉内奸。余生自悯归耕久，六尺躯将何地捐？自古奇祸起萧墙，多年政惜一朝迁。迅风劈顶血溅地，夹墙突袭事足怜。更将头颅函送金，旷古未闻意谁专？岁币犒师额大增，条款齐收怎敢延。但乞和议早达成，三百万两输之虔。史氏误国甘媚敌，贼桧亦无此奴颜。儒门张扬闹若蛙，志士隐忍噤如蝉。放翁羸疾困闾巷，至论忠言座右悬。私忧骄虏心常折，念报明时泪每涟。诗中迭见危机字，环伺有人且醉眠。渭南结集舍二记，忌讳免触岂心惭？文章从来供赏析，世上不能遗斯篇。赖有毛晋具只眼，逸稿补收幸得传。呜呼！开禧北伐长往矣，恢复后遂梦难圆！读来二记知始末，中与军国大事联。私心却谓韩侂胄，谥之奸恶无乃玄！事功将奏遽罹害，奸谋一眼看即穿。浊世不平例多少，黑白时时竟倒颠。奸者弄权宜挞伐，忠者蒙羞合雪湔。张浚侂胄前后败，朝中无人再腾骞。万马齐喑秋塞寂，中原哪得脱膻膻？因思淮上挥师进，正气恍充天地间。

读放翁词，括用其语成一首，得三十二韵　2006年11月25日

放翁诗来思不竭，近万首喜存于集。却怪作词何其少，百四三首又半阕。或以余事不经意，兴到随写有佚失？诗词两体人各擅，成篇多寡宁齐一？作诗有律反自由，填词循谱少灵活。二者细究用笔殊，作者自取互补益。因其所好就轻熟，何论长短与工拙？翁词功深属一流，大家风范世罕匹。矫然时露神骏致，骋骑秦、苏恣出入。后更超爽似辛侯，欲逼诸公造其极。平生长抱恢复志，上马杀敌情激越。中兴日望无人问，云外华山空千尺。风雷剧变时势恶，襟怀难展事难说。怎为彤庭奏凯音？其词悲凉气塞抑。花间体称侧艳词，传统借以吟风月。舞衫歌扇花底见，玉山自倒傍锦瑟。铅华未洗弄轻柔，转悔少作多愧色。却有真情沉挚处，伉俪笃好痛难割。满城春色宫柳长，春波照影惊鸿瞥。伤心一曲钗头凤，悼念卅载尘

蒙壁。萦青缭白天低垂，骇绿纷红人杂沓。小亭我来读名联，沈园今日足游客。天垂缭白萦青外，人在纷红骇绿中。为放翁诗句，今刻为小亭楹联。悠悠岁月无限事，此生岂遂成虚掷！闲情春夏又秋冬，险途东西与南北。功名镜里变华颠，江海樽前销醉魄。恰成雨笠烟蓑人，料无食肉封侯骨。江乡聊试扶犁手，梦断雕鞍射中的。禹庙兰亭今古路，冉冉年华留不得。时人错把比严光，中夜梅山自吹笛。英雄应惜等闲老，造物何因心肠别？想见驿外断桥边，寒梅饱受群芳嫉。成泥作尘境相似，淡淡清香终不灭。

重读旧著张居正传略，书一首，得一百五十句 2007年2月3日

二十三年前，予奉命撰写《中国古代六大经济改革家》一书，张居正即为其六，约六万余言。近文学界小说得奖，甚是红火。翻阅旧作，依史正写，言必有据，自觉尚堪保留。爰题千言如下，与友人共析之。

江陵古郡繁而雄，山川明秀灵气钟。劲节只上尽头竿，秀才十二龄神童。十六中举巡抚喜，赠以犀带表贺衷。廿二殿试登二甲，读书翰院越春冬。掌院徐阶深期许，谓其学必践以躬。穿梭日月流光转，而立年届立志宏：此身愿作云锦丝，为补华裳试手缝。朝中政事奈日非，目击时艰忧心忡。徐阶入阁嘉靖末，力劾权奸倒严嵩。居正遂随恩师进，得为日讲侍东宫。嘉靖驾崩隆庆立，徐阶首辅百僚从。居正阁中忝末位，一语中肯辄振聋。其时次辅为高拱，裕邸旧人恃上峰。狠躁连逐四学士，徐阶告老避其锋。高张内阁暂联立，主吏主军隐分工。外示羁縻制俺答，交市南北利和戎。帝猝中风竟不起，病榻顾命托幼冲。冯保即日逐高拱，居正首辅位更隆。既柄国政又为师，十岁天子待之恭。虚己以听从学勤，但称元辅礼数崇。从此大挥经纶手，倚天绘出百丈虹。史称居正尊主权，建树多由心智聪。号令统一不旁出，朝下夕行万里同。安民富国与强兵，三策并筹企奏功。为政之道在务实，苏疲困民事填胸。节支省用恤民力，漏卮须先堵窟窿。两宫装修请中止，停织苏杭以涝洪。量入为出宜为则，民安本固财亦充。扰民当日数驿传，粮菜夫马索民供。下令整饬量蠲免，公卿愠民乐意融。汤汤河决人为鱼，何以处之群议閧。慧眼独识潘季驯，两河驯庆万舶通。大政莫如核赋亩，严令清丈量以弓。补赋官豪殊未便，小民赋减惠疲癃。毅然推行条鞭法，前无为后启新风。役归于地以银计，杂泛浮滥一扫空。不重管榷省税敛，厚商资商论发朦。商通有无农力穑，常若权衡商与农。尚严尊法不宽贷，剔奸锄强痛戮凶。守法然后能守富，吴人知法转奉公。奖罚明信专责成，勤于考察套不松。抑贪扬廉吏治肃，向风慕义众喁喁。十年民安国初富，北边兵强不警烽。四海翕然若望霓，甘霖自天洒自龙。府库银积四百万两，粟贮十载太

仓丰。彪炳政绩号升平，为酬大勋迭赐封。英敏善断中外誉，不惮其劳百事笼。劳瘁渐感力不支，尚平章事在宅中。四月不愈药无灵，溘然逝似水长东。门巷阒然同僧舍，赠赙甚厚褒文忠。墓门木植半载余，压城骤至黑云蒙。阁臣挟嫌张四维，官言交章由发踪。权阉倾轧逐冯保，谓相交结久密诇。更以辽邸多金宝，尽为私吞恶语汹。锦衣卫来籍其家，锢门莫出呼上穹。饿毙吊死惨难闻，奇祸若此竟遭逢！尽发其藏仅万金两，未免失望徒起哄。帝意已移翻脸快，削秩夺谥罪满宗。本当戮尸姑舍之，子弟充军路万重。俱忘谋国忠勤力，污鄙水泼够昏瞢。好恶陡变究何故？由旁观之觉朦胧。或以幼时严受教，逆反心燃怒火熊。或以筹婚为潞王，珠玉未备索张冯冯保。或以今上溺财货，欲括荆州多宝翁。我谓万历政策改，修好权门同反攻。江陵丈田抑兼并，此辈骚动帝心恫。转与豪强暗联手，其利相共宁相衝？收入不足取工商，税监四出势汹汹。厚商资商意尽失，市肆萧条关卡壅。不见朝臣近卅载，深宫宴乐身心慵。民生困苦国势萎，长城自坏咎难容。思宗知冤为平反，王朝末造运已终。明社旋屋何足惜，江陵忠荩岂愚懵？辅国祸先继殉国张同敞，一门尽瘁力俱穷。百二十年事如梦，愤笔振书墨未浓。张居正生于1525年，至明亡正一百二十年。

寻觅阿房宫七十一韵（含首句）

2007年3月26日、27日

阿房宫之传说产生于公元前208年，迄今已逾二千年。唐司马贞于《史记索隐》中有“阿房云构”之语；诗人杜牧更写下《阿房宫赋》，以状其华美绝伦。后世对阿房宫遐想不已，而于楚人一炬无限婉惜。然所谓阿房宫在当时实是一项远未完成之在建工程。兹据文献资料及考古发掘成果，试说明事实真相。为踵前人，亦求华美，以韵语出之。（前时拙诗亦屡及阿宫，失之。）

烟尘落定六王毕，车书同规四海一。嬴政执捶笞天下，北逐匈奴南取越。每破关东一诸侯，必命写仿其宫室。作之咸阳北坂上，各方珍宝来络绎。雍门以东至泾渭，殿屋复道连不绝。木衣绨绣土朱紫，美人钟鼓以充入。十年咸阳人益众，始皇三十五年起居颇嫌宫廷窄。乃营朝宫上林苑，渡渭至京象天极。先作前殿号阿房，成后欲更令名择。东西拟长五百步，五十丈宽贯南北。其上可以坐万人，下五丈旗随风拂。周驰阁道抵南山，表于山巅以为阙。如此规模且未成，发徒运材备先饬。骊山亦闻多动作，营营大发北山石。阿房之宫谁曾见？杜牧作赋挥健笔。牧曰覆压三百里，骊山北构而西折。五步一楼十步阁，直走咸阳遮天日。二川溶溶入宫墙，廊腰缦回临仙窟。檐牙高啄像群鸟，勾心斗角气突兀。蜂房水涡千万落，高矗向天势嵬崛。复道行空虹饮水，长桥卧波龙惊蛰。歌台暖响春光晨，舞殿冷袖风雨夕。明星荧荧开妆镜，绿云扰扰挽晓鬟。烟斜雾横炉香袅，渭流涨腻脂水溢。雷霆乍惊宫车过，望幸远视而缦立。精粹向曾秘收藏，取掠于此如山叠。金块玉石陈其间，迤逦弃掷不甚惜。钉头磷磷无其数，多于在庾之粟粒。瓦缝参差亦难计，多于周身之缕帛。独夫之心益骄奢，人不敢言心郁结。函关虽固人能破，戍卒高呼变仓猝。楚人一炬成焦土，阿房罹此灰同热。牧之善言剧铺陈，其奈无补徒费墨。史书明记宫未成，仅属图纸初勾勒。四年之间频巡游，沙丘病死俟未及。始皇三十八年崩。“欲营阿房为室堂，未就”上崩作遂辍。骊山葬毕“前策”在，复作阿房能云“弗”？二世之言应可信，阿房“未就”证如铁。二世二年冬，请且止阿房宫者皆被诛。何谈一炬成焦土，阿房尽毁咎项籍？项纪但言焚咸阳，阿房初未提字隻。尽收宝货而东归，沐猴而冠人评说。关中三百离宫多，一炬自足烧三月。未成未就分明记，文人夸张言非实。阿房未起怎烧之？秦火与彼不相涉。文献既已辨其事，考古更予人启迪。大秦旧梦试重温，四载何功劳寻觅。阿房址在丰镐村，“池水”流经其西侧。《水经注》：池水北经镐京东，秦阿房宫西。黄土高台亘东西，“阿房村”存传名赫。历史风雨二千年，遗址面目全非昔。土台挖至第三层，出土瓦片纹路晰。可断其来自秦时，且喜谜底行将揭：探铲深挖起夯土，每次土黄色非赤。如云项王烧阿房，何以火烧无痕迹？如云偏漏阿房宫，大灾岂独免一劫？发现更在宫墙址，东西北墙均找得。唯剩南墙迄未见，土路痕有墙独缺。夯土台基三面墙，阿房遗迹此一切。七十万众聚骊山，地宫深治投大力。骊山居先阿房后，奏功自缓难求疾。未成未就合史言，心头疑云应尽释。荒凉台基倚坡起，美丽传说随沤没。秦皇好大喜事功，何止阿房兴一役？龙驭宾天太骤然，杀嫡立幼事诡谲。胡亥大愚制于人，未续先皇之余烈。不知劳民易为仁，未释阿房计原失！繁刑用法益刻深，百姓困穷勿收恤。族秦自秦势所趋，阿房成否覆亡必。秦暴竟不知爱民，祚不能久族全灭。秦亡何足后人哀，后人鉴之庶有益。牧之作赋旨注此，其言细思有中的。

五古 共四首

旧学辨 四十韵

2006年8月11日

读秋韵丛书散文选，见王伯祥先生所写的最后一篇文章——《旧学辨》。予私淑伯祥先生，于师晚年，常来“小雅一廛”论史谈诗，甚获教益。今捧读宏文，景慕之心弥笃，而悼念之情更殷焉。不揣冒昧，将先生文中之词之意，翻成一诗，编入集中，以资纪念。

祖国博大极，悠悠历史久。更以文化著，积淀深且厚。哲匠千百辈，共创前未有。存之于文物，“美富”舒锦绣。先秦逮晚近，学人继先后。

各展其精力，灿若罗星斗。或揭思想异，或发文章秀。衍之为书册，传世称不朽。化被日以深，沾溉同身受。国人足矜侈，自珍岂敝帚？邻邦亦歆慕，举世誉交口。文史与哲经，包举尚多漏。万汇涵千绪，细绎俟高手。《老》曰“无名（之）朴”，“朴学”名不苟。曰“国故”、“国粹”，堪与国同寿。浑括得其要，未至炫自售。今时乃有人，高明颇自负。既厌其“琐碎”，畏其“艰辛”复。猥称曰“旧学”，精深成鄙陋。此论既惊世，安能勿擿纠？新旧原承接，执一易滋谬。学唯“是”是求，无间新与旧。格物以致知，为学谨自守。百代之公器，光耀垂宇宙。安得任情行，高下变太骤？为学之道何？范围至广袤。烦难两不畏，励志勤为首。博观而约收，取精效始奏。粗举其大纲，云梦吞八九。必也戒浅尝，专择务细究。臧否到人物，瑕瑜善自剖。影响任风靡，穿凿忌自囿。信信疑所疑，困惑尽驱走。久之自有成，人力非天授。表里及本末，一一参始透。触类能旁通，逢源并左右。名实乃相符，能红得专又。“旧”亦云何哉？古人可尚友。古以为今用，史、论本相偶。“通方”自“成学”，庶几功大就。

读东坡、放翁诗

二十韵 2006年12月31日

大匠起洪炉，精钢出百锻。近读二公诗，魄动目为炫。苏陆洵大家，著述均浩瀚。高处唯仰望，双峰插霄汉。放翁帙尤巨，有宋诗为冠。若以七律论，剑南功更满。矫健兼清丽，吁天见扼腕。垂白得通读，相见应恨晚。苏律亦工巧，灯下初通贯。惜皆逊浑厚，觉去唐音远。七绝则有进，强弩力自腕。二家多妙句，圈点朱墨染。神韵可闲品，哲理耐细玩。精严或洒脱，更有荆公伴。绝句宋未衰，唐后犹足看。读仄时代又日新，才人迭有换。大哉诗道昌，至清众星焕。初白首鸣世，倜傥词华烂。剑南余波漾，后先迹未断。我心俱向之，敢便论长短？黄宗炎谓查初白诗追踪剑南之堂奥。

读欧阳修集中之七律诗书后

三十六韵 2007年1月15日

唐宋八大家，欧公宋之首。力斥骈俪体，古文绝妙手。一记醉翁亭，脍炙万人口。诗亦善古体，纯青见火候。一曲明妃怨，更无出其右。酒向枝头花，别泪空沾袖。奈读七律诗，未觉味回久。此体唐贤众，杰句工对偶。格高而境阔，旨醇而味厚。如何全集中，月明暗星斗。难符格律严，字拗辄不救。粘连原有则，亦见勿谨守。平流少波澜，正对下笔苟。对仗欠工切，捉襟欲见肘。毋乃轻骈俪，遂至成疏漏？虽为玉之瑕，终碍木之秀！吁嗟连城贵，全璧世罕有。清芬安可挹，仰望千仞岫。宋人诗成习，岂合全尚友？粗厉音噍杀，纤缛语滑溜。庐陵固大家，未至如彼陋。然而金砾杂，仍须细分剖。法上差得中，宁徒尾其后？学诗慎起步，指途择师授。卓尔如剑南，特立自行走。气劲笔力遒，意深内涵富。辛勤诗满箧，光溢冲碧宙。宋诗非一概，亦有永不朽。掩卷再思忖，去从参近透。唐宋同占春，幽兰与芳柳。俱可得其力，视优而趋就。余龄天若假，予我健而寿。嚼叶如吴蚕，丝吐可织绣。亦如词苑角，红紫添丰茂。尚期贾余勇，黾勉功或奏。不然时空过，百年难自宥。

正对，事异义同之谓也。纪昀曰："丁卯（许浑）浣花（韦庄）诗格之卑，只为正对多也。"正对近似合掌。欧阳集中有时亦见此等诗句。庐陵名公巨匠，人们总以完美期之，予如上评说，不亦唐突前贤乎？

读韩愈五七言古体诗书后

三十六韵　2007年2月21日

韩柳本齐名，其诗却不类。一则汩清泉，一则卷沧海。即以古体论，韩更鸣当代。元和圣德诗，崒然制作伟。琴操谱十首，子厚逡巡退。南山追北征，龙虎各可畏。虽时成巨篇，岂向俗世媚？交友有郊岛，寒瘦伤憔悴。荐士有张籍，赠语百川沸。气味惬长吉，招手来灵鬼。辞诡韵险僻，俨同开诗派。唯公原高手，千貌非一态。平易仍为主，襟怀敞示外。放斥过洞庭，大波宇宙隘。博士唱酬日，奇丽满朱翠。秋怀取选体，霜菊傲百卉。间有赠僧诗，禅理悦无碍。后谏迎佛骨，是非判向背。一谪至潮州，鳄腥海气晦。五言缀珠玑，七言绚文采。荦确山石篇，刻画用笔锐。中秋赠功曹，小雅遗风在。岳庙夜题诗，月掩云叆叇。洛城寄卢仝，虚怀蔼然待。卓哉石鼓歌，学杜甘礼拜。念公得意时，从事随平蔡。高碑命题词，何故扑旋毁？出山猛虎恶，栖树凤凰殆。所言皆有托，细析岂无谓。平生鸿爪迹，于此可得概。公诗未为多，古诗二百一十，律诗一百六十。复为文名盖。文起八代衰，公后人难迈。但由诗窥豹，数斑也可贵。况闻其为人，直言敢犯讳。屡贬劲不折，为政有遗爱。千载读公诗，肃然仰华岱。

词　共五首

满江红·读东坡词

2006年11月30日

横溢天才，摭余事，新声乐府。三百首，远追风雅，词坛宗主。一洗秾纤留俊逸，独标豪放凭奔骛。更别开，生面未前闻，谁堪步？　花自默，莺相诉；波底月，草头露。睨千秋英杰，滔滔江去。直造古今人不到；平推畦径拴难住。喜元刊本在得高吟，灯前舞。（东坡词自来全集均未收。今见元延祐刊本《东坡乐府》，始得窥豹，喜以词志之。）

金缕曲　两首　重读纳兰词，有感而作，2006年12月8日

一种凄凉味。却来于，辽东贵胄，相门才子。貂珥朱轮通籍早，何至愁多如此？人费测，其论各异：奕世亲仇微妙处，望海西，曾洒斑斑泪。常惴惴，郁心底。　情深苦乐

堪依倚。遽悼亡，词弥哀怨，魂偎梦里。塞上殿前空执戟，邈矣江湖素志。忧重叠，病殃随继。目断掖庭悭觌面，任编排，未免同儿戏！难悉蕴，宁存秘。《海沤闲话》云：纳兰眷一女，有婚约，旋入宫，顿成陌路，一见为难，愁思郁结。近更有剧戏说康熙与纳兰感情纠葛不断，奇哉！

一种空灵气。缠绵语，晏欧继步，重光再世。姿本神仙才绝特，憔悴未应若是！近昌谷，性情独至。长调岂真输小令？旨嵚奇，可与坡公媲。争传诵，遍坊市。　相邀别业临秋水。稼轩风，京师酬唱，悲凉横厉。俊骨侠肠能结客，羁泊多成知己。怜绝塞，生还季子。泽及先人恩义厚，读清词，难忍盈清泪。茔在否？思往祭。重光，指南唐后主；昌谷，指李贺；秋水，指秋水轩唱酬事，以此“稼轩风”在京师大为推广；结客，指姜西溟辈；季子，先人吴汉槎，戍宁古塔，赖纳兰父子之力得赎还；纳兰遗茔闻在京郊皂荚屯。

满江红 两首 考古所发掘大明宫遗址有成，致贺，2007 年 3 日 15 日

西望长安，高台处，频年挖掘。初勾画，恢宏轮廓，大明宫阙。黑瓦绿边支绛柱，鸱唇龙尾通麟德。恍早朝，仙仗拥含元，千官入。　贞观治，安社稷；烟尘定，开基业。说盛唐气象，八方归一。深树禁庭莺正啭，和风辇路花齐发。更蓬莱，立向眼前浮，清池溢。太液池。

大国泱泱，秦以后，至唐盛极。论殿宇，清宫嫌小，汉家觉啬。佳丽三千经海选，珍奇百万同山积。问何时，历劫剩灰温？惊天坼！　华宴散，欢歌歇；珠玉碎，埋砖石。忘舟因水载，覆舟惩亦。奢俭衰兴原不爽，满谦损益应无惑！感辛勤，考古儆来兹，功难没。

对　联 共二十三副

代中国商业史学会赠大理白族自治州政府联（四百字）

1987 年　张昕若书联

胜地纪方舆：有月浮洱海、雪压苍岚、风沁下关、花映蝶泉，廿四景时时，如春季潜换。宛雄鸡足跱，晨旭晴雷，壮观栏前迭现。指宾川庵内，佛像香萦；剑川岸边，渔灯星飐。漾河柳碧烟雾后，凭层阁，霜枝秋艳。沐雨土林何巧？正望夫云立，降孽桥悬。攀虹霓危梯，崖嶂雕诗，又谁拘飞索江畔？张扇，石固一尘无染。更求之，揽天光镜净，塔影波涵，茈湖玉溅，银瀑潭寒。浸绝顶，芳池翠浪鲜。恍萝壁蜿鳞，藓岩嵌眼，乳穴栖怪，晶宇游仙。肯停眸？灵奇曼衍。披襟五洋客至，万里吾来，笔囊常伴。气酣。数行处，尽山水妆梳，高原增彩明珠璨。

名邦炳文献：自汉置叶榆、唐兴南诏、宋强大理、元屯鹤庆，两千年事事，历劫梦惊还。想健马蹄腾，笮

筇蜀布，古道域外遥连。访太和村头，斜阳台圮；中和峰麓，荒草垣残。巍宝坡青耕牧初，仰崇祠，日角神闲。敷金铁柱犹尊！曾德化碑镌，感通寺建。寓蓬莱才士，经楼写韵，终长著宏词世间。揭竿，根存独树欲燃。俱往矣，看龙尾城新，雀翎画展，鹿苑童嬉，鱼乡粮满。射重宵，良夜荧屏绚。闹药街迎节，松炬赛船，竹笛抒情，芦笙歌恋。欣起舞，巾袖翩跹。创史百族踪留，九州疆扩，签帙恣探。功焕。论今朝，恰斗衡移转，白国添章人物贤。

代中国商业史学会答谢绍兴市政府长联

1995年11月　郭齐文书联

夏后主盟处，龙山灵气未歇。记种蠡谋深，共襄霸图，羲献墨妙，相承神笔。王充背俗，实学论新，孔奂拂权，鲠言弹切。湘浦莼丝，解组非迟，仍乡音难易。心折：以八千卒渡江，子弟才魁崛。开两镇升平，有射潮堤屹。芳泉出地，一堂颂清白。民施爱，吏加恤，曾破阵，马上真见金刀刃啮。断碛层冰，梦涉关河，困孤村诗肠屡热。秋风秋雨，匣内寒光暂匿。复汉鼎，先行志士，珠联璧碎，并世称英杰。更禹甸文豪，直使鄙夫胆慑。庆朝迎初旭，扫雾霾，红披城邑。不朽治水功业，继廉能几班，展经纶，善绣善织。跨百代俊贤，嵚崎同倾华南北。

晋人修禊时，兰渚美名长垂。看茂林秀竹，下临曲沼，流觞坐咏，旁触玄机。越女浣纱，岸花霞映，曹娥陨泪，墓草烟迷。剡溪雪絮，放舟正好，已尽兴可归。目移：去四十里列嶂，秦皇步崔巍。接九天泱漭，觉望海亭低。玉粒屯云，万顷贡甘旨。园植梅，居撤梯，自结巢，楼头遥闻铁笛声飞。青藤老树，醒依池石，隐僻巷书屋旧题。春柳春波，桥边古井犹遗。踏乌篷，乍过澄川，岩峭洞幽，是谁造雄奇？久鉴湖酿郁，何妨薄醉情怡。欣节届重阳，登台殿，黄拥阶墀。永怀卧薪形仪，奋勤劳双手，添栋宇，生色生姿。数诸方胜概，佳丽应冠浙东西。

上联记人物。文种、范蠡辅越王复国兴霸；王羲之、献之书法着于晋，王充上虞人，孔奂山阴人；莼丝句指贺知章，八千卒指项羽起兵于会稽；两镇指吴越王事；清白堂指范仲淹知越州时事，下句指赵鼎两知绍兴；以下指陆游、秋瑾、蔡元培、徐锡麟、陶成章、鲁迅。嵚崎，指人之品格特异，不同于众，嵚崎磊落四字常连用。

下联记名胜。兰渚即兰亭，茂林句指兰亭雅集，下句指若耶溪、曹娥江；剡溪句，指王子猷雪夜访友之处，四十里指秦望山；望海亭在卧龙山顶，玉粒句指四乡稻田，铁笛句指元杨维桢之“廉夫诗巢”，青藤句指徐文长故居；春柳句指沈园，鉴湖佳酿，久负盛名之绍兴酒也。台殿，新修之越王台、越王殿。佳丽，美好之意，不仅用于人，且亦适于写景，如“江南转佳丽”即是。

上下联共长四百字，长于昆明大观楼一百九十二字长联。

又一联：赠绍兴饭店

绍业唯勤勉，一饭每思四民力；兴邦在智谋，众店齐扬七策风。

代中国商业史学会撰写赠吴江市有关单位联

1994年5月　张海鹏书联

赠吴江市物资局物资大厦

物华天宝，有大家几辈，光东南古邑；　　资国饶民，开广厦千间，来中外良朋。

赠明月楼大酒店

春色满江南，传箫韵歌声，踏波舟过垂虹路；　　秋风动燕北，忆鲈香莼味，飞梦人归明月楼。

代中国商业史学会赠聊城地区行署联

1997年4月　郭齐文书联

北上清河，层楼光岳升华日；
东来紫气，多士昌邦起庆云。

为同里镇退思园题联

1980年　江波书联

华榭开时，喜集域中人，贴水芳园画意，半池莲叶容鱼戏；　　草堂行处，退思天下事，生风熏阁琴声，千树桐花引凤游。

赠扬州富春茶社联

1994年1月

八怪奇文，十朝富邑；　　一园秋竹，四座春云。

赠北京怀柔云岫山庄

1996年11月

春云客至山前路；　　晴岫景开庄畔湖。

自撰书室联

1989年5月　萧帆书联

书中时得知之趣；　　川上方兴逝者情。

题天目山禅源寺联请正于月照法师、常江会长

2003年5月7日

天下名山钟秀，迭浪奔雷，望双峰遥对，佛地庄严早著，有狮床院古，松灵石怪，护宝刹，执杵降魔容礼拜；狮子床菩萨所坐，联中指狮子禅院。

目中大树通神，陶贤铸圣，引万众低回，道场煊赫重兴，赖龙象基新，月照花开，续宗风，传灯见性指依归。陶贤铸圣系月照上人题额。

管仲联稿四幅　2004年1月

概括平生

仁哉仲父，救邢、存卫、援燕、安周室、攘夷狄，如羽翼，克佐桓公，不以兵车，九合诸侯，霸图功岂光当世；

卓矣名卿，爱民、宽政、修法、

举贤能、驱城狐，权轻重，卒强齐国，善通财货，一匡天下，相业言常泽后昆。

崇祠新起

牛山开崇祠，到此倍思贤相国；
颍水毓大圣，于今更阐古人文。《管子》大匡：夫管仲，天下之大圣也。

管鲍之交

充圉人，贾南阳，三辱困在市，仍信其非愚，分金辄多，奉老母济贫，几历时穷，终未改初心，因谅吾不羞小节，欲显功名乎天地，友情如此，平生知己唯鲍子；

傅仲弟，依东鲁，两军争诸途，乃逢彼之惑，奔丧致后，押幽囚送齐，谁令运转，骤得居高位，盖悉我能治大邦，可结忠爱于君民，谦德无私，千古识才推叔牙。

卓越思想

实仓廪，足衣食，人乃重廉耻，重荣辱。政兴，在亲民，善顺民心。能顺，民从而安；反之，民背而亡。使民多方，先起其利。利、欲、愿诸端俱揆，民自固。先起其利，利能顺，毋专，庶民心和洽。唯民心曲顺，辨其利病，去病生利，民多德焉。彼秉柄，古今孰可违者！

审称量，明计数，舟始堪济川，堪避礁。事举，由掌国，巧度国用。有度，国小亦存；不然，国大亦乱。治国之道，后谋所取。取、禁、令三者勿节，国将危！后谋所取，取有度，无失，斯国用持恒。务国用慎度，知所取予，以予为取，国之宝也。微管氏，精要谁更发欤？

代晋商文化研究中心赠永济市人民政府

2005 年 8 月

送一川滔滔水逝，九曲方东，四尊铁镇蒲津渡；　　驻三晋郁郁风流，六层直上，千里眸穷鹳雀楼。四尊，指四尊铁牛。

八十寿联

八十生日将近，所喜子女俱能文，同撰佳句，拟制联供祝寿用。乃为润饰，改定其稿，倩书家挥毫，并存我集中

笔如神授，治汉史、攻唐书，耗目注长编，高论未见阑珊意；　　鼎欲力扛，研经济、探文学，等身期大著，快意俱忘耄耋年。

挽联四幅

代平准学刊编委会挽孙毓棠主编

1985 年 9 月

马帐沐春风，念三年主笔，高范长存，中外誉时领坛坫；　　燕台沦夜雨，对万里抗戈，宏文永着，古今通处见经纶。《抗戈集》为孙老近著。

代吴锌挽其亡妻张海燕同志

1984 年 5 月 6 日

燕子不归，春光易逝，地裂天崩惊巨变；　　鹃声独苦，夏月难圆，

海枯石烂鉴深情。

痛挽夫人宋燮英同志

1989 年 4 月 10 日

四十年风雨，贫贱同经，人间难觅埋忧地；　　三千里乡关，精魂独返，海内空求续命方。

纪念外舅李竞环先生谢世二周年

2005 年 7 月

能知止知足，任风云骋目，雷雨惊眠，一生顺逆安危境；　　庶不辱不殆，有丝竹娱心，诗文养性，四纪沉浮淡泊人。

贺晋中诗书画研究院成立

2008 年 4 月 23 日

青主遥承，三绝风标诗书画；
红灯高挂，一帮文化去来今。

题山西灵石县王家大院

2008 年 4 月 25 日

神功冠九州，飞龙现处挟祥雨；
贾道行万里，双鹤憩时披彩霞。

赠常州古研会孙志伟同志

2000 年 11 月

卓尔志坚，会经济才，研治平略，通今古，究纵横千年之变；
斐然文伟，挺老树干，发新枝花，誉东南，开风气一代所宗。古研会为古代管理思想研究会之简称。

骈文一篇

《李商隐诗要注新笺》自序

袁枚于《随园诗话》中云：人有满腔书卷，无处张皇，当为考据之学，自成一家；其次，则骈体文尽可铺排，何必借诗为卖弄？振振斯言，心窃怪之！夫作诗固不能唯事堆垛、砌填，当考据作矣，骈文亦何尝不以是为戒。子才游大幕，中鸿博，不特以诗成家，其骈文亦出色当行，蜚声朝野，何扬此抑彼之甚欤？骈文之作，原出实用，而非空言，其排比之妙、属对之工、遣词之丽、调韵之谐，诗律同之，其法不二也。往昔大家，未有工诗而不能骈文者。学商隐之诗，亦何能不爱、不读商隐之骈文？樊南四六，独步当时，幕中墨妙，以此为冠。岂可次之于考据之下，唯以铺排目之哉？予笺商隐诗竟，即以骈文自为序。盖读商隐之文觉其中有诗律，有诗意，有诗法，序以骈体，则可以见吾心之所好、学之所宗、迹之所经焉。兹值结集之际，爰附全书之末，以留一纪念，并就质于随园老人。吾甥鸿德，爱我诗兼爱斯序，当时为之刻写，流布江乡，今收斯序集中，亦以酬贤甥之雅意也。

灵均作赋，何限香草美人之思；子美裁辞，不尽伤时忧国之悃。唐以诗取士，初盛以来，列宿方悬；中晚而降，余风犹竞。然而，比兴差存，能接屈子之音响，风骨独竦，得近杜氏之篱樊者，其唯李商隐乎？商隐幼也孤露，长实艰辛。才本雕龙，诗名早腾自少日；功兼祭獭，学殖更富于常人。当其时也，五诸侯拒命，干戈横于中原；十常侍肆威，斧钺操乎北寺。少帝无愁，绡帐双美新贮；大臣有体，瑶席八珍恒厌。蟾杵才求，龙舟又献。赪壤空糊，黄旗遽掩。尽专帷幄之权，已稔萧墙之变。更攀缘城社，喜肥狐鼠，唯搜括村囷，困解牛羊。南资输竭吴越，西藩守弃河湟。长城自坼，时非乏乎老成；大旆谁把？事偏债于躁狂。仲子昌言，难喑忧愤；贾生痛哭，莫遏慨慷！乃有《韩碑》《有感》《行次西郊》诸作，《陈宫》《日高》《富平少侯》等诗。反割据，斥宦竖，警色荒，戒侈靡。衬销兵之计失，刺游幸之议非。彤庭血漫，咏甘露之奇祸；白野骸撑，兴阵云之深悲。志匡王室，心悯烝黎。惜小善之政无补，憾中兴之业难追。壮怀纡郁，击节声高；热血轮囷，叫阍途障。岂第无端浮慨，发自古今？是真有数高义，立于天壤。推为诗史，何多让焉？

强藩丑阉，二瘘未划，朋合党分，两造方讧。士生斯世，举足难从。商隐少受令狐之恩，得传章奏之学。彭阳俄卒，知己安托？太牢之党，尸居碌碌。论政唯长于苟安，见利岂后于竞逐。巧宦羞为，宁附丽若皮毛？珍翎知惜，冀翱翔于云汉。遂定去留，忽分恩怨。私门笼锢，哪容一朝择木；徒党胶坚，直欲众口铄金。尚支机以赠，不惮牵牛之妒；仍载笔相随，甘酬司马之文。冰炭既战，芥蒂莫泯矣。会昌之治，伯父功高，大中之政，郎君柄固。三年居丧，机失良时；万里罢归，人逢狭路。扃东阁而任尘封，阻上林枉多树聚。只窃压线之劳，不进秉纶之具。乱石争逾？卒偃蹇于仕途；夜溪独出，长沉沦于使府。九日樽前，嗟野菊之萎霜；十年天末，怨丛兰之沐露。职卑业贫，身病心苦。抑塞以终，诚可哀其遇已。

党局嫌猜，身危心怵。欲吐难明，欲吞难默。正言不能，转为曲折。于是托霜月以喻成，假花蝶而谜设。碧瓦诗元有人，井泥言岂无物？漫成五章，隐附卫公；无题数首，暗寓子直。喜临戎能用草莱，仰当枢如怀皦日。灞桥曾送，共孤寒百辈泪湿青袍；云台不议，独将军一代勋湮白石。玉垒年深，堪伤庙前之古柏，竟凋秋雨；金闺昼静，可鄙井上之夭桃，却笑春风。何处梦云，重来吟雨；长宵促漏，残夜遥钟。应多积恨，恼柔肠之辄转；奈有余望，羞素颈之频延。琼浆候饮，人在瑶台十二；金管催调，书成锦字三千。汉殿月明，扬雄寂寥；梁台霞起，任昉怅惋。蓬山万迭，青鸟来赊；箐栈千盘，斑骓去缓。过尽曲渚，难宿芙蓉之塘；踏遍重关，只系垂杨之岸。盖其词诡而言微，格奇而意远，洵绞而婉者也。不知者谓之多属帷房媟语，闺襜琐言，徒逞词采，无补教化；知之者谓其取法骚辩，得力风雅，貌则铅黛，心则朝社：宜领其神妙，逆其旨隐，而窥其怨之所寄、刺之所指、慕之所归、伤之所蕴焉。讽咏再三，益觉吐韵铿锵，遣词毕赡，其致缠绵宕往，其意哀感繁艳。适矫轻俗之时弊，别开清新之生面。横行阔步，昂视高盼，允为有唐诗家之殿也。

婚宦两途，唐时士子立身，二事实系大局。商隐宦情既沮，婚事又格，曾遇轻鸾，俱成别鹄。湘中寻觅，歌燕台记其往时；戏上背离，赋柳枝题其故处。惊有恶棒，打仙禽而两分；恨无天牢，全冤魄宁共锁。痛所思迭为挟财、仗势者攘之而去也。事足风波，字皆泪血。岂同薄幸于青楼？非若浪游于紫陌！何转乞于高门，盖难谐于低户。照梁日初有情，出水莲渐生慕。凤管终吹于上国，人自求凰；鸿词旋抹于中书，彼何吓鼠。莫近弹碁之局，中心不平；聊膺草檄之任，孤身暂驻。颍川桂海，留连薄宦；郢水巴山，感念离群。正苍梧露下，又白帝云屯。秋风羁南，五字之诗念远；夜雨寄北，千古之句情敦。再走曹植之马，关河冰雪；欲咽齐女之蝉，树木晨昏。佳趣难忘，三春家室；嘉期且约，二月归人。讵意柿叶鸣庭，梦破于远别之后；蔷薇泣露，天翻于倦还之时。鸾镜轮亏，谁同照影，鸳机梭冷，孰与寄衣？蓝田日暖，漠漠碎玉生烟；沧海波寒，的的明珠成泪。锦瑟华年，空自追思；银筝佳偶，安能教替？作缘怀旧，意本悼亡。至情至性，固不减安仁之怆、奉倩之伤也。至若丛台妙妓，南国佳人，虽有涉于篇什，实不接于风流，其事非显，其言已彰。检其全集，总寄内、伤逝、艳情、绮语，其作原不过什二，决未至半数。赠其诗以女郎之号，列其人于浪子之伍，非唯不察，抑且厚诬矣。

才与遇乖，空负才多；年由愁损，尤怜年促。顾身世沧桑，出语弥工；命途尘棘，成家偏速。奇才大勇，继执牛耳于诗坛；杰句雄词，新莅虎牙于笔阵。遗编人对，日月长存；流派自开，江河远浸。此则不幸中之幸耳。

予，生也幸晚，怅望千秋，一挥怜才之涕；死不肯休，纵览百家，最爱惊人之语。髫岁受书，弱龄索句。松陵古浪，本钱朱钓游之乡；枫岸新霜，原金柳弦歌之所。初承师训，兼获朋携：渡浣花之津梁，借玉溪之径蹊。窥沉博精纯之境，免粗浮浅易之讥。由是，寝馈斯集，青春曾费，瓣香此人，白首犹随。顷因病废，遂脱尘缁。计居诸有限，念知识无涯。书山仰望，学海沉迷。继往开来，虽力未能逮；承前启后，亦责弗忍辞。维我昌时，应超百代。宋艳之张可期，郑笺之续有待。爰辑诸子之注，敢成一家之言？昆玉重搜，渊珠再探。思求铁网铜鉴之功，豁其行藏之迹；欲透金楼玉台之隔，悉其爱憎之源。附渠骥尾，荐我豹皮。镌虫小技，壮夫已嫌其陋；画虎真容，拙手益贻人嗤尔。

所愿者，绝轨许寻，坠绪得理：父子名家，庶后学可赓二冯；仙鬼隽侣，令今人能知三李。抽残茧之丝于春蚕，回高旻之叫自秋雁。风冷江上，几曲湘灵之哀；日沉原前，一记唐室之乱。

一九七三年八月初稿，吴江吴慧写于北京西郊之朝阳庵

二〇〇一年一月改定于元大都土城遗址之旁安贞里寓所

二冯：指冯浩注李商隐诗，其子冯集梧注杜牧诗；三李：指李白、李贺、李商隐；钱朱：指钱龙惕、朱长孺，皆有李商隐诗笺注本，并为吴江人；金柳：指乡先辈金松岑、柳亚子，予为金门再传弟子。

第十一卷

安贞集

2010年4月至2013年3月

七律：741首

补遗七律：11首

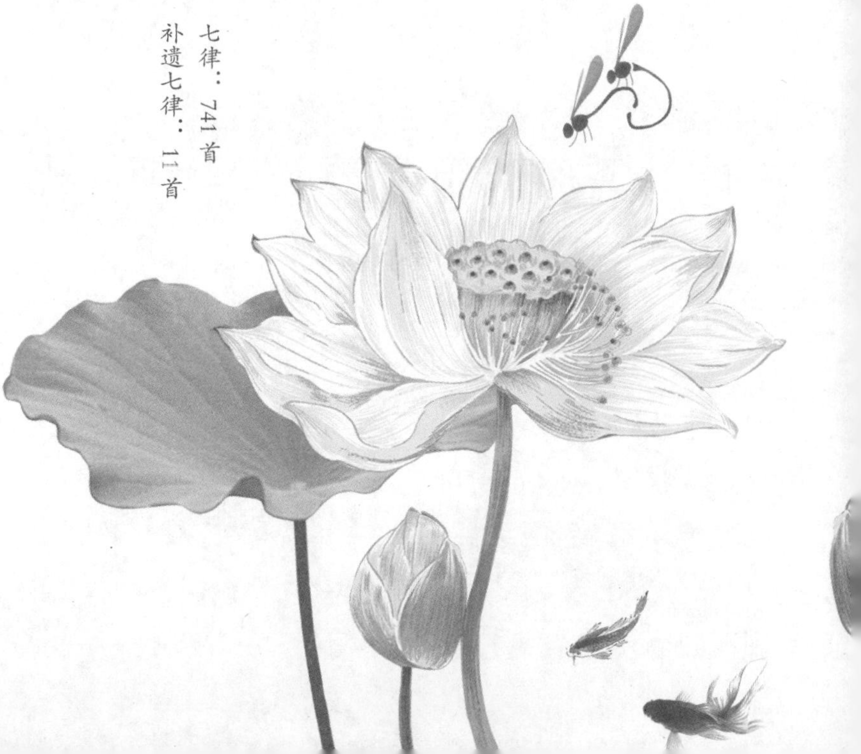

我从小酷爱写诗，从上世纪40年代起至2009年，60余年间成诗逾2600首，词逾200首，以《翰苑一室》诗词存稿为名，汇成一帙，由江苏文艺出版社公开出版发行。在所作格律诗中，尤以七言律诗最下工夫。当时已达800首之多。这两年中，以所闻所见所感，又续有所作，全以七律形式出之，计数已至741首，涉及方方面面。拟分成：时政、史事、品藻、文采、人物、景色、宾朋、室家、谈艺、吟咏，余韵十一篇。再次结集，堪称一部七言律诗专辑了。

本人为什么如此专注、偏好于七律呢？还得从这种诗体的由来和发展说起。

清代性灵派诗人赵冀在《瓯北诗话》中说：就有唐而论，其始也，尚多习用古诗，不乐束缚于规行矩步中，即用律，亦多五言，而七言犹少；七言亦多绝句，而律诗犹少。故李太白集中七律仅三首，孟浩然集中七律仅二首，尚不专以此见长也。自高、岑、王、杜等《早朝》诸作，敲金戛玉，研练精切。杜寄高、岑诗，所谓“遥知属对忙”，可见是时求工律体也。格式既定，便如一朝令申，莫不就其范围。然犹多写景，而未及于指事言情，引用典故。少陵以穷愁寂寞之身，借诗遣日，于是七律益尽其变，不唯写景，兼复言情，不唯言情，兼复使典。七律之蹊径，至是益大开。其后刘长卿、李义山、温飞卿诸人，益工雕琢，尽其才于五十六字中；而七律遂为高下通行之具，如日用饮食之不可离矣。西昆体行，益务数典，然未免伤于僻涩。东坡出，又参以议论，纵横变化，不可捉摸，此又开南宋人法门；然声调风格，则去唐日远也。

特标神韵、曾主清初骚坛之王士祯，于七律之原委也说：唐人七言律，以李东川、王右丞为正宗，杜工部为大家，高廷礼之论确不可易；宋初学西昆，于唐却近，欧、苏、豫章始变西昆，去唐却远；元如赵松雪，雅意复古，而有俗气，余可类推。

王氏引五代人刘昭禹语：律诗最难工。五十六字皆如圣贤，中有一字不经炉锤，便如一屠沽儿厕其间也。又引其同年刘吏部所云：七律较五律多二字耳，其难什倍。譬开硬弩，只到七分，若到十分满，古今亦罕矣。曰：予最喜其语。可见最擅七绝之神韵派宗师如王渔洋者，于如何写好七律，亦不无难色。

善乎诸家之论，于后人之学、写七律，确有足资警示之处，置之案头，宜三复斯言。窥唐贤之风采，踩前修之门道，敢不兢兢自励？

谨观唐后，七律风格虽变，而生面时开。陆放翁亦以七律为工。名章秀句，层见叠出，使事必切，属对必工，无意不搜，而不落纤巧，无语不新，而不事涂泽；实古来诗家所未见也。（用赵翼评语）入清，余响未绝，能成一家者有查初白，其人才气开展，工力纯熟，所为七律，得心应手，几乎无一字不稳惬。摹写景物，脱口浑成，犹其余技。功夫之深，放

翁后一人而已。(用赵翼评语)

我幼承师训，学诗由义山入手，进而学杜。度浣花之津梁，借玉溪之径蹊。欲窥沉博精纯之境，庶免粗浮浅易之讥。各体诗中于七律用力尤费，实知难而上，原心有所喜。一甲子余，乐此不疲。也正是“为人性僻耽佳句，语不惊人死不休”矣。

近岁以来，诗随年进，夙夜兼程，加速遄行，天亦佑我，未负苦心。平均日课一诗，所作一时猛增。深切体会：七律这一体裁并未加人以束缚，窒人之性情。小自田间花木，广至世界风云，以诗的语言，一一表达出来，似已无所不能。为此，这两年多来我写诗专以七律形式出之，再次汇集，一个“七律专辑”就不期而成了。虽然尚属尝试，成果倒也不菲。多种题材的七言律诗竟积至 741 首，连同已刊诗集中所收历年来的七律 800 首，前后共达 1541 首了。放翁、初白全集诗皆万首，七律多少，尚未细数，我不敢说拙作会多于两公，但古来为七律逾千五百首者，在下也许可算是第三人，或名列前几名吧？当然，从质量上说，是绝不能与前贤同日而语的。

时政篇

书胡士泰事　2010 年 4 月

黑幕掀开利益链，低头应悔饮贪泉。勾连内外丧人格，刑定重轻关主权。审案事清传沪上，湿鞋客秘站河边。近闻力拓忙修好，合作营商庶两全。胡士泰数罪并罚，判刑十年。尚涉及有人参与窃密，湿鞋句指此。

王家岭矿难，绝大多数矿工救出，创生命奇迹

深层透水怒奔泉，百五十余生死悬。一寸乌金一寸血，几分人事几分天？待援长夜心坚守，脱困朝阳讯喜传。虽说今时创奇迹，毫厘能不忽安全！

青海玉树 7.1 级地震有记
4 月 15 日

玉树高原报震灾，屋纷塌处众深埋。千车火速川辽至，一帐风寒藏汉偕。心系人民身急赴，息悬生命险强排。再扬多难兴邦志，早晚云开扫积霾。

因扩车道，大理千年古城墙遭钻心之痛，读报感赋　23 日

洱海苍山龙首关，北门锁钥壮河山。四时花月春风暖，千载兵戈夕照殷。彩笔我携容指点，予曾为州政府题长联四百字，今犹悬于大理宾馆。宏文谁著许追攀？指杨升庵。如何“利剑”“穿心痛”？功过应悬一念间！

美太空飞机制造悬念　4 月 26 日

打响空天第一枪，忧思他日国争防？从来独霸心难已，岂必全输气遂

降？将击鹰拳毛血洒，其一名曰“猎鹰”。屡敲龙阙海波扬。我华不乏英雄辈，速辟新篇突旧章！

岛内双英辩论马英九占上风
4月26日

闻说双雄激辩时，去、从民意实其基。八年冻雨成鸟缩，一日好风容马驰。各有名茶呈特色，更多佳果副嘉辞。和平发展添机遇，携手同行莫更迟。

流光溢彩庆世博 5月2日

良宵花月闹春江，世博园开款友邦。匠意运来誉第一，人心抟处力无双。千年龙舞霖曾作，百载狮醒潮正撞。城市同看逾美好，弥天朝旭入东窗。

东方冠戴切云中，俯瞰申江两岸红。千帜飘扬耀华日，双桥飞越踏长虹。疑仙疑梦人生境，仙境梦境。如幻如真世界风。最是清明上河景：热流涌动赞神工！车走人攒，以动代静，有声有色，科技制胜。

有感于近日之高谈养生事
5月17日

南北近时谈养生，奇闻火爆始湘城。豆茄大进驱病捷，“包治百病”张悟本。肉乳全离排毒清。“排毒教父”林光常。竟为撩人发乎笑，娱乐化之搞笑节目。直如迷路问于盲。攸关生命应严待，净化荧屏能不争!?

南海—南澳：水下考古两大发现 5月21日

海底南海沉船事尚鲜，庞然整体被捞迁。宋代之船。再探南澳知何代？明隆庆开禁后之船。曾走西洋考昔年。郑和下西洋。璀璨青花惊迭见，幽深黑水险相连。即今巨舰凭吾造，沧海安流史续编。

近日学者重提竺可桢五千年气候周期说，感赋一首

气候周期考索勤，理丝忍使绪逾棼！应知世纪炎凉异，遂见王朝治乱分。崇殿笙歌销日月，暖期国运昌盛。长城兵马变风云。冷期边疆多事。是非曲折何由辨，倍念当年博雅文。

异常天气？气象武器？
8月2日

滇南日灼田俱裂，吉北江翻屋尽沦。正讶俄疆林吐火，俄疑美国在其上空试验新型气象武器。又惊巴境巴基斯坦浪吞人。纤云无滴烧千里，大雨成洪淹四邻。美撒播碘化银于古巴周边云层，使古巴干旱无雨，而其周边洪水泛滥。气象果真变武器？几多怪事究何因？

克林顿嫁女 8月2日

嫁女能封一座城，华灯彩焰照天明。万金谁掷切尔西婚纱靓？婚纱值25万美元，婚礼共花170多万美元。二教相携嘉礼成。男方犹太教徒，女方为基督教徒。有几难题窝怒火，阿富汗、伊

朗、朝鲜，问题成堆。无多短景蕴悲情。传克林顿患帕金森病，寿难永。“黄金时代”人漫念，炸馆吾犹噩梦萦。

美航母将进黄海军演　8月7日

列舰惊涛一战沉，百年奇耻恨难禁。国门严备黄海近，商路遥通蓝水深。兵火无常閧南北，半岛南北。风云多变杂晴阴。中美关系。滔滔东注谁能遏？崛起吾华亿众心！

美国插手南海意在围堵中国
8月7日

重洋列舰壮前明，短视诸臣法遂更。南海权原由我主，西沙礁岂许人争？近闻大国思伸手，应察深心在结盟。寄语诸邻判利弊，彀中防入慎而行！

甘肃舟曲大洪灾　8月14日

特大山洪泥石流，汶川强震种原由。地震使山体松动，岩石碎裂。直撞万屋旋坍塌，尽掩千人急救搜。共济同舟不言弃，盲风暴雨尚堪忧。多灾难夺军民志，滚滚白龙奔未休。白龙江。

读雷漠《白龙背上的舟曲》
8月15日

舟曲为藏语白龙江之音译。雷漠之文于舟曲由来言之綦详。爰摘其内容，成诗备查。

藏乡灵秀赛江南，仙境其名已久谙。自明朝起如人间仙境之舟曲，已闻名于世。古木幽禽鸣婉转，阴篁珍兽戏痴憨。产熊猫。绿龙舞处天全翳，树木葱茏，如绿龙飞舞。白马歌时酒半酣。舟曲早先为白马氐与白马羌地盘。背土上山耕不止，长年雨刷失苍岚。

举国悼念舟曲死难同胞
8月15日

亿众垂头吊曲殇，曲殇，《北京晚报》用词。半旗徐下日沉光。不波碧海声顿寂，无语青山神亦伤。族立崇祠敬随俗，国司大祭肃成章。举哀撤乐多前例，怎及今时意更长？

读报有感　9月5日

美国高官俩访华，两人为多尼隆与萨默斯。其心何着暂蒙遮。难分利益相依切，不断麻烦互信差。蜜语忽悠已伤透，激情欲发中国民意再期奢增持国债？危机未必遂重蹈，只是崎岖途尚赊！

嫦娥二号升空　10月1日之夜

腾空赤焰撼边城，再送嫦娥奔远程。碧海直通任提速，虹湾预选仗先行。张帆向日驰双翼，摄像由光抵万睛。今晚神州度国庆，十三亿喜唱同声。

边城，指西昌卫星发射中心；再送系相对嫦娥一号而言；直通，指此次直接从地月转移轨道飞向月球，奔月时间缩短为112小时；张帆指展开太阳能帆板；虹湾，又名“彩虹湾”，指日后嫦娥三号预选之着陆区，嫦娥二号先行探路，虹与碧为借对；光，指“激光高度计”，为 CCD 立体照相机提供卫星至月表的距离信息，用于相机参数调整，绘制全月球表面的高程图。喜，应为双囍，嫦二升空之喜和欢度国庆之喜也。

十三国峰会热议保护老虎

11 月 25 日

东北华南忧虑深，十三国集誓同心。庚寅今若计无出，甲子后难踪可寻！禁猎缉私功正验，域栖囿养责长任。何时呼啸兴风者，再振雄威踞茂林？

半岛局势再露凶险

11 月 27 日

炮击连连震地闻，蓦然半岛变风云。触雷惊报沉韩舰，天安舰。闯海哄传演美军。华盛顿号航母。博弈尚迷子争下？朝方动作颇费寻思。治丝越紊绪难分。各方促我施加影响。回思三度生边事，晚明抗倭援朝、清季甲午援朝、建国后抗美援朝。何日涛平靖战氛？

1884：清廷出兵“援朝抗日”

12 月 5 日

时越明清唇齿依，风云突变撼宫闱。明成后与大院君之争。强邻压境鲸吞食，日驻军汉城。宗国布防龙振威。指清国。媚日窃权成后患，开化党窃权搞甲申政变。援朝发卒占先机。袁世凯于此有功。如何十载甲午重燃火，指日本。一败东沟事便非。指清军。

甲午海战：中国赔款让日本崛起

12 月 10 日

军机连泄敌先乘，劣质煤燃烟雾腾。开滦供劣质煤，燃之烟起，日舰早觉。黄色弹飞钢洞铄，日用黄色炸药，远优于清所用黑色炸药。红衣炮陷陆潜登。荣成登陆，日俘获清之红衣大炮。诡偏屡使心难测，日挂出“停止战斗”信号，实以鱼雷偷袭清定远、镇远两舰，致其沉没。祸不单行力岂胜？以上四句均言祸。两亿白银赔款供崛起，马关奇耻气填膺！

日本又在西太平洋尖叫（用《环球时报》标题）

12 月 3 日

尖叫声声躁近狂，风波又搅太平洋。绕空恨满望四岛，看座人离辞六方。六方会谈。海上由谁操锁钥，美国。门前有客舞刀枪。姜瑜声明中语。“压惊”未必真壮胆，航母欲来能许常？警惕航母常态化。

日相“出兵”讲话，并非“一时失言”

12 月 14 日

日相菅直人扬言要出兵，以应对半岛紧急事态，营救日本公民为词。言而又掩意逾明。殖民怎忘当年痛？韩方诋出兵论为“鲁莽”“危险”“厚颜无耻”。窥岛更伤今日情！日本继续主张对韩独岛拥有主权。曾喜水浑鱼可摸，朝鲜战争中美国所需物资带动日本经济迅速复苏。正看日曝蚌难争。朝韩冲突正如鹬蚌相争。天机久蕴今道破：乘乱方能期再赢。东亚混乱，日才再起。

维基解密意欲何为？

四首 12 月 10 日

嚣然解密闹维基，交易从来利不遗。欲致我华于尴尬，遂教彼美上平夷。平坦之路。几声小骂名何碍，一手歪拳打或宜？中外传媒猜未已，“阴谋论”更逗人思。

解密维基事足疑，近时传说又多歧。铁肩担以存深谊，指“铁哥”沙特。泥足陷因扬隐私。“地震”坍台将再建，部分使馆人员或将改派。天机泄利未全亏。本联两句音节皆为上三下四。过犹不及临封杀，黑白纷纭观弈棋。

不是“英雄”是“白痴”，惊天消息曝光时。泄漏美所收集各国战略核心设施名录。欲分风险档来客，恐怖分子。却引火灾殃别枝。自览人情知冷暖，美外交人员受冷遇。谁怀世局计安危？“无多影响”难疏美，袒露心声听盖茨。美防长盖茨语意。

门主解密门昂然自首时，再成热点“阿桑奇”其名。滞英旷日情期宥，渡美穷年法待施。无忌利宁贻国损？有权事固让民知。知情权。是非判定将何据？终了还看不了之。

论中印关系——写于温总理访印之际 12 月 16 日

龙象舞时佳气盈，雪山遥可接长城。曾迎东土诚求法，大乘佛法。岂恃西方隐缔盟？无虑珍珠能结链，无须担心在印周围部署“珍珠岛链”。应知玉帛胜交兵。空间广足容两大，至德非玄唯“不争”。《老子》阐明“不争之德”。曰：“夫唯不争，故无尤”；“夫唯不争，故天下莫能与之争”；“不争而善胜”，是“天之道”。

世界猜疑“克制的朝鲜”

（《环球时报》标题） 22 日

炮击千声冷对之，朝曰：不值得回击。是金沉默布高棋。似平怒火迎微笑，果落狂潮漾细漪？左右并施玩哪手？如变魔术，一手哄人，一手玩真。东西再接递何辞？指美国理查德森今已第 8 次访朝。引而不发人更怵，石压心头难释疑。

韩国看似要逼朝鲜还手

（《环球时报》标题） 23 日

“特使”归何冷对之？言行如一尚难期。一、二句指美国，以下言韩国。海中黑水频翻处，扩大军演。岛上乌云再压时。不抑怒肝必伤目，欲张醉胆反攒眉。醉胆一词古已有之；今韩国激情似被“灌醉”，醉字用之甚切。攒眉，紧蹙双眉，表示不快。和平相处为民福，炫武心奢只自欺！并吞朝鲜之野心。

朝鲜做好准备随时反击

24 日

怒火燃难冷对之，严防曾不忽毫丝。强军已致铜为垒，朝人民武力部长金永春语意。圣战须凭核作基。原话：在必要时展开“基于核遏制力的朝鲜式的正义圣战”。“珍岛狗”任调警戒，珍岛狗一号、二号为韩方军事警戒级别代号。“暴风虎”自列威仪。暴风虎为朝方最具战斗力的坦克师。和平再向双方劝：宜弛危弦莫更迟！

对美国人说朝韩事 24 日

兵者凶须冷对之，何能进退失其宜？由来成拙安蛇足，岂便生威假虎皮？对韩国的军事支持。欲统愿翻变遥远，指韩。示强意本获安怡。指朝，对美强硬意在改善环境。居中调协休扬武，不记冰湖雪战时？陆战第一师号称王牌，1950 年于朝鲜战场遭我宋时轮部阻击，严重伤亡而大溃退。

中国隐形战机试飞成功

2011 年 1 月 9 日

刺被青天歼二零，首句衬韵。访华始遂好相迎。盖茨访华寰中弓矢张难弛，海上云雷阴可晴？谋远今期建高屋，用高屋建瓴典，谋远，长远谋略。防边古仗筑长城。漫漫征路从头越，欲保安宁非与争。

天安门广场立孔子像有感

1 月 13 日

广场矗像事非虚，首句衬韵。着意欢呼毋乃谀！过激语曾弃粺秕，毛主席语。不平誉仅奉碟次等玉石砆砆似玉美石。千年治国难筹策，经世治国难用纯儒。百代诲人堪授徒。开馆教育是其长项。表里应知汉武帝：建功以法实非儒。22 日巨像悄然撤走。

胡主席将访美国先赋一首

1 月 14 日

隙生信缺两相妨，互信不足。合合作则双赢利溥长。既戒零和分黑白，希拉里语意。当辞一战洒玄黄。龙战于野，其血玄黄。穿过岁月存深谊，二战时中美友好。划破风雷付远航。首日白宫何动作？“小型晚宴不寻常”。凤凰台杜平语。

1 月 18 日胡奥会

1 月 19 日

峰顶秃鹰盯巨龙，首句衬韵。西风萧瑟奈东风？人唯托大工捭阖，托大：自高身份。捭阖：游说之术。我务执中谙折冲。《论语》：允执其中。折冲：外交谈判。共振彩毫方阜檄，联合声明。互持玉帛遂藏弓。能逾巇崄登平陆，碍马荆榛一扫空？

应诗社约，为迎我党九十华诞恭赋十二章 2 月 1 日~11 日

激荡风雷九十秋，其谁敢侮仗良猷。扬文名借辞非孔，国外设孔子学院，借以讲授汉语。辞，推辞，辞谢之意。非孔，指过去非议孔子。鏖武身甘触不周。指党的武装斗争。用共工怒触不周山之典故。立信敦交新访美，急公结侣近援欧。急公：热心公益。此生哺育全由党，续赋美芹难自休。建党八十周年时曾赋美芹篇十二章。

大山压顶愤难平，唤起工农敢斗争。两弹飞时惊世界，百城建处展文明。城市化过程。金鸡破晓仰天唱，建党之年为辛酉年，属鸡年，故云。玉兔候人登月行。今年为兔年。航母终看来献礼，御风挟浪绕寰瀛。

“隐形”机试又何妨，卅载曾韬百丈光。利剑正悬宁撤备？高墙犹在要加防！深耕牛叱黄土地，隐伏蛟喑蓝水洋。本联拗句。黄土地，三仄；蓝水洋前面喑字平声，救拗。喑，无声也。“奋发图强”凭自力，“和平发展”辟新章。

岂恃煌煌张“四维”？兴邦有道定安危：为民执政劳无懈，立党因公懔勿私。草木倾心涵晓露，山川纵目浴春曦。曦，日色，阳光。老人摩腹童嬉乐，永固和谐百载基。

悠扬旋律出钢琴，文化中西浸染深。赤县神童原爱国，郎朗在白宫演奏《我的祖国》。白宫乐队合知音。白宫发言人说：演奏此曲，没有歌词或任何政治内容。高名徒笑涂鸦壁，右翼分子谰言。妙誉应传哕凤林。我党从来重佳士，周公吐哺众归心。

冻雨南方旱北方，生民多难事非常！城中车堵须疏道，车多道阻。市上马奔宜勒缰。楼市房价。“给力”十年治大水，“一号文件”制定5至10年治水时间表。“睦邻”万里越重洋。“天涯若比邻”意。舟凭舵手流空激，瑞兔迎来转吉祥。

终古兼并直士鸣，荆公有诗，志抑兼并。眼明须察水宜清。不仁为富夸“货殖”，奸商日富，小农日贫。有识济贫持“准平”。平抑物价，亦以纾困。本联拗对。岂以虎来惊失色？自缘兔在健能行。国家调控，防患安民。善调“轻重”驯通胀，商品贵贱，货币缩盈；轻重有术，重在权衡。我党理财原必成。

以食为天理本通，“无粮不稳”语尤工。国中地辟人免馁，乡里岁穰仓得充。本联拗对。既以粜平宏贾道，削价售粮，免损平民。又从粟贵益农功。增价购粮，以利耕者。此种“平籴”之法，创于战国初之李悝，由国家吞吐物资，参与粮食贸易。后世多有行之者。千年民食史谁续：遄赴小康歌“送穷”。

几多薄技出低端，物贱徒令人小看。醇美九关转茶酒，光鲜四海被衣冠。造型唯巧成犹易，创意求新进岂难？民族之林方屹立，拼工业化妥操盘。目前我国处于工业化中期后半阶段，尚须拼搏。西方发达国家为后工业化时期。美国提再工业化。

地少人蕃事不齐，承平已久爆难题。日闻冻饿民多怨，夜虑盖藏君亦迷。乾隆帝曰：承平日久，生齿日繁，……盖藏不能如前充裕。……生之者寡，食之者众，朕甚忧之。卓尔善谋冠今古，纷然异论沸东西。计生幸得长坚守，庶保安流未决堤。

但从大处见精神，絜语怎旌勋绝伦？一代艰辛终富国，几人勤恳最亲民。江山创守知非易，金石平章语必真。《史记》：群臣相与诵皇帝功德，刻于金石，以为表经。金石二字本此，系借用。毫发苍生期有补，赤心难抑苦吟身。

末联自谓。

山有其巅水有源，治天下贵在元元。千家福到烘红火，四野春来绣绿原。中外路通使齐出，公私业立利同奔。更祈两岸同归早，等是炎黄贤子孙。

喜迎我党九十华诞恭赋

6月27日

百折千回总向东，遄行“九十”九州同。语云：行百里者半九十。红心永誓唱中国，青史曾闻歌《大风》。深海舰驰声正激，长天机掣影何雄！盛时我亦情难抑，七彩光垂笔吐虹。

奥德赛黎明：多国战机向卡扎菲开火 3月22日

正义人间尽荡然，禁飞滥炸讯频传。横摧多窟狂追兔，直下重霄猛扑鸢。鹞式垂直起降战斗机。法愿挑头图攫利，美装缩手喊交权。美防长盖茨语。北非杀戮何时了？部落民同怒火燃！

惑乱阿盟始震惊，穆萨批评西方干预过多。英伦联法拟分羹。九重霄外投“民主”，英相卡梅伦自己承认：不能从四万英尺高空投下民主。美报则明言：地面发生的一切将决定事态进展。“十字军”前启战争。犹如十字军东征，系普京语。出手原期亦轻易，尽头未见即光明。的京在望心飞跃，的黎波里。怎越森严壁垒横？

再说利比亚局势

3月27日、28日

黑白拈来重布棋，恃强凌弱复何奇？茂林频啭能言鸟，希拉里。大漠犹蹲好斗狮。卡扎菲。噩耗福音听恍惚，平民生死消息不明。妖氛祥霭望迷离。促和扩战前景难卜。红毡款接多翻覆，萨科齐曾隆重接待卡扎菲。维核朝鲜矢不移！

去住纷纷议未休，阿非盟二不相侔。空中狂炸功难毕，地面奇兵袭擅偷。英国特种兵已潜入。利器杀人争作秀，深心倾国共为谋。世情好恶岂无故，道破一言缘石油。

胜之不武喜何狂？略地“凭空”引虎狼。凭空，靠西方空中力量。“解放者”誉应弗吝，以“解放者”称法国。败家子号亦无妨。昔日城市，竟剩瓦砾。难磨形象“亲民”久，利比亚西部卡扎菲“无处不在”。将陷泥潭旷日长！伊阿轴摧车可鉴，善开战事拙收场。指美国。

北非战事如何收场？

3月30日、31日，4月3日

宰割同商怎代庖？衬韵。伦敦会上众嚣嚣。一朝国土惊崩解，卌载民生乐富饶。计拙正思身早脱，图穷未憾手空描。主权完整须尊重，重返和平路尚遥。

民死何因赃故栽，盖茨语。如簧舌鼓本奇才。战难真止怎收利？帐欠清交仍破财。于史难逃耻辱柱，有人尚滞望乡台。身居后座声低调，主义新提赌未来。

欲使双方互斗殴，需供武器又夷犹。急奔车竞望风遁，浪砸钱真逐水流。曾说防人扬毒芥，何妨任己掷贫铀。近知渗入由基地，为害无穷有隐忧。

惯恃强权辄忘形，忘字读仄。瓜分两次事曾经。从柏林到伦敦，两次共议瓜分非洲。因缘容易各高位，临事仓皇俱少龄。穿体弹飞安忍睹？杀害平民。当头棒喝不思听。胡锦涛接见萨科齐。风云变幻原难料，明岁知谁主内廷？民调预测此人明年输大选。

兴师多国似堂堂，欲覆人邦无乃狂。千面狐威假北约，一丘貉躁聚西方。力摧仍见交兵激，官去徒闻遣使忙。僵局久持怎收拾？挠头近正费猜详。

后记：8 月 22 日，卡扎菲狂妄自大，众叛亲离，反对派借北约之力攻入的黎波里。西方满足于瓜分石油利益，莫不沾沾自喜，以倾覆人国为功。10 月 20 日，强人、狂人卡扎菲，在老家被擒，遭处决。成王败寇，一场战争如此了结。执政当局各牟私利，不惜借兵消除异己，城镇一片瓦砾，平民数千丧亡，可不哀哉！

为利比亚局势再书两首

2011 年 10 月 24 日、28 日

积怨重重怎解分？上空此日尚疑雲。各方拥剑和难致，万绪治丝乱越纷。急欲胜之宁肆暴？以暴易暴。再求福至要持勤！评估若问西方客，除却石油何足云。

败寇成王惑是非，纣亡众恶乃全归。建邦施惠自难掩，见注起事借兵谁可依？举世吁嗟惊虐杀，有人战栗震严威？民心可用应由德，鉴古知今例不违！

加拿大全球化研究中心网站文章报道：2009 年利比亚在人类发展指数上登顶非洲；联合国粮农组织称：利比亚在公共健康方面进步巨大，1980 年以来，儿童死亡率从千分之七十降到千分之十九；联合国教科文组织称：利比亚识字率达到百分之八十九，年轻人中为百分之九十九。

春分 3 月 21 日

忧思近日理还棼？何事方今灾祸纷。大地震时山欲裂，日本九级地震。洪波啸处海如焚。海啸为祸甚烈。正惊核漏笼迷雾，核电站泄漏。更悯人亡哭恸雲。灾民罹难之已知者逾万人。亦叹我华非净土，挟沙风峭过春分。

因博鳌集会，言三亚史事

4 月 16 日

济济宾来会博鳌，“南天一柱”屹标高。干戈永弃和弥贵，玉帛互贻诚合褒。拙手何能障爱日？壮心自足挽狂涛。时艰我更怀良相，李德裕为相，致唐中兴，奈以党争，贬死崖州（今三亚），“南天一柱”，后人为之立石志念焉。俯仰千秋气亦豪。

读报戏作 两首 6 月 19 日

据 6 月 17 日环球时报《中国奢侈品消费‘称王’令西方兴奋》一文而咏

冠军明岁将谁属？已听今年老二

呼。不耻求奢先白领，休惊炫富尽黄肤！纷纷出计由金主，西方奢侈品巨商。恋恋无形当“卡奴”。年轻人过度追求而堕入彀中。何事近邻翻庆幸？日本今年奢侈品消费全球第一。“新型鸦片”正东输。

据6月10日生命时报《塑化剂事件来龙去脉》一文而咏

惊见超强“地震波”，事件起于五月之台湾。源由毒剂等妖魔。塑化剂。起雲嘉味害非细，在起雲剂中加入大量塑化剂，其患甚广。生子畸形忧更多。三十资深终揭底，有三十年经验之资深杨检验员。百千品滥直抄窝。成百上千之“滥”货窝点已被查抄。台湾美食素倾慕，何日放心临“永和”？永和大王，在京台湾食府。

由越南反华想起

6月23日

使越当年为赞商，萧帆主任曾为驻越使馆商务参赞。《金云翘传》实归装。言海盗徐海事。死生拼搏真相助，抗法、抗美。衣食解推非有偿。我节衣缩食接济越南。冰结友情余反目，血凝风采枉回肠。安南诸子诗重读，载于《渔洋诗话》，于我中华倾慕之情甚深。忍听中山嗥月狼！

七月四日口占——美国弥漫爱国主义 7月4日

彼美扬威崇爱国，我华励志重亲民。风花几辈梦方作，美国梦。水月多回言岂真？围堵有因虑来日，起航唯愿及良辰。航母下水。一门抱憾长分隔，急浪空怀万里人。

贫富 两首 9月14日

理政由来患不均，安危首计振齐民。履艰利果能摧敌，耽逸祸宁唯殒身？今世却惊人炫耀，我华再警国沉沦！奢侈品性同鸦片。肆求奢侈言无赧，其富源应在劫贫。

效应近传“凡勃伦”，商品价越高越畅销，反映人们炫耀性消费心理。蔓延无序睹生瞋。鸿沟谁虑国分裂？虎视人谋吾蹶跛。史鉴自来堪注目，异论何待费摇唇？轻关薄敛容多进，中高档商品。此辈竟思充计臣！

国庆

两首 2011年10月1日

锦簇花团佳气盈，天安门广场。天宫一号报先行。诸邦共仰望多助，各族同欢颂有声。再实仓囷降大旱，毋弛兵马固长城。百年奇耻今全雪，干济才应钦众英。

冉冉旗升沉晓星，花篮环绕散芳馨。巨碑竖立千秋业，大地纵横百战经。治国策宁循故辙？兴邦计合转新型。纵教巇崄途多阻，肯使奔腾马骤停？

美以响起“伊朗战争”前奏

（用《环球时报》标题） 11月5日

波斯湾正起波澜，核武言持各一端。天下有人恐不乱，寰中何日喜相安？愿修玉帛祈和切，惯舞金戈弭战难。卅二年前伤巨变，今朝未必遂翻盘。

咏“北京精神”

两首 11月16日

爱国兆民抟一心，创新喜辄报佳音。必先治器筹良策，岂忘枕戈迎大任？南海迷茫千叠浪，西风凄厉几重阴。自强不息天行健，镇定何愁外侮侵？

厚德近时人所宗，百川海纳见包容。天边普照无私月，渊底深藏欲起龙。霜重阶墀秀丛菊，岁寒岩岫挺乔松。众心向上望何处？突兀燕山第一峰。

东盟峰会有记 11月19日

何以周旋两大间？东盟此际处难关。与人为恶性宁改？益世唯诚心未闲。浊浪枉思搅南海，颓阳终看没西山。折冲樽俎劳谁指？可虑撞车须转弯！

美国竞选声中 11月20日

驴象殊形实共胎，每逢竞选各登台。海空立体夸今日，黑白褊心赌未来。黑，指奥巴马。冷战俨然成热议，平波蓦地起惊雷。一声“扳到中国”者，竟是“使华”洪博培。

奥巴马之亚太行 11月21日

得意旋风亚太行，夏威夷返赞连声。先挥大棒图开市，更指长鞭议派兵。彼引争端扰南海，我分实惠慰东盟。“温和”相对烦猜测，真假还须看选情。

开市，指思借泛太平洋战略经济伙伴关系协定，打开亚太大市场，并孤立中国。派兵，指往澳派海军陆战队。实惠，指我方承诺以220亿美元贷款及合作基金资助东盟。

打响反空气污染“全民战争”

12月7日

颗粒虽微测要精，蔚蓝天数最关情。乌烟燕市究何故？浓雾英伦尝有名。事不蹉时亟治秽，人同尽责重维生。维护生命。驱车尾气从排放，能为霾多怨费声？

伊朗俘获美制无人侦察机

12月14日

无人机降究谁操？首句衬韵。第一高科技惹嘲。软话放归枉惆怅，大言仿造剧招摇。谍来自美仇难解，秘售于俄价已标。军演闻将临海峡，风云变幻且观潮。

为迎接文化大发展大繁荣而歌

12月20日

文化强音深意存，乘风万马奋同奔。中华近定邦国策，大地重扬民族魂。岂止书城寻古色？更从艺苑感春温。歌声舞影知多少，洋溢山城与水村。

金正日逝世前后 12月24日

一江水本绿沄沄，半岛上空翻乱

云。急访中俄须后盾，严防美日必“先军”。有人正虑己成客，看客，指韩方。于史频争谁号君？北南互争雄长。但愿航船安稳渡，不教风浪扰纷纷。

日相今日访华 12月25日

百载早应分是非，至今纠结欠知机。访华本欲提民望，亲美何能振国威？东海油深潮正起，南溟风激浪俱飞！两情友善宁难致？带水相望仅一衣。一衣带衣，此处拆用倒装。

美国新军事战略瞄准中国

2012年1月6日 节届小寒

战略新宣变一加，于伊朗外即吾华。频抽剑鞘威方炫，高筑债台赀本赊。纠集唯能觅狐鼠，盯防难免斗龙蛇。速归踪迹追钱、邓，莫更淹留隔海涯！

历经浩劫敦煌遗书精华仍在中华 （《新民晚报》标题）

2012年1月11日

抱恨当年失楚弓，孜孜心力竭飞鸿。常飞鸿。“敦煌学”久移海外，华夏珍元留域中。遗书精华原在佛学。板凳能钉廿年冷，文章不落一言空。参用微评语意，调整平仄对仗。肃然我亦思方子，方广锠。京沪朝霞两处红。方为上海师大教授，寓所在京。

台湾大选，尘埃落定 1月15日

双英对决瞩台湾，胜出回思事亦艰。冶态启唇论“两国”，健蹄奋足历重关。风平不阻沧溟水，雨润长荣阿里山。橘色妄图搅蓝绿，“民生”抢占“摆中间”。三句：蔡文英首唱“两国论”，准备当台湾第一任女总统；四句：马英九以80万票优势，辛苦赢得大选；七、八句：宋楚瑜乃最拙劣玩家，最惨重输家。

鞭炮热该退烧了吧？

1月31日

爆竹声喧寝不安，过年意兴却阑珊。漫天夜起污染重，堆地朝来清扫难。院里伤亡原旧例，空中警戒亦奇观。文明城市宜精进，何事逡巡尚抱残？

气候变暖还是变冷？

2月6日元宵节之中午

言犹在耳暖趋增，欧亚同惊寒气凝。凛冽强风频报死，浩茫大海顿漂凌。都云去岁雲遮月，会见今宵雪打灯。事有可期有难测，天心善变最无凭。

史事篇

乾嘉学派三大史家题咏

2010年5月10日

一室沉潜梁亦悬，方过不惑早归田。西庄辨伪开先导，王鸣盛，字西庄东壁求真启后贤崔述，字东壁。商榷深心十七史；盱衡巨眼二千年。岂唯“郑学”曾惊世，更有淹通《蛾术编》。王鸣盛，号西庄。《十七史商榷》为其名作。

岂止诗名动迩遐？尤于治史见才华。掖庭消夜风难入，宦寺干天日尽遮。札记遍搜廿二史，丛编并擅两三家。由来学以经世用，不袭前人新意加。赵翼，字云崧。于史学方面著有《二十二史札记》、《陔余丛考》。

归从翰苑住吴中，月满前汀竹曳风。廿二史娴重考异，百余卷粲戒趋同。能坚指辨瑕瑜意，不负磨治寒暑功。再筑新居延永日，小园春好笔弥工。钱大昕，号竹汀。著有《二十二史考异》。曾曰："史非一家之书，实千家之书，祛其疑，乃能坚其信，指其瑕，益以见其美。"考异目的在此。

苏常往返若为邻，壮岁论交老更亲。海内名流山斗仰，国中硕学庙廊珍。二公作序赍珠玉，王、钱为赵翼《瓯北诗钞》作序。一派传薪引凤麟。鼎鼎乾隆朝士盛，史家我幸识三人。

书徐树铮事　8月3日

变幻风云撼皖城，北洋谁解领奇兵？踏青已误春三月，浮白怎消冬五更？徐诗：年时中酒五斗五，耽误踏青三月三。灯影夜窗书有味，星光秋塞马无声。徐诗：万马无声秋塞月，一灯有味夜窗书。版图暂见全桑叶，于史宜旌徐树铮！徐属皖系，任西北边防军总司令，其主要政迹是收复外蒙古。徐不但能用兵，且写得一手好诗文。唯徐之失在好杀，冯玉祥为报其舅为徐所害之仇，遣人狙杀徐于廊房。

书外蒙古事

北疆分割自何年，始自沙俄。桑叶惊看缺不全。突骑追风扫绝域，雄鹰铩羽坠穷边。地缘内外虽相隔，血脉亲疏总互连。排外近闻事频发，岂容卐字死灰燃？外蒙古极端民族主义者身穿黑色皮衣，项戴卐字项链，横冲直撞，到处滋事，时人称之为"新纳粹党"。

观《凤凰大视野·收复腾冲》

8月13日

滇缅相望此要冲，一江怒吼卷悲风。凤来山上方告捷，虎啸城头频助攻。飞虎队。断壁污痕抛碎玉，日军自称阵亡为"玉碎"。崇陵浩气贯长虹。我方烈士陵园。星移七十年间事，往昔同盟今不终！

卢沟今昔　9月22日

北趋南去踏卢沟，邹缉卢沟桥诗：北趋禁阙神京近，南去征车客路长。岁月风云往事稠。雪耻人惊凭自力，抗倭民起赴同仇。霜桥龙走桑干浊，沙渚雁栖芦叶飕。往年。清澈宛平湖水满，今时。良宵美景度中秋。北京举办卢沟晓月中秋文化节。

圆明园罹劫150周年祭

11月3日、4日

兵火何能扰舞筵？圆明园好足流连。国家多事宜振作，天子无愁致播迁。历劫河山成一喟，庶民涕泪剩双悬。当枢乏善留奇辱，怎对康乾全盛年！

西来寇盗两鸱张，洗掠名园各饱囊。珍木绮楼三日火，颓阳断壁百年伤。满矜蔽目安难恃，忧患萦心耻莫忘。岂待“脱胎”言“赎罪”，力防外侮在图强。

冯婉贞题咏　11月13日

血染平冈映落霞，出闺更不惜芳华。满村举锸惊群丑，一女挥刀殪众豭。指英法略略军。巨柱荒台碑散落，断桥蔓草径攲斜。圆明园遗址景象。秋林魂绕红燃火，冯婉贞原诗：血染秋景魂不死，留取芳心待来年。岂类寻常二月花？

另类军阀段祺瑞　11月17日

皖江崛起本英才，“六不”名闻亦怪哉！不抽、不喝、不嫖、不赌、不贪、不占。生远飞龙袁氏称帝拾残局，三任北洋政府总理。死依卧虎停棂西山卧虎寺没荒莱。其墓甚简。掉头华屋旋迁出，所居原为袁赠，袁死即搬出。扫眼宝屏坚退回。为苏督齐燮元赠礼。功罪旁人任评说，一生迄未蓄私财！

读《中国真有机会收回外蒙古吗?》

（文载《凤凰周刊》）　12月5日

滚滚沙尘蔽库伦，回归一载又沉沦。黑、黄党立依中土，徐树铮入蒙，黑黄两党上书北京要求撤销自治，回归中国。红、白军来背北辰。红军属苏俄，白军属沙俄。北辰喻北京政府。终假“公投”称独立，更标共产示相亲。外蒙人民党加入共产国际。卫星国遂开先例，犹记操刀由那人。斯大林。

三十年间论是非，回头难忍泪沾衣。侵权惊彼张狮口，背约敢谁撄虎威？抗战胜宁容失地？蒋亦不甘遂失外蒙。同盟好岂许忘机？忘其机心，忽其机巧。齐抛内外言相胁，米高扬悍称：欲求内外蒙统一，将致内外蒙一并丢掉。统一何期愿竟违！

百年辛亥，史迹诗情

2011年1月12日

首义辛亥记武昌，河山荡涤净春光。君民千载昧轻重，人物百年明否臧。孟子云：民为贵，君为轻，社稷次之。孙中山云：百年锐于千载……20世纪不得不为民生主义之擅扬时代也。资本兴须惩宿弊，节制资本。地权均待辟新章。平均地权。乾坤浩气归何处，不见山高流水长？《山高水长——孙中山与辛亥人物》为凤凰节目名。

读《百夕谈》，怀老领导　4月19日

故事津门演“借枪”，惊涛渤海孰操航？当时地下党领导人为姚克广，即后来之姚依林部长。风华一代振民忾，发起一二·九学生运动。忾，愤恨。兵火频年灭寇狂。冀东抗日斗争。任重运筹才裕国，主持建国后商业部业务工作。时艰借鉴史言商。指交办研究历史上如

何解决财政困难及编写中国商业史诸事。听“谈”许我挨灯下，“谈”指《姚依林百夕谈》一书，謦欬得亲归亦忘。七、八句系想象之词。归亦忘，乐而忘归也。

清华百年，感赋两首 4月21日

水木清华别有天，百年往事浩如烟。几家治学遗宏著，一代兴邦展巨篇。自以人才关气运，更令世界羡英贤。送儿进校吾心喜，三纪星霜犹眼前。吴锌七七年入校，距今已三十余年矣。

曾憾辛勤育楚才，吴锌滞美，予曾有句云：清华英彦留无半，十载辛勤育楚才！卅年得失岂难裁？外邦光倍耀明月？质疑外国之月更亮说。中土声连鸣郁雷！几辈慕洋掉头去，有人报国挺身回。清华校庆应同喜，何独沉思怀不开?!

开天辟地，南陈北李
——纪念建党九十周年

7月1日

海内嚣然动战尘，可堪寂寞老江津！惊风骇雨虫沙劫，震古烁今麟凤新。并世文章宁数郐？《春秋》：吴季扎观乐于鲁……唯郐以下，以其微也，无讥焉。千秋功过尽归陈！书生至竟成何济？难御征程急转轮。

沉沉迷雾企开天，道义凭谁担铁肩。慷慨满场伤国耻，光明一路导民先。燕都曾警秋风急，沪渎方欣春日妍。忆过正阳门下路，几回难抑泪如泉。

收凤凰台节目，听珍宝岛往事

两首 9月23日

小岛何由欻构兵？桦林宵伏雪盈坑。衔哀制胜吾无退，奋臂当车敌始惊。车，指苏制坦克。恩怨双方潜解扣，中美。错综三国妥安枰。中美苏。枰，棋盘也。风云变幻重回首，可悔当初先背盟？

乌苏里本定分疆，内河。清室孱遭鬼打墙。已易旌旗非弱国，新中国。欲传衣钵等强梁。苏修。冰天却摆火牛阵，雪地正炀龟壳钢。牛、龟蹉对。我亦壮歌谱三叠，红心跃处向朝阳。1969年冬，予曾写《珍宝岛凯歌》三首，七古，各46韵，未存集中。

苏联解体二十年反思

2011年12月25日

巨蠹深蟠蚀本根，一朝大厦圮难存。拙谋自合嗤戈、叶，正义何能咎马、恩？岂昧良知安故步？宜兢远虑复前奔。当年所失堪垂戒：民乐其生毋屈尊！

王渔洋论牛李党争

2012年4月2日

读史心明识李牛，小人君子判薰莸。全生伏地忘私怨，致死欺天贻国忧。出水瀏枭祸终验，栖台鸾凤恨难留。反唇何又向安石？太过之论思未周！

三句指李德裕救政敌杨嗣复、李珏事。四句指牛党误国，致赞皇于死地，自坏长城，终致唐衰事。五句指初牛僧孺尉嵩县，水中有鸂鶒一双飞下，僧孺果入西台。后为祸终应之。事见渔洋《香祖笔记》。六句指李德裕不能久居相位。七句指渔洋以“狠戾”之性一词加诸荆公，则其识见又差矣。八句指蒿庐先生云：“此论亦似太过。”过，此处读去声。

读赵翼《土城怀古》咏萧后事，追和一首　4月20日

叱咤云雷女后尊，亲携幼主掌乾坤。澶渊盟拙南朝费，岁费银绢。易水师威北地屯。肯向宫中居燕燕？萧太后小名燕燕。能于域内抚元元。土城我亦披荆上，在德胜门外。飒爽英风千古存。

读赵翼《廿二史札记》“庚申帝”条书后　4月30日

尚主喜闻新受封，元于赵裔示优容。佛堂身隐幸离虎，殿柱梦醒惊绕龙。失国搏沙悲宋帝，得妻带妊笑明宗。年才十五王天下，颠倒谁先知吉凶？

按：据瓯北于《札记》中云：南宋德祐帝降元，只六岁，稍长，尚公主，封瀛国公。实一时颇受宠遇也。元世祖夜梦金龙绕殿柱，明日瀛国来朝，正立所梦柱处，世祖阴欲除之。公主以告，瀛国惧，遂乞从释，号合尊大师。十八岁学佛于吐蕃，娶迈来的为妻，有娠。适明宗逃于漠北，与瀛国善，索迈来的为妻，遂生顺帝。予考顺帝生于庚申年（1320），登极时才十五岁（1335）。在位长达33年。此段旧闻如《札记》所言，盖来自程克勤《宋遗民录》、权衡《庚申帝大事记》、袁忠彻《符台外集》、《西湖志余》、《庚申外史》等书。余应撰《合尊大师》诗云：皇宋第十六飞龙，元朝降封瀛国公。元君诏君尚公主，时蒙赐宴明光宫。酒酣舒指爬金柱，化为龙爪惊天容。侍臣献谋将见除，公主夜泣沾酥胸。幸脱虎口走方外，易名合尊沙漠中。是时明宗在沙漠，缔交合尊情颇浓。合尊之妻夜生子，明宗隔帐闻笙镛。乞归行营养为嗣，皇考崩时年甫童。文宗降诏移南海，五年仍归居九重。至今儿孙主沙漠，吁嗟宋德何其隆！《元史·本纪》亦明确记载：文宗至顺元年，以顺帝乳母夫言，明宗在日，素谓长子非己子。命翰林书其事于史馆；明年，复命奎章阁学士虞集作诏，播告中外。故文宗崩后，皇后宁立明宗次子宁宗，而不立顺帝，迨宁宗夭而顺帝始立。顺帝登基，以此彻去文宗庙主。诏曰：文宗私图传子，乃构邪言，谓朕非明宗子，俾出居遐陬。《虞集传》亦见此事。是顺帝之非明宗子，当时已播人口。其诏云云，欲盖弥彰耳。瓯北于《札记》中特揭此条，所论綦详，言之凿凿，自出有因。愚亦以为诸书所载，同声异口，岂必无据？评者贸然以捕风捉影之谈目之，能云中肯乎？

燕都史迹

六首　2012年5月20日、21日

瓮山

瓮山今日在园中，园为颐和园，首句衬韵。丞相遗茔此处封。耶律楚材墓。破国扬威唯突骑，屠城作戏岂真龙？指成吉思汗。一言感主贤臣目，

目，品评也。千古拯民君子胸。我昔匆匆几凭吊，明湖柳老未从容。

海淀

众泉汇注出尘寰，植杖林坰人自闲。幽境一蹊芳菊秀，名园百簇牡丹殷。有言“野旷秋依树”，曾咏“湖清月在山”。今日浑非旧时景，万千气象蔚其间。

白石庄

白石桥头驸马庄，春来飘拂柳丝长。兼栽修竹平添韵，遍种名花好佐芳。幽径催诗望月色，高台延爽俯湖光。当年我亦家相近，鸥梦温馨久未忘。

高梁桥

高梁桥畔驻行骖，莺语鱼游水漾蓝。花径踏青空蓟北，柳堤拖翠赛江南。歌声悦耳似全醉，酒气撩人多半酣。今日风光无此好，唯从诗里味同参。

石经山

花雨西来谁与传？苍茫古树夕阳边。五千卷刻山藏石，百级楼登室接天。剩有劫灰经水火，应多灵气护风烟。近时始上云居寺，龙洞未窥悭宿缘。

万松老人塔

儒释兼容一老僧，燕京杖锡遂传灯。居从容庵。生前移刺参三载，移刺耶律楚材，楚材废餐寝，参学三年。身后因砖甃七层。七级砖塔，高丈五尺，不尖而平。西域从容资眼亮，以《从容录》寄耶律楚材于西域阿里马城。自言着语出眼，临机不让也。东厨扰攘碍心澄。其后，人倚塔造屋，为酒食店，豕肩挂塔檐，酒瓮环塔砌，刀钝就塔砖砺，醉人倚而拍拍，歌呼漫骂，二百年不见香灯矣。万历三十四年，始为僧募资赎还。胡同深处吾曾住，西四砖塔胡同。梦里万松呼欲譍。

品藻篇

《续诗品》读后题咏

6月5日～11日

袁枚爱司空诗品，第“惜其只标妙境，未写苦心”，“故为若干首续之”。名之曰《续诗品》。此作，随园之诗法也。凡32则，各四言六韵。予读而好焉。爰摘其原词（并诗话中所及之语），强本去蔓，脱晦返明，以七言律句咏之，如此，似语更显豁而意弥畅达。愚之所为，亦效曾纪泽以七律咏司空图诗品之例耳。

其一，崇意　有虞首训诗言志，寡意多辞实倒颠。弱主强奴呼不至，有钱无索贯争穿？以上均来自原词语意。千枝万叶根应固，原词意。木味花容态枉妍。江顺诒《演补》中语：其貌如花，其味如木。发自性情离故纸，飘然笔落化云烟。

其二，精思　善步疾行非两随，原词意。天衣妙只偶成之。能逢人伐不加点？原词：文不加点。要为世留无愧辞。诸葛隐庐曾十虑，原词意。道衡登榻正三思。《诗话》中语意。心精独运言超迈，诗见其才转在迟。《诗话》中云：“诗到能迟转是才。”

其三，博习　百城卷积一篇成，诗与书原两有情。未藉咀含舍糟粕，哪来吸纳得精英？原词意。泰山外接天台秀，东海旁通镜水清。用《诗话》中语意。怎说作诗“不关学”？学醇正始继新声。原词意反用之。

其四，相题 古人诗易门开独，今作诗难意乱纷。原词意。专习一家拘守道，善师多格奋超群。景光事异境皆切，寸尺人殊衣各新。四句皆原词语意变通用之。艳朴奇平俱可采，文集中语意。相题宜即巧成文。

其五，选材 僻典用如请生客，原词意。挥斤手择善量材。锦非不贵难为帽，原词意。寝是所安争设罍？《诗话》中语意。鱼肉猪鸡调隽味，风云月露出新裁。《诗话》中语意。“攸宜各有”唐贤句，倒用“各有攸宜”四字。平易宁求绣作堆？

其六，用笔 丝因思紊不成绳，膏以书雍乃灭灯。雍，壅也，平声。敛纵随心应有则，刚柔绕指岂无凭？月星驱使奇思发，华岳奔驰豪气腾。再拜焚香一支笔，唯吾所用尽吾能。各句均由原词语意发挥。

其七，理气 吹气油然或浩然，盘旋总在笔之先。汤汤川上起春浪，缕缕林间腾晚烟。原词意。野马驰原蹄任逸，疲驴就道足常颠。《诗话》补遗：左兰城云凡作诗文者宁可如野马，不可如疲驴。好风若不来相送，出海休乘万里船。原词意。

其八，布格 造屋点兵先画、派，诗虽家百界逾难。原词意。梁承荷载端依柱，丸走横斜不出盘。此句本原词语意。消息细参奇格布，机关巧设妙棋看。消息机关原词用语。八风扫地何由致？一律未调全局完！用原词中之意。

其九，择韵 百二酱坛岂尽甘？八千韵府怎深探？原词中用语。追声次韵迭韵叠韵真难适，斗险贪多更不堪。《诗话》中之意。瓦缶撞时类击土，铜山鸣处共振岚。瓦缶撞铜山鸣为原词。其音哑滞慎无取，响亮助吾诗意酣。

其十，尚识 学如弓弩才如箭，中鹄须凭识领之。原词意。卓识不因习所囿，真知能免古之欺。邯郸效步忘故步，反用原词意。子美多师为善师。诗、史“三长”同一例，才学识三长见文集。亦先尚识悟良医。用《诗话》所记钱乙善医事。

其十一，振采 眼前仕女烂朝阳，仙骨天成亦借妆。两句原词意。匪沐身安长保洁？非熏衣怎远传香？亦原词意。凤凰锦羽终资别，西子蓬头竟不臧。亦原词意。诗句风姿期出众，宜振奇采炳华章。

其十二，结响 诗原雅乐岂仅读，清脆天喉当可歌。节拍相连非断续，管弦得配更谐和。桥前霜落来青女，原句：箫来天霜。指上风生动碧波。原句：琴生海波。最是绕梁竟三日，雍门余响近来多。原词曰：三日绕梁，我思韩娥。

其十三，取径 蚕丛谁辟迎来客，乘兴游山慕武夷。原词：山爱武夷。十里尘阛徒扰目，原词意。九湾幽径可寻诗。文星是处都名曲，《诗话》中语意。智士无人不好奇。揉直使弯单使复，原词语意。但凭一览味何遗？

其十四，知难　墨飞纸上非高手，原词：著墨纸上。而曰千秋俟一鸣。老将筹边心愈慎，赵充国。小儿言战骨偏轻。赵括，以上两句取自原词。食难几个调羹美？症杂谁人切脉清？原词语意。知与不知天壤别，谈何容易贸诗名！

其十五，葆真　衣冠存肖几分无？优孟事。山水画中聊自娱。不足貌嫌忙敷粉，有余才欠速求书。两句系原词前四句中意。绘兰难使香常在，画美终看恩转疏。原词：画美无宠，绘兰无香。趣必葆真诗乃作，佯哀伪笑原词陋何如！

其十六，安雅　左图右史必"先王"，原词用语。爱嚼红英齿颊香。征栗却夸输沈氏，沈约。题糕未敢笑刘郎。刘禹锡。雅驯俚俗各留辙，刻露浑含同擅场。四句系《诗话》中用事及语意。学问成时诗近"雅"，再升高处意飞扬。

其十七，空行　列子行天猎猎风，性情岂合窒笼中？钟何转哑缘过厚，耳必成聋因未通。原词一、二句中语意。万古不移忌盈满，一生所奉在虚空。括用原词三、四句中意。《诗话》中亦阐明此意。作诗安用多填砌？妙在空灵理亦同。

其十八，固存　厚薄重轻能定尊，《诗话》中所论。由来物必固而存。固而存之，系原词。栋挠易动原词二句中用语欲倾屋，酒浊旋酸空倒樽。原词首句语意。百斛舟行事有果，一人鼎举语无根。分别用原词十句、八句中语意。作诗亦务基先立，漂泊浮萍池沼浑。

其十九，辨微　新纤、朴拙、淡耶枯，千里毫厘美丑殊。老宿诗多防手滑，才人胆大戒心粗。"切莫老手颓唐，才人胆大"。子才规蒋心余语。见《诗话》。波流未免淆清浊，目注焉能眩紫朱？原词八句用语。应识判分良不易，辨微毋致哲人愚！

其二十，澄滓　描诗者众佳篇少，其故云何渣滓撑。原词前四句中用语。糟去酒清酿方熟，见原词五句。沙蚕沙，即蚕粪除丝白茧将成。横陈盛馔惊凡眼，絮聒常谈厌老生。原词末四句用语。全乏剪裁贪阔大，腰身不称惹讥评。

其二十一，斋心　作诗妙手若操琴，弦上声声直见心。目有风花卿意乱，语无烟火我心清。原词诛心苏涣胡为贼？伸手刘叉奈攫金！《诗话》中用事。倘共曹公剖诗句，心怀天下有高吟。《诗话》中语意。

其二十二，矜严　绵绵世泽百年雄，花发优昙半刻终。飒爽英风唯寸铁，清凉仙露岂千钟？原词各句中意。淡浓含蕴名贤态，博约回归老学功。曾铸香炉悟诗理：精金、铜锡不相融。子才亲历事，喻君子小人之不相入，见《诗话》。

其二十三，藏拙　宵缩昼赢能两隆？却看弱手挽强弓。徐言谁识原謇子，缓步安知由跛童？用原词前六句中意。短掩长消名岂实？唐霍王元轨有贤名，善掩短，故不见其长。人谓之曰霍王无短，霍王无长。见原词末二句及诗话补遗。拙藏巧露语弥工。原词：善藏其拙。仅抒一二渊难测，诗出先生怀抱中。

其二十四，神悟　诗境浩乎天地宽，欣然心动涌微澜。原词：童歌沧浪，闻之欣然。鸟啼花落神通易，原词：鸟啼花落，皆与神通。云卷风飘悟彻难。原词：人不能悟，付之飘风。扶智有文皆曰妙，原词：唯我诗人，众妙扶智。适情无字不云安。原词：但见性情，不著文字。村氓浅学偶成句，“诗话”中云：村氓浅学偶有一二句，虽李杜复生，必为低首者，此诗之所以为大也。何必人间寻杜韩？

其二十五，即景　化工万类正相迎，即景吟来佳趣成。月露风花天地气，诗话中引黄黎洲语。山飞川逝去来情。赋形物换身宜转，随影步移心自明。原词：因物赋形，随影换步。胶柱刻舟朝认暮，参用原词。可怜无益负平生。

其二十六，勇改　知足人宜学不然，原词：人贵知足，唯学不然。《诗话》：记曰学然后知不足。未能止步遂无前！作诗岂惮困三改？《诗话》云：诗不可不改，不改，则心浮。使酒休矜轻百篇。太白斗酒诗百篇。几字难安复自缚，连宵有宠亦相捐。原词：十年矜宠，一朝捐弃。生金另报一铸定，原词：亦有生金，一铸而定。忽到天机容巧传。原词：天巧不传。《诗话》云：然有天机一到，断不可改者。

其二十七，著我　不学古人无一可，原词。酷如还剩几分吾？舟行剑失空登岸，筌忘去声鱼存喜入厨。《诗话》中用事。吐故怎凭抱残竹？竹指竹简。吸新可待握灵珠。原词：吐故吸新。梦周聆孔道赓孟，卓尔三公文各殊。用后四句“孟学孔子，孔学周公，三人文章，颇不相同”之意。

其二十八，戒偏　偏则成魔宜力戒，何庸界宋又分唐？原词语意。权门讬足尊韩杜，贫贱骄人矜孟王。原词意。褴褛衣何薄华服？荒寒居怎抑明堂？文集答施兰垞论诗书中语意。峭奇山谷黄庭坚容温李，不薄西昆。奚必斤斤旗各张？

其二十九，割忍　辞费烦应忍割之，割之为上复何疑？眼生远诈庶无险，耳熟避唠方免訾。原词：知熟必避，知生必避。勿剪腴词累文骨，诗话中引刘勰言：陆机亦有锋颖，而腴词勿剪，终累文骨。尽除病灶保全肢。九渊深夜万探一，宜警贪多危必随。原词：深夜九渊，一取万弃。

其三十，求友　童蒙圣重况于我，原词语意。闭户深居谁愿邻？枰上棋逢分一着，一分高下。途中师访自三人。三人行必有我师。登舟梅怎行随主？报喜花方孕有身。子才诗：只怜香雪梅千树，不得随身带上船，乃野僧送行留语，有以启之。子才诗：霜高梅孕一身花。园丁树下喜报云“有一身花矣”，致使诗人灵机触发。两事均见《诗话》。是僧是佣，皆良友也。求益虚怀喜多助，诗移隻字最传神。郑谷改齐己早梅诗几枝为一枝，皎然改某公御沟诗此波为此中，诗改一字，界判人天。两事详见《诗话》。

其三十一，拔萃　尺帛终嫌逊秘瑶，拔乎其萃最超超。同锵玉佩姣唯宋，宋朝。共唱苕花美独姚。孟姚。只有新鲜才出色，胡稚威云：存得者，新鲜出色也。见《诗话》。若徒平正近无憀。沈存中云：诗徒平正，若不出色……求其佳处，到死无一笔。见《诗话》。钧韶敢望向何处？采服请披飞碧霄。原词末三、四句语意。

其三十二，灭迹　费多气力底奔忙？能见几家传世长？黄山谷诗：费许多气力，为是甚底？有迹回文自苏蕙，原词：织锦有迹，岂曰蕙娘。无痕修月乃吴刚。原词。意深词浅原词形非槁，《诗话》：朱子曰梅圣俞诗不是平淡乃是枯槁，欠精深故也。味苦言甘药本良。原词为思苦言甘，稍改一字。旧稿改多致平易，不留一字竟其章。竟，终也。周元公云白香山诗似平易，所存遗稿涂改甚多，竟有终篇不留一字者。见《诗话》。

司空图《诗品》题咏

6 月 23 日 ~26 日

予曾为随园《续诗品》作七律题咏三十二首；近读司空图原作《诗品》，觉与《续诗品》迥然不同，非论诗法，实品诗味也。司空所作重在体貌诗之风格意境，有味外之旨、韵外之致，与子才取径各异、用心有别也。相比之下，难言优劣。唯对之亦不能无辞，爰以七律咏之，庶得两全。先续后正，未免失序，率性而为，听其自然。

其一，雄浑　浑厚返虚元气充，原词：返虚入浑。真体内充。沛然积健是为雄。原词：积健为雄，具备万物。油油云起奇峰外，猎猎风鸣古木中。原词：荒荒油云，寥寥长风。天地生成具万物，虹霓横绝贯长空。原词：横绝太空。持之大力非强致，来势源源如不穷。原词：持之非强，来之无穷。强，上声，勉强之强。

其二，冲淡　平居守默合天机，原词：素处以默，妙机其微。淡逸犹如鹤独飞。原词：独鹤与飞。幽竹归时察微响，原词：阅音修篁，美曰载归。蕙风过处拂轻衣。原词：犹之蕙风，荏苒在衣。无心遇本情非切，有意寻翻见愈稀。原词：遇之匪深，即之愈希。形迹倘存相似处，一经握手已相违。原词：脱有形似，握手已违。

其三，纤秾　微波采采长流水，生意蓬蓬远望春。原词：采采流水，蓬蓬远春。树上桃开熨风日，原词：碧桃满树。枝头莺啭闹昏辰。原词：流莺比邻。纤秾景秀孕灵物，灵物语出李德裕《文章论》，见旧注。窈窕谷深逢美人。原词：窈窕深谷，时见美人。标格自高非俗艳，乘之愈往识之真。原词：乘之愈往，识之愈真。

其四，沈著　绿林野屋原词恍平生，原词：所思不远，若为平生。落日空山秋气清。原词：落日气清。脱帽独行千百步，原词：脱巾独步。鸣禽并起两三声。原词：时闻鸟声。疏星已落月空转，原词：夜渚月明。群雁不来人远行。原词：鸿雁不来，之子远行。佳语深沉兼妙境，大河滚滚眼前横。原词：如有佳语，大河前横。

其五，高古　异人云里把芙蓉，历劫窅然寻旧踪。原词：畸人乘真，手把芙蓉。泛彼浩劫，窅然空踪。钟定西山清夜静，原词：太华夜碧，人闻清钟。西山即指西岳华山。月升东斗好风从。原词：月出东斗，好风相从。一氛不染超尘世，原词：虚伫神素：旧注：言神素超然尘世之外，不染俗氛也。万念胥澄脱界封。原词：脱然畦封。莫逮黄唐慨余独，原词：黄唐在独。旧注：语本陶诗：黄唐莫逮，慨独在余。黄唐，黄帝与唐尧。终身落落抱玄宗。原词：落落玄宗。旧注：落落不相入貌。玄宗玄妙空旨。

其六，典雅　携得玉壶堪买春，原词：玉壶买春。深居茅舍雨湔尘。原词：赏雨茅屋。竹林佳士谈笑契，原词：坐中佳士，左右修竹。花木幽禽追逐频。原词：幽鸟相逐。瀑下抱琴绿张幕，原词：眠琴绿阴，上有飞瀑。篱边对菊淡依人。原词：人淡如菊。岁华好景君须记，可读雅言诗味新。原词：书之岁华，其曰可读。

其七，洗练　矿脉含铅洗出银，超心炼冶爱缁磷。空潭明净能鉴色，古镜精莹堪照神。原词意。曰白曰坚葆其素，见《论语》。乘星乘月返之真。原词：乘月返真。载瞻星气。指看活水流今日，明月前身种夙因。原词：流水今日，明月前身。

其八，劲健　以神运气劲盘空，云海茫茫势若虹。原词：行神如空，行气如虹。巫峡千寻原词景难尽，罡风万丈力无穷。原词：走云连风。自强君子能行健，原词：喻彼行健。并见易乾卦。不敝天公长恃雄。《庄子》：天地其壮乎？（惠）施存雄而无术。体弱如何促文起？期之以实御之终。原词。并见旧注中之意。

其九，绮丽　何须富贵乞黄金？原词：神存富贵，始轻黄金。浓尽旋枯淡屡深。原词：浓尽必枯，淡者屡深。水畔绿杨縠笼雾，原词；雾余水畔。旧注：雾余者，雾縠霏微，余阴晻霭于水畔，水气与雾气交映成文。日边红杏锦披林。原词：红杏在林。月明华屋原词炫朱色，风暖画桥遮碧阴。原词：画桥碧阴。酌酒弹琴伴客坐，原词：金樽酒满，伴客弹琴。取之自足原词豁尘襟。原词：良殚美襟。

其十，自然　低头拾不取诸邻，原词：俯拾即是，不取诸邻。道可相俱着手春。原词：俱道适往，着手成春。如遇花开心目畅，原词：如逢花开。若瞻节换岁时新。原词：如瞻岁新。真予应识人难夺，强得从知家易贫。原词：真与不夺，强得易贫。雨过空山蘋偶采，原词：幽人空山，过雨采蘋。悠悠自适悟天钧。原词：薄言情悟，悠悠天钧。

其十一，含蓄　未留隻字得风流，原词：不着一字，尽得风流。奚必铺排语不休。酒漉渐淋随永日，花开复闭遇凉秋。原词：如渌满酒，花时返秋。语意见旧注：漉，渗也。如漉酒然，漉满酒则渗漉不尽，有渟蓄态。如花开然，若还到秋气，则将开复闭，有留住状。描写含蓄，都很具体。悠悠聚散空尘沫，忽忽沉浮任海沤。原词：悠悠空尘，忽忽海沤。又：浅深聚散。博有万途约一理，见旧注。要归含蓄莫全收！原词：万取一收。

其十二，豪放　气豪由道放非狂，原词：由道返气，处得以狂。吞吐胸中储大荒。原词：吞吐大荒。弥满两间实于内，原词：真力弥满。森罗万象列其旁。原词：万象在旁。光摇霄汉招星月，原词：前招三辰。三辰，日月星。声振云岗引凤凰。原词：后引凤凰。更策六鳌沐朝日，兴来濯足啸扶桑。原词：晓策六鳌，濯足扶桑。

其十三，精神　神足精酣兴自来，原词：欲返不尽，相期与来。并见旧注。奇葩正发本初胎。原词：奇花初胎。青春鹦鹉原词彩衣刷，杨柳楼台原词珠箔开。绿水漪生明见底，原词：明漪绝底。碧山人至细倾杯。原词：碧山人来，清酒深杯。远离槁木赖生气，旧注：人无精神，便如槁木。文无精神，便如死灰。妙造天然谁与裁？原词：妙造自然，伊谁与裁？

其十四，缜密　虽存真迹似难知，原词：是有真迹，如不可知。意象将生造化奇。原词：意象欲出，造化已奇。流水花开原词已春半，清光露浥未朝晞。原词：清露未晞。险关路远心能忽？幽径景多行故迟。原词：要路愈远，幽行为迟。语不犯重思不紊，原词：语不欲犯，思不欲痴。交融明月雪深时。原词：明月雪时。旧注：明月雪时，月雪两物上下交融，密亦由缜而来。

其十五，疏野　唯性所安真弗羁，原词：唯性所宅，真取弗羁。宅，居也安也。随心取与率为期。原词：与率为期。率，率真。但知旦暮原词遑远古，几昧居诸忘近时。原词：但知旦暮，不辨何时。松下结庐便听籁，石边脱帽好看诗。原词：筑室松下，脱帽看诗。天然放浪归疏野，原词：若其天放，如是得之。旧注：天放，天然放浪也。如是得之，言是乃得乎疏野之宜然。适意原非必有为。原词：倘然适意，岂必有为。

其十六，清奇　娟娟松下有漪流，晴雪满汀登钓舟。原词意。曲磴寻幽人伴玉，原词：可人如玉，步屧寻幽。长河拂曙气横秋。原词：如月之曙，如气之秋。亦奇亦古见清峭，原词：神出古异，澹不可收。载止载瞻望碧悠。原词：载瞻载止，空碧悠悠。载，语助词，无义。此境在唐只韦柳，旧注：在唐人中唯韦柳为擅场。萧然淡远最风流。

其十七，委曲　曲折盘空登太行，层峦叠翠九回肠。原词：登彼太行，翠绕羊肠。涧波杳霭自流玉，坂卉缤纷犹送香。原词：杳霭流玉，悠悠花香。万里抟风羊旋角，几人横笛曲传羌。原词：鹏风翱翔。又：声之于羌。旧注引庄子《逍遥遊》：（鹏）抟扶摇羊角而上者九万里。羊角谓其风曲折上行若羊角。此以旋风旋涡状委曲。按：旋字读去声。声之于羌，言羌笛之声曲折尽致也。山重水复途非一，临事宜知圆与方。原词：道不自器，与之圆方。注：器，拘一也。不以一器之形体自拘。唯因天下之或圆或方而与之圆方。

其十八，实境　取来实境语原直，出自天机思匪深。原词：取语甚直，计思匪深。匪，读仄。一客荷樵清涧曲，有朋抚瑟碧松阴。原词：清涧之曲，碧松之阴。一客荷樵，一客听琴。琴瑟变通用之。性情所至生妙趣，原词：情性所至，妙不自寻。幽境相逢窥道心。原词：忽逢幽人，如见道心。虽实犹虚溯老氏，泠然不觉是希音。旧注：希音，本老子“听之不闻名曰希”，见得境虽实而出于虚。

其十九，悲慨　如流百岁去无回，富贵一生同冷灰。原词：百岁如流，富贵冷灰。豪雨浸苔房半漏，原词：漏雨苍苔。盲风卷地木全摧。原词：大风卷水，林木为摧。意深言苦心将死，身累影孤人不来。原词：意苦欲死。招憩不来。壮士长歌空拂剑，原词：壮士拂剑，浩然弥哀。沉沦大道孰雄才？原词：大道日丧，若为雄才。

其二十，形容　无边烟景写阳春，原词：如写阳春。妙契同尘庶返真。原词：妙契同尘。又：少回清真。一夕风云倏变态，四时花草总精神。原词：风云变态，花草精神。哪堪沧海波心晃，无奈青峰山骨嶙。原词：海之波澜，山之嶙峋。若向世间索高手，形离神合属斯人。原词：离形得似，庶几斯人。

其二十一，超诣　岂缘超诣自机微，原词：匪机之微。云白风清挟共归。原词：如将白云，清风与归。乔木乱山自高峻，碧苔细雨亦芳晖。原词：乱山乔木，碧苔芳晖。化工虽可将天泄，道气终看与俗违。原词：少有道气，终与俗违。口诵心思声愈寂，原词：诵之思之，其声愈希。远招若至近全非。原词：远引若至，临之已非。

其二十二，飘逸　落落安归矫不群，原词：落落欲往，矫矫不群。御风蓬叶泛无垠。原词：御风蓬叶，泛彼无垠。笙吹跨上缑山鹤，莲折擎来华顶云。原词：缑山之鹤，华顶之云。按：用李商隐诗“龙伯擎持华岳莲”之意。入画士怡神欲活，原词：高人惠中，令色絪缊。惠中或作画中。散花女粲法同闻。旧注：如来讲法，佐以天女散花，翩翩有凌云之意。飘然上下何能执，原词：如不可执。有意求之反愈分。旧注语意。

其二十三，旷达　浮世人相去几何？欢娱苦短叹愁多。原词：生者百岁，相去几何？欢乐苦短，忧愁实多。座中对月一樽酒，壁上飞烟三丈萝。原词：如何樽酒，日往烟萝。花覆檐前时迓客，原词：花覆茅檐，疏雨相过。筇携郊外且行歌。原词：倒酒既尽，杖藜行歌。百年谁不将终老，日对南山比岌峩。原词：孰不有古，南山峩峩。

其二十四，流动　水车飞动走丸珠，原词：若纳水輨，如转丸珠。岂可言宣恰似愚。原词：夫岂可道，假体如愚。漠漠无涯转坤轴，原词：荒荒坤轴。旧注：荒荒，空阔不尽之貌。悠悠不尽运天枢。原词：悠悠天枢。执端纵诩已知物，原词：载要其端。抉本乃欣方识符。原词：载闻其符。千载往来流不息，滔滔逝者是斯乎？原词：来往千载，是之谓乎？

郭麐《词品》题咏

6月26日~28日

郭麐，吴江人，号频伽，乾隆时有灵芬馆词行世。其《词品》十二则（各四言六韵）为人所重。郭氏乃我乡先贤，词品属世间首举，爰亦以七律十二首咏之。

其一，幽秀　峰回路转水流声，此去人间历几程？原词：路转峰回，忽见流水。又：此去人间，不知几里。一壑有松容久卧，原词：一壑深美。此句取东坡“老松阅世卧云壑”诗意。千岩向月竞先擎。原词：千岩巉巉。白云归处又时起，原词：白云时起。幽鸟憩来真不鸣。原词：幽鸟不鸣。偶遇疎花如处子，嫣然含笑目初成。原词：时逢疏花，娟若处子，嫣然一笑，目成而已。

其二，高超　云驶长空月在中，原词：行云在空，明月在中。潇潇秋雨夹凉风。原词：潇潇秋雨，泠泠好风。接偏愈远迷来路，寻却多歧失去踪。原词：即之愈远，寻之无踪。露警清宵唳孤鹤，梦安大泽落飞鸿。原词：孤鹤独唳，其声清雄。又：回顾薮泽，翩哉蜚鸿。众人俯视再高望，欲究其穷终未通。原词：众首俯视，莫穷其通。

其三，雄放　海潮东至纳江湖，斫阵登高快一呼。原词：海潮东来，气吞江湖。快马斫阵，登高一呼。鹰鹘怒生盘寺塔，蛟龙性起舞牙须。原词：如怒鹘起，下盘浮图。又：如波轩然，蛟龙牙须。千重山诡兼波谲，万里风驰并电驱。原词：千里万里，山奔电驱。元气应看从不死，笔端奇采与之俱。原词：元气不死，乃与之俱。

其四，委曲　秋水芙蓉初作花，原词：芙蓉初花，秋水一半。磷磷碎石水之涯。原词：细石凌乱。按：宋之问句“碎石水磷磷”，本诗取意于此。美人细语芳留齿，原词：美人有言，玉齿将粲。宝瑟徐弹雁落沙。原词：徐拂宝瑟。《平沙落雁》乃曲名，此处用之。缱绻寸心愿长执，原词：非无寸心，缱绻自献。逡巡三折路犹赊。若还若往岂能见，原词：若往若还，岂曰能见。唱叹徒劳漫怨嗟。原词：一唱三叹。

其五，清脆　满堂金石与丝簧，原词：美人满堂，金石丝簧。其韵原非在短长。原词：韵不在短，亦不在长。玉磬忽敲音送远，原词：忽击玉磬，远闻清扬。哀梨一嚼口生香。原词：哀家一梨，口为芳香。按：哀家梨出处见《世语》，此处不赘。夜来蕉叶听洒雨，秋至芙蓉看拒霜。原词：芭蕉洒雨，芙蓉拒霜。月窟寒冰逊光洁，原词：如冰之光。美人云际睹清扬。按：《霍小玉传》中有云：今日幸会，得睹清扬。睹清扬本此。

其六，神韵　早春二月柳初丝，原词：杂花欲放，细柳初丝。好鸟枝头风拂之。原词：上有好鸟，微风拂之。月上高楼何缓缓，人来曲径故迟迟。原词：明月未上，美人来迟。相携花下联诗日，一顾灯前却扇时。原词：却扇一顾。秀骨天然浑脱俗，如愁如诉最相思。原词：眇眇若愁，依依相思。

其七，感慨　人生一世能无感？原词：人生一世，能无感焉。易散浮云不堕仙。原词：云浮鸟仙。巷陌铜驼荆塞地，原词：铜驼巷陌。宫门金狄泪潸泉。原词：金人岁年，铅水迸泪。哀来乐往原词事何限，抛虑忘情言未然。近日夫君底长叹？原词：夫子何叹。此处夫君作那人讲。对男子之尊称。鹍鸡辍弄夜惊弦！原词：鹍鸣裂弦。

其八，奇丽　鲛室绡成静海隅，原词：鲛人织绡，海水不波。腾梭起舞二龙嘘。原词：蛟龙腾梭。枝捞铁网收为宝，原词：珊瑚触网。泪迸铜盘散作珠。原词：凄然掩泣，散为明珠。皓月将沉千嶂寂，群星初聚百灵趋。原词：明月欲堕，群星皆趋。下机织女云霞起，舒卷持来贡太虚。原词：织女下机，云霞交铺，如将卷舒，贡之太虚。

其九，含蓄　东风飒飒啭幽禽，原词：好风东来，幽鸟始啭。万象更新春色深。原词：阳春在中，万象皆动。众绿笼窗先引梦，原词：一花未开，众绿入梦。繁花扫径待知心。如闻玉管成三弄，原词：如闻玉管，快作数弄。欲倒金樽共一斟。口有微词如讽怨，原词：口多微词，如怨如讽。邈然鹤去暗沉吟。原词：望之貌然，鹤背云重。

其十，逋峭　秋警清霜月色朦，原词：清霜警秋，微月白夜。孤峰在上水流东。原词：其上孤峰，流水在下。惬心见画神曾往，原词：惬心动目。快意寻幽目已穷。原词：幽寻欲穷，乃见图画。手揽风云容跌宕，原词：跌宕容与。胸罗川岳欲飞冲。倘真跨鹤翩然去，原词：翩然将飞，倘复可跨。喜极应生无畏中。原词：喜极而怕。

其十一，秾艳　五酝酒酽原词弥贵陈，杂红成锦万花春，原词：杂红成锦，万花为春。妆修异彩居安位，熏染名香衣称身。原词：异彩初结，名香始熏。绚丽九华容仕女，原词：九华帐新。庄严七宝坐天人。原词：庄严七宝，其中天人。偶然咳唾溅芳野，散落明珠纷若尘。原词：偶然咳唾，明珠如尘。

其十二，名隽　嵚崎高士频挥麈，倜傥羽人新礼坛。原词：名士挥麈，羽人礼坛。荷雨潇潇宵已歇，松风淅淅夏犹寒。原词：荷雨夜歇，松风夏寒。唯闻幽涧湍鸣濑，原词：万籁寂寂，唯鸣幽湍。只觉温言气吐兰。原词：微闻一语，气如幽兰。千漱百含何物在，肃然奉子一丸丹。原词：千漱百咽，奉君一丸。

杨伯夔《续词品》题咏

7月2日~4日

杨氏金匮人，尝官蓟州知府，亦乾隆朝士，著有《过云精舍词》、《真松阁词》。继郭频伽作续词品十二首，其中不乏吐属雅隽者，读之亦有所得，为之题咏，以当书后。

其一，轻逸　长林漠漠吐朝晖，习习天风一叶飞。原词：悠悠长林，濛濛朝晖。天风徐林，一叶独飞。疑蝶远扬频入梦，如花轻堕恰沾衣。原词：疑蝶入梦，如花堕衣。曲终清瑟听犹切，岫远白云望愈稀。原词：幽弦再终，白云愈稀。孤鹤翩跹千里去，九秋风露翅非肥。原词：千里飘忽，鹤翅不肥。

其二，绵邈　秋水楼台画不真，原词：秋水楼台，淡不可画。载歌其下遇幽人。原词：时逢幽人，载歌其下。未稀星斗同消夜，正梦云烟又报晨。原词：明星未稀，美此良夜。惝恍从之，梦与烟偕。暖日荷香风冉冉，原词：荷香沉浮。清波鱼戏石粼粼。太虚直上将俱化，一碧油油邈入神。原词：油油太虚，一碧俱化。

其三，独造　昂头望处万山巑，激荡风回五月寒。原词：万山巑巑，回风荡寒。鸟入云间容决眦，原词：决眦千仞。龙蟠壑底可闻湍。原词：龙之不驯。晴湖鳞隐踪何及？古木猿悬梦未安。原词：洞庭隐鳞，苍梧逸猿。异士羽衣语雷动，畸士羽衣，露言雷喧。纷然元气创奇观。原词：元气纷变，创斯奇观。

其四，凄紧　送君长往念君深，白日池台气欲阴。原词：送君长往，怀君思深。白日欲堕，池台气阴。寸晷舍难珍短景，百年逝易苦低吟。原词：百年寸晖，徘徊苦吟。客来松下闻幽语，雁过湘中递雨音。原词：松篁幽语，独客泛琴。聆彼七弦，潇湘雨音。花落枝空春已暮，晚风凄入燕归心。原词：花落辞枝，凄入燕心。

其五，微婉　晓起登程送子行，众禽笑我弄春声。原词：之子晓行，细路香送。时闻春声，百鸟含呀。林花迎日初绽放，蜂蜜含香将酿成。原词：林花初开，蜂须欲动。何处短琴清韵发，原词：美人何许，短琴潜弄。无言微讽冷风生。原词：明明无言，泠泠如讽。绿阴欲合帘卷后，细雨方过幽梦萦。原词：卷帘绿阴，微雨思梦。

其六，闲雅　疏雨未停凉独知，原词：疏雨未歇，轻寒独知。茶烟昼飏酒催诗。原词：茶烟昼青。酒眠悟诗。秋风老屋茅三叠，落日空山藤一枝。原词：秋老茅屋。瘦籐一枝。林鸟羽振丹叶衬，檐虫丝挂碧苔滋。原词：叶丹苔碧。檐虫挂丝。饮真抱朴仙何在？遇亦偶然应可期。原词：饮真抱和，仙人与期。其曰偶然，薄言可思。

其七，高寒　闲依苔石啸长松，万叶千吹凛入冬。原词：俯视苔石，行歌长松。千叶万吹，凛然嘘冬。岁月悠悠人独往，乾坤落落自希踪。原词：矫矫独往，落落希踪。希，即稀，罕见。怎通玄阙揽明镜，更接天庭听晓钟？原词：夜开元关，荡闻天钟。何日真回太虚去？原词：返风乘虚。眉间光满斗辰逢。原词：光满眉宇，与斗相逢。

其八，澄澹　波光潋滟远连天，原词：空波粼天。歌啸抽簪独扣舷。原词：鸣簪扣舷。菡萏曳风潭照镜，原词：觅镜照春。逢潭写莲。鹭鸶立雨浪飞肩。原词：鹭鸶立雨，浪花一肩。蓼红绕岸映秋水，蘋白连江笼晓烟。原词：采采白蘋，江南晓烟。佳语自然无意得，原词：佳语无心，得之自然。渔舟还往共忘年。原词：渔舟还往，相忘岁年。

其九，疏俊　野鹤超超卓不群，原词：卓卓野鹤，超超出群。败篱田舍散兰芬。原词：田家败篱，幽兰愈芬。意生笔底须求远，原词：意必求远。酒满杯中暂许醺。原词：酒不在醇。醇字出韵，不能用。闲戴角巾行白磴，原词：玉山上行，疎花角巾。磴：山路石级。快吹短笛遏青云。原词：短笛快弄，长啸入云。轩轩霞举须眉胜，原词：轩轩霞举，须眉胜人。疎俊其人宜擅文。

其十，孤瘦　怅焉独迈隐怀忧，原词：怅焉独迈，憀予隐忧。天地茫茫悟可求。原词：悟出系表，天地可求。梅老浮香寒夜静，原词：空山沍寒，老梅古愁。峰危倒影碧波流。原词：亭亭危峰，倒影碧流。皿多肥美翻无味，原词：味之无腴。形隻清癯本寡俦。原词：揖之寡俦。木末萧然遥指处：一楼唯与一僧游。原词：遥指木末，一僧一楼。

其十一，精练　干莫锋寒百炼钢，原词：如莫邪剑，如百炼钢。干莫，并干将莫邪言之。钵心掏胃敛神光。原词：钵心掏胃，韬神敛光。潺潺流水去沉渣，原词：水为沉流。闪闪明星无散芒。原词：星无散芒。烈火炉封金永赤，原词：金石在中，匪曰永藏。强风木落岳仍苍。原词：离离九疑，郁然深苍。一存万弃宜精选，原词：万弃一取。几字骑驴实锦囊？原词：蹇驴锦囊。

其十二，灵活　织女抛梭腕不停，原词：天孙弄梭，腕无暂停。麻姑掷米跳星星。原词：麻姑掷米，走珠跳星。荷含清露将盈握，原词：荷露入握。菊送微香才插瓶。原词：菊香到瓶。汩汩如泉出幽谷，原词：如泉过山。汤汤似水泻高瓴。原词：如屋建瓴。用高屋建瓴典，瓴，或曰瓦沟也。登临四顾无人语，佛阁风来响一铃。原词：四无人语，佛阁一铃。

江顺诒《补词品》题咏

7月10日完成

江氏原序：昔随园补诗品三十二首，谓前人只标妙境，未写苦心，特为续之。诒于词品亦同此论，因仿其意得二十首。（实存十九首）按：江氏之补，于词亦非写意境，特发其方法耳。与郭杨正续词品原出两途，于子才则同循一轨。亦别有创意。唯其原词有顺有涩，或工或拙，未免参差并见，稍存憾焉。予勉为其难，亦题咏得十九首，存之如下。予于品诗品词之题咏，先后已得百首（连同《跋》），笔止此矣，意亦尽矣。

其一，崇意　首尚意崇诗与词，单辞绮丽叹支离。原词：诗尚讽喻，词贵含蓄。绮丽单辞，支离全局。宝陈台榭目徒炫，源溯江河神欲驰。原词：七宝楼台，炫人耳目。叩厥本源，毫无归宿。如木味宁适众口？似花貌许粲多时？原词：其貌如花，其味如木。无余一览竟何得，言玷奚容三复之？原词：一览无余，奚容三复。

其二，用笔　妙手拈来句即奇，回波脉脉露垂垂。原词：无波不回，无露不垂。骤驰剑拔原无谓，雄健弓张亦未宜。原词：弩张剑拔，雨骤风驰。雄而且健，窃恐未宜。用我梦中笔五色，组卿机上锦千丝。原词：用我五色，组彼千丝。但悬羚角饶神韵，唯画燕支安足持！原词：但求羚角，莫画燕支。

其三，布局　名手园林国手棋，原词：名园之树，国手之棋。相应疎密得其宜。原词：起复相应，疏密得宜。峰腰才见云乍断，水面又闻风正移。原词：峰腰云断，水面风移。布壑置岩凭尺幅，原词：千岩万壑，尺幅见之。使规用矩借双仪。原词：求方必矩，刓圆必规。按：杜诗"文章千古事，得失寸心知"。据此，数目字可与度量衡字相对。刻舟求剑人所哂，趁韵愁吟非属诗。原词：刻舟求剑，趁韵非诗。

其四，敛气　游丝初起伴微风，原词：游丝初起，微风萦绊。一缕烟轻袅入空。原词：轻烟袅空。朝挹幽芳发兰畹，夜凝凉露湿花丛。原词：吹之兰芳。凝之露泫。盘旋鳞甲云涛卷，荡决江河雷电轰。原词：云龙盘旋，倏隐倏现。决若江河，如掣雷电。一往其前更无阻，炼成劲气岂神通？原词：一往无前，神岂能炼。

其五，考谱　莫辨宫商谱未寻，不分喉齿韵非音。原词：宫商莫辨，喉齿不分。竞竞上去，是韵非音。自然流出天、人籁，刻意发来长、短吟。原词：天籁人籁，长吟短吟。高下遽分好箫管，浅深怎昧废筝琴？原词：勿以筝琶，而废瑟琴。尚遗乐府宜勤考，或可微窥古者心。原词：乐府之遗，窥古人心。

其六，尚识　《风雅》《离骚》珠玉篇，美人香草妙难诠。原词：风雅之调，离骚之篇。美人香草，十九寓言。能藏绣阁描螺黛？肯逐芳塍拾凤钿？原词：缀拾钗钿。自作深情授笑柄，原词：深情往返。误为绮语落言筌。原词：误为绮语，已落言筌。按：言筌语出《庄子》。意谓在言词上留下迹象。胭脂涂抹成底事，原词：涂抹脂粉。刻画细微无取焉！原词：刻画微物，均无取焉。

其七，押韵　千石悬于发一丝，一石为一百二十斤，《汉书·律历志》：三十斤为钧，四钧为石。原词：千钧之重，一发系之。万人进退帅麾旗。原词：万人之众，一将驭之。帅之有旗。句裁虽许分长短，韵押仍容成速迟。原词：句有长短，韵无参差。有板曲终齐叫好，原词：曲之有板。未安字落总嫌疵。原词：一字未稳，全篇皆疵。自然位置宁凭巧？原词：位置自然，虽巧何为。诗里区区大可为。

其八，言情　情之所起孰能无？不知所起，人孰能无？桓子野欤王伯舆？是桓子野是王伯舆。花气袭人饮笃耨，凉风灌顶醉醍醐。笃耨，香料名；醍醐，酥上加油，浇于头顶，清凉舒适，使人悟彻，乃佛家成语。原词：如饮笃耨，如醉醍醐。楼头雨过柳望远，海上潮生琴听初。原词：楼头柳远，海上琴初。听，读仄。难割柔丝千万缕，绵绵春水渺愁予。原词：绵绵有恨，渺渺维余。蚕丝难割，春水何如。原词鱼虞两韵混用，姑从之。

其九，戒亵　郎居城北妾墙东，原词：郎居城北，妾在墙东。眉语心声暗地通。原词：眉语通翠，心曲传红。

绮阁装来金翡翠，良宵熏透绣芙蓉。原词：装来翡翠，熏透芙蓉。不登大雅空炫玉，见屏宗工难走红。屏，摒也。原词：见屏宗工。等是情钟怎自脱？原词：秦七黄九，情之所钟。泥犁未堕可怜虫。原词：泥犁未堕，亦可怜虫。按：泥犁，梵语，地狱也，为十界中最恶劣之境界。

其十，辨微　并非矫巧实清新，原词：是清非矫，是新非巧。空淡枯佻本二人。原词：是淡非枯，是空非佻。辨自几希方切贴，原词：辨之几希。得之窈渺越精神。原词：得之窈渺。能明毫末心如镜，却昧车前目失薪。用明察秋毫，不见舆薪成语。若此安能称“恰好”，闲吹纤影镂轻尘？原词：吹影镂尘，是为恰好。按：原词“一息纷缊，一丝袅袅。体判才华，句矜丰调”，太涩，不晓与辨微如何关联？故另为演之。

其十一，取径　轻舟登岸见桃花，原词：小舟沿溪，夹岸桃花。天地顿开疑若耶。原词：别有天地，是耶非耶。按：诗中用若耶溪。云树磴通峰九曲，石梁人渡路三叉。原词：峰之九曲，路之三叉。境幽芳草供漫步，饭熟胡麻备徙家。原词：石梁飞渡，饭饱胡麻。可以独往，可以移家。向晚津头细探问，何妨再次泛仙槎。原词：津如许问，请泛仙槎。

其十二，振采　珊瑚镜槛翠钗梁，原词：珊瑚镜槛，翡翠钗梁。中有仙人云拥裳。原词：中有仙人，霞佩云裳。一串珠联五色玉，原词：明珠的砾，宝玉辉煌。千狐腋染百和香。原词：千狐之腋，百和之香。和字读平。海开丽景霞成黛，原词：余霞成黛。天列寒星光射芒。原词：寒星射芒。奇采绕身无比洁，剥肤存液垢磨光。原词：剥肤存液，刮垢磨光。

其十三，结响　庐山瀑布广陵涛，原词：观庐山瀑，听广陵涛。骇俗犹难遽骋毫。原词：可以骇俗，未足含毫。娇鸟啭林蝉吟露，吟，平仄通用，此处读去声，长咏也。原词：春之娇鸟，秋之寒蜩。蜩，即蝉。孤猿啼峡鹤鸣皋。原词：孤猿三峡，一鹤九皋。风传长笛飞尘绕，原词：曲终笛裂。雨打幽窗碎玉敲。原词：风过琼敲。碎玉清脆。一夜秋声蓦地起，枝头叶落已刁骚。原词：落叶刁骚。按：刁骚，稀落也。语见欧阳修诗，本意为鬓发乱而稀落。但此处非指鬓发，借喻为树木之叶落枝稀耳。又：敲字属肴韵，余均为毫韵。

其十四，善改　板滞全消笔未停，原词：机忌其滞，笔贵乎灵。捻须一字断三茎。原词：已安一字，仍捻数茎。丹成九转功方进，金铄千回火始青。原词：九转丹成，而铄金精。心力抛时数红豆，风光画处护银屏。原词：漫抛红豆，浅画银屏。几人试作鹦鹉赋，饾饤痕多失性灵。原词：鹦鹉作赋，未免饾饤。饾饤，堆叠、堆砌之意。

其十五，著我　玉田公子拟神仙，原词：玉田公子，白石神仙。千古仪型肃后贤。原词：已有千古，岂无后贤。冉冉兰披空谷静，亭亭荷立绿波鲜。原词：空谷之兰，绿水之莲。冰魂临水濯明月，瘦影当风含晓烟。原词：永魂濯月，瘦影含烟。冷翠寒香聊自得，窗前跂脚且高眠。跂脚，踮起足尖。原词：寒香冷翠，跂脚高眠。

其十六，聚材　英撷群芳蜜酿成，原词：群芳之英，酿而为蜜。邮亭椽截笛奇声。原词：邮亭之椽，截而为笛。按：《文士传》云蔡邕告吴人曰：吾昔尝过会稽高迁亭，见屋东间第十六竹椽可为笛，取用，果有异声。原词用事当本此。又按：伏滔蔡邕《长笛赋》序云：邕于柯亭之馆，以竹为椽，取以为笛，笛奇声独绝，历代传之。奇声二字亦有所据。镒金进使花无色，原词：黄金万镒。又：万花无色。匹锦裁令人尽惊。原词：制锦成匹。一年皆惊。不惜轻如弃寸壤，原词：弃之不惜。贵多重若取连城。原词：储之贵多。秋来大地相聚日，原词：落实已秋。万里雄飞期一鸣。

其十七，去瑕　铁可熔融玷可磨，原词：维铁可点，维玷可磨。伐毛洗髓本金科。原词：伐毛洗髓，玉律金科。淄渑必辨原词宁容混？铢两须争乃止讹。原词：铢两无讹。卓尔立身务求洁，原词：体著其洁。凛然执法不嫌苛。原词：法不嫌苛。屠沽着一如瑕现，长叹幽人将奈何！原词：著一屠沽，奈贤人何。

其十八，行空　芙蓉城阙忽凌虚，原词：芙蓉之城，忽尔凌虚。横卧白云峰欲无。原词：白云横腰，远峰欲无。岭上吹笙闲跨鹤，水中蹑履稳飞凫。原词：吹笙跨鹤，蹑履飞凫。行空未见留踪迹，落地何能随步趋？原词：不着迹象，岂有步趋。骑白凤凰自兹去，仙人五夜在传呼。原词：骑白凤凰，态何纡徐。仙人五夜，金阙传呼。

其十九，妙悟　对镜忘言微笑嫣，原词：对镜忘言，拈花微笑。是空是色欲参禅。原词：色本是空。参之以禅。仙心独抱原词况人妙，原词：常观其妙。画理自深原词非笔妍。春意十分撩好梦，秋波一转亦前缘。原词：一转秋波，十分春到。怎能通彻境无隔？妙悟来时原自然。原词：忽然而通，必由深造。

为《词品》、《续词品》、《补词品》共跋一律　7月11日

诗余谁与辟新章？接踵品词闻郭杨。秋水红蕖神俊朗，春风绿柳意飞扬。背趋未免殊豪婉，意境重婉约，风格轻豪放，郭杨二人多少同坐此病。爽涩何能等短长？二人言词之中，爽口涩舌亦未必一致，尤以杨氏，生涩之处尤多。别向随园觅芳径，苦心喜又见江郎。江氏补词品系学袁枚另辟蹊径，虽有所不足，亦见其苦心也。

为司空图题咏二律

7月14日

堕笏归来对菊丛，《诗品》中有人淡如菊之语。知非子司空别号独爱清风。当时才士出河内，司空与其前辈李商隐同为河内人。何处棋声来谷中。司空隐居王官谷。棋声花院闭为其诗句。树密冲人惊宿鸟，川明照雨挂飞虹。川明虹照雨，树密鸟冲人，为其佳句。君家自有麒麟阁，《诗品》宜铭第一功。

司空诗：侬家自有麒麟阁，第一功名只赏诗。

冬郎憔悴幸同存，冬郎，韩偓小名，李商隐为其姨夫。缘底樊南未与论？许印芳谓当时未见商隐之樊南诗作。烟谷松潭养元气，深谷、空潭诗品中用词。松字更屡见。雪汀花院遁诗魂。《诗品》及诗中用词。坦临兵至留生圹，尽散人遗馈赠置市门。见刘沄《诗品臆说》序。一样才名说罗隐，可怜北向拜朱温。朱温篡唐召司空为尚书，不就。昔人咏罗隐诗：余杭山水役精魂，末世才人眼界昏。憔悴感人依尚父，可怜尚父事朱温。

文采篇

读港式红学论集

2010年4月26日

世人爱说红楼梦，港派名流也说红。众女细分大小脚，一园糅合北南风。香浮锦帐横丈榻，雪映朱裳披斗篷。末节偏能勾巨眼，惊看笔落出奇峰！有《大脚与小脚》、《论大观园》、《床和炕》、《说斗篷》、《未识其小焉能说大》等文。

红楼女儿吟咏活动剪影

五首　9月11日

首选题吟白海棠，限时计寸袅炉香。新版红楼海棠诗社成立场景。非全秀鬓襟沾露，亦有高标笔挟霜。掩映窗前梅自淡，香菱学诗。去来篱畔菊犹黄。菊花诗会。吾侪诗社开秋韵，社科院秋韵诗社。敢便追同较短长？

手把轻锄葬落英，红消香断鸟休鸣。葬花词中语。桃花春日愁仍满，黛玉重建桃花社，作《桃花行》。竹籁秋风梦不成。仿《春江花月夜》体作《秋窗风雨夕》。众里歌行诚独步，黛玉兼擅歌行，为他人所不及。袖边涕泪枉多情。莫嫌弱女怀身世，天地未能无此声。

芦雪庵中句首联，凹晶馆又两心连。黛玉湘云。花雪花缘经冷易成聚，湘云句：花缘经冷聚。梅以沁香堪嚼鲜。黛玉句：沁梅香可嚼。本联系芦雪庵联句。鹤影渡塘波潋滟，湘云句：寒塘渡鹤影。诗魂倚桂月婵娟。黛玉句：冷月葬诗魂。本联系凹晶馆联句。长卿刘长卿五律长城誉，今看名媛不让先。联句等于五言排律。

信手漫填柳絮词，湘云发起。引来佳句各多姿。谁收谁舍春不管，黛玉《唐多令》。难绾难羁人总离。探春《南柯子》。雾卷谁家罥帘幕，湘云《如梦令》。雪飞几处点阶墀。宝琴《西江月》。好风借力青云上，一语翻新更出奇。宝钗《临江仙》。

无多笔墨力偏遒，怀古猜谜两未休。薛小妹新编怀古诗，七绝十首。白雪红梅人可画，另有七律红梅诗一首。空山流水曲宜讴。红梅诗：流水空山有落霞。柳条望去天边路，怀古诗之十：不在梅边在柳边。指偕柳湘莲浪迹天涯。桃叶迎来渡口舟。怀古诗之六：桃叶渡怀古。小妹风情真绝世，瑶台以外复何求？红梅诗：前身定是瑶台种。

读《芙蓉女儿诔》

9月21日

芙蓉池上见晴雯，弱质何禁冷雨纷。黄土垄边蔓衰草，茜纱帐外隔愁云。笺濡泪水成哀诔，笔挟风霜实檄文。诔文中有“钳诐奴之口，讨岂从宽；剖悍妇之心，忿犹未释”等语。应识曹公擅骈俪，诗词岂必最知闻？

游大观园，咏红楼人

10月3日

不到城南三十年，大观园里径方穿。省亲乐奏珠翠绕，出阁礼成金玉联。红药茵温人似月，绿筠帘冷梦如烟。绛芸轩主归何处，石上字添谁与镌？

大观园公园地在南城之南菜园；三句指省亲别墅之贾元春；四句指蘅芜苑之薛宝钗；五句指藕香榭之史湘云，诗言湘云醉眠芍药茵；六句指潇湘馆之林黛玉，翠竹潇潇，寒气沁人；七句指怡红院之贾宝玉，绛芸轩为宝玉之居室，匾额由宝玉自题。

再读纪昀《阅微草堂笔记》

11月18日

满纸唠叨证果因，草堂我过觉欺人：灵狐梦里帏中狎，艳鬼花前月下颦。笔记枉勤原是妄，文辞虽朴究非真。聊斋警世含深旨，未必认同甘结邻。

沈立人寄来南社纪念活动文，诗以答之 11月19日

雅集喜吟南社诗，小时得一册南社雅集诗，爱不释手。莺花傥荡忆儿时。九州生气风雷作，南社诗人学龚定庵体。一代英才岁月移。指乡先辈柳亚子等。载笔都门谁免老？自谓。汇文乡国我宜师。南社研究者组编、出版一批书刊，以纪念南社一百周年。吴江诗派源本远，坛坫期重张大旗！据沈立人讲：吴江自去年定为“诗词之乡”，全市在各镇都建诗社，出诗刊，并已出了一串诗集、诗丛，各地墙饰亦将刊古今诗选。

读周笃文“古诗的新生命”（载《诗刊》）题两首 12月15日

“死字”“死文字”文言“骸骨遗”，更嘲骈体等“蛮夷”。坼天性躁孙行者，创世机深胡适之。扬抑五音能废律？浮沉百载卒兴诗。古诗终于复兴。却闻晚岁频心痒，颦笑难工效已迟。胡适晚年技痒，写了一批不高明的旧体诗。

挂木神蛇蜕乍遗，新加坡诗家潘受云：中国古诗是打不死的神蛇。崎岖几历转平夷。毫挥椰桂歌沫若，予怀郭老诗：山水桂林朝载笔，星灯椰岸夜登舟。剑拔昆仑吟润之。毛主席诗词。触眼灵飞成妙句，荡胸境拓得新诗。“几无不可”期他日，予誉查初白云：“几无不可入诗来。”力学老来仍未迟。

上海高三生罗恺文作《逍遥行》，读《庄子》，喜书一律以寄 21日

诗意年华罗恺文，读庄灵气欲干云。鹏翎正待飞腾上，蜗角何须争斗纷？踏破天涯遇芳草，打开书卷带香芸。广陵散绝余音在，不信人间遂不闻！

再读放翁集，书后八首

2010年5月22日、23日、24日，6月1日、2日

入夏天长何所之？床头再叠两函诗。兵书熟负一生志，诗笔健留千载思。西蜀梅开延散客，中原棘塞待王师。放翁未必真颓放，独卧山阴岁月欺！《夜读兵书》诗中句云：岁月欺贫儒。

匹马秋风大散关，屡陈进取岂甘闲？人行云栈霜桥上，诗在尘襟雨笠间。唯见骑驴过北阁，剑阁栈道，位于剑阁县北。曾闻射虎赴南山。镜湖春好休回首，壮岁功名愿尚悭。

万里桥头四望宽，六年喜得驻征鞍。西川风月新宾佐，东观文章旧史官。濯锦江喧春涨腻，浣花堂静夜吟安。海棠何事多偏好，重叠诗成兴未阑？

江海一麾频去来，簿书困脱暂倾杯。惊涛过上甘泉寺，在峡州。春水萦登拟岘台。在抚州。世味纱轻流俗薄，人情荼苦宦途哀。严陵虽擅山川胜，特许吟哦岂尽才？上谕：严陵山水胜处，职事之暇可以赋咏自适。

春到都门临安许暂归，当年种柳已成围。偶因柱下笔堪用，老子为柱下史，周藏书室史官。岂是朝中谋欲依？绝塞梦犹议恢复，明湖西湖人自逐芳菲。秋来又动沧江兴，未遣朱尘染素衣。

自爱山阴老学庵，乞身归去睡方酣。文场屡许兰亭聚，盛会重思禹穴探。韩府泉甘濡醉笔，诚作《阅古泉记》，固无伤大节也。沈园梦断炷禅龛。最怜《揽辔录》言切：父老中原潸望南。《诗·小雅·大东》：潸焉出涕。

穷复工诗真两全，集罗万首孰能先？壮游宵永思无已，有《寒夜偶怀壮游书感》诗。硕学川长派有传。放翁诗学大家，剑南诗自开一派。南亩耕来忧岁俭，东窗病起趁春妍。若非嗜酒臻上寿，放翁贪杯，年止八十有五。更出云间凌绝巅。

全集通时渐解音，重分各体费追寻。律成拗捩心怀激，句到平夷功力深。巧妙喻多联似玉，晦迂典少墨如金。龟堂诗法我能说，百读尚新时一吟。

三读放翁诗书后一首

2011年1月14日

孱宋有人诗耀邦，其篇万计世无双。“怒猊抉石”将崩堕，“渴骥奔泉”正激撞。“翠岭明霞”飞北槛，“碧溪初月”上西窗。河山残缺惊天破，一角凭君奋力扛。摘用毛氏刊本十六字评语，足成一律，以补书后。

再读查初白诗集

题四首 2010年9月26日、29日、30日

连试秋闱云路悭，才名枉早动江关。去来幕府容挥洒，出入公卿肯附攀？明主虽招置翰苑，词臣未遣列朝班。衡量得失应无憾，成就诗人一代间。

行半域中诚快哉！几无不可入诗来。庐山数约割云去，庐山诗入《云雾窟集》。吴苑旧游寻梦回。爱咏芙蕖栖海淀，明珠家自怡园。贪看芍药到丰台。集中有两诗涉及此题。剑南而后谁追步？黄宗炎谓初白为“追踪剑南之堂奥者”。十一难分八斗才。初白才高八斗，予不能分其十一。

开函披读夜迟迟，引我难眠乐忘疲。忘，去声。山水摛翰情未已，乾坤揽辔兴何之？随銮词却嫌平冗，游幕句曾惊隽奇。最是诗家“工”绝处：“沧桑”劫后岂昌时？元遗山语：国家不幸诗家幸，话到沧桑语便工。黄宗炎序文中云：“乱离兵革之惨，饥荒焚掠之余，天宝诗人所不及睹，聚敛笔端，供其驱使。”此语可为沧桑二字作注脚。

健笔东西任采风，耽吟成习思无穷。思字读仄。练江一道横秋白，烽火千堆映昼红。杨雍建序文中语：“烽火昼红。”身傍幽兰芳草侧，人穿风舞鹤鸣中。黄宗炎序文中有“孤凤独鹤翱翔于百鸟鸡群”之语。万篇同足光宇内，后有查翁前放翁。

除夕读赵翼诗自慨

2011年2月2日

此生虽未涉沧桑，却值春熙荷宠光。指赵。十载心兢毋手滑，毋，平声。此言惩性灵派之失。五更气荡复回肠。此言赏赵翼诗之长。神来可逐乾坤转，力薄怎期霄汉翔？自谓。枉学耘菘咏元日，赵翼晚年有《丁卯元日》、《己巳元日》、《庚午元日》、《辛未元日》七律四首。无多新意入诗囊。自谓。

再读赵翼诗，续成两首

2日之夜

晚慕东坡住顾塘，早亲枢要擅辞章。弓刀几历瘴烟地，橐笔难安荆棘场。若恋亨衢波定折，得归田野气翻扬。老来频叹无诗作，余地留人各自忙？

第三人屈得来迟，殊负纵横才不羁。草木山川灵任摄，风云人物史凭嗤。熟能生巧言非妄，指赵。拙欲求工语怎奇？自谓。读破公书微胜处：八旬以后尚多诗。瓯北自道生平，止于八十自寿组诗；予则八十以后年年自述不绝也。

三读赵翼诗，书后三首

7日之夜~8日

戏笔连番学放翁，豪言虽肖总嫌空。时平有幸供清职，赵翼。世浊何辜阻隽功？陆游。瓯北优游书万卷，剑南蹀躞路千重。文章气运原相系，

不到沧桑语不工。乾隆之世，歌咏升平，诗家难多成杰构也。

巧句拈来重若轻，先生老尚恃聪明。偶因坐月巡花作，常在茶余酒后成。不尽题材宴鸣鹿，赴鹿鸣宴诗连篇累牍。哪余力气掣飞鲸？暮年笔力渐衰。性灵派病流浮滑，沉郁难追子美声！

回首耘崧少日诗，精严七律已名驰。梅花明月低吟处，首作梅花诗袁枚推为古今第一。杨柳春风下值时。夜值军机处。本联低、下二字词性不同，以低对下乃借对。爱我青山归里早，笑人白发著书迟。一生遍历初中晚，高倚层楼许仰窥？用赵倚楼典，切其姓氏。

书肆归来 2月25日

醒来隔宿旋忘句，老去今年渐少诗。卷帙半床供自适，文章千古觅相知。江头枫叶乡梦数，桥畔柳丝春信迟。书肆乍归携故侣，购得《瓯北诗话》。何妨良晤破闲时。

《瓯北诗话》谓陆胜于苏，可从 3月1日

有宋诗鸣两大家，坡公名震播荒遐。乌台案后声多噤，赤壁归来境足嗟。南渡烽烟忧国破，东篱花木避时哗。一言苏陆分高下，况乃万篇谁复加？

《瓯北诗话》谓元白胜于孟韩，亦通 3月3日

李杜后随呼力殚，开山纷欲辟奇观。俗轻未合訾元白，诘曲何能奉孟韩？七律众人方琢句，中晚以降盛行七律，韩公七律不多。五排二子元、白却驰翰。“性情为主”家数大，性灵派之言。逞险争雄从者难！

《瓯北诗话》论查初白 3月2日

卓荦放翁谁继之？入清初白再扛旗。曾驱战马峰千叠，自爱闲鸥水一涯。遇赦老臣悭快意，得窥大笔逞奇姿。最难工丽兼稳惬，随事随人无不宜。

《瓯北诗话》论元遗山 3月3日

才不甚大书不多，《诗话》中语。幽并侠对旧山河。少陵俨在波澜阔，老笔拈来涕泪沱。窅渺思深人不及，悲凉气郁感如何！更看拗律成常格，拗在第五、六字。如：冷猿挂梦山月暝，老雁叫群江渚深。我亦随公发浩歌。

《瓯北诗话》论高青邱 3月3日

词宗开国启其端，青邱乃高启字。学李青邱可等看。《诗话》云：李青莲诗，从未有能学之者，唯青邱与之相上下，不唯形似，而且神似。诗格不输唐气象，文名得复汉衣冠。朱霞天半佳人落，白雪山中高士寒。如此英才逢好杀，为朱元璋腰斩，未悉何故，徒望江左是长安。青邱诗：知尔西行定回首，

如今江左是长安。

《瓯北诗话》论吴梅村

3月3日

梅村七律欠空灵，首句衬韵。使事全凭实字撑。专用实字，不用虚字，掉运不灵，斡旋不转。独擅歌行隽才调，特长转韵宛风情。如名篇《圆圆曲》。衣冠诗陋明诸子，明前后七子。风雪歌传楚两生。有《楚两生行》，并序。羞比淮王旧鸡犬，落人间自暗吞声。梅村诗：我比淮王旧鸡犬，不随仙去落人间。瓯北诗：剩有沉吟偷活句，令人想见泪痕潸。

《瓯北诗话》论杜甫李白诗之各有所长　3月8日

功力堪臻十二三，《诗话》言"他人不过说到七八分者，少陵必说到十分，甚至有十二三分者"。牢笼万有恣浑涵。深沉必尽题中义，奇险须从意外参。诗后难赓律最细，杜诗：老去渐于诗律细。句前未有笔犹酣。《诗话》言"杜诗又有独创句法，为前人所无者"。少陵光足耀千古，星月在天曾手探。余曾自玉溪入门而学杜诗。

沉刻雄奇逊杜韩，此首转入李白诗。却无痕迹露毫端。《诗话》谓杜韩用力而不免痕迹，李白不用力而触手成春。律诗少自嫌绳墨，七律只十首。古体多如列岫峦。直接国风闻语婉，《诗话》言："蕴藉吞吐，言短意长，直接国风之遗，少陵已无此风味矣。"独标仙骨见神完。去来未断功名念，出处还须大处看。《诗话》于李白从永王璘事有毁辞。

读《瓯北诗话》论放翁诗法，有记　3月6日、7日

先来佳句后完篇，出手随心信自然。一路顺风轻试马，快于得句。三篙逆水勉行船。艰于完篇。成章应许存同异，亦有一气呵成，少事修饰者。分等何须定后先。我亦年时耽此集，初通诗法或堪传？

迭出万篇惊少重，首句衬韵。写怀写景意何穷。求新有语皆称好，必切无联不见工？放翁诗"求工见好"。"炼在句前"自光洁，炼在句前，瓯北语。瓯北又言：所谓炼者，在乎言简意深，一语胜人千百。放翁工夫精到，出语自然老洁。功来诗外岂雷同？律精犯复深知忌，此处吾原学放翁。

《瓯北诗话》论苏诗之妙

3月10日

千古诗人公列三，李白、杜甫、苏东坡。碧云苍岳水光蓝。《诗话》云：李诗如高云之游空，杜诗如乔岳之矗天，苏诗如流水之行地。自呈工巧生春色，更出神奇变夕岚。才大何须求锻炼？书多尤足恣融涵。一编诗话虽三复，妙处犹惭难尽谙。

《瓯北诗话》论黄山谷诗

3月17日

苏门特出黄山谷，派立江西格自

矜。纵好新奇嫌寡味，《诗话》谓其“取意稍新异，终无其意味也”。务标拗峭厌多棱。棱角太露。未尝一字无来历，尽得千家有所承。《诗话》谓其“书卷繁富”，胜于东坡。亦见涪翁平易处：秋江如练月清澄。

《随园诗话》论杨万里诗

5月16日

袁蒋推携原等侪，有时所见却难谐。袁喜杨万里，不喜黄山谷；蒋反之。论才李白应相类，袁谓杨：“天才清妙，绝类太白。”摘句杨黄岂并佳？清妙应嫌重雕刻，纯真正见忘形骸。性灵若与寻流派，前有诚斋后简斋。

《随园诗话》综论李商隐诗

5月17日

了才熟视义山诗，“远识高情”心向之。“雕饰”轻柔失兼补，“槎枒”粗硬病全医。《诗话》曰：冯定远谓：熟观义山诗可免江西粗俗槎枒之病。余谓熟观义山诗，兼补西昆之失。西昆只是雕饰字句，无义山之高情远识。语辞最爱“绞而婉”，何义门语。风格独怜幽且奇。吴乔谓商隐诗意如空谷幽兰；宋荦亦谓义山造意幽邃。吕居仁（东莱）尝言：“少时作诗未有以异于众人，后得李义山诗熟读规摹之，始觉有异。”按：异，即奇也。沉郁更能御浮滑，樊南学杜近樊篱。玉溪诗有杜之沉郁，其实正可矫性灵派之弊。

《随园诗话》释李商隐《锦瑟》诗与《漫成》章

6月7日

锦瑟千年释者难，指人用事岂无端？纵倾沧海难言恸，悼亡之作。非狎青衣浪涉欢。《湘素杂记》之说。健将功彰遮日黯，指石雄。明公冤洗剖心丹。指李德裕。以上见《漫成》章。证诗以史殊堪法，《诗话》曰：《漫成》五章，“以史证之，殊为确切”。此处高论诚不刊。不刊，无可改易之意。

《随园诗话》不薄温李与西昆

6月8日

尝见庸师戒众徒：“下流”评悍气何粗！《诗话》引其言曰：诗须学韩苏大家，一读温李，便终身入下流矣。须知温李真才子，不亚韩苏伟丈夫。贱职末僚惊大力，《诗话》云：温李皆末僚贱职，无门生故吏为之推挽，公然名传至今，非其力量尚在韩苏之上乎？名臣直士慕先驱。唐有韩偓，宋有寇准、文彦博……西昆入宋人专学，岂必文章出一途？《诗话》于另处曰：以黄山谷之奥峭，宜薄西昆矣，而诗云：“元之如砥柱，大年若霜鹄。王杨立本朝，与世作郛郭。”今人未得李杜皮毛，而已轻温李，何蜉蝣之多也！又盛赞义山《咏柳》“堤远意相随”句，谓“真写柳之魂魄”。

《随园诗话》续评李商隐诗

6月15日

“得力于风”闻所评：不专填

砌骋才情。稍多典故亦何碍，能晓性灵方有成。摄魄追魂写全活，《诗话》曰：李义山《咏柳》云：“堤远意相随”，真写柳之魂魄。呕心镂骨读无轻！《诗话》曰：粗才每轻轻读过。义山家数原宏大，岂以“芬芳悱恻”鸣？引号内文字均出《诗话》。

《一瓢诗话》（薛雪著）论李商隐诗 5月24日

扫叶庄前饮一瓢，亦蒙诗话入多条。有唐学杜门始进；并李称温途尚遥。《诗话》云：温存并称……太原（温）不逮玉溪（李）远矣。岂有笺探解深意？薛解《锦瑟》诗未得要领。可无疵议仰高标。《诗话》云：李玉溪无疵可议。要知前有少陵，后有玉溪，更无有他人可任鼓吹。有唐唯此二公而已。欲除浅易浮华气，《诗话》云：熟读李玉溪，可除浅易鄙陋之气。得过溪头十级桥！溪隐指玉溪。

《昭昧詹言》方东树之评李商隐诗 2011年9月13日

“藻饰资之”嫌义山，方公择善片言悭。一时巨子虽相揽，原语意。千古少陵宁易攀？谓义山学杜，“忙乱杳复”，“饤饾僻晦”。失在“轻浮”“开俗派”，伤于“秽杂”滞清湾。玉溪才大偏多厄，身后何堪遇此顽！

方东树评性灵派诗人 7月12日

江左三家袁赵蒋，飘然下笔便诗成。难求深旨机心拙，剩炫粗才俗眼惊。几许苛论引姜坞，姚范？尽多峻格立桐城。姚鼐等。如何俨若词坛主，未睹哪篇传大名？

读袁枚骈文书后 7月18日

芬芳骈俪亦称奇，底说昌黎文起衰？典册庙堂需妙笔，表笺幕府借清辞。恩深大吏举鸿博，谢金抚军荐举博学鸿词启。谊重聪娘怀凤仪。聪娘墓志。不道子才工此体，六朝遗韵冠当时。评者谓其“自立一帜”，“为当代第一手”。

长夜复读初白诗集，续有所得，成四首补前缺 3月18日

午夜惊呼百丈光，堂开敬业继龟堂。《敬业堂诗集》乃初白集名；龟堂指陆放翁。山川搜索难藏隐，人物描摹特见长。万首拈来若游戏，百年数去几文章？康乾之世百年有余。“三家村”欲标新样，袁赵蒋以性灵标榜。格调应分上下床。

腹笥真堪实五车，放翁轨接语非夸。北南驰骤三万里，上下淹通千百家。文采招频伴荷影，有《自怡园荷花四首》。武英归晚对槐花。于武英殿编纂《佩文韵府》，寓所有槐花。有清作手知多少，第一推公光我华。我意查初白为清代第一诗人。

劫后昆明烬尚温，首句衬韵。师门难忘叙昏晨。师指黄黎洲。几经莲幕延佳客，却值薇垣充近臣。一技雕

龙原不悔，千言倚马固无伦。乞身早作江湖计，思远风波稳钓纶。

随辇再无佳句成，唱酬忙碌窒诗情。一朝新主兴文狱，雍正继位。几辈前因涉党争。与废太子交往，与明珠父子过从甚密。能沐恩波怜晚节？曾沾甘露受殊荣。康熙殊礼遇。人生祸福浑无定，全家诣狱。枉是兢兢戒慎行。查初白本名查慎行。

初白诗读后续题

3月29日、30日

指点江山空浩歌，艰难一第感蹉跎。十年树木犹如此，半世文章可奈何！客路尘埃归思早，名场风雨醉痕多。可怜湖海飘零后，得上亨衢反折磨。

七律微嫌墨欠匀，未舒笔力贯全神。影亏半魄难为月，花满千枝始是春。顿失江心波潋滟，平淡处。独撑山骨石嶙峋。雄奇处。好供瓯北纂《诗话》，佳句摘来弥觉新。

南北过河居上流，肯如逆水滞行舟？情真岂在词工丽？恩重端由赐叠稠。豪气存仍资笔健，大名著本以才优。诗成底觉生意减？到处逢迎多应酬。

“荣古”何能便“虐今”？词坛各代许高吟。能文子弟家风厚，怀旧主宾交谊深。目对青山无俗格，耳聆“流水”有清音。白描或致伤寒俭，瓯北语意，特指其古体。不及梅村细镂金。

诗好也从多处来，初白、放翁诗皆万首。古今有几可追陪？风灯帐下千行草，军中文书。雪槛堂前万点梅。指查。写景有辞必清丽，书怀无字不弘恢。指陆。瓯北语意。放翁此境应难蹑，矫首崔巍百级台。

七律 5月11日

七律篇多或所长，亦矜格变更循常。指变格拗救。倾心秾丽过花径，初学樊南。触眼苍凉拜草堂。旋慕工部。灵感忽来安一字，文思难止迈千章。拟尽余年，企成千篇。若能好梦真成实，不枉红尘转几场。

小结 8月7日

七律愿偿欣满千，前将何适意茫然。长天总恃风雷作，大地宁差缺也花月篇？和寡不求歌白雪，心高唯解酌清泉。题材无限情难已，尚待豪吟十数年。年来七律又多续作，成篇已过五百，六十年所作总计逾一千三百首矣。

吟哦录 十四首

自叹

自有长才自不知，髫龄已作几行诗。溪前梅坞径初借，由玉溪入手。耶律楚材诗：行吟想象覃怀景，多少梅花坼玉溪。梅字本此。江畔草堂门始窥。学杜老之深沉。吴下风华堪继业？松陵诗派堪继其业否？中华格律许“申遗”？有人拟为中华格律诗申遗，有人反对。年来出手叹寥寂，已到无人爱读时！

回首 9月25日

文章李杜千秋耀，气韵刘卢一世豪。刘禹锡有诗豪称；卢纶诗亦雄奇，有豪气。长记老来防手滑，须求大处立身高。浩繁着意穷罗掘，淡薄无心听贬褒。蹊径自开再回首，几多足迹没蓬蒿。

试手

试手悠然力未孱，诗以旧体，试写今事。回旋尚觉有空间。关心世界情千结，放眼河山景百般。沉思渐能参透理，高吟非只破除闲。何期老寿随人喜，浩荡天心不我悭。

结习 10月17日

结习非魔即是狂，梦中得句醒难忘：宁离醇厚趋中晚？肯染粗疏远宋唐？逆水行舟嗟鹢退；戾天扑翅羡鹰扬。也随人作黄昏颂，无限风光绚夕阳。

达意 12月2日

达意谁成“无不能”？查初白近之。拙诗誉之：几无不可入诗来。试披棘路觅芳塍。虽臻律细差堪法，予作七律诗法十诠。尚欠格高安足矜？不具他长非妙手，得窥一善即良朋。风光闻在层崖顶，作气未衰容再登。

日课 12月3日

日课一诗新意生，高楼独坐最怡情。放观已任风云变，颐养还同岁月争。无不能时聊自喜，更难登处共谁行？芳菲满苑春非远，伫听枝头百啭声。

虚名 12月11日

沉浮断梗历惊涛，欲补丝纶奈枉劳。皓首但期终史苑，青春曾许厕词曹。“事能知足心常惬，人到无求品自高”。我味斯言增愧怍，虚名仍绊未能逃。

笔到 12月14日

笔到篇新怀抱开，妙文共赏笑迎来。谁能咳吐成珠玉？我自摩挲等玥瑰。欲逐奔流同奋跃，怎回落日独低徊？秋笳遗响无人继，空负江东一世才！

孤闷 2011年2月15～17日

琢句拟除孤闷难，成句：琢句破孤闷。梦中一字枉求安。亲情近得温颜笑，世事从教冷眼看。万点雪飘能解旱？前几天始两次见雪。千丝柳绽渐消寒。元宵月转楼头坐，爆竹渐沉灯火阑。

坦途 2月18日

坦途踏上坎曾经，闲健还奢望益龄。再堕书城遗迷目，甫辞案牍免劳形。何来缘未鬓丝白？尚欠功难炉火青。七律逾千愿虽遂，渐趋粗却渐离精。

诗到 两首 4月30日

诗到无材不取时，几家门径庶初窥。随心流露真功见，刻意雕镌本性遗。明快原非等浮滑，深沉最在戒平疲。何须弄巧迎时世，淡抹浅妆看总宜。

诗到令人不爱工，放翁此意我心同。迟回步怎追时势？因革变应观世风。千古浪淘人已尽，一时花好梦旋空。广陵散绝期谁惜，尚盼流传泽未穷？

迷惘 7月1日

沉郁寻来只句无，半生学杜竟全输。樊南诗味曾三复，瓯北才情岂一途？高蹈放翁思改辙，低回初白拟他图。秋笳家世虽沾益，位置自量仍小巫！

自笑 7月27日

格调高低各一时：大潮退尽剩涟漪。堤边好鸟听常早，指柳荫公园。溪上名花看不迟。指海棠花溪。境界自拘背空阔，心情渐定向平夷。唯将云片雨丝意，留与先生裁小诗。吟哦录十四首至此止。

读《唐诗三百首》所选商隐七律五律 2011年1月26日、28日

蓬山路杳岁蹉跎，肯把生涯付醉歌？春夜蚕怅悴星鬓，陈情令狐。秋空雁过怅云罗。再遇柳枝。弦惊锦瑟情犹注，悼念王氏。心断灵犀志不磨。心向卫公。七律精微傲风骨，名篇杰句数君多。所选达十首，仅次于杜甫之十三首。

长卿五律比长城，岂必樊南逊此声？斜照落花飞一径，《落花》诗。残灯黄叶飐三更。《风雨》诗。寒蝉抱木露难饱，《蝉》诗。独客凭栏波欲平。《凉思》诗。淡泊爱憎阅尘世：《北青萝》诗：世界微尘里，吾宁爱与憎？循君"我亦举家清"。《蝉》诗：烦君最相警，我亦举家清。

《李商隐诗要注新笺》问世，惊见失校数处，诗以志憾

6月17日

都云无错不成书，事到吾身意怎舒？碧海云遮月微缺，苍山霜落木方疏。重在缺、疏二字。倾心异代光千载，耗日当年困一庐。我负樊南过难饰，沾沾哪得以功居？《李商隐诗要注新笺》下册1012页15、16行：赞皇辈之辈字误植为非；沉滞淬秽之秽字误植为移。宜正，书此以当勘误。又，上册年谱33页19行明朝误植为名朝；79页16行如迷误植为如述；96页13行伐树误植为伐林；393页17行鹤辞侣，鹤字误植为蝉；下册1133页倒数第8行书后题词之词臣长抱临邛渴，词臣误植为诗臣，均应于此改正。另，上册年谱7页18行李宗闵前漏中书舍人四字，此缺漏处亦宜补入之。

作李商隐传略感赋

2012年1月7日

学诗高格欲跻攀，六十年来慕义

山。揭秘宛同出幽谷，析疑快若破重关。爱憎情溢花月外，俯仰志笼天地间。终与斯人作传略，一春闭户讵能闲？

《李商隐评传》拟就感赋

2012 年 2 月 28 日

作传春来为义山，未盈四纪溯悲欢。西风老树长安暮，秋雨枯荷曲水寒。牛耳继持奋诗笔，马蹄屡踠困吟鞍。嫁衣夙夜辛勤制，针巧自矜人怎看？

义山而后孰薪传？憔悴冬郎貌宛然。岂料衣裳余寸缕，为西昆割裂。应看鳞甲出重渊。津梁学杜藩原近，风格追唐法待诠。予作义山七律诗法十诠。高手岂予叹寂寞，嗣音欲觅复何缘？

再读笺注自序，因思江乡旧事

2012 年 2 月 29 日

记室翩翩名早闻，梦中我亦屡逢君。无休死究惊人句，不朽生传命世文。丝吐春蚕理残茧，声回秋雁动高雯。江乡一序曾流布，千树丹枫尽化云。予注李商隐诗，拟自序一篇（骈体文），寄南方，甥鸿德特为之刻写，流播乡里，七句指此事。末借用雪尘师为予诗集卷首题咏成句。

上药自能医健忘

2010 年 12 月 27 日

健忘宁无“药”可医？瓯北云“上药不能医健忘”。“奇方”练脑日敲诗。常回秋月春云处，重味花香茶韵时。人物几随歌激越，常诵前人之奇文杰句。山川曾走笔淋漓。频忆曾游之名山大川。钩沉索隐功须备，事出何书答未迟。

爱好贪多不自休　28 日

爱好贪多不自休，王（渔洋）爱好，朱（竹垞）贪多。岂真词苑企千秋？风雷自筑飞天梦，花月谁营缩地游？高铁。文战力穷强弩末，乡思心折大刀头。心折，此处取伤感义。大刀头，出《玉台新咏》，还乡之隐语也。平生琢句求工切，一字难安退再修。

八五年高追放翁

2010 年 12 月 29 日

八五年高追放翁，篇难盈万语难工。看花西蜀朝涵露，射虎南山夜啸风。扬历富原容倜傥，才情博更恣豪雄。盛时优遇公非及，妄自评量仅得中。

人道查翁肖放翁

30 日

人道查翁肖放翁，查初白，查读平声。果然异代俩相通。空灵水月影何秀！磅礴风雷声正隆。幸未遗珠踵瓯北，指赵翼。喜能窥玉步墙东。用在墙东窥宋玉典。有清国盛诗同盛，却憾吾生时不同。清诗可谓盛矣。而至今时，旧体诗已兴式微之叹。

少日曾为语体诗

2011年1月28日

少日曾为语体诗，分行十四最心仪。英式十四行律诗。诡奇中土标长吉，李贺。峭丽英伦慕济慈。叫月夜莺林际憩，予曾将济慈《夜莺歌》由英文译为中文语体，亦仿十四行诗体。浴波雎鸟渚边嬉。雎鸠，鱼鹰也。《诗经》：关关雎鸠，在河之洲。予曾将关雎篇译成英文。东西文汇虽陈迹，旧稿已全失。甲子过犹牵梦思。

我读时贤新体诗

1月28日

我读时贤新体诗，《诗刊》社赠我两期，得以细览。欣然未必硬头皮。至情泪有为人洒，李瑛长诗《等待》，为悼亡之作，感人颇深。妙语神频随笔驰。不乏隽品，令人神往。一代罕逢惊世作，几家重拾过来辞。几年来新诗作家颇见改作旧体诗者，且为格律诗，斲轮老手，可敬可佩。如著名人士臧克家前辈即是。江岚雅意开园地，江岚为《诗刊》诗词版编辑。老树仍容发绿枝。

读杜随录 十首

多师

2011年8月8日

问字当年从雅初，陈师为予学诗启蒙。首句衬韵。至今犹自梦归吴。樊南最爱窥门径，瓯北枉寻迷路途。有底品评任诸子，是何面目属真吾？杜公教诫“亲风雅”，“转益多师”庶愈愚。以学愈（癒）愚，语出刘向《说苑》。

读杜集《解闷》篇

8月9日

杜公《解闷》有新篇，居夔州作。上下古今评点全。“颇学阴何”心最苦，遥师“苏李”节尤坚。“曹刘”高垒难超越，“王孟”清辞贵自然。拙朴为文成绝句，义山此处得真传。

读杜集《偶题》篇

8月11日

文章千古事非常，得失寸心知本详。前辈飞腾各云起，余风绮丽尚波扬。一枝栖息惭长策，多难登临怀远方。今我逢时纵添句，大星侧畔黯无光。

连日读杜诗 8月12日

近日频频亲杜公，其思沉郁气豪雄。数编何足鸣天下，一字难安系梦中。伏枥志仍腾冀北，携囊名枉噪江东。不知心力犹余几，得遂人惊出语工？

杜诗首创拗体 8月13日

瘦硬雄浑两岂同？惊看七律变无穷。“楚天不断四时雨，巫峡常吹千里风”。杜句。峻峭偏能创新格，恢宏未足举全功。剑南上接樊南踵，拗体初成由杜公。用拗体者，自杜甫、李商隐、陆游、元遗山，代有传人，各有所进。

杜诗五律亦可称绝 8月17日

杜公五律儿时读，抄本花吾半载功。万户九霄动星月，齐梁巴蜀盖时空。瓯北曰：江山有巴蜀，栋宇自齐梁，何等神力；星临万户动，月傍九霄多，亦有气势。江头咏物怜㶉鶒，天末怀人盼雁鸿。分别见《江头五咏》与《天末怀李白》，生面多开家数大，七言岂必独豪雄？

五言排律独步千古 8月19日

微之序杜表倾心，长律更谁堪嗣音？排比百千气豪迈，数百至千言。铺陈终始调清深。括用微之语。立言尽善脱凡近，属对尤工超古今。白居易言其尽善尽工，过于李白。拙笔偶尔求一试，终难得进费沉吟。

独创句法前人所无

8月20日

杜诗共说千篇好，句法应看独创时。香稻啄余鹦鹉粒，碧梧栖老凤凰枝。杜句。倒装顿益新鲜感，前置亦添奇妙姿。如：绿垂风折笋，红绽雨肥梅；碧知湖外草，晴见海东云。可见大家深用意：一词一句必相宜。

杜诗必尽题中之意

8月23日

一题必尽题中意，以下均系赵翼在《瓯北诗话》中之论述。沉着雄浑至十分。揽挽词源出三峡，指麾笔阵扫千军。风腾四足死生托，《房兵曹胡马》诗中语意。月照千骸征伐纷。《北征》诗：夜深经战场，寒月照白骨。确是“他人说不到”，《诗话》中语。恰于此处独超群。

出于题外时见意外奇险之句

8月23日

题中此意本无有，刻意状摹宁过之。本题亦《瓯北诗话》之所论。亦见不多用力处，更惊独至呕心时。《诗话》中用“冥心刻骨”一语，“独至”亦《诗话》中用词。白摧朽骨龙虎死，黑入太阴雷雨垂。杜诗原句，见《韦偃画松》。十二三分奇险句，《诗话》中用语。杜公此境孰能窥？愚按：能窥此境者其唯瓯北乎？ 读杜十首至此。

地坛旧书市淘得《玉台新咏》一种，可喜 4月18日

《玉台新咏》费才思，南朝徐陵编。闺阁言情妆罢时。已失诗风标峻格，汉魏之作，正始之音。独随“宫体”斗繁辞。浮华俗已化南国，柔弱君终迎北师。剩有遗文赖搜集，源流六代可寻之。

再读《玉台新咏》序题一首

6月7日

六代繁华事未遥，兴亡顿逐去来潮。尤工歌舞曾销骨，洵美江山枉折

腰。渐觉文章歆北地，遂辞风味爱南朝。徐庾体在宁回顾？标格方今重白描。

读林玉岩奉使琉球《竹枝词》书后 6月24日

留得子孙登岛居，词曰：徐福当年采药余，传闻岛上子孙居。每逢卉服兰阇问，欲乞嬴秦未火书。“岛夷卉服”，卉服，草织之服也；兰阇，梵语王也，转为尊美他人之敬称。青筐妇尚趁沙墟。词曰：日斜沙市趁虚多，村妇青筐藉绿莎。三间屋祀学传孔，词曰：自是岛夷知向学，三间瓦屋祀宣尼。言传承孔子之学。十样宫妆宗肇徐。词曰：宗臣清俊好儿郎，学画宫眉十样妆。徐指徐福。进入明代，其国主为尚氏。第辟兔园擢文士，词曰：王居山第兔园开，松枥棕花倚石栽。多少从官思授简，不知若个是邹枚。门罗鸩列奉天书。词曰：奉神门内列鹓行，乞把天书镇大荒。唤取金縢开旧诏，侏离感泣说先皇。侏离，乐曲也。却思婉娈红楼女，独拨冰弦跨海初。愚意《红楼梦》所言探春远嫁之处，即在琉球。薛小妹《怀古诗·青冢怀古》：“黑水茫茫咽不流，冰弦拨尽曲中愁。”句中之“黑水茫茫”、“冰弦”可证。（冰弦，详见《冲绳处处听三弦》一诗。）

读《渔洋诗话》所载朝鲜使臣暨诗人之妙语佳句 6月24日

金秋宾雁报初来，倜傥使臣佳句裁。使臣金尚宪，由登州入贡，著《朝天录》一卷，诗多佳句。万点星光辰北绕，千重云水海东回。朱桥驿里迎芳菊，其《九日》诗：朱桥驿里重阳。乌石路边思早梅。乌石路在使臣家乡，其《早春》诗云：昨夜梦寻乌石路，山前山后早梅花。更见彼邦词客众，《采风录》览老怀开。康熙时孙致弥撰《朝鲜采风录》归奏，皆近体诗也。

冲绳处处听三弦——读段聪聪通讯感而咏之 8月31日

乐器本由中土传，至今户户擅三弦。登场弹拨清音润，用三角形拨子弹奏。迎客倾杯彩服鲜。旅游节目；自酿烧酒称“泡盛”。黑浪舟吞腾巨鳄，日并琉球。碧空翅折堕轻鸢。败于美军。琉球文化冲绳继，断梦重寻六百年。明初起。

叶燮《原诗》读后 9月12日

盛衰正变析流源，复古能容众口喧？谁察云情非一态？自开风气主多元。徒依篱下沾余沥，敢立潮头斥腐言。本是诗论岂诗话，横山独出抉其原。

1. 复古派知正不知变，是“执其源而遗其流”也。首句大意如此。2. 二句指有明前后七子复古之说喧嚣一时，叶氏力斥之。3. 三句指叶氏观察泰山云之情状，言：“云之态以万计无一同也”，“出云而为天地之文矣”。4. 四句指叶氏提倡艺术风格多样化，要求“尽态极研，争新竞异，千状万态”，而非“优孟衣冠”，“千人一面”。5. 五句指叶氏反对模拟剽窃，将“寄人篱下，窃其唾余”者斥为“土偶”。6. 六句指叶氏尊韩愈，昌黎尝谓“陈言之务去”。7. 七句指《四库全书总目提要》非难《原诗》“是作论之体，非评诗之体”。8. 八句用林云铭《原诗叙》中语意：“此作诗之原，亦即论诗者之原”，“直抉古今来作诗本领”。叶横山（叶燮）乃沈归愚之师，而师生所见，颇多歧异。

读《说诗晬语》评李商隐咏史诗，书后一首

9月14日

义山近体长讽喻，每以借题令抱摅。指事何妨凭咏史，持论不愧在知书。花由彩剪难生动，锦自云裁善卷舒。莫讶归愚矜格调，说诗晬语岂全疏？

1. 一、二句摘用原词，不起韵，拗救。二句原云：“中多借题摅抱。”2. 于三句评者曰：咏史十数章得杜陵一体。3. 于四句评者原词：不媿读书人持论。指随师东第三联。4. 于五句评者原词曰：温李擅长，固在属对精工，然或工而无意，譬之剪采为花，全无生韵，弗尚也。5. 六句之意，原词中并未涉及。予特设喻，益以裁云作锦与剪采为花两相比照，以收烘托、映衬之效。固不足以言属对精工、用意巧妙，亦聊以师商隐之长技，步玉溪之后尘耳。可乎？6. 清初格调、神韵、性灵三派并峙，归愚（沈德潜）为格调派盟长，认为“诗贵性情，亦须论法”。七句指此。7. 八句所指《说诗晬语》为归愚力作。

网购得元好问集选本，读之，就所悉史料为斯人题咏一首

风范大家安得攀？悲凉沉挚慕遗山。论诗感起沧桑后，创格气撑天地间。野史危亭心匪石，新声乐府语如环。五千余首今存几，全豹何时替一斑？

1.《论诗》三十首作于蒙古军攻陷燕京迁都汴京之后，赵翼咏元遗山诗云：国家不幸诗家幸，话到沧桑语便工。2. 拗体七律，遗山别创一格：拗在第五、六字，弥见矫健。如：长虹下饮海欲竭，老雁叫群秋更哀。青山两岸多古木，平地数峰如画屏。3. 构野史亭于家，凡金君臣事迹，采访不遗。金亡不仕，可谓完节。4. 遗山乐府，“清雄顿挫，用俗为雅，变故作新，得前辈不传之妙”。“揄扬新声，以写怨思”。5. 遗山诗共五千七百余篇，惜多散佚。其可称全集者，收诗一千三百余首，于山西有刊行，尚待求之。10月10日记

读王渔洋《带经堂诗话》

10月19日

沧浪流派启新城，今古涵融撷众英。幽谷寒梅孕神韵；明湖秋柳绾诗情。王朱一代名同爆，牛李千秋论独平。近日多闲容漫步，带经堂畔几穿行。《诗话》系张宗柟据《渔洋诗话》及王士祯其他著述分类纂成。

1. 一句，沧浪指严羽《沧浪诗话》；新城指主神韵说之王渔洋。2. 五句王朱指王渔洋、朱竹垞。3. 六句指渔洋于牛李党争持论平允。

读朱竹坨《静志居诗话》
10 月 20 日

静志居储好句多，有明一代广搜罗。隔花吠影怀元事，沾雨搴芳听僰歌。老马盘山尚磨剑，哀鸿笠泽枉操戈。浩茫著述浑无际，几勺焉能识大河？

1. 三句言高启（青邱）。《诗话》云：高启贾祸，因题宫女图、画犬诗，然此不类明初掖庭事。二诗或是刺庚申君（元顺帝）而作，好事者因之附会也。2. 四句言杨慎（用修）。《诗话》云：杨《怀归》诗有句："汀州春雨搴芳杜……生涯聊听僰童歌。" 3. 五句言戚继光。《诗话》云：戚《盘山绝顶》诗有句："未妨白发老边才……故李将军舞剑台"。此处取其意。4. 六句言吴易（日生）。吴《东湖杂诗》有句："笠泽桥如带……鸿雁有余哀"；《从军行》有句："已分沙场报国恩，身经百战满创痕……" 吴于太湖起兵抗清也。

读阮阅《诗话总龟》
10 月 21 日

百家话汇目琳琅，旧事遗编采摭详。力去陈言功诩宋，特标警句格崇唐。丽人献曲诗非忤，达士参禅酒未妨。想见倦游归里后，松窗好遣日方长。

1. 三句力去陈言乃王荆公语。2. 四句言特重杜甫、李商隐诗。3. 五句指寇莱公与侍儿茜桃问答诗。诗曰：一曲清歌一束绫，美人犹自意嫌轻。不知织女萤窗下，几度抛梭织得成？夜冷衣单手屡呵，幽窗轧轧度寒梭。腊天日短不盈尺，何似妖姬一曲歌？公和曰：将相功名终若何，不堪急景似奔梭。人间万事君休问，且向尊前听艳歌。4. 六句指东坡诗：那能废诗酒，亦未妨禅寂。5. 七、八句系阮氏序中语意。

欲购《沧浪诗话》至今尚无所得 10 月 21 日

遍收诗话缺沧浪，设喻借禅流派长。无迹渡河遁香象，难求挂角突羚羊。镜花对处原空相，水月捞来只幻光。我本中材争"妙悟"？会探底蕴释迷茫。

购得《查初白年谱》，书雍正时之文字狱 11 月 25 日

诏狱兴时众口喑，熙朝岂合少祥音？察微最忌翻云手，知谨偏怜捧日心。帝识初白"端谨"，赦之。纠结党争厉逾古，帝与明珠父子之纠葛，实具党争性质。绵延诗派泽于今。老藤枝下清幽境，爱听先生醉后吟。

购得《刘禹锡集》，题两首
2011 年 11 月 26 日、2012 年 1 月 28 日

诗中豪杰说刘郎，白居易称之为"诗豪"。施政当年佐二王。春日融和羡花好，秋风肃杀悼兰芳。旧游再至红英观，指玄都观之桃红一片。新岁重来绿野堂。堂为裴度所构。谱得《竹枝词》宛转，共十一首。千年犹唱喜流长。

如嚼脆梨吟好诗，鲜妍明快转深

思。江边曳竹聆新曲，观里栽桃忆昔时。锁断石城史同鉴，斧扬金殿事堪疑！八州司马咸才俊，豪气尤推一代奇。

诗家论七言律诗之难作

12月8日

七言律句最难工，难若十分开硬弓。百辈步趋枉随末，几家顾盼得称雄？求精必切功非易，指事言情变未穷。一字不经炉烨炼，屠沽儿便厕其中。

王渔洋引五代人刘昭禹语云：律诗最难工。五十六字皆如圣贤，中有一字不经炉锤，便如一屠沽儿厕其间也。渔洋又引其同年刘吏部所云：七律较五律多二字耳，其难什倍。譬开硬弩，只到七分，若到十分满，古今亦罕矣。曰：予最喜其语。

张萧亭亦云：七言律诗，唐初始专此体，沈宋精巧相尚，然六朝余气犹存，至盛唐声调始远，品格始高，诸作各臻其妙，杜甫深雄富丽，克集大成……中唐作者尤多，大历才子，接踵而起，数词益工，而气或不逮；元和以后，造意幽深，律切精密，不足鸣大雅之林；至宋律则又晚唐之滥觞矣。虽卓然名家，较之唐人，气象终别。至于元人，品格愈下，不能力挽颓波。……诗家此体最难，求其神合气宽，代不数人，人不数首，虽不敢妄分优劣，而优劣自见矣。（摘引）

数访地坛书市，今始购得《沧浪诗话》

2012年5月18日

借禅设喻擅沧浪，妙悟自然宗盛唐。挂角羚羊不留迹，渡河群象尚遗香。孤高沉郁昧韩杜，冲淡空灵耽孟王。自是同心共门派，续标神韵有渔洋。

人物篇

建文帝与姚广孝

2010年8月29日

穹隆山上起高墩，说是建文帝墓。往事追寻非不根。徐作生考索有得。龙角葬应礼天子，燕飞啄竟害皇孙。稍改章太炎句。病猫踏雪衣衾掩，由姚广孝《病猫》诗，见其终于庇护苦病相侵之建文。威虎兴风踪迹存。清雍正时姚少师祠内尚供其塑神。晚号逃虚知自忏，一僧功孽有人论。钱大昕、尤侗皆有诗论之。

陈之遴与吴汉槎

9月3日

东阁西曹迭喜哀，感恩岂止在怜才？陈为故相国，海宁人。罪谪辽东，其子陈子长、陈容永与汉槎相契。艰辛路护乌龙去，黑龙江当时称乌龙江。稠叠诗随白雁来。陈赠吴诗十二首。岁月善欺人易老，冰霜深恐性全摧。陈赠吴诗中语意。篱边秋色邀谁赏？万里家山借梦回。陈寄吴诗：黄花不异乡关色，那得持杯共尔看？

吴梅村与卞玉京

仙子翩然下玉京，卞赛，秦淮人，侨居虎丘之山塘，知书，工小楷，能画兰，善操琴，十八岁时识吴梅村，一见遂欲以身许，未果。后出家，自号玉京道人。早年与吴交往事，见梅村诗集七律《琴河感旧》四首。青眸偏注鹿樵生。梅村别号。蹉跎兵火愁相别，摇落江湖怅独行。画展兰花懒抛却，经翻贝叶苦书成。刺舌血，三年书成《法华经》。重过锦树林前路，见梅村集《过锦树林玉京道人墓》诗并序。凄绝人间未了情。

李香君与侯方域

歌舞坚辞以死争，桃花扇自血描成。红楼几处寻芳躅，青史哪家传令名？党锢南朝人病苦，有诗曰：恼杀南朝阮司马，累侬夫婿病愁多。书驰北地笔纵横。代史阁部与多尔衮书。日斜壮悔堂前路，归隐无虚有背盟。背盟者，梅村也。梅村《怀古兼吊侯朝宗》诗：死生总负侯嬴诺，欲滴椒浆泪满樽。自注：书约终隐不出，余为世所逼，有负夙诺。可见朝宗生前并未降清出仕，影剧中所云，实厚诬古人也。

柳敬亭与苏昆生

左伯兴兵纛折倾，左良玉封宁南伯，出师讨马士英，病剧，死于九江。春灯燕子送南明。诙嘲曾纵谈天口，柳善说书。激越仍扬振地声。苏善歌。萧寺寒梅身未隐，苏寓萧寺风雪中，请梅村与柳并传。荒台老柳叶难荣。时柳已八十余。一从并传由高手，遂使人知楚两生。见梅村集《楚两生行》并有序。

孟轲与荀卿 9月5日

善恶天生述孟荀，儒家主性善，法家主性恶，孟纯儒，荀子实乃由儒入法者。俨然其表共为人。披猖盗跖行多戾，端正醇儒心满仁。苦索缘何殊本性？冥思变或自基因？彼邦近报凭科技，迷雾拨开欣识真。美国科学家法伦，近证实某些人身上有两种高风险基因，使之好斗，有暴力倾向，甚至成为天生杀人狂。此两种基因名曰“MAOA”与“Serotonin5－HTIA”，有家族性，隔代遗传。此论或可提供性恶说之生物学基础。

红楼热中思及曹寅，因记其人其病其死，寅，雪芹祖

同日

发小相亲能几人，江南密使遣曹寅。全唐诗刻扬风雅，诸色绫成贡帝宸。硕学犹沾三世裔，奇方未挽百年身。金鸡纳递嗟无及，肠断金陵梦里春！

曹寅小时为康熙伴读。后被委以重任。曾刻《全唐诗》及其他诗文集，所织绫缎上贡内廷。雪芹为其裔孙，文才盖有家学。寅之病乃恶性疟疾，寒热交战，常致人非命，唯宫中奇方——金鸡纳霜可治，稀罕物也。康熙闻之，急命驰骑递送，惜未及，人先终矣。第七句即指此。予于数年前已考明寅病死之由。纳兰成德死于“寒疾”，病因亦同，可无疑焉。

当今二女导：胡玫李少红

2010年9月4日

巾帼荧屏各创优，孔门才过进红楼。胡导电影《孔子》，李导电视剧《红楼梦》。百家纷起万言立，指春秋战国之世。两派澎鸣双瀑流。指新老两版

《红楼梦》。攘攘满园弄风月，栖栖一代写春秋。但能长夜破岑寂，何必费神论不休！

晚岁诗中哀挽多——读《瓯北集》七律之六、七

9月24日

秋帆曾许是男儿，指毕沅。更见文人誉并驰。诗主性灵同峙鼎，指袁赵蒋三人。史长考索共摩彝。指王鸣盛、钱大昕、赵翼三人。大旗旷野黄沙掩，除赵外三人中皆已先逝二人。衰草荒园白露滋。八秩云崧集夜读，怦然触目满哀辞。

读放翁早年海棠诸作书后

四首　7月27日～30日

张园早见海棠痴，乞借春阴与护持。《剑南诗稿》卷六《花时遍游诸家园》。不遣雨添枝上泪，卷九《二月十六日赏海棠》：纤弱无风摇不定，莫放飘零作红雨。岂嫌霜压鬓边丝？时放翁年五十三岁。缠头夜费百端锦，出手醉留千首诗。卷九《夜宴赏海棠醉书》：醉夸落纸诗千首，歌费缠头锦百端。花气氤氲见人影，陈年事尚惹猜疑。本诗及下诗作于孝宗淳熙五年，戊戌年，1178年。

虽艳春容无俗姿，卷九《张园观海棠》：虽艳无俗姿。春容极明媚。动人意最在偷窥。《张园观海棠》：名花动人意。放翁词《真珠帘》：最动人，时时偷顾。花前一笑初破睡，镜里双峰重画眉。《张园观海棠》：严妆汉宫晓，一笑初破睡。残烛泪垂迎曙色，夜宴赏海棠醉书：深院不闻传夜漏，忽惊蜡泪已堆盘。快船风起动归思。卷九《即席》：归舟已具客将行。诗紧接二月十六日赏海棠之后。月明盎汲江波洁，卷十《峡口夜坐》：妇盎有夜汲。月碎水流急。正是东行载美时。《真珠帘》词曰：灯前月下嬉游处，向笙歌，锦绣丛中相遇。彼此知名，才见便论心素。浅黛娇蝉，风调别，最动人，时时偷顾。归去，想闲窗深院，调弦促柱。乐府初翻新谱。漫裁红点翠，闲题金缕。燕子入帘时，又一番春暮。侧帽燕脂坡下过，料也记，前年崔护。休诉，待从今须与，好花为主。本词叙事性如此之强，当可坐实放翁与"成都海棠"之一段大好情缘。当时名士歌姬，风流诗酒，纳妾佐家，事本常有，似不宜谓之虚构也。

锦绣芳华逐逝波，玉人影事怎搜罗？"成都海棠"于诗中已告淡出。年光暗里推移速，田海望中变化多。贫病同经身老大，风情渐减意蹉跎。中两联即推言其淡出之故。寻花问艳非吾乐，拟办渔舟理钓蓑。卷二十二作于武夷山之《春雨》组诗之二：千点猩红蜀海棠，谁怜雨里作啼妆。杀风景处君知否，正伴邻翁救麦忙。蜀海棠疑指斯人，不能仅以花视之。时放翁六十七岁。

东归万里路漫漫，卷七十五《海棠歌》（放翁八十四岁作）：扁舟东下八千里。移得仙株冠玉栏。歌曰：若使海棠根可移。侧帽微醺怜日炙，卷七十《春晴暄甚花开略无余矣赋以寓感》：海棠尤可念，不耐暖日炙。胭脂成白雪，其意亦自惜。拥衾远梦怯宵寒。《海棠歌》曰：夜夜寒衾梦还蜀。护花幡乱风正恶，叫月鹃凄春已残。海棠歌》曰：风雨春残杜鹃哭。不死方如世真有，千年未足定睛看。《海棠歌》曰：何从乞得不死

方，更看千年未为足。其人逝矣，悲夫！（海棠卒于1208年，与放翁厮守30年。）

后记：放翁一生钟情三女子。首为表妹唐琬，即《钗头凤》中所指。二为王氏，蜀人，终年七十一岁（卒于1197年），《见令人王氏圹记》。三即如夫人“成都海棠”，不知其姓氏，宜补入之。

听陆游节目，书放翁影事

共十首

听杨雨百家讲坛讲后作 2011年1月8日~13日

侠骨柔肠陆放翁，短衣匹马凛刚风。攀龙壮志言空切，言“泪洒龙床请北征”事。簪凤良缘曲乍终。言《钗头凤词》中所及唐琬事。西蜀题诗尊上客，南山猎虎赞英雄。“海棠”绝艳人知少，千里归舟载向东。结联为愚见，可参阅前之海棠组诗七律四首。

恢复难望恨不禁，西湖容易变晴阴。避矰云际孤鸿没，伏枥关前万马喑。烂醉归时持烛照，《海棠》诗中意，海棠原有所指。暗香传处过溪寻。《梅花》诗中语，梅花例以自喻。柔肠刻骨情千结，解读放翁勤用心。杨解放翁诗，可谓深细。

细读放翁温又升，云山矗立碧崚嶒。遍观两宋诗无右，再阅千章味有增。柳暗花明闲骋目，剑鸣戈舞怒填膺！昂头尚欲乘余勇，高处容登更上层？柳暗花明、剑鸣戈舞均放翁诗中用语。

更上层楼一望遥，江山在处总魂销。朝无贞士堪青眼，诗有奇功信白描。信，随意也。秦岭风云临战伐，禹湖岁月伴渔樵。禹湖指镜湖。杜诗以战伐对渔樵。烽烟北指中原路，枕上难平日夜潮。

月下花前俩笑扶，声声姑恶夜来呼。集中有《夜闻姑恶》诗。东风吹折藏莺柳，冷雨打鸢栖凤梧。桥底波平影堪照，放翁诗：伤心桥下春波绿，曾见惊鸿照影来。壁间尘拭字容摹。《钗头凤》词刻于壁间。伤心一曲传千古，未必“情场是懦夫”。

曾记春暄花满枝，海棠挂果本非奇。传家多嗣年俱长，王氏夫人生六子：子虡、子龙、子惔、子坦、子布、子聿。先后出仕。放翁耄耋，诸子年都在六十上下。放翁八十四岁时诗：传家六儿子，其四今皓首。自注：大儿新年六十二，仲子六十，季亦近六十。侧室生儿愿枉期。如夫人无出。季子聿即另书之子遹。遹通聿，同音，如聿皇即遹皇。子遹子聿本一人，并非如夫子所生之第七子。渐大同吟剔灯夜，指子遹。放翁特爱季子，父子相依，灯下共读史书。倍亲相念倚闾时。父子分外相亲，子偶出，父常望其速归。剑南后集凭谁力？自注：“子遹编予诗四十八卷，卷有百篇。”盖即剑南诗后之四十五卷也。遂足琳琅万首诗。放翁诸子。

不是风流文酒嬉，寻常买笑到歌姬。两句连读。冲波千里同行处，濡沫卅年相守时。曾与玉栏添锦绣，渐教白雪白发替胭脂红颜。可怜镜里孤鸾舞，放翁《东园》诗：对镜每悲鸾独舞。此亦流露悼亡之意。旷放人宁情免痴？

阖门听命“令人”王，四纪年光

百味尝。鹣鸟比翼鸟九天翼惊折，鳏鱼五夜目愁张。持家抚子将谁恤？谁将予以体恤之意。悼死忧贫亦自伤！非是此情分厚薄，不平常处更难忘！此句言放翁于王氏夫人罕见诗作而于唐琬、海棠所咏较多之故。

人虽最重少时情，几历沧桑岁月更。梅子黄悬滴朝雨，放翁于《自伤》诗中悼王氏夫人语曰：朝雨暮雨梅子黄。海棠红落蔽春晴。海棠亦已逝矣。绫罗自合呈多彩，箫管宁唯发一声？行过园中林下路，豁然空阔脱愁城。情深一往，然非唯咏沈园。

放翁道已学诗初，首句衬韵。扛鼎期成阶莫逾。不务怪奇转宏大，岂工藻绘掩清癯？墙窥李白杜甫欠三昧，门倚白居易元稹才半途。寄语儿曹诗果学：要从诗外见工夫。《示子遹》诗中意。放翁晚年论诗之作。全诗为："我初学诗日，但欲工藻绘。中岁始少悟，渐若窥宏大。怪奇亦间出，如石漱湍濑。数仞李杜墙，常恨欠领会。元白才倚门，温李真自郐。正令笔扛鼎，亦未造三昧。诗为六艺一，岂用资狡狯。汝果欲学诗，工夫在诗外。"

题放翁诗集，恭书一首

2011 年 1 月 14 日

网罗影事近劳神，全集重温夕与晨。不尽崎岖争避险？几多旖旎且存真。儿女之事集中仅占少数；其坎坷经历占大部分。山川无计逃选胜，孝宗谕曰：严陵山水胜处，职事之暇，可以赋咏自适。花木有情供赏新。适意诗非务求好，放翁此境我难臻。

杜集不提海棠而放翁以狂吟海棠诗著，试释其故　1 月 24 日

事出何因有释之，草堂难觅海棠枝。《诗话》载：杜甫母名海棠，故不作海棠诗。放翁独爱花如锦，隽侣未瞒情见辞。集中海棠诗屡见。三十年间濡沫处，八千里外下江时。放翁诗：扁舟东下八千里；拙诗：正是东行载美时。剑南巨帙吾三复，真事分明尽入诗。

上海古籍社寄来新版《秋笳集》再题　2011 年 7 月 30 日

读顾贞观词"声声令"，所咏葛氏夫人出关寻夫事，二十年中甘苦相共于冰雪天地中，甚为感人，赋一首以补前所未及。

严霜何事点云鬟？忍泪相思毅出关。飞燕伯劳宁远隔？乌头马角冀生还。授经渐长门前柳，操臼潜凋镜里颜。王鸿绪赠诗：庑臼赁时劳共孟。应喜生儿才继父，《秋笳集》辑播人间。其子名吴桭臣，字苏还。有《秋笳集跋》记增辑斯集之事。

《四库全书总目》于评介《秋笳集》辞多不实，诗以辟之　7 月 31 日

怨怼心无见至诚，《总目》曰：无怨怼君上之意，犹为可谅。白山赋长白山赋献笔纵横。特高禀性呈奇骨，《总目》曰：兆骞诗天分特高，风骨遒上。绝困遭逢厉正声。防检终难逃网密，文章岂遂为时轻？《总目》曰：使其谨守防检，克保身名，岂非国初一作手哉！又曰：而立身一败，万事瓦裂，其诗亦颇为

当代所轻。语皆与事相悖。若非轻罪遣严谴，《总目》曰：自知罪重谴轻，甘心窜谪。轻重正相颠倒。作手清初将首名。

方拱乾方孝标与吴汉槎在戍所叠相唱酬，书后一首

8月4日

曳屐穿篱时过从，书中时见古人踪。方拱乾诗：借书断续古人诗。约登废殿经雨藓，方诗：苔藓前王殿脚明。共话名山迎客松。方有同汉槎谈黄山胜分韵二首之诗。戍鼓心惊冰径险，边关目注白云封。归来先送辽海鹤，指方孝标。何日吴江欣再逢？孝标诗《过吴江有怀吴汉槎》。

读查慎行过吴汉槎禾城寓楼诗

8月4日

绝域归人迎汉槎，查诗：快事相看一笑真，忽传绝域有归人。稍伸士气弛官衙。查诗：党禁初宽士气伸。亭前水滟延前席，明珠家渌水亭，延吴为西席，为其子揆叙授课。笔底花生继后车。查接吴后任。冰雪经时铸风骨，阴霾扫处灿云霞。查诗：劫灰已扫文星燦。《秋笳》若不音先辍，君岂清初第一家？

读吴梅村《悲歌赠吴季子》

2011年8月4日

一曲悲歌赠季子，人间惨绝此离群。穷山恶水生死系，梅村原句：山非山兮水非水，生非生兮死非死。白璧青蝇谣诼纷。梅村句：白璧青蝇见排诋。慎勿有儿喜聪慧，梅村句：生男聪明慎勿喜。应知受患始书文。梅村句：受患只从读书始。龙沙万里归来日，痛哭墓门深不闻！渔洋诗：太息梅村今宿草，不留老眼待君还。

《秋笳集》中七言转韵歌行属梅村体，一脉相传，风韵绝佳

七言转韵歌行好，戛玉锵金音律谐。著有《词赋协音》一书。人老榆关伤塞北，指《榆关老翁行》一诗。歌残子夜金陵篇中用词泣江南。九皋妙舞影羁鹤，指《羁鹤赋》。万缕柔情丝吐蚕。文脉绵延应不绝，出蓝岂必逊于蓝？

读《长白山赋》

长白山高夏亦寒，二流千嶂《长白山》诗中语枉辞殚。有尼之者不果召还。求生谀贵评何悍，境厄声吞心实酸。曾以新诗动乡国，更因大赋震骚坛。《长白山赋》被誉为清初三大赋之一。朝家岂重真才子，不纳锾金放亦难。锾金，罚金也。

吴汉槎赎还，诸名流用徐健庵韵赋诗以赠，予亦步韵成一律

终离冰雪入榆关，留得雄辞壮世间。涉踏河山涵劲气，驱除羌羯沙俄哥萨克，称老羌洗愁颜。龙鳞曾逆逢彼怒，马角未生听我还。捧读《秋笳》心郁勃，几回难制泪潺湲！

吴汉槎骈文丢失之谜

2012 年 4 月 10 日

骈俪当年擅几人？一朝飘散逐轻尘！联翩吴苑曾歌凤，陨落燕都遽泣麟。浊世罕逢文字厄，险途竟背友情真。驰书索稿意何切，岂尽无私疑有因。

邓之诚云：“乾学（徐健庵）有《喜吴汉槎入关》之作，同时和者其众。及卒，竟少哀挽之作，乾学所作，亦未入集，盖吴、徐之交不终矣。汉槎骈文旧与陈维崧齐名，稿在徐氏不能得，然则幸而得传者亦仅矣。”（邓之诚《清诗纪事初编》）雍正时，汉槎子吴棖臣亦于《秋笳集跋》中云：“骈丽之体，向与陈阳羡齐名，乃集中所有，仅此数首，尤为痛惜。闻之昆山某氏（即徐氏）收贮颇多，曾力为寻访，而已移居村舍。然终当物色，以成全璧，是则鄙人之素志也。”愚按：徐乾学初党于明珠，后明珠渐失帝眷，竟罢相，徐实主之，其反复无常，一至于此！徐领书局，笼铅椠事，经手出书甚众。唯此公律身不严，纵其子弟结交高官，倚势竞利，恃权受赂，卒被夺职。有清一代之霸于文、巧于宦如徐者不多见。综其一生，为人可知；前识有阙，今始悉之。

高青邱：诗国元明第一人
——再读高启《大全集》感赋

8 月 2 日、3 日

青邱英爽接青莲，李白。横绝元明三百年。自是学唐新意出，亦知窥汉夙根连。感生“百骨”增“寸土”，集中有句：并吞何日了，百骨易寸土。光掩千家昭半天。青史几时网疏阔？不羁才始得身全？

屏居江上远苏台，不应张士诚之招。成史早归治草莱。明祖诏修《元史》。秋冷池边同灌菊，偕同其妻。月明林下叠吟梅。清词自足矜高格，浊世谁能惜大才？何事花开旋又落？几回掩卷费疑猜。

由来君侧等危途，草莽尊文实戏儒。去国自疏宁恋阙？上梁人礼却倾吴。魏观守苏，甚礼遇高启，高为作《上梁文》。其后，高“不幸以故人（魏观）得罪”，“没于京师，年甫三十九”。（周忱语）是高之遇害，实为魏观所累也。不甘我用容贰志？明祖忌刻。难乞身闲保一躯！多少近臣门易灭，书生殃及亦区区。据《明史·魏观传》所记可知：魏以翰林侍读学士，迁国子祭酒，寻两知苏州府事，循吏，治有声。后因府治湫隘，治张士诚旧基，以为居。“或谮观兴既灭之基。帝使御史张度廉其事，遂被诛。帝亦寻悔，命归葬。”高启以故人（魏）罪受牵连，而坐法致死（为治旧基撰《上梁文》）。明祖大戮功臣，文士亦不幸免，虽为雄主，实忍人也。朱竹垞曰：“乃缘诬善之人一言，坐以惨法。甚矣，君恩之不可恃也。”

读高启《青邱子歌》，为之再题一律

2012 年 4 月 17 日

青邱子本是仙卿，降谪凡间埋姓名。好觅诗情自吟答，浑忘家事任经营。骑虹每欲争星月，抚剑翻羞逐冕缨。天帝闻之怒狡狯，遣来白鹤押还京。

清芜湖布衣朱卉题咏

2012年5月13日

草衣织履感蹉跎，先生字草衣，自号织履山人。五字清才谁可过？其诗尤工五言。程晋芳《赠朱草衣》诗，有句云："五字清无敌，江南老布衣。"荒苑锄挥秋草尽，破楼钟打夕阳多。其七律名联语意。风尘困未离荆棘，言其一生坎坷。雨露滋难到薜萝。稍改原句。怪底盛时频乞米，豪吟狂舞剑空磨?!

大思想家方以智题咏

2012年5月16日

能合有无探本元，"合有无谓之元"，方公名句。当年谈哲震儒门。危邦辞相难扶主，末路逃禅岂负恩？浮山寺为僧。曾企万言匡乱世，独行千里吊忠魂。往拜文信国墓，行次万安殁。抱龙峰下真身在，以肉身入葬。浩气永随朝日暾。

景色篇

庚寅海棠花节

2010年4月26日

去年冬暖开应早，今岁春寒发故迟。两岸芳溪曾屡约，一蹊秀色例多诗。空怜雨滴稀疏蕊，不见云蒸烂漫枝。兴已阑珊临五一，异常天气误花期。

五一赴海棠花溪，见北美名种三色，不虚此行

晨风习习乘晴好，看得秾华敢恨迟？天赐闲情留健笔，花迎故侣索新诗。三更梦或牵前事，一缕魂犹绕本枝。或曰放翁在蜀迭咏海棠以花喻人有本事。但愿此身长不倒，年年来赏有心期。

今年花事失序，迎春与海棠同发，怪而赋之，三叠前韵

信风岁岁原常定，二十四番花信风。颠倒何由失早迟？杨柳青将飞作絮，梨花白尚酿催诗。迎春霞瓣黄千点，入夏海棠红万枝。5日立夏。异事而今堪一说：众芳约共赴佳期。

别样文章咏牡丹

四首　2010年5月8日

赵翼以作正面文字咏牡丹，前四后四，共八首七律，愚无能更进，另赋四首以应。

牡丹何以号花王？自有奇姿领百芳。数叶诗人题彩笔，一枝学士谱瑶章。清歌谁发高难步，名种曾书久半忘。脱尽妆台脂粉气，花仙另唤义弥长。注一。

劲骨刚心冠众葩，依然强项不低斜。移根菏泽幸分派；得地洛阳欣起家。冷眼人间轻富贵，热身市上斗豪奢。平泉花木应无数，独赋牡丹光物华。注二。

不堪风雨泣残阳，如梦如仙历一场。酣酒朝人推国色，染衣夜自抚天香。有乘驿传奔蹄捷；或溢街衢走毂忙。看到子孙能剩几？当年池馆剧凄凉！注三。

是瑞是妖知岂难，兴亡且付静中观。开颜宾聚四香阁，变脸花围百宝栏。夜讶万头飞似蝶，午吟双首“臭如兰”。人先在上难濡笔，别样文章咏牡丹。注四。

注释之一：第一首三句诗人指李商隐，所咏《牡丹》诗七律结联云：我自梦中传彩笔，欲书花叶寄朝云。四句学士乃李白，其奉诏所进《清平调》三章之二句云一枝浓艳露凝香，拙句“一枝”，即指此。五句清歌，指白居易所作《牡丹歌》。六句名种，即欧阳修所云：昔所记洛阳地脉花最宜，牡丹尤为天下奇。我昔所记数十种，于今十年半忘之。七、八句花仙本自薛能《牡丹》诗：迥秀应无妒，奇香称有仙。

注释之二：第二首一、二句指武则天怒贬牡丹于洛阳事。《事物纪原》云：故洛阳之花冠天下，是不特芳姿艳质足压群葩，而劲骨刚心尤高出万卉，安得以富贵语概之？五句指周敦颐爱莲之高洁，而于牡丹则曰：花之富贵者也。《事类赋》申其意曰：冷眼人间富贵花。六句唐时牡丹可于市上买之。白居易诗：共道牡丹时，相随买花去。……一丛深红色，十户中人赋。豪奢，语出罗邺诗：落尽花红始见花，花时比屋事豪奢。又，柳浑诗：近来无奈牡丹何，数十千钱买一窠。可见当时牡丹市价之重。七、八句指李德裕著有《牡丹赋》，见于其别集中。

注释之三：第三首之首句见元稹诗：牡丹经雨泣残阳。二句见韩琮诗：如梦如仙忽零落，暮霞何处绿屏空。三、四句拆用“国色朝酣酒，天香夜染衣”语。五句出《闻见录》：徐州李相迪进花，乘驿一日一夕至京。六句见罗邺诗：门倚长衢攒绣毂，幄笼轻日护香车。七、八句并见罗邺诗：买栽池馆恐无地，看到子孙能几家？

注释之四：第四首一句谓花开异常，并非祥瑞。花木之妖，唐室衰亡之征也。《开元遗事》：沉香亭前牡丹一枝两头，朝则深碧，暮则深黄，夜则粉白，昼夜之间香艳各异，帝曰：此花木之妖也。赐杨国忠。国忠以百宝为栏。四句之典本此。三句亦有本事，《开元遗事》：杨国忠为四香阁，每于春时牡丹盛开，聚宾朋就阁以赏。愚按：“四”字据《正字通》云：平声音司。三、四句合而观之，足见奸佞如杨国忠者，非国之祥瑞，其与花木之妖，实如影相随焉。五句事出《杜阳杂编》：穆宗时牡丹花开极盛，每夜有黄白蛱蝶数万，飞绕花间达旦方去。上令网之，得数百，迟明视之，皆金玉也，形状工巧。六句事出《天中记》。高宗后苑宴群臣，赏双头牡丹赋诗。唯上官昭容一联“势如连璧友，心似臭兰人”，称上意。按：《易系辞》云“同心之言，其臭如兰”。臭，同嗅，气味也。婉儿以臭兰人比双头牡丹，设喻工切，洵才女也。七、八句，予赋牡丹诗虽难追瓯北，然事事均有来历，语语岂无出处，尚非苟作，备一格可乎？

地坛牡丹

两首　5 月 16 日

日前所作牡丹诗，用事多而立意异，盖别样文章也。今过地坛，时节虽晚而名花犹艳，不可无咏，爰以俚词，率成二律，聊记其事耳。第一首前六句系未至前悬想，末联见花后书。

众芳皆晚今岁异，看到牡丹应未迟。自是白描难称格，无多浓艳怎宜诗？午风暄喜全开日，夜雨寒愁半落时。家近地坛常过处，几回能许我题词？

稠叠年时咏牡丹，出奇渐觉句成难。文章宋艳自堪重，姿态环肥偏耐看。娇贵虽常凌芍药，清幽岂足媲芝兰？景山千色京华首，一角安能称大观？

承德行 十首

今夏有承德山庄之行，其前其后共得七律十首，汇成一组录存，以记此段行迹。

家人邀赴避暑山庄一游，以心疾却之，赋一首记史事

2010年5月20日

奕奕王朝抚北疆，木兰围猎发山庄。龙骧武士旗分色；凤翥文臣帐列房。过午衣凉证消暑，入秋风劲禁烧荒。如何二百年方过，兵气萧疏已不扬？

得药稍瘥，允往游承德之请，待吴锌归国后成行，再成两首记史事 31日

日照龙旗启大清，仍勤肄武励升平。九秋令肃方布骑，一千三百骑士围猎。万里政通宁恃兵？璈管唯闻奏行阙，烟尘遂不警边城。木兰校猎本年例，载笔词臣诗易成。查初白赵翼均有诗。

宴集诸藩洽满蒙，宵深千帐串灯红。声威已报被疆北，定回疆国土更传收海东。收台湾汗血骥腾来朔漠；哈萨克贡马。霜毛指鹰鹅喻沙俄蹶下秋空。山庄景物称奇绝，我亦欣然欲采风。

吴锌回国，全家赴承德作二日游，先成两首续记史事

7月1日

“烟波致爽”却宾天，咸丰帝崩于此处。国事汹汹十一年。享年三十一。兵火圆明梦先断，出生于圆明园之澄静斋。河山雾暗劫相连。蒙尘岂得同消暑？艳舞安能遂撤筵？恼杀殿堂签约处，怒潮百载耻方湔！咸丰于1850年登基，至1949年历史翻过百年。

系出海西来后宫，那拉氏出海西女贞。座前早见笑颦工。辛酉密遣权臣覆，戊戌阴令变法终。重敛卖儿千里赤，庚子慈禧回銮，开封寿筵，人卖儿完赋。巧言顶子几人红。顶子与卖儿，子字与儿字乃借对。雉飞原自山庄始，惑乱乾纲四纪中。慈禧雉鼎当枢正四十八年。

全家游山庄景点，成四首以记胜迹 7月1日

行进山门路可通，丽正门。钟楼景点名声动出深宫。采菱渡口波环碧皆景点名，夹镜湖头练饮虹。双湖夹镜、长虹饮练皆景点名。虹与红借对。“一片云”生依远岫，景点名。乾隆专

有诗咏之。千寻雪卷舞晴空。景点原名千尺雪，乾隆依悬流喷薄之意境而建，并题以长诗。景多哪得登临遍，容态匆匆看未穷。有“云容水态”景点，未往。

淡泊敬诚楠木香，康熙正宫主殿。当年驻跸闹山庄。近观暖日烘云气，遥挹晴岚纳水光。威被东西更南北，术操藏显与柔刚。殿北有四知书屋。四知：知柔、知刚、知显、知藏之谓也。题诗处处吟难顺，指乾隆御笔。未有捉刀人在旁。

树木葱茏片石留，镌热河源三字。热河此处溯流头。何来塞北金山寺？恍见江南烟雨楼。金山寺、烟雨楼二景点，系仿江南形制而建。浅沼平桥鱼戏乐，古原芳草鹿鸣呦。一红未见披千绿，“曲水荷香”景枉求。时荷花尚未开放。迟开之故见稍后之诗。

百级阶登上峻岑，清幽胜地起丛林。普宁寺。丛林，寺院也。三身宝相多人拜，千手精雕七丈金。千手千眼观音像。金漆木雕，高约23米。高格更修藏传寺，指普院宗乘之庙，俗称小布达拉宫，仿西藏格式。名王同听梵宣音。各族王公来此为乾隆六十大寿祈福，恭听梵音。峰高路滑愁争上？仰望九霄烟雨深。

回京道中在密云小留记事

7月2日

别矣山庄留咏歌，路通京密几经过。雨丝今觅青龙阁，水库供鱼处，草色昨迷苍鹿坡。山庄驯鹿坡。日月清明撤关塞，清代。风云激荡战山河。五代辽。当时密云称檀州。鱼肥水库饶滋味，且聚一家人气和。

喜迎重阳 10月13日

才过寒露夜逾凉，佳节将临人已忙。怯上高冈收远目，思赓杰句索柔肠。何妨送酒衣原白，九日陶潜思酒，白衣至，乃王宏送酒也。但得簪花菊正黄。且向稻香村里去，锦糕归挈庆重阳。食谱：重九食米锦糕。

庚寅重阳

四首 10月16日、17日

重阳既至，读历代诗家词人咏此佳节之妙句隽语，欣然有得，爰撷其精要，再以诗咏之。真“人生得有几重阳，急占成章兴欲狂”是也。书之存稿。

凤城日丽正重阳，甲子居安即故乡。好句成何碍吹帽，九日桓温宴宾客于龙山，参军孟嘉风吹落帽。嘉答人嘲，其文甚美。壮心开岂倚倾觞？韩忠献当国，重阳置酒私第，苏明允以布衣与宴，其诗有“佳节屡从愁里过，壮心还倚醉中开”之句，志气不少衰。此处予反用之。绛囊避祸俗原旧，费长房教人：以绛囊盛茱萸系臂登高，即可避祸。后世重阳佩萸囊之俗盖始于此。彩笔题糕才孰强？刘禹锡不敢题糕字，以其不见经传。人物纷如云过眼，怡然自祝寿而康。

登高乡思漫重阳，思、漫皆读仄。遍插茱萸犹少王。王维《九月九日忆山东兄弟》诗：遥知兄弟登高处，遍插茱萸少一人。千涧波光双岫立，杜甫《九日蓝田崔氏庄诗》：蓝水远从千涧落，玉山高并两峰寒。二陵风雨一台望。崔曙《九日登望仙台呈刘明府》诗（七律）。望，动词，读平。丹枫欲变初禁冷，白菊方荣骤打霜。李商隐《九日》诗“曾共山翁把酒时，霜天白菊绕阶墀”中意。赐宴枉多游下苑，下苑即曲江。雄飞怎继大哉唐？本首括用唐诗。

几成无菊不重阳，帘卷西风盈袖香。李清照《醉花阴》词中用语。一盏酒醇笑人寂，刘克庄《贺新郎·九日》词：若对黄花孤负酒，怕黄花也笑人岑寂。半壶水净荐花黄。吴文英《霜叶飞·重九》词：半壶秋水荐黄花。绕篱依约留余韵，潘希白《大有·九日》词：采花篱下，问岁华还是重九。簪鬓殷勤理旧妆。晏几道《阮郎归》词：绿杯红袖趁重阳……菊簪黄，殷勤理旧狂。旧本作狂字，此处换用妆字，较顺。底事辛侯沉思久，手拈金蕊步回廊？辛弃疾《朝中措·为人寿》中云：年年金蕊艳西风，人与菊花同。《临江仙》中云：手捻黄花无意绪，等闲行尽回廊。本首括用宋词。

由来献寿届重阳，称献寿重阳节者，古已有之。高会欢余叠有章。自南朝谢瞻、沈约、庾肩吾始，皆有诗咏重阳（五言、四言）。其后各代继有咏之者，且意又加开阔，如上列举有关诗（七言律、绝）词即是。日月秋晖共和洽，乾坤淑气独芬芳。言重阳必标菊花。魏文帝曹丕文与钟繇信中云：至于芳菊，纷然独荣，非夫含乾坤之纯和，体芬芳之淑气，孰能如此？敬耆不特能循守，崇孝尤须再发扬。莫遣屈平悲老至，善全“所养”“老有所养”意弥长。

望西郊观红叶不得

10月31日

登坡前岁不须扶，今望西郊困一隅。二月花燃梦红叶；小杜句：霜叶红于二月花。半天霞映想黄栌。霜丹曾记枫笼岸，故里枫叶。晴翠犹闻柳拂湖。晴翠湖在香山。正是香山好时节，香山红叶节，年年举办。车尘马足日盈途。是日十万人奔香山。

观团城菊花展　11月10日

团城菊展午风温，百色千姿聚万盆。北国雅人布花会，北京有菊花协会、盆景协会。东篱高士驻诗魂。凤毛散落龙飞影，紫菊、红菊。碧浪翻腾墨泼痕。绿菊、黑菊。震世雷霆复谁记？元代盛极一时。酒盈玉瓮至今存。

近悉避暑山庄荷花开晚之故，诗以记之　12月14日

何以迟迟苞未含？山庄事异理谁谙？晚秋始发塞之北，盛夏正开江以南。此处天寒，较长城以内物候迟一月有余，与江南迥异。黄蕊瓶中寒水浸，荷菊同瓶对插，洵奇观也。红衣桥下暖波含。苑中池沼汇武列水之三源，又引温泉以注之，暖气内含，故花能耐冷。花晚开而不早凋，其故盖在此。滦阳随驾身亲历，其故能详谢晓岚。见《滦阳续录》。

海棠花溪续题

三首 2011年4月14日

选胜寻芳喧水滨，古今词客句追新。散开粲锦春江濯，照彻明妆夜月巡。笔底滞难摄魂魄，自谓。行间活正见精神。前人。放翁尤足称奇绝：半咏名花半指人。放翁海棠诗实有所指，我已考出其人其事，另见前时所写之七律四首。

今年春暖发何早，前岁冬寒开却迟。万点落霞色方艳，含苞时粉红色。千枝飞雪景尤奇。盛开时花变白。绿章谁护阴曾借？红烛人寻月渐移。北地欣逢初得句："两三点雨不成丝"。1951年初来北京，见寓所海棠正开，有诗云：朝霞红上海棠枝，北国春寒花发迟。半日阴晴天欲晚，两三点雨不成丝。此乃我海棠诗之首作。

家近元都旧土城，芳溪喜结海棠盟。从容千步人犹健，稠叠十年诗有成。颇惜流光期自得，宜辞世网远相争。常来我好偕花语，亦是平生未了情。海棠花溪在元土城遗址旭芳园内，每年四月中下旬，连绵数里，繁花似锦，游人如织，堪称京城一景。

再过柳荫公园 4月20日

海棠落尽柳垂丝，红瘦绿肥春已迟。风过枝头莺小立，波回渚畔鸭初嬉。人才易逐沧桑变，施治生最爱柳荫公园，惜已作古。文化难求草木知。园方正筹柳文化节。何事楼台围四面？渐妨野趣虑他时！

春游口占

两首 4月21日、28日

盛世容吾境处优，三春结伴喜闲游。花枝昨映淮风阁，旭芳园内河湖餐厅系淮扬风味。柳絮今扬楚韵楼。柳荫公园外楚韵楼酒家乃荆楚风味。未立事功凭月旦，曾标文采竞风流。自知难更为时用，口腹外将无所求。吴老语意。

朝发乘风披彩霞，怀柔在望好停车。湖飞蓝鹞群凫逐，湖指红螺湖，蓝鹞系漆蓝色标志之小汽艇。岛立红螺百鸟哗。红螺湖上有鸟岛，立红螺像。何代香燃传佛寺，红螺寺。此中饭熟飨农家。去来但得身常健，倍惜韶光览物华。

周家口海棠节 5月21日

遥闻花发万千枝，佳节欣筹士女嬉。城里漫矜芍药色，山中正赏海棠姿。有嫌灼日损愁早，得护轻阴开喜迟。放翁诗：为爱名花抵死狂，只愁风日损红芳。绿章夜奏通明殿，乞借春阴护海棠。辽阔燕都天气异，一年两度我题诗。

应邀为海峡两岸荷花诗书画大展作 2011年7月7日

红荷"和""合"驻花魂，高坐莲台仰世尊。荷为"佛花"。风挺波心刚有骨，赵翼诗：红菡挺生刚有骨。月移袂影洁无痕。吴融《白莲》诗：看来应是云中堕，偷得须从月下移。倚帷“君子”能垂爱，周敦颐比之为“君子”，有《爱莲说》。入幕嘉宾得受恩。《南史》：时以王俭幕府为“莲花幕”。郭钰诗：莲花幕下风流客。何碍别离望两岸，连枝并蒂本同根。

余意未尽，以咏物体复成一律

7月9日

自依净域作花仙，本色最怜脂粉湔。一水原甘淡求静，三春未屑急争妍。玲珑窍在心犹苦，宛转丝残思总连。莫道西施蒙不洁，出泥无染岂难全？

柳荫公园观荷即景

7月12日

亭亭玉立濯新塘，雨后来乘稍转凉。映日红衣曾鸭绕，沿岸一带荷花曾盛，今大不如前矣。翻风翠盖复鱼藏。指新辟荷花池。卷舒徒想湖千顷，《子夜吴歌》：镜湖三百里，菡萏发荷花。五月西施采，人看隘若耶。恬淡聊居水一方。未必此行无句得，观荷过处满襟香。

冬日至柳荫公园

11月9日

明湖落月印流光，园在浓阴深处藏。一角荷曾吐红白，万条柳自曳青黄。屿前戏鸭穿波疾，树下饥乌觅食忙。家近四时无不到，冬来未免感苍凉。

思蜀漫咏

四首 9月28日、29日

明明说黄龙九寨沟之游

西陲重地扼川康，各族骈阗来赶场。九寨珠联任猴跃，金丝猴。五池梯列有龙藏。黄龙。昔闻草陷三军涉，红军过草地。今看松迎万客忙。九寨沟有迎客松。虽是平生未经处，神游我亦意飞扬。

明明说峨眉山之游

峨眉山色近仍遥，金顶空望憾未消。予昔年登峨眉未凌金顶为憾。万古月遮天一线，四时雷动瀑千条。参禅俨若心怀敬，论剑翩如手出招。金庸小说。全景缘何遂蹉失？唯将后约俟来朝。是时尚未通缆车。

明明说乐山看大佛之游

大佛神工世竞窥，岑、苏踪迹渺难追。江山秀育人文盛，天地宽形邱垤卑。灯火藏经楼上客，林花觅句径边谁？予昔游乐山有诗记之。卅年前我来游此，壮志曾思“乞一麾”。当时有诗：欲与诸公斗奇句，一麾也欲乞嘉州。

回思昔年两次蜀游因记一律示明明

幕府当年惯捉刀，西来何事屡濡毫？草堂溪畔诗原圣，成都杜甫。桂苑湖边人亦豪。桂湖杨慎。大笔三苏麾日月，眉山苏氏。神功二李制风涛。李冰父子。唯余未尽峨眉兴，谛视烦君为代劳。

《新民晚报》载上海蜡梅怒放喜迎春色因赋一律

2012年1月23日

灿灿金光放蜡梅，浓浓扑鼻醉香来。川西乐土闻久植，沪上公园容试栽。名种喜移朵硕大，奇葩广引客低回。九州春好花无缺，何处京华烂漫开？

闻土城公园海棠盛开，异于去岁近五一始华，诗以志之

4月14日

诗情已被海棠催：三里芳溪绣作堆。未破春眠帘幕下，乍回晓梦镜奁开。年年迟早花有信，岁岁燠寒天费猜。不厌相看原隽友，能否嫣笑待归来？三句花待开，四句花初放；八句言明明四月二十八日始由沪回京，不知此时花还开否？

踏青时节 4月16日

笑语纷纷任路赊，踏青人返日西斜。满城已见柳摇线，随处可逢桃灿华。万点青空飞白雪，梨花。一溪绿水漾红霞。海棠。不须更说江南好，老我方欣亦有家。

梅花 四首 4月21日

高启、赵翼皆有梅花诗鸣世，虽辞藻可喜，唯意旨难明。诗人咏梅之作未必至此为极。予昔年曾有词（卜算子）咏梅，未及于诗。今按其所指，亦以七律形式，另为梅花题咏四首，谨持格调，稍抒寓意，非敢超迈前贤，或能聊补其阙耳。

南枝早自泄春光，天地心谁知最详？满苑开先乃香祖，群芳居后实花王。修篁为友吟风月，劲柏邀盟傲雪霜。篱落水边随处好，报来芳讯感东皇。

无双标格洁难窥，不伍轻柔劲独支。月冷虬枝癯骨相，雪深驴背苦吟思。善调金鼎和羹处，别具刚肠摛藻时。宋广平为相，有铁心石肠之称，作《梅花赋》，清新妩媚，不类其人。刚与钢，同音借对。已到乾坤春满候，风前奚必避人知？

铁干攫云银甲飞，罗霄百战雪霏霏。精魂枝上英而武，装束宫中是也非？失道想泉曾解厄，屯兵越岭数扬威。杜公索笑巡檐句，哪称清操第一徽？《国史补》：蜀中雷氏斫琴，常自品第，第一为“玉徽”。

古今作手咏寒梅，浑脱清奇各骋才。纸帐有香谁共伴？缟衣无影梦同回。舟边雪满鹤方返，林下月明人未来。高启诗：放鹤人归雪满舟，月明林下美人来。吟罢诗心着何处？东风愁寂几徘徊。

今日京华 4月24日

大觉寺玉兰节

玉兰花好在何方？不惮萦回山路长。近雪千丛媲姑射，迎春万朵试霓裳。寺开辽代经风雨，碑立明朝送夕阳。五载前游曾到此，至今人慕更名扬。

玉渊潭樱花节

名园丽日漾澄潭，倍昔游人兴正酣。千树飞红樱点点，一堤拂翠柳毵毵。心笼陌上春光占，目尽枝头露气含。纤啬终嫌欠宏大，缘何似醉恁深耽？

元土城海棠节

直北逶迤元土城，花溪夙以海棠名。绿章速报阴须借，红烛高烧钗尚横。西府浅深憾香缺，东归迢递喜根生。近时稠叠微吟处：人影迷离看定睛。予考定“成都海棠”为放翁东归时所携之如夫人。

平谷桃花节

万株千亩蔚成园，灼灼其华蜂蝶繁。晴旭风熏花叠海，甘霖雨润草披原。酡颜疗疾今称绝，益寿成仙古有言。平谷已欣变丰谷，不须远觅武陵源。

晚春——读昌黎两首《晚春》七绝，戏和七律一首　4月26日

园中红瘦绿添肥，转眼漫天作雪飞。几处今时余寂寞，百般向日斗芳菲。撒钱尽买春难驻，随絮空忙暮哪归？莫道才思两俱少，未能实被可疗饥。榆钱煮粥，味甚美。实被，絮被也。

昌黎《晚春》原作：

草木知春不久归，百般红紫斗芳菲。杨花榆荚无才思，唯解漫天作雪飞。

谁收春色将归去？漫绿妖红半不存。榆荚只能随柳絮，等闲缭乱走空园。

京城又见落杨花
4月29日

漫天飞欲接朝霞，不倦飘飘扑暮鸦。义山诗：终古垂杨有暮鸦。万缕黄金柳成浪，柳浪。千丛白玉絮非花。义山诗：已带黄金缕，仍开白玉花。沾茵堕圂楼台近，傍水依山蹊径赊。我亦青云期直上，东风无力枉咨嗟。

宾朋篇

柬王佑明兄　2010年2月1日

握手论交五十年，凤城花月许流连。世情已淡味如水，国步正飞心欲燃。蓟北厕身销岁月，江东驰目渺云烟。老来唯乞长同健，唱答能时赓几篇。

悼念苏公仲湘　2010年3月2日

栽花插柳堂前路，梦里经过几见君。诗国风流钟一老；史坛雷动阅千军。天边旧约玲珑月，见《鹧鸪天》词中意。江上新愁变幻云。评者称之为“当代忧愤诗人”。重振西辽事同注，大石西迁建西辽事，我与苏公都作过研究。蹉跎憾未细论文！

赠刘育毅先生，祝九十三大寿
2010年3月25日

雄文雅乐说三刘，家世绵长尊上流。大厦欲开攻土木；广陵未绝续春秋。岁过九秩寿连庆，任重百年功足

讴。所任重大工程，均关百年大计。精彩一生光四射，卿云五色仰高楼。

苏州大学函邀出席110周年校庆，因病未能成行，寄诗以贺

卓立东吴阅世艰，沧桑一百十年间。曾闻有史早崇范范文正公，岂见成才唯铸颜颜回。桃李含芳蹊顿辟，蕙兰竞秀径期还。钟楼此际人同庆，道远心随弟子班。5月18日校庆。

悼念亲翁张子荣先生

4月15日

噩耗惊闻泪湿巾，死生两代卅年姻。风云黄埔笔藏秀，早年毕业于黄埔军校医科。泉竹兰亭书慕真。翁善书，兰字蘸借对。济世良誉难活己，翁精医术，以癌症不治。论文妙语更无人。从知贫贱交能久，回首谁如此老亲？

怀周丰二　4月23日

周丰二君，周建人长子，日籍夫人生，与其父不相能，绝往来。上世纪50年代初丰二与予同事，算盘之捷推第一。尝至其家做客，悉其身世，成莫逆交。后不知其人何往。

八道湾中初访时，迷离身世少人知。寒光出匣蒙贻剑，赠我鹿角短剑。宝气冲囊谨报诗。算捷何妨言木讷，境乖谁识志嵚寄。未闻流落今何往，六十年光日月驰。

柬王明甫兄，乞为吴、盛嘉礼赐以墨宝　10月7日

瑞云飞落读书堂，蓬荜惊呼五色光。君业有成名大著，我生无就径全荒。风沙疆北骥腾地，烟树江东鲈脍乡。欲乞挥翰助佳话：天孙今夕嫁牛郎。

读质疑《抱愧山西》一文书后

11月7日

抱愧山西文一篇，累余梦亦屡相牵。行盐天下逾千里，入粟“开中”实九边。论富并徽使瞠后，营商唯晋敢为先。走西口起终西口，抹杀辉煌三百年！

读马元纪念祖父马叙伦先生诞辰125周年文敬赋

12月17日

征途解困说川军，刘湘。柴市成仁热泪纷。哭李大钊。诗曰：唯物史观论较新，李君物望冠人伦。纵从柴市成仁去，无限青年从理真。知友从来照肝胆，中共中央评价。大师岂止擅诗文？马元文中赞曰：思想每随时代进，忠贞不为大风挠。芝兰细雨沾同惠，建民进会。桃李春风护最勤。掌教育部。永忆奋书“跟党走”，当时压顶尚乌云。反右斗争时。

纪念皖师大张海鹏校长八十诞辰

2011年1月11日

鲈乡濡墨共晨昏，十载泪犹挥寝

门。桃李芳蹊淡留韵，松篁峭石郁遗根。史文兼美才难及，德业双馨道益尊。求实集开光焰起，东方翘首望晴暾。

赠傅延龄教授——北京中医药大学国际学院院长 21日

傅家奕奕飒英风，傅山（傅青主），明末山西人，一代名医，兼通诸艺。流水高山曲未终。要合奇方凭妙手，愿施仁术发深衷。技精国粹中医药传海外，德厚医功铭域中。辽耶律敌鲁精于医，有十全功。医功字本此。更喜杏林春正好，新枝花绽满园红。

因《澄斋日记》谈恽氏家世，书赠恽家姻伯母 5月1日

因罹奇祸徙兰陵，遂以父名家远承。汉时杨恽被诛，其子孙逃徙常州，以父名为其家之姓。望族千年隽才出，清官几世直声称。文章海内谁堪并？阳湖派文章与桐城派并峙。日记寰中史可征。恽氏故庐我曾过，恽代英故居。胸中浩气斗然腾。

赠中企协常州古代管理思想研究会孙志伟会长 5月4日

志坚文伟幕中英，孙曾为大僚秘书。经济才偕赴治平。今古博通推宿学，东南开辟主新盟。岁寒老树挺风立，春暖朝花迎日明。共究纵横千载变，几回携笔到龙城。常州有龙城之名。

曩岁曾有一联赠志伟兄，今改成七律一首，纳入集中。联曰：卓尔志坚，会经济才，研治平略，通今古，究纵横千年之变；斐然文伟，挺老树干，发新枝花，誉东南，开风气一代所宗。

读苏州大学《重阳诗讯》，寄徐惠德吟长 5月14日

七二孔今余十三，长桥畴昔镇东南。洲前浮玉春波皱，亭下垂虹秋影涵。吴越乡情千里隔，宋唐韵味几人探。重阳诗讯劳相寄，应见飞腾笔力酣。

再寄苏州大学重阳诗社 5月18日

加盟结社在沧浪，沧浪诗社。载笔难禁少日狂。秋柳池边愁带雨，吴门往事。黄花篱角冷经霜。吴蚕作茧丝犹缚，代马随群路且长。余勇题糕应可贾，同登寿域咏重阳。

读苏大《诗讯》忆江村往事 5月19日

倭来避地住江村，开弦弓乡，时予十余岁。七十回头岁月奔。震泽薄田难托命，祖遗田荡大都在是乡，但权操“领催”之手。苏台绮梦尚留痕。中学均在苏州上。桃夭曾许临仙境，在同里镇成婚。枫落哪能寻故园？松陵镇故宅已荡然难觅。不及费家贤姐弟，费孝通家。令名乡里至今存。

读《重阳诗讯》所载《钱太初诗词》，成一首再寄徐社长

24 日

文名乡里冠“三初”钱太初、金立初、陈雅初，雅善辞章尤擅书。深谷风雷闻咏虎，平波荇藻想观鱼。千年景范捍烽塞，纪念范公千年诞辰，有“十万甲兵威永在”之句。卅载游吴安吟庐。吟，去声。我本陈门诗弟子，愿循遗辙认前车。

李商隐诗笺注问世，答王佑明兄，即用原支韵 5 月 28 日

百尺衰桐老尚羁，春来同跃上林枝。低迷未得窥三昧，高亢徒令笑半痴。卅载诚敦金石契，一生苦学玉溪诗。手编笺注今方就，工在无人爱读时。放翁诗：诗到无人爱处工。

佑明兄原唱：

庾信才情老不羁，浸淫典籍岂书痴！操觚论史求新意；踏屐留痕觅好诗。老骥长怀千里志，神乌曾绕一栖枝。丹鸡素犬情如水，胜似途穷濡沫时。

深切哀悼吴老（承明）

7 月 8 日

吾宗旷世出精英，经济史探臻大成。学殖难跻惭后死，笔耕不辍景先生。碧梧喜听音传凤，蓝海惊看力掣鲸。尚忆高楼问高躅，怎禁热泪骤飞倾！

经公君健赠书，诗以谢之

8 月 30 日

严门高峻得传人，甲子辛勤著述新。日月文章炳斯世，河山光影摄其神。无涯觉路谁相引？有限知交老更亲。共庆添筹期满屋，海屋添筹，祝寿之词。欣荣万木报回春。

读胡中行先生《学诗六要》，酬以七律一首 11 月 1 日

诗家木铎孰前驱？我亦躬行名岂沽？思阔大时开境界，笔微细处见功夫。规章抛却应非正，韵味品来诚各殊。一曲无题寅恪老，含愁绝代赏吴姝。

老同学柴葆初寄赠书画作品集，诗以谢之 11 月 21 日

同学东溪忆少年，羡君书画欲登巅。幽兰谷里灵根秀，苦竹风前劲节坚。报国曾临《出师表》，修身更写《诫儿篇》。河山大好供挥笔，喜颂黄昏霞满天。

因葆初赠书，忆金陵旧游，再书一首以酬 11 月 22 日

东南王气郁明陵，甲子匆匆游记曾。烟雨六朝金粉落，江潮千尺石城登。绿洲水暖鹭方起，苍岭云深龙欲腾。梦里几回来白下，后湖重泛月波澄。

读乡友沈立人《弩末偶拾》，答一首 11月22日

才子江南各逞奇，谦称弩末实张旗。富民长策闻三议，立国新猷论四维。四维为经济、政治、文化、社会。候鸟春秋自趋避，过驹日月共奔驰。故乡最是分湖水，近费先生萦梦思。

柬山西大学晋商学研究所诸同仁 2012年1月9日

无数精英居上流，天公着意拔其尤。古吴文自推双陆，陆机、陆云。今晋才应数二刘。刘建生昆仲。龙舞长空书“吉”字，“龙年大吉”为贺年卡中祝词。凤栖高木哢清讴。渠乔商学谁能继？更上摩云百尺楼！

柬李青云——李商隐四十四代孙

2012年1月14日

学诗少日慕樊南，沉博深微境试探。烟径几回喜初入，云台千仞怅难参。远源流注春波滟，老圃香传秋影涵。一室同君梦宁冷？十年前我笔犹酣。

书法家郭齐文以迎春即兴诗制成贺卡寄我，酬以一律

15日

卅载论交契结兰，新春贺岁远驰翰。屯边穿漠贾怀晋，辟道开山文慕韩。三绝云烟人振笔，八方旗鼓孰登坛？祥龙鳞甲飞成字，散落尘寰蔚大观。“鳞甲成字”，语出《河图》。

柬存宽兄暨诗社诸子

2012年1月25日

少日虽曾竞上游，虚舟老欲问中流。用《庄子》山水篇中典故。文章零落谁青眼，岁月悠闲自白头。潘子何能辞巧宦？刘郎原善聚良俦。指诗社。从来多少事犹急，浩荡诗心涵九州。

赠《李商隐研究论集》编审恽薇同志 2012年3月17日

恽门之后例多才，薇院风馨谁旧栽？唐制：中书省称紫薇省，中书舍人知制诰，称紫薇舍人。恽氏有任日讲起居注官、国史馆总纂、编书处总办者，资历逾此。借用“薇院”二字，不为无据。一代英谟里中起，指恽代英。几人灵境笔端开。南山芜秽宜修治，见杨恽报孙会宗文中语意。东苑芳菲待溉培。恽南田先生在常州东园旧址，今为静园，俗称恽家花园。五、六句兼喻编辑加工。日记澄斋事新涉，日记为清史官恽毓鼎（字薇荪）所撰，有三十九册，今藏北大图书馆。悲欢家世悉从来。杨恽为司马迁外孙，官封平通侯，迁中郎将，后因得罪汉宣帝，被腰斩，其子逃至毗陵（常州），以父名为姓。恽氏由来以此。其后世代相传，成为当地望族。

读友人新体诗有赠

4月6日

不薄时人语体诗，芳兰秀菊各当

时。文辞唯美无今古，道路本长多险夷。空阔境开醒耳目，缠绵情动沁心脾。东西门进终会合，春色满园同护持！

江岚寄来四人合著《素心集》，答谢一律 4月6日

跌宕风华抒素心，四家联袂事长吟。苑中莺啭千章木，池上莲开百朵金。耿耿明河光未掩，滔滔浊浪感方侵。迩来何事堪称快？大雅重扶有嗣音。第四句本自王逢诗：海上莲开七朵金。

寄沪上故友 4月8日

吹鬓东风三月天，哪堪飞雪暗侵巅？花秾亭榭经春雨，柳老池塘没暮烟。海内犹存几知己？吴中难忘各华年。岁时最是平安报，千里音传亦粲然。

落花时节怀人时 4月19日

我辈论交唯是才，衬韵。一言相得久萦怀。商途德共标三晋，盐策史同探两淮。北海茫茫心欲济，南山岌岌力曾排。年时寸进终难遂，怅望凌云百尺阶。

读《晋商诗书画艺术》，答赠齐文 4月20日

大隐于商大雅呈，诸家三绝各留名。铁山笔底风雷涌，赵铁山诗画俱妙，书法尤精。木石庵头涕泪倾。曹润堂血性男儿，忧国悯民。赖有齐文书妙艺，堪谁继武发新声？去年花发泡桐日，忆我西来惬友情。

咏太平猴魁，谢黄山友人 5月1日

黄山佳茗号猴魁，剥啄今晨快递来。振袂重峦忆云海，颁章万国动风雷。双尖形特枝枝立，一缕香清朵朵开。更喜幽兰添气韵，久留齿颊味甘回。此茶产于黄山北麓太平湖上游高山一带，在“尖茶”中独树一帜，属兰花香型，中国十大名茶之一。1915年，曾荣获巴拿马万国博览会金质奖章。

赠卜聪亚大夫 5月2日

不为良相必良医，今古斯言深味之。桔井人来千病却，杏林春至百禽嬉。奇方加减赖调和，上药中西劳护持。老我增年复增健，奋然挥笔尚多诗。

葆初来函，再答一律 5月3日

绿水溪桥风皱漪，韶年倜傥喜投师。同窗岂免多离别，殊路谁辞足崄巇？双绝羡君频纵笔，千篇愧我只留诗。两京南北望明月，珍重“天涯共此时”。

室家篇

寅年咏虎

两首　诗中藏虎字　2010年元月

寅年试笔吐飞虹，感念前身似梦中。云起曾思猛士毅，风生更慕大王雄。华旗扬处尾为纛，梅尧臣《猛虎行》中句：掉尾为旗纛。荒岭啸时声破空。盼得春光二月至二月四日才立春，迎来生气九州同。成语：虎虎生气。尾联成对仗。

乌菟稚戏性犹驯，一长山林气遂振。文采章成开盛世，《事类赋》：驺虞现而太平开。驺虞，虎之一种，五彩毕具。君王有德则见。风雷鸣作感仁人。玉虎晨鸣雷声，圣人感期而兴。盛世仁人双声对叠韵。道中未许威轻假，画里要防容失真。我亦吴门旧子弟，论才自合拜唐寅。

鸣真生子喜赋

初婴名宋卓迪，盖从其外祖母姓，予之曾外孙也。安雅有弟矣，姊弟均澳大利亚籍。

和合寒门四代人，其功能不记鸣真？已惊头角露牛气，更觉眸睛凝虎神。才卓有成定他日，德醇待迪始兹辰。《尚书·皋陶谟》："允迪厥德。"重洋飞越休离恨，天地无私随处春。

二葵携女归省有日，诗以迎之

凌家有女唤嘉佳，自是生迟宠倍加。立业廿年留北美，寻根万里返中华。浮云难掩团圞月，朗日终明烂漫花。隔岁还期能再聚，免教惆怅望天涯。

获孙冶方经济科学奖，喜赋

2010年2月28日元宵之夜

三十年前受命初，昂然而起气方粗。春深莲幕宵濡笔；秋静兰台日映枢。《货殖》史通今与古，《艺文》志究法耶儒？近传佳讯家同庆，五卷告成应不辜。

钢琴联谊会"春之声"音乐活动

琴声悦耳正和鸣，谛听春天脚步声。凤舞相随人喜健，燕归谁识岁潜更。寒来暑往娴千曲，日丽风暄洽一城。肯向海棠溪畔去？好花含笑解相迎。

祝毅达春红同心永好，并贺新产麟儿，恭赋一首

丹东江远接申江，两地心通共一艭。入画河山挹奇气，如歌岁月出新腔。露桃香沁红漫浦，浦东。风柳丝柔绿满窗。更喜李家报曾辈，祥麟天赐秀无双。

八四杂咏

十二首　4月1日~6日作

群言八四坎难越，我却视之如坦途。半世立言原尚法；一生守德肯师儒？晋风淮月堪相友，远酒亲花亦自

娱。若与随园比老寿，区区未必遂甘输。袁枚虽“年高八二诗同富”（愚诗中句），不才犹痴长于彼。

明窗曝背感年华，雾里观书眼渐花。白袷梦归翻作客，白袷飘然，少时诗句，华发还乡，翻成过客。缁衣尘定久为家。尘陌奔忙，笔耕为食，京华一堂，欣已四世。心斋愿学悬三鉴，以镜、以古、以人为鉴，心斋语出《庄子》，人间世。腹笥能矜实五车？万国倾情迎世博，暮云南望漫兴嗟。

盎然有味一灯前，尺幅间行别有天。热议时闻赖知世；《环球时报》。精研生命欲延年。《生命时报》。夜光杯结情南北，《新民晚报》副刊。春色舟迎景万千。《环球旅游》专刊。更向都门穿后海，院报副刊。荷塘柳岸好流连。此首专言读报。

百无一用是书生，不恃人言己更轻。换骨壮年欠烈火，揪心少日近痴情。黄云曾赴容镰舞，白楮难休恃笔耕。楮，纸字代称。枉说千言诗敏捷，或真以此误冠缨！李白诗：豺虎尽冠缨。

冷烟老树见人行，无雨连朝偏放晴。红杏诗家忙觅酒，青糰稚子喜分羹。江东已断容锥地，燕北翻存立石茔。同穴窨冥境将近，不知犹得几清明？子女昨去扫墓，予神伤久之。

绮岁论才睥睨中，轻车载梦别江东。好风曾与吹嘘力，巧手应酬补缀功。险坂过时甘习静，高楼坐处剩书空。豪情老去谁无减？日课一诗唯放翁。放翁嗜酒，寿尽八五。

不具长才冠众英，良医良相两难成。凤凰池仰文章贵，鹓鹭行随地望清。且喜归山叨鹤料，未期迁谷听莺声。迭用鸟名，戏之耳。由来知足能常乐，乐在田园咏太平。

诗法何端理最真？扪心须紧贴生民。铅华洗后英姿发，铁马行来正气伸。妙语临迎不速客，奇章坐困半痴人。草堂自忖门难进，杜甫草堂仍与云崧赵翼结比邻。

同病从来有共鸣，就医近便住京城。不经意反欣臻寿，欲合时应善养生。广谈养生，时尚也。暖意人舒推乐善，春风楼起指安贞。安贞医院新楼百年何幸逢今世，健步无烦携杖行。

养老居家事本难，有人善意特嘘寒。满八十老人每月免费发券百元。迎年刚向鸿运聚鸿运天外天酒家，隔日频趋蓝宝餐蓝宝大厦餐厅。旷代同欣逢国泰；余龄自庆得身安。淡然笑看飞扬辈：快意追风不下鞍。

并世盱衡少信人，近时腾跃复沉沦。几回博弈任大国，四处流离忧细民。骨肉连心多隔膜，我家多人在外。言辞悦耳费摇唇。重洋风暴还时起，何日方真返暖春？

人生句号须完满，八四犹期九十登。苦学曾随前彦进，好诗可得后贤承？中西轨辙原殊路，今古阶梯非一层。安得那时迎卒业，凡凡将于大学毕业。爱孙有子再添曾。不知夙愿得遂否？

赠明明 5月12日

执子手期偕老终，寒门幸愿苦甘同。全家得报曾曾孙连喜，举国尝书岁屡丰。诗句犹新未萧瑟，乐章频选自叮咚。萧瑟叮咚双声对。弹来茉莉花称冠，不枉琴房十载功。

上网 5月13日

不意能从网上游，比来日课遂难休。众中百度惊回首，画里千姿喜展喉。斗室仍容弄文字，小楼自可遣春秋。越洋传影神无比，弥觉堂堂岁月遒。

端午 6月16日、17日

习习风微热尚堪，披衣我急赴城南。购粽子。国中旧俗话重五，梦里故园问再三。解叶朝来飧白粲，剖瓜午后喜红甘。屈原祠在滩声古，诗味夜深谙剑南。夜读陆游《楚城》诗：江上荒城猿鸟悲，隔江便是屈原祠。一千五百年间事，只有滩声似旧时。

身困朝来懒起床，岂真老境已颓唐？午风煽地连惊暑，夜雨打窗方喜凉。曾有人能鉴器识，更何处可荐文章？放翁卌卷诗厚积，剑南晚年诗卷。欲悉奇方遣日长。

枕上吟边，偶成二首

7月20日

才见于迟语反常，语曰：诗到能迟始见才。余龄宜倍惜霞光。剖瓤尚许刀刃快，中的仍期弓力强。勤琢句常苦夜短，唯观书即觉宵长。无人爱读将何用？语曰：诗到无人爱读时。甘苦年时味备尝。

难如意事常八九，只有诗中如意多。健笔千篇任月旦，平居廿载远风波。纷纭史记合分变，容易书翻寒暑过。读放翁集，两卷已更岁月寒暑。几忘岁时查历日，怡然咏啸养天和。

闲居漫成

十二首 7月中下旬写成

八四居然安稳过，悠悠自得养天和。鬓丝白止将成怪，炉火青凝非入魔。走笔仍看蓄后劲，驰轮未见滑前坡。放翁常醉吾辞酒，益寿延年求岂苛？

旷望中华著作林，惯矜高格肯低沉？徜徉川岳襟随豁，品味诗词解益深。百首吟成朋自古，予为正续诗品、词品题咏达七律百首，亦尚友古贤也。千篇愿结步从今。有愿成七律千首，已从今起步。半年细算非虚度，此去当尤惜寸阴。

暂聚全家承德行，当年雏凤喜初鸣。数论史事究治乱，欲揽景观怡性情。大国利分远理念，重洋路隔憾平生。颓龄未合凌沧海，明岁能否再莅京？

莫道人前总弗如，上虽未逮下犹余。几多生计须盘点，不尽天机要发纾。早晚樱花迎日放，离披莲叶待云舒。红荷如云吐。由来知足才常乐，出自无车食有鱼。

老城隍庙久来京，犹忆豫园花木荣。口味总牵乡国梦，胸怀长系老人情。优惠老人，凭券免费供餐。即今在处有乐土，自古何年无敝氓？可叹山阴遗一老，连篇饿甚惨吟声！指陆放翁。

借箸曾充大幕宾，秋毫析佐策如神。几人盐鬻盆量石，历代粮收亩计斤。早年所著《中国历代粮食亩产研究》。翰苑史探匡国计，拙著《翰苑探史》六十万言，今年问世。兰台传立济时臣。予于多种著述中为理财家立传。年来网上多消息，亦向荧屏点击频。

重任肩挑续郑笺，樊南心事探弥坚。秋笳家世看操笔，锦瑟姻缘听拂弦。无奈清秋斗霜月，喻党争。不堪紫玉化尘烟。喻悼亡。传奇深盼人能作，好让诗魂慰九泉。《李商隐诗要注新笺》新近出版。拟倩人编昆剧三种：燕台记、柳枝记、锦瑟记，不知能否如愿？

诗集今春甫告成，沧波添一粟浮轻。三千首睹风姿秀，五七言求格律精。有学窥红踩门径，有学集中收入红楼百咏。无心耀彩树旗旌。出书未几筹增补，灯下窗前新意生。

若为平生数一长，曾多计数见文章。予初由统计起家，有论文及专著，堪为本人之一大长项。遍行赤县指中国按人、地，作人口计量与田地计量之研究。远溯黄钟兴度量。详考黄钟起度量衡之学说。几辈力同开觉路，千年敢自扫迷障。精严著述已非少，宜入名山供久藏。拙著《新编简明中国度量衡通史》与《中国经济史若干问题的计量研究》两书似具保留价值。

学会功铭力本微，自谓。当年风好许腾飞。指胡平部长。是非细处书无隐，得失明时镜有辉。以史为镜可明得失。今日身轻欣脱屣，他年任重庆传衣。京扬徽晋花齐放，再踏名园晚忘归。中国商业史学会换届，王茹芹继任会长。

蓝卡身藏诊有期，蓝卡乃干部公费医疗证。闭门逃暑自神怡。不曾善忘何须药，无健忘症。忘，读去声。瓯北诗：上药不能医健忘。未至多愁岂待医。无抑郁症。且喜随心保闲健，渐惭出手陷平疲。放翁寿损缘贫病，悽绝江乡垂老诗！

我族同欣宅在京，一门四世洽亲情。莫言沉抑他无进，他途无可进取处，自谓。已见飞扬各有成。指子女辈。北国年深柳亦老，西山月冷梦难行。佛山陵园有我家墓地。分巢何用频惆怅，四海悬鹑怨不平。

庚寅中秋 9月22日

中秋本是团圆节，今岁何妨暂别离。风舶清江指申江浪翻涌，陆游诗：浪翻孤月故依然。杜甫诗：月涌大江流。翻涌二字后面皆隐一月字。冰轮指月轮碧海影奔驰。隐射奔月事。人间伏虎已收泪，用毛主席词中用语。天上翔龙宁守雌？欲叩蟾宫应不远，老怀方急待佳期。本诗咏月，而通首故藏月字。

家宴有辞 9月22日

中秋自古重团圞，华宴开时须尽

欢。蟾阙九天登欲近，凤城五纪息才安。凤城指京城，十二为一纪。尚期劲节励松竹，对第二代说。正喜芳庭荣桂兰。对第三代说。最是小儿思卓立，卓迪从外祖母姓，为第四代。宋家有后我心宽。

地坛书市　9月23日

几番夜雨转天凉，真个秋临暑退藏。人去琴房空静寂，明明返沪省亲。我来书肆独徜徉。三、四句尾节双声对叠韵。风光霁后映松翠，乡味“村”前传“稻香”。地坛西门稻香村苏式月饼风味绝佳。逛市年年成一乐，好充腹笥实诗囊。来值中秋，诗作于翌日。

贺吴汶盛翔宇新婚

9月27日（嵌名格）

娴静多姿赞小汶，吴家近事至亲闻。盛时风劲望翔宇，奕世香清期绍芬。甘苦备尝证盟好，护持倍惜见情殷。春花秋实天然理，何日讯来添我欣？

病后戏作

叠韵十首　10月5日～11日

先生抱恙房颤觉身颓，远出门时须倚陪。偶共家人赴承德，未因校庆莅苏台。姑苏台，泛指苏州。壮游曾挹江山气，老学谬推吟咏才。欲实锦囊凭阅历，索居哪得好诗来？

枉矜诗格企振颓，李杜门中忝作陪。李商隐、杜甫。流水难拦走低谷，黄金曾受厕高台。燕昭王筑黄金台延士。唐时幕府亦可自延才士，故唐人例以燕台喻指幕府。高台二字义本此。文章谁许未成器，经济自期宁称才？称字去声。枕上潮生眠不得，开函又见故人来。查初白诗集。

知忌拘牵健不颓，再读初白诗。生于后世失相陪。词臣感奋簪花殿，宋淳熙二年，上皇寿，百官簪花赴文德殿，用事本此。初白供奉内廷时亦多颂德之作。史笔融和视草台。原诗：视草台中旧史官。动静必闻真巧手，一动一静，必有诗存。纤微勿缺乃长才。是以诗亦万首。如何六十三方过，早赋渊明归去来？恩宠有加，何早告归？既以病退，何多远游？此吾所不解也。

纵横迄未见波颓，追步前贤许奉陪。载笔名曾冠莲幕，著书愿总老兰台。沉吟字吐为纾感，激越篇成岂炫才？本联首二字叠韵相对。我距查公犹弗及：居然十叠句争来！

高论莫顾日西颓，高适诗：自欣清论高，岂顾夕阳颓。胜会丛中叨屡陪。春好游曾向金谷，夜深归亦自银台。李商隐诗：右银台路雪三尺，凤诏裁成当值归。半生藏掖云霄志，掖，读去声。卌载消磨砚墨才。我是蓬山旧词客，梦回历历记从来。

兴尽言穷力已颓，近时日夕费追陪。秋霖杜老叹茅屋，春水严陵稳钓台。纵览古今防短目，遍搜天壤足高才。词华本是家门事，指《秋笳集》。未尽风流我又来。

欲罢不能甘废颓？何人可友礼容

陪？唐诗：多惭远臣贱，不得礼容陪。城犹燕国岂金穴？燕国招贤起黄金台，然燕未产黄金。家近元都空土台。元土城遗址。往日差多称人意，今朝奈乏适时才。此生自合速俱进，万道霞光朝未来。

怎起诗风一代颓？神驰唐汉孰游陪？迎宾宵永吟梁苑，思士山高歌郢台。曹操《短歌行》：山不厌高，水不厌深。周公吐哺，天下归心。羁幕草堂忧国泪，杜甫。环堤花树济民才。东坡。千秋异代原相识，杜公诗：怅望千秋一洒泪，萧条异代不同时。今夜飞扬入梦来。定盦诗：乾隆朝士不相识，无故飞扬入梦多。

高岗独涉敢云颓？《诗经·卷耳》：涉彼高岗，我马玄黄。《尔雅》：虺颓、玄黄，病也。郭璞注：虺颓、玄黄，皆人病之通名。诗国徜徉惜少陪。弱岁看花过吴苑，予诗有《初学集》。韶年吟草号燕台。入京参幕，诗名《燕台集》。昂头徒翊雕虫技，蹶足安论倚马才！三字诀成"快""慎""易"，予作诗出手虽快，而成稿则慎之又慎，务求以平易面貌示人。一肩继往冀开来。

流光逝岂叹年颓？应喜有人长伴陪。倜傥每思逛燕市，风流曾谢接丛台。未全白发仍思动，欲补苍生肯废才？盛世也成诗十叠，得颐养免食嗟来。

霜降有作　10月23日

节交霜降觉天寒，梦里江枫万树丹。甲子从龙云易散，庚寅咏虎岁将阑。天边星月容遐想，登月、登火星。海上风涛许冷观？东海、南海。野老优游唯吟咏，如今冀北是长安。高青丘诗：如今江左是长安。

风雨　10月24日

昨夜雨声今又风，高楼困坐对书丛。神驰两宋三唐上，诗绕零香断梦中。送暖何迟忆春好，辞秋太促畏冬隆。有思四海均凉热，独立昆仑兴不穷。

归梦　四首

10月5日、25日、27日，11月12日

年来乡梦屡飞腾，了了儿时黄发仍。幼童发黄，故称黄童。花院鸟鸣红日暖，柳桥鱼戏碧波澄。曾携健笔兴文会，上世纪90年代曾回吴江举办学术会议。夙植夭桃拟武陵。吴江盛产蜜桃，家园桃花烂漫。老去才名成底事，无家归兴亦何凭？

已无寸壤断归思，忽返韶龄自笑痴。竹影花阴人过处，茶香书味句成时。墙东尚隔蒙蒙雨，池北初通脉脉辞。直欲黑甜乡不返，雪霜免上鬓边丝。

衰门乔木噪栖鸦，出塞悲笳步汉槎。四海行程飘若絮，三春梦境乱于麻。台风拔断丹桂树，冷雨淋残红杏花。本联纪实。岂是"荣归"会宾侣？故园何处屡兴嗟！

枫江耆宿久知名，金柳先行导后生。金松岑、柳亚子。自是诗人存本

色，何能才士免多情？三、四句言己。秋风永恋莼鲈味，腊雪未寒松鹤盟。纵许梦中飞故里，迷茫也不识归程。

读全本四杰传
11月2日、3日

吴门才士是名师，四杰传由笔一枝。程瞻庐撰。三绝诗书画各能重当世，千秋我未会同时。处危却诩风流史，行事须兢月旦词。春雨沧浪亭外路，宏文喜得复伤迟！

关子连连秘故埋，亟知后事怎安排？桂宫秋更迎三笑，桃坞春原藏八谐。岂富才情即成杰？必高格调始为佳。缠绵故事人偏喜，清夜重温亦畅怀。

生活琐记 五首

风波反式油 11月15日

近日喧传反式油，反式脂肪酸。疑兵草木亦惊秋。血中沉滞易成厉，舌上亲和翻变仇。战战病防从口入，惶惶祸御为身谋。但期早日公评下，庶免吾氓扰未休！

争议奶牛场 11月16日

栅中嚼草可怜牛，产奶求增挤不休。补钙言虚久滋惑，致癌例实正堪忧。饲料中掺激素。万家亲本同伴侣，一旦视翻如寇仇。难定是非孰真伪？层霾连日压心头。

违法烤鸭店 11月19日

烤鸭残油来哪方？非全聚德便宜坊。烫来麻辣供难继，炸得香酥客共尝。不惮昧心利驱动，唯求可口祸潜藏。含致癌致变物。太原有店盆盛满，诚信将何对晋商？

抵御通胀术 11月21日

物价离规近迭闻，有“蒜你狠”、“姜你军”、“豆你玩”、“糖高宗”、“苹什么”等语流传。组拳迅出议纷纷。民生粮菜操持切，家计糖油策划殷。得失市场能不控？良奸商道自宜分。中枢几度赢通胀，定看晴空散乱云。

滥用抗生素 11月27日

饲料添加心不良，抗生素用近疯狂。药残有害留禽畜，菌耐无方治病殃。惯性利应套羁络，颓波德可筑堤防。隐形炸弹埋身上，不拔将何以抵当？读《新民晚报》报道。

电视书苑听“三笑”
两首 11月26日

唐突东翁名不真，寅光犹昧避人巡。出园苔径风露夕，“泛宅”蓬舟星月辰。桂只一枝足生艳，花宁众色始成春？去来曲折情深切，了却相思三笑姻。弹词藏头诗“唐寅去了”四字，今用之。

哪有吴门九美图？桃花坞暖结吟庐。壁间神品丹青手，池上仙姿红白芙。神仙眷属。不弃卑微倾挚爱，能持诚一闯通途。谁翻新意创高格，清夜收听堪自娱。

圣诞节有记 12月25日

西方耶诞早东传，今岁车流塞市廛。彩树纷陈包大礼，“大礼包”，指圣诞礼物愈益厚重。氖灯交映敞华筵。圣诞晚餐价值不菲。硝烟怎守平安夜？冰雪难开欢乐天。本联言圣诞之际世界之另一面。上句指菲律宾、巴基斯坦等处于25日炸弹横飞，人称“黑色圣诞节”。下句指欧美等处暴风雪侵袭下的“白色圣诞节”。佳节神州原不乏，底趋时尚侈为先？

纪念毛主席诞辰

2010年12月26日

河山污浊手全湔，捧出彤彤晓日悬。劲柏凌霜支腊后，寒梅戴雪报春先。亿年斗北天难老，千折川东海不迁。我自今朝迎“圣诞”，心香袅袅一灯前。

送虎迎兔新岁来

两首 31日

金虎归山玉兔来，望中紫气极崔嵬。追奔甫慑威猛气，指虎。跳脱旋惊机敏才。指兔。兔捷步机敏。月里药香长伴桂，月中兔司捣药，桂指月中桂树。民间酒熟共尝梅。扣元日。《四民月令》：梅花酒元日服之，卻老。春回喜得柔毫助，兔毫做笔。花事缤纷次第裁。

由天而降喜迎回，瑞色祥光玉宇开。布德子民侍王立，加恩耆老遣卿来。《瑞应图》：王者德茂则白兔见；王者恩加耆老则白兔见。智离奇祸营三窟，《国策·齐策四》：“狡兔有三窟，仅得免其死耳。”寿望遐龄祝几杯。《抱朴子》：“兔寿千岁。”健步素闻长捷走，从容更看上高台。本首用事较多，唯于“兔”字则故藏之。

辛卯新岁开笔大吉

2011年元日口占，叠韵两首

语忌空疏律尚严，韵从险处故频拈。春回喜睹花容俏，秋尽愁看柳色恹。注目昔曾析毫末，曾著《桑弘羊研究》一书。盖其言利析毫末矣。昂头今已阻峰尖。尽支新意难精进，局促才情只自嫌！

立身天地气尊严，《礼记》：此天地之尊严气也。诗句曾矜信手拈。闲足已安居寂寂，醒多久谢醉恹恹。我已止酒多年。白居易诗：相对醉恹恹。老年拙见回牛角，少日奇思发兔尖。当时尚用毛笔。尚有词坛朋侣在，驰书相约未相嫌。邀参“玉兔迎春”诗词赛。

八五漫成

十三首 2011年1月~5日

八五将临齿再增，傲然自寿骨崚嶒。莺花少日难逃矢，鲁迅诗：灵台无计逃神矢。风雨中年幸避矰。经济文章人不弃，江关词赋孰能承？杜甫韩愈虽勉过知命，《论语》：五十而知天命。有味清时倍足矜。杜牧诗：清时有味是无能。

盛德首应推陆公，陆游。入清袁枚赵翼寿俱同。能安早退操全算，知足常怡保善终。二人堪称古之“乐退派”。晚岁负暄依爱日，严冬送暖盼东风。熙时却喜抚曾辈，家宴年年尊乃翁。

家国同兴事事新，江山胜处着吟身。高楼流影三五夜，梁朝萧绎诗：高楼三五夜，流影入丹墀。广厦开颜千万人。杜甫诗：安得广厦千万间，大庇天下寒士俱欢颜。春雨例寻原上荠，秋风犹梦水中莼。暮年伏枥思难已，瞠后飞奔羡绝尘。语出《庄子·田子方》。

让国南来首辟吴，首句衬韵。春风梅里族曾居。修文挂剑誉季札，黩武操戈啮阖闾。唯惜捧心传或妄？无闻尝胆备全疏。依今纵亦耽吟咏，软语常存霸气除。

太平洋畔读书声，凡凡上大学。籍籍家门三代英。曾插茱萸人暂聚，去岁归省，同游承德。仍缠荆棘道难行。廿年颇失移民计，万里长怀去国情。何以周旋临“两大”？相安又待善相争。积极合作又良性竞争也。

祈福京华不寐天，百零八响晓钟传。蜿蜒燃气龙潜地，俄方油气管元日开通。顾盼凝光兔趯年。趯，同跃。曾陟阪原经九折，且观田海历三迁。当今世界奔涛急，谁主沉浮敢竞先？元日观电影《谁主沉浮》。

改诗苦后味逾甘，一次能成力弗堪。有眼诗眼顿添句生动，随心反致气浑涵。不加点未予轻信，无愧辞仍应细参。最贵天然去华饰，老来岂爱“俏江南”？

久别音重传凤凰，近始再度接通凤凰台。寰球高处恣翱翔。风云时事评诸国，阮次山。世纪人文探一堂。王鲁湘。展纸几行留墨迹，曾子墨。开函数卷透书香。梁文道。蝶飞莺啭春将近，会踏名园阅众芳。吴小莉等众女杰。

“十二五”同望未来，要多杰句动风雷。不私天地花成簇，着意河山锦作堆。闲里犹期书读尽，梦中唯恐笔追回。国家崛起吾生幸，诗岂沧桑方可裁！

短梦惊回夜已迟，眼前蓦现几家诗。谁怜秋姆悲君泪，杜牧《杜秋娘》诗。我解冬郎忧国思。冬郎指韩偓。欲问干卿竟底事？未知入寐复何时。心潮澎湃终难遏，三服安神药不支！

近时老骥数鸣槽，首句衬韵。声激应知志本遥。入梦难虽愁昨夜，成诗易尚喜今朝。登坡云绕千寻塔，虎丘塔。题壁虹垂百丈桥。垂虹桥。恰似当年豪气在，翻空能不再腾超？

总是诗家擅本行，琅琅出口便成章。树犹再发人宁老？茶故常新梦未凉。故人岁岁寄来黄山新茶。岁月流迁水长逝，江山跌宕气重扬。壮图可展期儿辈，休辱吾家姓氏香！

迎来八十五生辰，滚滚红尘疾转轮。有限光阴尽过客，何缘幕府独留宾。在商业部政策研究室。谈玄哲学喜亦初知味，探史勤曾屡入神。有经济史巨帙《翰苑探史》问世。入神，精神贯注。岂必家门寻后继，此身已误做诗人。

闻吴锌将回京省亲喜作

5 月 28 日

万里重洋一夕归，奔忙南北赴商机。难回白日催苍鬓，怎却黄尘变素衣？越味吴风人款洽，春花秋月梦依稀。殊邦应悉多珍重：世事纷纭慎是非！

凡凡来京实习有记

7 月 31 日

黉舍广开临大洋，太平洋大学。暂归何事日奔忙。却逢三伏风兼雨，岂意连宵暑转凉。世路尔宜闯尘棘，生涯我足阅沧桑。梦中飞越将无碍：万叠青山是故乡。

峨嵋酒家有梅兰芳题七绝，戏补中二联成一律　10 月 6 日追书

峨嵋灵秀落杯盘，醉饱人人意未阑。鼎合梅盐首知味，肴陈兰笋佐加餐。东坡肉夙登芳宴，西子鱼曾入素翰。应识时清培育广，良庖能事也千般。三句指商宰臣伊尹，首以盐梅调羹。四句：兰羞、笋脯，《诗韵》中所列词藻。五句：东坡肉，创制者苏轼为眉山人。此处特着一芳字。三、四、五句中隐梅兰芳三字，为嵌名格。六句：西子鱼，本自李商隐诗：“莫将越客千丝网，网得西施别赠人。”鱼，指食单中点多宝鱼。此次家宴有吴鉴、曼君、吴洁，三代五人。

过地安门怀北城旧事

11 月 11 日追记

崇楼钟鼓再停车，快意峨眉食有鱼。峨嵋酒家。心事平和宜散客，家风淡泊称安居。称，去声，适合之意。春波渌水寻前梦，先人吴汉槎回京居纳兰府，有渌水亭。秋月清光照故庐。1952 年奉调至中商干校，为一大宅；1954 年主办会统师资班，居一小楼。多少北城难忘事，可园遥望泪涟如！可园，段云主任生前居处。

偶得随记　11 月 25 日～27 日

八六开年迎太龙，东方仰望紫光浓。能刚自悉应无欲，乃大人知本有容。先老秋来笑蒲柳，后凋腊尽傲筠松。余龄且未忧衣食，尚欲寻诗凌远峰。

当年五指峰下过，载笔豪吟游海南。今向崇楼寻食府，海南大厦之“海南食府”。适从闹市拣书函。地坛书市挑书。迷茫烟水群贤厄，李德裕、苏东坡、李纲、胡铨。突兀云天一柱参。南天一柱，指李相贬崖州。绝忆此生行万里，椰林快啜味余甘。

所入年来绰有余，堪充口腹乐何如！再尝笠泽双螯蟹，待品峨嵋多宝鱼。峨嵋酒家。艰日怎能忘困顿？昌时遂许享安舒。断齑划粥前贤事，我亦少时常饭蔬。

学会艰难开创初，百流归注渐成

渠。良辰花鸟频迎客，胜迹湖山几驻车。白发生时宜脱屣，青阳盛日好编书。冠裳最忆兰亭集，吃遍东湖蟹及鱼。明明偶然谈及当年办学会事，书此志念。末句纪实。

怀念佳佳 2011年12月24日

大洋彼岸念佳佳，首句衬韵。耶诞风今靡我华。李氏篇曾矜爱子，李商隐有《骄儿诗》。左家诗亦咏娇娃。佳韵，借用。瑞光丽影传万里，嘉宴良宵欢一家。英汉兼能须努力，小儿学语正牙牙。

元日小南国谦集 2012年1月1日

晴日新年佳气盈，小南国誉满京城。龙行天下灵留迹，鹊止枝头喜报声。中外波通心不隔，北南风阻梦仍萦。一堂四姓谐三代，胜是浓浓骨肉情。

八六生日自寿

十二首 2012年1月7日~10日

——予生于1927年1月7日，农历为1926年12月14日。

欲上峨嵋雪阻车，峨嵋酒家。生辰嘉会约成虚。百年虽保行无缺，四体差能力有余。昼短宵长堪贴补，闲愁俗虑且抛除。随缘何必心存憾：快意难尝多宝鱼。

黄叶飘萧尽脱柯，小寒节届岁将过。梦来时现红梅影，逝去怎回沧海波？市上竞追长日醉，耳边仍绕大风歌。荧屏。放翁叹老愁衣食，盛世吾身福已多。

吟哦寒暑苦谁谙？自养心脾味最甘。三两声嘶剩秋蝘，万千缕吐竭春蚕。征途迢递宁离北？归梦悠扬总向南。亦是为人爱低调，盛邀专访我何堪！记近来实事。蝘，蝉之别称。

莲幕当年蒙力推，岂甘零落委尘埃？一身未忘肱三折，五夜枉劳肠九回。“不爱”语偏工逸趣，放翁句：诗到无人爱处工，诗到令人不爱时。“能迟”诗反展长才。子才句：诗到能迟转是才。芳蹊尚自盈桃李，看取春来次第开。

六十年前忆入都，有为奋发赴时须。得参大幕原由法，亦上高坛非以儒。百万言成文孰健？二三子合气同粗。风云世事流光逝，镜里容颜失故吾。

年少书生携笔来，凤池水净近蓬莱。能攀春色风前柳，许折寒香雪里梅。卅载功深穷探史，千秋力竭究论财。虽因谈哲招摧抑，指宣传方以智“合有无谓之元”一事。弥觉心明志未灰。

得厕清流耐岁寒，几人云路庆弹冠。休移本性江山固，未囿素怀天地宽。倚石曾容披劲竹，当门不遣斸芳兰。平生我怎酬知遇？回首难禁泪涌澜。

锦盒精装护海参，即食海参，真空包装。芝罘岛外碧波深。产自山东烟台。辛勤联预邦家事，甘旨频贻父子心。花月河山长走笔，言已。车尘关塞早投簪。言吴鉴，投簪喻退休。喜余文采扬风雅，独憾《秋笳》难嗣音。

孙辈离华暂息肩，双飞闻欲指南天。宋娟夫妇将赴滇一游。剑川星飐明渔火，洱海花香沁蝶泉。蝴蝶泉。三塔风光欣共赏，一门才藻幸相传。有缘若向宾馆住，堂上长联应尚悬。予为大理州政府撰写四百字长联，悬于宾馆。

远隔重洋问候声，各言安好慰亲情。移民潮起殊非计，去国心连未背盟。不辱吾吴振三世，亦期彼美重双赢。只愁黩武终难已，伊核云深欲弄兵。

楼外任他春与秋，清茶一盏破烦忧。避菸自昔懔乌指，昔年在许昌种菸，叶密打杈，十指尽黑。辞酒到今安白头。止酒以养生。往事飘随烟尽灭，新诗涌逐水长流。远行已惮劳车马，碧海苍山且卧游。

禄入将增费揣摩，斤斤未免自讥诃。满仓方喜簸扬毕，举世但忧沉溺多！司马相如文：拯民于沉溺。万木园林春欲至，半月后春节，四周后立春。八方风雨夜如何？不堪蒿目面寰宇，何日“大同”同浩歌？

宋娟夫妇归自丽江，诗以迎之

1月18日

何处踏歌传远跫？跫，足音，苦江切，江韵。纳西风物国无双。母仪阖族尊殊俗，茶贸长途扼此邦。百丈深潭龙甲伏，千年古磴马蹄撞。山川信美今尤胜，喜听归来话丽江。

赴峨嵋酒家叠用前韵

1月20日，明日大寒

直上峨嵋不换车，虽迟亦践约非虚。身闲诗与时俱进，兴发吟仍气有余。白发半侵人岂老？青阳日逼岁将除。此间风味原称绝，快意始尝多宝鱼。

见吴锌网上发来照片有作

1月21日 大寒，明日为除夕

大洋久隔一家亲，日月双驰看转轮。稚子长身临弱冠，长，上声，读掌，成长也。壮夫搔首入耆绅。春江鲫过波方暖，秋嶂鹏回梦岂真？尚喜荧屏传瞬息，翩然滑雪见三人。

除夕 1月22日

回头幸未负年光，六百余篇实锦囊。拓境广难企查陆，歌时遥不数虞唐。流迁合族居非易，俯仰一门行必方。智圆行方，语出《淮南子》；方，正直也。除夕相依犹二老，何妨祝健共倾觞。

年初二全家聚于印象西湖酒家

2012年1月24日

六和塔却置京都，六和塔为酒家包间名。四世情亲老足娱。凤翥龙腾歌盛世，松龄鹤岁寿潜夫。共欣蓟北花与酒，总恋江东莼及鲈。更大鱼头自千岛，子陵滩下淼烟湖。

拜年

1月25日

南北家人例拜年，吉祥如意熟音传。长途电话。龙腾虎跃岁更迭，吴霞属龙，吴沅属虎。蝶舞莺飞时变迁。辽海冰霜度寒夜，吴霞一家。沪江花月向春天。吴沅一家。不堪再踏松陵路，话到沧桑转怅然。吴霞话故乡旧事。

谈艺篇

雪豹颂

2010年8月9日

雪豹，抗日战争时诞生于鲁中地区由党领导的第一支“特战队”。近时荧屏连续播放以此特战先驱者命名的光荣事迹，可歌可泣，感人至深，特书一律，以彰英烈雄风。

指挥若定自从容，再觅当年特战踪。大地奔驰腾雪豹，长天吟啸跃云龙。甘喷热血全歼敌，屡出奇兵不卷锋。浩气弥空碑屹立，虎头山上万青松。

观《永不消逝的电波》之路梦惠与何兰芬　9月10日

风雨鸡鸣不已时，电波穿越两心知。梦飞关塞密传急，身陷牢笼谋出奇。一已死生判轻重，千军进止定安危。围巾红色眼前现，飒爽英姿“袁正之”。路梦惠之化名。

遮掩频年许假婚，何兰芬。亦多机智亦温存。情天泪热生死劫，小路姐牺牲。福海波深鳒鲽恩。鳒鲽，比目鱼，喻恩爱夫妻。得助几回劳揭秘，除奸一旦快追魂。计除谋害新四军副参谋长之凶手郭冬梅。电波最痛方传毕，永别亲人敌破门！

观《铁梨花》欣然有作

11月23日、24日

身难求死饰铅华，丽质生于盗墓家。冲决牢笼终脱凤，盘居林莽尚窥蛇。仍萦残梦风前柳，柳天赐。怎受深情雨后茶？梁飞虎。老虎山高好望远，傲然独秀“铁梨花”。

二十五年今又来，铁梨花拨战云开。炮轰敌寇鸳鸯枕，城纳我军鸾凤材。原名徐凤志。诡计暗施儿互易，良缘顿失轿空抬。垦荒老虎山头去，十马从知拽不回。

观电视连续剧《白狼》

2011年2月8日

闺秀大家成“白狼”，山林啸聚奋鹰扬。是非两道联红黑，红狼、黑狼。恩怨千回辨究良。段兴、谭志强。花叶摧时经夜雨，旌旗麾处赴朝阳。连宵屏幕心难释，此剧评宜冠众芳。

喜看五十集连续剧《青盲》

5月17日

千难万险策周详，试药身拼为小芳？夜里灰衣夺命鬼，夺读平声。心中赤帜救民王。王万诚将军。总膺重任明难说，张海峰。恁负深情暗自伤！王玲雨。砸破铁门见天日，白山黑狱说青盲。白山馆。

观《护国军魂传奇》书蔡锷与小凤仙事 10月15日

军魂护国镇南天，北地燕支貌若仙。顾曲花朝容掩护，度关月夜借周旋。红颜志决世难及，素服神伤人共怜。更喜荧屏予洁化，濯波不染出泥莲。新中国成立后小凤仙改名“张洗非”，1954年病故于沈阳，终年49岁。

观电视戏说，思朱纨真事

11月5日

我吴英烈记朱纨，誓死抗倭家莫拦。窝货海边操大姓，分肥朝里进权奸。拟治兵仗为寇亟，奈去衣冠之盗难！绝世武功歼敌手，荧屏得现亦心欢。

迎连续剧《奢香夫人》开播

叠韵两首 11月10日、11日

杜鹃百里尽彝乡，红遍水西来大方。水西，今大方县。巨象阵前以功显，史载南人以象作战。矮驹果下更名扬。查初白诗：果下名驹爱水西，骑来鬃鬣剪初齐。水西小马新来贵，买得偏夸内厩珍。人矜智勇能匡国，自大荒伧曾号王。用夜郎自大故事。巾帼奉宣觐天子，“雄兵十万”赞奢香。朱元璋谓“奢香归附，胜得十万雄兵”。

绿水青山锦绣乡，路歧心辨向何方。赠刀岂料姻原缔，接仗共观威自扬。守土受封逢马使，使臣为明马皇后之侄马烨。水西君长霭翠病故，奢香接过权仗，抚儿摄政。兴师借道灭梁王。贸通九驿西南定，一缕风飘云外香。

读初白水西行，悉奢香身后事，并记一首于此 11月19日

巾帼奢香功足镌，茫茫身后海田迁。烟青垄际苗方茁，霭翠营南烽又燃。查诗《水西行》中句：霭翠营南夜鸣鼓。此处霭翠不作专门名词。霜月关山闻鬼哭，刀弓幕府记诗篇。指查诗。水西改土归流日，恩怨明清三百年。

明祖尽戮功臣，傅友德亦不免，因奢香事并记以存 21日

杀机迭起迄无休，怵目朱家更胜刘。汉高祖。以“暴”大兴蓝玉狱，论功不赦颍川侯。傅友德。扫元遂使西南靖，抚远曾分廊庙忧。何幸奢香善终始？治彝策独主怀柔。

观《奢香夫人》，书马烨事

11月23日

开府西南期正奢，善遮真面蔽朝家。三年息影谋宁戢？一旦行权罪遽加。掘阱机藏身自堕，闯宫冤雪德堪嘉。灭彝马督奸俱发，史纪分明事可查。《明史·贵州土司传》有记。

河清先生《金陵十三钗背后的真实美国》一文读后——文载《环球时报》 2012年1月8日

金陵艳说十三钗，首句衬韵。大片钱拼大把花。指张艺谋。钢铁舟输本资日，珍珠港炸乃援华。敌酋宜亟惩无贷，盟国何旋宠有加？颂美传将受诺奖，指严歌苓。河清亦盼汰泥沙！

风雨西津渡 2012年3月21日

天国沦亡圣库寻，飘零儿女泪沾襟。盐漕讧急埋仇重，夷夏斗酣湔耻深。遗愿终偿争用宝？同心真见可裁金。纷纭往事西津渡，江水滔滔夕照沉。争，怎也，平声，比用去声之怎字更合律。

观《最后一枪》 4月19日

洪州陈氏弟兄三，险路漫漫殊北南。生死夫妻情不竭，恩仇手足恨何堪！深谋谁识心怀赤，浩气人惊光夺蓝。最是清操励霜雪，元凶得殪胜奇男。洪州应指南昌；三句指陈泽与沈雪清；四句指陈恩与陈惠；五句心怀赤，指陈泽潜伏于中统；六句光夺蓝，指唐薇因破敌蓝光计划而英勇牺牲；七、八句指沈雪清终于手殪叛徒元凶沈之冰。

吟咏篇

无雪 2011年1月20日

燕山无雪申江雪，对此如何不愕然？曾记筑城冻堕指，五代幽州。亦经压树冷挛拳。上世纪70年代多雪。苗黄盼水忧滋麦，絮白思温拟被棉。谚曰：冬雪一条被。气候虽关岁丰歉，莫轻人力尽由天！

农历辛卯元日 2月3日

爆竹声喧欲曙天，凤城欢溢几家眠？百华灯耀庆斯夕，元日燃百华灯，出《晋书·礼志》。六出花飞思往年。去冬迄今无雪。绿意盼先催柳动，红情期早露梅妍。初二即立春。人言瑞兔长奔跃，健步今看稳向前。

北京清明节，始祭文天祥，感赋一律 4月5日

清明人至扫祠门，燕市当年苦雨昏。正气何忧已生死，丹心最注国亡存。新枝柳折民间俗，清明民俗。故树梅招月下魂。赵翼诗：如何一本梅花发，分半南枝半北枝。更见我华众英烈：满披霞彩立昆仑！

清明有怀佛山陵园 4月5日

每到清明总不宁，小楼今夜几回醒。卅年有憾甘苦共，半世多愁贫贱经。西岭风寒花已落，东溪日暖草方青。余龄又得诗千首，好句吟来谁与听？

立夏 5月6日

缥帙待收旋又张，熏风初动日方

长。山川欲往忘远近，人物数来容否臧。时展楮毫见学问，倍珍翎羽重文章。赏心一事近能说：花月迷离探海棠。放翁事。

献策 5月12日

献策金门老未成，绮年旧梦屡牵萦。曾矜笔底扬文采，近慕诗中蕴性情。读《随园诗话》。旖旎花禽聊自适，浩茫天地孰同行？前人叶帅喜作黄昏颂，我亦依依重晚晴。

出行 5月15日

轻车数十里奔驰，何事此行乖预期？宝岛路迷怎知味？台湾小吃城。华雕兴尽失瞻仪。塑雕公园。西山花树梦开境，南院风雷怀创基。北京为辽时南院。归守小楼姑一统，囊中句涩不成诗。

自北新桥书后购得诗话数种

5月24日

诗话购来堆枕边，“黄皮书”喜几家传。独标格调神性备，《四溟诗话》力主格调，兼及神韵、性灵。细说源流评点全。沈归愚说诗晬语。静志居中凭出入，朱竹垞诗话名。带经堂内恣流连。王渔洋诗话名。船山去后横山在，王夫之《姜斋诗话》、叶燮原诗。词苑纷然聚大贤。

再读《瓯北诗话》偶题

5月30日

佳句吟来兴正酣，几家诗话近同参。若论工力应推一，《瓯北诗话》应为其冠。却惜功名偏序三。以探花第三人闻于世。此日求师遇瓯北，《瓯北诗话》。当年借径觅樊南。李商隐诗。闻公时欲试高下，追步古人心未甘！瓯北颇以己诗自许。

五月 5月31日

安得成诗日日新？坡公可学乐天真。粽香飘处迎端午，莺语弄时喧早晨。赵孟頫诗：五月夏已半，谷莺先弄晨。尘路熙熙众过客，江湖落落一闲人。榴花五月红于火，徒笑开迟不及春。李商隐诗：浪笑榴花不及春。

辛卯端午节之首日

6月4日

雄黄点额忆儿时，但恨流光不倒驰。南北粽香竞风味，古今墨色粲文辞。湘江擘破百重浪，昆岳盗来千岁芝。我亦频年逢此节，吟魂飞绕屈原祠。

芒种

6月6日（与端午节同一日）

节交芒种更关情，喜得连宵闻雨声。鱼死江湖忧夏旱，牛忙垄亩盼秋成。回天奋借万民力，兴国幸随三代英。前路漫漫犹未济，未济，《易》卦名。象曰：未济，君子以慎辨物居方。红旗飘处再长征。

读清代诸家诗集有感

6月11日

秦火祸疑由李斯，焚书此举古今嗤！改朝未遣千家尽，清人易代，基本尚容百家典籍存在。开馆能令四库遗。编纂《四库全书》。满汉融和宁用武？康乾二帝汉化已深，诗文字俱佳。江山容与好题辞。起衰难望吾终憾！翻爱康乾诸子诗。

放言　6月14日

无限生机转化钧，中天日月驶双轮。六经犹在陋秦火，一炬旋空骄楚人。作古几家期自我，鼎新百代起斯民。不辞彩笔挥飞处，写出乾坤万象春。

中夜有作　6月15日

少年意气失娇矜，娇骄二气。如梦如烟几伏腾。终喜诗成全自力，曾羞句得半他凭。心平遂熨波生皱，骨瘦犹撑石有棱。二百钱方日俱进，退休金日均二百元。三千字已岁同增。八十五岁后，所成七律散见室家、宾朋、景色各类者，得53首，近三千字矣。

早起口占一首　6月18日

甚矣身衰转易忘，偶留断句不成章。楼前絮乱苦春短，枕上梦多嫌夏长。沉郁气翻趋抑郁，悠扬声怎比昂扬？时人未解先生老，数约事来添我忙。

辛卯夏至　6月22日

雨过阴开昼正长，雷车声尚绕回塘。依依“槐影移方缓”，惓惓“葵心向未央”。引号内引用前人夏至诗成句。尺褥猫眠鼻转暖，《酉阳杂俎》：猫鼻常冷，唯夏至一日暖。束刍马嚼齿生香。《芜史》：夏至戴长命菜即马齿苋也。为免俗套，特用此二僻典。京畿旱后忙收麦，“人定胜天”歌岁穰。

夏至次日　6月23日

夏至昨阴今又变，楼前淡日忽无光。惊雷掠地连敲树，暴雨当街猛打房。遂免减衣因降暑，亦辞拌面必求凉。京俗：夏至必食凉拌面。夜来独自沉思久：天气何端越反常？

闲居漫咏　7月1日

甲子凤城居岂难？好风伴我步吟坛。江山多丽身犹健，花月含情兴未阑。语欲惊人曾学杜，文期用世亦追韩。放翁格调方倾慕，慷慨悠闲贯两端。

小暑　7月7日

小暑兴来思出行，早凉迎面喜新晴。盼增雨顺风调日，得减干忧湿虑情。闻出多端观世局，事关大计注民生。休嫌随笔无深意，中有熙和击壤声。

大暑 7月23日

大暑朝来隐赤霞，日朝赤色。用大暑典故。今晨有雾。炎蒸未破湿云遮。雾迄未消。蒲葵徒扇难招梦，闷热，午达35摄氏度高温。菡萏虽香负看花。节气久闻宜“种黍”，黍，粘小米。《说文》：以大暑而种故曰黍。民风有记“可藏瓜”。见《四民月令》。“汗淋学士”何足数，刘贡父语，典出《东轩杂录》。不见“夏畦”人暗嗟？夏畦，此处但取夏日田间艰苦。劳作之义。

大暑以后续咏

大暑之次日 7月24日

潦水漫街碍出行，闷雷闪电袭京城。“入梅”北地频来雨，掩日东方悭放晴。暑气递升原不诧，凉风骤起却难明。关心最是农家事：如此天时可利耕？

七月二十五日漫咏

大暑之后二日 7月25日

雨意乍消忙上街，近游美食两相谐。晋风阁外未留步，楚韵楼中堪放怀。身老岂甘输后劲？人多且止挤前排！平生胜事颇珍惜：曾陟诗坛百级阶。

热浪 7月26日

热浪今朝滚滚来，出门身即觉如煨。荔充市上甘足啖，荷满园中香盛开。圆明园莲开尚盛。曲水西安游正约，曲江旅游。沧波北戴憩曾回。空调电扇人应惬，暍死殊邦闻报灾。

又雨 7月27日

雷电昨宵龙掷梭，用龙梭典。一时平地起惊波。伏中本虑空堕火，汛至翻忧途溢河。忽报狂飙倾断树，更看密点打残荷。如何洼地清流满？“集雨工程”收益多！

七月七日乞巧时 8月6日

拙笔年时力渐孱，无多深意可珍传。千言曾倚追风马，一箭难前逆水船。胸贮清泉谁迸出？予咏赵翼诗，有句：胸有万斛泉，不择地自迸。目瞠绝壁自飞悬。今朝乞巧随人后，得巧成章始斐然。

九秩戏赋 8月7日

九秩寿开愁日长，十年一秩，我年过八十，已筹开九秩矣。怎添佳句入诗囊？年将过五恒贪睡，将过八十五岁。伏待进三唯盼凉。正喜盛时同奋发，未甘老态独颓唐。夜深辘辘寻书读，有味津津诳我肠。

立秋 8月8日

往岁赏心观《立秋》，山西来京演出。今年此节复何求？黔中大旱期早解，海上强台望遂休。并世人难致同乐，千年所贵在“先忧”。先忧后乐，范仲淹语。炎凉均一宁虚语？夙夜勤方为国谋。

朝行纪实 8月14日

雨后晨风略降温，乘时例赴稻香村。堤边忽长千茎绿，桥下乍添三寸浑。正困陷泥履沉重，又惊溅水毂飞奔。聊携南式饼归去，速洗新沾衣上痕。

献芹 8月18日

华发萧疏已若遗，青云渺邈再难期。百年几恸河山劫，一代遂安邦国基。光煜日星长不改，春苏草木广无私。平生剩有寻诗兴，叠献美芹倾所思。

处暑 8月24日

黄金满地待丰收，闻道家家仓廪修。谚云：处暑满地黄，家家修廪仓。金虎不降真处暑？谚云：处暑天还暑，好似秋老虎。玉蟾未鼓尚初秋。果红栗大肴方美，处暑红栗子，适合做栗子鸡等菜式。叶绿荷香粥正稠。以百合、荷叶等为配料，可御秋乏、秋燥。自笑诗篇成《月令》，届时必咏竟无休。

吟止 8月25日

琢句欣成每夜分，频年耗笔亦辛勤。杀青待日吟将止，首白归时议不闻。历览古今消岁月，纵观世界纳风云。生民清庙思何限，敢以一编张一军！

复吟 9月2日

方云吟止笔仍麾，闲里何能不作为？非是呻吟无病作，却看跳踔有人随。韩愈诗：天跳地踔颠乾坤。自分铦钝持心铁，谁判薰莸定口碑？转悔一生被诗误，堂堂去日苦难追！

渐凉 9月4日

天气趋凉便出行，喜逢夜雨晓来晴。身心适已思方发，风物宜人句自成。飞动虚词须善用，拙诗好用虚词。斡旋实字怎全撑？瓯北云：梅村诗全用实字，有时“掉运不灵，斡旋不转，徒觉堆垛，益成呆笨”。非唯吟咏探诗法，得失能知眼更明。

寻诗 两首 9月5日

往者悲欢亦刹那，来兹有味敢蹉跎？居安冀北得长乐，食爱台东临永和。待赏经霜三径菊，曾看带雨一池荷。尚余老笔非无用，底处可寻诗料多？

不成目骛竭胸罗，独坐书城昼易过。难以远游谋近步，聊将短什代长歌。中秋饼至迎皎月，少日梦回叹逝波！我欲飞扬成一啸，浩茫天地奈衰何！

追慕 9月7日

并无阅历莅青羊，青羊宫，在成都。但以看花咏海棠。慷慨忧时头早白，逍遥讴世鬓迟苍。平生率性堕诗癖，中岁惜身辞酒狂。略似放翁自得处：先来佳句后成章。

明明昨日赴云岗参加同学聚会

9月8日

阔别云岗卅五年，难禁旧梦尚萦牵。安排由党宜乐此，进退依时原坦然。箭破长空撼星月，旗飘广野拂风烟。英贤协力怀奇志，写出航天第几篇。

重读《滴翠诗丛》书后

9月9日

皖江爱说“草衣翁”，朱卉，康乾时皖诗人，有《朱草衣遗诗》行世。健笔流芳泽未穷。有识禅心开学派，方瑰山《谒族祖方以智墓》诗中意。谁歌圣手创文风？徐步云《纪念毛主席诞辰一百周年》词中意。采桑女在绿云里，汪行恕词中有女采桑。品茗人归红雨中。由郑琼《新茶》诗发挥。美我《黄山吟》四阕，万松滴翠入“诗丛”。《诗丛》为佑明转赠。

连日食桃戏作

9月10日

益寿养生名自高，不成仙亦足称豪。《列仙传》：食绥一山桃，虽不能仙亦足以称豪。碧含云外吮何液？红酿雨中茹若膏。碧含云外液，红酿雨中膏，系成句。并世味难追水蜜，吴江盛产水蜜桃，非他处可及。几人吟可入风骚。江城二百株曾植，家园种桃二百。北地漫夸平谷桃。

地坛秋季书市

9月11日

秋来书市满琳琅，乘兴逢时走一场。旧籍独钟矜古色，新书亦喜竞华妆。曾搜诗话诸家备，空觅雄文数载忙。《遗山集》。何处悠然堪憩足？美林阁里品鱼香。

中秋 两首 9月12日

佳节年年岁岁同，茫茫人海境多重。倚帏双照慨天隔，杜甫诗《月夜》：今夜鄜州月，闺中只独看。……何时倚虚幌，双照泪痕干？灭烛独归期梦逢。张九龄诗《望月怀远》：灭烛怜光满，披衣觉露滋。不堪盈手赠，还寝梦佳期。端正长持向时态，婵娟底掩本来容？李商隐诗：姮娥无粉黛，只是逞婵娟。今夜中秋云遮月，未知明年元宵雪打灯否？卢沟今夜应连晓，万首翘望兴尚浓。

京城万户想难眠，我亦诗来成自然。出手三千余首积，当头八十五回圆。天宫益近人将访，星宇非遥信正传。四海怎同无憾月？未停战火夜空燃！

中秋无月再记一首

9月12日

准拟佳期恐后期，长空数望夜迟迟。柳塘影堕烟初合，桂阙音沉云四垂。灯火卢沟人定候，楼台沪渎月圆时。“天涯共此”亘今古，万里清光原不私。海上生明月，天涯共此时。唐张九龄《望月怀远》诗中句。

书香 9月13日

书香熏我少年时，“入洛”英髦得后随。东阁曾容春载笔，北窗已剩夜敲诗。本因才拙非全器，徒以心劳近半痴。却慕云崧傲林下，史家卓识有人知。近读赵翼《廿二史札记》。

结集有记 9月16日

少作浮华半可删，当年名枉动江关。浪游弄月吟风地，羞对嗟卑叹老颜。力掣长鲸倒沧海，心随独鸟没青山。诗人气魄幽人趣，两两高骞邈怎攀？

重阳 两首 10月5日

吾生老寿庆难得，今岁重阳欣再逢。世界风雷多变幻，江湖鱼鸟自从容。青冥谁阻高飞鹤？用唐明皇九月九日沙苑射鹤事。苍岫人攀倦卧龙。桓温大宴宾佐于龙山，亦重阳故事。豪气登临望何处？燕山兀立俯群峰。未克登高而徒望之。

正是金秋菊绽花，重阳贺寿动京华。北京开展重阳贺寿活动。共敦尽孝尊亲俗，更筑颐年养老“家”。延客名园供取镜，登高胜迹好停车。一从法定过佳节，“老人节”。倍觉今时乐有加。

稻香村重阳糕口占一首

10月5日

当年不敢题糕字，道是于经未见之。自出新裁制佳饵，遂传美誉应良时。北都人士慕风味，南国乡情牵梦思。故事重阳添一段：刘郎去后我赓诗。

寒露 10月8日

快疾飞梭节序更，先经露白后霜清。西山柳悴枫变色，南浦荷残蝉噤声。容易一年秋欲去，艰难半世老无成。未除结习犹振笔，适性自娱安计名？

秋季淘书会上，购得书五册，又邮购一种 9月30日

河岳英灵选好诗，唐人写本至今遗。三川星动征夫勇，千里月明游子思，《国秀集》中所选李峤诗中意。仙草绛珠濡泪石，《红楼梦》。病梨白玉系魂枝。《玉梨魂》。更欣数载空往返，在地坛书市。不日可逢元裕之。通过中国图书网邮购《元好问集》。

漫成 10月15日

经霜枫冷梦江关，一去燕台便不还。人近百年渐白发，路穷千里是青山。糊涂难得转成福，康健须求唯赖闲。平地吾来许吟啸，高峰何用苦登攀？

就医 10月16日

每月就医将届期，身顽未识命如丝。超袁人爱穿花径，袁指袁枚。追陆吾憎把酒卮。陆指陆游。不逐赢输常气顺，能忘得失自心怡。只愁老去才情减，渐至诗成可哂时！

知音 10月17日

春去秋来思不禁，击壶歌罢孰知音？劳人难洗黄尘面，贞士终怀赤子心。五夜易醒浅深梦，四时好作短长吟。会当炉火纯青处，始信生光的是金。

垂戒 10月18日

矜己骄人最不堪，浅尝即止阻深探。枕边佳句过千万，笔底清言慎再三。春苑霞飞花片片，往事如花落。秋堤烟锁柳毵毵。少日曾赋秋柳诗。宜随鲸掣破重浪，岂逐鱼游安一潭？

生涯 10月24日

老去生涯常粲然，不除习气怎延年：酒倾杯底致多病，书叠枕边成少眠。红药瓣肥招蝶丽，碧莼丝滑伴鱼鲜。倘容九秩平安过，再赋千言跌宕篇。

观叶 10月24日 霜降节

托足京华岁月深，兴来常自发豪吟。九秋欲尽正霜降，三里难明曾雾侵。雨后青空方豁目，山中红叶恰牵心。更因未遣乡思断，枫冷吴江借梦寻。

缁尘 叠前韵 10月25日

缁尘已染素衣深，剩有闲情付苦吟。耳际惊雷充不问，鬓边飞雪渐相侵。干云劲竹怜渠志，映月寒梅鉴我心。得句偶然章未就，夜阑再向梦中寻。

余音 10月26日

佳句须凭妙手成，十分学力岂天生？人间纵有未窥隐，笔底已无难写情。涉世安能辞寂寞？立身哪敢恃聪明？耳边仍觉余音绕，不废江流日夜声。

问情

2011年10月27日，读元好问《摸鱼儿》前后两词有作

为问苍天情底物？前词：恨人间情是何物，直教生死相许。两番仰起少年头。前词16岁作，后词27岁作。西风斜照吊鸳浦，见后词。细雨荒烟吟雁丘。见前词。宛转相思丝万缕，幽冥共赴事千秋。见后词。元郎才气方英发，非亮纯刚亦错柔。错，杂也。

记梦 10月30日

快意常悭嗟我生，梦中更苦百愁并。未安几字吟方窒，已乱千丝理不清。桥断流湍岸徒望，泥深力乏路难行。总因自扰心多事，醒后欣然一

抹平。

腹稿 11月2日

腹稿成由半醒时，堪嗤久嗜近乎痴。意高自许观风早，诗好何嫌得句迟。浩荡江山应有待，芳菲草木更无私。性情说岂全难信？一闪灵光急把持。

乘兴 11月7日

积习难除幼所耽，曾从险处更高参。诗罗雄杰常三复，史蕴深奇且再探。烟树江东梦归棹，风花蓟北驻征骖。朝来处处堪乘兴，未碍耄年笔尚酣。

冬来

11月9日（立冬之次日）

冬来盼得日和熙，曾苦阴霾扫不遗。篱角菊残霜后影，桥头柳老雨中丝。日前有雨。虚空节借竹方见，天地心容梅独知。好与年光共流转，风华次第入吾诗。

诗成 11月10日

堂堂岁月去骎骎，格调虽矜功未深。文苑庆谁著青史？家门幸共远黄金。从知大雅难谐世，终企高风得嗣音。独倚楼头望天际，诗成心喜自低吟。

挥笔 11月13日

诗原言志发心声，载道途长重践行。诗以言志，文以载道。格律精严含个性，文章练达稔人情。早望先挹朝霞灿，晚步犹披夕照明。大好河山无限景，得挥健笔快平生。

神龙 11月15日

“金龙吟春”诗会征稿，先书两首以应，寄莫非方家求正

将离卯兔盼壬辰，同咏龙年迎好春。起舞九天开福境，用林岫“神龙化矣，福境穆然”联中语。作霖四海泽生民。战于大野张千甲，静处深空掩一鳞。自是神来善变化，风云嘘吸屈能伸。

国运因何转式微？亢龙有悔遂难飞！千秋华夏孕文化，中华龙文化。一代康乾扬武威。大清龙旗。岂任南风长不竞？伫看朝日定重辉。近时学《易》心初悟，《易·乾卦》：初九，潜龙勿用；九二，见龙在田；……九四，或跃在渊；九五，飞龙在天；上九，亢龙有悔……进退能知得所归。《易》：得其所归者必大。……《疏》曰：亢之为言也，知进而不知退，知存而不知亡，知得而不知丧。……知进退存亡而不失其正者，其唯圣人乎。

小雪 11月23日

楼头独倚送斜晖，节序潜移笔又挥。冬到凤城寒未甚，月临雁碛雪犹微。“轻如柳絮因风起，净若芦花贴水飞”。《小雪赋》中语意。何日真看悄然落，迎来数点伴书帷。

低吟 11月24日

几人堪说墨如金？寻遍幽深著作林。妙手清音罕传古，高坛傥论遝崇今。阆仙默默长流泪，昌谷恹恹欲呕心。我亦推敲尽全力，诗成仍自作低吟。

地坛冬季书市 11月25日

书市年年上地坛，朝来未免怯冬寒。求知自合倚勤读，为学岂能资“快餐”。冷肆有时藏至宝，热门到处炫奇观。平生著述应非少，何事频叹问世难？

浩气谁弥天地宽

11月27日

今年为杜公诞生一千三百周年。

何必长吁又短叹？低眉犹憾出书难。等身岂获世相许，刮目曾蒙人与看。取法上期中仅得，裁诗句设字争安？一千三百年细数，浩气谁弥天地宽？

盼雪 11月29日

预报27、28日有雪，两日空待，彤云徒布。未闻撒盐，不见飞絮。天何难测，竟至再误！兆丰有待，飞白无处。急草此篇，志我焦虑。

六出纷如已久违，究何日可见霏霏？大河浪失词原壮，毛主席《沁园春》词：“大河上下，顿失滔滔”，取其语意。高树银悬景总非。予咏雪诗有句：“万里难寻路，千枝尽挂银。”怎副兆丰实村廪？未乘兴好赴郊畿。红楼吟咏吾曾步，长律欣成笔似飞。三十年前，京城大雪。予一时兴起，次韵，和《红楼梦·芦雪庵联句·雪》，成排律七十二句。盖“对雪书怀”，非炫才情也。诗已载入拙著《诗词存稿》之《翰苑集》中。

百年心声动长吟

11月30日

百年苦雾压昆岑，昆岑，语出《拾遗记》：“（比翼鸟）衔南山之丹泥，巢昆岑之玄木。”又，杜诗：“草堂乱玄圃，不隔昆仑岑。”卅载雄飞变古今。渊底云升龙正跃，峰头风卷虎能擒。太空拥吻星辰动，大地零濡雨露深。彩笔人曾酣逸兴，杜甫《秋兴》第八首中有“佳人拾翠春相问，仙侣同舟晚更移。彩笔昔游干气象……”等句，“彩笔”本此。雄词我亦惬长吟。

龙年将至，使事戏作两首

12月18日、12月30日

鼎湖仙去夕烟沉，南省风涛安足侵？德不妄为人合学，迹能善变孰相寻？五云方涌盼驱雾，四野欲焚望作霖！许共飞龙奋鳞甲？长天起舞伴长吟。

首句黄帝骑龙仙去。二句事出《吕氏春秋》，略曰：禹南省过江，黄龙负舟，禹无忧色，龙俯而去。三句《埤雅》言：虫莫智于龙，龙之德不妄为者。四句语出学林：龙能隐能显，不可制也，故为在天之能变者。五句：云从龙。六句：焚，火燎也。七句，奋鳞甲，习用。八句，长吟指龙吟。

元气终含太极初，八光起驾上天衢。丰城夜紫人埋剑，骊水秋清谁探珠？桔井守诚传尺素，草堂定策展宏图。风云变幻宁难测？问道吾应急步趋！

首句衬韵，事出虞集《龙卵诗》：淋漓犹带元气湿，混沌终含太极初。二句事出《云笈七签》：驾自然之云，乘八光之龙，千乘万骑，白日升天。三句事见《豫章记》。四句探骊得珠，事见《庄子》列御寇。五句用龙女牧羊、柳毅传书事，见《李朝威柳毅传》。六句用诸葛亮隐于卧龙岗，为刘备定策三分事。七句用孔子问道于老子，叹曰：吾乃今见龙，龙合而成体，散而成章，乘乎云气，养乎阴阳。亦载《庄子》。八句言己之欲步其后尘也。

辛卯冬至 12月22日

年年此节最长夜，岁岁兹辰寒渐加。进入一九。饷粥古犹传煮豆，赤小豆。飞灰今已昧吹葭。一阳稍觉机将转，百载应知生有涯。《长至赋》：庆一阳之肇至，祝千龄而永久。我比少陵诚幸甚，不须作客走天涯。杜句：年年至日长为客。

壬辰元日 2012年1月1日

阴晴世界总关心，元日还祈福共临。在沼潜龙待狂舞，栖林哕凤伫祥音。万言敢望前凌古？一卷权留后视今。岂必沧桑始工绝，新诗连得付长吟。

神龙形象谈——兼及龙年邮票图案设计争议事

2012年1月23日、25日

百态层霄任屈舒，首句衬韵。作霖嘘气挟云趋。杜诗：冯夷击鼓群龙趋。逆鳞岂敢骑高脊？攀首翻容捋美须。画处冲天方点墨，用画龙点睛故事。睡时涉水乃探珠。用探骊得珠故事。神龙本自心中起，半爪谁曾一见无？

仰视龙颜费琢磨，威严沉郁或祥和。困渊浅水难舒甲，悬壁惊雷欲跃梭。龙梭，见《晋书》陶侃传。已醒群狮共欢舞，舞龙、舞狮。曾喑万马复高歌。李广利作《天马歌》，谢庄作《舞马歌》。龙马、龙马精神，向所连用。屈伸变化原可测，一票何烦争议多！

追寻 1月23日

意何未足尚追寻？流水高山盼嗣音。百步目谁贯杨叶？半生梦自绕枫林。枫落吴江冷。梦，乡梦也；吴江，诗乡也。金针技艺休矜巧，铁杵功夫不厌深。健笔朝来忽飞去，倚天化作老龙吟。

三昧 2012年1月26日

幼学樊南龙欲雕，剑南晚晤慕高标。未辞浓晕输蓝出，复失深微近白描。秋气先知零一叶，春风尝见拂千条。大家三昧虽难得，仍续长吟律自调。

怀杜 1月30日

新诗改罢亦长吟，子美后谁堪解音？常抱乱离庇民意，再移风俗佐君心。孜孜书卷恣开阖，滚滚江流涵古今。壮阔应叹境难逮，远怀遗躅力重寻。

壬辰元宵夜 1月6日

爆竹声中度上元，新年已尽息尘喧。放灯原自谐民俗，飘雪未能符俚言。四海兴波有蛟伺，九州溢彩起龙蜿。立春却苦寒尤甚，多盼阳和花满园！

佑明兄言拙诗风格大变，戏答之

3月27日

居然出入二南门，樊南、剑南。四纪辛勤何足论？难以高低品其作，却从哀乐究人婚。李商隐与燕台、柳枝、王氏夫人；陆游与唐琬、王令人、成都海棠。铅华将净冶容改，楮墨未抛豪气存。自是眼明推老友，已更风格抉吾根。谓我略具放翁笔意。

黾勉

3月28日 时作李商隐评传。

黾勉从公许出伦，当初未拟做诗人。廿年前已庆花甲，九秩进仍哦月辰。虽亦多情唯断梦，几曾不朽等流尘！余龄倍惜尚何待？立传为渠忘苦辛。

取舍 4月5日

诸家格调有低昂，取舍如何任眼光。终改弦张音靡靡，渐臻笔挟气苍苍。千山木落枝杈净，一径园开朵蕾香。学步未迟难自立，近年方喜得升堂。

壬辰清明 4月1日

玉兰苞绽柳抽丝，又到春回三月时。白袷昔同修禊事，清明今独动哀思。文山文天祥正气永留念，撒海骨灰深情新立仪。今年起办理此事。好与升平添一景：众人迎节畅吟诗。今年大兴清明诗会。

春暖 4月8日

东风吹拂绿萌芽，唤醒满园桃李花。乍点龙睛瞄大地，又回“凤眼睇中华”。引号内五字借用广告词。百年人物归逝水，数卷文章迎早霞。快意年时恣吟啸，春城暖处着吾家。

自得 4月16、30日

无所不能喜今日，平生此境慕查公。随心状物思逾细，脱口成章气亦雄。却病自持止浮白，察颜共诧尚飞红。年时得意处何在？诗到旁人嫌始工。

有所不为知进止，黄金安足贸才名？嗟贫叹老态宁失？选色征歌声岂赓？笔率哪容甘格下？身微肯许遂言轻？流莺舌巧无非意，择木春来高处鸣。义山《流莺》诗：巧转岂能无本意。

叶开《从王智量译诗出版无门说起》一文读后 4月28日

大家洒脱岂离群？落叶随风竟不闻。奥涅金凄度寒夜，孪生子默立乌云。天开一线何其隘？台满千金未足欣！我亦无端泪潸下，怦然新读叶开文。

不惑 5月20日

岂是文章品必齐？几多作手判高低：有驰远目舒秋兴；或逐低眉病夏畦。蹀躞雀拳恋冬日，飘零鸿爪印春泥。人生一世名何用？要在心明路不迷！

纪念《在延安文艺座谈会上的讲话》发表七十周年

2012年5月21日

何事朝来佳气盈？欢歌笑语寄深情。山含塔影目同注，窑漏灯光心共倾。正看擎天承大力，更听掷地响洪声。延安七十年前月，高挂神州永照明。

余韵篇

读杜诗梦中题一律

6月1日

语必惊人性若痴，乾坤留得少陵诗。怎忘一饭忠君意，不废千间庇士思。磨砺益增气沉郁，穷愁未减格嵚崎。梦中寻觅低吟处，几字难安苦酿辞。

沉痛悼念周汝昌先生

6月2日

《新证》开蒙甲子前，窥园近岁许随肩。国中硕学推人瑞，林下遐龄拟地仙。唐宋通曾词赋著，中西贯却利名捐。左家自昔誉娇女，一梦红楼喜有传。

遥望寝门双泪流，凋零赤子惜同休。能开视野创新域，更逞清姿超旧俦。寸札自堪逾尺璧，周老来函。片言亦足重千秋。称觞百岁原相待，何遽修文赴玉楼！

吴鉴送来烟台大樱桃，因忆义山樱桃诗，戏赋 6月4日

百树阴阴蔽翠帷，嫣红点点挂千枝。已看朱实鸟含尽，却惜青楼人返迟。众果尝先矜夏荐，繁花开早竞春嬉。义山稠叠樱桃什，岂是寻常咏物诗？

商隐原诗：朱实鸟含尽，青楼人未归。南园无限树，独自叶如帷。众果莫相诮，天生品位高。何因古乐府，唯有郑樱桃？愚按：诗之本意在讽宣宗之母孝明太后。郑太后于帘帷之后预闻政事，帷字指此。青楼句，指因郑氏之阻，杜秋娘穷老金陵未能昭雪回宫。郑、杜当年同为叛臣李锜之妾而没入禁中也。

读赵翼任贵西兵备道诗后，亦题一首以续水西事 6月6日

宦迹黔西即水西，百年编户习耕

犁。高空桑苎闻鸡唱，绝岭铅丹费马蹄。裙摆一程惜芳远，裘披六月诧温低。奢香今日如重过，新事入眸应亦迷。

瓯北原诗：一线斜坡上碧穹，真看去地几千弓。谁知到顶才为地，鸡犬桑麻在半空。洪炉炼汞出铅华。斛土论钱带雨耙。怪底山童无树木，五金杀气在泥沙。芳草茸茸路一条，绿痕斜似女裙腰。午风麝过余香在，疑有蛮娘去未遥。说与人间定笑休，黔西三伏冷如秋。使君不是谈天衍，亲着深山六月裘。

从“打针西瓜”说起

6月7日

甜美西瓜借“打针”，其言旋逐夕烟沉。市中虎过传何速，渊底龙腾信却深。详梦岂难辨真幻，管天最善测晴阴。休因网络近时盛，未识有人藏祸心！

放翁咏海棠诗中有人，但亦不能一概而论，宜细心分辨之

8日

绝艳海棠头未回，远游：但爱古柏青，肯顾海棠艳？枕戈当日气崔嵬。扁舟返处江湖远，大笔挥时岁月催。嫩绿万丝依水舞，鲜红千点向春开。花下小酌：猩红千点海棠开……也是花前一醉来。诗中岂尽藏身影？只是花前一醉来。

跋《剑南诗稿》 6月8日

寝馈年来慕放翁，开函弥觉气豪雄。但凭俗眼人难爱，不已壮心诗特工。瓯北史才辟新谱，赵翼为放翁作年谱。樊南笔力展余功。春花秋月情无限，随处悠然好采风。

与家人谈在美樱桃园采摘事

6月9日

采摘园开惠共沾，人无私匿各知廉。枝头经雨光犹润，牙际留香味更甜。美国樱桃颗大、色紫、形扁，异于中土。果美虽招众口赞，月圆岂引四方瞻？何时中外能增信，始释瓜田李下嫌？

再读《秋笳集》，感赋

6月10日

万树丹枫梦里浮，江山人物思悠悠。大家虽许推高手，大家指吴梅村。梅村重兆骞才，以江左一凤誉之。盛世却难居上头。朗月词华追六代，悲笳节拍动千秋。吾生幸见翻天地，振笔从容气正遒。

再读《梅村集》，题一首

6月11日

苍茫回首泪痕斑，无复开奁理鬓鬟。梅村诗本出香奁体。出处沉吟愧青史，自云。兴亡恸哭惜红颜。指所作《圆圆曲》。汉唐熟用典皆切，元白先行辞更娴。转韵回环诗体妙，梅村体。年时我亦试追攀。仿梅村体，作《云璈曲》，咏董小宛事。

山川 6月12日

风云千载溯燕都，今日尤称首善区。濡笔我曾参大幕，运筹人共绘宏图。山川生色春犹短，花月含情老足娱。跌宕诗心难自按，良朋室迩迭相呼。

百年 6月13日

六十年前记北来，居非容易愧吾材。家传四世足甘苦，人历百年多乐哀。未倦著书凭月旦，尚期挟策动云雷。燕都前后诗盈百，吟咏临风亦快哉！予所作燕都记游、抒怀、写景、咏古之诗前后已逾百篇。

洵美 6月14日

锦绣园林供畅游，京华洵美不胜收。登高人蹑凤凰岭，挥笔谁翻鹦鹉洲？百族骈阗欢共舞，八方汇集乐同讴。天留老眼非无用，阅尽风光几世修？

难休 6月14日

虹鳟鱼好落怀柔，此处长开一日游。颊泛醉红齐带笑，手驱穷白永辞愁。八朝金阙风云变，燕、辽、金、元、明、清、民国、新中国。五月土城花木稠。元土城。今古燕都多少事，兴来下笔迄难休。

且止 6月15日

磊落人间万首诗，放翁健笔孰能追？秋风马跃心驰处，放翁句：铁马秋风大散关。夜雨花凋肠断时。见放翁《海棠歌》。幼觅径蹊经曲折，晚安格调转平夷。小家数已难长进，且养余龄宁费辞？

屹立 6月30日

屹立昆仑第一峰，乱云飞处自从容。高天揽月非奇想，大海擒鳌只旧踪。探秘终期问蟾兔，潜深且看试蛟龙。英雄事业诗人兴，青史光垂百代宗。毛主席《重上井冈山》词：可上九天揽月，可下五洋捉鳖。鳌，即海中大鳖。

喜迎十八大召开 7月1日

十八大新书一碑，邦家仗与定安危。红旗接过千秋业，紫气迎来亿众随。共庆东方春更好，却惊西陆日难麾。用鲁戈麾日典。如何四海犹多事？澎湃心潮风卷帷！

戏咏京城绿化 7月2日

清香何处沁心脾？喜有和风习习吹。何处篱边秋菊蕊，谁家院里海棠枝？东城柳绿动游兴，西岭枫丹萦梦思。隽事近闻“争寸土”：阳台屋顶更无遗。

赠线装书局 7月3日

大叶繁花著作林，京城几处费追寻。诗家格调存高下，词学源流贯古今。指所编《古今词范》。一勺得尝沧海水，层岚许仰碧山岑。线装书局扬风雅，“后事”相烦待李琳。

弄笔 7月4日

几多哀乐扣心弦，弄笔回思自少年。世路风尘奔八六，八十六岁。文场月旦突三千。拙诗已逾三千首。秋笳家学事难继，锦瑟僚曹人岂传？犹幸天公赐闲健，上林花好待成篇。

读瓯北集七绝 7月4日

老去偏求七绝奇，云崧转此寄才思。关山戎马曾挥笔，馆阁文章合树旗。白发未生归太早，青山在望去非迟。“第三人”我输公远，零落徒收“小碎诗”。小碎诗，语出元微之。

增订盐法史稿，申请出版补贴 7月5日

盐法吾华史待通，多年心力肯成空？探源商管先笼利；筹策桑刘继奏功。此日徕民煮北海，当年解愠借南风。辞章偶涉原余事，拙作诗词。大幕曾参气故雄。为部领导讲《盐铁论》。

借出《井田制考索》，终得归还，喜赋 7月5日

孤本自珍论井田，失而复得转怡然。钩沉谁与追三代？广益吾曾集众贤。剩有余情洄止水，已无妙思出奔泉。平生未被聪明误，夙夜专攻惜壮年。

有怀“古代管理思想研究会”诸公 7月5日

腹有奇书气自华，春来载笔挟云霞。权衡历代治平术，溉沔当今企业家。知慎取予民不怨，能明义利思无邪。京城胜会犹如昨，曾与诸公殿后车。予曾以《三论六观》一文与会。古研会为中企协之二级学会。

从旧书摊高价购得《沧浪诗话》，反复读之，再题一首 7月14日

莒溪逋客号沧浪，却有奇文传世长。严羽著《沧浪诗话》。诗话数来宜冠宋，骚坛望去独宗唐。镜中花影自虚幻，林外莺声空抑扬。难识禅机拈“妙悟”，且循“诗法”辨迷航。《诗话》分诗辨、诗体、诗法、诗评、考证五部分，我独赏其有关诗法之论。

有感于近时之随心解读李商隐诗 7月15日

百里迂回寻玉溪，朦胧意识意识流境离迷。不求甚解难通达，任发玄言禁考稽？疑雨楚天原有托，奇花吴苑故无题。七律《昨夜星辰》，名为无题，实有本事。盖初见李相（德裕）时所咏也。与之相连之七绝——闻道阊门绿萼华，昔年相望抵天涯。岂知一夜秦楼客，偷看吴王苑里花。足可为其注解。详见拙著《李商隐要注新笺》中所释。蒙然解读翻添障，忍使诗魂中夜啼！

予喜作七律，比较起来觉七绝比七律更为难作 7月16日

七律无如七绝难，清新拗峭各心殚。长才虽诩出言敏，短制争臻斟字安？亦挟奇思排笔阵，或携杰构步吟坛。一千四百余篇作，拙作七绝。巨浪滔滔陋细澜！

北京人艺莅沪演出话剧《知己》，读报有作

两首 7月18日

秋笳声里苦低眉，冰雪关山得返时。戍宁古塔二十三年。含泪复吟金缕曲，赏心再读纳兰词。愿将爱女为佳妇，汉槎以女配顾贞观子。未见襟分因路歧。两家亲好，未闻有反目分手之事。查初白赠顾贞观诗下有注：“时舍人有亡友之痛。”足证顾与吴两人友情之笃，于其死有深痛焉。“知己”竟然成“异己”，遍查无据。文人弄笔一何奇！

渌水亭边两载居，首句衬韵。春风帐下遂收徒。为纳兰容若之弟、明相之子揆叙授读，乃报恩之举。长传词苑存风骨，哪见官场竞走趋？纯属无中生有。暂尔南归欣省母，未及一年。毅然北上瘁忘躯。以腹疾卒于旅舍。相妨才命生何趣？年才五十有四。归仅四年耳。午夜追思痛欲呼！

敢望 7月19日

少日披猖共入林，百年轻过岂初心？笔酣我尚昂头笑，梦觉人曾抱膝吟。诸葛。屡折肱方许闻道，纵焦尾亦盼知音。一门且喜清如许，敢望春来“字化金”？字化金，白居易用语。

诗集增订，问世在即，喜赋两首以迎 7月20日

江东三月逞词华，老傍燕山黯自嗟。一室伏中待定草，每年6月21或22日为夏至，夏至后第三个庚日为头伏，第四个庚日为中伏，立秋后第一个庚日为末伏。自入伏至出伏约相当于阴历7月中旬至8月下旬。正夏季暑热天气。十年笔下枉生花。立身甘让论长短，问世敢望传迩遐？心力抛来成底事？家风有愧对《秋笳》！予先人吴汉槎著有《秋笳集》。

揣摩也自历诸家，卓立宁非期太奢？虽借学勤功未进，总关天分力难加。樊南堂奥窥将近，瓯北峰巅仰却赊。“未济”我方明《易》理，浩茫智海智慧海本无涯。《庄子·养生主》：“吾生也有涯，而知也无涯。”

梦中 三首

8月16日、18日9月5日

梦中琢句亦寻常，一字难安醒半忘。出入诸家竟成癖，盱衡四海岂容狂？堂前桂绽迎秋色，池上荷开送晚香。两句忆江乡旧事。不及放翁穿万顷，“天风无际路茫茫”。放翁《梦中行荷花万顷》诗中句。

八十流光水逝东，众星曾履剩虚空。北齐书：神武帝梦履众星而行，觉而内喜。黄粱炊熟境难续，青管文遒思

渐穷。《南史》：记少瑜梦陆倕以一束青镂管笔投之，文因此遒进。覆鹿虽存嗟得失，薪者毙鹿，以蕉叶覆而藏之，虽真疑梦，咏其事，为傍人闻而取之，遂失鹿。典出《列子》。攀龙未见告成功。齐书：孙泰伯梦龙上天，捉龙脚不得。浮生苦乐原无定，不独愁多在梦中！

乍返梦中秋日迟，匆匆甲子暗追思。川原路杳骥腾处，风雨宵深鸡唱时。用“闻鸡起舞”典。予少时有“风雨沧江刘越石，中宵起舞天地动”之句。荒鸡中夜而鸣，古人以为不祥，刘琨、祖逖独以为“非恶声”，“因起舞”，相互勉励振作。见《晋书·祖逖传》。大幕许参充上客，高标得仰踵良师。行走于幕僚、学者、诗人之间。青山照眼供吟眺，仍欲《美芹》赓好诗。曾作《美芹篇》歌颂建党建国。

白露节有作

9月7日

格律诗原擅我华，镂云刻月几名家。雪岩翠柏总坚挺，棘路芳兰宁怨嗟？鹤不警秋沾白露，龙能书字蔚红霞。滔滔沙滓浪淘尽，精魄长存滋百花。

观《正者无敌》，赞川军抗日

9月20日深夜

凛然正气弥人间，转战神州未计还。能起长城凭血肉，岂容强虏践河山！守滕八日死同赴，出蜀千秋功孰颁？回首当年英烈事，心犹怦跃泪犹潸。

南怀瑾仙逝吴江，诗以代唁

9月29日

奇事奇人自足讴，太湖黉舍是谁修？在吴江设太湖学堂。晚年心乐鲈乡水，早岁诗扬雁荡秋。为乐清人。身处港台通两岸，充信使。道兼儒佛企千秋。著有《禅海蠡测》、《论语别裁》等书。嗟余目断江东树，终老无缘返旧邱。

观电影《竞雄女侠秋瑾》有作

10月15日深夜

鉴湖女侠矢成仁，手握龙泉俨若神。慷慨先行谋国复，成立“光复会”革命组织。嵚嵜独立发诗新。刑天杀气撄金虎，遇害于绍兴。撼地英灵闵锡麟。徐锡麟先就义。绝笔长宵动心魄：秋风秋雨正愁人。原句为“秋风秋雨愁煞人”。

悼念刘存宽同志

忌日为10月5日

结集秋来笔已封，又濡泪笔哭苍穹！史坛硕果欣犹剩，诗国精英忍渐空！谁费斲轮扶大雅？几蒙推毂借长风。平生不尽思刘意，唱答曾随愧未工。读梁星彭文始惊悉仲宽仙逝，含悲赋此以寄。六句即指此。

有喜致辞，续成三章

多用前贤词句语意　11月30

雄关漫道真如铁，万水千山夕照殷。曾抱壮心昭日月，欲扶正气整河山。春回大野花同艳，秋至高旻雁共还。我乏他长唯笔健，平居思动未能闲。

深宵有梦屡飞扬，早起胸中气自昂。天上不知何甲子，人间正道是沧桑。新开世纪摧腐恶，再庆神州腾瑞光。岂止狮醒更龙跃，亿民仰视待高翔。

已发层崖梅一枝，丛中消息几人知。雪冰凛凛索谁笑？雨露瀼瀼容我施。寂寞鱼龙江底伏，喧阗鸟雀树间嬉。却看霾扫天青后，破浪乘风会有时。

美国梦，中国梦

寄怀在美锌儿　12月30日

豪气峥嵘质自优，清华多士拔其尤。大洋终越心驰美，崇馆先延踵履欧。能遣楚材供晋用？难筹春种足秋收！人生得失凭谁判？逝去年光不倒流。

十二月三十日枕上作

拙作结集至此为止　12月30日

三十年间岂隐沦？不知老至乐天真。盘多兼味常摩腹，衾有余温未曲身。笔札构思虽反侧，友朋通话尚精神。电话放翁绝笔知存憾，我幸逢时胜古人。家住胜古里。

结集甫成容息肩，锦囊篇早过三千。永怀世上风云事，且结林间翰墨缘。几处推敲岂无失，一生俯仰奈多愆。到人不爱始工绝，此语放翁诚确然。

补遗　十一首

天朗　2013年3月3日

枯杨又发故枝春，天朗方停陌上尘。盛世竟传不死法，重霄犹滞未归人。江湖出处蒙推毂，日月居诸任转轮。纵蹑云松奔八八，也难好句斗尖新。赵翼享年八十八。

习习风苏桃李花　3月4日

代出才人朝举霞，江山管领伏龙蛇。益民首以勤补拙，兴国尤须廉去奢。已觉春光披大地，将圆美梦振中华。迩来何事心添喜？习习风苏桃李花。

聆听温总理政府工作报告

3月5日

儒雅温文风在桐，林公而后继周公。雪冰满眼当风口，瓦砾绕身来震中。2008年春节转战黔赣指导抗击冰雪灾害；2008年春节在北川察看地震中遭受严重破坏的城镇。利国维勤生死以，亲民所贵苦甘同。十年功遂从容退，走向台前四鞠躬。

郭济兴寄赠回忆录，谨答

3月6日

征途迤逦满秋尘，回忆录名《迤逦人生路，归心是何处》。璀璨新添席上珍。异代权谋三肇国，大著《三国演义与经营谋略》，为成名之作。同城暌隔十经春。学探管理通今古，史究经商共夕晨。1999年商业史学会在郑州召开换届会议，济兴操办其事。卧佛寺边忆当日，小楼风峭月轮囷。1984年12月10日，中国古代管理思想座谈会于卧佛寺别墅召开，予与济兴躬逢其盛。

院部资助，拙作诗词全集得以出版，敬致谢忱 3月7日

行藏历历注真情，辛苦身经岁月更。所作前后历六十余年。撷彩曾期能用世，杀青岂必得传名？奇光人喜珠还粤，灵气谁知璞出荆？十卷摩挲殊未已，再开生面现峥嵘。过去结集十卷，此次增订再加一卷《安贞集》。

中国梦，民族魂

3月13日（农历二月初二）

亿众同营中国梦，从知梦想必成真。民经长夜泪将尽，邦立东方威再伸。大地暖回龙娇首，谚曰：二月二龙抬头。高檐雨过燕栖身。《美芹》检点词人笔，磅礴风雷尚有神。

癸巳春分 3月20日

迎来春雪正春分首句衬韵，昼夜等长由此辰。麦冻喜添“一床被”，木焦盼得“半壶醇”。旱情南国何时解？震祸东瀛往岁迍。见予2011年所作《春分》诗，不屈我华心力聚，红旗高飏读去声气弥振！

读史有感 3月25日中夜

“雷人”于史见“狂童”，世代相传诩厥功。玩火几回颇好武，弄兵一意欲称雄。江汹逝水波翻白，岭坠残阳血染红。恩怨三千年往事，耳边喧扰剧无终！

论诗 3月27日

意贵求新格不拘，笑渠依样画葫芦。输心“轻俗”尊元、白；具眼高低判陆、苏。瓯北诗话中观点。莫向诡奇觅蹊径，要从平易见功夫。沧桑几变“工”差近，老我方欣上坦途。予作诗，初由樊南入杜；继而寝馈剑南，三复其集；后则醉心初白，敛手瓯北。沧桑几变，诗境亦几迁矣。诗到人嫌始近工，老来庶可云“工”欤？

璀璨群星仰首窥，几多鸣世美名垂。盛时容与才人幸，异代萧条绝学危。大地风雷谁榷雅？中华月旦合申遗。何当力挽银潢水，许我高吟酌一卮？

卓立 3月30日

诗到年时近白描，铅华洗去尚多娇。心犹常用堪追鹄，力不能胜难射雕。涉世兢兢甘处后，绝尘邈邈敢言超？悄然卓立沧江畔，冷眼奔忙来去潮。

第十二卷

后成集

2013年4月至2016年3月

七律：639首
补遗七律：4首

七律

六百三十九首
（顺时编次，不再分类）

春游 2013年4月7日

节过清明天放晴，车如流水出京城。堤边绿漾千丝柳，潭上红舒万点樱。挹翠来青墨曾洒，香山公园。净尘飞雪梦时萦。香山饭店。昨朝买得香糰返，亦当春游代远行。

“国耻日”感赋 4月17日

马关奇耻喜方湔，恶梦惊心咒逝川。龙跃护朝成往事，鲸吞恣日记斯年。1895年4月17日。同仇抗敌曾摧戟，矢志维权宁弛弦？海域东南任巡弋，图强御侮乃安全。

娱老 4月20日

信有人间不死方，鬓犹未白睡犹香。徜徉诗国何其乐，睥睨词场毋乃狂。却惜渭南寿难续，放翁寿终八十五。颇歆瓯北史兼长。赵翼诗人兼史家，享年八十八。天公故与留余地，好为熙时献几章。

芦山强震 4月22日

惊天强震撼芦山，两度成灾五载间。户户死生心火急，堆堆圮废血痕斑。龙门车至经千险，凤阁人来排万艰。连日神州同辍乐，忆民哀痛本相关！

句成 4月24日

快事平生岂遽忘，春秋易逝惜年光。枣花方绽摘山杏；柳絮将飞看海棠。大笔无伦参幕府，名场久厕弄词章。汤汤流水听音处，有句新成谁共商？

出游 4月25日

非是乘风不及群，远游无力枉能文。迟回惟逐投林鸟，飘逸徒望出岫云。四句言己，以下言人。海国新踪方拓视，天池秘境久传闻。同行再约何大校，指何慧婉。揽胜应愉桓少君。喻明明。

再到海棠花溪 三首 4月26、27日

倒影波光日丽天，旭芳园里顿喧阗。云蒸霞蔚三千树，喜看狂吟二十年。西蜀归舟邀月醉，放翁东归，舟中人“成都海棠”也。东坡举烛照花眠。去来颇觉思未减，不让名贤专我前。

恰似惊逢绝世姝，珍奇中外一园俱。垂丝贴梗色深浅，茂叶柔枝香有无？《阅耕余录》：蜀嘉定州海棠有香，独异他处。兴必尽酣挈家赏，范成大每岁携家泛湖赏海棠。睡犹未足倚人扶。太真宿酒未醒，不能拜，明皇笑曰：海棠春睡未足耶？余年果得天赐与，百首期成堪贯珠。

连日倾城会海棠，沾襟点点絮飞扬。惜芳曾乞春阴借，羞美应令夜月藏。开自梢头聚精魄，落于水面散文

章。土城若问元都迹，留得花溪三里长。

一生 5月1日

一生细算未蹉跎，曾亦青春发浩歌。花月江南飞梦少，云雷燕北涌诗多。欲从书味消长日，岂以闲情感逝波？但保心宽奔八八，得迟鬓白驻颜酡。

景山牡丹讯 5月6日

熙攘朝来应未迟，景山花讯正当时。千姿名种寰中聚，一脉仙根洛下移。酣酒靥曾开镜见，染衣香尚过坊遗。更无好句堪相赠，近十年间数赋诗。

《陆游长寿五法谈》读后 5月8日

延寿闻公有“别裁”：文中用词。吟诗怀抱可常开。诗疗法。忙治园圃添多趣；劳身法。勤扫门庭绝点埃。扫地法。水热足温已成习，浴足法。粥香味美不拘材。素食法。如何八五难更进，或是长年贪酒杯？此为愚见。

雾霾 5月9日

蔽日雾霾昏达晨，记曾坐此困英伦。越洋家痛破香梦，隔岸人惊飘细尘。几辈挟资筹去国，更谁立业请移民。岂真其患无可弭？速定良猷先究因！

再议琉球，令日紧张

两首 5月10日

泪洒沧波丧水师，马关奇耻国陵夷。狂飙割地连藩属，琉球毒刃屠城耀纛旗。怎挽朱阳空拜鬼，曾伤赤子剩横尸。我华今喜张民意：已到琉球再议时！

动作连连为底忙？难移本性益披猖。发动修宪，抛出侵略定义未定论。兴风林野吞噬暴；嗥月莎原奔袭狂。侵略罪行累累。傍美应思善偷袭，珍珠港。访俄何意要严防。琉球再议痛先戳，新老债多终待偿！

观影片铜雀台，再读曹操诗有作 5月11日

风流文采炳诗篇，短歌行为其代表作。征伐归来又狩田。老骥枥旁身未伏，神龟滩上寿能延？暮年惟待境归一，壮志仍期程越千。铜雀台高飐帷帐，“竟时”终至枉“游仙”。游仙诗有步出夏门行．龟虽寿、秋胡行诸篇。

读《玄妙观中三年少》感赋，有怀三位前辈先生 5月13日

草桥学舍梦无遗，抗战初就读该校一年。始至吴门尚少时。几度穿行玄妙观，两年侍坐范公祠。上崇范初中二年，路过，常入玄妙观。后上崇实高中寓西美巷，遂不经此。馆珍秋静留宏著，以下转入三老。除顾颉刚外，王伯祥、叶圣陶二公曾任商务印书馆编辑，著

作甚丰。室雅春暄誉小诗。上世纪七十年代，予屡至小雅宝胡同伯祥先生寓所求教，以李商隐诗研究蒙赞赏。晚岁过从识三老，高山仰止久追思。

园博会开幕，喜赋 5月18日

丰台自昔是花乡，园博新开胜益、扬。成都、扬州。神授移山挪海力，天开创世济时方。秋光燕市衣冠盛，春色吴宫草木香。苏州园林。永定河边高塔峙，登临何日许成章？

安排 5月22日

梦中何事动吟怀？断句醒来意未谐。观日曾攀千仞岭，拏云难上百层阶。去程滚滚追风驶，往事悠悠带恨埋。且喜茂陵稿犹在，几回结集早安排。

观电视连续剧《狐步谍影》 5月30日

战事苍黄惑是非，死生儿女定归依。仙姿方展舞狐步，鬼蜮终歼伸虎威。烟海寇潜酿奇祸，偷袭珍珠港。电波谁析掌先儿？大书“中国人”三字，眩目荧屏心欲飞。

读《谁是毛泽东心目中最会带兵打仗的人》书后 5月31日

百战军神起一兵，衬韵。湘江水白楚山青。黄桥东进迎熙日，徐海南征发怒霆。“机断专行”权特授，出奇制胜例堪铭。良宵能许云偷蚀？终古长空耀大星。楚山青，隐指楚青，粟裕夫人也。摘自凤凰网，《旧闻史话》刊载。

“久米村”记事
——读环球时报通讯而作 5月31日

声华籍籍著冲绳，村落明朝名久称。“明朝村”，即今所称之“久米村”。守礼尊儒祀不绝，冲绳著名的“守礼门”，得名于明万历诏书中“守礼之邦”一语。此处以儒为国教，每年有崇圣祭孔之典。册封通贡职相承。旧碑残壁春梦断，狮座龙舟风俗仍。三十六支苗裔盛，精英辈出各怀能。

读许森《请爱护鹰的翅膀》有作 5月31日

乐道“谦谦”“礼仪邦”，首句衬韵。岂宜忍让失刚强？居安惕战心知备，取义舍生身敢当。不向楼前随鸽舞，愿回天上逐鹰扬。“珍稀”“孤独”宜加爱，莫恤人言自主张！王安石云：人言不足恤。

中国领导人之拉美行 6月1日

传媒兴趣盎然增：习总行程继拜登。接踵何须疑角力，关心自为广蒐能。能源。怎同“叫板”践“后院”？实属“解包”联友朋。伫看作霖加四海，蛰龙今始见飞腾。

喜迎习奥会 6月1日、9日

南加谷内有山庄，科切拉山谷为安

纳伯格庄园所在地。初会心倾话固长。时雨飘来润沙漠，当地《沙漠太阳报》社论期待两国元首会晤。惠风拂处沐阳光。庄园有“阳光之乡”之称。和能兴正指新路，霸转谦宁由旧章？容得方今两大国，沧波浩荡太平洋。

把臂而行自坦然，不加领带敞心田。东西交汇民方洽，中美同圆梦本连。蝴蝶兰开花映月，棕榈泉落草含烟。和谐世界春更好，共塑未来迎十年。

雷风兄寄来《岁月杂咏》，恭题一律，以表答谢 10日

岁月峥嵘笔吐虹，一编惠我谢飞鸿。卅年中国驱穷白，九日西山爱冷红。顽石风沙瀚海阔，奇松烟雨岱峰崇。平生最是烝民念，不尽秋来歌哭同。

从酒泉设郡说起 11日

汉武雄才辟酒泉，风云变幻历千年。民情怎耐金瓯缺？世事难求玉玦全！老辈一生思揽月；盛时两度遂飞天。蟾宫许叩应非远，“中国梦”悬同盼圆。

端午有作 12日午后

万户京城粽溢香，送来佳礼岁为常。子女亲朋送来各式名粽。艾悬门上究燕俗，练撒江中哀楚殇。《史记》注：《续齐谐记》云：汉建武中长沙区回梦屈原曰：“闻君常见祭，其善。但常年所遗，并为蛟龙所窃。今若有惠，可以练树叶塞上，以五色丝转缚之此物蛟龙所惮。回依其言。世人五月五日作粽，并带五色及练叶，皆汨罗之遗风。一代文辞楚辞难后继，指宋玉、景差、唐勒之徒。千秋风骨少齐光。独惭平淡成诗句，怀古思贤两欠长。

读报有词 6月13日

多雨高温临北京，朝来消息总牵萦。国兴民奋盈人意，尊老褒贤敦世情。探海蛟龙波尽伏，问天鸾凤月能擎。更看巧引轻舟过，活水新流两岸行。习吴今日将会。

美国棱镜门 6月14日

悄然“棱镜”掩锋棱，黑客原居最上层。“烫手山芋”来要接，烦心题目答应能。这是“中美建立真正新型大国关系的一道试题”—环球时报社评中语。如何说看奥巴马，多少秘藏斯诺登。冷对互联网霸主，尖端技克任新膺！

读《王岐山反腐方略》恭书一律

6月15日

铁网新张阻外逃，八方骢过海山摇。 “御史骢”喻各路巡视。并施重手拿蝇虎，特具明眸察鼠枭。肃杀秋风持己正，霏微春雨葆民饶。必先“治本为导向”，有吏廉能堪继包。本诗萧、肴、豪韵混用。

改革开放初期陈云与邓小平之合作 6月15日

硕果当时仅两存，同心携手济时屯。国中誉起凭扬抑，陈云理财几经波折。海上潮来恣吐吞。急拔船头航再启，纠正“洋跃进”。广开港口市随蕃。能将大局看最重，我党喜迎新纪元。

胡乔木与西湖毁墓拆碑风波 6月16日

淡妆浓抹总如仙，半面羞污貌不全。“土偶欺山”宜尽扫，“妖骸祸水”欲重湔。笔花烂漫横铺地，剑气峥嵘直倚天。动议何人原费氏，非关乔木肇其先。费孝通于《为西湖鸣不平》中力申变为公墓之西湖应毁墓拆碑之议，最高当局读之拍案叫绝。乔木应之，作沁园春．杭州感事词，词甚佳，中有句云：谁共我，舞倚天长剑，扫此荒唐！“”内用语亦出自乔木。

伊朗总统大选揭晓 6月17日

泱泱大国古波斯，反美今惊敢抗旗。强硬曾闻内贾德，温和甫选鲁哈尼。油源滚滚舟何阻？核议悠悠柄必持。转使西方期合作，纷然目驻并心驰。

著述五题 6月19日

《翰苑一室一天汉诗词集》出版

苦吟狂歌七十年，以诗述己讵能传？萍踪南北漂随水，柳意春秋梦逐烟。幕府论才宁处后？文场为学敢争先。甫成结集仍无已，拟续华章八百篇。七律欲再满八百首。

《李商隐研究论集》问世

少时披棘路曾循，心折樊南卷里人。恩怨局中身怎脱？羁縻辕下气难驯。燕台诗好谜能悉，锦瑟情深解孰真？寝馈枉称七十载，许于李集作功臣？

校对《中国盐法史》稿

纷纭盐法理从头，商管桑袁与范刘。得佐自关军国计，成书非为稻粱谋。古来用世烦多士，今世论才仰上游。老去力衰真惮远，发行未克赴扬州。

申请《中国商业政策史》出版补贴

四十年前主讲台，千头万绪记从来。栽来桃李皆成树，架起栋梁无不材。自辟径蹊梳理政，始开门户究生财。斐然五卷论商业，五卷本中国商业通史。含孕精华此脱胎。

筹重版《中国古代六大经济改革家》事

铄古振今六大家，厥功甚伟世相夸。先行商管才无匹，继起桑刘气自华。变法荆公诚卓荦，挫豪太岳足咨嗟。太岳为张居正号。卅年虽过人如对，愧再难生笔底花。初版至今已三十年。

为重版《六大经济改革家》再题咏七首 6月20日

行贾南阳位骤提，“衰征相地”释黔黎。首官山海笼盐铁，继弛市关来角蹄。谋国多方曾服鲁，会盟九合共尊齐。善调轻重民心顺，功业千秋堪品题。管仲。

去卫莅秦倾所知，举贤执法凛无私。风云变处兴王业，天地动时钦帝师。后世效同系治乱，及身挺岂计安危？猛宽相济斯为美，应记渭流漫赤时！商鞅。

少日常寻洛下春，深宫宿卫与君亲。烽烟遣将征讨亟，钱谷倚谁筹策频？辟地曾闻边郡设，得时应喜大才伸。怦然掩卷凝思久，哀乐千年几计臣？桑弘羊。

蒿目疮痍涕泪沱，库空兵乏坎争过？漕舟至处乐方奏，盐廪开时村共歌。民必爱先官有得，赋能取后政无苛。先予后取。理财立则应为例，浊世恨逢冤狱多！刘晏。

下吏情兼翰苑才，力行变法誓无回。兼并势大待摧抑，干济招新凭决裁。启后初闻否多榷，“榷法不宜太多”。为先深悉重生财。发展生产，增殖财富。文章公亦足鸣世，灵气钟山迎面来。王安石。

凤毛只上尽头竿，十三岁应举时诗。入阁方看振羽翰。减赋令行苏万姓，丈田法立愤千官。唯求富国病操笔，却乏回天悲阖棺。明祚将终缘自毁，怔忪往事梦难安！张居正。

此语洵多史可征（“改革家多没好下场”），安危忘只企功成。顶风逆上身无畏，蹈海奋前心有诚。生死同归志难夺，古今异代局全更。图强宜摄凛然气，力展宏图看众英！今时改革，历史悲剧不会重演。

官箴 6月18日

不追名利不跑官，旰食辛劳岂素餐？入浴搓巾去尘垢，出行照镜整衣冠。廉风时挹舒心脉，正气长扬沥胆肝。临事多成言却少，仪型一代几人完。完，完美之意。

欢庆神十胜利归来 6月26日

神十问天今返航，飞来捷报国之光。话通霄壤心相近，气振山河技独长。清影堕云声宛转，指王亚平太空授课。清，谐音青，与下碧波之碧借对。碧波漾月梦悠扬。草原日丽风馨处，携手舱回着陆场。

普京拒绝引渡斯诺登 6月26日

硬汉由来称普京，坚辞引渡语分明。曝光被讼机要窃，维霸自矜颜面争。被称为“全球傲慢”之美国，此番颜面尽失。暂滞机场非入境，徒劳报界测行程。几多压力冷然对，“垃圾”成堆听众评。垃圾系普京语。听，任之也。

忧喜陆克文 6月27日

一夕翻盘陆克文，政坛无处不风

云。曾筹铁石屡通贾，亦理金融堪领军。勤勉澳农新结侣，雅娴汉语旧知闻。如何又唱多元调？待见长空扫积氛！后陆克文竞选失败，退出政坛。

韩国女总统朴槿惠访华 6月28日

生小恩宽青瓦台，以身许国语雄哉！血缘南北浓须合，文脉中韩固莫开。相向干戈惘往事，互持玉帛喜新裁。济州岛接蓬莱阁，百五十人同举杯。高规格欢迎晚会规模达一百五十人：韩方陪同朴总统之经济使团由七十一人组成。

从圆明园两兽首回归说起

6月29日

浩劫名园痛昔年，至今奇耻未全湔。非惟兽首搜十二，何啻珍稀遗万千。壮士昂头肯随后？残凶丧气敢争先？沧桑岂须时久，崛起吾华梦待圆。

中国式官员升迁路线图

（打油体，据《晶报》文摘改写）

6月29日

国考一从千里挑，副科三载绩求超。七年县处凭优秀，百选局厅须俊髦。有缺方堪登正部，特长亦得出同僚。育才尤重基层起，不在听从在任劳。末联补以新意。任劳，即敢于担当也。

1980年代之八老记闻 6月29日

诚意交班慎选贤，小平不批基建压三年。陈云使通两岸和筹切，杨尚昆胸纳九州忧置先。薄一波力尽宪修身即退，彭真命终药拒寿毋延。邓颖超有名赫赫闻双将，先念、王震与邓同心战并肩。

除四患，整党风 7月5日

上下聆听顿发蒙，同心始见力无穷。践行路线尊群众，高树标杆仰至公。开阖户枢长不蠹，奔腾流水总朝东。四风亟整除忧患，永葆江山万里红。

汛期 7月7日（是日小暑）

洪波南国泪滂沱，燕北偏闻雨不多。去岁潦深民困蹶，今朝日朗气祥和。无常虽说天难测，有备应知险易过。节令潜移逢小暑，哪边延爽可寻荷？

七七抗战纪念日 7月7日

凄冷卢沟晓月悬，梦残七十六年前。万家齐恸河山劫，八载重光天地旋。大国飙奔声始远，中华崛起志方坚。近闻列舰冲浪进，军演。于史难忘血火篇。甲午之战。

夜读自撰《李商隐评传》

7月8日

敝帚珍持夙所闻，况更寒暑费辛勤。黄金恨夺燕台女；白石叹湮卫国勋！异代知心构佳传，千秋含泪析奇文。长宵展读难成寐，灵气胸间欲吐云。

坠机有闻 7月9日

堕地轰然一瞬间，惊魂未定旧金山。谁筹美旅游踪远？有报韩航劣迹斑。长记揪心逃火海，难忘挥手别江山。江山中学。飞来慰电将安用？三女如花去不还！

防汛有记 7月10日

水患面临弦紧张，汛情何底要严防?！密云布处风飘点，大雨倾时电闪光。摧树忆曾突滂沛，滂沛，大雨貌。去年事。冲舟备拟战汪洋。现时。却看三日安然过，迎得朝来天转凉。

夜窗风雪一灯青 7月10日

——读傅道彬《忆吴忠匡教授》一文后书

蓝田僻壤得传经，1938年赴湖南蓝田师院任钱基博之助教。唱答中书句亦馨。中书，钱钟书也。史笔大挥开道路，研究《史记》大有所得，有专著数部。诗旌高举仰仪型。诗人情怀，爱用“灯光”意象。将干热泪知残烛，以脑溢血致瘫。自照流光伴落萤。钱钟书诗句：心事流萤光自照，才华残烛泪将干，堪为忠匡写照。生死置之心未死，在最后岁月里，谈及钱基博，吃力地写出陆游诗句：圣师虽远有遗经，万世犹传旧典型。白首自怜心未死，夜窗风雪一灯青。夜窗风雪一灯青。

自题 三首 7月10日 叠用前韵

沧海迷茫身亦经，往来九畹挹兰馨。学诗许踩诸家径，编史能垂一代型？巢穴营曾效屯蚁，文章集未散流萤。国家昌盛吾生幸，近喜连连报杀青。

出入吟坛甘苦经，能分高下抑莸馨？前修自足为标格，后乐更应尊典型。愿逐撷芳一春蝶，宁随陨彩九秋萤？兴来幽境何处觅，远目数峰江上青。

秦火未能亡六经，中华传统永留馨。谋身守拙困丢局，丢，读平声。报国矢勤高树型。岂合寻春追枕蝶？自宜照夜伴囊萤。文山正气充天地，一片丹心映汗青。

封笔 7月14日

封笔空言句又裁，岂能负此大题材？安危触眼世间事，干济仰望天下才。跌荡江山容笑傲，峥嵘岁月历风雷。百年容易待评说，洁自去来无染埃！

开笔 7月15日

封笔几回今复开，只缘灵感忽飞来。篇存《清庙》昭行德，心在《生民》祈去灾。山石不鬆挺劲竹，岩冰仍冱发寒梅。春蚕未死丝难尽，要织吴绫供剪裁。

南宋末郑所南有“一心中国梦”之作，书一律以咏之 15日

胆气能胜犹壮年，原句：力不胜于胆。诗作于三十五岁。以“中国梦”著

诗篇。难寻寸壤对南海，时宋已亡。惟问高天怀下泉。原句：天高问岂知。原句：万古下泉诗。下泉出自诗.曹风.下泉篇，表达对盛世之向往。笔沁兰香土不带，以示国土沦丧。井沉心史泪空涟。著《心史》七卷，记宋亡事，以铁函封之，沉于井中。汉旌飘飐看今日，原句：愿睹汉旌旗。神勇谁令星斗旋。

即事口占 两首 7月15日午夜

何事日来心不平？中宵醒后梦难成。低昂菜价眼前虑，高下诗名身后评。非分许论家国事？有涯怎释死生情？更因曾辈重洋去，门内沧桑忍泪倾！

岂能出语恁低沉？应识平生沾溉深。威虎眠时敛豪气，神龙飞处播祥音。一腔热血华夏梦，万点寒梅天地心。高格诗人始相称，朝来引吭再长吟。

老境 7月16日

壮岁扬鞭几险坡，暮年伏枥辄高歌。才歆瓯北寿能踵？赵翼享寿八十八。品慕渭南光不磨。放翁终年八十五。四世一门稍存憾，三勘万字总留讹。称奇此日更何事？仙鬼外闻诗有魔。予曾以诗魔自况。

半年 7月16日午夜口占

有味清时傲乐天，白乐天。不忧才尽喜身痊。花明柳暗曾三月，蝶舞莺飞又半年。窗外热风季旋换，楼前凉雨爽方延。觉来断句犹思续，速记先生未竟篇。

篇竟 7月17日晨起口占

完稿何嫌得句迟，晨昏所费在敲诗。迭开生面能消日，再出新裁俱入时。彩笔云霞堪自许，锦囊花草岂相思？老来我合惭疏放，未与烝民补鬓丝。

年中盘点

7月18日上午安贞医院候诊时

天资学历亦侪伦，刻苦吟逾六十春。少日缠绵情未已，中年沈郁境难臻。“二元”初试风格异，二元：民歌加古典。七律终趋功力纯。一览人才充四海，不知何地置吾身？

七月二十三日晨枕上口占两首

7月23日

梦醒难寻一字遗，彩云散去竟奚之？风云低首《无聊集》，涕泪呕心有感诗。缘底与人共惆怅？哪堪用世总差池！曙光渐见窗前露，琢句先生又犯痴。

二句《无聊集》系少日窗友诗集，予曾为之题咏：低头自读无聊集，梦里依稀早识君。一盏白茶浓似酒，小楼对榻论风云。五句指为李商隐作传立论事。

万彙纷然洵大哉！操觚于世亦长才。欣然寿域相携进，翩若仙灵不速来。泉自无休遂清彻，蔗原有味更甘回。何须机遇嗟多失，应比连城诗满台。

有愧 7月24日

八七徒矜气尚雄，毕生未遂济川功。思多愁处梦常魇，人不爱时诗岂工？花媚絮粘春去早，风盲雨猛汛来匆。多处汛灾。更闻大震甘南起，退食安居愧此翁。

立人传言宁渌作古，感赋 7月24日

翩翩谁记少年狂？南北相望岁月长。一舸柳烟泛玄武，白门快晤，玄与下句沧借对。满襟花雨过沧浪。吴下同学。向珍情谊追昆弟，翻怯传言证在亡。老去堪闻星递落？清宵起立几回肠！

淡定晚年周有光 7月25日

一排白浪骇飞花，老前辈原话：人生就是朵浪花。悼丧情深亦有涯。为已故夫人张允和编辑出版《浪花集》。心旷何妨居陋室，书香好伴品浓茶。睡眠熟自忙挥锸，干校劳动，治了失眠。筋骨舒由急挤车。淡定晚年多少事，莫求强勉寿添加。

从《木兰辞》到《花木兰传奇》 7月25日

声声唧唧木兰辞，心底愁云机上丝。质朴千秋存乐府，斑斓五色谱传奇。狂驯铁马成情侣，怒挺金戈本女儿。最是迷离他日事，宫闱曲折少人知。尚在热播中，先读说明书。

《大明按察使》观后 7月26日

使臣微服踏田塍，刚直平生廉且能。指周新。洞悉缘由凭白骨，细寻线索自青蝇。湖山占断侵民宅，珠宝搜求拷寺僧。难遁次凶先落网，有人朝里尚飞腾。指纪纲。

从《新施公案》播出说起 7月26日

贪腐能除国遂安，历朝无不盼清官。堂前明镜高悬久，笔底沉冤昭雪难。喝武扬威只惊贼，深查密访始绳奸。近时热播施公案，引得千家准点看。

纪检铁心方举刀，纷纷落马任官高。薄家罪大贪难宥，刘氏功多死莫逃。宜戢四风为政净，应联万众立基牢。群众路线。回头若问明清例，犹觉周、施未足豪！

寄书，以诗柬琳琦

不辞千里寄书新，一得争先飨故人。词苑许行身已老，文场能见笔常春？黄山茶味品朝晚，沧海潮音听夕晨。渐觉心同天下远，有为唯待广传薪。

忧乐 7月28日

浩荡吾华忧乐多，每逢事即费张罗。火云几处烘赤地，雹雨满城淹绿波。北海鹏飞显威猛，东洋鲸舞搅平

和。但能万众心齐一，遄赴小康田有歌。

放翁初白诗皆万首，予此生不可企及，书一律以志怀 28日

我于二公诚小儿，万篇集在大名垂。纯青功到经三变，赵翼云：放翁诗凡三变。初白师承亦一奇。乌岭迢遥径争觅？沧波浩瀚岸难期。尚珍老笔岂无用？或与升平留好诗。

应邀为绛州澄泥砚题咏 7月29日

名砚神州独尚陶，澄泥自绛领风骚。抚如玩石麟吐玉，叩若鸣金龙卷涛。国宝秘深探父子，文房墨妙会朋曹。百年两岸清华庆，香沁荷塘月正高。

注：1. 乾隆赞曰：抚如石，呵生津。麟吐玉书砚曾获金奖。2. 砚，叩之鸣金石之声。龙腾盛世砚为中国最受欢迎的旅游纪念品。麟吐玉与龙卷涛系作诗拗救之法。3. 此项绝艺清初已失传，1986年蔺永茂、蔺涛父子历十年探索，恢复其制作工艺，且有创新和发展。2006年定为“中国驰名商标”。4. 荷塘月色砚为两岸清华大学百年校庆特制礼品。限于格律，此处于荷塘月色四字拆而用之。

再为花木兰传奇题咏 7月30日

秋草马肥掀战尘，百花图夺阻和亲。解围扰敌方刮目，替父从军争掩身？应识金蚕本元恶，能持玉帛自多伦。但期功遂归来日，再现河山如绣新。侯梦瑶主演花木兰，表演绝佳。亦文亦武新星起，飒爽英姿妙入神。特撰句志之。

不避平生尊法家 7月31日

百代遗风显隐间，富强曾与济时艰。应知汉武心原折，竟为秦皇功屡颁。荀孟流分千尺水，管商壁立万重山。当年步蹑梁公后，立传桑羊笔岂闲？

注：1. 三句指汉武帝内法外儒，以两家为表里；2. 四句指毛主席以“马克思加秦始皇”自居，不断为秦始皇评功摆好。3. 法家源出荀子。孟子继承儒家。4. 梁公指梁启超。5. 予为桑弘羊立传，由齐鲁书社于1981年出版《桑弘羊研究》，曾名动一时。

读《三请三逃张国焘》戏作 7月31日

秘事近知张国焘，周公三请又三逃。野心西飏曾辞劝，叛骨南奔却应招。海外栖身计堪得，域中立足愿全消。晚年落魄加拿大，卖炸油条名独标。

读海鹏兄纪念文集敬题 8月2日

东南望气焕云章，百丈高旌映日扬。趋走鸿儒昌皖学，践行大德探徽商。乔松迎客同寻胜，明月催诗共沐光。师友卅年回首处，难禁开卷泪淋浪。

注：1. 五句指同游黄山；2. 六句指同在吴江明月楼大酒店开会。

再读龚定庵集有作 8月3日

定公倜傥幼从游，“红是相思绿是愁”。夜雨芭蕉心宛转，春风杨柳梦飘柔。已迟方喜铅华净，岂晚犹望笔墨遒？自觉此生家数小，险滩几历忍回头！

写在北京庆祝建都活动之际 8月4日

风雨萧萧易水寒，如流岁月泛波澜。金台延客赏新柳，琼岛怀才吟秀兰。勿顾江东由永乐，遂令蓟北作长安。悲歌志士思燕赵，一睨兴亡天地宽。第四句指北海琼华岛旧有金章宗李宸妃妆台，李有才名。

精忠岳传，荧屏热播，我却看不下去，释其故 8月5日

万里逃归怀秘辛，一朝得志相由秦。惊闻横死冤连族，愤见精忠祸及身。南渡君原锄异己，东窗妇亦毒非人。风波亭畔无天日，不忍终篇气莫伸。

诵瓯北读放翁诗七古，撷辞摄意并参己见，成七律四首 6日

频闻恢复梦中呼，壮志争酬徒郁纡！振翼雄鹰追可及？蹴蹄怒马上宁扶？能于晚岁诗犹进，应自韶龄学已劬。丽质千秋斗颜色，施嫱以外恐难逾。

寥落平生万首诗，真成无句不嵚嵜。心花放处扪长热，蜡泪流时揾复垂。悲喜岂惟儿女事，安危应属庙堂思。惜公才具难全展，仅作史官酬所知。

佳句先来曙启明，通篇水到告渠成。原多随意寻常例，岂必求工自在行。塊垒难平律常拗，泥沙尽汰字俱精。剑南诗法谁能解，笑我趋前备一鸣。

放翁老健笔淋漓，身后是非安可知。书法能容高索价？注文肯许苦拉旗？尚余啖蔗甘回舌，已谢涂脂淡扫眉。路漫从公叹力薄，更难攀顶探雄奇。

三变、二体：《瓯北诗话》论放翁诗两则 8月7日

三变诗曾溯剑南，云松深考岂空谈？岱宗仰杜千姿立，渭脉追唐万象涵。壮志从戎随夜猎，英才列厩驻朝骖。如何晚岁趋平淡，木落山阴老学庵。

律句放翁名最彰，五七律。诸家阅过实非常。有言必切去涂泽，无语不新宁饰妆？若究格高兼古体，更窥力健著华章。百花园里饶春色，二美同行一路香。二美：古体诗、近体诗也。

酷热有记 8月7日立秋

今岁奇闻爆立秋，旋尝蛋熟烤街头。沥青路面可烤蛋熟。鱼沉水底惊全匿，龟裂田间痛绝收！雅号“火炉”岂天授，　“十大火炉”。污名“温

室”自人谋。中旬暑退嗟难及，热浪奔来苦未休。

读诗有感 8月8日

朝来兴至即挥毫，诗好尤须立意高。磨励功夫愈细密，昂扬风格岂粗豪？大言鼻息冲星汉，狂想身飞挽雪涛。落地方能容足立，求名何似学光韬？

先知为快花木兰一为传奇大结局题咏 8月9日

旗飘花字女将军，首句衬韵。发弩抽镡凛若神。镡，剑口。卸甲辞官归里旧，飞针除逆立功新。元凶终殪手加额，盟好方修眉解颦。日丽明窗锦重织，巷前骏马现多伦。…

读瓯北《闲居效放翁体》诗，即次原韵，戏成一律 10日

上寿何庸广觅方，飘飘仙去实荒唐。喜忧晏若宁常惦？生死悠然合渐忘。园里季更花片丽，桥边岁发柳丝长。如何未遣诗心静，难止吟思日夜忙？

《明太祖帝王心路解读》书后 8月10日

卅载“忧危”常“积心”，未能安席至宵深。中原逐鹿胜追日，大泽飞龙甘作霖。抑富惩贪闻旷古，恤民勤政训谐今。君王自有长生诀：治道永留为国箴。

不信西方高楼魔咒 8月10日

神州处处起高楼，百丈摩天加倍修。巧语果真应魔咒？迷思岂遂掩良猷？足赀保可防烂尾，严管控能开好头。挺立我华民睿智，此番答卷定全优。

庆建都活动，怀千秋人物 两首 8月11日

生辉人物亘千秋，作宰梁公合首讴。拂逆朝中忌疯汉，推敲道上困诗囚。乾坤正气歌长在，云水高风祠尚留。独与人间示清白，忠魂万里忆归否？

二句狄仁傑，三句刘蕡，四句贾岛，五句文天祥，六句耶律楚材，八句于谦。

沧桑岁月至前明，点将坛高继筑城。持正立朝归寂寞，资治讲学鉴忠贞。盘山勒马三边靖，芝院焚书一士清。未及泽延垂后世，时危何以答诸英？

二句徐达，三句李东阳，四句邹元标，五句戚继光，六句李卓吾。

水旱 8月12日

广袤吾华灾害多，水奔旱袭奈愁何！洪波东北堤漫柳，烈日西南垄炙禾。肯许时机忙里失？要令风险稳中过。从来大任自天降。人定可凭田又歌。

东北大汛 8月13日

三江失控骇横流，巨浪冲霄坝若

浮。暴雨挟来直摧树，狂风裹处欲吞舟。地维曾折共公怒，天柱将倾杞国忧。不信回旋遂无力，转晴仍看绿盈畴。

开罗清场 8月13日

血染开罗路线图，纷飞实弹仆身躯。二难微责将何用？一意妄行安怕孤？手滑已成难勒马，眼遮仍赶未停驴。穆兄肯让长宰割？百万抗争声疾呼！

知嘉莹前辈身世，愧平生学词未进，感赋两首 8月14日

名门名媛会耆英，管领词坛仰老成。奕世勋劳原叶赫，平生志趣与花盟。蓬飘风恶途何曲，松挺冰寒节益贞。驻目红蕖留梦久，马蹄湖上碧波平。

源流本末溯嘉莹，温晏苏辛遍点评。花雨沧浪韶岁梦，风霜辽海壮年情。江东柳老莼鲈远，蓟北人闲竹菊清。我亦学词却难进，入豪脱婉迄无成。

城南四寺忆旧 8月18、19日

报国寺

报国寺中闻二松，飞从天上化由龙。地深穿过根千尺，日薄漏来阴一重。举目惊呼异昏晓，进门恍感入秋冬。匆匆五十年前事，何日神奇得再逢？

悯忠寺

古寺前朝名悯忠，收埋遗骨自辽东。流迁箕子重开国，征伐隋师讵奏功？易祚期兴唐盛世，提兵难复汉英风。遂令后世来游客，高阁登临慨未穷！

长椿寺

妙法莲华出地中，长椿寺里客谈空。金光多宝塔旋灿，清梵数声钟叩洪。莎径凉秋迓新月，水斋静夜揖灵风。如今官廨连云起，十里街延供办公。

天宁寺

拔地浮图势触穹，四周万铎响廻风。高碑文字隋唐古，峻殿规模燕赵崇。曾是净心离佛近，渐无妙悟与禅通。楼台林立今何速？局促桥边气怎雄！

回思 两首 8月20日

静倚楼头思悄然，倦鸿渐没晚霞天。诗人踪迹归何处？学者声名耐几年？吟啸欲令三岳动，峨嵋、太行、雁荡。写摹未尽百花妍。自知余力已无几，难挽强弓将缟穿。

如潮岁月撼心扉，老卧新秋白袷衣。朝旭升时参国是，晓星落处叹人非。虽从辇下看红药，亦转天涯抚紫薇。别有难忘难说事，池塘烟柳尚依依。

癸巳处暑 8月23日

处暑年逢意不新，凉生稍觉在昏

晨。银蟾宫叩声无应，金虎岗蹲威莫驯。多盼空中能洒点，终看道上得清尘。龙王出手忙兹事，涤荡新充扫秽人。观电视剧“猎狼人”，梁冠华任队长，号“龙王”，末联即依此戏书。

畿辅四山 8月24日

银山

胜境宜存无愧辞，峰前松石斗雄奇。银山矿富光五色，铁壁寺颓藤四垂。碑刻勋华思大定，金代。堂标净业起弘治。明代。昌平我未遍行迹，欲往寻之身不支。

盘山

蓟北首应推此山，峰危壁削苦登攀。三盘仄径泉、塔、寺，一览层峦青、碧、殷。往日将军挥剑过，李靖。异时壮士勒缰还。戚继光。笑予乘兴回旋上，出句无奇只等闲。

石经山

白云深处石经山，勤勒阏封岩壑间。扰攘风烟隋碣在，庄严文字竺坟颁。竺坟，印度典籍也。姚广孝语。火龙潭内振赤甲，鵁鹭岭头梳翠鬟。本联拗句。参用成句：火龙潭内赤，鵁鹭岭头青。未逐劫灰泯尘世，我来有幸问禅关。

红螺山

红螺山远在怀柔，二百仞登乘兴游。日丽照时俱石紫，风高过处少尘留。潭中放焰物如斗，物，二螺也。寺内连珠泉自流。几度踏青此间息，农家炊熟意绸缪。

京畿何处有温泉？ 8月25日

昌平汤山

汤山大小出昌平，特辟温泉池绿盈。草木后凋因地暖，黍禾早实自天成。药栽沃野谁开圃？树植荒山共挖坑。虽未蒸蒸亦来浴，此间甲子梦仍萦。

遵化汤泉

沸汤汩汩下山坡，旁有寒塘灼始和。戚镇甃池濯缨至，戚指戚继光。唐廷建寺引泉过。泉前唐寺，贞观二年建，名福泉寺、人称汤泉寺。恰供药石收功速，况洗风尘积垢多。冷热当年宫里事，空留怨句殉恩波！戴九玄《汤泉．读（明）武宗宫人王氏诗，悲而次韵》：得宠无多失宠常，空留怨句在温汤。君恩似水东流去，冷热人间总断肠。

卢沟桥咏古（截至明代）8月26日

卢沟桥跨桑乾水，云卷雷奔挟怒波。始发晋西来马邑，继经燕北历狼窝。金时横溢堤身溃，明季安流桥孔过。二百步长虹卧处：石栏狮母势嵯峨。

宋臣草草舆梁过，元使征车急铎声。伏匿河边生口慑，飞扬道上马蹄轻。鸡鸣拂曙商旅起，钟响迎霞扈驾行。南北通途延几代，卢沟桥倚望神京。上首狼窝口地名，于此屡决堤；第六句指嘉靖时三治河，卢沟始无患。末联言石栏柱头列狮母乳，顾抱负赘，态色相得。

下首一二句来自范成大、陈孚《卢沟》诗中所言之事。五、六句见杨荣、梁潜等人《卢沟桥》诗。

集北京史事成篇有记 8月27日

挟策书生正少年，蒙招大幕亦前缘。莺花共喜歌三月，风雨同惊历十年。转踏凤城搜故事，试扪麟角拓新篇。燕山史咏远逾百，将与谁观空斐然！麟角，此处指笔。

晚岁 8月27日

晚岁悠闲任自然，不耕不贾赛登仙。何能身退论天下？敢诩意舒居笔先？顾盼未妨忘老丑，招摇肯逐弄春妍？但期八八平安过，好句时来诗续编。

我读云松晚岁诗，却嫌萧瑟异良时。鹿鸣宴赴辞无已，马鬣封过感不支。妙语如环曾露颖，豪言似吃反贻嗤。养衰习静愿难遂，仍悔身名谋太迟。四句指过灵岩山吊毕沅墓。

秋雨 8月28日

一番秋雨一番凉，渐觉闲多味转长。诗意如潮高格调，山容似洗巧梳妆。兴来何事动心目，老去几时宽腑肠？我是蓬莱昔游客，玉堂畔许再徜徉？

延龄 8月29日

长条未必望秋零，叶茂溪桥色尚青。园里杏桃风日占，庭前梅菊雪霜经。缤纷花事原多彩，荣悴人生岂一型？畴昔我虽身欠健，老来天却赐延龄。

补裳 8月29日

延龄似觉笔犹强，日赋新诗至数章。高格何妨言绮丽，豪情怎许气颓唐？世能赏处宁无缺？人不顾时聊自芳。总是吴蚕丝未尽，许供寸缕补华裳？

得失 8月30日

交驶双轮日夜忙，堪夸地久与天长？几经沧海开桑野，无数青山恋夕阳。岘首碑沉免名灭？壶头峰峙许功彰？宏观世界何其大，得失应嗤争一芒！

诗法 两首 8月31日

先来佳句后成章，作手原多事亦常。要在御材重开阖，更因属对费奔忙。缕云刻月家数小，榷雅扬风诗味长。转合起承运之熟，自然盪气又回肠。

第一首一二句言此事非独放翁为然。趙翼强调，先得佳句，而足成篇乃放翁诗法，愚以为一般而论，全篇仍须注意有起承转合，结构井然。光有佳句尚不足也。

诗法宜从高处参，诸家之妙广融涵。流离沉郁声原壮，恢复慨慷歌正酣。曾爱聪明傍瓯北，欲求工细近樊南。只惭学艺欠精到，未入名流居仅三。

第二首三句指杜公，四句指放翁，五句指赵翼，六句指李商隐，八句言己学而未精，仅居第三流耳。居三两字出自《隋书．郑译传》：上曰“公居其三，良足美也。”

李商隐为拗律之倡导人 9月1日

玉溪诗异女郎诗，非尽芬芳悱恻辞。学杜途宽转瘦硬，有唐格创脱平疲。云奇天际原多态，花好园中岂一枝？拗律欲知源发处，义山博大实开基。

北京建都纪念活动在继续进行中 9月1日

完颜到此建中都，佳气飙升地望殊。八百余年留旧迹，十三朝继忆先驱。清为金后人。峥嵘岁月时世进，变幻风云人物徂。今日欢欣筹活动，未来更美绘鸿图。

雨后 9月5日

雨后凉生杂乱思，灵光几闪不成诗。国中辛苦延三世，海外睽离兴一支。曾费青春参大幕，惟余白首坐空帷。江乡枫老莼鲈美，又到秋风初起时。

精选 9月5日

分体编成手自钞，云松端不负诗豪。指《瓯北诗钞》。咀华味足知三昧，嚼蜡意宁存一毫？挑选拟筹再成集，奔忙诚恐枉操劳。《燕山史咏》犹有愿，投止无门剩郁陶！

全家同游妙峰山 9月6日

烟萦金顶妙峰山，庙里娘娘驻令颜。粉海棠开邀月赏，野丁香谢送春还。丁香舍、海棠居，两处皆景点。苍岚翠岫千层浪，舞带旋巾百道湾。回首樱桃沟畔路，农家庭院好休闲。

车过仰山 9月6日

盘折京西闻仰山，金碑唐塑散其间。风霜吹打奇松老，涛雪奔撞怪石顽。炼药何年来寺苑？餐梨当日守禅关。诗人几辈曾留笔，愧我云峰未及攀。

峨嵋酒家设宴迎吴锌一家归省 9月7日

峨嵋秀色落杯盘，多宝鱼呈佐美餐。三代一门共时进，八旬五纪得身安。兴衰世运心千结，休戚民生事万端。每饭不忘思社稷，杜公可法岂儒酸？

自叹 9月7日

妙句天成散绮霞，长才当世几名家？精严持律应可法，轻薄为文安足夸？曾印行踪忆《春草》，更铭身世记《秋笳》。几回寂寞叹高手，忍向芳园伤落花。五句指初学诗有七绝春草二首入集。六句指先人之《秋笳集》。落花喻旧体诗于今不受重视。

癸巳白露 9月7日

“露从今夜白”诗成，杜句。有鹤高鸣为底惊？燕去鸿来随节序，宵寒昼燠觉时更。亲情之重同伤别，杜句：有弟皆分散。世味所趋因养生。群鸟养羞，喻人养生。今古竟然如一辙，扰攘四海未休兵！况乃未休兵，乃杜句。

“凉茶之乡”：商业史学会为王老吉挂牌 9月11日

久远名扬冠我华，香甜王老吉凉茶。奇方祖授宜相秘，广告人喧漫自夸。世上原行千种酒，园中非茁一枝花。高低何必争未了，广阔市场宁有涯？

闻上官婉儿墓发掘有作 9月12日

风云变幻古长安，武氏临朝擢上官。继逞宏词诏由草，更矜令色气如兰。魂归故处虚金殿，墓发何时无玉棺？丽质清才宜自爱：远离宦海主文坛！

注：1. 三句指常为唐中宗起草诏书，时有巾帼宰相之称。2. 四句指中宗宠之，封为昭容，位仅次于韦后。3. 五句指李隆基杀韦后，并及上官。4. 六句指学者疑遭“官方毁墓”，故无棺木。

嫦娥3号运往西昌 9月12日

爽气清秋喜气盈，西昌万众正相迎。多年拟筑升天路，今岁伫看登月行。落处我将叩宫阙，往时谁果树旗旌？梦圆中国应非远，猛进高歌又一程。

饯别有辞 9月14日

南京美食“大排档”，落户燕都供品尝。小聚本难俄各散，常离岂遂永相望？雷声震荡惊长夜，尘事纷纭隔大洋。祖国年年更面貌，同看马跃又龙翔。明岁马年。

色变 9月14日

顶上区区恁失常：忽惊变白忽犹苍。人曾遇厄愁将绝，用伍子胥过昭关事。我若回童喜欲狂。旷达本宜一生死，悠闲自慕等彭殇。金茎耸立承甘露，未遂求仙笑汉皇。

学会筹画为予祝寿先记其言 9月15日

九十劳谁筹寿筵，通州黉舍众喧阗。一蹊桃李迎朝日，万里桑榆渺暮烟。业继长安开盛世，重现盛唐气象。功驯永定辟新天。得除永定河患。国家多庆诗家幸，闲健再容三数年？

予数十年游走于学者诗人幕僚之间，书三首以记所历 16日

一、愧作诗人慕学人

学者头衔面有光，辛勤半世出文章：丝绸路远联中外，盐铁谋深贯汉唐。迹认井田凭考索，史编丈亩费衡

量。难穷其变通今古，翰苑聊名一室藏。专著有：桑宏羊研究、井田制考索、度量衡通史等，并主编中国商业通史，诗集以翰苑一室为名。

二、幕府生涯未易忘

年少书生才岂超，却逢知己喜相邀。春深砚次筹长策，秋老田间把大铫。百丈云霓恣吞吐，满天风雨感飘摇。个中况味向谁诉，甘苦清时充幕僚。供职于商业部政策研究室，当时干部须参加劳动，遭遇文革，其后调入社科院。

三、积习难更仍写诗

诗思近时如井喷，不成武略且扬文。曾矜学律知三昧，自许举旗张一军。春至无私荣草木，秋来多事变风云。题材难尽词人笔，乘兴原非博众闻。学律指于诗词格律下过工夫。秋来指方今多事之秋，风云变幻。

赞普京《纽约时报》发文刺痛美国

9月17日

一文激起千层浪，平等呼吁自普京。并世何能容例外？独尊偏欲任吾行。逆鳞出水撄无忌，“名角”登场骂有声。大国于今方较力，须凭正义定输赢。

癸巳中秋有作 四首 9月19日

反元初约复吾华，继庆团圞入万家。金制丝装身忽变，人情天价礼相夸。列朝可鉴兴由俭，于史应知腐自奢。不禁如何正风气，中秋今岁话题加。一二联言月饼。

良夜迎来月色妍，中华梦亦盼同圆。卢沟昔启哀时史，燕市今开乐岁篇。四海尚闻云叆叇，九天徒望舞翩韆。何能一片清光共？千里婵娟照未眠。五句“叆叇”，昏暗之状。末句用东坡词意。

倾城邀月聚卢沟，曾此全民赴国仇。雨散终来应可待，云收迟上岂宜休？往时明晚光才满，此夕今年魄最圆。总是京华宏大处：万家欢乐过中秋。谚曰：十五月亮十六圆，今年却是例外（将连续三年），下次“十五圆”预计在2021年。

中秋得看浙江潮，风物钱塘岁已遥。华发欺人几圆缺，青春忧国共昏朝。燕都菊绽影仍瘦，鹫岭桂开香正飘。南北今宵庆佳节，光辉同被梦相招。此首怀在浙旧时校友。首句观电视兴起；四句当时同学事；五句燕都之燕字系借对；六指杭州之灵隐寺。

中秋次日偶成书存 9月20日

中秋过喜见蓝天，尽扫雾霾期数年。市政有为筹大计，民生无失仗诸贤。楼台群起都城壮，雨露广施花木妍。想我亦曾佐京幕，几多往事渺如烟。

张中行《诗词读写丛话》书后

两首 9月20日

今古诗人盈几车，有飞瑞凤有栖鸦。遐龄公副推前辈，薄学我争窥大家？勤慎自持谦凑合，严真相勉鄙浮华。一编《丛话》荡心目，惭愧更无新意加！勤慎，先生为学主张；严真，与周汝昌唱答诗中用语。

公于诗法最堪传，属对忙时独粲然。扇舞水流仪脱略，双声叠韵字联绵。借音蹉位工求极，掌合雷同忌置先。意境若离还若即，知之未必用之全。三句指扇对（隔句对）、流水对，四句指双声对、叠韵对、连绵字对，五句借音指借对、蹉位指错综对，以上均言对仗讲究技巧乃见其工。六句指属对之病。七句张氏原话。

天价　9月20日

近时天价迭惊呼，月饼之余事岂孤？小者动千花酒桌，高端逾万铸茶壶。世风愈见蒙尘土，贾道偏看祟鬼狐。书籍本宜广流布，踊腾百倍古来无！有以宣纸线装精印者，普通书本价即高得吓人。

赴餐口占　9月22日

老怀有幸得常开，何处今朝走一回？金鼎轩尝知隽味，玉华台忆尽余杯。俭风渐自光盘起，衰兆微从下箸来。每饭杜公思未已：几家逸乐几家哀！晋何曾日食万钱还说无下箸处。

出门　9月22日

日坐楼头有所思，心何如醉意如痴？纵多佳句骄妻子，奈乏良谋答盛时。万点嫣红已垂果，数行暗绿尚摇丝。出门颇觉风光美，揽景抒怀再赋诗。

又到螃蟹上市时　9月22日

阳澄湖上好秋光，月浦飘来禾黍香。不吝重金求必至，为饶美味食难忘。路通莫讶行何速，座满漫惊兴欲狂！我读《红楼》螃蟹咏，女儿笔底挟风霜。　“眼前道路无经纬，皮里春秋空黑黄”，宝钗诗最具讽意。

癸巳秋分　9月23日，农历八月十九日

巳年今日值秋分，昼夜又均仍布雰。雾气。南极寿添候星见，老人星见则致治平。西陵富溢有仙云。八月十九日吕仙题壁诗云：西陵已富忧未足。雷声已敛蛇虫蛰，凉气方欣草木蕡。蕡，草木多实。　我自多闲搜典实，为题此节故摛文。

又一首　9月23日

观潮赏月去悠悠，朝起凉生好个秋！小雨两三点犹下，大风四五级无休。加衣却病防为上，纳气养身评最优。空气级别。佳节非遥指重九，黄花人对引新讴。

无蟹非为秋　9月24日

奇贵仍然甘忽悠，真教无蟹不为秋。骚情几许成风雅，渔具连番入唱酬。一幅图开尝醉味，几家筵摆品珍羞。近闻水库尖团足，何必纷纷湖上求？题为《经济观察报》心力先生文中所用之题目。四句指唐陆龟蒙、皮日休因食太湖蟹所写的《渔具》唱和诗。五句指唐

寅作《醉蟹图》，牵动苏城吃醉蟹之风，蟹价一日三跳。六句指上海、苏州螃蟹席珍品最多。第七句指十三陵水库蟹上市，物美价廉。

《历史上拖累中国的朝鲜半岛》一文读后 9月24日

六帝辽东九战争，任其生灭毋言兵。援朝势定唐施惠，挫日国虚明主盟。酿乱护他败累我，丧权从此祸忧清。中华半岛多纠结，箕子东迁岁月更。…此文刊于《国家人文历史》2013年9期，作者王洪光。首句指隋文帝、炀帝、恭帝、唐高祖、太宗、高宗六任君主，对反叛的高句丽报以九次战略性的战役行动。二句指房延龄的临终进言。三句指倭攻新罗，唐出援军击之于白江口，以后直至明万历时倭不敢染指半岛。四句指万历时日本丰臣秀吉侵朝，明、朝联军与之艰苦作战七年，灭日主力，取得胜利，但明土朝国力消耗巨大，致国库空虚。五句指清时朝东学党引发内乱，日本借机干涉，清室予以保护，反在甲午之战失利，在丧权辱国的马关条约中割地赔款，国力大伤。数千年来中国同半岛纠葛不断。或曰：箕子东逃，半岛之民即商遗民之苗裔也。

毛主席爱读《资治通鉴》 9月25日

少小始研《通鉴》时，长年读破力倾兹。开宗启乱由三晋，立国求治在四维。杀伐频加陷胡底？权谋层出曝无遗。是非得失资明镜，掩卷床头何所思？三句通鉴所以从周烈王二十三年写起，毛释：是年三家分晋，礼坏自此开始。四句毛释：言雍正亦赞赏礼义廉耻、国之四维。治国即在治吏。五句毛说：《通鉴》是一部大的“相砍书”。六句毛说：有人云搞政治离不开阴谋权术，搞政治就是捣鬼。七句指毛主席从《资治通鉴》上明鉴是非得失。

读瓯北咏五代荆南高氏史事戏和一首 9月27日

北临大国奉朱三，指朱梁。孔道必经通北南。商利原丰因擅茗，丝工最巧以能蚕。依违自保诚无奈，弱小人轻岂遂甘？善恃平衡智术异，泰然立足法堪参。

化武疑云，尘埃落定 9月28日

难得五常同一声：允销化武换和平。民哀何以深罹祸？国乱非因好弄兵。操控有人位宁易？纷纭各派利惟争。真凶暂匿终将获，指真的化工袭击挑衅者。应与加分表普京。

赴出版社领取首笔稿费 9月29日

十载辛勤获稿酬，著书羞为稻粱谋。寿添自得颐养乐，禄厚未贻生计忧。壮岁运筹参大计，盛时献策乏良猷。沉思马甸桥前过：何日层霾喜尽收？

稿费来自《李商隐研究论集》，续书一首 9月29日

幼学樊南颇用心，得离浮浅近深沉。缘联千载为师友，功尽一编涵古

今。锦瑟诗曾细诠释，银笙事亦费追寻。虽非落笔无根底，敢望名随著作林？编者谓此书为“有根底、有功力、有创见、有才情的学术著作”，过誉也，愧不敢当。

美伊“世纪通话” 9月30日

三十余年历酷寒，破冰尚易化冰难。核能坚守资民用，强力横加胁国安。半信半疑示悬剑，或嘘或挺暗操盘。电波始露温馨意，展翅鹰归德黑兰。

第一句指1979年伊朗爆发伊斯兰革命，与美断交已历时日。二句指今为破冰之旅。三句指伊核问题。四句指美国对伊朗制裁。五句指美对伊实质态度。六句指伊朗国内或反对或赞同，但大方向暗中操盘者仍为最高宗教领袖。七句指奥巴马提议，与鲁哈尼电话交谈，历时十五分钟。八句指美方向鲁哈尼送还一件“特殊的礼物”：一只有2700多年历史的波斯王朝银质酒杯，杯体形似一只展翅飞翔的鹰头狮。这件走私文物估价百万美元，2003年由美国海关查获。

自乐 9月30日夜

倚马谁能诗立成？句来我亦宛天生。绝情已分难向佛，肆意或将真变精？眼界拓开境空阔，心扉启动笔纵横。宵深谛听喃喃语：自乐初非为猎名。

自兢 10月1日

自乐时时亦自兢，为人须力戒骄矜。搜求已感难再进，挥洒徒惭无不能。雨里情怀宁郁抑？吟边心事欲飞腾。顷闻古典诗新唱，文化绵长有继承。中央音乐学院举办此会。

国庆 10月1日

雨中肃穆献花篮，高耸丰碑低首参。血火泪怀烈士众，海空陆侍礼兵三。民生冷暖心永记，国事兴除肩力担。欢庆不忘忧患伏，当今要务在治贪！

改革纵深擎大旗，八方同庆辟昌期。申江祥雨凭龙跃，瀛海惊涛容鳀嬉？冷对西方秋气肃，喜闻南国好风吹。习主席东南亚之行。江山如画花如锦，要写昂扬百首诗。

观《决战燕子门》 10月2日

轻疾鸟飞功绝伦，首句衬韵。锄奸拯弱广施恩。敌营奇勇诛宫本；密室深仇刃菊村。师祖秘珍珠璀璨，女儿私语玉晶温。大明湖畔清秋日，万口流传燕子门。

美国奇闻 10月3日

白宫多处告关门，首句衬韵。十七年前事再闻。两党已明同水火，一天忽暗变风云。无薪直遣休长假，偿债还能剩几文？医改原来关政绩，真教难解又难分。

张中行谈作诗须讲求声韵

10月3日

若览今人近体诗，不谙声韵总堪嗤。守成岂懒趋原易，出格难谐避似宜。出韵。未限窄宽情恰称，毋求险僻句徒奇！先生语重心良苦，直抉病根须悉之。

赠史大同伉俪　10月4日

昱昱银屏证世家，桂芳菊茂乐无涯。八千里路云和月，九十秋光酒与花。至爱为民歌盛代，大同指境振中华。识荆有幸情何限，敢傍诗坛殿后车。

听百家讲台，咏范公史事
——予少时在范公（仲淹）祠中就学

10月4日

文臣英武亦麾刀，御敌防边不惮劳。胸贮甲兵千帐肃，心怀忧乐一楼高。胶连权宦朝中固，朋比言官耳畔嘈。新政难行宋难振，怎酬壮志惜人豪！

韶龄负笈范公祠，亮节高风仰大师。崇德欲承千载后，成材待订廿年期。退愁进喜难舍我，后乐先忧应效谁？文武亦惭俱不就，惟留诗句动昌时。

朝来结伴赴沧浪，七十年前梦尚香。蓬阁晨风星已散，柳堤秋雨月无光。英姿共拜高吴苑，义举同闻广范庄。仿佛弦歌仍在耳，几多影事久难忘。此首专言同学。五句言范公泥塑象即在校内，六句学校即以义庄命名为范庄前。

老去　10月5日

老去何来不死方？数诗日课底奔忙？楼前花木谁为主，天际风云我欲翔。芳苑岂能乏颜色，健毫未许欠文章。京华四代居非易，转眼重阳再举觞。

观阎晓明动作片　10月6日

题材广阔费搜罗，阎氏荧屏出品多。名将才闻收水泊，神探又告定风波。倭奴侵入凭忍者，镖客行来过险坡。娱目惊心却存憾：当年机失结丝萝。指吴锌与其妹，丝萝婚事也。

蛇年迎重阳　10月6日

层霾未去近重阳，今岁重阳能似常？半岭霞明枫待赤，满阶霜冷菊迎黄。国中醇俗尊耆老，云外遐思绕旧乡。速转天高风日丽，好因佳节赋华章。

两家子弟各能文　10月7日

灵气天钟迥不群，一门子弟共拏云。曹家力创英雄业，苏氏高扬翰苑文。乌鹊南飞难一统，大江东去定三分。兴亡更迭风流继，前后赋成今古闻。指赤壁赋。

举世寂寥叹有声　10月7日

子女一门俱擅文，世家应亦早知

闻。曾经苦学春秋费，更睹耽诗日夜勤。独鹤飞沾衰草露，寒梅开倚峭崖云。莫非至我传薪绝？难合只因新旧分。

未必人间罕晓音

10月7日，三用文韵

新诗旧体爱难分，唯美是从辞纠纷。容易转身因力学，俨然出手有奇文。千杯细酌能知味，半盏浅尝争挹芬？堪笑效颦胡氏辈，不知音却渎听闻！三四句指何其芳诸大家；七八句指胡适晚年亦学作旧体诗，很不成样。

王船山诗读后 10月7日夜

老辣薑斋卓识多，乾坤偪侧奈愁何。落花有意将安适？渡鹊无缘只枉过。百首诗成留怅惘，落花诗。半生力尽剩蹉跎。秋来难制江山泪，溅血玄黄未戢戈。

偕宋娟世雄同游园博园 10月8日

园博今来秋尚温，塔高永定屹乾坤。花明渐入江南境，河远初临塞北门。凤阁都雄中国大，龙渊祠古太原尊。挽天缩地由仙术，半日真成万里奔。中两联指江南馆、青海馆、北京馆、太原馆。

读黄山谷《外集》之少作七律

10月9日

遗珠“集外”夜光腾，却是前时读未曾。出手初看格平易，应心更见境清澄。观棋静室客无语，索句良朋诗互赓。不似壮年立宗派，越多书卷越增棱。

论创立江西派后之黄山谷诗

10月9日

虽出苏门风格殊，争奇炫僻岂其徒？矜无一字欠来历，夸有群书供驾驱。峭骨特标实羸病，健蹄反蹶即泥途。回头少作尚平易，何苦异妆空饰涂？

胡乔木为毛主席背诵温庭筠过陈琳墓诗，次韵成一首 9日

斯人天降嗣斯文，马列铭心奉典坟。一代风华仰才子，千秋功业佐明君。江东春动迎朝日，陕北天开扫乱云。愧我晚生兼后觉，未辞笔砚早从军。陈琳古射阳人（今盐城），乔木与之同乡。

近读前人谒文信国祠诗作，敬和一首 10月10日

想见冲冠顶北风，几回凭吊赴城东。奇光日月行永健，正气乾坤歌未终。恨血染成芳草碧，严霜画出冷枫红。土城难觅胡元迹，千古祠连万丈虹。

长假留不留？ 打油体 10月11日

大国泱泱节庆多，熙攘南北乐如何？万人出手黄金费，百业回头白日过。休假带薪游自助，分流疏堵策相

磋。年休“三一”怎消遣？合理安排无再拖！全年休假115天，几占三分三一。

雨后重阳 10月13日晨起

重阳雨后净秋光，未到重阳人例忙。琢句谁能追杜氏？提糕我欲炫刘郎。遐龄珍惜身康健，老寿欣逢国富强。菊展京华今岁盛，酒楼更喜约倾觞。

重阳咏菊 10月13日晚

菊花令誉在延龄，非念餐英标独醒。何日良方传上药？此时高会动诗灵。素芳映月自开径，劲节迎风宁立瓶？百卉争先甘处后，允称君子德维馨。

金秋重阳诗会 10月14日

故居聚会在重阳，在郭老纪念馆。古朴回廊挂海棠。大好河山壮且美，相谐耆老寿而康。晨光曾挹霞飞彩，秋韵同吟菊吐芳。愧我未能躬盛会，追随群彦献华章。

余意未尽，四咏文信国祠

10月15日

熠熠名贤史迹繁，成仁取义见渊源。江东继痛河山劫，史可法。蓟北先惊天地翻。坚竹风挠枝未折，劲松雪压幹仍蜿。若非赤族勤王殉，也只前朝一状元。

忆怀柔雁栖湖畔召开的一次文会

10月15日

曾说风光内外殊，长城内外。红螺直上许高呼。红螺山。庄开晴岫窗展画，客涌春云车塞途。碧浪浮花龙伏涧，青烟曳柳雁栖湖。他时盛会期来此，远自重洋近粤吴。

以诗代柬复潘公承烈 10月19日

空谷跫然来好音，层霾才去豁愁心。平生甚企成师友，绝学曾期贯古今。几辈摩挲观石鼓，喻观摩古籍。十年辛苦度金针。喻为文指津。如何后继无人起，萧瑟秋风岁月侵！

史学乾嘉许并传，赵翼与王西庄、钱大昕并称清代三史家。方今谁得继联翩？域中三老应为首，笔底千言能比肩？莺谷和声原引侣，龙城灵气素钟贤。常州亦有龙城之称。近闻雾里花难晰，明目盼赓酬答篇。王西庄有目疾，致双瞽，后复明。

读苏诗题咏

之一：东坡在黄州 10月16日

熙丰更法责黄州，云诡雷奔历四秋。手垦东坡聊自号，心怀北阙复何求？消融雪冷梅俱秀；飐掠风强竹尚遒。赤壁赋成阅天地，滔滔江水永东流。东坡在黄州时有雪中赏梅、和秦太虚梅花、种杉竹诸作，风来竹自啸等句。

之二：东坡在杭州 10月16日

坡公两度莅西湖，山色波光人足娱。六井饮牛先有记，二堤植柳复如图。楼台拔地明还灭，珠翠满途歌并呼。锦绣城中谁广聚？百年后尚羡行都。前为杭州通判，后为刺史。写有钱塘六井记，饮牛在大旱之年。

之三：东坡在颍州 10月16日

两年治颍万民苏，乞罢河工转浚夫。博士呈诗病随失，王孙饷酒兴非孤。春秋月色情宁一？梅菊花香品未殊。堪比杭城修水利，坡公到处有西湖。三句指病中读朱博士诗；四句王孙指赵德麟；五句指王夫人言：秋月凄惨，春月和悦；六句梅菊出自集中有关诗句；七八句指偕赵德麟治颍州西湖，因调任扬州，赵竣其功。

之四：东坡在惠州 10月17日

四时春色驻罗浮，十载黄州转惠州。惟愿朝云长执手，独邀明月正当头。已灰心再难燃木，不系身犹任放舟。枉说岭南荔支好，落花飞絮困诗囚。四十九岁离黄州，十年间流转各地，五十九岁始至惠州。

之五：东坡在儋州

苏子由来字子瞻，遂令渡海谪于儋。在海南岛。桄榔林下姑为屋，薯菜田间不使镰。海南以薯为粮，几米之十六。多士过从欣有得，求学。诸黎游宴洽无嫌。民夷杂揉，屠沽纷然。华夷两尊合，醉笑一欢同。诸黎语出在儋诗：半醒半醉问诸黎。青山一发中原隔，青山一发是中原，在儋名句。新下纶音许返廉。元符三年，五月大赦，有旨量移廉州。时年六十五。

之六：东坡在常州 10月17日

飘飘仙袂影留常，东坡公园内树塑像。倦羽归来息顾塘。亭畔艤舟梦流逝，池边洗砚思飞扬。思，读仄。宅心厚乃还老屋，东坡买宅，夜闻老妇哭声，询之，以卖将徙故，乃折券还之，不复居。食指繁须筹小庄。在常买得一小庄田，岁可得百石，足矣。一代才人更仁德，岂惟下笔便含芳。五月至常，七月逝世。

晚晴 10月22日

《晚晴》自昔大名垂，我却闲来句逊奇。有限素材难着笔，无多新意怎成诗？暑风菡萏香销处，秋雨梧桐叶落时。容易一年去过半，小楼频倚夕阳迟。

俄印两国总理来华 10月22日

祥龙威凤舞朝阳，仪阅三军应接忙。北极熊蟠仍示猛，恒河象渡已留香。互持玉帛嫌犹暂，各守金汤谊欲长。红火外交大提速，中宵我亦梦飞扬。

蒙古国总理亦将来访 10月22日

桑叶被撕思往年，至今犹自意茫

然。雄姿越漠风振翼，寒气扬沙雪满鞴。大度仍当许摇摆，良时勿失戒迁延。北虽敛手西伸手，敦睦庶能安我边！

难工断句力嗟微 10月27日

门巷乌衣，韶华白袷，徒少时了了，大器晚成未必。怅卧都门，白日堂堂弹铗。狂欲雕龙，闷惟刻鹄，十年磨励仍顽铁。辽海挥锄，燕山把笔，影事前尘历历。壮怀愁思，都随梦里秋蝶。觉来衾冷，断句难工叹拙！

以上为梦中断句，觉来稍加增益，不知出于何谱。亟书之备忘。并成一律，录入集中，以充存稿。

萧条门巷旧乌衣，白袷韶华心事违。狂欲雕龙聊自许，闷惟刻鹄复何依？十年磨励仍余铁，奕世传承谁接旂？我是梦中犹弄笔，难工断句力嗟微！

外一首

从小沉迷已近痴，年来梦里几裁辞。倥偬尘事昼何短？贴补光阴宵正迟。愧对生民了无济，欣逢盛世只多诗。尽夸诗好将安用？堪笑孤芳自赏时。

香山红叶节 口占 10月23日

今岁香山节更隆，万千客至兴难穷。清霜降后见红透，迷雾散来迎碧空。几处人流向黄菊，频年归梦绕丹枫。休闲可卜时衰盛，苦乐心情便不同。

登长城看红叶不得 10月25日

日来红叶耀雄关，欲往观之奈力孱！八达岭头人涌海，九回坂上气吞山。秋前犹见千层翠，霜后旋看万叠殷。不及儿童成好汉，长城高处勇登攀。指童子军。

促游 10月26日

渠道多方促出游，将从何处豁吟眸？轻舟划过刚消暑，飞毂驰来又访秋。着色“花”明山路隘，无声叶落水塘幽。四时美景京华好，身在其中意自优。

处处秋光可赏红 10月28日

红螺寺望岭头红，观叶客临乘好风。三窟兔参谋可决，一窝蜂出计非工。百层人海童相失，千叠车潮路怎通？闻说归来最堪忆：香山却在“乱”山中。

题《赏红》摄影作 10月30日

圆明园里清幽境，前去赏红应绝佳。黄叶坠时凉似水，丹枫燃处净无霾。一双燕雀枝头立，几簇童孺湖畔偕。取影归来宜有得，少人行恰畅尘怀。

题赠香山公园 10月30日

我读明臣好诗句，香山红叶未相连。是谁选胜能致此？到处怡情难尽然。万树栌黄花逊艳，千株枫赤梦争圆？忆江乡红叶。公园正绘新图景，惬意游人待一年。

观叶百望山 10月30日代明明作

新辟园林百望山，轻车驰去几回环。黄栌坡上方变色，游客道中俱破颜。白石镌诗欲留迹，华筵品味且忘还。红鳟鱼好人能说，不枉此行诗岂删？

咏银杏 11月7日 立冬

黄叶萧萧又一年，寒枝朝起撼风前。遐龄应自哪时始？广植究于何处先？观亦曾青春共驻，食之不老寿能延。遍寻词苑悭题咏，敢窃声名迈昔贤？

拙朴 11月7日

句于拙朴反生姿，应是少陵诗法遗。曾好轻柔矜往日，渐趋矫健骋年时。遣词侧媚声难激，落笔苍凉境越奇。我爱义山迟暮作，得无“中”“晚”亦潜移？

即事 11月8日

一夜西风万树金，巧为刻缕费天心。已看落叶飘还起，且返高楼息复吟。杯里灵芝茶好饮，篱边冷菊酒辞斟。浮云瞬息容易变，正喜放晴旋又阴。

又一首 11月8日

为避大风先出门，匆匆直指稻香村。衡泥犹怵当年困，每饭难忘不世恩。何计延年且寻觅，无忧求食免趋奔。新诗日课虽有得，格调故吾安足论。

源流 11月9日

幼学诗曾溯上游，玉溪水秀暂登舟。少陵沉郁藩初近，昌谷幽深境未搜。瓯北堂前窥即返，剑南门下刺终投。暮年虽自矜风格，后继无人浪抱忧！

陈云颂——观电视剧《陈云》

11月1－5日

受命临危主特科，锄奸于己保全多，红区又见添星火，青浦曾闻起大波。书馆务工恣厚积，战旗指路发高歌。如何失计信洋拐？遂致长征遭折磨。

殿后筹船智渡江，出川返沪气难降。惊心涉险辞故里，沥胆陈情临异邦。人事许更功第一，军需得助事成双。亲身阅历经遵义，记录详由大笔扛。

延安窑洞近安身，老实人逢贺缔姻。百万党员喜新入，几多冤案庆重申。为组织部长时事。酌斸粮秣纾民困，巧理盐棉实府缗。缗，钱也。七大中枢唱团结，红旗猎猎笑迎春。

万马奔腾战正酣，临江四保赴征南。军威迭振下辽沈，局面顿开超陕甘。大计奏功倚谁定？奇招制胜赖同参。接收城市兴百废，有序操盘非旧谙。

统一旌麾令必行，力驯通胀价回平。从容吞吐物方裕，审慎收支财转盈。纵使浪掀妖尽伏，岂容天塌手能擎。打赢沪上金融仗，淮海胜堪齐美名。

治国应惊理念殊，用之排难忤旋驱。红旗跃进虚声噪，青浦调研真相呼。曾以贤能加誉美，又从“机”“右”定评诬。平生知己恩来在，革命深情总不渝。

文革带来诸老灾，江西安置岂悠哉？信中子女耐艰苦，梦里夫妻劳惦猜。目远预谋万金贮，在国际市场收买黄金。心摧连送二星回。周总理、毛主席逝世。箴言十五堪垂范，十五字为：不唯上，不唯书，只唯实，交换、比较、反复。教导谆谆在育才。

迷雾拨开天放晴，重膺大任企澄清。纪委书记、财委主任。主持纪委贪腐肃，推倒牢门冤假平。联产承包见初效，市场计划盼双赢。杀青《文选》将传世，不漏当年犯错情。《文选》即将出版，陈云发现有一篇没收进去，是他犯过错误的内容，坚持不能遗漏。

大国东方统列藩，千秋人物各腾骞。唐推刘晏商趋活，汉擢桑羊财致蕃。暂黯风云遗痛史，重光日月创新元。江声仍壮波浪阔，春色长留天地暄。斯人虽逝，楷模长存。七八句成对仗。

河溢山摇月堕时，天涯闻讯恸难支。时余旅居美国。岂关存殁寻常事，自系邦家百世基。莲幕计筹承使令，筹，计数器。雷门学鼓仰型仪。苍茫四顾将安托？飘荡风前数尺丝。…旧作《二哀诗》（五古）结句：况今成隔世，学步路越仄。中心何所依，四顾茫空阔。即此含意。

三中全会开幕 11月9日

内外聚焦望中国，略知梗概已心安。扬帆凛若进深水，掌舵泰然过险滩。互济公私应尚易，相谐贫富岂全难？雷声雨点真大作，灿灿朝阳天地宽。

全会在进行中 11月12日

改革蓝图议再三，马年首战备征骖。兴邦求实襄大计，误国尚虚辞妄谈。绣谷莺歌方呖呖，乱岗虎视有眈眈。如潮活力谁能阻？蓬勃江东至海南。

欢呼全会胜利闭幕 11月12日深夜

胜利欣收硕果新，高歌声振动梁尘。稳中求进应无止，屈处故迂将更伸。大手笔挥兴百废，严冬寒尽绚三春。征途料必多荆棘，赖有明灯照亿民。

从容 11月13日

迭起高潮波渐平，从容许我写诗情。泡桐籽挂桥上过，银杏叶飘楼畔行。老去将难消永日，古来岂易得长生？清心莫被愁相绊，老氏之玄在不争。

蓝天 11月14日

风来霾扫见蓝天，人气升随捷报传。棋布一盘筹改革，拳攒五指策安全。江山日照旌旗动，岁月尘蒙涕泪悬。不息图强殚数代，腾飞中国梦将圆。

再说诗法 11月14日

作诗有法莫轻离，情境相融庶得宜。开合实虚娴对仗，壮纤浓淡善言辞。养花足水魂方活，缕月无光格总卑。口号不呼标语洗，应于形象注思维。

修短 11月15日

浮生修短不相侔，却病延年是所求。韩杜俱殂嗟命蹇，赵查同寿羡诗遒。登仙君主殊唐汉，汉武唐武寿夭不一。谪宦才人异柳刘。子厚终年四十七，禹锡寿至七十一。向使放翁辞旨酒，期颐可及继优游。放翁嗜酒终年八五。

吾衰 11月16日

甚矣吾衰懒起床，奋飞仍敢抱余望。客来不速老随至，前人诗：老境来如不速客。春返非邀花自芳。已断惊心闻虎啸，岂惟负手看鹰扬？清时有味生何乐，欲觅人间缓死方。

诗格 11月16日

得句近时趋老成，自嫌尚少涉苍生。身边琐事妨诗格，笔底繁花远国情。北地久经叨鹤俸，上林曾与听莺声。朝来万马奔腾急，倘许追风随一鸣？

吴鉴送来盘锦螃蟹，喜咏 11月16日

垦辟辽南曾力耕，稻田新绿盼秋成。如磐风雨沧桑变，磐盘同音，借对为盘。似锦江山花木荣。尘世难辞有家累，人间所重是亲情。年年佳味劳相饷，岂必阳澄湖上行。

惟从七律博专精 11月17日

胸襟徒敞发心声，四纪尚难臻大成。句到工时人不爱，语关痛处世堪惊。文传道义能千古，诗见性情聊一鸣。老我爽然论得失，惟从七律博专精。

七律盈千古几人？放翁而后孰传薪？杜公寥寂诗消日，苏子纵横议入神。高格樊南岂雕琢？豪言瓯北亦轮囷。高大貌。初开蹊径唐伊始，前路无涯敢问津。

扬州发掘得隋炀帝与萧后墓，随葬物甚啬 11月19日

帝后扬州遗墓田，霸才惊世正英年。看花观溢笙歌沸，于蕃厘观看琼花。植柳堤长烟水连。开凿大运河。东海远征疏北顾，伐辽东而北方遂虚。中原轻掷误南迁。亡徵未觉国旋破，大好头颅空自怜。

甲午之战，将两甲子，愤而书此，以记国耻 11月21日

辽海硝烟列舰沉，弥天大耻久逾深。东皇难抑西风烈，内腐方贻外侮侵。终返春光暄大地，犹思冷月罨重阴。冲关（马关）怒马看齐发，谁拂图强中国心！

京华景色 11月21日

壮丽都门萃百灵，万千气象笔难形。经霜更见高穹翠，洗雨同看远岫青。退走冷风晴越好，迎来暖日雾曾经。何人取景京承路，一片红燃夜不暝。摄影作品，暝，昏暗也。

纤句 11月22日

好句闲来手自拈，油然兴至斗新尖。席间辨味辞红辣，枕上舒心梦黑甜。久处囊中锥未钝，频挥笺上笔仍銛。只嫌格调弥趋下，游戏文章无乃纤！

告别 11月22日

洒然不欲与人争，六十年来事笔耕。幕府蒙谁容阔步？词坛恕我得横行。梧桐秋雨愁方起，桃李春风梦尚萦。盟好或将俱告别，渐行渐远渐无声。

悼念先岳父母，恭赋两首 11月22日

知足无奢乐返真，鳏生何幸得联姻。闲居顺逆安危境，甘作沉浮淡泊人。丝竹娱心文养性，风雷聒耳雨惊神。如何未得亲颐养，却致悲来泪湿巾！

茹苦含辛抚后贤，浦江宜得美名传。风霜百度年祈永，桑海三迁世阅全。寿域筹方添更满，瑶池驾遽去难延。同堂四代同悲切，不独京华热泪涟！

奇迹 11月24日

奇迹惊人世罕逢，首句衬韵。月中周日五连红。824年始一见。八方纵报灾害袭，十载递增粮产丰。有幸许歌老来乐，何人与创盛时功？更期挥笔扬文彩，点染江山兴未穷。

寒潮 11月26日

风紧寒潮首袭来，心驰目骋景连开：几层红染燃高岭，百级黄铺掩峻台。秋去桥头柳俱老，冬来林杪鸟先回。亦愁日短夜难补，怎得新诗如数裁？三四句系荧屏所示。五六句系眼前即景。

冬景 11月27日

北风凛冽苦冬威，满眼萧条景物非。木叶脱时见山瘦，衣裳加处觉人肥。颇嫌寒气长时袭，应盼春光早日归。天运从知有来复：微微大地泄生机。

忆菏泽牡丹 11月28日

自古曹州产牡丹，是谁驻此稍抽闲？天香夜染倾天下，国色朝酣惊世间。仙质本宜动人羡，良臣永忆济时艰。去来词客盈千百，我亦曾临乐忘还。1997年偕学会同仁专程去菏泽看牡丹，并凭吊刘晏，良臣即指此而言。

鸾飞 11月28日枕上口占，效放翁体

大幕凭谁用所长？老来迄未见颓唐。折除秩显筹添屋，海屋添筹为延寿之词。贴补家寒诗满囊。举世同尊勤且俭，合门唯祝寿而康。三冬过后东风起，定逐轻鸾天际翔。

新词戏作 11月29日

中华筑梦本宏观，调控得人堪化难。七事谋齐民始乐，万全策定国方安。有无形可施双手，先后序宁拘一端？毕竟由谁来决定？市场市长竞操盘。

读李德裕《登崖州城作》感赋 11月30日

栋梁自折笑唐顽，此举谁知国运关！帝阙望中非白日，郡城绕处是青山。安危本系公何去？迢递难随鸟共还。航母今闻过三亚，南天一柱屹其间。原诗：独上高楼望帝京，鸟飞犹是半年程。青山似欲留人住，百匝千遭绕郡城。

试解放翁诗多之谜 12月1日

名章逾万孰能追？迷雾拨开原不奇：仕宦偏多闲散地，家居更富读书时。应酬赠答作留少，瓯北曰："不一二焉"。《书愤》《写怀》题选宜。瓯北曰："十居七八"。我亦耽诗凭度日，奈输遗世绝尘姿。

冷暖 12月2日

相伴暖阳宜出行，蜗居多日喜新晴。关心风力霾期尽，注意温差衣要更。寒燠轮番宜应对，湿干交替善支撑。老来最是难将息，可测天仍不可争。

嫦娥3号今日凌晨奔月 12月2日

浩瀚深空晓欲明，嫦娥今日启归程。金蟾倚桂早恭候，玉兔驱车将遄行。月窟秘多探可悉，虹湾光足落宜平。我华科技俱时进，来去载人期必成。12月14日，玉兔车落月完满成功。谨此祝贺。

西樵题咏——读楹联学会所征《西樵山赋》获奖作品后作 12月3日

一山座佛垂千古，四海翔龙下九霄。超拔为标挺南粤，幽奇入胜探西樵。俯倾风曳四方竹，颦笑露滋千树桃。桃，间用豪韵。我却留心存石址，萌芽交换溯年遥。

此地采石场遗址，始于新石器时代中

晚期，交换行为已经见其开端。我写商业通史第一章曾用此材料。

这个冬天有点暖 12月4日

节将大雪能无雪？岁入寒冬实暖冬。水汽不多天太燥，雾霾未散染尤浓。翻飞风叶虽惊鸟，屈曲霜枝仍卧龙。飘荡诗心落何处？闭关迟日任吾慵。戏用《新京报》同日标题。

郁陶 12月4日

圆梦中华时岂遥？十年磨剑且光韬。大旗偃待风雷动，活力迸将天地摇。搅海期奢蛟鳄伏，吞河志大鼹鼹骄。东南望处神焉往？怒气未伸空郁陶！本诗萧韵与豪韵（韬、陶）混用。

英揆访华 广觅商机 12月4日

洋药先行藉闯关，连番炮舰肆英顽。风云已变霁天色，玉帛惟求开笑颜。共献国猷民气旺，重温史事泪痕斑。图强二百年来事，屹起吾华惊世间。

拜登来中国 12月5日

东西两大睦邦交，关系全将岛屿超。久以学林引飞凤，岂容商舶阻潜蛟？暖风吹走零和戏，时雨迎来合作潮。曾盼撑腰悭给力，有人惆怅枉心劳。本诗萧、肴、豪韵混用。“两国关系被指超越岛屿”，系引用报章标题用语。

乌克兰总统访华 12月6日

俄欧间赖立屏障，障字《诗韵》平仄通用。饶足资源久辟疆。紫电清霜森武库，碧禾白粲实粮仓。能赒急难情谊见，为保安宁筹划忙。橙色妖风怎降伏？真经取处在东方。

冷、戒、艺、豆：陈云养生四字诀 12月7日

廿年冷浴行无辍，一着真灵病遂轻。有志戒烟身转健，未坚远嗜事难成。听书悦耳调心脑，练字凝神冶性情。每次佐餐豆不少，味崇清淡岂求精？

冷水浴乃毛主席建议，坚持不辍二十六年。

孙冶方基金会三十周年纪念会献词 12月8日

崇馆启原迎国宾，京华腊近尚如春。卅年辛苦书蒙奖，五卷淹通史备询。骥尾幸随歆学者，凤毛偶拾慕诗人。还将盐法梳今古，敬献难充席上珍。

钓鱼台忆昔 12月8日

金时始辟钓鱼台，六十年前园本开。柳拂千丝多野趣，苔侵一径少喧埃。红墙起处风云变，华发生时岁月催。感发“沧桑”“工”未逮，两回载笔愧重来。

降温 12月9日

朝起天清骤降温，冬来秋去疾于奔。高囷百室知民乐，广厦千间感国恩。风雨虽曾欺病骨，冰霜终与洗诗魂。昂藏不倒寒能耐，夜读灯前且闭门。

大言戏作 12月10日

犹觉锋尖力未穷，十年磨励不虚功。摩天秋隼声振野，掣海长鲸浪蹴空。夜雨洗过千嶂翠，朝阳升起满江红。憬然梦醒东窗下，叹老忧贫岂素衷？

《瓯北诗话》论王荆公诗读后 12月10日

性耽立异才原隽，事好相争意辄奇。直上千寻云去碍，欲专一壑马来疑。动人春色未多露，瞑目青山何所思？傲兀垂虹亭畔过，岂凭巧语遂为诗？三句原诗指：不畏浮云遮望眼，自缘身在最高层；四句指：我亦暮年专一壑，每逢车马便惊猜；五句指：浓绿万枝红一点，动人春色不须多；六句指：青山扪虱坐，黄鸟挟书眠；七句指：春风垂虹亭…傲兀何宾客；八句出自《鼠璞》：王介甫但知巧语之为诗，不知拙语亦诗也。

读康熙《中秋书怀》诗，步原韵，书一首 12月11日

中秋有感岂无端？合约甫签方返銮。紫塞鹅擒露光湿，青城马踏叶声乾。东西广宇多忧乐，内外重关等燠寒。圆月峰头皎然出，缘何愁满竟忘餐？二句指尼布楚条约；三句以鹰俘鹅乃清人旧俗；四句青城系古北口外之喀喇和屯之别称；六句即毛主席所言“同此凉热”之意。

康熙原诗：

多病多悲感百端，暂来此地驻琼銮。岩间雨歇衣还湿，岭外云开露未乾。风激清潭三汲浪，秋催堕叶五更寒。惊看圆月峰头出，似照愁肠劝夕餐。据考：康熙宠妃佟氏适于月余前因流产而卒，帝不胜哀悼，多愁善感，自然溢于言表，此作格调如此低沉，非无原由也。

狂吟银杏欲争先 12月12日

蔽空银杏一行行，映日临风熠有光。秋到地坛笼大道，朝来禅院绚长廊。株高百尺封由帝，潭柘寺银杏受乾隆封为“帝王树”。寿历千年奉作王。大觉寺银杏辽代种植，为北京“古银杏之最”，有“银杏王”之称。近自钓鱼台畔过：成林侧看成片横看尽明黄。

无雪 12月13日

冬来雪意迄今无，暖气如期供小区。近处安排扫落叶，远行辜负看黄栌。征蹄曾许驰千里，归棹仍期泛五湖。枫老垂虹桥已断，宵深诗就梦飞吴。

平庸 12月14日

诗渐平庸人可知，定公此语复何

疑。自缘立业身无分，哪得成家句出奇？阅历欠多境原窄，生涯有限力全疲。不须怅惘讳言老，少日也曾惊睿思。

存殁 12月15日

存殁音稀久黯然，一朝得悉泪如泉。亲朋有几凭通问，人寿无多冀保全。世上难能获良药，眼前似觉尚英年。身逢盛代宁存憾？撒手同归只后先。

怀柔风景题咏 12月16日

怀柔胜景壮京都，直上长城许一呼。慕田峪长城。秋水舟移龙锁峡，青龙峡。春风客至雁栖湖。红螺寺古香仍旺，白桦谷深炎欲无。白桦谷。桦字平仄两用，此处读去声。为问仙师鬼谷子去何处？云蒙山里踏崎岖。

小雪 12月17日

露脸方传即掉头，京城小雪迹无留。炉边琢句想全妥，道畔堆人嬉亦休。水缺田间农可悯，虫滋岁后祸堪忧。筑城堕指思当日，事岂荒唐史确收。四句指堆雪人；七句指五代时事。

冬至 两首 12月22日

枕蝶飞飞思渺然，高楼衾暖好安眠。风声渐小未连夜，雪意尽收将过年。旧俗无遗休再说，新猷有道正须传。杜陵此节常为客，我遇熙时寿更延。

夜长昼短感颓波，来日悠悠去日多。岁月春秋曾跌宕，风云材略肯销磨？耽诗卅载惊毫引，考史千年勤网罗。已减金刚怒目态，不扬不抑渐平和。五句毫引二字出自全唐诗话：用王智兴“引毫立成，四座惊嗟”事。

迎岁 12月25日

北风方奏扫霾功，难得京城见碧空。纵以加衣压身背，也因开牖豁心衷。百家货办年味足，一室花支春意融。更有拎包上门去，亲情洋溢慰诗翁。

毛主席诞辰恭赋 12月26日

当年百舸竞中流，六亿凭谁获自由？震世功过定三七，开天事业足千秋。哲人思路奇兵出，词客情怀杰句留。夷夏连朝迎圣诞，源头各发岂同游？

拜鬼风波 12月26日

拜鬼方掀冲击波，已蹬底线坎争过？狠批訾议自韩日，失望遗忧来美俄。纵使有心挽强弩，也应无力越高坡。吾华崛起今胜昔，足撼区区狼虎窝。

晨起 12月28日

新京报至带晨光，日课年年老已忘。犹有诗情要排遣，更多时事待评量。碧空如洗寒依旧，白雪无踪天异常。举首凝望何所忆？一生俯仰愧行藏。碧空句为该报标题。末句系年终盘点此生游走于幕僚学者诗人之间，愧无所成。

马年在望先赋志怀 12月30日

局促蛇年气不豪，多望新岁换新桃。虎吟曾破山林寂，龙跃欲凌天地高。何处可逢千里马，几时得遇九方皋？追风老骥心原壮，伏櫪未甘思越槽。

马车开笔 2014年元月

伏枥壮心犹未销，追风当日伴嫖姚。曾空冀野性非乐，得满汉郊蹄任骄。危藉识途惟智用，老矜尽力以仁标。盛时不待鞭扬起，逸足腾飞千里遥。首句用曹操《龟虽寿》诗中“老骥伏枥，志在千里。烈士暮年，壮心未已”之语意。二句指霍去病，官嫖姚校尉。杜诗：借问大将谁，恐是霍嫖姚。三句指庄子评伯乐治马之罪。略谓：“烧之、剔之、刻之、络之、连之以羁绊、编之以皂栈，马之死者十二三矣”。意指此有违马之“真性”也。四句指汉武帝从西域引进汗血宝马。五句指齐桓公伐孤竹，返时迷道。管仲曰：老马之智可用也。乃放老马而随之，遂得道焉。六句典出韩诗外传。略谓田子方见老马于野，叹曰：少尽其力，而老弃其身，仁者不为也。矜，怜悯也。标，揭示也。

暖冬 2014年1月2日

六十二年高气温，京华元日候朝暾。凌开场上靴刀撤，板滑道旁巾袖奔。霾扫碧天暂难现，絮飞白雪了无痕。那堪千里冰封日，万户遭灾忆尚存。南北雪灾，时在2007年。

航母出海 2014年1月3日

演练频繁气正酣，辽宁舰出海之南。大旗既飐千层赤，深水宜驯万顷蓝。方建巨型期快上，难攻新技待深谙。中华圆梦腾飞日，万里重洋任我探。新技指电磁弹射技术。

甲午一百二十年祭 1月5日

甲子漫长两度过，岁逢甲午又翻波。曾闻斧钺输由汉，岂意兵刀发自倭？黄海黑烟梦惊愕，青山红日势嵯峨。中华崛起人休惑，修武由来为止戈。

安倍往何处去？ 1月5日

高处连将民意推，匆忙来去究何为？三枪在手令舰进，一炮当头容马追。岛屿风生浪何急，海权声索国谁随？东瀛重霸基因续，可奈日沉戈怎麾？

玩火 1月6日

玩火必将身惹燃，所行何“道”信之虔？犬声吠日志吞海，蛇影倚云期蔽天。黄雀喙銛原在后，螳螂刀利每趋前。乘风表尽癫狂态，难久高飞落地颠！颠，跌也，倒也。

预报今有小雪，未见雪下，书此志憾 1月6日

容易升温降却难，久无滴水木将乾。好音虚未成初雪，节气枉先交小寒。入腊至犹如被覆，及春下反似刀攒。顷闻隔海风暴急，冰锁路封人不安！昨为小寒节。近日北美暴雪成灾。

奇闻 1月7日

迭出奇闻海那边，欲家天下代相传。先军罔及民生苦，炫核常居国事先。刑酷几人沉狱底，位崇唯己上峰巅。不知青史将争写，此日方欣羽翼全。

恐变 1月8日

殷氏遗存能再延？岂人归恶史亲编。有心黩武辙犹在，无力图功名怎连？寒气收时方暖送，江波淘处始污湔。夜来未必真安枕，不测风云恐变天。

花溪话旧 1月9日

海棠溪畔蔚成林，奇艳如何不动心？锦缎千丝西蜀过，袈裟七宝上方临。风吹凤尾闻戛玉，指竹。日照龙鳞看耀金。指松。岁岁去来仍未足，诗魂花魄两追寻。此诗半于梦中作成。

一生 1月10日

少日崭然矜角棱，无何梦醒断飞升。幸居词苑余恬淡，免厕官场少折腾。史界森严容破垒，诗家洒脱许联朋。难安偏是临迟暮，挥笔千言已未能。

读《古代管理思想研究》，奉寄孙公志伟暨诸同仁 1月10日

鸿飞今日自兰陵，得见多年未见朋。千字文编德宜奉，五音喻设躁宜惩。风华古巷人才集，影视名城史籍徵。如晤王安容问讯：兴来大著几新增？三句指陆士伟《道德修养千字文》；四句指刘玉石《对五色五音五味的精彩借喻》；五句指青果巷；六句指孙志伟、顾红兵《创建历史文化名城中的影视作品》；七八句因《人物介绍》王安而落笔。

马年再咏马 1月11日

龙马精神抖擞时，广宽天地路平夷。穿来陌上沾花片，踏过堤边拂柳丝。得意春风归缓缓，赏心秋色意迟迟。神州一日行千里，岂待鞭扬自突驰。

读瓯北晚年诗，窃比异同，戏成一首 1月12日

俱比放翁龄更过，等勤著述戒蹉跎。躬迎盛世容歌啸，远避亨衢免折磨。双鬓公摧叹白早，十年自寿忝诗多。虽矜格律追高躅，其奈时人不爱何！首句言放翁享年八十五，我与瓯北俱过之。五句言瓯北满头白发，而我发未白。六句言每逢生日，我必有诗，而瓯北至八十自寿为止。七八句言我等之旧体格律诗，时人已不能理会矣。

八七生日漫咏

十四首　2014年起，至1月14日写成

喜气生辰今到门，回头碌碌怯深论。长吟不觉老将至，同辈无多吾易尊。蓟北春来人正少，江东日上浪犹温。风华渐褪留风骨，千首诗成且许存。

都云老寿世难臻，似我闲吟得几人？学律功深期近美，编年事细务求真。曾思先入凭操管，岂意后来如积薪。结集几回何所用，家中敝帚自堪珍。

少时曾傍玉溪行，入室初窥诗律精。岂有词华继今世，得偿素愿快平生。流离颠沛护原稿，曲折沉迷探蕴情。终为斯人作评传，不知于我置何评？原稿指三十年前予所拟李商隐诗笺注及评传书稿。

除却裁诗亦舞文，几多著述广传闻。穿杨有诩全无敌，入幕宜推迥不群。难逐游龙思倒海，愿随司马气凌雲。学勤经世为时用，扪虱空谈何足云。

办会精心胜育孩，乘时南北揽英才。维扬来去成三度，有晋流连过五台。光岳楼前一吟啸，越王殿下众追陪。数编《货殖》奇光现，敢说自吾风气开。办会指操办中国商业史学会，货殖为学会会刊。

八方美食萃京城，近岁偏朝粥店行。风味淮扬曾爱好，乡情苏锡更牵萦。甘肥反致多伤胃，清淡应知能养生。老去少灾兼少病，善调饮食仗明明。

数我光鲜衣饰多，春秋换季孰张罗？花溪人过同穿柳，水榭凉生共赏荷。未用山行依竹杖，何须寒至藉汤婆。老来顽健能如此，晨起时时发一歌。

四世京华着我家，年年秋月与春花。屡因生计居非易，幸有书香气自华。立业兢兢看子女，合门凛凛戒浮奢。环城益扩行弥远，免费优容出有车。

报来大小购楼前，博览广闻知欲先。秘揭情由藉其悉，档存功效备之全。风云纪实罗新事，岁月汇文供老年。破寂析疑日相伴，更多人物辨憸贤。指《新纪实》、《老年文汇报》、《人物周报》等各种报刊。

去日苦多来日新，老龄例好说前尘。盛时有幸经甲子，浊世何辜生丙寅。春雨易滋青线柳，秋风难味紫丝莼。此身能断回乡愿？千树丹枫梦里亲。予生日为阴历十二月十四日，今年阳历为一月十四日。

一束权充庆寿资，多篇兴至自题辞。余生肯遣风华绝？半辈难回岁月移！锦瑟篓同悲逝水，秋笳声亦动归思。昌时未与涓埃补，老我应惭枉富诗。

腊月欣传淑气温，高楼静处驻吟魂。有夸墨妙诗惊座，应念人寒雪拥门。伏枥路遥心未已，鼓簧调激舌长存。一年容易虽轻过，仍待明春随骏奔。三句指祥符五年十二月十四日宋廷命近臣即席赋诗；四句用袁安雪夜冻卧事。

明年为马年。

同学少年豪岂狂，狮林鼋渚久徜徉。南天共许风华领，上苑各凭文墨扬。千里路迂惊马踠，九秋气爽羡鸿翔。不堪寂寞燕山下，旧好茫然几在亡？

大国当今博弈频，汪洋万里隔家人。良宵共望重霄月，吉日同期四海春。备武应能格凶鳄，行仁方喜见祥麟。千年不遇吾何幸，亟付锦囊储句新。

夜窗 1月14日

正回书味夜窗前，徐树铮句：一灯有味夜窗书。忽又潮来绪万千：霾扫碧空看何处？雪飞白野盼他年。烈风不止河浜合，爱日难留节序迁。大冷天仍在三九，无心暖寿备家筵。

岁阑 1月14日

小寒已过入新年，似水流光久滞燕。大幕献言才岂炫，孤灯向学志逾坚。青阳恋恋时三九，皓月迢迢路八千。几辈功名叹未就，等闲相看尽华颠。

观于震主演两部电视剧 1月16日

双面身兼正与邪，玄黄血洒斗龙蛇。无其人演传奇事，如此情深儿女花。摞合铁拳奸怎匿？纵横利剑力应夸。荧屏近日颇多采，伴我长宵乐有加。无其人为吴其人之谐音；儿女花出自孟郊诗与东坡诗，指萱花与山茶花，此处喻剧中两女主角。

题材 1月17日

万丈凌云志壮哉！身边琐事陋题材。升天玉兔方惊世，潜海金龙欲夺魁。亦有隽贤入韵语，宁无英彦出新裁？细思家数难言大，幽闭楼头愧不才。

道是“晓来天欲雪” 1月17日

缘何“六出”久徘徊？气候异常疑莫开。“小雪”说来难见雪，重霾盼去未消霾。近年唯觉天善变，连日徒教人费猜。安得彼苍心态好，风调雨顺佑生财？

回暖 1月18日 四九之首日

好风送暖进东垣，坐对南窗独负暄。举世谁矜来宿构？用时共戒去陈言。曾经冬日蛇虫蛰，多盼春光草木蕃！我亦笔端欲萌动，生机不绝涌源源。…

历程 1月19日

曾拟扁舟泊港湾，江湖吟啸得安闲。一朝顿破鸥鹭梦，千里终随鸿鹄还。白日心萦天地外，青灯目耗古今间：先忧后乐斯人去，更共谁论济世艰？

诗柬佑明兄 1月19日

情深千尺漾江潭，甲子论交性久

谙。春树句曾吟渭北，暮云思自绕宣南。文章赏异待相析，格律求精容共探。老去韶光宜倍惜，兴来无吝寄诗函。首句用李白“桃花潭水深千尺”语意；三句本自杜句“渭北春天树，江东日暮云”之用词，宣南为兄住处；五句括取奇文共赏，疑义相析之语意；六句格律指诗律；七八句属望之词。

马年三咏 1月20日

非僻事拈吟马年，素闻一日里行千。立朝多以茶相易，禁令何将丝共连？跃涧奋身岂妨主？筑台市骨为求贤。远图汉武搜良骥，卫霍奇功炳史篇。

本诗所用均非僻典：三句言茶马贸易，以明朝为盛；四句言汉高禁令：贾人不得衣丝乘车；五句指刘备所骑的卢马；六句言燕昭王筑黄金台，以五百金市骏骨，千里马遂至；七八句言汉武帝求汗血宝马，命卫青、霍去病伐匈奴。

就医 1月21日

四九暖阳霾尚侵，就医搀护力谁任？相如病久总濡笔，子美愁多宁辍吟？有幸得叨延寿剂，无言可表感恩心。欲寻生意来何处？满眼春光在杏林。

小年漫咏 1月23日

晨起披衣气压胸，蓝天仍被雾霾笼。是非世事虽消惑，颠倒天时不像冬。今岁同心方跃马，百年有梦待飞龙。俯身笑看寰宇小，越过山川千万重。

格高 1月23日

携笔翩然早赴都，老犹恋恋梦归吴。头饶我白真成怪，眼获谁青宁觉孤？句拙深惭“工”未逮，格高谨守“巧”无趋。年时亦自耗心力，出入诸家非一途。

技长 1月23日

少小耽吟兴欲狂，吴江“枫落”本诗乡。初闻“锦瑟”方窥室，更听《秋笳》得上堂。敢挟风霜出奇字，肯罗花月入文章？远离口号辞标语，稍展平生技所长。

锦瑟，学诗之始；秋笳，家学所在。“枫落吴江冷”，前人诗句。

句妙 1月24日

梦回思索到黎明，检破韵书诗始成。应识隽才凭学力，哪来妙语属天生？少陵心血毫端注，昌谷绮纨囊底撑。得句我虽豪气在，难随飞马破空行。

对工 1月25日

高处曾容我力攻，奠基骈俪遂收功。天文地理摘词富，鸟兽虫鱼贯语通。花月韵清逞华藻，山河气壮展雄风。樊南诗法真沾益，七律尤矜属对工。此处就宏观言之，具体对仗用法不再细述。

自画像 1月25日

我是江湖一散人，糊涂时露老天真。狂吟已过三千首，冥想宁分十二辰？守拙竟贻良友笑，忘餐难免老妻嗔。日高何事迟未起，昨夜推敲曾费神。

东望 1月26日

东望戾气掩祥光，大国声声复“正常”。碧血痛漫遍中土，黑云偷袭越重洋。绣囊实币期招揽，巧笑藏刀难扮装。黩武之心终未已，许扬“红日”耀扶桑？红日，太阳旗。

肃贪 1月26日

令出如山晓再三，纷纷蝇虎忿何堪！一身正气“繁”甘任，两袖清风“难”勇担。亡党隐忧深自警，兴邦大计广同参。凛然目注神凝处：两字昭彰在肃贪！

晚岁 1月27日

憔悴沉吟迸泪丝，平生消受亦于斯。一灯光照神来候，数卷书翻梦觉时。苦学尝闻夜补日，勤修例见早毋迟。不知老去何心态，爱读旁人晚岁诗。首句用贾岛“一吟双泪流”诗意。末句指近读《瓯北诗钞》七律第七卷。

诗成 1日28日

苦吟岂属尽无名？总是平生未了情。工处亦知人不爱，醒时难就梦犹萦。春风再到江山丽，时雨欲来花木荣。我与放翁同一例：眉间喜动报诗成。

年礼 1月29日

过节逢年收礼多，非关糜费顶风波。人情未许随逝水，世道岂能驰下坡？身老得闲且长啸，时清有味合高歌。门生子弟京城满，共贺诗成光不磨。

除夕 1月30日

高楼同守此宵长，辞旧启新呼吉祥。爆竹声稀俗方改，鲈鱼味好价何昂？打牛迎节鼓将动，五日后立春，打牛乃民俗。放马登程鞭岂扬？参见环球时报除夕所刊赵启光之文《摆脱“马上病”，适应“慢中国”》。马上病，意指急功近利，只要快不要美，只要成功不顾健康，只要发展不管环境。但祝明年风雨顺，从南到北报丰穰。

迎春献词 1月31日春节，农历年初一

腊残寒尽岁更新，习习风来柳泄春。…四海龙腾挟霖雨；九州马跃扫烟尘。低眉往夕词愁屈，昂首今朝志喜伸。世界人多仰中国，东方红日丽高旻！

元日开篇 与上首同时

何处传来击壤歌？春光冉冉晓风和。八旬已过寿连庆，九秩方开福益多。道上相逢同祝贺，家中未许更张

罗。盛时怎表诗人志？“老马”犹思奋上坡。

跌宕风云又一年，迎春命笔启新篇。诗臻佳境常莞尔，寿至遐龄非偶然。熙世正看无憾月，芳时永忆有情天。人生得失原靡定，绝学何须期必传？绝学指诗学。

初二言史戏作 2月1日年初二

新正从古最喧阗，冷落今朝史欠传。九穗禾供由宋始，六街灯放自唐然。千秋人物有代谢，万里江山多变迁。休遣见闻遂缺失，兴来亟与补吟笺。

三句史出《宋会要》：绍兴十五年正月二日岭南献嘉禾九穗。四句史出《岁华记》：咸通十年正月二日，街坊点灯张华，昼夜喧哄，盖大中承平之余风，由此言之，唐时放灯不独上元也。五句人物，史如：刘备生日在正月初二；元稹曲江赋诗亦在正月初二。六句江山，史如：唐永贞二年正月二日，上御丹凤楼赦天下，见《唐书》。又，宋淳熙八年正月二日，令有司比去年倍数支散贫民，见《乾道起居注》。由唐、五代至宋，几经变迁矣。

家宴 2月2日，年初三

喜溢华筵岁例开，一门三代共衔杯。邦家有赖献长策，子女难能怀大才。前浪推原由后浪，闷雷响怎似惊雷？重洋远隔思曾辈，其故端应咎雾霾！

采风 2月3日，年初四

心无挂碍乐无涯，大雅是求思不邪。一树春来啭黄鸟，满山秋至染红霞。寻花信马马开路，品酒真牛牛到家。随处采风诗可遇，半生有幸住京华。六句用牛栏山牛酒广告词。

立春 2月4日，年初五

老去巢空冬至春，日新世事自嫌陈。三家子女东西隔，一室史书朝夕亲。窗外鸟鸣能默默？楼前花醒待欣欣。心宽许我长闲适，出手犹看笔有神。

破五 2月4日 同时作

京华晴日雪无踪，破五咬春年味浓。万户方今同说马，马年。九州自古好谈龙。迎财幸致人多寿，民俗：年初五接财神。问俗肯遗身未慵？破五兼立春，习俗繁多。惟愿老来脚犹健：登高举步自从容。

外一首 2月4日稍后作

东岳庙开游客欢，抚摩玉马保平安。玉马为道教神仙坐骑。求财文士并商贾，赐福公明暨比干。传说：赵公明与比干为武财神与文财神。旧俗纪闻难尽写，家中有事，未能亲往。新春乘兴岂惟餮？春饼春卷，座客爆满。妙龄女亦来祈福，手挂福牌人竞看。

偶忆旧京史事，即书一首以存 2月5日

清溪三里驻花魂，难泯元都旧梦痕。观市南京事先记，开夼北海迹犹

存。金戈铁马风云会，武略文韬岁月奔。老我平生好稽古，何时去访海王村？

一、二句指元土城公园海棠花溪。三句指辽时北京称南京，每年七月辽主临“看楼”观市。四指金章宗妃李氏，有才名，北海琼华岛上其妆台在焉。五句言辽金元三代均以马上得天下。六句言金世宗有文武略，其在位大定年间政绩彪炳，有“小尧舜”之称。八句海王村见于辽时，今为和平门外之海王村公园。

今年减放烟花 2月6日

稍觉眼明天地宽，烟花减放快收官。再三晓理人能守，五倍取盈谁最欢？浏阳至京价高五倍。款许报销滋腐败，往岁。器研保洁佑平安。近事。致伤数达梁山将，易俗移风真大难！今年受伤者虽减，亦达一百零八人。

初雪 2月7日

春后终来已觉迟，姗姗真见雪飞时。同欣马跃龙腾日，共赏银妆素裹姿。六出漫齐清道路，三毫没各扫庭墀。三毫米。利农应在弭虫害，丰兆今年犹可期。

不争 2月8日

梦里句成醒即忘，老来此事已寻常。史书成癖方致此，衣食何筹姑置旁。未挟长镵苦奔走，惟持寸管漫平章。诗家今日惊蜂起，敢与人争上下床？长镵，出自杜诗。

难攀 2月8日

近时未敢稍偷闲，但有篇成不忍删。恐遣修文赴天上，多留遗墨在人间。无惭赤子心犹炽，欲补苍生力奈孱！苦学放翁虽半辈，词宗千古总难攀！

马年四咏——咏老马 2月9日

昔时“所向无空阔”，今日“婆娑槽枥”闲。驰骤中原开赵境，纵横北地越燕山。五千夜袭营垒下，百廿里奔风雪间。年齿长宁叹迟暮？迷途藉智可知还。

一、二句引号内用成句、成语；三句指赵武灵王易胡服教骑射；四句指汉武帝命卫、霍北伐匈奴；五句指曹操指挥的官渡之战；六句指唐元和时平蔡州之役；八句用老马识途典故。

马年五咏——咏名马 2月9日

万里昆仑八骏驰，昭陵六骥奠唐基。时来赤兔威无敌，运去乌骓力不支。匹骑冲波遂南渡，成群汗血始东移。至今蹄下踹飞燕，犹见龙腾虎跃姿。

一句指周穆王之八骏；二句指唐太宗之昭陵六骏；三句指关羽之赤兔马；四句指项王之乌骓马；五句指康王渡江之坐骑；六句指汉武帝从西域引进之“天马”；七句指武威出土之马踏飞燕铜像。

马年六咏——咏画马 2月9日

高手于唐数韩幹，乃师曹霸画尤

工。九重御榻真龙出，一洗官槽凡马空。骨立壁间阅清峻，神来笔底睹豪雄。杜公稠叠留诗句，耳听其鸣心本通。

一句见杜诗《丹青引》：弟子韩幹早入室，亦能画马穷殊相。幹惟画肉不画骨，忍使骅骝气凋丧！二句见杜诗《丹青引》：将军魏武之子孙，于今为庶为清门。英雄割据虽已矣，文彩风流今尚存。三、四句《丹青引》中语意。五句“阅清峻”，见于《天育骠骑歌》。“壁间”二字见《题壁画马歌》。六句泛指。七句，杜集中言画马诗有多首，皆有名句留下。八句，韩愈《杂说》中云：“鸣之而不能通其意”，本诗则反其意而用之也。听字此处读去声。

安倍属马戏作 2月9日

与华曾诩属同文，本命年临有所闻。好运势难恣跳跃，倒行事已搅纷纭。良驹自昔能安步，劣马由来必害群。前近悬崖宜紧勒，莫教一跌永伤筋！

读嘉莹前辈《总序》献词 2月10日

大雅扶轮仰大贤，宏文寝馈过新年。国中硕果尚余几？宇内奇葩方灿然。词学赖君梳“史索”，吟坛有此得薪传。我华古典昌明日，举世同欣百卉鲜。

家风 2月10日

近时热议众相随，举步昂然亦紧追。清美门风非止我；深微家学欲传谁？持诚可立乡邦式，守义应为子弟规。一语蔽之宜尚德，力行日进益谦卑。

降温 2月11日

刚过暖冬时节新，4日立春。降温忽又报频频。不堪寒气来侵骨，虽见阳光亦冻人。出海舟腾愁失控，过山车转恐难驯。天公变脸成常事，何日真回大地春？

马年元宵——说今 2月14日

今年此节倍欢腾，朵朵烟花冉冉升。皓月待圆千室梦，繁星正闪一城灯。路开千里凭驰马，图展九天望击鹏。盛事良宵火京国，万人“射虎”比谁能。

首句指现今元宵节兼过情人节（中国版的），号称“双节”。二句指雾霾重，烟花兀自燃放，成“最后的狂欢”。三句含十五月亮十六圆之意。四句指城内，城外尚有龙庆峡冰灯节。末句指元宵猜灯谜之习俗由来已久。灯谜雅称“文虎”，猜灯谜乃有“射虎”“打虎”之说。今年《中国谜语大会》万人参赛。

马年元宵——话旧 2月14日

上元节届思悠悠，故事多多难广搜。盛日中州忆清照，良宵荣国宴红楼。千年习俗华灯灿，一代风情仙乐柔。谁识贫家父子哭？笙歌妙曲尚无休！

首句思字读去声。三句“盛日中州”出自李易安《永遇乐·元宵》一词。四句见《红楼梦》第五十三回《荣国府元宵开夜宴》。五句习见。六句指唐明皇于是夜教伶官奏霓裳羽衣曲。七句有典，见《晁氏客语》记蔡君谟守福州时事：上元日命民间一家点灯七盏。陈烈作诗讽之：…贫家一盏灯，父子相对哭，风流太守知不知，犹恨笙歌无妙曲。君谟见之遂罢灯。

陆游《冬夜读书示子聿》读后

2月15日

活水沄沄渠自成，功夫厚积岂虚名？何堪老大情空怆！有负韶华力未倾。纸上浅尝异亲历，笔端真缔本躬行。放翁诗学蕴三昧，导我一灯长照明。

原诗：古人学问无遗力，少壮工夫老始成。纸上得来终觉浅，绝知此事要躬行。

观连续剧《狼烟遍地》 2月15日

真假一身分不清，狼烟遍地猎人行。同仇慷慨先摧穴，协力艰难更结盟。投敌衣冠羞怯懦，揭奸巾帼凛坚贞。狂飙血火风陵渡，回荡犹闻杀伐声！揭奸指揭发投敌之秘证。

霾重 2月22日

霾重连朝宅在楼，先生岂属好清修？是何天气将焉避？如此人谋庶亦周。南北濛濛同抑郁，东西漠漠更飘浮。几时始得神转爽，绿野春回宜出游？

闭关 2月22日

近时所好剩挥毫，昔日徒矜惯捉刀。富贵浮云容老寿，利名泡沫恃清高。山深难蹑霜千磴，江阔曾撑水一篙。尚得闭关守闲健，何须忙碌尾群髦？

往事 2月23日

年少江东笔爱摇，锦囊白袷隽丰标。秋光香堕三千界，春水人过廿四桥。雨里看花方展靥，风前抚柳已垂条。老来难作回乡计，往事如烟逐梦飘。

乌克兰局势 2月23日

波诡云奇乌克兰，东西角力两为难。广场已惯埋陷阱，议会岂惟供讲坛？往日版图曾变色，橙色。今朝赌局欲翻盘。未知扰扰乱争止？亦觉忡忡心弗安。…

尊德 2月24日

文化绵长唯德尊，近融众议遂升温。梦圆华夏排民粹，理贯古今振国魂。友善和谐安固本，富强公正患除根。细流不择朝宗处：浩荡江河昼夜奔。

枕上口占 2月25日

曾将诗学溯吾华，六十年功安足夸？求切难工耽七律，取长欠进负诸家。风云阅世心常跃，月旦论人眼未花。自是余龄宜倍惜，晚来正灿满天霞。

偶成一首，再呈嘉莹前辈

2 月 25 日

求医当日赴津门，六十年间梦屡温。岁月蹉跎余后死，文章零落孰同论？虽经磨励难成器，倍付辛劳未足存。春至嘤鸣啭乔木，百花园里沐朝暾。

观连续剧《代号九耳犬》

2 月 26 日

蓝衣社亦气昂昂，抗日当年共救亡。搜密巧凭九耳犬，噬人故纵百头狼。力寻化武摧基地，终报冤仇见下场。谍战岂全似冰冷？英雄儿女倍情长。末句指傅约翰与徐萌萌。

悼念宁可先生 2 月 26 日

五里花园近有村，登楼相晤几晨昏。忧伤百首诗同阅，兴替千年史共论。花雨沾襟丝路远，春风拂座绛帷尊。那堪老泪难禁处，却是因君哭寝门！首句指先生住处名花园村。三句指拙作近代史咏百首。五六句指先生治学敦煌、访古丝路事。六句合用春风化雨、绛帐授徒典。先生讲课，座无虚席。李白诗：春风拂槛露华浓，拂座即由拂槛演化而来。

长记历史　毋忘国耻 2 月 26 日

近日高层拟定：每年 9 日 3 日为抗日战争胜利纪念日，12 月 13 日为南京大屠杀死难者国家公祭日。为特诗以记之。

跳梁小国最凶残，战火疾于洪水漫。卅万屠城记哀痛，九三举国杂悲欢！祀戎自昔邦计大，《左传》：国之大事，在祀与戎。指祭祀与军事。攻备于今民意团。见罗援《文攻武备，反制日本军国主义》文中观点。堪笑蚍蜉不量力，仍期撼树计逾难！

读慕朵生文有作 2 月 26 日

慕氏为旅美学者，文章题目为《中华文化缺主体性，不缺包容性》。发表于 2 月 26 日《环球时报》之《国际论坛》。

论语有人喻圣经，道家言共示仪型。断层百载裂谁起？薪火千年传岂停？山拔云间呈气势，川流壑底汇精灵。宜尊主体非排外，文化入侵原有形！

襟泪 3 月 1 日

襟袖年时满泪痕，几多存殁感朝昏。生悭实学示家范，死剩虚名沾国恩。跌宕文章堪用世？苍凉诗卷许称尊？尚余飞梦行千里，欲觅丹枫江上村。

五纪 3 月 1 日

高骞志壮斗期扪，轻易举家辞里门。难按归心枫冷驿，幸叨乡味稻香村。莼鲈兴阻秋风肃，花月情牵春梦温。鹤俸四时欣老寿，凤城五纪乐儿孙。斗，指星斗。枫落吴江冷，古人句；吴江初为松陵驿。稻香村，在京南味店。

莼鲈用张翰思归之典。凤城指京华。五纪，一纪十二年，五纪六十年。结联用对仗。

乌克兰局势后续 3月2日

获准搬兵听普京，当年赠壤责寒盟。求援克岛将分立，图利乌方难独撑。去就东西沟怎越？升沈今昔感徒生。美方没辙方焦躁，无惧真符硬汉名。

赠壤，指赫鲁晓夫以克里米亚半岛赠乌克兰。六句指季莫申科。

二月二日 3月2日

渊底蛰龙头始抬，腾空洒雨洗尘埃。童忙此日发同理，女嫁今朝门各回。民俗相沿销岁月，国威共振动风雷。一冬寒尽人舒畅，河畔迎春花欲开。

中俄 3月3日

彼得康熙光不磨，风云史事溯中俄。万千绪乱经离合，三百年纷历战和。上国重振方亮剑，西方难霸枉操戈。江河伫看成双汇，共沐朝阳田有歌。

上国重振，指中国复兴。江河，此处指黑龙江与阿穆尔河之合称。

豪吟 3月3日

大国纷纭争上游，纵横捭阖谱春秋。中俄今日已联手，欧美来朝难出头。霹雳千声天亦怒，江山万里气方遒。摩挲老眼望犹远，跌宕壮心吟未休。…

诗法 3月3日

韵府平生窥二南，樊南与剑南。个中三昧渐能谙。朝迎紫气云离岫，夜挹清光月印潭。清、青音近，与紫为借对。秋岸枫丹梦归棹，春堤柳绿送征骖。未辜晚岁诗千首，犹忆韶龄酒半酣。早已止酒。

昆明车站暴恐案告破 3月4日

一朝殒落命何轻！喋血春城举世惊。共愤神人拳合重，毋忘暴恐眼常明。长堤百里宁穿穴？高垒千年不毁城。东突若思再蠢动，难逃法网定无生！

欢呼两会隆重开幕 三首 3月5日

气正风清两会开，琼楼赤帜势雄哉！定知团结增福祉，须惕分离藏祸胎。总书记语意。施政裕民功渐著，放权兴市力难摧。热身此日稳方进，圆梦几时春共回？

改革面临深水区，劲吹号角奋前驱。亲民谋国堪为率，理紊排难顿忘劬。烈火炉前锤炽铁，奇光席上贯明珠。满堂济济精英聚，应识其材本特殊。共产党员是“特殊材料”制成。

百舸争流景万千，应推奋楫者为先。总书记语意。顶风贪腐钟长警，背水污霾战已宣。腕底断宁见决绝，舌尖重最是安全。以壮士断腕的决心、背水一战的决心谈改革：李总理语意。

"民生盛宴"欣曾设，亿众相期胜往年。

观连续剧《大漠苍狼》 3月6日

自沪追踪恨涌膛，三雄西北逞强梁。用兵力克丹宾虎，率警威扬大漠狼。红粉难能情外露，兰瞳枉是计深藏。兰、蓝音近，用借对法。远来端为盗稀土，曲折维权征路长。…

上海法租界原探长洪泰，妻女被日寇所害，为报深仇，洪泰追踪原凶至西北。此处为"三雄"所据。洪泰初则虚与周全，始得立身；继而击败侯、宋两霸，力克势力最大之土匪武装"猛虎丹宾"；主持青蚨镇警局，声威远震，有"大漠苍狼"之誉。"红粉"系始终支持洪泰之罗家客栈女掌柜廖小柠；"兰瞳"系潜身医馆之日本女间谍小兰瞳。小兰远来，旨在争夺用于制造飞机大炮之稀土—当地人称之为"红砂"。此女掌控三雄，与之合作，盗挖、偷运稀土，以供侵华之用，其为害不一而足。为保护卫资源、维我国权，洪泰经过艰苦曲折之斗争，终将此邪恶集团消灭，取得胜利。同时，援助红军，倾向革命，最后偕其骨干，奔赴抗日中枢延安。

春来 两首 3月7日

大地风来一欠伸，小楼归自惜昏晨。清澄月色不知夜；明媚阳光方见春。万物苏醒惊蛰豸，昨日惊蛰，豸：无足之虫。百川荡漾喜游鳞。还寒乍暖宜将息，好句油然又日新。

长堤绿漾万丝柔，满眼春光入倚楼。陌上花明缓过马，田间泥重力耕牛。北南几处启边衅，夙夜有人纾国忧。无虑安危何所事？闲来摇笔迄无休。

南北 3月8日

南北风光任倚栏，昂然特立振儒冠。春花吴苑吟方乐，秋月燕都寝始安。报国一门联尽瘁，谋身四世几经难。老来多暇留彩笔，禄入有余非素餐。

从香满楼用餐说起 3月9日

乡味总推香满楼，几回驻足级评优。一江花月人静夜，千载莼鲈风动秋。何处美林阁可觅？当时新雅榻容留。京华海陆虽无数，怎及昨朝烧尾头？红烧头尾，菜肴名。

习主席论干部要"三严""三实" 3月10日

"律己""修身""严""用权"，"做人""创业""实"当先。一生"谋事"亦如此，"谋事要实"。六语记心成自然。不藉国资图暴利，习主席语。要从公职出英贤。春风如沐心常暖，"钉子精神"妙喻连。

读刘因《辋川图记》书后 3月10日

《辋川图记》自刘因，柳浪竹涛犹占春。知世本应论大节，屈身安得厕名臣？孤城忠义振千古，颜真卿。故国沦亡屹一人。刘因金人，不仕于元。清雅其诗赢气骨，乾坤浩荡陋轻尘！清雅句乃朱子评王维语，王维降于安禄山。

读吴澄《送何太虚北游序》书后 3月10日

年过三十有谁知，勿漫出游人觉奇。迹探钟王曾洒墨；径循韦柳始言诗。善书工诗。交从日广途能熟，学识时充力不疲。所见愈多愈不足，大哉天下道无涯。

轨迹 3月11日

以诗为传几张罗，弹指光阴八十过。春雨苏台留短梦，秋风燕市托长歌。畅流一舸曾穿峡，塞道千轮怎上坡？胜似时兴老照片，人生轨迹总难磨。

诗格 3月11日

诗格近时何不高？身边琐事反叨叨。去芜选粹功犹欠，必录有闻神枉劳。万丈青峰望壁立，千重白浪看沙淘。放翁所作真撑篋，出手随心气总豪！

诗境 3月12日

刮垢磨光字字宜，必工必切去浮词。绝无力竭衰鼓处，正见气余游刃时。藻绘始求后宏大，剪裁渐弃转平夷。放翁境界我难至：月魄花魂俱入诗。

可叹 3月12日

泱漭中华格律诗，何由冷落少人知？当年阛阓孙行者，晚岁效颦胡适之。不绝犹连宜续缕，稍安毋紊妥治丝。孔门六艺今渐复，秦火咎应归李斯。阛阓之阓，即指天宫。效颦，指胡氏晚年学做旧体诗，未见出色之作。

再说乌克兰 3月13日

奉使方临乌克兰，适逢核漏脱身难。粮仓饶沃投众目，武库森严攒大观。今昔是非惊血火，东西纠结骇波澜。愀心因涉吾家事，话到当年泪不乾！一二句指内人至乌公干，恰罹此厄，致癌，不治。三句之攒字，集中也，聚也。七八句即言我家当年之不幸事。

得宁渌确讯感赋 3月13日

音尘久断起疑云，消息忽来翻怕闻。花月吴中忆同学，风霜白下话离群。七旬正看耽书画，九秩还期穷典坟。想是人间留不住，召回天上去修文。三句指与公系苏州崇实中学同学。四句指七年前曾小聚金陵话旧。七旬指公以书画集赠我。八句言公有志淹通经哲文史。

专攻 3月14日

七律专攻期有成，二千未满憾平生。豪吟已忘老将至，冥想仍看人独行。杜老苍凉逢世乱，放翁郁勃待时清。百花园里春归日，高立枝头且一鸣。期在有生之年成七律二千首，时至今日尚欠四十首。

观连续剧《猎魔》 3月15日

本是白衣天使称，猎刀挥敌莫逃惩。尽探师秘魔凭灭，难认亲情职所膺。劲节三冬堪傲雪，温情百丈可融冰。喜成连理旋相别，长夜征途照有灯。第二句作上三下四句读。魔毒，指细菌基地之病毒武器。由石原主其事。石原为李梦云之业师。傲雪指李梦云，傲雪为其原名，代号“猎刀”。征途，指刘大鹏带队参加解放战争，李梦云目送亲人远去。

读宋濂《送天台陈庭学序》书后 3月16日

北征顷自蜀中还，气挹江山缘岂悭？得助为诗语愈壮，免归阅世老弥顽。亦闻心驶山水外，却见志充天地间。绕室蓬蒿惟独坐：古来贤士有原、颜。指原宪、颜回。

克岛公投 3月17日

克岛公投挺入俄，美欧气急便如何？雪熊蓄力掌将掴，纸虎扬威拳正摩。遍地硝烟掀黑海，弥天杀气卷洪波。当年拱手轻相送，今日回归曲折多！洪字借对。

一途 3月18日

益智延年辟一途，以诗度日乱愁驱。风云天际任多变，花木楼前能久腴？水陆四时纷至蓟，莼鲈千里远望吴。人生百戏场外坐，万卷待通堪自娱。

为苏芬兰书法题咏 3月19日

徒骄有女素能文，不及苏门兰吐芬。朴致浑成响流水，动由静起驶行云。多师遍学曾探蕴，各体俱工始出群。名媛书家今世少，爱心乐助更知闻。苏氏潜心研习二王、颜、柳诸家，书以楷、行、草、篆见长。据行家评论：其楷书静中取动，潇洒舒展，飘逸俊秀；其行草笔意既朴拙浑厚，苍劲挺拔，又翩然洒脱，流畅自然。气韵飞动，挥洒自如，不拘一格，自成一体。堪誉为当代之“才女书法家”。

末句言其多次为贫困大学生、抗震救灾捐赠作品，被授“爱心大使”称号。

陪明明作胃镜 3月20日

偕老夫妻痛恙多，来窥内镜问如何？胃壁有息肉，待再查。柔条春至方舒蕾，病树秋来半秃柯。浮世空花移岁月，征途尘棘历风波。余光倘许稍留驻，要为升平赓壮歌。

春分 3月21日

瑞气融融暖意醺，南来飞燕报春分。寻芳近日添佳趣，盼雪去年成旧闻。高举一盘呈紫玉，玉兰花。齐开万朵化红云。樱花。海棠花会应非远，岁岁长堤往返勤。

春分次日有作 3月22日

日暖风微好出游，踏青人拥导车

流。樱披百树波倒映，梅绽一枝香暗浮。上下蝶飞伴“驴友”，驴友乃旅游者之戏称。迩遐客至接鸳俦。迎春早共连翘发，“二美”貌殊君识否？连翘四瓣，迎春六瓣，矮小披离。

沐恩 3月22日

久别吴江烟水村，愧无硕学立宗门。一生事毕享家祭，百载梦圆振国魂。放眼江山犹笔健，侧身天地剩诗存。放翁贫病我何幸，食禄无忧深沐恩。

观连续剧《尖刀出鞘》 3月22日

与敌周旋老父瞋，河山大好痛沉沦。抚镡銛刃韬光暂，出鞘尖刀溅血新。毒计频施终制鬼，阴谋屡挫直通神。情深百合生死侣，原是堂堂中国人。

《李鸿章卖国还用质疑吗?》读后

3月23日

——本文作者为中国社会科学杂志社研究室彭秋归

慈禧误国咎难辞，亦有重臣谀四夷。踞北俄窥仍受赂，收俄几百万卢布，出卖中东铁路诸多权益。镇南法溃反回师。马关签约伤地割，八国索银叹库亏。“宰相合肥天下瘦”，盖棺论定复何疑？

日课 3月24日

闲来有兴欲何之？笑口容开乐不支。“书似青山”长向往；“灯如红豆”最相思。“”号内两句八字系荧屏用词。既攀高磴望能远，已忍寒宵暖岂迟？仍觉胸间灵气在，定公有句：胸中灵气欲成云。例成日课喜多诗。

习主席伉俪出访荷兰 3月24日

中荷合作马当先，国有奇葩景更妍。一径园开劳溉渥，在库肯霍夫园内为花浇水。千杯光溢映婵娟。花形如杯。春风初拂情侣袂，首着华装。夜月正临宾客筵。“彭丽媛花”名大著，郁金香新品种命名。海深友谊事长传。

读刘伯温《司马季主论卜》书后

3月24日

世事环回有所循，东陵问卜悟前因。琼楼玉树余榛棘，华烛金釭剩鬼磷。久卧无聊复思动，严冬有尽又逢春。屈伸起伏本常事，天道何亲唯德亲。

秀“开封文化”，谈东京往事

3月25日

清明绝世上河图，局处中原选帝都。殿阙百年营富丽，江山几代毓英模。耽安徒遣歌常绕，轻武终凭敌直驱。往事东京再回首，繁华如梦一长吁！宋孟元老撰《东京梦华录》十卷，记当日开封之盛，有很好的史料价值。

马航客机失联之谜 3月25日

失联何故事迷离，党派斗将机挟持。死难虚传逢鬼蜮，非属恐怖分子袭机。生灵痛惜葬蛟螭！客源自合辨良莠，航路更宜分险夷。回首各方大搜救，仍留暖意足珍奇。…

读王船山先生诗，题一首

3月26日

眼前惊见《落花诗》，共九十九首。清隽先生绝妙辞。柳岸自循雨中路，有《柳岸吟》一卷。梅溪独赏水边枝。有《和梅花百咏诗》一卷。闲来且卧三竿日，劫后犹思一局棋。见《遣兴诗》论史岂惟留卓识，亦从吟咏服才奇。

拟再增订编集，委托书局刊行

3月26日

入都岁月疾如驰，壮岁无成老已迟。并世交游堪记处，一生行迹再寻时。要令词苑留鸿爪，曾慕名场重豹皮。近复张罗续编集，免教儿女费操持。

豪言 3月27日

豪气干云曾自雄，千秋仰慕虑成空。奇思突兀来天末，杰句奔流向海东。性本内柔锻由外，法原上取得乎中。淹通诸子谈何易，格调年时近放翁。

空谈 3月27日

诗发心声非等闲，言之无物不如删。形疑扑朔迷离际，意测虚无飘渺间。徒耗精神遑辞费，宜珍笔墨用词悭。平夷朴实悬标格，水分挤干方过关。

无涯 3月28日

索挽三番休笑他，指袁子才。浮生有限学无涯。词场挥洒三千首，史苑淹通百数家。大幕行踪追“锦瑟”，寒门事业续《秋笳》。暮年未必都萧瑟，独倚高楼气自华。

三月 3月29日

京华今起复蓝天，放眼心情始豁然。万柳风扬舒绿意，千桃霞蔚结红缘。园藏春色迎游客，节近清明怀墓田。更忆江南三月好，群莺飞处草含烟。

养花 3月30日

忆昔维扬三驻车，携来名种占风华。窗前黄菊几荣谢，回京自种。盆里青松仍屈拏。扬州带京。一室水仙弄清影，在京种水仙数年。百头梅蕊散红霞。假花。清与红借对。至今尽失群芳色，却爱自栽油菜花。油菜根水栽开花。

醒狮 3月30日

拿氏将华比睡狮，拿破仑。如今

狮醒复何疑？和平狮子堪亲媚，世界文明有赖之。习主席说：这是一只和平的、可亲的、文明的狮子。三、四句不用对仗，李商隐集中有之。不藉猛威伸利爪，岂离实在炫珍皮？欧洲亦有春江鸭，暖比国人先感知。

华夷 3月31日

百年沉睡偃雄狮，吼震峰头待哪时？浮世纷纷惊物换，小楼寂寂看星移。高风家枉标"三让"，朗月鹊方寻一枝。崛起梦圆重抖擞，铭心岂合泯华夷？

观连续剧《五台山抗日传奇独立连》 3月30日

佛门圣地五台山，奋起同仇抗日顽。仆地擎天维四宝，挥刀殪寇破重关。情深儿女难偕老，义重军民共度艰。独立连由谁指引？传奇英烈播人间。

中德 3月31日

膺命交流访柏林，墙坍未几报佳音。人文贤哲联荣古，科技精深昱冠今。东道主充倡共济，主导欧盟。西江水挽忏相侵。认识历史。喜看中德全方位，能葆同心利断金。《易·系辞上》：二人同心，其利断金。葆，保持也。

汉语 3月31日

趣味油然赏妙辞，岂无深意仅儿嬉？人间正道忌尖刻，天下比邻逢利时。谜语：求凰格：尖刻对比利时。可见汉语之妙。笑彼西文难见巧，惟吾汉语可称奇。申遗时下人方急，汲汲何须且任之。

愚人节 4月1日

今朝道是愚人节，四月之初久得名。几处哄传大笑话，有人好作小聪明。是非真假宁难辨？黑白薰莸能不清？时下谣言已充耳，莫教西俗更横行！

痛风 4月2日

痛风近岁发尤频，犹忆宁公同病身。宁可。未至海鲜座上满，或因山笋席间珍。病从口入岂无据，药对趾伤应有神。连日嘌呤按量服，速恢健步去寻春！

跛足真思步履轻，近来何事最关情？暖冬催蕾开偏早，丽日招人赏趁晴。岁岁看花如有约，年年题笔岂寒盟？海棠谊重能相待？急盼身痊好出行。

听说保定将建京畿新城为北京疏解 4月2日

官衙丰字气峥嵘，今尚存世。燕冀相依势久成。巧妇艺工舒锦绣，所属定县自古以丝织著称。能臣政善著廉明。指孙嘉淦、方观承。古莲曲沼龙朝跃，龙指康熙题笔。老柏空庭枭夜鸣。直隶总督亦奸贞不一。何日重修《畿辅志》？驱霾新貌卫京城。

保定旧事（一、五、六句）系昔年赴该地旅游时得悉。主其事者为同学顾显能，特于此志之，以示不忘。

闻园博园重装开园　4月3日

春雨欲来风满城，重开园博笑相迎。丰台路上车无阻，永定门前塔永擎。万簇花香盈绣谷，一碑气壮望燕京。神奇美景俱浓缩，不尽江南故里情。长忆江南园林诸景。

忽忆故园藏书，不禁泫然成句　4月3日

世家百载富藏书，辞里难能挈上车。韵府琳琅失群玉，《韵府群玉》。医林璨灿孰传璵？先人有业医者。医书满柜，惜无传人。《联编骈字》条未索，荟集群贤诗待梳。哪得覆巢剩完卵？荡然何处认吾庐！

白描　4月4日

白描近始见功多，笑对江山发浩歌。未效诡奇重才鬼，指李贺。须防下劣堕诗魔。指杨万里等。拘挛履迹容舒展，堆垛脂痕必洗磨。妙在自然非锻炼，难攀境界望东坡。

绮丽　4月4日

浓抹艳妆珠在盘，香奁体亦博人欢。梅村虽得推宗主，杜老应嫌近异端。总欠刚强竦骨骼，空求华美饰衣冠。若论其气稍萧飒，赵翼评语。怎破层云瞻万峦？

榜样焦裕禄　4月5日

通讯当年噙泪听，如今形象耀荧屏。奋身力尽终除害，风沙、内涝、盐碱为兰考三害。抱病劳先竟促龄！永为中华扬正气，欲临兰考吊英灵。泡桐花向桥头发，岁岁长闻淡淡馨。予所居楼畔植有泡桐树一株。

清明　4月5日

清明祭扫俗原淳，非为一家方怆神。燕市凄风文相国，绵山烈火晋贞臣。乞燔堪笑骄妻子，撒手应知等富贫。老去何须空怅惘，陵园留穴待诗人。

清明谈古　4月5日

梨白桃红槐始芽，清明无雨客离家。游客。牧之问路苦思酒，崔护叩门惊见花。到处踏青头戴柳，几杯茁紫手烹茶。湖州所贡紫笋茶，以其萌茁紫而似笋，故名。昔人此节宁虚度？光景流连赏物华。

百年　4月6日

放翁万首创空前，我亦长吟度一天。奇思有余不封顶，豪情无限再登巅。峡中莫遏奔腾水，历下曾观趵突泉。尘世百年容易过，茂陵谁识有遗篇？

七律方满二千有记　4月6日

辛苦今方满二千，古今似此亦居

先。八旬纵目风雷动，百代倾心珠玉联。聊以诗成销岁月，岂能笔落挟云烟？七分学力三天赋，有幸吾生近两全。

彩笔 4月7日

彩笔昌时用不收，未来可得几春秋？剑南诗欲知三昧，瓯北才终输一筹。鞭杪虽扬仍莫及，竿头更进岂能休？方今四海群英集，对比恐难居上游。

放翁晚境 4月8日

放翁晚境我深知，全集张罗赖好儿。“死”不离诗偏大寿，“贫”常在口实中赀。严陵山色春难驻，西子湖光月乍移。最是罡风吹不止，泪痕红湿海棠枝。

赏芳园海棠花，忆放翁海棠诗 4月8日

放翁的是海棠痴，往事迷离谁识之？月下论心传爱意，灯前照影酿情诗。月下、灯前、论心，系放翁《真珠帘》词中用语。半生甘苦相濡处，卅载悲欢独往时。海棠逝矣。花与蜀姬比颜色，猩猩血染万千枝。蜀姬、颜色、猩猩血，均放翁《海棠歌》中用语。

拟赴旭芳园看海棠未果 两首 4月8日

海棠今岁早开花，四月初惊灿若霞。每到溪前必濡笔，却因病后未离家。花魂含笑头千点，词客凝思手八叉。胜事回头成旧梦，清明节过负芳华。

有憾无能去看花，怎酬索句答芳华？开时烂熳虽难遇，落处凋残亦免嗟。雨泣烟愁娇尚见，雨泣四字出自王安石咏海棠句。日烘风熨艳尝夸。别离胜似常相守，梦里诗中总想她。

细察 4月8日

多年细察目宁迷？始悉花情好品题。如织万人叠潮浪，成林千树挂云霓。先红后白时原别，已瘁方荣地不齐。向阳背阴，花况不一。春色欲寻向何处？去来三里海棠溪。

有幸海棠逢二公 4月9日

苏陆当年咏海棠，敢评孰短复谁长？照眠夜静持红烛，遮口风和奏绿章。定惠院中邀五醉，碧鸡坊里冠群芳。蜀中虽共钟灵气，一样多才两种狂。苏仅赏花，陆更娶人。

高楼望处晚霞明 4月10日

蝶魄花魂两渺然，相思再见待明年。辞都用尽非才尽，其有关海棠者使用殆尽。篇岂关连乃气连。另作他篇，与海棠无关。愿竭千丝缀冠服，欲张廿石理弓弦。高楼晚眺风光好，璀璨晴霞犹满天。

叹老嗟贫我不能 4月11日

老来应不减豪雄，逝者长流总向

东。未惫自知学犹力，非穷更致句难工。谚云：诗“穷而后工”。放翁曰：“已老学犹力，久穷诗未工”。舌余隽味因茶绿，齿缺赪颜岂酒红？天若假予三五载，定能再进获奇功。

柳絮 4月11日

柳絮飘飘辞万枝，每年即到恼人时。满街掩鼻行焉避？十载操心计怎施？择利首宜分远近，选苗先重辨雄雌。柳树分雌雄，雄柳不扬絮，选择种雄株乃长远之利。“抑花”等等只是近期性措施。原非物理深难测，却是诗家所未知。

桃花 4月11日

平谷桃方向客招，风梳日熨竞夭夭。二南卷里吟争及？定公句：二南卷里有桃花。二南，诗经之周南、召南。吟争及，意谓平谷桃怎及吾乡吴江之水蜜桃？一帐堂前梦已遥。马融授徒，于堂前设绛帐。予少时亦与内人同学，共读诗经桃夭篇。玄观霞消叹人老，霞喻桃红，梦得再至玄都观，桃花已尽矣。燕都雨打惜花娇。其人已作古。江乡千树成蹊处，江乡指故里吴江。胜冠四方名独标。

杏花 4月12日

岂是寻芳漫止车？斯文除此孰堪加？坛前弦诵人犹敬，杏坛夫子授课。江畔歌筵气自华。曲江进士宴会。尚记词中春意闹，宋子京词：红杏枝头春意闹。曾寻酒处雨丝斜。杜牧诗：借问酒家何处有，牧童遥指杏花村。风光哪及今时好，直上长城看杏花。

李花 4月13日

根植蓬莱入帝家，东皇早识久闻夸。枝连四海荫天下，叶覆三川盘水涯。用唐太宗咏李花诗语意。原诗为：盘根植瀛渚，交干横倚天。舒华光四海，卷叶荫三川。已见无言辟蹊径，桃李不言，下自成蹊。更看着意蔚云霞。芳园今岁春来早，习习风过开李花。

丁香花 4月13日

丁香近日送奇香，百结难舒神独伤。丁香花又名百结花。露浥千丝徒有泪，霞消万点渐无光。折来卅里春将暮，望去一枝宵正长。故事动人旧曾说：花魂才尽酒何凉！

古时有一士人，苦恋酒家女不已，死后坟前长出一丁香树，似以“丁香花一头千头萬头”，巧对“冰冷酒一滴二滴三滴”。一副对联表达了相思之苦。（酒家女所出之上联，冰字偏旁今为二点，古时写成一点。）这是一则文人所撰之动人故事，流传很久，我少时即已知之。

自嘲 4月14日

堂堂白日静中移，少壮蹉跎学悔迟。即少壮不努力，老大徒伤悲之意。无可奈何人已老，出其不意句犹奇。身消渴与相如近，糖尿病古称消渴。司马相如患此。禄长饱宁方朔知？汉书东方朔传记方朔之言：侏儒饱欲死，臣朔饥欲死。禄长之长，读上声，增也。自觉本非才调降，闲花野柳尽成诗。

一笑 4月14日

一笑尘寰万事空，眼前得失陋鸡虫。亦知诗在功夫外，难脱身缠笔墨中。此去人求尚顽健，老来谁免故痴聋？关心最是纯青见，已耗多年炉火红。

选材 4月14日

旺则趋衰道不渝，天机人事本非殊。山全荒处虎焉息？水至清时鱼併驱。苛察为明翻近暗，竭聪尽智转成愚。勿拘一格贤才至，莫使有珠遗在途！

鸣真拟编连续剧，勉之期成 4月14日

飘飘徐降绝尘姿，分得瑶台裔一支。天上应多恁气韵，人间哪有此容仪？红丝自系三生石，彩笔遂传千古奇。静待我家女才子，心裁迭出总相宜。题材拟选与李商隐一生有关之三女子。

闻有人接受调查感赋 4月15日

太原公子北都守，籍籍英年鸾凤俦。马邑史乘容细考，雁门形胜许优游。予出任晋商文化研究中心主任，省委宣传部派人陪游马邑、雁门。学尊有信闻迎夏，今年四月力主在学风建设中完善诚信档案。剧播无私观立秋。予观《立秋》后曾有诗：一剧居然靡九州，晋商诚信断私谋。前年首演随先睹，荡气回肠爱立秋。我亦香山感时事，龙门笔岂幸人愁？瓯北有句：老去香山感时事，龙门诗岂幸人灾。

“你懂的” 4月15日

三字近传“你懂的”，会心笑各暂无言。大奸欲遁终试法，隐患必除应究源。稍后数端犹待核，最新一页亟须翻！层霾扫尽群情喜，送暖春风绣绿原。

心宽 4月15日

稳处高楼心地宽，纷纭任历几争端。茫茫学海藏身易，叠叠文山脱蹤难。万卷怎参三昧透？百年将了一身寒。风光自觉犹无限，待上云峰绝顶看。

畅言 4月15日

傍日红云仰顶端，托身沃壤任根蟠。俸支喜得三餐盛，居止欣容一榻安。笔墨今能尊国士，优俳古以蓄儒冠。词臣志尚怀千里，老马鞭扬不下鞍。

才减 4月16日

忆昔迎宾梁苑开，浮名我亦尾邹枚。春风嫋嫋初舒柳，夜雪霏霏渐坼梅。十载宏文动台阁，半生清梦绕蓬莱。宏、清，以谐音与红、青借对。如何老反才情减？宜忌拘牵滞待催。宜

忌拘牵四字系查初白用语。

春宵 4月16日

十载风波厄怎忘！瓦全何幸得无伤。画眉虽自符新样，弄笔惟能循旧章。编史古今待商榷，敲诗日夜费思量。算来我亦无余欠，休负春宵枕味长。无余欠、枕味长，亦查初白用词。

涓滴 4月17日

几回欲辍总难持，五纪耽吟力未疲。始觉字皆趋妥贴，能求诗必出新奇？风雷滚滚声频作，花木欣欣色益滋。老笔天留岂无用？好将涓滴答明时。

明明赴圆明园观牡丹，未能同行，书此以存 4月17日

四出游人赏牡丹，圆明园里辟奇观。一朝再涌云霞烂，百载尚存垣石残。富贵怎禁倾国费，子孙能得几家看？应知世好随时易，长占风华恐亦难！欧阳修咏牡丹诗有云：古称天下无正色，似恐世好随时移。

观连续剧《天龙八部》 4月18日

身世迷离宋抑辽？风尘三侠遏狂潮。天龙八部剑同舞，灵鹫一峰云自飘。情义似山宜永峙，恩仇如梦亦旋消。列朝诸国今重见，宋、辽、金、夏、蕃、燕、大理。深谷魂飙大地摇。

此生 两首 4月19日

载笔洒然辞里初，声声鸣笛忆登车。宦游燕北风云地，梦返江东花木庐。老去敢论天下事？闲来且读枕边书。作诗可得三千首，未必人前总不如。

回头起落急春潮，跃动诗心奈此宵。莲幕春深濡大笔，柳街荫重傍长条。所居之处。风波掀日曾莅许，中苏交恶之日予方下放许昌劳动锻炼。冰雪鏖时方度辽。文革时予在盘锦。碌碌半生容易过，骥奔千里究难超。

动荡乌克兰 4月19日

克岛归俄本自然，堪忧东部换新天。强行“反恐”功难奏，力主“分离”意更坚。撮合四方宜果决，促和两造莫迁延。操盘大国心叵测，哪顾生民正倒悬！

谷雨 4月20日

春归季换气温加，绿满山涯与水涯。好雨滋时生百谷，语曰：雨生百谷。和风拂处绽诸花。声声林际鸟知候，叠叠坡前人采茶。顾渚山中有鸟，知节候，正月二日叫声云“春起也”；三月四月叫声云“春去也”。采茶人呼为“报春鸟”。又报郁金香节至，一身馨绕望京华。花展远在顺义。

不寐 4月20日之夜

良夜方长醒未眠，抚今追昔思悠

然。风雷纪事三千首，花月怡情七十年。评点任人置身后，安排由己趁生前。只惭如此抛心力，不得比肩随大贤。

一字 4月21日

一字未安求梦中，人皆不爱句趋工。已忘宠辱心方适，久历甘辛境孰同？异代江关感萧瑟，几家坛坫肆豪雄？不知万仞巅峰处，何日方能立此翁？

三变 4月21日

渐觉篇成少费功，不经意在白描中。曾随小李穿芳径，继蹑少陵攀峻嵩。洗手已辞面涂饰，呕心岂爱意朦胧？平生风格同“三变”，晚岁萧然近放翁。

十年 4月21日

十年磨砺剑光寒，斫地歌余锷欲残。百读书都翻已破，几回字尚改难安。春秋花月由操笔，今古江山入倚栏。老去未能稍将息，诗心日夜卷波澜。

万卷 4月21日

万卷高堆屹若山，尚留余勇拟登攀。萦回几折曾穿径，险峻重拦得过关？少日沉迷不知倦，老时流恋却忘还。千秋事业由勤勉，浩荡天心本未悭。

养生 4月22日

老我悠然自主张，养生近日任开堂。品茶向属提神剂，炼句堪称却病方。能治老年痴呆。益寿应坚离酒域，强心宜早脱愁乡。光阴无几多珍惜：九十同欢愿或偿？学会正筹为予作九十庆寿活动。

再读徐树铮诗中名联，足成一律以存 4月23日

粲然诗里识公初，报国乃知功可居。万马无声秋塞月，一灯有味夜窗书。此联予已记诵数十年。昼长纵酒年方少，春好踏青踪未疏。年时纵酒五斗五，耽误踏青三月三，乃徐少作。飘忽云烟俱转瞬，怎从高下品冯徐？为报私仇，冯玉祥狙杀徐树铮于廊坊。一代名将英年早逝（45岁），惜哉！

近读张星海文：《有味无声臻化境》，文于徐之名联推崇备至，颇可一读。该文载《中国楹联报》2014年4日11日第15期。

再说如何评价冯玉祥？ 4月23日

闻道将军善倒戈，一生所历足风波。速驱逊帝离宫禁，暂隐名山礼佛陀。频岁联毛明又暗，几回与蒋战还和。海轮归国烟飞处，真相如何费琢磨。

愚于冯氏看法未必全对，所闻亦未尽核实，书此聊备一格耳。不知后人将何以置之？2014年4月23日记。

怀柔北部原始次生林记闻

4月24日

喇叭沟门春到迟，寒冰落叶积年遗。靥开红艳丰腴色，杜鹃花。臂挽白姝纤细姿。白桦树。直北深山藏胜境，京西旧俗寄遐思。满族风俗。杜鹃城里开已遍，若到怀柔看更奇。

史文经济总无成 4月24日

好古倾心几计臣，连年挥笔耗青春。学成本以期经世，功欠何能遂济民？久涉文场销岁月，遥望史苑莽风尘。集成诗枉三千首，未必堪充席上珍。

梦醒有作 4月24日中夜

乱梦纷缠中夜醒，再寻断句乞诗灵。论心怏怏可谁白？豁眼茫茫将孰青？不觉楼前转星月，似闻天外动雷霆。尚怀寸铁刃无卷，难掩寒光新发硎。

自笑 4月25日

自笑韶龄豪气腾，恃才亦辄炫多能。光华岁月一弹指，苦涩人生三折肱。曾讶雨前鏖黑蚁，尚忧秋后扰青蝇。峥嵘若再抚头角，山石久磨浑失棱！

惘然 4月26日

振笔长吟六十年，天公厚爱寿容延。立身高格慕先哲，绍学隽才期后贤。岂有文章蒙世用，略无德业谬名传。作诗也自附风雅，俯仰一生空惘然。

复吟 4月26日

几回辍笔拟收工，复听吟声绕半空。千里壮行心未已，九州生气兴无穷。平池风破春波绿，远岫霞连夕照红。为问知音何处有？高山流水曲难终。

世华琳琦寄来黄山太平猴魁诗以志谢 4月26日

猴魁佳茗久传名，云雾黄山旧梦萦。并世相崇高士谊，积年未淡故人情。史通今古聆渊识，文领东南扬正声。春满皖江遥望处，一天星斗夜长明。

谁听 4月27日

我生何事不曾经？功渐深时火渐青。烦恼去心能却病，起居适意或延龄？但愁书出讹难净，仍喜神来笔未停。稠叠诗成人不爱，高吟一室倩谁听？

招摇 4月27日

余生常乐岂无聊，路到尽头望尚遥。脱俗风标惭未及，合时眉样恕难描。有迎世用宜遭哂，不畏人嫌自解嘲。结集近来筹再续，反思或陷过招摇？

精严　4月27日

高格樊南诗岂纤？唯求字字达精严。明珠圆润颗经拣，碧玉晶莹尘不沾。状物心微析毫末，观光目远造峰尖。大家风范深堂奥，困学半生知苦甜。

花季　4月28日

黄紫徒闻蔚大观，风光红药继盈栏。已辜三月匆匆过，未对千丛细细看。少日诗情曾磅礴，老来游兴却阑珊。更无句为花增色，一任芳菲盛又残！

分茶　4月28日

割得黄山一朵云，窗前飘落悄贻君。卅年琴里欣闻曲，四月座前恭献芹。空谷恰逢莺作伴，高梧惟引凤为群。但期与日交俱进，百岁同扬庆寿文。

高楼　4月28日

自入高楼远俗尘，今贤古圣日相亲。静观天下无穷事，闲厕都中不死身。困处曾叹人易老，顺时未觉志难伸。锋銛有笔仍随我，再咏熙和二十春？

五一劳动节　5月1日

浩荡吾华竞上游，尊荣劳动创新优。花团深苑鸟同啭，锦簇广场人共讴。纷扰事多阅中外，淋漓笔健谱春秋。民生盛宴长开设，万类欣欣享自由。

五一小长假　5月1日

佳节放晴宜出游，轻霾薄雾一时收。万丛花里芳囿静，七叶树边名刹幽。卧佛寺。大绿地新开亮点，颐和园西门。嘉年华近荐珍羞。昌平农业博览园。樱桃沟恍成仙境，辛苦何人笔未休？指曹雪芹。

《中国商业政策史》海内首发自题　5月2日

门下常停问字车，绛帷当日设京华。春风大幕曾视草，夜雨名园方茁花。燕北初欣传纸贵，海东暂叹碍云遮。原应约在台湾出版。栽来桃李三千树，十载成蹊灿若霞。

《中国商业政策史》问世有作　5月2日

代耕以笔众芳荣，商政从头费点评。农“末”原期能共利，官私何策处相争？兴衰冷眼观唐汉，得失潜心究宋明。非远再寻清往事，潮升潮落恨难平！

九十　5月3日

九十路标望岂遥，云松寿永敢言超？千秋史识谁堪媲，一代诗风自足骄。言赵。止合戋戋分半勺，恐难咕咕尽全瓢。自指。有为急起参奔逐，可数年光惜暮朝。

立夏有作 5月5日

清凉入夏讶今年，岁月潜移节序迁。沙暴曾惊卷黄土，风吹始喜展蓝天。三春过后芳华谢，五月迎来吉事连。转向楼头送残照，盛时愧只富诗篇。

读报有作 5月9日

不出高楼若闭关，心潮仍涌岂能闲？朝闻百事传天下，夕赏千姿昱世间。桥架中非联友侣，器超美日固江山。俄乌近报奔雷激，欲靖风波恐尚艰！

诗心不灭，灵气方萦

——嘉莹前辈九十华诞 5月10日

是谁九十尚忘劬？笔底波澜永不枯。恭府海棠清露浥，迦陵桃李好风苏。高搴旗处明诗教，巧授针时展画图。叶赫河边觅乡梦，曾烦老马引归途。

读船山诗文集续咏

两首 5月10、11日

天壤间长灵气氲，史家余事发为文。吟来柳畔狂时见，穿过梅边香尚闻。故国秋风悲楚客，空江明月吊湘君。奇才最是难掩处：迭起奇峰衡岳云。

平生德业仰夫之，王夫之，船山先生原名。何处飞来此睿思？才不出群瞒可哂，船山原句：曹瞒未是出群才。歌原蕴意屈难知。屈指屈原。小春梅漏霜华截，船山原句：江梅饶有千钧力，截取霜华作小春。远别柳牵风絮随。船山有句：杨柳命轻游子折，杨花飞雪舞来同，垂杨左肘飞花絮，本句摘取其词，合而用之。三读枕边诗百首，是通非顺句逾奇。

读《山谷外集诗》题咏 5月12日

外集新收绝妙辞，应多深意岂无为？尾焦音绕神同往，帚敝尘除手自持。外集诗计四百四十一首，以《焦尾》《弊帚》两编命名。两汉非难继高古，秦少游谓其文字“高古，邈然有二汉之风”。三唐未尽近雄奇。“心期晓月秋霜”白，“”号内乃山谷咏颜鲁公六言诗中用词。始识涪翁珍所遗。综观外集，可见山谷诗亦多清新之作，非仅拗峭生硬一途。

重读高青丘集，咏而叹之，复成一首 5月13日

厚唐薄宋若轮廻，第一诗人誉信哉。天半朱霞映尘界，林间皓月降仙才。大潮曲岸舟方泊，芳草废基春已回。七子后先瞠莫及，有明文脉忍相摧！

读赵孟頫诗有作 5月14日

元都流滞宋王孙，花落黄昏早闭门。松雪斋中曾寄迹，江山画里尚留痕。萧萧秋晚风逾紧，恻恻春寒火欠温。忆自岳王墓前过，西湖浪激悼

忠魂。

原诗《岳鄂王墓》：鄂王坟上草离离，秋日荒凉石兽危。南渡君臣轻社稷，中原父老望旌旗。英雄已死嗟何及，天下中分遂不支。莫向西湖歌此曲，水光山色不胜悲。《辍耕录》称：当时题岳王墓不下数百，但以此诗最为脍炙人口。

读韩愈诗题一首 5月14日

大江出峡巨澜翻，李杜流长试溯源。笔落成诗笼万有，兴来联句动千言。盘空突兀开奇径，过坂平夷见本原。瓯北云：昌黎自有本色，在文从字顺中，不专以奇险见长。自是雄才无不办，尾随焉得近篱樊？

焦劳 5月15日

焦劳尽瘁为吾民，不朽仪型道可循。四海作霖龙境界，千秋汗血马精神。风飏杨柳先奔月，花发泡桐长驻春。每过楼前思绪起，楼前植有泡桐一株。瓣香我自奉斯人。

自适 5月16日

心安意适复何之，天地生机幸早知。趾独振振麟过处，尾双剪剪燕飞时。秋来春去梧桐雨，日落巢回鸾凤枝。扑眼缤纷开世界，无边风月待题诗。梧桐雨、凤回巢，近播《虎刺红》剧中语，本诗五、六句中移用之。

溪畔 5月17日

白袷飘然初入京，峥嵘岁月暗中更。招贤昔有金台路，兴国今遗元土城。秋老愁萦杨柳梦，春深喜结海棠盟。老来未减寻诗兴，屡向花间溪畔行。指元土城公园之“海棠花溪”。

承前启后咏燕山

读《帝京景物略》书后　四首

读前人《香山寺》诸诗，感赋

5月17日

大定昌时寺始开，大定为金世宗年号。历明清久杏林栽。层峦翠耸月看上，密树青遮香染回。明世宗幸寺，曰：西山一带，香山独有翠色。神宗题轩曰“来青”。未息两朝民力槁，难禁一夕劫灰哀。香山寺毁于庚子之役。怎求末造江山固？清为金之后人。枉展龙旗国日颓！

读前人《三忠祠》诗，书一首

5月18日

昔日漕舟千里通，滨河祠起祀三忠。诸葛亮、岳飞、文天祥。功名各著魂羁北，祠立于北京运河边上。事业宁随水逝东？下马衣冠挥恨泪，蟠龙桧柏卷悲风。祠内多此古树。不知遗迹归何处，怀古思贤意未穷。

读前人《督亢陂》诗，随题一首

5月19日

沃美咸称督亢陂，以图进献计原宜。殿前白刃惊挥处，河畔黄尘惜别时。一语虚传致燕覆，燕太子丹质于秦，求归，秦王曰：乌头白、马生角乃许。六王迭见为秦捶。祖龙终作骊山土，烈士名垂志不欺。司马迁于《刺客列传》中评曰：不欺其志，名垂后世。

读前人《楼桑庙》诗，再题一首

5月20日

涿州浩气尚飞扬，金石义投刘与张。宇内三分难复汉，蜀中两主勉称王。千秋英烈殉绵竹，《三国志·蜀书》：张飞孙张遵为尚书，随诸葛瞻与邓艾战，死于绵竹。万叶缤纷荫葆桑。涿州西南十五里，道右大桑，高十丈，层荫如楼，其荫百亩，汉昭烈故居桑也。昭烈儿时，与宗中儿戏桑下，指谓帝王羽葆，后因名村。按：葆桑二字本此。元周昂《楼桑庙》一诗中之“犹有荒村记葆桑”，即咏其事。我是燕山老词客，欲寻故地话兴亡。

小楼八咏 5月5日至22日

夏日方临，昼长无俚。自入小楼，目窒心驶。触感成咏，有词且记。风云世界，诗书天地。聊以自娱，工拙不计。

新裁

江东蓟北久徘徊，能负平生磊落才？蓬鬓未成纷似雪，壮心肯许冷如灰？龙归幽壑嬉秋水，狮踞高岑吼夜雷。难掩行间奇崛气，几多诗句出新裁。

去杖

不用筇支步快哉！优游岁月莫相催。春花日暖频诗就，夏木风凉乍梦回。天下计多涉忧乐，身边事本等烟埃。近时思捷犹顽健，得举封缸一二杯。烟，指烟质凝成的黑灰。封缸，低度甜酒，产自镇江。

昼永

昼永偷闲坐小楼，天南地北恣冥搜。几人昨去青龙峡，有梦仍萦白鹭洲。近揽风光新马泰，远罗花絮亚非欧。壮年万里路行遍，不羡今时兴旅游。

乏承

出手谁矜无不能？其惟查初白乎？登阶笑我尚兢兢。诗分工拙缘穷达？格有高低别爱憎。千里志曾许奔马，九天目枉注飞鹰。难禁寂寞时兴感，不绝薪传虑乏承！

成舟

精心构筑木成舟，劈浪乘风赴上游。推倒大山获挺立，踏平沧海企安流。丝绸西去巾欢舞，油气东来管谨修。五句言丝绸经济带，六句指油气管道。待到我华梦圆日，为挥健笔写春秋。

外交

弱国昔闻无外交，交字三肴，首句衬韵。图强今看领风骚。声威籍籍人相向，胜事连连我主操。五夜清光黄浦月，百年怒气沪江涛。由何近日心难静？虽蛰楼中句亦豪。

诗心

终古真情何处寻？二南卷里见诗心。樊南，指李商隐；剑南，指陆放翁。凄凉才士探春梦；郁勃贞臣报国吟。

今日人轻视牛溲，昔年名重著鸡林。纵多曲折宁生懈？老我弥知惜寸阴。

笔力

落落吾身唯嗜诗，不成器学忆儿时。诸家寝馈未知倦，几代淹通浑忘疲。格律自矜忝居末，芳馨谁赏愧为师。一生笔力凝何处，岂在风花雪月辞？

小满　5月21日

良朋有几接来书，冷暖叮咛慎起居。节序迁时逢小满，襟怀坦处见中虚。近因日射先萎草，渐至麦收兼长蔬。五六句言小满。小满三候：一候苦菜秀，二候靡草死，三候麦秋至。廿载经营方蒇事，欣然吾亦爱吾庐。

延寿　5月22日

余生延寿望非奢，八八米寿，为期不远。步履犹轻眼未花。画里谁忘老将至？杜公赠曹霸诗：丹青不知老将至。诗中我觉乐能加。曾临大海迎朝日，仍向长天看晚霞。北上立身应不易，一门四世宅京华。

谁爱？　5月23日

载笔稚龄轻背吴，倥偬甲子枉驰驱。堪娱世上惟诗境，最险人间是宦途。盘浅且盛老鲛泪，渊深方探睡龙珠。怡然自秀宁工绝？秀，作动词用。尚有谁能爱我无？放翁句：诗到无人爱处工。

诗味　5月23日

倚马立成歆妙思，亦闻撚断几吟髭。追他飞洒笔难滞，容我优闲心自怡。宜葆家风甘共粝，须辞诗味薄于醨。老来岂可趋萧瑟，曾有奔雷激荡时！

贺松鹤精佐二老钻石婚　5月24日

喜气京华今满门，风云五纪共晨昏。一纪为十二年。炉前铸就钢铁志，世上迎来钻石婚。三句指鞍钢经历。四句钻字韵书读平，与上句之仄声铁字实行拗救。翠色乔松挺有力；精光美玉琢无痕。精光乃精华光彩之意。全家得佐儿孙福，凤翥鹤翔连骏奔。二女一子，各有所成。本诗为嵌字格。

著作　5月24日

叶叶花花著作林，容吾托足处幽深。成书帙富难撒手，捉笔句奇尝呕心。幸遇怜才逾拱璧，更逢惜墨重赍金。何须老去叹无用，百卷存堪供鉴箴。

阳和　5月24日

近时奏凯迭闻歌，极目苍茫感逝波。不拒众流汇江海，能抟群力保山河。人生奋发时苦短，世事纷纭烦奈多。安得寰球共凉热，雾霾扫处即阳和。五、六句奋发与纷纭系双声与叠韵相对。

书孙冶方基金会活动事 5月25日

二史犹期奖再颁，卅年操笔肯偷闲？实同非分论天下，虚有其名动世间。日照波蓝未观海，春归树绿好登山。钓鱼台畔曾留影，忝列吾华国士班。

本届孙冶方经济科学奖，拟以中国盐法史、中国商业政策史、商业史话（二史一话）参评，首句指此。五句言那年中国商业通史五卷本参评得选，地点在山东日照，我以路远未曾前往。六句指现在。七八句追记去年三十周年盛大纪念活动，在钓鱼台合影留念事。

论诗五题 5月25日至27日

穷乃工诗恐未然

裘马清扬乐少年，杜陵好句涌如泉。季真归去号狂客，太白呼来称酒仙。坡老才多千态纵，放翁笔健万篇传。盛时我亦追风雅，能说诗工穷必先？

诗到无人爱处工

不曾落笔早安排，工拙宁求与俗谐？才下才高唯济世，计成计败未萦怀。顺时能致深情露，巧处翻将真意埋。写我心声容率性，诗无人爱始为佳。本首题目为放翁诗中句。

诗意能传在创新

旷世安闻句绝伦？风华嬗递力争新。天心着意描图纸，巧手精心绣綍纶。綍纶为纶綍之倒用，指诏书。天工人巧乃赵翼诗中语：天工人巧日争新。一代蹒行前后子，有明前后七子为复古派。百年特立两三人。生机莫遣支俱尽，明日黄花看又陈。

诗品评应妥主张

品评具眼慎存删，落比潮平立比山。或以无门频碰壁，有因得路迭攻关。从容似见神通大，局促应怜力气孱。期待昭明持玉尺，昭明文选主持者萧统。不教诗魄怅人间。

不尽诗情笔尚操

腹笥空需常实之，犹存文藻忆儿时。曾怀胡氏绢盈匹，肯返江郎笔一枝？苏海陆川波溉注，江枫池柳梦飞驰。题材广阔推今世，跌宕风雷我赋诗。

中俄军演，日机窥视 5月26日

岳立波涛舰队过，超高军演揭中俄。风兴东海妄振翼，日机侦察，近至高危临界点。日堕西山难挽戈。未讶虎威频假美，当惊蝎毒尚输倭。抢先告状成常例，“三战”齐施奈我何!?三战，指舆论战、法律战、心理战。

乌克兰大选 5月27日

大选跛行撕打中，东西水火怎趋同？吁治俄族尚坚守，反恐乌军仍猛攻。未饰操盘自多国，难温出舰趁长风。香甜事业将开创，美好希望毋落空。巧克力大王可能当选为总统。

第三匹汗血马落户新中国

5月28日

金光四射讶奇观，今次所赠乃非常罕见、毛呈金色之“一蹄踏雪”金马。国礼来从土库曼。曼读蛮，平声。汗血千年蕃大宛，流沙万里抵长安。双瞳耀处明悬镜，四足腾时稳据鞍。友谊东西原久远，丝绸路上聚衣冠。

杜甫死于糖尿病并发症 5月28日

杜老“消中”症状明，消中，又名消渴，即糖尿病。相如同病贯其生。虽揹酒债尊常满，偏嗜蔗浆罂屡倾。眼暗金篦刮慳效，足孱藜杖拄难行。舟中伏枕濒迷乱，催命岂因牛酒迎。疑是死于糖尿病并发的“酮症酸中毒”。

白居易家女乐有名 5月28日

亲教歌舞本家生，合乐裴牛艺比精。裴度、牛僧孺二相。樱口先闻樊素语，柳腰频递小蛮情。置来当日自心喜，遣去暮年犹梦萦。不以丹砂试性命，未因声色碍清名。

秭归农民吊屈原 5月29日

秭归故里屈原村，橙美兰香朝日温。盛产脐橙。狮舞开光祀方启，麻狮开光为祭祀之首场仪式。龙舟破浪俗犹存，迢遥云路骋何处？乘骐骥以驰骋兮，为离骚中句。深閟庙堂铮有言。铮，读平声。今看骚坛谁作主，老农写出《小招魂》。

迎端午，逢酷暑 5月30日

连朝温度报飙升，天气近时疑失恒。五月热惊骤撩火，三冬暖讶罕凝冰。犬奔躲暑吠难息，鸟散藏阴呼不胜。几处榴花红灼眼，今年端午昔何曾？

端午前夕吊屈原 5月31日

泽畔行吟眉不舒，三年谁复识三闾？贤才无处容抒见，浊世何方堪卜居？择木惶惶怎栖凤？怀沙郁郁竟随鱼！楚辞读罢思难已，热泪纷飞一恸予！

夜深人定，诵读《国殇》，遂成一律，以志神伤 6月1日夜

犀甲吴戈旌蔽空，争先士各沸心胸。埋轮沙陷絷四马，发矢云飞鸣万弓。身首分离心不悔，勇诚永在战虽终。挥槌击鼓威灵怒，毅魄归兮迎鬼雄。

六一忆儿时 6月1日晨

流光水逝梦回迟，烽火江南泪有丝。竹叶飘萧响秋籁，杏花零落洒春池。巷前乔木存无几，堂上赐书藏尽遗。散失。今日鼎新迎六一，忻然我欲返儿时。

端午漫成 6月2日

史书记事亦纷纷，斗草图花何足云。孝女沉江悯曹氏，名人堕地举田

文。披巾婀娜来宫媛，造剑精纯事老君。最是彩丝系角黍，蛟龙所惮有传闻。上首述旧闻。（自史记、后汉书、中华古今注、云笈七签等书。）

名粽自昔擅嘉兴，燕市持来颇足矜。千古怀沙遗恨满，万家插艾古风仍。才华邦国人堪继，词赋江关谁可承？读罢楚辞过重五，长嘶老骥齿新增。下首记新事。

出行 6月2日

雨后转凉宜出行，老城隍庙食求精。小笼包上须沾醋，细粉丝调新出羹。江左乡情难割舍，京华风味亦牵萦。迩来口福归何处？心喜天晴待起程。本诗所言出行，乃虚拟式。近午，吴鉴约请改赴金鼎轩总店欢度端午。

用餐 6月2日

端午再临金鼎轩，薰风吹拂夏阳暄。频年甘旨供无缺，两代情亲晤亦繁。此处烧鹅名独著，更来鱼脍美难言。烧鹅、鱼脍，蹉对。始知粤味殊川鲁，菜系中华各有源。

灵气 6月3日

磨励新添半载功，锦囊容易便填充。奇思忽至由车上，好句时成自梦中。人尚未穷诗共拙，境非再拓笔难工。此生最虑后无继，灵气或将俱我终？

过夏 6月4日

头角峥嵘宁骤磨？小车不倒再爬坡。虽临老去才未尽，岂至穷来诗遂多？顷自雨中吟翠柳，又将池上赏红荷。一春忙后迎三夏，肯放堂堂白日过？

学富 6月5日

京国迎来大幕宾，日持笔札历冬春。目高应悔轻余子，身老方容充散人。五夜梦曾迷蝶枕，廿年泪亦湿鸳巾。昌时运转我何幸，学富便同家不贫。

咎谁 6月6日

品味如倾杯细斟，应知点墨重于金。清空一气胸祛滓，浊雾漫天目翳阴。甘蹈湘波怀积忿，故焚秦火蓄机心。中华文化遭摧折，其咎难辞贻害深！

日新 6月7日

心系民生在济贫，中华筑梦必成真。有无形使劳双手，轻重势调勤数人。自涉眼前天下事，总关闲里吟边身。此生仍欲延余热，百首诗裁日日新。

自忏 6月7日

当年众里独横行，狂态应忏污姓名：望去总嫌绳欠直，举来似觉鼎犹轻。未穷却与诗相契，止困曾同酒结盟。老马知途期早备，好随大队事长征。

土豪 6月7日

世道逆行兴土豪，千金唾手未多劳。追奢道上宁甘后？攀富场中且自高。颇以示聪近风雅，却能随俗作时髦。叨叨不尽言惊世，知味谁能免吐槽？

年年 6月7日

龙腾虎跃各当时，材略堪为国所资。身退难参天下事，心闲聊续梦中诗。莲帷燕北频挥笔，桑箔江东曾理丝。剩有花溪看不厌，年年来抚海棠枝。

一二句言年轻人，三四句言己。五句莲帷即莲幕意，用帷字乃调平仄之故。六句回忆江南故里丝绸之乡事，理丝，整理丝缕，以识经纶，隐含欲为国效力意。南史高祖纪：解兹乱纲，理此棼丝。理丝二字本此。末联指元土城公园之海棠花溪，予年年必留连此处，居家相近也。愚集中咏海棠诗甚多，叨地利之便也。

南北 6月8日

家徙燕都岁月驰，居非容易忍追思。曾经浃背夏畦日，亦遇舒心秋穫时。眷顾由天许延寿，成全与我好添诗。已安北俗睽故土，难再南飞寻本枝。

忧乐 6月9日

忧乐发乎先后间，纷纭世事例多艰。一楼春水心同阔，千戍秋风鬓早斑。永仰斯人怀壮志，曾依黉舍忆童颜。匆匆七十年如昨，万仞天平憾未攀。老年易思往事，七十余年前就学范公祠犹如昨日。先天下之忧而忧，后天下之乐而乐，范公（仲淹）名言永志不忘。范公吾吴先贤，死葬天平山。惜未及登临凭吊，深以为憾焉。

恭祝嘉莹前辈九十华诞 6月10日

劲风岂必无荣木，唯此浓荫独不衰。敢挽陆沉留净土，能禁霜殄见高枝。脱纤方洗穠华态，入健难呈磊落辞。犹以金针传绝学，人间九十几宗师？本诗参用叶门弟子黄晓丹文中词藻，愚将其五古改成七律入诗。五、六句谓己。

忘形 6月10日

几番载笔过扬淮，万里行程未有涯。气挹江山高格调，境开风月好情怀。春潮百叠昧新尚，故纸一堆归旧斋。谁共晤言敞襟抱，冥游天地忘形骸？

巡察 6月10日

设计应知由顶层，力行实干递相承。休成雨过地皮湿，要看云开山骨嶒。庸懒政行滋腐败，廉勤规立戒骄矜。近时巡察使纷出，目送长空振翮鹰。

自珍 两首 6月11日

卓立遥望天地间，去来谁更似吾顽？年光已促身犹健，功业虽悭意自闲。骨峻岿然挺风雨，气豪莞尔啸江山。近时五百余篇就，敝帚偏珍未忍删。

出手篇成亦足豪，纷纷睨彼附风骚。倾心皎洁重霄月，骋目苍茫万里涛。用世何堪厕多士？歌时肯遂逐群髦？休凭一技矜长项，老去尤应惜羽毛。

满井 6月12日

草深藤老小亭幽，一井清波漫未休。陇上毵毵麦苗秀，座中济济茗香浮。应知地貌因时变，哪有泉源不废流？安外我虽住年久，难寻胜迹负春游。安定门外东五里，有古井曰满井，境幽景美，为初春首游之地，惜今不复存矣。

欣获齐文大著《砚边探艺》，敬谢一律 12日

粲然墨妙复诗奇，并世能逢几大师？柳色春堤烟漠漠，泉声月榭雨丝丝。畅言绝艺知三昧，惊见神功出“半痴”。最是论书成百绝，乾坤奥秘泄无遗。

外一首书赠郭锐 6月12日

陆家子辑乃翁书，首句指放翁。郭氏佳儿岂不如？莳竹门深心淡泊，种兰径仄气清虚。胸间云起凭吞吐，笔底虹飞任卷舒。风雅最难继三世，魁星阁上启蒙初。

赠尔葵、文伟、佳佳 6月12日

万里飞行越大洋，遄归原为省高堂。四年世事惊雷变，一夕亲情欢宴张。娇女方迎朝日丽，壮行曾遏浊波扬。同心共筑中华梦，铁打江山是故乡。

闲静 6月13日

雪泥踪迹易消磨，掠影浮光急网罗。肯遣暮年闲里尽？岂容盛世静中过？晚潮落处心趋定，朝露瀼时诗转多。曲沼本犹平似镜，蓦然风起绉春波。

晚晴 6月14日

杜陵遗日伴吟声，我亦兴酣时一鸣。几辈工诗自成格，卅年勤笔岂留名？江山无限景多丽，花木常荣人有情。楼外青山明照眼，古今所重晚来晴。

学诗六记

随心 6月15日

在先得句后安题，诗法宁求必一齐？命意从来有深浅，功夫于此见高低。飞烟卷雪临沧海，落月流光过碧溪。已至随心不逾矩，何须三匝觅枝栖？

惬意 6月15日

惬意吾生九秩临，春花秋月伴长吟。桐栖千尺凤朝日，渊跃重霄龙作霖。业未成徒瞻马首，名虽著枉播鸡

林。近来何故笔难辍？应识寸阴同寸金。

继绝　6月16日

几回浩劫惨难云，欲理残丝百绪纷。已逝余波搜故事，尚存碎片觅遗文。千年积淀致丰厚，亿亩耕耘凭勉勤。安得我华重抖擞？非惟传统独超群。

戒矜　6月16日

年时我亦渐滋矜，以古书今无不能。初白期追笼万有，放翁欲蹑陟千层。轻舟虽喜方顺水，远路仍兢如履冰。得句自然非止境，最难风骨竦峻嶒。

求进　6月17日

天地洪炉转化钧，生机触眼日翻新。匆匆传舍人来数，碌碌名场座换频。沧海无涯轻粒粟，青山难及陋微尘。惟应黾勉求精进，暂领声华几十春。

宜精　6月18日

学诗此境近其源，语简思深要不烦。读去胜他千百字，数来未过两三言。秋光净处干俱秃，春色露时枝岂繁？“精到”工夫自“老洁”，乘风容我附高骞？引号内文字系《瓯北诗话》于放翁诗之评语，予力学翁诗，能得其一二乎？学诗六记至此止。

一席　6月19日

扬文摛藻竞风流，多少英贤在上头。大业名山谁不朽？长川活水自无休。征途曾覆几人辙？学海仍寻何处舟。倘许入林陪啸咏，得分一席亦千秋。

重五　6月20日　农历端午

佳节浓情人涌潮，粽香远溢喜家饶。难招鱼腹诗魂返，长赛龙舟激浪摽。楝叶彩丝始蛟避，枫林冷月独猿邀。秋篘何事叹穷极，犹觉灵均去未遥？先人吴汉槎诗：汨罗犹是江南地，始觉灵均未可怜。灵均，屈原也。

尽心　6月21日

何计南归仍北漂，当年豪气岂全销？无穷花月词难罄，不息春秋笔总摇。人世尽心致三乐，江山放眼对多娇。贸然老寿悠闲坐，尚忆挥铫战在辽。三乐语出《孟子．尽心》，“得天下英才而教育之”，为“三乐”之一。战在辽之辽指盘锦。

读左宗棠收复新疆故事书后

6月22日

西行万骑大旗扬，千里阴成柳线长。壮志誓酬拼老骨，名臣切望定新疆。厉兵果见平边患，筹策曾闻固塞防。清季帅才能有几？论功宜勒左宗棠。

首句指1876年4月左宗棠始率西征军

入疆。二句言沿途广植柳树，时称左公柳。三句指抬棺出征，收回伊犁。四句指陕甘总督林则徐于1849年曾嘉勉当时在乡之举人左宗棠曰：“西定新疆，舍君莫属”。五句指平定阿古柏、白彦虎之叛乱。六句指力斥李鸿章弃疆之议，献巩固西北“塞防”之策。七八句言左氏雄才，其收复新疆功莫大焉。

读左宗棠花甲之年经略新疆书后

6月23日

不负林公迅定疆，脱甘建省济军粮。移民维汉同卫土，廉政清明新立章。知得人心先与利，能亲吏事岂辞忙？年逾花甲躬经略，大漠雄鹰天际翔。

首句指当年林则徐“西定新疆，舍君莫属”之托。次句言左公倡议筹建新疆省，并以屯田解决军粮问题。三句言鼓励“移民兴疆”，制定成套激励制度。四句言清洗鱼肉百姓之贪官污吏，清明二字用借对法。五句指左氏名言：“为政先求利民”。六句指左氏名言：“欲知民事，必先亲民；欲知吏事，亦须亲吏”。七句指左公治疆已届68岁高龄。八句为愚对左公评价。

读《清史稿》书林则徐在新疆事

6月24日

禁烟归罪贬良臣，沙打霜摧道上身。治水开渠辟丰壤，屯田饬备实边民。能刚壁立依山岙，乃大川奔向海滨。慧眼平生欣未失，治疆托付有传人。

林公戍新疆，道光二十四年新疆兴治屯田，将军请以则徐综其事，历南八城，浚水源，辟沟渠，垦田三万七千余顷。请给回民耕种，改屯兵为操防，如议行。二十五年召还，寻署陕甘总督，二十六年授陕西巡抚，留甘肃。二十九年调任云贵总督。途经长沙时，指名召见在家耕读之年轻举人左宗棠，以己在新疆时所整之资料地图赠之，并曰：日后“西定新疆，舍君莫属”。五六句指“海纳百川，有容乃大，壁立千仞，无欲则刚”，此为林公传世名联。

境静　6月24日

寂然境静子云居，门外曾停问字车。蓟北骋才叹髦矣，江东飞梦赋归欤。春风秋雨囊撑句，游絮落花床叠书。闻道昆明水清彻，时人纷至看红蕖。

心怡　6月25日

涌动胸间无已时，平生我亦半成痴。辛勤百卷惟凭笔，倜傥千言岂止诗？夏至雷奔雹方过，昨为夏至。夜来风飐雨相随。转晴昼永将何遣？旧作重翻心自怡。

申遗　6月25日

雨霁天蓝鸟啭枝，江山浩荡动吟思。几经圆缺阴晴日，岂屑风花雪月辞？屑，顾惜、重视也。千里迢遥心未已，一生清白志难移。运河丝路俱闻捷，怎见申遗遂及诗？

期成　6月26日

梦里续完赓睡前，低吟枕上自悠

然。难追步履瞠乎后，得被光辉指在先。老去无他堪度日，病来惟此可延年。晨昏握笔宁中辍？奋力期成六百篇。时至今日已成586篇，尚欠14篇。

夕照 6月27日

不死容吾屹众中，山无虎迹便称雄。尚难服老学犹力，未至嗟穷诗怎工？健马嘶终循古道，寒蝉咽或遇罡风？推窗雨过晴依旧，满眼峰青夕照红。

啖荔 6月27日

妃子嫣然笑御前，竟思改籍乐坡仙。欲偿口福颗三百，有蹶蹄奔程万千。燕北羡难品风味，岭南至易仗冰鲜。街头市上随心买，今岁欣逢是大年。

四季 6月28日

江湖身远尚推尊，潜处高楼岁月奔。春好花明曾满径，秋深叶落欲归根。夏眠凉送波浸簟，冬卧温输雪打门。容易一年四季过，读书声里悦吟魂。五句之浸字读平声，浸润之意。

《冒牌英雄》观后 6月29日

莽山抗敌气如虹，险路当唯一线通。虎寨痛亡燃烈火，风巢惜破卷悲风。墓田草茁逢春绿，基地营摧照夜红。人物传奇动心魄，是真是假总英雄。

热浪 6月29日

预警昨传橙色缠，滔滔热浪果真来。骄阳似火无方躲，冷气宜人何处开？往日路融非淌水，几时云起始闻雷？长安街上人撑伞，高考过由高烤陪。

寂寞 6月29日

须凭书引未成眠，笔底却犹如涌泉。有志羞居今彦下，悭缘谨侍古贤前。迂回临水疑无路，突兀登峰别有天。何事近时叹寂寞？《广陵散》亦惜难传！放翁诗：放翁老死何足论，广陵散绝还堪惜！

余痴 6月30日

辛勤苦读敢恬嬉？起早摊书唯恐迟。根柢虽曾充旧学，提升难更实新知。鬓添白发身成老，目断青云志失奇。我与放翁日相近：贪嗔念息尚余痴。放翁句：贪嗔虽断尚余痴。

自道 6月30日

诗境迷离曾细窥，年时方喜一扬眉。花笼蹊径香沁槛，月浸窗棂风满帷。六百篇奔神尽注，三千首积梦堪追。何妨听我从容道：半是无聊半有为。

佳佳生日喜赋 7月1日

凌家娇女绝尘姿，堕地香生系远思。故国正闻龙出水，殊乡却看风来仪。幼能捉笔俨成画，长盼多才堪授诗。娴静更难知好学，聪明爱尔掌中持。佳佳是小名，大名为嘉依。

天补 7月2日

纵多著述亦微尘，独坐楼头等隐沦。富贵场中难插足，利名途上早抽身。奔忙伐性嗤人执，洒脱怡情葆我真。吟啸声低人已老，幸天将寿补闲民。

过客 7月2日

谁诩诗中一世豪？吟风弄月假清高。闲惟自乐远民瘼，老不相烦分国劳。犹忆缠绵苦吟柳，何曾浇灌耻分桃。匆匆过客成何济？空向人间走一遭。

盘锦 7月3日

盘锦昔临任大劳，搏天斗地逞英豪。今看波汩鱼蟹满，更喜仓堆秔黍高。当日标杆凭树立，来时油气仗持操。乡亲如访应犹在，冰雪曾经共战壕。

重读《辽海集》 7月3日

辽海缘何诗益多，渐趋沉郁替平和？出关初挹江山气，荷锸屡冲风雪歌。穷乃见工言可验，逸将转靡志俱磨。至今老去心仍壮，未遣征轮驶下坡。

回顾平生 7月3日

白袷飘然趁好风，书生意气故豪雄。原前岁岁草常绿，溪畔年年花正红。征路方长心未已，余龄犹健趣无穷。九州同报梦圆日，家庆待操劳乃翁。放翁绝笔诗：死去原知万事空，但悲不见九州同。王师北定中原日，家祭无忘告乃翁。予生今世，较之放翁，幸甚。四句指元土城之海棠花溪。

外一首 7月3日

一生误我是儒冠，衣緼谁怜范叔寒？吟夜抬头叹月缺，寻春拭眼悼花残。江南携笔龄犹稚，燕北论文居渐安。七十余年如梦过，曾为傲吏未为官。上首言得意处，此首言不如意处。

再读《路边小草集》，有怀德谦伉俪 7月4日

双星天上堕双清，再续尘凡未了情。花月韶龄神爽朗，云雷旷代岁峥嵘。欢愁难尽笔端事，甘苦同倾心底声。老我滞归成北燕，楼头烟雨梦飞萦。指嘉兴烟雨楼。

记三晋四友 7月4日

卅载论交怀正明，贻吾碑刻感深情。良商兴替赖传史，硕学专精凭主盟。万古南薰盐广种，千夫北竞茗长征。辛勤著述谁能及？不朽宜其彰大名。张正明

三绝齐文张一军，尤于书法广知

闻。兰亭雅集毫挥雨，光岳崇楼气吐云。畅览晋中曾许我，放观域内莫如君。砚边探艺新行世，独鹤冲天渺逸群。郭齐文

春风桃李满蹊花，“迎泽”门停问字车。着意诲人原圣裔，潜心钩史为商家。向传贾道诚著信，所贵晋风勤去奢。承告兴来将考索：中俄途远怎通茶？孔祥毅

宏文惊世析《和谐》，岂意一朝成永怀！史苑春风心早注，档房夜月首曾埋。十年共砚墨花溅，千里分襟云树乖。如此才情当世少，更何人得冠同侪？葛贤慧

“完美商鞅”——《大秦帝国》剧中演员用词 9月30日

遂息烽烟固大秦，首句衬韵。帝师百代属商君。严刑明教唯尊法，富国饶农乃统军。用度常余民不苦，勋劳能遣史无闻？千秋得失凭谁说？噙泪有人观戏文。指朱镕基。

我与法家 9月30日

何以平生尊法家？森严幕府信曾加。兴邦商管途堪继，裕国桑刘迹未赊。一辙蹈危以身殉，千门沾惠足功夸。半年立传抛心力，受命为法家立传，成《中国古代六大经济改革家》一书。挥洒人惊笔灿花。

再次以史申请孙冶方经济科学奖 7月5日

海东日照近蓬莱，玄观桃花喜又开。条析盐章搜古事，缕陈商政出新裁。试存名物成嘉话，欲遂淹通慕隽才。三十年来注心力，得霑雨露费栽培。再度申请提交《中国盐法史》与《中国商业政策史》。

于存书堆中检得《韩国磐诗文钞》，捧读之余恭赋一律 5日

南北神交慰寂寥，一编捧读涌心潮。史才自足垂千古，风味谁能爱六朝？人到海滨遂居厦，风来天际得闻韶。如何连岁悭消息？云树苍茫路正遥。

如痴 7月5日夜

梦里犹将句续之，如痴似醉亦堪嗤。辛勤勉得三千首，颠倒潜移十二时。逝去春花曾坠泪，迎来秋月几萦思。难辞卑下成章易，转愧休明下笔迟。

习主席访问韩国 7月5日

东北亚如春又回，近邻携手绘将来。彩旗招展红毡地，紫气萦环青瓦台。稠叠文书歆玉帛，绵长情谊罄金罍。三星馆播图方示，百尺楼登境更开。七句指三星展馆以105英寸特大超高清电视播放“中国梦”专题片。八句指习主席赠朴总统书法作品，用唐王之涣诗句：

“欲穷千里目，更上一层楼”。本联以对仗作结。

惩贪 7月6日

关头莫做太平官，改革今方临急湍。巨猾常闻捞亿贯，小民所望饱三餐。却看匿产逃资易，欲遏动心伸手难。可笑有人吁“特赦”，雷霆赫怒妄期宽。

纪念七七事变七十七周年 7月7日

七七周年“七七”过，心潮澎湃泪滂沱。难忘祸夏同仇日，应记遣唐曾款倭。高挂春阳容亮剑，低沉夕照企挥戈。一衣带水邻为壑，孽海尘扬咒逝波。

七七话卢沟 7月7日

卢沟桥建自金时，于史曾稽数赋诗。南北路通过万马，古今事汇阅群狮。烽烟一夕仓皇起，风雨八年伤痛遗。岂合秋来玩明月？也应肃立吊如仪。

雪耻 7月7日

前事毋忘后事师，亟充实力固根基。国强始得言湔耻，民弱焉能免受欺？终见扬眉酬壮志，怎忘噙泪寄哀思？百年遗恨难磨石，一代奇功合树碑。

局促 7月8日

城居局促坐高楼，哪得江天景物幽？纤悉搜来心纵细，恢宏望去目难周。东篱花木自栽种，北阙史文亲订修。不及放翁老逾进，纵横健笔迄无休。前四句言己；后四句指放翁。

德国总理默克尔访华 7月8日

默克来华第七回，友情日进少嫌猜。蓉城剪彩方西进，燕市祈年又北来。俑列马兵庆生日，巷游锣鼓报传媒。车由电动堪期待，中德将同登展台。

7月6日首站抵成都，不少德企活跃于此，以契合中国发展西部之战略。当晚回北京，将由李总理陪同，参观天坛。五句追溯2010年7月17日第四次访华，参观兵马俑，庆祝其生日。六句记第五次访华，于2012年2月2日来到南锣鼓巷游览，有传媒报导其详。此次访华，电动汽车合作系其重点，包括大众在内的多家德国汽车行业领军企业都派代表随行。除电动汽车外，合作项目并及于能源、环保、城镇化、高科技诸领域。中德关系有望登上一个新台阶。

南水北调咏 7月8日

北上清波滚滚来，淅川首闸报初开。7月3日起闸。终圆甲子惊天梦，历时六十二年。遂弭京华缺水灾。短绌资投费筹画，艰难民徙妥安排。团城湖接丹江口，旷世功成实壮哉！

真功 7月8日

飞扬跋扈气曾雄，下笔千言惜欠工。浮世谁能免叹老？盛时我尚未嗟穷。桥前桐发难常绿，池上莲开只暂红。但去闲愁安晚景，便多健句见真功。

狂言　7月9日

下笔难羁似脱缰，纵横何止气轩昂。未闻出手诗无格，仍见随心行有方。太岳欲登宁土垤？纤毫能析况禾芒。天南地北梦游遍，更乞长生毋乃狂！

谭力被查有感　7月9日

心口恬然执两端，倡廉拒腐说非难。能标三任形象塑，就任海南省副省长时以“信任”“重任”“责任”三任六字自我标榜。却藉双防真相瞒。如同防火、防盗对待记者。川北攀龙沾黑道，此公来海南前，曾主政绵阳，一手遮天，与黑社会刘汉之汉龙集团关系匪浅。海南落马现贪官。严重违法违纪。岂能悬剑早收起？翅虎望风俱胆寒！

探路　7月10日

韵府森严门始探，微吟遣日遂深耽。灵光偶自静中见，妙法愿从高处参。幽径春风绽千蕾，明湖秋月印三潭。杜公而后将安托？心折樊南与剑南。

养气　7月10日

岁月匆匆应有涯，何矜下笔灿如霞？曾空四海轻余子，敢望千秋傍大家？南亩耕耘愁赤日，东离採摘爱黄花。闭门养气效文士，治定功成歌我华。国家治定功成日，文士闭门养气时，乃定公名句。《龚定庵集》遍找无着，不知记忆有误否？（闭门二字犯孤平。）

萧斋六读

读诗　7月11日

再读燕都前彦诗，斐然文采足追思：瑞光匝地兴崇寺，正气擎天礼故祠。南苑履经花点点，西堤舟过柳丝丝。半生长作京华客，却少清新句出奇。

读报　7月12日

起早趁凉临报摊，精神充腹佐朝餐。古人激活许亲见，秘事聚焦容冷观。利病邦家议常切，风云世界揽非难。赏心老去犹多兴，又一篇成墨未乾。

读联　7月12日

一代名臣亦擅联，重湖八百路三千。闲情岂话门外事？远计动关天下先。老泪频随零雨落，长城永峙大星悬。诗书可助峥嵘气，出手如公尽自然。首句名臣指左宗棠。二句指洞庭君庙联。三句用扬州湖南会馆联中部分词句。四句指南阳诸葛草庐联。五句指挽从征旧侣联。六句指翻用对林则徐钦佩之语意，题于福州林家祠堂。七句为湖南左建军对左联之评语。八句则为愚之概括。

读书 7月13日

功利滔滔近反弹，热门国学复登坛。百年流变期理脉，几辈守常甘沥肝。蹈水何人辞浊世？饮冰有室弄柔翰。检来宏著供重读，肯作消闲避暑看？

读史 7月14日

有明屈指数三杨，后继西涯比狄梁。有大必争殪奸猾，无微不至庇贤良。抱持曾喜神童举，燮理犹烦一老匡。《怀麓堂》成书百卷，幼时初读藉家藏。本诗所咏为李东阳，西涯为其字。史言可与狄仁杰相比。在朝时“有大必争”，杀刘瑾、抑李广，于摧抑权阉甚力。得罪宦官之正直大臣，被罗织，将投大狱，力争得释。三四句分别指此。五句言其为神童，帝喜，抱置膝上，厚赐之。六句则言其为宰辅，于时政多所匡正。七句言著有《怀麓堂集》百卷。八句言予幼时在家读之。

读文 7月15日

有清诗派辟随园，岂意骈文却姓袁。功力深原举鸿博，词华翩若起龙蜿。列朝诏檄求工丽，游幕表笺矜衍繁。生晚怜予徒蛰伏，不然振羽亦高骞。袁枚诗文横逸，尤长四六，抑扬跌宕，得六朝体格。予读《袁文笺正》，注释详尽，得益匪浅。

回应安倍：非诚勿扰 7月14日

解禁真情背止戈，潜从深海伏蛟鼍。欲凭利器拉越澳，向抱机心筹美倭。傲世有朝跆故辙，骇人连日揭前科。非诚勿扰言在耳，何必秋来传眼波?！美国前防长温伯格在《第二次太平洋战争》中推演：日本一旦羽毛丰满，将再度攻击美国，重演其偷袭珍珠港故伎。五句含义指此。

市场？计划？政府？刘国光近作读后 7月16日

一语豁然堪振聋，无涯学海意相通。文章发于《学海观潮》栏目。微时“决定”方由己，市场在资源配置中的决定性作用应限制在微观层次。决定性作用，并不是起全部作用。大处控调须在公。对宏观产生重大影响的资源配置问题，政府要加强计划调控和管理，不能让市场盲目操纵，自发“决定”。计划应知仍著效，社会主义市场经济要首先遵循有计划按比例发展规律。自由能保总收功？不能以自由主义的观点来理解社会主义市场经济中市场与政府、市场与计划的关系。秀才下笔宜加慎，万众迷茫怎苟同？

《红箭》连续剧在热播中 7月17日

利箭飞来带血红，楚歌四伏计徒工。一门姊妹何反目？万姓安危常挂胸。迭起沙尘笼蓟北，终迎旌旆过江东。前驱后继真悲壮，信仰坚时力不穷！四句胸字间用冬韵。

闲吟 7月18日，作于医院候诊之时

浩瀚神州著作林，几多妙手古输今。堪怜温润诗同玉，更惜晶莹字比金。后死尚能叨鹤俸，延年且许伴龙吟。词臣报国意原切，涓滴能通天地心？三句指李商隐诗；四句指柳宗元诗。

不老 7月19日

百味吾生谙苦辛，运随时转喜逢春。读书处处添新得，筑梦时时会故人。高树遂容迎风憩，旷原更许见麟振。年来弥觉心宽畅，自比青葱不老椿。

查洪德《不该被遗忘的元代诗学》读后 7月20日

场屋弊除文士闲，目光另注觅空间。一帘细雨论诗人，千树繁花琢句还。高格从心惟自立，清才与富岂相关？《瀛奎律髓》堪名世，风范大家徒仰攀。《瀛奎律髓》，方回（虚谷）撰。方乃元代大诗家的代表人物之一。

悼念楹联学会孟繁锦会长 7月21日

浩然气挟绕蓝天，忽降文场纛手搴。大叶繁枝三径茂，瑶机锦段百花妍。帅才自足雄千古，余事岂惟传万联？噙泪再思孟夫子，得亲翰墨亦前缘。

纪念 7月21日 纪念抗战胜利之月

亘古幽并以武名，地雷地道出奇兵。八年血沃川原壮，万里烟消寇盗平。横逆尚倭心未死，包抄有美梦宁成？自强奋力谁能侮，已醒雄狮传吼声！

入伏 7月22日

苦热盼凉来雨迟，灵机暂窒断吟思。风光拉美频传讯，战火以巴争置辞？绿豆从知能去暑，红蕖正发枉催诗。迭开空调无聊赖，长日炎炎过夏时。

叹老 7月23日

夏愠其来春惜归，哪堪闷热汗流挥！揽衣选胜行曾遍，拾级过桥力却微。红药路遥遂悭赏，紫薇院近乃频依。卅年前记身犹健，登岳临川步若飞。

安倍窜访拉美 7月25日

真成举步学邯郸，来去遍寻人抱团。送炭浇花未辞远，中、俄。煽风点火岂维安？日本。谋铜亦切焦心觑，铺铁先行冷眼看。手拨地球仪玩转，黄粱梦续醒尤难。黄粱梦作于邯郸道上，与首句呼应。

甲午百二十年祭 7月26日

愁云海上布重阴，列舰烟飞逐一沉。肉食何人贻国辱？宸居无策御倭

侵。艰难守岛挺兵杖，黑旗军守台南。慷慨递书拄士林。公车上书。甲午今过两甲子，败因细究尚揪心！

长记历史 尽洗国耻 7月27日

奇耻萦怀总不忘，民之巨痛国之殇。刘公岛又鸣长笛，致远舰重昂太阳。以1∶1的比例复制此舰。花木露滋认遗址，江山血沃换新妆。霞光万丈驰何处？崛起将来在海洋。

家庭小聚有作 7月28日

闲自高楼望晚霞，几多乐事在京华。携从奉化桃含蜜，发自观音香透茶。三四句桃、茶蹉对。向以良医术足美，亦因能吏誉堪嘉。一门子女俱才俊，终古吾吴属世家。

赠中国商业史学会 7月28日

弹指光阴三十年，惊心田海历多迁。曾扬文字兰亭畔，更探武夷茶径巅。郁郁词华著于世，汤汤流派汇成川。近时大笔凭谁握，正展鸿图续巨篇。

《中国商业通史》问世十周年纪念有记 7月29日

京城佳气四时春，丰泽园开百味陈。史贯古今宜重贾，政关得失在亲民。兰阶喜待迎诸友，莲幕忝容充上宾。叉手已难奉奇句，风光无限愧诗人！

后约 7月29日

堂上夜光杯共倾，图开庆寿见心诚。扬州画派名家手笔。系黄俶成所赠。迎来“八怪”原前辈，毕至群贤尽后生。月榭迷蒙十年过，烟林苍翠百禽鸣。明年后约指何处？花映通州河水清。

纪念活动次日作 7月30日

小雨洗尘天送凉，昨逢盛会换新装。园开丰泽馔精美，都集英贤文激扬。曾踞名场凭月旦，难操老笔挟风霜。桐花正满丹山路，喜听朝来曦凤凰。

答谢纪念活动，谨示学会同仁 7月30日

十年前诩笔生花，《中国商业通史》成于十年之前。才退近时惟自嗟。文会频筹期后日，武夷再约酌流霞。应知学殖归中士，能许辞章属大家？惊动各方承厚爱，门生故旧聚京华。第四句“流霞”二字出自李商隐《武夷山》诗：只得流霞酒一杯，空中箫鼓几时回。

游走 7月31日

幕僚学者与诗人，角色平生转换频。家有所传吟自幼，境常处变笔随新。花朝雨润论文细，月夕风清得句醇。不意词华近蒙赏，龙门峻更待知津。

能存？ 7月31日

一生得近二南门，樊南、剑南。少弄温柔晚怒奔。春雨吟边闲日月，秋风望里莽乾坤。人经桑海情无限，身在江湖道岂尊？千古名山成事业，大潮沙汰几能存？

欲为 7月31日

不觉駸駸岁月驰，一门四世乐昌期。曾因大幕频挥笔，大幕指京幕。亦为中华屡献辞。秋到岭西观叶处，春来城北赏花时。指来北土城海棠花溪。涓埃岂足言回报，欲为燕都留好诗。拟为六十年来涉及北京的几百首七律汇成一集刊行，名之曰《燕山诗咏》，不知能实现否？

绝学 7月31日

浩气望空自吐吞，飘萧华发易称尊。立身岂忘依家训？没齿犹思报国恩！湖海豪情心未已，沧桑世事梦无痕。秋笳拍里矜风格，绝学何人堪及门？

精品 7月31日

义山诗我最心仪，惊遇瑶台绝世姿。颗颗明珠光夺目，声声仙乐喜凝眉。旨深味辨绞而婉，句拗格开幽且奇。六百余篇尽精品，一生趋走近藩篱。

观《壮士出川》片段 8月1日

壮士出川千里行，逆倭怵此草鞋兵。断粮克敌留空库，喋血拯民鏖古城。平遥。坚守危时援竟绝，严防险地死无生。滕县。英雄辈出奇功建，岂独张杨传令名！张抗、杨彪。

忠烈军魂体国魂，蜀中子弟发夔门。迭摧寇垒余灰烬，尽湿征衣漫血痕。宿草沟原埋万骨，荒榛涕泪溢千村。老河口下刀光落，白刃战。一帜高擎然浩气存。

七夕——中国的情人节 8月2日

名流兴至唱情歌，蒋大为。隽侣宵深细语多。风露昔闻难得聚，昏朝今喜易相过。秦观词：金风玉露一相逢，胜却人间无数。…两情若是久长时，又岂在朝朝暮暮？本诗第四句昏朝即朝暮之意。身劳力挽犁牛轭，手巧轻挥织女梭。应识能勤家始发，人间不夏隔银河。

贾道 8月3日

挽輂牵驼历百劬，风沙万里奋前驱。南寻佳茗羊楼峒，北运砖茶恰克图。协力成帮奇自胜，全心服贾利同趋。市场作用分明见，熙攘商家供所须。市场对资源配置可起决定作用。清代晋商经营茶叶之事，正提供一个恰当的例证。

扬州 8月4日

一别匆匆已数秋，南望心尚系扬州。窥园偕友花曾赏，办会因商史共搜。玩月红桥修禊事，堆盐白塔记宸游。何时再踏雷塘路，帝后墓田容少留？

赠毕林总编 8月5日

廿载纷纭事岂赊？予供职个商业部二十五年。赊，远也。欣逢晚岁在京华。春风拂处传诗草，夜月移时梦笔花。幕府生涯怀锦瑟，少时由学李商隐诗入门。在部时与萧帆主任常相唱酬。江湖吟啸续秋笳。予先人吴兆骞，戍宁古塔，善诗赋，有《秋笳集》行世。茂陵稿积烦收拾，格调未高徒自嗟。

立秋 8月7日

二伏方过报立秋，薄云遮日觉凉飕。挡风撑伞花凭护，伞，荷叶；花，荷花。补水养身瓜是求。阅世事多诗合数，数，音速，屡见也。惊人句少笔宁休？却愁震旱灾频起，哪得安居在小楼？

怀邓公 五首叠韵

8月8－25日（生日为8月22日）

百十年间日月驰，肃然我亦动追思：放眸四海堪谁主？压顶三山力自移。马跃嘶风敌曾慑，龙飞挟雨泽方施。平生求实谋善断，高远志存随导师。

航船拨正稳操驰，避险趋安费睿思。抖擞天公人气旺，昂扬国士世风移。图强须待良猷定，革故乃看新政施。最是欢声共雷动，凛然谁侮检雄师。指天安门前盛大阅兵式。邓公引用龚定庵安得天公重抖擞，不拘一格降人才诗句。

千里程遥快马驰，山川多丽启吟思。巡行南国天地动，仰视东方星斗移。致治应辞无法守，兴邦已报有章施。回头连夕愁风雨，几辈情深怀大师。

中外能令久背驰？国门开放岂奇思？重关曾闭胸何窄，大步应追志不移。欧使竞临技俱进，美媒亦噪利均施。即今广厦连云起，怎忘当年设计师？

谁指康庄径捷驰？几多曲折有余思。力披霾雾天重见，誓固江山性弗移。皓月甫圆光普照，繁花并茂露同施。终开盛世千秋业，永仰高标一代师。

名心 8月8日

无惭岁月去堂堂，未辱吾吴姓氏香。百卷潜心增学问，千言随手即文章。诗经苦练非轻就，史历深探岂浅尝？置岘沉襄亦安在，敢期地久与天长？《瓯北诗话》：杜元凯欲刻二碑，一置岘山之巅，一沉襄江之底，才人名心如此！

读冯振《七言绝句作法举隅》

8月9日

七绝缤纷法举隅，选家乐此竟忘劬。“知”而未致诗皆巧，“能”亦尚难言必殊。大匠示人以规矩，良师为我立楷模。返三引一谁堪教？妙悟在心原不拘。

劲节 8月10日

岁寒犹记剩萧条，劲节青青却未凋。莞尔不知老将至，泰然自处憾全消。徒矜格调文偏拙，仍逞风华韵最娇。幸得无忧叨厚禄，豪吟声里度朝朝。

追慕 8月11日

近岁锦城寻旧踪，首句衬韵。海棠花绽一枝红。惟精属对岂求巧？悉称剪裁弥见工。北地长牵壮士梦，西湖但记史官功。惭予刻楮空三载，杰句终难肖放翁。

沧桑 8月12日

宗社方燃战火红，悲歌难掩气豪雄。新裁拗体创无有，广集遗文全始终。失道关河困疲马，叫群江渚老飞鸿。沧桑阅尽留宏著，学步虽勤恨未工。本首咏元遗山诗。一、二句言宗社丘墟，不尽郁勃之气。三句指其新创之拗体，创前所未有。四句指收集金源文献，而始终不仕蒙古。五句由其名句“千里关河高骨马”演化而来。六句其原词为“老雁叫群江渚深”。瓯北有诗题元遗山集：“国家不幸诗家幸，赋到沧桑句便工”。七句“沧桑”二字本此。

编史 8月13日

史籍迷茫不见边，简编精选出新篇。春秋再费情难却，月旦重评意免偏。十载功深容断后，万行墨妙敢追前。课堂待授时非远，桃李成蹊分外妍。

止吟 8月14日

近日吟声转寂然，几多古事待吾编。曾穷典籍通廿四，又报文辞添万千。鹿铤列朝收眼底，鹰扬群彦现身边。放翁诗富成何易，管领史坛能两全。

客况 8月18日

无非到处弄柔翰，荏苒京华居已安。莲幕春风频送暖，梧庭夜雨渐生寒。常萦花月家园梦，浑忘莼鲈乡味餐。身老燕都仍是客，江南路杳欲归难。

乡情 8月19日

吴侬软语最缠绵，倒驶流光忆往年。春雨同过亭畔路，秋霜独泊岸边船。弦弹妙曲宁居后？针绣神工合领先。今古水乡堪送老，缘何四世滞幽燕？

南北 8月20日

阳澄湖上秋将老，盘锦滩前梦又回。油气蒸腾出辽海，水光潋滟绕苏台。粮仓脂溢欢声动，蟹市黄肥笑口开。多彩神州共南北，兴来未免一倾杯。

马年中秋 9月8日

曾惊炮火撼卢沟，仍喜清光照九

州。古寺茶香传大觉，大觉寺。故乡月色耀中秋。央视中秋晚会，名曰：“苏州月·中华情”。恰逢露自今宵白，同日为白露节。历数词无此老遒。东坡水调歌头，写于中秋之夜。民俗几多言不尽，兴飞笔走迄难休。

观潮 9月11日

已过中秋茶未凉，潮来潮去话钱塘。今日阴历八月十八日央视全程播放钱塘江潮纪录片。南归快晤俱良友，北上安居即故乡。世事悲欢经五纪，吟情壮婉累千章。能否明岁身犹健，再约观涛兴正长？

怀孔 9月12日作于教师节

中华典籍赖传存，师表巍然惟德尊。七二群贤列堂庑，三千多艺聚黉门。栖栖尘蔽忧当世，汩汩川流泽后昆。内法外儒思汉武，经邦长短待深论。

一言 9月12日

当初斥古自伤残，珍贵“基因”却小看。重见东方树高帜，能容西化接全盘？他年振羽翔鸾凤，今日开畦育蕙兰。选取诗词登课本，一言九鼎我心欢。

病痛 9月13、24日

奇痛袭来驱已难，细思其故太无端。莫非坐久遂成疾？岂是衣单常受寒？徒慕千程逞身健，忍移寸步虑肢残。不通之处疼由起，中夜离床寝怎安！试用热敷法。

老病交侵可奈何？登阶略似奋爬坡。书山曾躡千盘磴，学海难平万叠波。事业未成余落莫，生涯有几尽蹉跎。岂甘白日楼头坐？愿为盛时赓壮歌。

搁笔 9月13日

擘波击浪几沉浮，老我今朝真告休。琢句定难成万首，著书怎敢企千秋？泰山高岂珍寸壤？沧海深将轻点沤。有味清时身已退，闲云以外孰为俦？杜牧诗：清时有味是无能，闲爱孤云静爱僧。

史才 两首 9月24日

好古知多在敏求，积年无倦事冥搜。知闻南北夸两宋，初以宋史研究所得，为伯祥师所夸。抒见东西探二周。力学渊源自商管，心劳贯注在桑刘。如何谬得诗人誉？自许史才高一头。

自有长才未自知，不通史籍枉为诗。风雷秦楚鏖兵处，门户李牛交閧时。千载磨鎔返公论，百川撞击汰浮辞。张罗结集虽成帙，谁识精华半在斯。

商部 9月24日

供职从公材择优，文章曾许冠同俦。理财济困问长策，修史探源期永留。皓月吟哦韵唯雅，严霜摧打气仍遒。匆匆二十五年事，借箸深惭每未周。

同砚 9月25日

城北城南公廨移，青春廿载梦难追。风薰莲幕挥健笔，月映花阶寻好诗。辽海泥深曾荷锸，燕山愁溢独倾卮。雪中迹暂宜珍惜，同砚无多倍繫思。

八八自寿 十首 9月26、27、28日

八八由来米寿称，遐龄筹庆有亲朋。剑南相视年犹进，放翁寿终八五。瓯北过从笔许承？赵翼年至八八。盛世人欣身共健，济时自愧老无能。即论吟咏思叹减，境界难窥最上层。

得句有为非自娱，年时未少用功夫。扶疏花木慕名苑，空阔烟波望太湖。风日清和宜入画，江山美好合操觚。集成纵过三千首，指各体诗。若比龟堂亦小巫。龟堂，放翁所居。

老去悠哉自足欢，黄花仍待趁时看。贬褒鉴欲千秋著，甘苦吟能几夜安？尽阅古今事无限，忽牵生死虑何端？放翁旷达天延寿，成就诗人与史官。

韵府初探务好奇，不随人后突藩篱。风雷激荡频擂鼓，岁月峥嵘曾飐旗。飐，平仄通用。花圃几时长烂漫？林岗尽处转平夷。平生历溯波三折，半世难为笔一枝。

少日才名枉自矜，凌云事业遂何曾？遥天迭送龙髯去，浮世虚迎马齿增。举目迷濛三里雾，雾霾。论心清彻一壶冰。回头检点囊中草，闲适诗多亦上乘？

羸弱稚龄曾有名，壮年苦学奋支撑。不期竟致庆延寿，无意居然符养生。诗界诸途期出入，文场卅载许纵横。如今出手嗟功力，瘦硬清新两未成。两者为杜公之两种风格。

叶叶枝枝著作林，应知惜墨胜于金。潜心念净勤师古，吐气声扬高唱今。眼底原难容细碎，笔端久已却低沉。积年旧稿重翻阅，立意分明见浅深。

近日再将诗法参，几多精髓更深谙。删除枝蔓消浮冗，凝炼形神益内涵。无欲则刚陋柔弱，有容乃大贵包含。生生不息天行健，老去犹惊笔力酣！

满城风雨近重阳，成句。六十五年离旧乡。尘世幸辞痴与妄，人生喜得寿而康。江枫千树梦难冷，堤柳万丝秋已凉。细算未尝叹虚度，名山今日敢言藏。

九十华筵待两年，未妨预祝且怡然。期从身后定高下，敢向人前论后先。自缚千丝困春茧，相怜五夜咽秋蝉。尽多诗句将安用？惜少生民忧乐篇。

骈文 9月28日

六朝文体最精严，岂是寻常信手拈？属对工如金嵌玉，遣词合若水溶盐。心高有拟家成大，骨竦须防格近纤。我亦樊南门弟子，攀登愧未抵峰尖。

长联 9月28日

平生长项是长联，尝试愿开天下先。洱海苍岚蝶泉畔，兰亭竹坞蠡湖边。第三联为代表学会分别为答谢大理、绍兴两地政府所作之各四百字长联。四句蠡湖即指绍兴之镜湖，蠡，范蠡越之名臣。岂惟短小饶余味，更有恢宏在巨篇。能薄髯翁椽笔力？大观楼下几留连。昆明大观楼联亦长达192字。

解谜 9月29日

抉隐探微由好奇，蹊跷步步引深思。沙旋漠北充元裔，月映舟中载蜀姬。吐凤文章竟多失，飞鸿踪迹岂无遗？世间不绝迷离事，却是常人难备知。三至四句各有所指：三指元顺帝是否赵裔之谜；四指陆游与“成都海棠”之谜；五指吴汉槎骈文丢失之谜。

使事 9月29日

使事唯翁最自然，放翁。必工必切字皆圆。千房新蜜凭蜂酿，九曲明珠有蚁穿。榜上无名斥风汉，醉中何幸遇诗仙。縕袍范叔虽寒甚，肯遂低眉受世怜？贯穿瓯北所辑放翁《使事》类诗句之意而成。

昔年办会今日追思两首 9月29日

京华秋色浓于酒，借得名园好款宾。昔去开山阛成市，旧金山。今来隔海睦如邻。奔腾百舸操持稳，熙攘千家往返频。云岫庄中迎盛会，雁栖湖畔洗征尘。十八年前抒为学会召开过海外华商研讨会。

美景怀柔岂尽斯？当年影事已难追。长城内外分凉燠，孤嶂阴晴变色姿。铁柱索缭传怪异，红螺尘辟显灵奇。怀有辟尘珠。国之大礼期他曰，梵宇神潭安足窥？

梦中得句醒后续成 9月30日

龙跃深渊出匣奇，梦回天壤欲何之？纵横南北三千首，颠倒晨昏十二时。闲健枉多抛笔墨，痴顽仍自沥肝脾。书生挟策曾何济？几点浮沤迹未遗。

南归 9月30日

屡盼南归愿总辜，当初应悔遽离吴。洗心上善幸若水，夺目奇光惊有珠。万里风云龙世界，九天星月雁程途。如何结习老难改，日报诗成聊自娱。

北上 9月30日

北上轻车蒙礼招，京华遍阅去来潮。时经甲子居非易，景过申酉傲渐销。文字炫人哪足贵？江山照眼恁多娇！尚期长葆青青色，历尽冰霜见后调。

西望 9月30日

望中西笑古长安，我莅燕都岂素餐？能发新硎砺铁石，得挥健笔卷波澜。逍遥只觉春秋富，踯躅怎知天地宽？最是怜才恩谊重，当门不遣斫芳兰。

东来 9月30日

东来紫气自蓬莱，试手凤池惭不才。白袷风轻年正少，青门日暖梦初回。看花亦效怜红蕾，纵酒曾拚倾绿醅。有味生涯品未足，百无一就老相催。

抱疾 10月18日

奇疾原由坐出来，近时曾此惹疑猜。良医出手谙症结，上药尽心驱恙灾。此去自应知惜力，老来谁更解怜才？全家未免称同庆，旨酒容斟一小杯。所患系坐骨神经痛。

《镜海诗词》，重读喜赋 10月25日

一编箧里久尘封，岂意今朝得再逢。南国风驰凭跃马，澳门马万祺。中州云起许追龙。郑州林从龙。扎崖幹挺常青竹，望海根盘不老松。濠镜我原多吟侣，吟，平仄通用。洒然来去自从容。

读《一字楼秋辞》，悼周一凯先生 10月26日

楼名一字幼能诗，寂寞鱼龙雾影吹。盲雨打时折春秀，繁星映处写秋辞。飞花落月谁相惜，望海窥天只自知。十九年来空洒泪，明河把瑟失佳期。先生于闽任大学教授。九岁能诗，在文革中英年早逝，仅三十岁。寂寞鱼龙吹雾影、际海窥天只尔知、洒泪西风十九年、明河把瑟得佳期，皆其原句，此处引用稍变通之。

《铁血红安》，肃观敬题 12月1日

百折红安誓不弯，烧痕犹叠泪痕斑。铜锣一响奋英杰，铁血几回歼敌顽。花雨润时开世界，硝烟飞处铸江山。传奇多少人能说：故里将军寻此间。

冬寒 12月2日

萧萧木落觉冬寒，阅尽京华事万端。数卷雄文容载道，卅年健笔拟收官。轻肥塞路彼何易，恬静倚楼吾岂难。除却长吟怎遣日，古来出处几人完？

岁暮 12月3日

寒暑轮回事本常，一年容易又冬藏。花情天设怜开落，尘事人谋费主张。倚枕又多构佳句，抽毫犹未续华章。桥前春意已萌动，为问近时将底忙？

咏雪四题 12月4日至12日

话雪

节交大雪宵初雪，朝起城乡境两岐。数点霏微沾处少，几丝飘荡见时迟。灾情尝怵来不速，08年雪灾。丰兆仍望如预期。稠叠昔题意难已，待赓好句入吾诗。

候雪

都门飞雪底迟来？毫米也难增上

回。堤畔数经思絮飐，海边曾过忆盐堆。清新气质冰为侣，洁白姿容玉作胎。纵与璇花真觌面，小诗成亦乏新裁。

念雪

雪意方生下却难，倡酬徒羡谢庭欢。城祈瑶砌成不夜，阙望银装能辟寒。索笑寻梅许添趣，送暄覆麦得加餐。词臣虽具如椽笔，欲赋琼瑰兴已阑。

借雪

燕山大雪惊如席，今日依稀付梦中。道上难留少痕迹，山间始见未消融。追寻往岁事何异！期盼一朝望又空。安得广铺千丈絮，皑皑白借自辽东？

国家公祭 12月13日

公祭今朝汽笛鸣，当年屠戮瘮南京。雨花台黯虫沙劫，罄竹书昭鬼魅行。杀敌八年奋俱起，生民卅万惨同坑。我华挺立人方仰，钟递和平弭战争。撞“和平大钟”。

南京史忆 12月13日

秣陵自古帝王州，北旅南师鏖未休。金粉六朝鉴兴替，硝烟八代记恩仇。八代为六朝加明初、民国。崇陵紫气怀孙父，曲径苍岚觅蒋侯。虎踞龙蟠形胜地，后庭玉树岂知愁？

年成丰歉 12月14日

要务民生用力深，农情丰歉最关心。盛清食窘田更辟，大汉粮多胡怎侵？力稼宜持勤勿辍，安居须惕患将临。亦茹辛苦当年事，陌上归来戴月吟。

住院待医 12月16日

有限光阴了此生，待窥肠镜见分明。未贪美味怎成疾？岂慕长生真化精？痊可身宜甘淡泊，遑能笔欲肆纵横。良医上药今时福，再向人间走一程。

饮食有节 12月17日

能调饮食始康宁，俭朴居家远腻腥。尽日膏粱妨老寿，长年蔬粝证高龄。病从口入原非妄，殃自身肥岂不经？亦有养生闻特例：云松嗜肉笔愈灵。末句指赵翼。

沈园心系 12月18日，重读剑南诗集作

沈园春尽絮飞空，独往追寻断梦中。璨璨钗头廻落凤，粼粼桥下照惊鸿。宏图恢复心长炽，辟壤消磨气固雄。万首诗成霑后世，词宗新辟学难工。

玉溪梦过 12月18日

少日摛翰小有成，低徊路傍玉溪行。春归柳色千丝绿，腊送梅香几缕清。锦瑟尘蒙縈残梦，瑶琴音绕忆深

情。箋诗立传穷年月，知己千秋心早倾。三句见柳枝词，指第二知己柳枝。五句见锦瑟诗，王夫人病逝，痛赋悼亡。六句见燕台诗：瑶琴愔愔藏楚弄。指第一恋人、故里旧侣燕台。

平泉神驰　12月18日

平泉花木冠当时，密勿谁临费睿思。致治欲兴唐社稷，用兵再飏汉旌旗。堪比诸葛。忽辞中土千程谪，长使南天独柱遗。飞鸟难回烟浪阔，青山一发望迷离。

长安潮急　12月18日

典册高文廿卷陈，会昌功业炳难堙。怒飙先把狂童扫，正气始容朝士伸。能拔草莱进名将，不嫌寒素重儒臣。有唐国运关良相，宣、武衰兴深有因。

转院待诊　12月19日

怀旧怀人感百端，北风声紧岁将阑。万言操笔传未易，四代成家居亦难。盛世云奔庆人进，衰年星落幸吾完。合门子女齐惊动，可保平安过险滩？

俯仰平生　12月19日

何意迭蒙分宠光？傲然幸未负昂藏。遍经世上忧患地，稍涉人间名利场。余事只宜图口腹，颓龄岂合沥肝肠？此生俯仰应无憾，梦里犹思翱八荒。

冬至咏唐事　2014年12月22日

掩抑阳生冬至时，往观甘露血漫墀。欲除北寺偏疏计，遂使南衙尽噤辞。赖有良臣笔留史，更多贞士泪濡诗。声威日下忧唐室，向坐含元朝四夷。开元十六年十一月至日御含元殿受朝。

求医实录

赠北京电力医院　两首 2014年12月

——答谢北京电力医院医生暨护理工作同志

新起高楼列病房，堂皇恰合大医良。惠风正畅同呼吸，以呼吸道感染入住。清气弥充转激昂。长技为先究心肺，多科更广理肝肠。片言相赠难成敬：大力神原电力王。医院属国家电网主管。

六里桥边看夕阳，余龄倍解惜年光。从知老去志徒远，只觉病来时益长。未吝珍稀供上药，尚期快捷觅奇方。岂真苦口何须避？有幸此生甘备尝。

电力医院当选为老年保健社区服务定点单位　2015年1月1日

闻道精英选此间，社区医院拔头关。救人连岁从如水，播德四方望若山。利器新时歼二竖，神威奋处克全顽。我来憩此诚多幸，一榻安然大得闲。

电力医院员工赞 1月2日

“无上光荣在我身”，员工倾力注忠纯。万钧国网雷霆力，亿众民仪风采淳。拼搏短时惊世界，载承大任见精神。高歌猛进何穷乐，抟聚一心如一人。

病榻漫咏 十首 2015年1月

监测中心位处中，广罗信息等亲躬。燠寒应对知患者，衣食周全依护工。洗涤例援晨即起，便溲需助夜俱同。辛勤终岁少休息，宜为四人评一功。护工四人。

盛世优闲兴正饶，病房特护乃头遭。国中敢詡词华美，海内罕逢文字交。痛恙缠身思尚晰，家人受累我偏叨。同门称寿秋来事，休负诗中一世豪。

老去诗家例勘磨，一编问世亟张罗。应知年命难存几，唯恐声光有失多。容我得闲再挥笔，盼能去病更装箩。放翁万首光千丈，寸焰微明远逊他。

近来灼灼盼双睛，有限光阴搏此生。史籍考稽嫌未透，文章挥洒憾非精。勤修趁早攻方进，蹉失叹迟业欠成。寄语儿曹早努力，莫因玩忽误聪明！

民生国计事非常，稳妥处之人所望。中外投资计盈绌，熊牛炒股出迷茫。控调有序归官府，作用几多由市场？经济史吾偏好甚，敢期出色并当行？

诗味虽嫌薄似纱，友朋却漫许名家。有为而作力追杜，无所不能思步查。查初白。稠叠寄情咏杨柳，依稀托意借梅花。假年如得余光照？好句犹望壮我华。

无地堪容针再伸，未妨左右易其伦。医家别创生面异，患者常惊花样新。何处高科媲于此？几多绝技试由身。近来佳句天然得，仍作诗人非病人。

因何出院又迁延？特护还应享四天。兼味由来致消渴，重盐从古载颠旋。齐桓公之例。年时淡泊甘为上，是处清纯宜置先。到老须知重学用，新加功课养生篇。

谁向床头不速来？心衰心梗后先灾。浮生修短荣悴过，残腊阴阳昏晓催。细数百年几成就？敢望千古孰追陪？岂甘病枉榻消磨久？跌宕仍思佳句裁。

我生好咏已如痴，日夜凝情无息时。少向江东吟白袷，老犹燕北理乌丝。烟涛知渡无涯岸，月旦望登顶上墀。放眼寰中千百辈，该先快读哪家诗？第五句之“知”字乃知识之知。

盘点 1月5日

尘世浮沉八十年，少时孤露长屯邅。几经大幕推为左，时弄柔翰敢领先？卅载万言称硕学，百年一席厕群贤。《秋笳》家世何堪说，老作诗人倍自怜！

长天雁过避弦惊，涉险多回怵死生。自古尊人三不朽，于今度已一无成。老亲难养怎为孝？少侣虽分仍念情。碌碌算来欠长技，别无他特仅诗鸣。

赠中国商业史学会

两首，诗作于上月

学会今朝来探望，过劳相嘱各须防。目高早构攒星阁，三字见韵书。材实堪承照月梁。四海规模名广远，百年树育泽绵长。金秋三十周年庆，待与群公共举觞。

黉舍宏开古镇旁，运河清彻净秋光。谊深原属师友契，才隽同传文字香。栽树花繁千点秀，授经学博万年长。中华巾帼方辈出，喜挹大家班氏芳。班昭被誉为班大家。

生死 1月6日

中原暂复笔非孱，扑面胡沙悯惨颜。细雨骑驴剑门险，春波垂钓史官闲。王师北望祈传捷，老圃东篱付掩关。生也学翁死仍学，淋漓元气满人间。本首指陆游。

愁云苦日掩燕山，几度祠门默往还。南渡君臣谁柱国，北来兵马几冲关。死生肯系分寸际？英杰不论成败间。正气尘寰本充沛，区区宁为汗青颁？本首指文天祥。

文史赏析

南天一柱独岿然

——读《会昌一品集．别集》

诗赋诸作书后，八首

纶綍兴焉名久扬，诸多国事待评章。平泉清趣饶花木，矶岸祥音集凤凰。废寺收田腕挥铁，论人稽史舌含芳。粲然遗著倾心读，兴败堪参大智囊。作有《智囊赋》，末句意指此。

上下纷更若转轮，形同水火党争频。公忠惓惓真君子，尸位芸芸实细人。研墨留馨文去滓，潜心定策意通神。长城自毁忧唐室，萧瑟西风夕照沦！惓惓，读去声。

汨罗暂吊复南行，岭水争分迷去程。宋恤功臣原有则，唐锄勋业恁无情！长羁百口蛮溪黯，仝失三更海月明。我读《会昌一品集》，胸间怒满气难平！恁，如此也。

其心如水死如休，至死仍期归旧邱。常记龙津雉尾地，能忘乌岭黑山秋？《畏途》《知止》连佳赋，《瑞桔》琼芙迭胜游。若定指挥堪掌武，非惟翰苑主鳌头。

恼杀青蝇扰玉台，安知临尽厄俱来！凤鸣鸾和音原协，鹤唳猿吟念转灰。上蔡变生功狗弃，鼎湖仙去驾龙回。岭南冬逐更筹尽，一夜两年霜鬓催。六句指武宗仙逝。七八句用《岭外守岁》诗中语意。

俨然五指罩山前，谪宦乡经想昔

贤。苦雨瘴昏蛮缺月，春风梦破李平泉。几丛北岭寒梅秀，一柱南天劲柏坚。往事千年未磨灭，光华万丈石谁镌？“岭头无限相思泪，泣向寒梅近北枝”，《到恶溪夜泊芦岛》诗中句，五句寒梅本此。

相公一举振山河，公去征轮驶下坡。苛察为明庸主忌，厚施不报佞臣多。史言县令材庶称，妄说兴邦衰起疴。洒淅发毛李太尉，去之始可定风波。宣宗独憎使其毛发洒析之李太尉。

宫闱唐室乱无伦，干预难由外大臣。其败自宣权误国，唯亲有郑禄盈困。廿年哪见太平世？三代遂多离乱民。廉正却闻记韦澳，卫公而后得斯人。

后记：予嗜史，悉唐事，于李德裕之相武宗，大有作为，深为仰慕。惜宣宗忌刻，必去之而后快，此中不平特甚！今因病住院，大有暇时，乃重阅其集，挥笔记其被贬之事，并论及嗣后唐亡之由。自觉尚能获其要领。不期然而得之，心窃喜焉。为彰此段史实，特入我集中，以示同好。

匆匆 2015年1月12日

人生何必叹匆匆：马甫西来车又东。帘外一弯宁憾缺？枝头千点岂悲空？缰羁锁合难为利，置岘沉襄能记功？收起名心宜放眼，江山如画景无穷。

悠悠 1月13日

悠悠岁月水东流，正茂风华竞上游。西美巷前花挺笔，木笔花。南濠街后月悬钩。鸿过雪里俱留迹，凤返巢中各结俦。今日若逢应一笑，繁霜各满少年头。《悠悠》为苏州崇实中学同学自办的通讯刊物，断断续续达数十年之久。

滔滔 1月14日

滔滔水逝路迢迢，诗国鲈香素自骄。并世文难盖北地，一生韵最爱南朝。云移月落千年堞，雨过虹垂百丈桥。老去乡情原更切，年年归梦不辞遥。

漫漫 1月15日

漫漫前路欲何投？上下辛勤枉索求。今古灵机能尽触？江山奇气得全收？箸筹长策曾追法，饾饤陈言尚慕丘。当代有谁堪仰望？风云世界主沉浮。

自谳 两首1月16、17日

是非曲折历途歧，九十将临笔未离。自顾独行颇磊落，谁能特立共嵚崎？晚来潮急经眼过，朝起风和迎面吹。休戚一生平淡了，文章珍惜幸无遗。

出入文场盈万千，几家得企媲前贤？突奔已见余情减，检点翻怜少作妍。福禄寿难三事备，早中晚却一身全。非官为吏清贫过，幸免时人议暮年。

茶礼 1月27日，迎学会会长自闽归来

武夷君昔亦相邀，九曲挥毫气足

豪。记上次学会在闽召开换届会议之事。岩际枝横垂影秀，御园岩茶。域中辐凑慕名高。幔亭仙乐人再聚，今次在闽会议。幽壑松涛声永号。情谊深时本无价，世间珍罕“大红袍”。蒙赠以名茶。

通州 1月28日

码头漕运古通州，塔吊成林车水流。不日京延翊为副，京城之“副中心”。几多商聚拔其尤。彩虹门启雏形现，绿地场开美景收。绿地企业名，拟造中央广场。老眼将难寻旧迹，高天南望尽高楼。

忆旧

1月29日（诸甥名字中都带一鸿字。）

重晤江城枫正红，音容依旧恍回童。成才渐失甥舅隔，共榻曾于兄弟同。大野纷纭奔走鹿，长天飘渺断飞鸿。故园人悉昧存殁，近日频频来梦中。于，犹“与”。

盼春 1月30日

京华小雪尚徜徉，缓缓春归已在望。我自萦怀看世界，谁能辣手铸文章？百年盼得民安乐，五纪迎来国富强。震世阅兵应不远，振衣我亦气昂扬。

贺岁答辞

（即用齐文来诗庚韵）2月17日

残年短景苦寒撑，大地春回绿意萌。几辈曾拼抛血赤，百年始得庆河清。养生有道人难老，振笔无休颜若婴。想见三羊开泰日，仰山诗社謶耆英。

马年除夕 2月18日

南北今宵例少眠，荧屏“春晚”特喧阗。咩声一片羊年到，醉墨千门福字悬。互道吉祥心共热，更珍和协愿同虔。和为贵。城中爆竹玩家敛，大气清新欣胜前。

羊年开笔 2月19日

营营向薄竞锥刀，曾慕匡时奉六韬。老去徒悲增马齿，兴来仍喜试羊毫。惊心怎尽风云变？出手难矜格调高。自是诗家情未已，烟花梦逐广陵涛。昔年三上扬州。

初二见雪 2月20日

何事姗姗才受邀？阶前初见洒鹅毛。冬来未与添床被，春至翻如加把刀。谚曰：冬雪一床被，春雪一把刀。二月能逢心尚喜，解旱情。十年几咏气曾豪。朝寒莫问袁安迹，偃卧楼头一枕高。

史诗两好 2月21日

作宦奉公非所长，耽诗嗜史许升堂。神州图缺陋孱宋，薄海威加歌盛唐。烟浪豁眸观世事，风波涉足立名场。天资学力应俱欠，成果何堪多表彰？郭济兴于我之成果大加点赞。

美芹余韵 2月22日

《七律》吟来韵味长，元戎余事笔含光。昆仑拔剑尝三截，江汉湔毫又一章。亿众同营中国梦，九州重固万年疆。美芹向具词臣旨，挟策熙时学未荒。

迎神戏作 2月23日（年初五）

初五迎神万户开，心诚汲汲在求财。取之有道唯从义，用若无方亦致灾。起塔聚沙由积累，成阴植木自浇培。勤劳致富途宽广，馅饼哪能天上来？

梦温红楼 2月24日

盛会挑头功合颁，指胡德平出任曹雪芹研究会首届会长。红楼史哲首登攀。对胡评价。故居定址墙留墨，定在香山正白旗三十九号老屋。墙皮剥落，里面一层白灰墙上大片字迹经鉴定确系曹公手笔。遗物留文泪有斑。黄松木书箱上有曹公为其妇芳卿之题字：花国第一芳。木愿依偎共荣悴，石能言语集灵顽。两句指木石姻缘。大观园究寻何处？岂在三山五苑间？或曰：大观园当从“以圆明园为主体的三山五园”中求之。按：薛宝钗诗；芳园筑向帝城西。赐名大观，芳园新饰。固在城内，非处山侧。三山五园帝居宸游，如何着此私家园宅？泛化、高附，乖违事实。岂能服众，如此立说？

初十又雪 2月28日

京华又见雪霏霏，首句衬韵。六出璇花缀秃枝。蜡象挺牙过原野，玉龙卸甲落阶墀。何缘节令乖迟早？难测天心出正奇？景色看虽失宏大，宏大指《沁园春·咏雪》。清新气挹与人宜。

安居长怡 3月1日

——读张学松流寓文学论述有作

杜陵飘泊涕难掩，王粲登临望欲迷。俱似沙鸥依夜渚，亦同雪雁印春泥。江关健笔成通显，庾信。边塞悲笳足品题。蔡文姬。我是安居异流寓，一门福寿幸能齐。

秦火谁燃 3月13日

秦火安能毁六经？熊熊炉畔焰徒青。炎威当夏音何噪，凉气转秋声未停。自用师心喜煊赫，奈移世事感飘零。沧桑阅尽回首处：几辈百年遗德馨？

两会期间 3月14日

国是同商重任膺，春风送暖日蒸蒸。广渠引水锹先落，大厦摩云柱共承。笔墨勤修文可仰，干戈时饬武能胜。待圆百载中华梦，四海欢腾歌复兴。

七十年来 3月15日

文心共跃越长途，一水滔滔连蜀吴。入洛词华倾二陆，出川才调重三苏。怀忧进退将何乐？慕义安危定所趋。七十年来勤弄笔，惟余归梦绕莼鲈。

一带一路 3月16日

彩带缤纷匝地萦，浩茫丝路达寰瀛。日临东岳望中国，路向小康奔太平。首唱亚投任原重，更闻欧援力同倾。频嘶老骥槽边跃，欲趁长风万里行。

博鳌盛会 3月28日

岂止亚洲达沃斯，达字读平声。创新创业奋擎旗。殷殷大马友情溢，大马指马来西亚，本届东盟轮值主席。济济博鳌人气弥。弥，犹遍也，满也。共议全球今“路”“带”，曾行万里古丝、瓷。平台搭起瞻前景，回荡余音“最热词”。《环球时报》大标题：“博鳌最热词是一带一路”。

清明纪事 4月4日

山桃岭杏映潭樱，早樱。雨过风和喜快晴。万户踏青久成俗，　杯浮白且怡情。瓶中水换花新插，枕上潮来笔又横。买得香糰乡味美，人生能得几清明。

清明植树 4月4日

何事清明挥锸忙？树人树木计俱长。江山娇丽已江染，郊野欣荣将绿妆。培土备经前辈力，成阴却与后贤凉。此风虽说开之久，不及今朝众志昂。

清明追思 4月5日

家世金陵一菜农，乡村教育赖开宗。梁溪化雨滋春草，惠麓凌霜傲劲松。洒脱不拘位辞显，清廉无积稿遗丰。迟迟再遇清明节，追念师恩惭弗恭。追念童润之老师。

清明祭扫 4月6日

车堵人迍马不前，清明祭扫各纷然。卅年蓟北留窀穴，几世江东堙墓田。戮力为民歌俊杰，奋身报国纪英贤。遗书抗敌分明在，光耀人间正气篇。

读郑观应《盛世危言》 4月20日

盛世危言堪振聋，疾洋水火岂相容。曾施鬼计惊烟毒，屡逞阴谋痛刃锋。力胜干戈自商战，大增丝茗以资供。新兴阶级呼声亟，挺立吴山万仞峰。资供一词出处：《后汉书·陈文矩妻传》。

读渠本翘事迹 4月20日

瞰室鬼来连被侵，风光殊异昔君临！凤毛曾映春池暖，麟角何摧秋气森？矿脉妥开人共护，票庄奋起力同任。晋煤今日辉煌再，回首当年外侮深。

读《聊斋》压轴篇——花神 4月22日

为文质朴古为邻，花木鬼狐皆动人。笔阵堂堂转草檄，诗情脉脉护花神。罡风曾扰中宵梦，熙日重迎上苑春。不意柳泉擅骈丽，一红万绿赏弥新。

读张居正集 4月24日

丈田摊役慑威伸，夙夜运筹烦老

臣。灵气天钟荆岫玉，惠风花缀蓟门春。死遭奇祸加多罪，生受殊荣尊一身。灯下宏文重细读，几回掩卷黯怆神。怆，读平声。

两岸新事 5月4日

长空振翮展鸿图，五月京华会习朱。分合百年恩怨了，异同一代步趋俱。春风拂拂千家喜，夏木阴阴万象苏。对决英伦时匪远，适时以动辟通途。

定稿结集 5月5日

妙句频频来梦中，醒时烟散入秋空。痴迷已似堕魔道，刻镂何能殚化工？未与苍生补毫发，欲披赤胆达微衷。几回结集人难爱，虚费霜硎磨励功。

结集自跋 5日6日

我生碌碌欠从容，少日勤修老岂慵？门上曾嗤比凡鸟，云间未许附真龙。刀头难返程千里，弩末犹穿缟几重。须恃九州生气作，朝来处处响洪钟。大刀头喻返乡也。

补遗 四首

重九补笔 10月21日

西山佳处万人趋，此节每逢车塞途。故国千程梦红叶，京华万室赏黄栌。毕生未减江湖兴，半世徒悲日月徂。今又重阳将怎度，欲来细雨句成无？

辍吟 10月22日

光阴似矢怅难追，岁月如歌乐不支。世事繁应题弗及，人生短怎记无遗？层霄醲变风雷作，大地含情草木滋。且入高楼备寻梦，权收健笔辍吟诗。

梦回 10月24日

出门快步恍归吴，载笔亭边携酒壶。春雨一经传耒耜，秋风千里忆莼鲈。苍茫笠泽乡名蠡，寥落灵岩台圮苏。七十年来同梦过，回头细算实区区。故里鲈亭边有三高祠。三高，范蠡张翰陆龟蒙也。蠡泽乡有范蠡遗迹。

异同 2016年3月3日

异同岂可听纷然？大事近时盈万千。虎啸沉沉甘自后，鹿鸣呦呦誓谁先？梦来碎片原无几，醒处华章已不全。榆荚如钱正飞舞，风光转眼又春天。